兹游奇绝

南疆那些年

林辉婵 著

羊城晚报出版社
·广州·

图书在版编目（CIP）数据

兹游奇绝：南疆那些年 / 林辉婵著. —广州：羊城晚报出版社，2019.4

ISBN 978-7-5543-0698-7

Ⅰ. ①兹… Ⅱ. ①林… Ⅲ. ①长篇小说—中国—当代 Ⅳ. ①I247.5

中国版本图书馆CIP数据核字（2019）第055893号

兹游奇绝——南疆那些年

Ziyou Qijue——Nanjiang Naxienian

策划编辑 吴 江 王志娟
责任编辑 吴 江 王志娟
责任技编 张广生
装帧设计 友间文化
责任校对 谢泽澎
出版发行 羊城晚报出版社
（广州市天河区黄埔大道中309号羊城创意产业园3-13B 邮编：510665）
发行部电话：（020）87133824
出 版 人 吴 江
经　　销 广东新华发行集团股份有限公司
印　　刷 佛山市浩文彩色印刷有限公司（佛山市南海区狮山科技工业园A区）
规　　格 787毫米×1092毫米 1/16 印张21 字数400千
版　　次 2019年4月第1版 2019年4月第1次印刷
书　　号 ISBN 978-7-5543-0698-7
定　　价 68.00元

内容简介

小说的主人公顾蕾在童年时就受到了“美丽富饶的海南岛”的渲染，席卷全国的“上山下乡”洪流让她亲临了梦境。在那块热土地，垦荒灭野的经历让她难以忘怀。用辛勤的血汗铸造的年华和以笔墨也无法描摹的海岛风貌，有幸地载入她人生最强记忆的岁月之册。在垦荒大会战工地，猪栏、托儿所、橡胶园等处都留下了她深深的足迹。她有思想，有抱负，有希冀，有冲动，有失意。随着时势骤变，她从彷徨、迷茫的生活中找到了精神归宿。从夸夸其谈的理想主义到脚踏实地的现实生活，她征服了虚荣和柔弱，锤炼了意志，增强了信心。虽然错失上大学的机会，却感受了爱情的撞击。不可否认在艰苦岁月里仍然孕育着幸福的殿堂和甜美的爱情。表弟张明明从天真无邪的少年到长大成人的过程以及他的爱情感受也充分体现一代年轻人的成长。还有车少谔、马晓冬、蓝江、郑文华、乔志强、梁枫、苏珊等年轻人的成长经历都各有层次和特色。同时，作品还有声有色地描绘了早期垦荒者杜河、关森庭、陈兴国、安国栋、欧阳大坤等人为建设海南、发展祖国的橡胶事业吃苦耐劳的奋斗场景，表现了他们无私无畏、勇于献身的革命精神。

一

北宋大文豪苏东坡在海南儋州兹游三载有余。那是公元1100年的古代传奇。终有落叶归根时，他获赦返回大陆。感叹之际，他写下了流传后人的著名诗篇《六月二十日夜渡海》。

然而，时间流逝至公元1969年夏日，在古人称之为南荒的地方，有着那么一块宽阔无比的热土。在那片热土上有着几十亩番薯地。一排排番薯垄子犹如士兵整齐列队，番薯茎藤拴着一片片三角叶片如同强劲伸出的绿掌子，伴着热腾腾的夏日气浪随意飘飘摆摆，时不时发出“吱吱吱”的声响。当真不是器乐胜似乐……

在这片碧波荡漾的番薯地南面，背靠着海拔三百米的南庙岭，一年四季长林茂草。山巅之处，两棵迎风大树，远看似夫妻并肩，恩爱昂首，让人思绪联翩。近看是两棵挺拔的海南五针松，树宽针长好乘凉。山不在高，有形就引人感叹。林不在茂密，有人回眸就耐人欣赏。

山脚下有一处窄小的番薯地入口，旁边坚实地竖立着一块方形木板，上面用红漆写着：“兵团番薯地，小心山猪炮！”

离这块醒目的木板不远的几排番薯垄子，间隔地插着五六根扎着红飘带的小木桩，显然是特殊标记。

一个长得眉清目秀的小伙子，他头上戴着一顶无帽徽的绿色军帽，身穿一件蓝色背心，手持一把长杆镰刀，脚上穿着一双不露趾头的黑色凉鞋，蹦蹦跳跳地跨过一道道的番薯垄子。只见他亮着嗓门尽情高唱：“到农村去，到边疆去，到祖国最需要的地方去……”

歌声充满着朝气，热血沸腾，让人听了那么荡气回肠。这小伙子叫张明明。几个月前，他从广州太古仓码头坐红卫轮渡海而来。他个头不高，因长着个大脑袋又剃了个光头，知青们都叫他“大头明”。在连队知青队伍中年龄最小，连长见他稚气未脱干不了农活，安排他看守番薯地。

猛然间，他似噎住了歌喉，随即恐慌地大声叫喊起来：“喂！喂！你们别往那边靠呀！小心呀！有山猪炮！有山猪炮……”他边喊边跑过去。原来，在不远处有人蹲在番薯垄沟里用手中的竹签子快速地刨挖还未到收成时间的番薯。

他的喊声惊动了挖薯的人。一个十余岁模样的小姑娘见有人叫喊，挑起两篓箕番薯一溜烟往山里跑了。另一个却不动声色，仍在地里继续刨着。张明明上前一看，竟然是上了年纪的老大娘。眼见老大娘就要触及扎着红飘带的木桩子，猝不及防的爆炸就要发生。他顿时慌了手脚，用尽全力把大娘猛拽过来，随手抓起老人的扁担狠狠地扔去一旁，接着大声呵斥："老太婆呀！那里很危险，地下埋着山猪炮！山猪炮！"

大娘没吭声，嘴里嚼着槟榔，脸上还带着微笑。

他更为气急，跺起脚来："你想死也不要让我看见，别死在我面前！你炸飞了也害我嘛……"一阵抱怨，又见老人瘦骨嶙峋，一身补丁贴补丁的黑色衣裳渗出了一圈圈白色的盐印，谅她又渴又累，起了同情心，不再骂了。

老人见他息静，扯了扯一尺多宽的黑色大裤管，一屁股坐在番薯地里。一双长满老茧的手在身旁的箩筐里拿起一个约两趾头大的番薯擦了擦泥，又闻了闻放回筐里。她似乎没听懂小青年刚才的话，昂头直望着他。

张明明见她那副可怜兮兮的模样，放轻了嗓门："阿婆呀，这里是我们兵团的番薯地，那些扎着红飘带的木桩下面都有番薯炮弹，是我们自己做的'番薯炮'。炸药装在挖空的番薯里面，也叫山猪炮，你懂吗？是专门炸山猪的火炮，轰隆一声，黑乎乎的猪头就飞上天了……"他指手画脚，想让老人能听明白。

大娘静听着，嘴里津津有味地嚼着槟榔，双眼直瞪张明明手中的那把长杆镰刀。片刻，她咧了咧嘴，口角流出了一滴滴血红般的槟榔汁。

面对老大娘这副满不在乎的表情，他一筹莫展。万幸老大娘没踩着用番薯掏空塞进火药的土炮弹，否则，后果不堪设想。这六颗土炮弹是连长手把手教他炒的火药。就因他炒火药加碎瓷时用力猛了点，炒锅就冒了黑烟，把连长的脸都烧黑了一层，至今还留下了疤痕。总之，番薯炮威力不可小视。怎么说才能让老大娘明白这里埋着"炮弹"？他抓耳搔腮干着急。忽然想起当地老百姓称普通话为官话不入耳，而儋州方言追溯千年乃是粤语系族，他干脆说起粤语了。

"阿婆，你住边度（哪里）呀？我送你返屋企（回家）？佢啲（这些）番薯仲（还）没挖得，豆丁咁（这么）大，你留住，我唔要（不用）你交公，千祁（千万）唔好（不要）再来挖。伲啲旗下有炮弹，是‘番薯弹’……”他耐心地解释。

大娘似乎听明白了，点了点头。随手把大裤管卷起，露出了充满凝血的膝盖。只见她摸了摸渗血的膝头，摆了摆手。

张明明靠过来一看，顿时傻眼。也许刚才自己用力过猛把她拽伤或是扔下扁担时砸的，责任大了。兵团建立时指导员宣布了军民团结的纪律。这军民鱼水关系不能被那半筐番薯给破坏了！他哄着老大娘：“我不是有意打伤您老人家嘅！我这就背你回连队医务室，上点药就没事了啊！”

老大娘没说话，“噗”的一声，朝伤口处吐了一口带着槟榔汁的唾液。这一看，膝盖鲜血直流，伤势显得严重多了。

张明明见状急忙叫道：“冇呀（不要）！千祁冇吐口沫，伤口会感染嘅！”他头摇得像拨浪鼓似的又说：“老人家呀！我不够胆死嘅，你有事，我就死定。”没等大娘答话，他快速蹲下身来背起大娘。老人家反应也机灵，就在张明明背上她的同时，一手抓起了她装有少许番薯的筐子。

张明明吃力地背着老大娘和她那个装有番薯的箩筐，疯狂地朝连队奔去。因山地坑洼，他深一脚浅一脚地真怕老人受不住颠簸又出乱子。好一会没听见老人吭气，自叹道：我是尽力了，今日是我十六岁大寿，碰上你这个老佛爷，我连粥都没命食了……

正是晌午，烈日炎炎。拂面的热风如同对着烟囱口，没有丝毫凉意。他大汗淋漓，高高的鼻尖上落下的汗水已汇成流线。他停了一会，稳了稳脚步，咬紧牙关跑了起来。这会儿他的脑海里神奇般地冒出时兴的精神鼓动口号：“下定决心，不怕牺牲，排除万难，去争取胜利！”他默默地背诵着，犹如失眠的人反复数着阿拉伯数字一样。无论是什么样的精神鼓舞，随着脚步的奔移，已把大娘背到了连队入口那棵三人抱不拢的荔枝树下了。那棵树宛如连队的大门，到了那就是进入连队住地。他松了口气，快步绕过连队处于热闹时段的篮球场，径直往医务室跑去。

“明仔，大头明！你背谁呀？”在篮球场上，一个身段苗条，穿着一件米黄色的确良上衣，头上扎着两撮小刷子式的短发，鹅蛋脸上戳着两个深深酒窝子的女青年朝他喊着。她的声音很亮，很甜。

张明明没回头，边跑边说：“是阿嫲（老大娘）呀！贼仔嫲！你快来搭把手吧！”

“喂！我们都在破私立公，财产归公。你应该积极参加！” 她抓起广播筒，对着张明明半开着玩笑似的喊着。她的喊声，引来一群看热闹的孩子嘻嘻哈哈地附和着：破私立公！破私立公！她是张明明的表姐，叫顾蕾。她思想进步，是“毛主席挥手我前进”的知青表率。1968年11月初，她带着十五岁的表弟，与上山下乡的知青队伍一起从城市到了海南岛四新农场最南面的偏远生产队。如今农垦变成生产建设兵团，她从一名农场工人变成了军垦战士，觉得自己的责任更为重大和光荣。在这几十人的连队里，自从“文化大革命”开始时揪出党支部书记为“走资派”后，如火如荼的革命气焰已经弱去。她认为，紧跟全国形势除了每周六下午雷打不动的政治学习和晚间读报外，还应该继续展开“破私立公”的活动。她的建议获得连队党支部赞许。所以，“破私立公”活动又掀起了浪潮。在她的带动下，果然颇有成效。

其实，“文化大革命”一开始职工们就“破私立公”了。首先是各家各户养的猪都归入垦殖队猪圈，接着铲平了自留地，然后把自家门前屋后的果树全砍了。本来就不富有的职工家庭变得更为贫窭。唯一剩存的资本主义尾巴就是每家限量的那两只母鸡了。为了紧跟全国革命形势，垦荒种橡胶的职工利用原来搞副业的工余时间转为学习“两报一刊”和跳“忠字舞”。后来，知青来了，革命小将来了。老职工就像当年山区人欢迎红军那样盼来解救穷人的队伍。他们渴望有文化、有知识、有干劲的年轻人充实生产建设队伍，继续掀起连队的革命热潮。

这些当年豪情满怀的“旧世界的批判者”，他们继续高举着“破四旧，立四新”的旗帜，无时无刻地闪耀着红卫兵的锋芒。由于知青的活力，尤其顾蕾，她发挥着小将的余热，带头掀起新的浪潮。因此，连队的“文化大革命”运动再次活跃起来。她认为，在有人群的地方，如果不遏制少部分人拥有较多的生产资料，无疑会产生对另一部分人的剥削和压迫苗头。根据马克思主义的富人对穷人的剥削理论，要建立一个没有剥削没有压迫的社会主义国家，首先是去除对生产资料的过多占有。所以，她对职工中私人拥有缝纫机、自行车以及超出家庭人头的锅碗瓢盆持不同见解。虽然这些私有财产远不及生产资料的规模，但也是自私自利的资本主义思想。城里来的青年和支部领导人经过辩论达成共识，他们把连长和指导员家的缝纫机抬出归公，把共产党员符井开和杜河家的自行车拿出给众人使用。几个退伍兵的家里多余的锅碗、米缸、水缸全拿到连队的托儿所。连续几次活动后，连队领导和老职工除了按家庭人头计算的家当外，没有更多的充公财产。但是，年轻人不相信那一套。通过深入宣传和鼓动，不少人心头豁然开朗。老单身汉欧阳大坤自己一人拥有两个痰盂也主动积极地拿出一个。 他们把充公的物品堆放在篮球场上，把人名和物品都抄写在一张红纸上，那叫“光荣榜”，以示鼓励和表彰。

表弟张明明的任务是守护番薯地，不能参与她们的活动。顾蕾是虚张声势，有意嚷嚷，以示警钟。不过，她双脚已离开篮球场，急匆匆地朝医务室跑去。

张明明气喘如牛，背着老人刚进了医务室，顾蕾她前脚也跨了进来。

从部队转业的卫生员已回乡探亲了，医务室只有代理卫生员。因为人们追逐新生事物，把新来的卫生员乔志强称为“赤脚医生”。他个头中等，方方的脸，双眼深凹，浓眉，留着两撇八字胡。1965年高考落榜，后来报名参军。母亲听说他要去当兵就到市里哭诉，硬是把他留了下来。乔志强在城里找不到合适的工作，游手好闲。1966年春，赶下乡插队的新潮，他瞒着母亲和三个姐姐，从广州跑到了海南农场。对乔志强来说，到海南垦荒戍边也不是破天荒的事。早在他童年的1955年，广州就有了第一批青年志愿垦荒队到了海南。那天是12月6日，正是他十周岁生日，他拿着母亲给的两个熟鸡蛋就去观看出发海南的光荣队伍。也许，这就是命运的巧合，十年后他也步上了征程。因为根正苗红，思想进步，工作积极，当了两年的苗圃工就被选送去县卫生学校培训班学习。从卫校回来，赶上兵团成立，他又多学了一个月的战地救护工作，昨日刚到连队。

他见张明明背人进来，问道：“这是怎么回事？我们连有这个年纪的人吗？”

张明明抹了一把前额的汗水：“你别问了。她膝盖破了皮，还往伤口吐唾沫。那些红彤彤的不是血，全是槟榔汁。会感染吧？”

乔志强不慌不忙地说：“唾沫也是药。当地老百姓治伤都喜欢采一种叫‘飞机草’的灌木叶子和唾沫捣烂在一起，或者把‘飞机草’塞嘴里嚼碎，然后敷在伤口上。嗯！这老大娘是皮外伤，骨头没事的。我给她用消毒水洗洗，再上点紫药水。破了皮就不能用松节油了。”

顾蕾扶着大娘坐在长板凳上，见汗如雨下的表弟仍紧锁眉头，问道："你不是在番薯地放哨吗？怎么遇上阿嫲了呢？学雷锋呀？"

张明明叹了口气："偷番薯啰！我怕她们踩上番薯炮嘛！我没打她，不是我有意打伤，她自己可以作证！"他用汗衫抹一把脸，接着说，"几（多么）肉紧（紧张）呀！她们就朝着插小旗的地方挖喔，像马骝（猴子）一样，手脚快呀，眼看就要炸了，吓死人啦，我赔不起人命呀！"

"哦！是贼就不能同情！装有番薯炮还敢偷？真是不要命！"顾蕾语气虽重，又因嗓音清甜，听起来不像责备人。

老大娘仍然笑眯眯地没有言语。说实在，一辈子说儋州方言，无法说普通话。小青年弄伤她的膝盖骨是"殴打证据"，但也不能怨人。咱老百姓本不该去偷挖兵团的果实。尽管祖祖辈辈的田园都被大陆人用去种橡胶，也不能以偷食来解恨。

张明明见大娘情绪不错，宽心地说："阿婆，我是想救你不是伤你，对吗？"见老大娘仍然没答话，又说，"包好伤口我就送你回家吧？我很负责的哟。"

顾蕾瞧着表弟那股吃力不讨好的傻劲，忍不住笑出声来："你呀，当起孝顺儿子了，认贼为母得了。"接着又板起脸，"哼！对这种侵犯国家利益，损公肥私的行为，我们应该做不妥协的斗争。这些村民太没觉悟了，我报告指导员去！"

"谁伤啦？严重吗？"有人问。像铜钟似的声音从医务室门外传来。随着一阵"嚓嚓"的脚步声，那人跨步进门。原来是指导员关淼庭。他是个瘦高个，平扁的鼻梁，宽厚的嘴唇，目光睿智深邃。那年从粤北随部队打入海南，为掩护战友被弹片击伤手臂。在部队只有三年经历，但有战功。1952年，他跟随作战部队为执行党中央的大规模植胶的指示转为垦殖建设。那年转业的解放军指战员有两个师和一个独立团，再加上大批干部和科技人员以及招收的民工，组成了第一批20万人的垦殖大军，他就是这支大军中的一员。

"指导员，我正要向你报告……"顾蕾停住了跨出门外的脚步。

"嚯！顾蕾同志！是不是又有新的学习体会？你对马列著作钻研很独特，团党委领导给予很高评价。我们找机会详谈，要再接再厉！"他刚从团部开会回来，没进家门就直接去了篮球场。在"破私立公"活动的人堆里得到了张明明学雷锋背着老大娘进医务室的消息。

“嗯！”顾蕾腼腆地笑了。她无意中见乔志强正颜厉色地投来一束难以捉摸的眼光，心里“咯噔”一下，收起了笑容。

“指导员，我要向您作检讨。”张明明不安地说。

“检讨？”指导员很诧异，没等他回答又接着问，“老大娘情况怎样？”

“没大碍，大娘骨头硬朗得很。破皮的地方两三天就能结疤。”乔志强答。

“一定要全力治好！”指导员放心了，转头问张明明，“你会打老人？”

“指导员，我不是故意的！”张明明趁机汇报了老大娘受伤经过。指导员听后，微笑地点点头，没有任何责怪。转头用当地的方言对老大娘说了一通话。老大娘忽然眉开眼笑，一会儿摇头，一会儿点头，嘴角的槟榔汁流到了下巴也没察觉。张明明对当地语一窍不通，愣了半天。顾蕾似乎猜出点名堂，问道：“指导员，你是不是叫我们送她回家？没问题，我脊骨很有力，可以背着她回去。”

“不急，不急。”指导员摇了摇头，对张明明说，“先把她背回我家吧！她饿了，让她吃饱再走。”转头朝顾蕾说，“今晚团部电影队来巡回放映《地道战》。放映前，你们知青搞个拉歌比赛，带动全连老少，怎么样？”

顾蕾是文艺骨干，拉歌、跳忠字舞最为热心。她兴奋极了：“今晚真有电影？我给大家报信去！”话才落音，人已蹦出医务室门外。

张明明没跟着顾蕾出门，见指导员转过身来背老大娘，急忙抢先行动。

指导员原想以身作则，却拗不过年轻人的满腔热情。张明明背起老大娘刚走几步，指导员凑在他耳边轻声道：“今晚看完电影后我们谈谈心。”一听“谈心”，他立刻忐忑不安起来。前阶段递交了入团申请书，按指导员的嘱咐，只要努力，积极要求进步，守番薯地也能出模范青年。所以，他就尽心尽力去守护那片番薯地。今个儿遇上偷薯的老百姓，还有受伤事件，他暗叹倒了八辈子霉。

谈心活动也是农垦转为兵团后的新生事物。领导找群众谈，党员找团员谈，老职工找知青谈，先进找后进谈。尤其是指导员，全连有老职工43人，新到知青22人，得逐家逐户逐个地谈，一个轮回就是两个月。仅谈心这事，指导员说他自己忙得放屁都没时间。

二

"今晚放映《地道战》"的小黑板已在连队食堂挂出，大家奔走相告。在连队能看场电影，无论是纪录片还是故事片，都百看不厌。放映地就是露天篮球场，也是全连的活动中心。篮球场被两幢砖瓦平房和四幢泥草房圈在中央。除篮球场之外，也没有多少剩余的活动空间。但大伙还是把房前屋后的泥土地扫得烟尘滚滚，垃圾杂草清理得一干二净，迎接电影片的到来。

《地道战》片子已经放映多次。那片子是讲述抗日战争时期华北平原抗日军民利用地道打击日本侵略者的故事。后来被当作体现毛泽东的人民战争思想的教学片。从"文化大革命"以来，职工能看到的电影也就《地道战》《南征北战》《地雷战》这三部深入人心的作品。由于连队文娱生活单调枯燥，有电影就是有娱乐，没人在乎新老片子。即使是连队知青自编自演的"三句半"节目，也都欢欣鼓舞。不过，《地道战》的地道挖掘，对连队也曾有过举足轻重的意义。

由于各级领导的动员和讲解，职工队伍中备战、备荒、为人民的思想空前高涨，挖地道也成了防备帝国主义的侵略和原子弹战争爆发的"自救"方法。连长曾领着大家挖了环绕职工宿舍及队部一圈的防备空袭的壕沟，壕沟外围用铁丝网加固为防护带，有几条壕沟的出口连着南庙岭和番薯地。职工宿舍的窗户用能装200斤大米的麻袋装满泥土当沙包堵塞着，两栋砖墙的职工宿舍平房也通过地道串联。家家户户由公家发放的两块50厘米宽的木板架起来的简易床床底，也挖了大小不同的藏身地洞。唯一不安全的地带就是那个铁丝网没有圈划的公厕。指导员说，公厕筑在队部通往当地老百姓的五个村庄的主道旁，若用铁丝网圈上了对人民百姓不方便。再说，积累粪便也是有益于连队的生产建设。如此森严壁垒，严防外侵的战壕与地洞一直没能派上用场。但是，"文化大革命"的派性武斗后期，为避免职工受当地村民的不同派别的误伤，这些壕沟与防空洞曾起到了难以想象的躲藏作用。

夜幕降临了。这天是己酉年庚午月夏至，高挂的月牙不光也亮。再加上用煤油充气的汽灯，球场照个通亮。球场上拉歌仍在继续。班与班之间的拉歌都由班里的宣传员带动着，顾蕾不仅是三班的文艺骨干，也是连里的宣传队员。由她牵的头，三班拉歌从来不示弱。

顾蕾亮着嗓门喊着："二班二班，再来一个？"

"再来一个！"众人响起热烈掌声。

她接着又喊："再来一个，好不好？再来一个，要不要？"

二班的宣传骨干郑文华是个典型内向的小伙仔，绰号"大只佬"（大块头）。他不仅歌唱得好，篮球也打得棒，是顶呱呱的中锋。可就是拉歌喊不起号子，只好硬着头皮又让二班职工反复唱着毛泽东主席的语录歌："我们都是来自五湖四海，为了一个共同的革命目标，走到一起来了……"

班与班，唱！再唱！反复唱！语录歌！赞颂歌！三忠于，四无限！有城里的知青加入职工队伍，气氛显然欢快热闹。唱吧！此时此刻，似乎没有更好的方法能比唱革命歌曲更体现自身革命和袒露内心的纯朴。

"敬爱的毛主席，我们心中的红太阳……"

"我们走在大路上，意气风发斗志昂扬……"

"大海航行靠舵手，万物生长靠太阳……"

"电影来了！电影来了！"几个守候在荔枝树下的孩子兴奋地跑过来报信。

10点半，团部放映队终于来了。歌声顿时停了下来。因为是巡回放映，上一场放完了得赶十余里路才到下一场。放映员是从部队转业的俩小伙。他们骑着自行车带着放映机急匆匆地朝球场蹬来 。

篮球场是新铺的水泥地，是知青到来的前几天铺的。由于连队是第二批开发的垦殖地，仅十年历史，所以，仍似地质勘探队的营房一样简陋。虽然已从农场垦殖队转为生产建设兵团的连队，但编制上没有变化。只是书记变成指导员，队长变成连长，小组都改编为班，职工又叫战士。职工队伍中主要有粤西、粤北支边青年和转业复员军人以及在当地招来的少数农民。大多数老职工都是小学三年级以下文化，甚至是50年代初扫盲时才识字。年龄最大也没过不惑之年。

自从1968年来了第一批知青，连队生活变得丰富多彩了。生龙活虎的年轻人带来了城市的阳光、青春的活力、知识的力量、天真烂漫的情怀。老职工常说，知青来了，枯木逢春了。虽然他们在10年前也风华正茂，知青一来，就觉得自己成老朽了。

放映前指导员亮了亮嗓门："团党委对我们无比的关怀，给我们送来了电影，我们对此深表感谢。团党委还特别指明，知青是我们兵团的新生力量，是我们建设边疆不可缺少的主力军。为了活跃连队生活，以后每月有一次电影。现在，我们的电影马上开始了，请大家起立。"

大家都起立，右手揣着《毛主席语录》在胸前，对着篮球板上的毛主席像三鞠躬，异口同声高呼："敬祝毛主席万寿无疆！万寿无疆！"

放映正片《地道战》之前是新闻纪录片，报道的是各地 "早请示晚汇报" "天天读" "讲用会" 的经验。看电影的人群，许多人交头接耳，嘻嘻嚷嚷，谈的大多数与新闻纪录片无关的话题。坐在顾蕾前方的是受了膝伤的老大娘，她和指导员的妻子陆惠芳紧挨着。老大娘是陆惠芳背来的，听说被侍候得像亲娘一样。

顾蕾环顾四周，见连队职工周围坐满了邻村的老百姓。与往日不同的是许多村民手中都拿着扁担和棍棒。她心里有一种不祥的感觉，新闻纪录片还没完，已坚持不住了，对身边的葛小敏说她去"一号"，接着就轻轻地挪近了张明明的身后。附在他的耳边说："你跟我来！" 张明明手指被表姐紧抓住。他俩悄悄地离开放影场，走进了女生宿舍。这时，张明明忍不住了："表姐，你有话就说，有屁就放，别这么神秘兮兮！"

"今晚可能有事发生，我们要有对策！"顾蕾很敏感。她必须带表弟去一个安全的地方。原打算到老职工家躲藏，看大家都在电影场了，她只好另打主意。"要不，我们入地洞，进战壕！"

张明明虽然听话，也觉得躲藏纯属多余，缓缓地说："那不行，壕沟里有蛇。前几天连长老婆在清理壕沟时被竹叶青咬了，那条蛇还没抓着。"

"唉！你真系生人唔生胆（胆小鬼）！"顾蕾看他光着头，迅速从自己的行李袋里找出那顶当年被毛主席接见时戴的红卫兵帽子强硬给他戴上。接着，又把自己的衬衫给他。

张明明不乐意了："我穿背心已热得冒油了。再加件女衫，不傻都闷傻了！"

"傻仔，听我的没错，快走！"顾蕾探出头，觉得还安全。一手拿着手电筒，一手抓着表弟的手腕，绕过宿舍后墙的壕沟，顺着壕沟走出连队住地，闪进了漆黑的女公厕。

连队的公厕简陋，没有门板，却是砖墙泥瓦，比知青的临时宿舍坚固。坑位底下是两米多深的大粪池。虽然粪池被种菜工人掏得所剩无几，但天气炎热，从粪池里倒灌上来的气味直刺心肺，恶臭无比。前阶段连队抓了个常蹲粪池里偷看女性上厕所的村民，没人相信那是真的。因为正常人不可能忍受如此难闻的味道。后来才搞清楚那人患有精神病。如今，他张明明却被表姐强拉到此，心里很不是滋味。他把那件女衫脱下紧紧地捂住鼻口，担心自己会被氨气和硫化氢什么的熏死。

顾蕾屈着中指用力地敲了他的大脑袋："谁叫我是你表姐！你没见他们拿着扁担看电影吗？那就是武器！我猜他们会有报复举动。"她到门外看了看，"小心没有错，毛主席都说要提高警惕的。在这里虽然臭，还达不到死人的程度，我当年化学课全班第一，我懂。"

"全班第一也被臭死！你是理论脱离实际。我今天是十六岁大寿，鸡蛋都没得吃，还要在厕所熏成臭豆腐！"张明明一肚子委屈。他原本是个无忧无虑的快活人。小学刚毕业就迎来了"文化大革命"。因年纪小没能参与史无前例的红卫兵大串联。后来的派性武斗，他又患了肝炎被母亲关在家里不让出门。父亲原来是粮油单位的领导，因有"问题"仍在隔离。那会儿报名上山下乡时他的身体刚康复，为了让未满九岁的弟弟将来有留城的机会，母亲把他交给年长三岁的表姐顾蕾。俩人到了海南岛，承蒙领导的关照分到同一连队。再则，连队对那些随亲友而来的"小知青"都尽量安排在后勤工作。比如放牛、小卖部、切猪草等等。张明明的工作就是守山。对肩不能挑手不能提的"小知青"来说，那是再好不过的差事。守护连队田园，除了驱逐偷食的山猪、山羊，最难对付的就是劝阻附近偷拿连队财物的村民。今个儿误伤了偷番薯的老百姓，有意无意都是错。这事他不能快活了。

顾蕾没那么脆弱。她的父母原本是铁路工人，是最优秀的革命阶层。正由于家庭出身的优越，她感到无比的自豪和骄傲。十六岁的她，跟随大串联的队伍，重走了红军长征之路，终于赶上了毛泽东主席第八次接见红卫兵。不过，那次因北京受寒流袭击，她又饿又冷，散场时她的同伴因为过于激动晕了过去。她自己顾此失彼，拖着女伴趔趔趄趄地跟着散去的人群。人挤人，桥塌了，一辆乘坐红卫兵的车翻了，有人伤亡。顾蕾也被人挤倒了，摔下来时叠在别人的身上，崴伤了脚踝骨，丢了一只鞋。她的同伴摔醒了，幸好没大碍。说实话，她觉得在"停止串联，回原地闹革命"之前能见到毛主席，那真是一生中无比幸福的事情。

然而，神气十足的日子没多久，在"清理阶级队伍"期间，有人检举她父亲曾经参加过"东山浸信"。指明是1949年春的一天，父亲"从基督教东山堂走出来，样子鬼鬼祟祟"。就凭这一检举，父亲被莫名其妙地疑为混进工人阶级队伍中的"异己分子"，必须关押审查。顾蕾为此感到迷茫。她曾为父亲参加过粤汉铁路通车剪彩的经历感到荣耀无比，为自己能生长在无私无畏的铁路工人之家，尤其是与广州解放同龄感到无限的荣耀。然而，突如其来的阶级成分变异使她感到震惊和恐惧。到了农场后，指导员找她谈心："党的政策一贯是：一是看成分论；二是不唯成分论；三是重在政治表现。只要个人努力，坚决彻底地与家庭划清界限，积极要求进步，还是好青年。你是被毛主席接见过的红卫兵，你的觉悟要更上一层楼。"所以，她处处表现积极，思想要求进步，见缝插针式的检举群众中出现的不良"苗头"，保持每周向连队领导汇报自己学习毛泽东著作的体会和心得，上交读书笔记，受到了团党委的多次表扬。

为了改造自己的世界观，减轻父亲"问题"带来的不幸，顾蕾遇事总要瞻前顾后，三思而行。记得指导员与她谈心时说过："农垦的建设和老百姓的支持是分不开的。由于'文化大革命'以来，农垦与地方仍遗留着派性思想，要彻底清除派性思想意识，还需努力。兵团刚刚成立，我们必须严防个别思想偏激的人挑起事端，破坏军民关系。"指导员的谆谆告诫，她不得不提高警惕。今日是老大娘一人受伤，难免牵动她全家的误解，甚至惹来周边几个村庄老百姓的义愤。她越想越感到害怕，只好硬拉着表弟到女公厕躲藏。虽然自己畏惧无比，但嘴里却强硬地反复念叨着毛主席语录，以壮二人胆量："下定决心，不怕牺牲……"

也不知道过了多久，高音喇叭传来了《地道战》的主旋律。显然电影完场，人们正兴奋地谈论着片段和台词，哼着歌曲，扛起自家板凳陆续散场。

猛然，在电影机旁，一只粗壮的胳膊高高举起，腕中手表被汽灯反射出耀眼的光亮。一声方言高呼:"做佢（打他）！" 接着，三个不同的方位，伸出了三支胳膊，异口同声："做佢！做佢！"

霎时，许多年轻人被从附近村庄来看电影的村民团团围住了。村民中有人带着浓重的方言大喊："交出凶手，交出凶手……做佢！做佢！"

许多职工不知所措，胆战心惊。他们中大多数人并不知道张明明守山时发生了意外，也不知道村民喊叫的"凶手"是为了啥事端。

指导员预料一场斗殴即将发生。他提高嗓门大喊："全体职工注意，特别是知青同志，速速回到宿舍，不能与老百姓发生冲突……"

大家听到叫唤，顿时醒悟。老职工以当年派性斗殴时逃生疏散的方式，都往家里跑，往地洞里钻，往壕沟里跳，球场上一片混乱。

"啪"的一声，指导员的背后挨了一拳，他朝前滑了一步。

"做佢！"村民中有人亮着公鸭嗓喊着。

跟着是一片"噼里啪啦"的声响，同时混杂着"打凶手！打凶手！"的喊声。村民们冲着男人打，冲着知青打。陆惠芳顾不得自己的孩子，急忙背着那个在番薯地受伤的老大娘飞快地往家里跑。疏散四处的老职工边挨打边用当地话叫喊："别打！别打！这里没有凶手，没有凶手呀！"知青们拿着自己看电影坐的小板凳抵挡着劈头盖脸而来的扁担和小石头，没敢还手，迅速撤回各自宿舍。

知青集体宿舍，是男女生分开的两幢茅草屋。所谓茅草屋，就是按垦殖场的老规划，模仿当地老百姓的传统宅子，由六根一米多长的小竹和一把把一米多长的干茅草编织而成的草夹筑屋顶，泥浆和干草混合糊成了土墙。两人一小间屋，每人用两条长凳架着两块木板为睡床，床边有一张书桌一张椅，靠门的木架子放着一个暖壶一个脸盆，另有一个冷壶一个杯，墙角里还有一个铁桶，墙上挂着一顶大草帽和挨墙放着的一把锄头和一张镰刀。虽然简陋，但基本生活用具是齐备了。即便外界多么吵闹，这时候只要躲进屋内就觉得安全。

然而，男知青宿舍还是被村民团团围住。有人往泥草墙上的"田"字窗里扔石头。因为窗户是报纸糊的，挡不住石子，知青们只好用脸盆抵挡。石子越砸越多，看来屋内也不安全了。若村民冲进屋来倒腾，泥浆糊的墙也阻挡不了势头。眼看事态越来越糟，大伙心急火燎，不知如何是好。

这时，有人带头唱起了歌："军队和老百姓，咱们是一家人，哎咳！咱们是一家人。搞革命保边疆，咱们要一条心……"接着又有人唱起了"我们都是来自五湖四海"这一首毛泽东主席语录歌。有些村民听见歌声，停止了扔石头。但仍有村民大撒野性，把牛粪抛了进来。几个躲闪不及和好奇心强的知青未及时撤回宿舍，果真被村民追赶。有人被村民的扁担打伤了，满脸是血。葛小敏手抓两张小凳子，逃避不及，在门前摔了一跤，门牙被嗑断了半截。这时又有人喊道：指导员受伤了！

听到指导员受伤，那个脸颊淌血的二班宣传骨干郑文华，猛地抽出自己的腰带，左右开弓，猛甩几鞭，唬退逼近身边的人群，趁势提起倒地的指导员问道："领导呀！我们什么时候才能还手？"

指导员用力推开他："大只佬，什么时候都不能还手，快打电话，通知团部派人来制止他们！"

郑文华没理会指导员的话，一手仍在甩打着皮腰带，一手护着指导员，朝连里的公用电话机方向开出一条路。他一贯少言寡语，这时却咬牙切齿地咆哮开来："有我大只佬在，你们谁也别想伤害我们的革命领导！"可不，这个曾经在广州越秀山"砖战"观望队伍中敢于冒险捡到两个枪弹壳的年轻人的内在刚烈算是流露在行动了。其他知青听说指导员受伤了，也奋不顾身地跑来护驾。眼看就到了挂在连部门外的电话机旁，忽然，又一伙村民围了上来。郑文华的皮腰带仍在左右甩动。他喊道："指导员，快！摇电话！"指导员在郑文华护卫下摇起电话机。一些知青也赶来，手拉手筑成了护卫圈。

"做佢！用担挑（扁担）做佢！"村民中有人大声叫喊，许多人附和。一伙村民把保护指导员的年轻人打散，扁担朝指导员额上砸去。

郑文华终归寡不敌众，被推倒在地。霎时，扁担拍打声像倾泻的大雨一样落在他的身上。那些躲在防空洞暗处的年轻人见势不妙，决定跳出壕沟，来个外包围。老职工杜河双手拦住了跃出壕沟的青年："我们不能参战，准有坏人唆使，不能中圈套。这些老百姓原来都是好人。十年前我们建队时，没少帮助我们。"

炊事员马晓冬懊恼至极："唉！再打下去，会死人的。"他不顾劝说，猛然甩臂，势不可挡地冲进人群，试图把倒地的郑文华救起。

"做佢！是佢（是他），光光壳（光头）！"一群村民发现他了，群起而攻。

马晓冬力不从心，只好寻机逃离。村民们吆喝着，穷追不舍。马晓冬绕着宿舍跑。路经指导员家门前，他犹豫一下，正要脱下凉鞋掷出。指导员妻子开了门缝，用劲一拉，把马晓冬拽进屋内。门外响起"噼里啪啦"的砸门声。

陆惠芳抓住他的手臂，坚定地说：“马仔，我们不能还手，再坚持一下，团部一定会来救援。我已经摇通电话了。”

“陆姨，我知道！但是，唉！很冤枉。事态已经很严重了，等不及……”他正说着，忽然看见那个膝盖受伤的老大娘正在煤油灯下打囤，顿时怒不可遏。陆惠芬使劲拦住他，劝他千万不可出人命，要忍！他只好强忍火气，指着老大娘气呼呼地说：“你有没搞错呀？你老人家被人供着，还有脸去打人！大只佬被人揞（打）了十几拳了，就来肝穿窿（孔）了……”他见老大娘没搭理，提高嗓门，“人家也有母亲在广州嘅（的），无端端地被你们冤打，好心疼呀！你有冇（有没有）仔呀？你的仔被人揞，会不会心疼？啊？”说着，突然一手抓起放在桌面的酱油瓶，不顾阻拦，冲出门外，面对乱糟糟的打斗场面疾声大呼：“不许动！不许动！”接着，竭尽全力高喊：“我有手榴弹，看清楚没有？这是手榴弹！谁再敢动，我就炸响了！”

顿时，人群中拳打脚踢的声音停了，“噼里啪啦”的扁担声也停了。虽然，谁也没看清他是否举着手榴弹，场面就这样静了下来。

忽然有喊叫声划破寂静：“有军车来了，解放军来了，解放军来了！”两道明亮的车灯由远而近。真的来车了！是解放牌的吉普和大卡车。

“嘣！嘣！嘣！”三声枪响，空中闪耀着红光，原来是信号弹。此时，围攻的村民中有人振臂高喊：“收水！收水！”眨眼工夫，围攻知青的村民全散了，散得没有踪影。一辆旧吉普车颠颠簸簸地驰过来，“咔嚓”一声停在了吭哇不平的连队进口处。后面跟着一辆解放牌卡车也缓缓地停了下来。

从吉普车上走下来的是团参谋长，现役军人。他的身后跟着的是连长陈兴国。他正在团医院做节育手术，听说连里出事，也跟车回来。从解放牌卡车上跳下几个持着半自动步抢的团部警卫班战士。他们虽然不着军装，那威风不弱于正规部队的战士。

指导员艰难地爬起来，见一同倒地的郑文华还躺在那，问道：“大只佬，你没‘报销’吧？”

“我还没死咁快，三步上篮都势不可挡。”他虽然满身伤痛，但口气还挺硬。

指导员叹道：“都是我缺乏新时期的战略眼光，幸好我们连队没有两派，否则就有大麻烦了。”

团参谋长见关森庭一瘸一拐地走过来，严肃地问："怎么回事？"没等指导员回答，转头对连长陈兴国发出命令，"全连集合，全连点名！"

连长陈兴国虽然结育伤口未痊愈，仍跨着艰难的大步，走向连队进口处那块用两根丫字形木桩架着的大铁片，也就是连队每天用于开工、开会、开饭的铁皮"挂钟"。他拔起插在旁边的那根一尺长的铁枝用力敲起来。

指导员捂住被打得疼痛难忍的腹部，艰难地对参谋长说："我们的职工，特别是知青同志，做到了打不还手，骂不还口，严格遵守兵团战士的纪律，体现了兵团战士的优良作风。"

参谋长点了点头："必须查清楚谁是主谋，谁是帮凶！"

听见钟声，职工们从家里、地洞、壕沟各处现出身来，三三两两都朝刚刚散场不久的篮球场走去。炊事班长杜河重新点亮了那两盏汽灯。炽热的灯光把全连被打的职工面目呈现出来了。连长逐个点名。除了指导员妻子守护着受伤的老大娘外，只缺了张明明和顾蕾。指导员急问："有人见到他俩吗？"

葛小敏左手遮住上唇说："电影刚开场他们就离开了，一直就没回来。"

乔志强补充说："是的，大头明原来和我坐一起，后来被叫走了。"

这么说那小家伙应该是安全的吧！指导员心想。由于附近村镇在"文革"武斗期间是重灾区，打、砸、抢事件时有发生。老场长霍廷荣，长征时期的"红小鬼"，没有牺牲在战火纷飞的年代，却倒在"文革"武斗的枪弹中。况且这次事件是小知青伤了老人，再加上垦荒种橡胶征地时招收村民为农场工人的名额有限，老百姓心中积怨已久。所以，这时候若有风吹草动，连队职工无疑受影响。

参谋长正要下令分头找人。突然传来一阵急促的跑步声。

"指导员，快！救人，顾蕾掉进粪池了……"张明明上气不接下气地跑过来，带着一股粪臭。

指导员没来得及回应，参谋长见满身粪便的张明明，惊疑地问："小鬼，你从粪池逃出来的？"

"我，我来搬救兵，顾蕾她，她掉粪池……"张明明口吃了。

指导员立刻明白了，这小家伙的确完好无损。参谋长虽然没问清来龙去脉，也下命令了："警卫班听令，全力救人！"

指导员忘却了伤痛，斩钉截铁地说："全力抢救，汽灯引路！"大家紧跟着警卫班战士，蜂拥而去。

话说顾蕾，她和表弟原本躲避在女厕。后来，一群村民女孩嘻嘻哈哈地朝这块宝地走来。情急之下，她拉着张明明闯出厕所朝铁丝网附近壕沟跑去。这时，又一群村民追逐着辨不清面孔的年轻人迎面而来，顾蕾只好拽着表弟闪进公厕背面。公厕背面是大粪池，连通厕所，是储积人粪便的地方。半边粪池顶面是厕坑位，刚才他们就躲在上面。在粪池露天部分有一块长形的盖板，这会儿竟不翼而飞。没料她一脚踩空，“砰”的一声，掉进两米多深的粪池里。幸亏种菜工人勤于淘粪，所剩的废物不多，但池壁仍然沾满粪便，又脏又臭，又滑又黏。张明明趴在粪池边缘，把手伸下去拉拽。俩人手指相碰，竟使不出劲来。要把百余斤重的人体从两米多深的粪池里拉上来，谈何容易。张明明又试着把腿伸下去，也无济于事。折腾了好一会，总算找到一根手腕粗的橡胶树干枝接力。结果，没用力就断了。无奈，他只好找帮手去了。

顾蕾双脚站在粪池里不停地颤抖。又滑又腻的粪便沾满了全身，一阵一阵恶臭随着一股股热风，直灌五脏六腑。双手黏黏糊糊的无法捏着鼻子少闻恶臭。双眼仰望着高高的粪池墙，虽然伸手不见五指，也没敢绝望。她默默地给自己鼓劲！她坚信张明明很快带人来解救她。然而，这样分分秒秒的等待，不是上刀山下火海，不是冲锋陷阵，不是顶天立地去死，而是挣扎在粪便之中。她忽然觉得很没意义，随之变得脆弱起来。人固有一死，她若死，也应该死得其所。要像蔡永祥烈士那样临危不惧，舍己救人……连长常说，死鸡也要屙泡硬屎！那是人死也要有骨气，何况现在还活着。无论如何都不能死在粪池里，一定要自救！她再次试着往上爬，却突然觉得嘴角酸溜溜地，原来是蛆虫落在脸上。“哇哇”的一阵呕吐，她彻底失望了。

“顾蕾！顾蕾！”传来了嘈杂的喊声。

灯火通明，人声鼎沸，救兵来了！然而，面对着臭气熏天的大粪池，警卫班持枪无济于事。有人倒了胃口，但不敢声张。连长见状，苦不堪言。他说：“炊事班有竹梯子，马上取来！”杜河拔腿去取，许多人呼啦啦地跟着跑。

“对！只有长梯才行！”参谋长虽然有过战争经历，但粪池救人也未曾经历。他加重语气，“我们搭人墙也解决不了问题。现在必须争取时间，迅速拿来梯子！”

指导员趁势开导着：“同志们，粪池再臭，也不比封、资、修的思想沾染脑子臭。我们兵团战士是经得起各种各样环境考验的。淘粪工人时传祥，就是不怕脏不怕臭，具有‘宁肯一人脏，换来万家净’的崇高思想境界……”

“来了！梯子来了！”有人高声叫着，打断了指导员的疏导。一把攀屋顶的长梯，由一群知青扛着。警卫班战士接过竹梯，争先恐后地下了粪池。

顾蕾终于从粪池里上来了，全身是粪便，脚踝崴了，刚上地面又歪倒下去。还是张明明眼快，紧紧地抓住一片衣襟没让她倒地，结果她还是被臭气熏昏过去。

“顾蕾，顾蕾……”几个女生急急地呼唤着。代理卫生员乔志强急忙为她做人工呼吸。不料，乔志强脸上也沾上了脏物。还好，顾蕾很快醒了过来。这时，她难为情地望着大家，觉得丢尽了脸面，伤心地流出眼泪。

因为连队不靠河，不靠溪，也不靠水库。全连饮用水就靠一口大井。围绕井口是两米宽的水泥地板，呈大圆形，也是日常冲澡、洗衣的地方。指导员立即吩咐两位女生把刚苏醒的顾蕾背到井边冲洗，还指定一些人把风放哨，严防再次被骚扰。

参谋长舒了口气，赞道：“你们不愧为兵团战士，正确地处理军民关系是非常重要的，也是非常有意义的，你们一定要发扬光大！”

三

解放牌吉普和大卡车离去时已是下半夜了。顾蕾是葛小敏背回宿舍的。她俩同住一间屋。顾蕾躺在床上，双眼狠盯着蚊帐顶，时不时惊恐地摸摸嘴角，在粪池里那种蛆虫钻嘴角的感觉久久没有离去。第二天是星期日，没有政治学习，也不用上工。除了篮球场上有知青在打篮球外，没有什么惊慌不安的嘈杂声。顾蕾熬过了漫漫长夜，醒来时觉得全身滚烫，尤其是那双泡在粪池里的脚，又痒又痛，又肿又胀。乔志强昨晚已给她崴伤的脚踝打了绷带，但疼痛仍没有减轻。

葛小敏蹑手蹑脚地走近她的床头，轻轻地撩开蚊帐：“顾蕾，顾蕾，我给你买早饭了。”她是1966年高中毕业，也是班中的优秀生，眼看要进大学门，结果遇上了“炮打司令部”。局势变了，思维变了，命运变了。

顾蕾偷偷把泪水抹去，红红的双眼充满着血丝。她转过身，虽然鼻腔堵得慌，却还是喃喃地问："你觉得我还臭吗？"

"你傻呀！臭什么臭！你那件红卫装就要洗烂了，陆惠芳专门煮了，还说把封资修的臭味通通地、彻底地消除了。"葛小敏手捂着嘴半笑着说。虽然昨晚葛小敏被嗑剩的那半截门牙仍钻心痛，也比摔进粪池的顾蕾运气好多了。她见顾蕾满脸通红，摸了摸她的前额，顿时大呼小叫起来："你发烧了？你的额头滚烫滚烫，肯定中毒了。我去叫卫生员，打一针会好受些的。"

顾蕾撑起像散了骨架的腰身，慢慢挨往床头的土墙。她内心虽然沉重，却显得漫不经心地说:"唉！烧就烧吧，烧也是好事！把那些小资思想烧掉，就能和贫下中农打成一片了！"

"你有冇搞错呀？讲胡话？黐筋（神经病）！"葛小敏没那些慷慨陈词，淡淡地说："我还是去找卫生员吧！打一针准能退烧。"

顾蕾急着拉住她手："别去！还是别去！他是男人，不行！千万不要！"

这帮年轻人的确有清晰的男女"界线"。男生与女生平日没有多余的话，只有政治学习和工作来往。到底是封建意识的鸿沟或是派性造成的隔阂谁也说不清。但是，乔志强不是同批来的知青，是早两年的"社青"，还有点区别。

葛小敏扮了个鬼脸："你真是烧傻了，看医生有分男女？人家昨晚还给你做人工呼吸，那阵子你怎么没说'哎呀！你是男的，不能救我'？"没等顾蕾点头她就走出门了。

乔志强忙了一宿。先是逐个处理被村民打伤的人员，接着上山采了些草药，天亮才从野外回来。葛小敏来到医务室，见他早饭还没吃完也不客气地把顾蕾发烧的事说了。为了病人，乔志强二话不说就背上药箱跟着葛小敏走出门去。

再说张明明，也彻夜未眠。他心里清楚村民冲击连队是因他伤了老大娘的缘故。不过，昨晚老大娘一家十几口人都在指导员家里喝了白米粥，把指导员家的月粮都吃得差不多了。原以为有说有笑、有吃有喝就是解决了"军民问题"，没料到还会出乱子。况且他还被扣上了"凶手"的帽子！到底还是表姐英明，时刻保持着高度的警惕性。回想自己参加农场也有小半年了，眼巴巴地瞅见那些上山开荒的同伴双手磨出一个个血泡，管理橡胶园的知青常给蚊虫咬得里外都是脓疱，挑水种菜的知青除了肩膀上磨破一层层皮肉外，还因施肥引起双脚过敏、中毒！相比之下，自己是多么的幸运。然而，他怎么也没料到守护番薯地也会惹是生非。想起表姐昨晚在粪池的遭遇，想起全连职工遭受自己的牵连，真是羞愧难当。他整夜都用脸巾盖着脸，因为他不敢露出脸面。千头万绪，就闹不明白，革命分工怎么就没有一份省心省力的呢！

同宿舍的蓝江给他几次劝导，仍然不见效果。蓝江只好嘲笑地说："你想一叶障目？咁唔生性（太不懂事了）！"

"我不是螳螂伺蝉自鄣叶！我就是觉得对不住大家。"他嘟囔了一句，心里觉得十分窝气。

蓝江拿他没办法，扶了扶自己那副超大的黑框眼镜，叹道："唉！衰仔（臭小子），唔衰攞嚟衰（自找霉气）！至今都没人怪你嘅！我说呀，踏出家门，十三岁和二十三岁都是一样大了，清醒一点吧！"

隔间的郑文华一早醒来，全身仍酸痛。听到隔壁的对话，忍不住插话了："大头仔，你还是运气好。你昨晚不躲，没准小命都保不住。"

知青住的茅舍，屋与屋之间的墙壁上截都是连通的，稍有声响，难免四通八达。郑文华这么一搭话，别的知青也不甘寂寞了。

蓝江说："是呀！他昨天过十六岁大寿，没吃上鸡蛋。"

"哗！大个仔啰，祝福你寿比南山喔！喂！寿星公，你昨晚到底躲哪去了？"长得文文静静的叫尚武拉长脖子大声问道。他和郑文华同一间屋，昨晚也挨了两扁担在手臂上。真是一人领头众人合，男生宿舍开始舌战了。不过，再怎么说都觉得躲厕所是下策。

绰号叫"讽刺"的梁枫说话了，"黐孖筋（傻瓜）！躲粪池还是比吊颈（上吊）好啲，起码还有条命。"

谈到死，车少谔立刻问："你们有人吊过颈咩？乜嘢（什么）滋味呀？"

梁枫笑道："我脚趾尾（小趾）扭伤都痛入心肝，怎能学吊颈呀？"

这一来，大家对上吊问题又辩论一番。

蓝江总结道："讲真嘅，吊颈的话，屎窟窿（屁股）一出屎就没得救喽！"

郑文华有自己的见解："乜嘢出屎呀！出脷头（舌头）就是真。"

连队报道员丘铁军一早就起床写稿子。他扶了扶眼镜，不耐烦地发话："你们能不能给我提供一些豪言壮语呀？什么'屎'呀！'脷头'呀！怎么能反映我们知青在紧要关头，不顾个人安危，保护战友，不伤百姓的革命精神呢？”

炊事班的马晓冬刚从厨房回来。昨晚他拿酱油瓶当手榴弹被大家赞了许久，成了急中生智的有功之人。他说：“丘仔记者说得正确。我们兵团战士，天天都有事迹，分秒都有战绩。我们应该有崇高的思想境界才对嘛，是不是？”

大头明见大家没有责怪他的意思，更觉得没面子。他忽然翻身起床，双膝跪在床上，双手一合，大声道：“各位大佬，你们为我挨打，我对不住你们。我大头明给你们磕头赔罪了……”

蓝江见状忍不住大笑起来：“兵团战友们，大头明真是乖仔，他向你们赔礼了。不过，他的姿势简直是‘花旦’，快来看吧！”

“乞哀告怜？好凄惨喔！”丘铁军好奇，嬉笑地想看究竟。刚跑出门，迎面来了指导员和连长，还有几个老职工。这伙人显然是来探望昨晚受伤的青年。他没来得及闯进张明明的房间，只好提高嗓门打招呼：“指导员，你们都来了？”

指导员面带笑容，点了点头，问道：“军仔，稿件写好啦？”

“快了，一会儿给您送去。”丘铁军应道。

指导员抬了抬眉梢：“你的文章一定要突出团党委领导的关心和亲自督战。还有全连新老职工的高姿态，从灵魂深处去认识军民鱼水情的问题。特别是知青的思想觉悟空前提高，个个表现突出，是我们兵团的未来和希望。一句话，有毛泽东思想的指引，任何艰难险阻，我们都能取得胜利……”

领导的一席话，屋里的知青听得一清二楚，个个心里特滋润，嘻嘻哈哈地都走出各自的房门，挤在门外的走廊。尤其是郑文华，获得领导的赞扬，由衷的兴奋，昨晚挨打也不枉。

“受伤的同志怎么样了？”指导员拍拍郑文华的肩膀。

马晓冬抢着说：“没事，我们的腰板都注上钢筋水泥，很坚硬！”

连长从来不爱笑，被火药烧伤的脸庞还留着两大块褐色斑印，看起来更严肃。他赞道：“你的酱油瓶手榴弹很有战斗力啊！可以记功了！”这话逗乐了众人，谁也不知道酱油瓶子还能唬人。指导员挨个问候，被打的知青除了郑文华的伤势较重外，其他都没伤中要害。看来老百姓也是手下留情，不然，闹剧难以收拾。他摸摸自己凝肿的前额，心想：还是年轻人厉害，一觉醒来就恢复一半了。

张明明仍然哭丧着脸，半晌不敢哼气。指导员也没含糊，对他说：“别难过了，写份材料给我，谈心还是要的。你们应该积极展开‘一帮一’‘一对红’活动。”接着，他朝连长使个眼色。

连长心领神会，立刻说：“是这样，我和指导员商量，明天开始你去放牛组。怎么样？有意见吗？”

连队有黄牛十六头，水牛三头。原来是老单身汉欧阳大坤看管。这次欧阳大坤被调去养猪了。所以，连里决定让张明明和新招来的本地小青年黎吆侬顶替。张明明乐了：调换工种，脱离那块倒霉的番薯地，正是他求之不得的事。

这时，指导员又兴奋地告诉大家年底又有一批新人到来。他见大家投来惊喜的目光，得意地点着头，似乎寄托了无穷的希望：“以后我们每年都要增添新生力量。那叫‘韩信用兵，多多益善’。我的意思就是人多力量大，干社会主义，就要热火朝天……”

梁枫站一旁，自以为是地插进一句：“我看还是孙子用兵好，以一当十。”

指导员脸色暗了一下，刚从顾蕾那里学到的一句老话，也许用的不是时候，他尴尬地说：“梁仔，帝王将相、封资修那套我们不能学！不过，用批判的眼光去分析腐朽的历史也是新生事物。有空教教我用孙子兵法也无妨。同志们，我们响应党的号召，开荒种橡胶十几年了，全靠我们这双手的辛勤劳动。我们一人只有一双手，人不多哪来多双手呀？所以，我说的就是人越多越好。但是，人多没有积极性也不行，不能吃闲饭！对吧？”

指导员只有小学文化，对历史文化中哪些该批判哪些该保留根本闹不明白。只凭着纯朴的思想和模糊意识，摸索着当领导的方法。他不会忘记自己那年亲历的社会主义革命大转折，这就是1952年该农场组建时，从林一师转来的89人队伍，又叫“屯垦戍边尖兵队”。他就是其中的小队长，领导12个队员。第二年的春天尖兵队扩编了，成了作业区。同时又迎来了第一批潮州支边青年。紧接着又来了一批部队转业、退役的军人，以及各地调来的技术人才。人多了，发展快了。现在又增添了“生在红旗下，长在甜水里”的知青。他们像幼嫩的胶苗，需要栽培，需要浇灌。他爱惜他们，挖空心思地与他们思想沟通。向年轻人学文化、学知识。通过与年轻人的接触，有效地调动了他们的积极性。当然，他的思想工作方法也受到了一些人的批评。有人说，知青是来接受再教育的，现在变得“倒栽葱”了。为了纠正“倒栽葱”，指导员也只好拍响桌子说：“这些后生仔又不是犯人，为什么要监督教育？”有人反驳说：“毛主席指明他们要‘接受再教育’，就是非教育不可。”还有人一针见血地说：“别以为我们大老粗真粗心了，我就看出你们这帮幼仔骨子里的心思。锄头还没抓稳就想回城了，不加强监督管理，没几天就全跑光了！”这话也不无根据。早年的垦边队伍中就有人试图逃离海岛。他的小队也有，因为没有过海通行证才返回。他的推论是：要继续社会主义革命，没有年轻人不行！再说，没有年轻人接班，就靠老职工繁衍生息，怎能发扬光大！何况又提倡有两孩子的夫妻结扎。他好歹生了三个儿子，而连长刚生了第二个女儿也扎了……

炊事班长杜河见指导员双眉紧锁，也无法猜透他的心思，就怕他改变刚刚筹定的主意，立刻郑重其事地宣布：“连队干部开会了，决定杀一头大猪送给老鳌村的百姓，以表歉意！”杜河的话不受欢迎。大家觉得被人打了还要去赔礼，郑文华头一个反对。马晓冬是炊事员，心里只想着给连队加菜。猪栏里只有两头猪了，一头留着国庆吃，一头留着下一年的元旦吃。春节还缺一头呢，如果现在宰猪送人，咱没肉吃了！

指导员早已预料到年轻人的反应，他哈哈一笑：“同志们都别急，我们是兵团战士，时时处处都要高姿态、高风格，不能与老百姓较劲。”他转头朝连长问道：“你真想干？有把握吗？”连长肯定地点点头。指导员手一挥：“给你找两个帮手？”他指着郑文华，“他算一个？有气有力，又大又猛，是好帮手吧？”

“我不去！坚决不去！”郑文华以为点他去杀猪，毫不犹豫就拒绝了。虽然以往杀猪宰牛都是老职工的事。如今，他和马晓冬没少当帮手。但这一次，他认定杀猪敬“佛”，去孝敬那些闹事村民，纯属多余。所以，不愿遵从。指导员有点愕然，随即又笑了。连长脸色温着，咧了咧嘴：“你别后悔！”说着，手指一点，“那就马仔，蓝江两人。午夜十二点整在连队食堂集合！”

郑文华愣了，杀猪可不需要夜间行动，难道偷猪不成？还有连长带头，这事一定有趣。他立即改变主意：“子时行动？蓝江是‘四眼’，怎么行？还是我去吧！”指导员立马变脸：“晚了！”一甩手，带着一行人朝女知青宿舍走去。

指导员他们刚离开，男生都沸腾了。大家纷纷猜测夜间的诡秘行动。虽说炊事员马晓冬和刚调出养猪组的“四眼仔”蓝江都不是身壮如牛的屠夫，这会儿被连领导点将，忽然觉得自己变成三头六臂，走起路来似乎带着旋风，神气十足。看着马晓冬和近视眼蓝江那股得意劲，最不服气的就是郑文华。他和大伙商量，不能让那俩出尽风头。

好奇的年轻人终于盼到了入夜。一心想凑热闹的郑文华和车少谔，还有张明明，早早到了连队食堂的窗外伏着。因为天气炎热，不计其数的长腿山蚊在头上盘旋，脸和脖子不断被吸血的干瘪蚊虫袭击。绰号“烧鹅”的车少谔打心眼里就要打退堂鼓，就因那个在厕所里也能憋几个小时的大头明还能撑着，他就不能示弱。

午夜之前，连长提早进入食堂。右手持一把长柄锋利的镰刀，左手拿着一把一尺多长的手电筒，脚上穿的是棉絮特制的长靴。这双长靴是他自己多年打猎得来经验缝制的。它除了走起路来无声无息外，又厚又软的鞋底还有防竹尖扎穿的功能。接着是杜河来了。他人长得干瘦，三十多岁就像个“古来稀”模样，大家都叫他“老骨头”。只见他手持一把锋利的镰刀，肩上还挑着一根缠绕着又粗又长麻绳的扁担。退伍兵欧阳大坤背着一杆猎枪进来。他的猎枪是从隔壁老鳌村的农民“山猪伯”那里买来守山的。“文化大革命”开始后，守山就撤销了，他的猎枪也没再起作用。如今再扛起枪，他神气极了。紧跟着进来的是本地小伙子黎吆侬，他说当地方言，对四周山路熟悉，可以当向导。最后进来的是两手空空的马晓冬和蓝江。他俩睡眼惺忪，打着哈欠。文质彬彬的蓝江，进了门就摘下眼镜，哈了一口气，用身上穿的背心擦拭，然后仔细查看屋内一周，不解地问：“连长，我们的猪笼呢？”

“对呀！猪笼呢？怎么没拿大菜刀？”马晓冬接着问。他猜测，连夜套猪去杀，减轻第二天的派工，不就为了节省劳动力嘛！说心里话，他很不愿意杀猪送人。即便杀猪，工具不能没有，起码大菜刀不能少。上次班长杜河拿了把尖刀，叫他刺杀那头大白猪。结果，他扎了几刀后猪还跑了，弄得全连都在围打。这事想起来就好笑。这次是夜间，猪倘若跑了就无法追回。

连长没有回答他们，只是抽紧了自己的裤腰带，把大手电筒扎在大坤的猎枪上，扫了一眼众人，轻声道：“你们跟着，两米间隔，不能发出任何声响，有屁也憋着，不是开玩笑！”

蓝江眨巴眼没听明白，杀猪连屁都不能放，从理论上毫无道理。他又觉得气氛严肃，也不敢多话。 连长手一挥，大伙都跟着走出了食堂。一行五人急匆匆地朝连队番薯地紧挨着的那座南庙山走去。他们螳螂在前，郑文华三人黄雀在后。车少谔建议间距保持二十余米，前方不会有察觉。山村小路，七拐八绕，除了灌木杂草，还有扎人的刺竹和大芒。郑文华等人紧紧跟着，一会儿工夫就到了南庙山脚。

这时，连长停下脚步，拿过大坤的猎枪放在自己的肩头。随后打亮了捆绑在枪杆上的手电。四节手电筒的光亮似探照灯，从左至右，从右至左，来回不停地晃动。忽然，他的鼻尖挤得高高的，“嗤嗤”两声，似乎嗅到了野味。“慢！”他悄声说，“这是猪囊骚，有野物经过！”

大家传了连长的话，兴奋了。众人弯着腰板，继续往山里走去。走着走着，没路了。前方荆棘丛生，刺竹遍布，随时都被硬刺扎手扎脚。大家只好踏着连长的脚印继续追踪，走啊走，整整追踪到下半夜，又绕回了山脚。大家的兴致全没了，好奇心已经被抛弃。众人不知不觉又回到了那块“兵团番薯重地，小心山猪炮”的木牌下。连长打算撤退回营。突然，在番薯地的东南角出现了一团黑乎乎的影子。杜河心细，担心又是偷薯的村民，叫大家不要伤人。小伙子黎吆依说，当地老百姓不会在下半夜独自出远门，怕鬼。

这时，一阵“嚓嚓嚓”的嚼食声传来了。连长立刻打个手势，杜河马上猫下腰蹲在番薯垄里。欧阳大坤个子高怕头露着当靶子，迅速匍匐在地。他没忘记当年横渡琼州海峡时有过子弹穿帽檐的经历。大伙配合默契，犹如打伏击战，都屏住了呼吸。只见连长熄了电筒光，拱着腰走近那团黑家伙。只有八米了，他猛地亮起电筒光，果然是一头黑野猪，当地人都叫“山猪”。原来这头野猪是吃一顿换个地方，连队埋的“番薯炮”根本预测不了它的袭击地点。连长迎着山猪，继续往前挪步，用手电筒的光亮，忽左忽右地吸引着它的视线 。

“大坤，我子弹上膛了，你们不要上前了！”连长声音轻微低沉。

“是！连长！”大坤听到连长拉枪栓，往后退了几步。

马晓冬和蓝江蹲在远处，没经历过的事情都很刺激。但是，和动物玩把戏，他们仍然提心吊胆。大坤的猎枪很老式，子弹是用牙膏皮烧熔后制成的铅头粒子。装满一次枪膛，一枪能散出好几颗铅粒子，杀伤力不轻。连长这时给自己下了命令，枪口对准几米远的黑家伙扣动了扳机。“乓”的一声，那“嚓嚓嚓”的声音停了。

“大家不要动！”连长声音仍然压得很低。

一直保持距离的郑文华他们已猜测到连长他们的行动意图。原以为去村庄偷猪，这种损人利己的事他是不赞成的。不过，若连长他们偷猪不成被老百姓追打，他倒可以助一臂之力，因为他是“大只佬”。但是，当他尾随连长进入南庙山时就知道绝不是偷偷摸摸的小动作了。这种野外活动让年轻人太过于振奋，他顾不得那两同伴的存在，一个箭步追了上去。张明明守了几个月的番薯地也没见过山猪影子，如今见着山猪，满肚子的窝囊气无疑要冲着野猪发泄了。只见他三步并两，飞快地朝大坤他们躲藏的垄沟跑去。他边跑边喊：“快啲呀！烧鹅，迟了只能执猪屎了！”车少谔见大头明像猴子似蹦在他的眼前，自己还保持距离已经没有丝毫意义，抓起一根干枝追了上去。

其实，连长在食堂里就知道有人窥视。鉴于当地人打猎的习俗，他没有声张。再说围猎是人多力量大，他也乐在其中。但关键时刻小青年却沉不住气，被他狠狠地斥道：“鬼咬屎窟窿咩？马骝精！都不许乱动！”

这时，“嚓嚓嚓”的嚼食响声又响起来。声音匀了一阵，突然停止了。连长觉得情况不妙，那双虎眸子紧盯着目标，右手慢慢地从枪管里拉出一根小铁枝，轻轻地添加了弹药。他再次扣动了扳机。枪声过后，一片宁静。“没打中？”连长对自己曾是神枪手产生了怀疑。

大头明按捺不住内心的激动，大声喊道：“打中了！打中了！”

猛然，一阵“唏嗦……嚯嚯嚯”的声音传来。连长那支自制的大手电筒照见了张着大嘴的野猪，那是一副狰狞的面目。说时迟那时快，连长从腰间拔出一把锋利的尖刀，拔腿就朝目标飞奔过去。只听连长非同一般地咆吼：“嗨！”接着是沉沉的“咯吱”声响，连长那把尖刀插入了山猪的喉咙。

“嗷哼”一声，那头黑乎乎的家伙喉头插着尖刀，仍拼死窜进了草丛。

杜河闻声，操起家伙：“快！跟上连长，别让那黑家伙颠了！”

“别靠近！它跑不了！”连长给山猪扎了刀子又返回了。他拦住了杜河，“现在山猪正在垂死挣扎，见人咬人，见鬼咬鬼！”正说着，那头受伤的黑猪又窜出草丛好几米，溅出一条血路，打滚一阵，突然“啪”的一声倒地了。茫茫黑夜，传来了“嗷嗷”的痛苦呻吟声。

连长斩钉截铁地挥手：“现在行了！抬猪去！”为了防备猎物“死翻生”

（死而复生），大坤接过连长刚用过的枪，做好再射击的准备。这种围猎战场，真把郑文华乐坏了。他抢过黎吆侬手上的镰刀，似离弦之箭，飞快地追上大坤。车少谔捡起一块大石头，紧追不放。蓝江和大头明赤手空拳，急得直跺脚。情急之下，他们随手抓起一根倒地的烂树头当武器。

在手电筒的照射下，张明明看得真切。那头山猪，浑身黑色鬃毛直立，头长嘴尖牙利，面目狰狞吓人。逼近时，他心有余悸，放慢了脚步。连长见大头明胆怯，拍拍他的肩膀："弱肉强食！不要怜惜！如果是西南虎，你就被吞喽！嘿嘿！"大头明被连长的话唬住了。想起连长说过当年雷州半岛的垦荒职工被西南虎叼走的经历，吓得张口吐舌，许久都合不拢下颌。

捕捉山猪可不是一件容易的事。连队在番薯地埋了几个"山猪炮"，张明明守了小半年的番薯地，压根儿没见着山羊野兔的踪影，更谈不上野猪。"山猪炮"也没炸响，只是那一大片绿油油的番薯叶和刚长不到趾头大的番薯却一日复一日地被掳光了。且今晚，竟然旗开得胜，怎能不让人庆幸呢！

四

连长一行人抬着奄奄一息的野猪回到了食堂，接着就紧锣密鼓地把山猪摆弄干净。年轻人已经馋涎欲滴，盼着天亮吃野猪肉了。

张明明回到宿舍也无法入睡。他认为捕获山猪是他有生以来最有兴致和辉煌的经历。连长的敏捷和勇敢一直在眼前闪动，久久不能消失。还有郑文华，那股奋不顾身的气势不得不令人佩服。他后悔自己胆怯，不然也能夸张地向众人炫耀一番。

天亮不久，开工的铁钟就敲响了。人们奔走相告，说连队杀猪了，午餐有"加菜"，但不知道今天为什么有"加菜"。有职工说，管他三七二十一还是二十八，有肉吃就是好！

但是，在连队食堂门前却聚集了不少人，说是指导员安排的送猪队。那个养伤的老大娘坐在指导员亲自捆扎的竹轿子上，四面由知青抬着，荡悠悠地，好不自在。清理干净的野猪头和猪身重新造型了，那供品不是仿真的，是真材实料，有血有肉。杜河听从连长的意思，只留下猪内脏给职工加菜，尝点荤腥就算吃上肉。

张明明没有参加送猪队，刚吃过早饭，他就赶去看望表姐。顾蕾脚踝仍然不利索，双腿的皮肤受到感染，出现了一个个的疹子，又红又肿，又痛又痒。乔志强用老职工的偏方煮了半桶小叶桉水给她浸泡。张明明一进屋就迫不及待地描述了他和连长一起打山猪的过程，再添油加醋地把自己也夸奖一番。

顾蕾心烦意乱地听着大头明的唠叨，实在听不下去，只好打断说："连长的做法是错误的，是别有用心，是走资本主义道路的表现。军民关系应该通过共同学习毛主席著作，提高思想认识。"

"有冇搞错呀？这次行动不是连长擅自决定的。听说是连支部开会的，这种方式是最现实的缓解我们军民关系呀！"大头明不以为然，洋洋得意地解释道。

"切！真是脑袋越大越空洞！"顾蕾立刻拿出《毛泽东选集》，翻到第四卷第1444页，念道："我们看问题一定不要忘记划清这两种界限：革命和反革命的界限，成绩和缺点的界限。记着这两条界限，事情就好办，否则就会把问题的性质弄混淆了。自然，要把界限划好，必须经过细致的研究和分析。我们对于每一个人和每一件事，都应该采取分析研究的态度。"

张明明对《毛主席语录》100条都不易熟记，怎能熟读《毛泽东选集》？顾蕾念的这段话，虽然很有哲理。但是，他觉得与连长带着大伙打山猪没有什么关联。他皱着眉心问道："连长自己没拿任何好处，这也是革命与反革命界限问题吗？"

"怎么没有关联？指导员已经三番五次地组织我们学习党的'九大'文件，现在最重要的就是分秒必争地领会毛主席关于无产阶级专政下继续革命的理论学说。作为领导，必须牢牢掌握革命大方向，坚决彻底地完成党的'九大'提出的各项战斗任务。怎么能够加班加点上山打猎？"她越说越起劲，对着傻愣的张明明滔滔不绝，"试问，这不是资本主义复辟的典型做法吗？这难道不需要我们这些有文化有抱负的年轻人带头起来批判的吗？！"

"表姐，你的觉悟太高了，好犀利呀！"张明明盯着顾蕾那副认真的脸，那双溜圆的眼睛，有点心寒 。记得表姐刚来农场时就给指导员表决心与家庭"划清"界限，太激进了。如今打野猪也是"资本主义复辟"，没准自己哪天也被她"上纲上线"，那就冤死。

"对！你也应该提高觉悟！"她的话一点也不支吾。

“我，提高觉悟？我搞不掂（搞不定），我怕你了！”他挠挠自己的光头，“我要去放牛了，你老人家好好休息！”话刚落音，人影都逃没了。

顾蕾因皮肤中毒没去上工。但她并没闲着，而是见缝插针地学习《毛泽东选集》。她是全连学“毛著”的榜样，也是连队学“毛著”的政治辅导员。她认真思索了连长带队打山猪的行为，越想越觉得问题严重。如果不及时制止这种思潮，连队的革命大方向就会偏离。她自感责任重大，马上把浸泡在药水桶中的双脚抽出，湿漉漉地套上凉鞋，一拐一瘸地去文化室找指导员。文化室空无一人，她立即来到医务室。探头朝里问：“见到指导员了吗？”

乔志强正在自制专治皮肤炎症的膏药。他答非所问：“顾蕾，你的腿好些了吗？”边说边继续搅拌一种黑色豆子碾成的粉末，接着又混加一些刺鼻的蓖麻油和凡士林。

“没事了，明天就可以上工。”顾蕾勉强地应付着。在她心里，就因为人工呼吸那事，怪怪的，不好意思与乔志强对视。

乔志强笑笑，“多休息几天吧，我给你的病假条是四天。”

“够了，明天一定上工！”她下了决心，不能眼巴巴看着别人劳动，自己待在屋里偷懒！她又问：“真的没见指导员？”

“哦？在我这找指导员？”乔志强寻思她是来延长病假的，笑道，“指导员带队送猪了，你有急事？那就去鳌灯村吧！”

顾蕾敏感。即便听出他的话带刺，也不怄气。她的目的是找指导员及时反映连队中出现的歪风邪气，何况自己又是连队的政治辅导员，有沉重的责任感。她带着隐隐的笑意：“给我几张白纸，这是革命的需要！”

“白纸？”乔志强懵懂。若是闭上自己的双眸，这话一定充耳不闻 。可是，他对视的是她那双水灵灵的眼睛，可爱的脸上还镶嵌着两个逗人的小酒窝。在舍不得把目光从她脸上移去的时刻，是无法做到置之不理。不过，他那副帅气的脸上也没流露丝毫表情，摇摇头叹了口气，拉开抽屉，似冷冷的声调说：“这些白纸是团部卫生队分来包药的，不能乱用。如果是革命的需要，你就随便吧！”

“得嘞！我就拿几张。”顾蕾毫不客气地拿了十余张十六开尺寸的白纸，“谢了啊！”丢下话音就兴冲冲地转身离去。

乔志强目送她出门，心里却责骂自己因她的天生丽质使自己和颜悦色地放弃了原则。不然，他乔志强就不会把包药的白纸给她拿去私用。他顿时愤愤不已。

顾蕾回到宿舍，把十余张十六开白纸拼成了两张大纸，略略思索之后，拿起毛笔，一气呵成，完成了题为“坚决彻底铲除资本主义尾巴”的大字报。她趁热打铁，把大字报直接贴上连长的窗门。

中午，随着一阵收工钟声后，人们都拥挤在食堂买饭买菜。在平时五分钱一份菜中每人加了一铁勺肉类的东西。这股香味，让年轻人从往日每餐的半斤米饭加到了一斤多。谁也不考究肠胃的弹性有多大，竟然没听说有人被撑坏。

大家吃得津津有味时，连长六岁的女儿红红进来买菜了。炊事员杜河给她加了一勺肉，她着急地问道：“这是资本主义的尾巴吗？我不能要，不敢要的！”

杜河乐了：“这是猪八戒的心肝脾肺，大肠小肠。猪尾巴没了。”接着又笑呵呵地问，“谁说这是资本主义尾巴？”

“是大字报，大字报上说的。”红红噘嘴说。

“大字报？哪来的大字报？”坐在饭堂长板凳上吃饭的人群好奇地问她。

“在我家的窗门上呀，是写给我爸爸的。”红红又说。

“有这么新鲜的事？看看去！”丘铁军端着饭盒立刻走出饭堂。一伙年轻人也都端着没吃完的饭菜兴冲冲地跟着跑。

因为轰轰烈烈的大字报时期已过，再有大字报就是新生事物。连长天刚亮就去了团部，没能看到大字报。指导员他们一群人给鳌灯村送猪刚回来，听说有大字报，没歇脚也都赶来看热闹了。大字报落款是“顾蕾”。真是文如其人，字体清秀，刚劲有力。

指导员读了大字报，称赞道：“革命小将的觉悟就是高，就是高！写得好啊！我们一定要牢记毛主席的教导，充分认识无产阶级和资产阶级之间的无时无刻的思想斗争，各派政治力量之间的阶级斗争，无产阶级和资产阶级之间在意识形态方面的阶级斗争。这种斗争还是长时期的、曲折的，有时甚至是很激烈的。”他的记忆真好，即能背出每天报纸上的头条新闻，还能在每星期六下午的政治学习时发挥出来。总之，无论何时何地，他都绷紧两个阶级和两条路线的斗争这根弦。

“指导员呀，我们打山猪也是两个阶级斗争的表现吗？”马晓冬并不欣赏大字报。那年，他们中学就因铺天盖地的大字报迫使教美术的女老师跳楼自杀了 。那女老师才二十五岁，长得婀娜多姿。从印尼回来才一年半就匆匆离世了。每每想起，他都深感遗憾和怜惜。

郑文华对大字报也没太多兴趣。对打山猪除了兴奋以外没有更多想法。如今山猪肉该送的送走了，该吃的吃完了。再批连长，也太迟了。如果扯上“走社会主义道路还是走资本主义道路的问题”，那就深远了。他搞笑地说：“肉都吃到肚子了，还要呕出来批判吗？”

车少谓倒是认真极了：“那就快呕，现在呕还来得及，迟了只能从胯下出来了。我们总不能围着一堆屎批判吧？”他突然“哇”的一声，似吐非吐。

“烧鹅，收起你那一套吧。我消化快，呕不出了，只能屙喽。哎哟！屙出来也比沤在肠子里好。看得见的东西总比看不见的批判起来有干劲。你说对吗？指导员？”梁枫装得很认真的样子。

指导员听了大伙的议论，只是不停地点着头，没有反对也没有纠正。转身见张明明低着头一声不吭地站在那儿，眼睛一亮，立刻吩咐道：“大头明，你去敲钟！”又朝黎吆依，“你去铲一粪箕牛粪来，我们开现场批判会！”接着，他拿起挂在连长门口的广播筒，向全连喊道，“大家注意了，为了防止资产阶级思想的腐蚀，我们现在召开现场批判会！”

不一会，全连几十号人陆陆续续地赶了过来。几个女职工抱着孩子匆匆而来，欧阳大坤把饭锅都端来了。那个“地主”出身的原党支部书记也被押了过来。他是“文化大革命”的号令吹响后第一批被打倒的“走资派”。大字报揭发他的“家庭出身”为大地主，是隐瞒“阶级成分”混入革命队伍的反动派，还有“叛徒”嫌疑。据他自己坦白，十四岁投奔革命时的确隐瞒了地主家庭背景。加入游击队后一直是交通员。在一次传送情报后，因闹肚子到后山树林解泄。一泡屎工夫，回来时小分队已受到袭击，伤了好几个。这事不清不白，也没人能证明自己清白。可见大字报的威力，陈年历史都能刨出根源。他不能不胆战心惊。如今又是大字报，他双脚哆哆嗦嗦走过来 。顾蕾和葛小敏一起，另有两位女生一同走来。她是那样眉飞色舞，生气勃勃。乔志强从她身边窜过，吐出两字：“幼稚！”她顿时一愣，脸“唰”地红起来。

连长妻子被竹叶青蛇咬伤脚后伤还没好，又怕毒蛇咬伤影响乳汁，正给她那八个月大的娃娃断奶。孩子没奶吃，闹人闹心。所以，她并不留心门外出现了大字报。恰巧乔志强过来查看她伤口时给她提个醒。这时，尽管门外空前热闹，她无法顾及。大女儿红红对大字报没有太多的恐惧感。她只知道不吃“猪尾巴”就是“革命”了。杜河最后一个赶来。他没见连长，只见一粪箕牛屎。立刻想起“对牛弹琴”的典故。如今要对一堆牛屎批判，不也同样是脱裤子放屁吗？又能解决什么问题？

现场批判会就是现场发挥，因地制宜。顾蕾无法抱怨现场会不严肃、不够气氛。但是，这种场面着实把自己陷入窘境。尤其是乔志强丢给她 “幼稚”二字，她一时难以想象其中的深浅。所以，她心猿意马，真想逃之夭夭。

指导员说话了：“我们今天的批判会就是要肃清资产阶级的思想。大字报提出的问题很深刻，不仅仅是连长一个人的思想，我们每一个人都要引起重视。”

“对对！那口大铁锅的山猪上下水全分给大家了。这么说我们每人肚子里都还装着资产阶级思想的余毒。不过，只有连长一家没有要喔。”杜河抢着说。

指导员接过话来：“我们不能就事论事，要提高到无产阶级与资产阶级的阶级斗争、社会主义路线与资本主义路线的斗争的境界……”

“指导员呀！牛屎是资产阶级的东西，我种菜还能施肥吗？”符井开提出了他最关心的问题。他是连队种菜组组长，共产党员，二十六岁那年入户农场。至今也有十年工龄了。

指导员笑了：“我们批的不是牛屎，是批资产阶级思想，因为资产阶级思想比这牛屎还臭！所以，我们更应该提高觉悟，警惕比牛屎还龌龊的东西入侵我们的灵魂。 现在，我们兵团正在深入地学习和认真贯彻党的‘九大’精神。我们呀，更要高举‘九大’的团结旗帜，紧跟毛主席的伟大战略部署。抓革命，促生产，促工作，促战备，夺取更大的胜利。”他张望了一下，“铁军来了吗？你来写份汇报材料，和大字报一起送到团部。其余的没了，散会！”

“散了，散了……”大伙一听散会，立刻散去。

现场批判会只开了半小时就结束了。老支书幸运地躲过了一场批斗，战战兢兢地转身离去。

符井开叫住黎吆侬，指着牛粪：“指导员说资产阶级思想比它还臭，说明这还是好东西，快送回菜地！”黎吆侬二话不说，挑起牛粪担子，咧嘴“嘿嘿”直笑。

顾蕾怅然若失。指导员没有深挖“大字报”的根源，也没让“大字报”像重型炸弹一样爆发出真正的威力。也许目前主要工作重点是贯彻执行“九大”精神，才把“大字报”的功能削弱了。看来包括指导员在内，职工们对思想上如何坚持走社会主义道路的认识仍然是肤浅的。她叹了口气，失望地离去。指导员见她离开，马上叫住她。顾蕾听见叫声，立即转身回来。她渴望着领导对她具有高人一等的觉悟给予赞赏或表扬。指导员却双手背在身后，一字一句地说：“团党委要求我们连队报道员要多投稿件，内容要多样化。你和军仔都是铁笔杆，要发挥其作用。如果每天晚上都能从团部有线广播传来我们连的消息，大家的革命干劲一定能倍增。”

顾蕾用心地听着，字字记在心上。很遗憾，指导员只字未提“大字报”的事，显然“大字报”已被敷衍了。

作为指导员，他最为欣赏的还是知青的写作。因为自己是在部队时开始识的字，满打满算也才是千余汉字。虽说是指导员，但领会上级文件精神很局限，发言稿也写不出几百字。有了知青，就有了代言人。他从丘铁军的稿件中不仅提高了自己写发言稿的能力，更重要的是提高了文化。至于“现场会”，那是紧跟形势所采取的行动，没有什么实际效益。

然而，那些有点文笔特长的年轻人，也觉得摆弄笔墨远比开荒劈岭容易。尽管挑灯夜战爬格子也比日晒雨淋的强体力劳动轻松得多。丘铁军听了指导员的话，乐不可支。他开心地保证：“稿件没问题，一天一稿都可以，只要连里给时间，上午写，下午就送团部广播站！”

“不可能！你们白天仍然参加劳动，战地采访嘛，晚上写稿子才能有素材。否则，修正主义的蛆虫就会爬上你们的大脑，资本主义复辟的典型就会从你们中产生。”指导员脸上没有丁点笑容，顿了顿嗓子，“你刚才保证一天一稿，不要雷声大雨点小。长点记性喔！呵呵！”

“啊……”丘铁军大声叹道。

“咯咯咯……”顾蕾顿时笑出声来，“丘铁军同志，你应该好好地理解我的‘大字报’内容，意义很深刻的。”

指导员和顾蕾走后，丘铁军小心翼翼地把大字报取了下来，看了几行，鹦鹉学舌似的对着大字报叨咕：“丘铁军同志，应该好好地理解我的‘大字报’

内容，意义很深刻的！”说着，含了一口吃剩的空心菜汤，用手指碰了一下鼻孔，“阿嚏”一声，喷嚏和嘴里那口菜汤“噗”地喷了出来。不偏不倚，都喷在了大字报上。他见大字报里的墨汁像泪水似的流淌，没再多话，慢慢地把它折叠起来，脸上得意地流露着一种神秘的笑意。

五

傍晚，连长从团部开会回来，他错过连里的现场批判会，错过了“大字报”对他一针见血的批判。但是，他却给全连带来了团部发出的关于“抓革命，促生产”的重要命令。团党委号召各连队迅速掀起“生产大会战”活动。所谓大会战，就是集中全连主要劳动力在规定的时间内突击完成某项生产指标任务。

为了贯彻上级指示，指导员立即召开连队党支部扩大会。连支部党员除了指导员外，还有老职工杜河、复员军人叶大勇和本地农转工的符井开。连长不是共产党员，因为他的父亲在南洋经商破产，抗日战争打响后回祖国时没有人证明那段南洋经历。就父亲的历史问题，使他已历经八年的家庭历史调查而未获批准加入中国共产党。所以，只有支部扩大会时他才能参加。另外，为了发挥知识青年的积极作用和鼓励年轻人加入共产党组织，支部扩大会还特别指派知青中积极要求进步的共青团员参加。

紧接着，扩大会就在队部文化室召开了。文化室也是茅草房，百余平方米的长形通屋，也是全连职工的大会堂。室内有四个报夹，除了中央的“两报一刊”外还有《海南日报》及《兵团战士报》。这些报纸虽然常常是十天半月地迟到，却是职工们关心国家大事的必不可少的消息来源。言简意赅的支部扩大会决定了三件事：第一，组织一次为期三十天的砍杷开荒大会战；第二，遵照团党委指示，为了激发大家对“大会战”的积极性，一定要做好战前思想动员工作，展开“忆苦思甜”活动，通过忆苦思甜，做到人人“不忘阶级苦，牢记血泪仇”，以致达到“抓革命，促生产”的目的；第三，虽然一场军民斗架平息了，但是，滞留在职工心目中的武斗恐惧感仍未消除，所以，必须加强军民团结意识，放下包袱。但是，以捕捉山猪来当慰问品的“资本主义”思想要彻底肃清。

杜河听了指导员最后的总结，不假思索地说："可惜了，不能上山打野味，山猪山羊都无法无天了。哎哟！没油没肉没加菜，怎么有力气去大会战呦？"

"老骨头！积极性是靠调动起来的，不是吃肉就能吃出来的。说到吃，我们先吃'忆苦餐'再考虑下一步！"指导员很有信心地说。

杜河苦笑一声："好吧，我们炊事班马上就能煮上一大锅'忆苦餐'，要多苦就有多苦。"

"很好！我们是不是应该请鳌灯村的贫下中农过来诉苦？儋州婆一家苦大仇深，上次来过，效果不错！"指导员说。

杜河不同意："我们连队的职工也有苦大仇深的呀！为什么要劳烦别人呀？请一人就来半个村，我们还要多煮忆苦餐，不是吗？"

指导员猜出"老骨头"那点心思，他点了点头："好吧！我们就让职工们边吃边诉过去的苦。我们有苦诉苦，有冤申冤！"他挥舞着拳头。

连长一直闭着双眼在抽着水烟筒，没吭没哈。可谓是"有道难行不如醉，有口难言不如睡"。本想上山再弄些野味给大家增加油水，幸得那张"大字报"提醒了自己，不然资本主义的萌芽当真让他连长带头再生了。

第二天一早，杜河吩咐马晓冬带上几个勤快的年轻人，把连长家小厨房后院的那棵芭蕉树砍下来，取出了芭蕉树心。接着，又到指导员家小厨房后院摘下几个绿皮木瓜，再加入一些剁碎喂猪的水浮莲和米糠，熬成了一大铁锅"忆苦餐"。

中午时分，指导员亲自敲响了收工钟。钟声停后，他还拿着广播筒大声喊道："吃忆苦餐啰！"

听到比往日敲打时间长得多的钟声，特别是指导员喊话，全连职工都拿着锅碗瓢盆朝连队饭堂拥去。吃"忆苦餐"不分男女老幼，尤其是连队那几个老职工的孩子，手里拿着比脑袋还大点的盘子又蹦又跳地跟着大人跑，像看露天电影一样欢天喜地。

符井开见他那个八岁的二儿子拿着脸盆跟在身后，板起脸孔训斥道："呆侬！不是分猪肉！是吃'忆苦餐'，拿脸盆做呆咚（什么）？"他儿子刚从外婆家回来，并不知道"忆苦餐"与逢年过节食堂分鱼肉有什么区别。外婆教训过："在门外吃饭拿大盘叫大气，屋内吃粥拿小碗叫斯文。"所以，他不拿脸盆还能拿什么？！

大家都在食堂门前集中了。指导员亮了亮嗓门：“今天午饭是‘忆苦餐’，改在文化室吃了！”他右手一挥，大伙呼啦啦地往文化室跑去，顾蕾一拐一瘸地挤在人群中。食堂离文化室不远，没眨眼就到了。尾随进来的是杜河和马晓冬。他们俩一条扁担串着两只大木桶，因为沉重，没法荡晃。指导员见桶里装着一百多斤稠稠的“忆苦餐”，满意地点了点头。又因桶里的食物散发出特殊的味道，大人说真香，小孩说真臭。唯有知青，没说半个字。

雷打不动的“早请示”和“晚汇报”之后又增加了“饭前请示”“出工请示”。指导员领着全连干部职工，手揣《毛主席语录》小本在胸前，又鞠躬又敬礼，接着高呼“万寿无疆”“身体永远健康”的口号，比基督徒饭前祷告仪式更为庄重。

礼毕后，指导员振臂说：“我们今天开的是‘忆苦思甜’大会。边吃边开会，大家有苦诉苦，有冤申冤！”

符井开的二子呆侬抢先装了半脸盆食物，觉得不合口味，端着回家了。老职工们都有装满的习惯，无论大碗小碗，装多少都能大口大口地吞咽，似乎津津有味。知青不同，装满饭盒的人不多，也许饭盒太大。女生显得斯斯文文，装了些稀的，稍淹没盘底，慢慢品味。

默默地过了一会，突然有人“哇哇哇”地号啕大哭起来。指导员抬头一看，原来是老光棍欧阳大坤。这个大坤不常带头申冤，也许这次真正激发了他内心深处的痛苦。他兄弟俩的父亲是被日本鬼子杀害的，他们为了给父亲报仇，十五岁就到国民党部队当兵了。湛江解放时被俘虏到共产党的队伍，后来在解放海南时大坤曾掩护战友受过重伤。只可惜那段在国民党队伍里当兵的历史永不磨灭，是无法揩净的屁股屎。所以，他不能代表广大劳苦大众。

然而，大坤没容指导员多想，一把鼻涕一把泪地诉说起来：“我那个衰仔细佬（弟弟）大森，当年要有这么一碗猪食，他就不用去吃屎了。喔喔喔……”他抹了一把眼泪又继续说，“那年没粮发，能进嘴巴的都挖光了。大森连续饿了好几天，熬不住了。老队长家里寄来蚕豆，他求队长给他一口，队长没答应。他饿呀，守住队长在地里屙屎，人家屎还热着就偷去洗净找出蚕豆渣来吃，还给过我一小粒喔。好歹吃屎也过来了，到了‘文革’搞武斗，又被人用枪嘣了。他命苦呀，哇哇哇……”

随着大坤的号啕大哭，一些年轻人想到吃屎就倒胃口。原本“忆苦餐”的味道就不顺口，这么一来，有人忍不住就作呕了。几个老职工流下了同情的泪水，因为他们和大坤兄弟俩一起挨过饿，一起患过水肿。这时，复员军人叶大勇边嚼着“忆苦餐”边挥动拳头，操着浓浓的乡音高呼：“不忘阶级苦，牢记血泪仇！”

顾蕾立刻附和，振臂喊道：“打倒万恶的旧社会！无产阶级专政万岁！共产党万岁！”她的音质又高又亮很出众。有人说她是三斤人四斤声。

指导员没料到大坤的控诉能激发同感，他那段事不是旧社会的经历，而是建队初期遇到的那三年大灾荒的日子。老队长也没熬过那段日子，开荒炸石头时被倒下的大树压死了。为了把握“忆苦思甜”的方向，阻止大坤把新旧社会混淆，他立刻说：“大家自告奋勇，群言堂！记住，我们控诉的是旧社会，是新中国成立前！下一个……”

“让我来控诉万恶的旧社会！”女职工冼玉芬举起手。她是连长的妻子。几天前被竹叶青蛇咬伤仍未痊愈，背上还背着甜睡的女儿。她声讨的是日本鬼子1941年3月洗劫雷州半岛的罪恶。她一把鼻涕一把眼泪：“那天有两百多名日本兵登陆长堤码头，见人就杀，进行惨无人道的‘三光’政策。我家住长堤东头，一听鬼子上岸，我们一家跟着人群拼命往山上逃。爷爷因发疟疾逃离不速，背部挨了枪眼当场就没了。奶奶小脚无法逃，情急之下把锅炉灰抹在脸上，斜着双眼，歪着嘴脸，流着哈喇子，一副疯婆子样。日本鬼子给她放了两枪，幸亏裤管宽大，没打中筋骨，也吓晕了。可是三伯的媳妇因为肚子里有了六个月身孕跑得慢被抓住了，肚子里的胎儿活活地被日本鬼子用床板压出来，大人和胎儿都没了命。还有三叔的两岁儿子也被日本兵抢去用刺刀挑死。苏醒过来的奶奶看见家破人亡跟着就跳井不活了。我的父亲和三伯侥幸逃脱，后来才跟着共产党闹革命……”

顾蕾义愤填膺，又一次带头高呼口号：“打倒日本帝国主义！打倒反动派！共产党万岁！”

冼玉芬果然带了个好头，指导员满意地频频点头。他鼓励诉苦的职工大胆站起来，痛诉当年日本侵略者所犯下的滔天罪行，痛诉地主阶级的剥削罪恶。这些老职工大都是1930年以后出生的，对日本兵杀人不眨眼的残酷行为历历在目，对国民党政府的腐败造成民不聊生也深有体会。

杜河是炊事班长，没有文化。又因为是共产党员，也必须带头发言。他振振有词地说："旧社会，天天见杀人，到处是血腥味。刻骨铭心呀！我们苦去甜来，只有社会主义才能救中国。尤其是大跃进年代，天天吃大锅饭，吃大锅菜，吃到粮仓都没了老鼠……所以呢，造成粮食困难。惨到大森吃屎，我也去借队长的炒菜锅，他的锅多少比我们有油腥味……"

指导员觉得又要偏题了，给杜河挤鼻弄眼，希望他结束发言。然而，杜河不仅没理会，润了嗓门还提高了声调。指导员赶紧给顾蕾递去眼色，希望知青群中有人出台。顾蕾难为情地摇了摇头，偷眼看了周围的同伴，也没见有人流露出要发言的神态。虽然她小时候听父母说过与日寇斗争的故事，但这会儿也不敢言表，毕竟还背着嫌疑的可怕家庭背景。指导员有点失望，顾蕾除了高呼口号外，没能有实质性内容。此时他不再指望有知青站出来控诉。他清楚连里知青基本是新中国成立后出生的年轻人，既没受过日寇入侵的苦难，也没有感受战争的不安。他们是生在红旗下，长在甜水里的幸福一代。若诉旧社会的苦，也只是通过父辈的传播和学校的灌输，勉强不了他们。

然而，葛小敏就不是这样想的。她觉得自己也有苦衷，虽然不是水深火热的安危之苦，也是无可奈何的身心之苦。父辈从祖爷爷开始就在城市生活，从未有过田野耕耘的日子。父亲在新中国成立前是钱庄的伙计，新中国成立后成了银行的职员。她从小就知道将来要去音乐学院，因为她的钢琴弹得出类拔萃，在少年宫拿过好几回奖。但是，她这双白嫩嫩的钢琴手，如今却长满了黄豆粒似的血泡。那双不曾离开鞋子不曾沾过泥土的脚丫，如今却赤裸裸地踩在牛屎、猪粪混合着的烂泥上。更难熬的是头顶那个炽热的太阳，光线穿透人体温度常常超过了人类的正常体温。她有过高热、过累、中暑昏厥的可怕体会。这种超负荷的体力劳动的确称之为苦海无边。而且住的仍是随风飘摆的茅草屋，没有电，没有自来水。吃的是没有油腥味的大椰菜，几个月也吃不上一顿肉。日复一日，这能说不苦吗？这种苦能诉吗？

郑文华双眉紧锁，他理解指导员以"忆苦思甜"来启发和调动大家积极性的苦衷，也希望自己能出一臂之力。但无从说起，广州解放那年他才两岁，没有受苦受难的记忆。至于什么是真正的"苦"，对他而言，上山下乡，到兵团接受劳动锻炼，接受再教育，去缩小城乡差别，是执行共产党的政策，是社会主义特定时期的革命。这种"苦"，不是阶级苦，不是血泪仇，不能诉！他深思片刻，算是理出头绪：一个国家最深重的痛苦莫过于外来侵略。日寇入侵带来的灾难，是全中国人民最苦的日子。他母亲在山东老家的二姨就是被日本人糟蹋致死的，他应该站到台上声讨控诉。但是，姨父为了杀鬼子给家人报仇却加入了国民党部队，抗战胜利那年是连级，解放战争后期又撤去了台湾。这件家事一直没敢向任何人透露，就怕说多错多。若用阶级斗争和路线斗争的框架划格局，也许问题会变得更复杂。他默默地又添加了两大勺“忆苦餐”，仍然畏首畏尾，犹豫不决。

突然，人群中出现了骚动。大家的目光朝门口望去。有人大声地催赶：“走！快走！”接着，有人扯着嗓门高喊：“打倒地主阶级！打倒反动派！剥削有罪，罪该万死！”

“扑通”一声，“文化大革命”一开始就被揪倒斗臭的老支书，又叫“老地主”的黄世仁被叶大勇和车少谔一人抓住一边胳膊押了进来。车少谔指着“老地主”说：“同志们！这个老奸巨猾的家伙竟敢与我们唱反调，躺在床上做复辟美梦，是可忍，孰不可忍！”

指导员知道“老地主”患病多日，也准了他的假。到底是革命群众的觉悟空前提高了。黄世仁被揪进来后，人群中愤怒的气焰推向了高潮。会场中有人趁着革命气焰高涨，往自个碗里多添了“忆苦餐”，增进不忘阶级苦的感情。

由于“老地主”的现身，顾蕾的革命思想再次升华。她大跨几步，走到了“老地主”跟前，“啪”的一声，狠狠地扇了他一耳光。“恶贯满盈！”顾蕾挥起拳头高喊，“打倒地主黄世仁！”

“黄世仁”这个名字真不幸。虽说“如有王者，必世而后仁”，其字意与含义如今已没人考究了。自从大家都熟悉了电影《白毛女》，那个恶霸地主的名字就被刻在了人们的心里。这时候有人点燃导火索，更激起了群众的怒火。

顾蕾对地主的认识与仇恨最早也是从电影《白毛女》而来。每每想起电影里的白毛女所受的苦难，她对地主的仇恨就加深。不过，眼前的地主到底有多少血债，有没有血债，有没有剥削，她根本无法知道，也不需要知道。因为革命的洪流滚滚向前，如果你不随波逐流，你就是反革命，或是与反革命同流合污，你就必然走向灭亡。所以，她的思想觉悟是紧跟形势，积极向前。

“老地主”的儿子夹在人群中，因为他检举父亲有功，是工作组离开连队前树立的与“地主家庭”划清界限的典型。那次是父亲把缝好扣子的针线扎在贴有毛泽东主席画像的墙壁上，后来他把工作组的人带来了，用放大镜在画像的眉部找到了似针尖的小口。就那个小针孔，批斗会上差点要了老支书的命。如今的"忆苦思甜"又揪出了父亲，他恨不得也给"老地主"父亲一耳光。因为有"地主"之父，才有了他这个受人歧视的"地主仔"。他靠上前，抬起脚丫，朝父亲的小腿踢了两下。嘴里骂道："大坏蛋！你快去死吧！"小家伙踢了父亲这两脚，知青们趁浪逐波。大家唇枪舌剑，锋芒四射。当年斗走资派那股气势又发挥得淋漓尽致。唯一不同的是挥舞拳头时手臂上少了红袖章。"老地主"被批斗得浑身哆嗦，脸无血色。就在叶大勇朝他已经收缩的胸膛加了一拳后，"噗"的一声，喷了一口血，身子一歪，昏倒在地。

"装死！这样的反动派，应该踏上一只脚，让他永世不能翻身！"顾蕾扯尽嗓子高喊。许多人异口同声："装死！装死！"

指导员见势不妙，立刻叫乔志强和郑文华拿来床板，抢在叶大勇准备给"反动派"身上踏上革命的一脚之前把黄世仁抬去医务室诊治。如此结局，他验证了"忆苦思甜"的确是唤起了群众积极性的好方法。

六

通过"忆苦思甜"来提高职工的思想觉悟只是大会战前的准备工作之一。为了实现"大会战"的宏大计划，连队还要有响亮的战地口号。指导员让连队的铁笔杆丘铁军和进步青年顾蕾等人连夜展出了两条横幅："战天斗地，甘洒热血。垦荒拓疆，死而无憾！""兵团战士多壮志，敢教日月换新天！"

第二天，为期三十天的"大会战"开始。在球场集合时，指导员让参加"大会战"的职工再来一次战前表决心。

顾蕾抢先发言："我们是兵团战士，任重道远。我的誓言：为革命开荒，为革命种胶。我们要用我们自己的双手，创造出一个崭新的世界。用我们的汗水，冲刷我们思想上的小资产阶级臭气。"

接着，积极要求进步的青年人都争先恐后地上前表决心。

正是轰轰烈烈的时候，欧阳大坤领着"老地主"的儿子匆匆忙忙地赶了过来。大坤结结巴巴地说："报，报告指导员，老，老地主上吊了，走人了……"

"上调？调哪里？谁下的调令？"指导员严厉地问。

大坤惶恐不安，两唇颤颤抖抖：“是，是他自，自己。”

“他自己？自己给自己下调令？狗胆包天了！”指导员稍压低了嗓门，又问，“有证人吗？”

大坤转头朝老地主的儿子：“地主仔，你，你来如，如实汇报！”

老地主的儿子原名叫黄朝，因与封建“皇朝”同音，“文化大革命”一开始，父亲就把他名字改叫黄立新，说是“破旧立新”。他人小心大觉悟高，自从父亲被批斗后，他就配合工作组盯紧父母的行动。他眨巴眨巴双眼，面对几十双眼睛，竟没有胆怯，小脸涨得红扑扑地说：“好的！昨晚我爸爸，不！是‘老地主’发烧了，卫生员乔叔叔给他打针后就好了。后来……”

“后来怎样？你说，有共产党，有毛主席给你做主，不要怕！”连长鼓励他。

黄立新努了努小嘴：“他，他又说肚子疼了，自己去苗圃那边的厕所。后来，我和妈妈都睡了。再后来，我醒来的时候，听到妈妈在嘀咕，说爸爸上吊了。自绝于人民，自绝于党了，只有死路一条了。”说完，小嘴咧了咧，流露出一丝笑意。

指导员知道老书记常犯腹泻的毛病。昨天被批斗之后的确受了内伤，但已抢救脱险。卫生员乔志强说只要不再批斗就能逐渐恢复身体。所以，他也没在意。这一刻，他两眼茫然。一个曾经在战争年代经受得住枪林弹雨考验的人竟然经受不起“文化大革命”的考验，遗憾呀！

欧阳大坤插话：“他这样死法，太，太苦了。是，是在厕所的那条横，横梁上。”他斜眼看了众人，又说，“是我，我把他背，背回来的，还叫乔志强来抢，抢救。晚了，不，不行了……”

指导员无奈地摇了摇头，随即振作精神对着众人说：“我们的大会战不能被‘老地主’的死拖后腿，我们一定要高举毛泽东思想的大旗，夺取大会战全面胜利！”话音刚落，连长扛起砍刀走在了前面。按班排行，各班长领头，男女职工扛着镰刀、锄头，挑着箩筐、粪箕，推着“吱吱嘎嘎”响的木轮手推车紧跟着，朝南庙岭方向进发了。

尽管昨夜知青中有不少人闹肚子跑公厕，但没有人说是“忆苦餐”吃的。顾蕾她自己也跑了几次，最后那次是凌晨四点多，当时隔壁男厕传来一些古怪声音。她猜疑又有人偷看女人解手了，自己身单力薄也抓不住坏人，便急匆匆跑回了宿舍。天亮后她想告诉葛小敏，但还是忘了。也许那会儿的声响正是“老地主”上吊的时刻。这事她想和指导员汇报，却又怕牵连自己，也就搁下了。

大坤望着逐渐远去的队伍，神情惶恐。他怕指导员对他生疑，怯生生地坦白：昨晚他吃了两个隔夜鸡蛋，下身的丸子就肿胀似拳头，疼痛难忍。祸不单行，还伴着闹肚子。起夜多次，泄到有气无力。天亮前还跑了一趟。而这一趟被悬梁之物撞了脸。用手电筒一照，原来是“老地主”悬梁上吊，顿时被吓出一身冷汗。他把“老地主”解下来，摸摸还有点温度，立即背起往医务室跑。卫生员乔志强折腾许久，没能起死回生。

指导员“唉”了一声，见大坤还傻愣着，问道：“乔志强说没得救了吗？”

“过时了，不行了！”大坤这时候不结巴了，情绪稳定许多。低头见“老地主”的儿子仍然站在一旁，他关爱地问：“立新，你爸爸死了，妈妈哭了吗？”

黄立新的小脸是一副毫无痛苦的神情。他揉揉眼：“没有哭。我看见她眼睛湿湿的，就是没掉泪。我也不会哭，坚决不掉泪！”

“对！有党，有毛主席为我们做主，任何挫折都不怕！”指导员又对大坤说，“你带立新回去，我马上给团党委领导汇报。这是阶级斗争和路线斗争的新动向，如何处理后事，必须听从上级领导指示。”

“是是！指导员说得对！他想死也应该先请示上级嘛。不能想死就死，想活就活，不能犯自由主义！对吧？”大坤见指导员干瞪眼，“唉！做鬼容易，做人难呀！”说着，领着立新走了。

指导员到了电话机旁，正要摇起电话，又停下了。他的心情又变得沉重起来。黄世仁的确在当年参加革命时隐瞒了地主出身，但是他本人并没有剥削人民，也没有血债，怎么也成了反动阶级？说他是叛徒告密，可他自己并没有承认，也没有证人呀！难道他良心自责，以死来赎罪不成？如果是这样，那就不仅是轻于“鸿毛”的问题，而是罪该万死。他心一横，用劲摇起电话机……

团部党委通过讨论，很快就回了电话。指导员得到上级指示，黄世仁的死，果然是轻于鸿毛，是“罪有应得，罪该万死”。由于连队大会战的序幕已拉开，为了保持职工的高度革命精神，只能就地从简老书记自缢的后事，也免了现场批斗会。

欧阳大坤把“老地主”抬到胞弟欧阳大森墓边埋了，说是“老地主”下地狱也要被革命魂魄继续监督改造。他始终认为胞弟大森是冤魂，是忠诚的解放军退伍兵，是革命群众，有崇高的革命灵魂。所以，可以监督“老地主”。

工地上的职工对“老地主”在“大会战”的第一天死去，多少有点忌讳，怕出师不利，没人愿意私下议论，没人寻问事发缘由。指导员虽然是破除迷信的带头人，仍然忐忑不安。他希望在毛泽东思想的照耀下，全连职工战胜一切困难，真正的打一场漂亮的大会战。

“大会战”的“战场”就是一片灌木丛生，荆棘遍布的半座山地。连长把队伍带进山后，立即让大家面向山林排成一字形，每人间距十余米拉成芭线。他把长柄镰刀高举过头，大声高喊：“我们现在的敌人就是这片山林。我们一定要抓紧时间，彻底干净地消灭它们！有没有决心呀？”

“有！我们一定要按时按量完成任务！”顾蕾带头响应。

叶大勇个头大，力气足，又是共产党员。他挥动起镰刀：“没什么屁放了，这面山是‘肥肉’，那面山是‘骨头’！我们先吃‘肉’后啃‘骨头’。快干吧！”

开“战”后，大家不去理会什么“肉”，什么“骨头”。噼里啪啦，有树砍树，有藤割藤，有草砍草，势不可挡，勇往直前。年轻人气盛无比，人多干劲也倍增。仅仅一个多时辰，人人都砍出了自己负责的小地段。虽然年轻人比不了老职工的进度，但那股不甘示弱的干劲的确不相上下。

叫尚武不小心一刀砍在石头上，镰刀缺了口子。嘣了牙的镰刀用起来很费力。他气急地骂道：“顶你个肺！塞你个胃！斩你个肚脐机关掣！”童谣刚出口，力气又过猛，镰刀脱离刀把，“嗖”的一声，飞进了灌木丛中。他气得直咬牙，不得不爬进去寻找，进度更慢了。

“和尚佬，心术不正？不是爬进去捉山鸡吧？”梁枫看他钻进去许久不出来，芭段线已远落在后，幸灾乐祸了。他俩芭区有边界相连，不服输的年轻人常常暗中较劲。叫尚武找不着嘣口的镰刀正着急，听了梁枫的话火气上来了。他应道：“‘讽刺’！等一阵我出来抽你的筋，一世人不用站起来，够富贵了吧！”

砍芭时两人之间的边界并不是非常清楚。连长通常把男女强弱劳力搭配来分地段。力气大的即使砍得快也会主动过界多砍一些。若运气好时自己负责的地段没石头，没大芒草，没大树挡道，就能砍得又快又省力。“大会战”的革命口号就是“吃苦在前，享受在后”，而连长却说“冲锋在前，兼顾战友”。

相互兼顾的方法不利于突出个人的成绩。指导员找不到典型，也无法树立榜样。为树立标兵，连长和指导员不能统一思想。如果砍芭中强者过于迁就弱者，即使过界多砍一刀，路程远了就是一条宽带，大家进度都拉平了，的确产生不了胜人一筹的标兵。葛小敏拼死了劲，也只是砍出鸡肠带状，多亏身旁的叶大勇揽过地界，帮她砍出了一大半。她咬紧牙关，怎么也不甘心落后。连长那句“死鸡也要屙泡硬屎”的口头禅，她虽然觉得没思想境界，但很形象。只要用尽全力，争口气就是“屙硬屎”。顾蕾的双臂早就酸痛了，细皮嫩肉的手掌开始磨出水泡。然后又成了血泡，接着就泡泡破裂，流出黏糊糊的水浆，又黄又红，又疼又痒。她强忍着疼痛，以连连喘着粗气来缓解疼痛知觉。她的地段是一片大芒草，看起来比密集的灌木林要简单，但挥起镰刀来可不是那么得心应手。大芒草很能钝刀刃，没一会儿工夫刀锋都被大芒草磨钝了口。多亏老职工符大村是邻界，不仅大刀阔斧地帮了忙，还把自己那把心爱的砍刀让给她。

“砍芭全靠刀功，有把好刀省一半力。”憨头憨脑的符大村说。

顾蕾点点头，她知道“磨刀不误砍柴工”的道理。可是，磨刀本身也要技能，她昨晚磨了两小时的刀也没见省力。她问：“你教我磨刀，行不？”

“连长磨得最好，你向他学吧！”符大村是有名的谦虚。

顾蕾心想，过分谦虚就是骄傲，就是自私。她“嗯”一声，不再说话，一鼓作气，拼命猛砍，大有把符大村的宝刀砍钝不可之势。

符大村见她砍得很费劲，不得已又说话了：“砍大芒草要有技巧，太低芒杆太硬，很快就钝刀。砍高一点省力，大芒头让火烧完后就好挖了。”

顾蕾也没抬头，“哦”的一声，把砍刀甩高两尺，果然省力。突然，符大村又叫了：“小心！那是青竹蛇……”话没说完，顾蕾的砍刀已朝盘成一团的青竹蛇砍去。

“叫什么呀？”顾蕾觉得莫名其妙。她擦把汗猛地一看，顿时惊跳起来，“真是蛇呀！它就盘在大芒草中间呀！怎么和大芒叶一样的颜色？太，太狡猾……”

当地人都管竹叶青蛇为“青竹蛇”。符大村立即挥起砍刀，用刀背狠狠地砸向试图逃走的竹叶青。因为蛇已被顾蕾的镰刀砍伤，逃生艰难，再加上符大村的这一致命刀背，顿时丧命。

“再看周围，如果还有，一定要打死它，不管公母都要打。”符大村拿着他的备用镰刀拨开左右芒草，又说，“青竹蛇常常双进双出，打死一条另一条一定会来寻机报仇。我阿姆就是给那条公的爬到床上咬伤的，差点点就呆（死）喽。”

“啊！”顾蕾吓得失态了。她站上大石头，两眼盯住双脚，就怕来报仇的青竹蛇缠上。

符大村招进农场也有六七个年头，开荒颇有经验。他们当地人在描述蛇时有着许多美丽的故事。不过，咬人的时候才知道故事中美丽的东西根本不赐福给人类。他母亲被蛇咬的遭遇使他对蛇毫不留情。他用铲子挖了深洞，把打死的蛇扔进去，埋上土后还使劲踩结实，再搬块石头压在上面。他见顾蕾毛骨悚然地立在一旁，安慰她说：“不要怕，只要踩紧土，闻不到味，它的同伴也不来了。”

“我，我怎么办？还能往前砍吗？”顾蕾心有余悸，没敢挥刀。

连长从葛小敏的地段走了过来，见他们迟迟不向前进，问道：“有困难吗？”

符大村立刻回答：“有困难也要排除万难！”

“好！死鸡也要屙泡硬屎。说说困难，怎么排除？”连长紧盯着他俩。

符大村一五一十地说了刚才打蛇的事。连长见顾蕾没吭声，不用猜就知道她仍旧惶恐不安。他想了想，露出了笑容，“这样吧，你穿上我的雨鞋。虽然大号，但安全多了。你看行不？试试？”

“那，你穿什么？我的凉鞋你又穿不了。”顾蕾犹豫了。她对连长一直存有看法。一是不突出政治，二是资本主义思想常冒头。上回打山猪就是典型的例子。穿了他的鞋子是否让资产阶级的臭味乘虚而入了？或许他还存着把知青拉下水的动机？总之，前几天她读了一篇社论，上面明确指出：资产阶级思想就像空气中传播的病毒一样，无孔不入。如果我们不提高警惕，就会不知不觉地被侵蚀，我们每一个共产党员不能掉以轻心。她虽然不是共产党员，却是向党组织靠拢的人。连长至今还不是党员，证明他的思想有问题，他骨子里存在着根深蒂固的坏东西。

“没事，我用毛草编双草鞋。我们刚到海南那年，全都是自己编草鞋穿的。”连长立即把雨鞋脱下，放在顾蕾面前。当然，此时他是无法探测顾蕾内心的警惕性。

说实在，农场每年都给胶工和干部分配雨鞋，而大多数胶工都舍不得穿雨鞋上工。他连长有打猎的嗜好，一年四季都套着雨鞋。如今是大夏天，脚套在雨鞋里就像泡在灌了半壶水的筒套，散发着令人作呕的汗臭，而自己却没有丝毫察觉。他随手拔来一小撮茅草，捋了一捋，没眨眼工夫就编成了像小船式的草鞋，也像城里人穿的“人字拖”。他试了试脚：“不大不小，正好！”又说，“这叫儋州草鞋，当地老百姓都喜欢穿。”

“那，他怎么没穿？”顾蕾昂了昂下巴，朝符大村看去。

“他现在是兵团战士了，有胶鞋了，不是吗？传统的东西都留着备用吧。”连长说完，扛起他的镰刀扬长而去。

顾蕾看着连长远去的身影，再看符大村已朝前砍远，自己显然落后了。多亏符大村又把她的地段砍去一半，剩下的段落也窄小多了。她一咬牙，脱下自己那双用小锯片烫熔胶后补了多处裂口的塑料凉鞋，拔根藤条穿在腰间，双脚艰难地伸进连长那双湿漉漉的雨鞋里。她狠狠地挥起砍刀，左右开镰，拼命追赶上去。

原来的一派静默山林，如今传来的是一阵阵砍倒灌木和芒草的“噼啪噼啪”的响声，同时又夹着砍刀撞击石头的刺耳声。偶尔也听到有人低沉地喝道：“砍！砍！砍！砍你的筋！断你的骨！”

砍芭很苦，没人叫苦。这面山不呈陡坡，也没太多石头和大树，算不上“硬仗”。犹如叶大勇说的是“吃肉”而不是“啃骨头”。

蓝江的双手已磨满血泡，他意识到砍芭中的“一不怕苦，二不怕死”的确要付出血汗。他原来在养猪组，因为高度近视，拉了连队的母猪去隔壁连队配种，回来时却拉了一头公猪。指导员说他眼力太弱，公母都分不清了，不适合养猪工作，所以调了工种。不过，出了猪圈他才感觉到广阔天地的空气是多么的沁人心脾，远比天天闷在猪圈里闻猪屎强多了。但是，盛夏那个烈日，身上那个汗水，也不少于蒸煮明朝福王朱常洵那口大锅的沸水。想着想着，他不免又留恋起猪圈的猪屎味了。

郑文华一口气砍了几十米远。前面是一根手腕粗的藤，硬生生地缠绕着大树和周围带刺的灌木。他用砍刀砍了又砍，那藤条摇摇荡荡仍然不断不离。他来气了，狠狠地说：“我就不信搞不掂你！”拿起身边的利斧使尽全力劈去。

“住手！大只佬，住手！”是连长的疾呼。他试图制止郑文华的举斧劈藤行动。

但是，郑文华的利斧已朝粗藤劈了过去。摇晃的粗藤没被劈断，斧口却朝他的膝盖骨直扑过来。幸得连长的吼声，他减轻了力度，斧口把裤腿撕裂，划破了膝盖骨的一层皮。连长快步跑过来，急问：“大只佬，有冇见骨呀？”

“没事，轻伤不下火线！”郑文华被自己这一斧吓出冷汗。他不晓得斧头劈粗藤会有那么悬乎的后果！如果不是连长那声吼叫，他的膝盖骨已被劈开两半。幸得有惊无险，他故作镇定地傻笑两声：“连长，你怎么知道我有惊人之举？”

这时，退伍兵叶大勇听见喊声也急速地走过来。他撩起裤腿，指着自己膝盖骨上的疤痕：“七年前，我和你一样，一斧之下，把自己的膝盖骨破开了，如果不是连长巡山遇见，我早比泰山还重了。”叶大勇当年力气过人，干起活来一个顶俩。不过，他的那一斧没把草藤砍断却劈了自己的膝盖骨也成了老职工们谈笑的话题。

砍芭是力气活，没有技巧和经验就常常出人命事故。早年来种胶的年轻人都没有开荒劈岭的经验，凭着一鼓热情和猛劲，常常被镰刀、斧头砍伤致残；伐树时没辨清大树的倒向被树压伤压死；爆破石头没注意隐蔽或是排哑炮时被炸残炸死；电闪雷鸣中拼命强干、蛮干被雷电击中丧生……连长考虑再三，还是把大家召集过来，再次讲明注意事项，免得工伤影响进度和完成指标。他亮开嗓门：“同志们，你们砍藤要用镰刀，朝左右方向，不能正砍，那要伤自己的。当年我们垦荒队这个牛高马大的叶大勇就劈开过自己的膝盖骨，还有牛头马面的冯大山给雷劈成黑炭。唉！还有欧阳大森，一刀下去就砍伤自己的命根子……”提起大森，连长伤感了。建队十年，大坤和大森都有汗马功劳。不过，大森运气不佳，都说是吃过老队长屙出的蚕豆屎不吉利，工伤累累。武斗一开始他们兄弟俩都被认为是国民党潜伏特务。后来大坤洗清了嫌疑，大森讲话太冲不得人心没能摘帽。那天他在井边不远的地方犁田种稻，水牛反常拖着耙子乱窜。突然一声枪响，水牛站立不动了。犁田的职工听见枪声都往山里跑。大森想拉着水牛逃，水牛没挪动蹄子，只好自己跑进了南庙山。结果刚进山就被当地造反派的枪子穿了胸膛……

“大森是个衰佬（倒霉鬼），你们都别学他！”叶大勇唤醒了连长的沉默。

“系啦！死鸡也要屙泡硬屎！你们有文化，劳动也要动脑筋，别让家里大人不放心。下面再讲讲砍树要领……”连长继续他的举一反三。

马晓冬挑着饭桶上山了。杜河跟在后面，挑着另一副担子，扁担的一头还挂着粤西人的“大碌竹”水烟筒。炊事员挑饭上工地，这是垦荒大会战的老传统。他大声喊道：“开饭喽，开饭喽……”

连长自己肚子也饿得前心贴着脊梁骨。剩余的话全省了，立刻下令：“收工！收工！人是铁，饭是钢……”

七

连队这次“大会战”是兵团成立后的第一场以连为单位的“大会战”。年轻人尤为兴奋、尤为激动。个个浑身上下都充满着改变山河的气势。然而，仅仅是半天，面对着这片砍倒的杂草、灌木、干枝和树木，再望去剩余的山林指标数，眉头渐渐紧锁，笑容也随之消失。午饭已开始，年轻人却姗姗来迟，没有食兴。

杜河猛地掀开菜桶盖，笑眯眯地带着几分得意的神色：“今天是开门红，有肉味，晚了就没了 。”这一喊，年轻人的疲劳也顿时消除许多，食欲来了。潘百岩惊喜得不行，拿起饭盒就往前挤。

指导员气喘吁吁地走上山来，念念不忘他的职责：“同志们，辛苦了，辛苦了！团党委指示我们，越是困难的地方，越要高举毛泽东思想的大旗，才能战无不胜。现在，我们一起拿出红宝书。”当然，这意思就是执行雷打不动的饭前仪式。即使闻着肉味，流着馋涎也得忍着。大家从汗水湿透的口袋里掏出随身带着的《毛主席语录》。指导员指着顾蕾：“你带领大家，读一读‘下定决心’那一部分。”

顾蕾自从掉进大粪池摔伤脚后，不仅脚踝没好利索，皮肤过敏也变糟了。但她还有一股拧劲，方言叫“硬颈”。她提着高昂的嗓门宣读：“我们宣传大会的路线，就是要使全党和全国人民建立起一个信心，即革命一定要胜利。首先要使先锋队觉悟，下定决心，不怕牺牲，排除万难，去争取胜利！”

“好！你们开饭吧！”指导员等顾蕾读完语录，没再啰唆。他饭也没吃，又扛起他的大砍刀走了。这次的开饭命令是指导员下达的，比连长下达的要有分量。大伙似乎都忘了灼热和劳累，三个突击班的职工都涌了过来，紧紧地围着饭桶。

“好味道，味道好。流口水，口水流。猪头肉，香又脆……”杜河一边念着他的顺口溜，一边不停地搅拌那盆切得细小的五花肉片，等份地分到每一个人的饭盘里。

“老骨头，能不能多给点汁呀？”叶大勇恳求着，眼睛盯紧那个肉勺子，多么希望能从那里多滴几滴猪肉汁。

杜河还真不愿意做老好人，那瘦得像小刀的脸上不自然地抽动两下：“老同志了，留点油水给年轻人吧！”

“对，对！”叶大勇觉得自己想多要些肉汁的行为过于自私，显然不好意思。他扫了一眼周围的年轻人说：“现在‘大会战’好呀！当年我们建队时，也年轻过。带一节木薯吃几天，哪有肉呀！今非昔比，知足了，知足了。”

“肉”的吸引力很强，没胃口的人也都焕发了精神。说实话，每天吃的大椰菜能见到油镜痕迹就觉得可口了。有家庭的老职工都以喝粥为主，往往从饭堂买一份五分钱的菜加调一些野生米椒混进去，由辣味搅得稀里糊涂，一家人狼吞虎咽似的没几分钟就填饱了肚子。而知青生长在城里时，没尝试过强体力劳动消耗，又有父母撑家，再饿也还有供应粮油和凭票供应的猪肉，即便饥荒年份好歹也能细水长流。到了农场，除了与天斗、与地斗，还得与自己的肠胃斗。每月的主粮虽然有四十斤，因油水缺乏，许多年轻人一顿就吃掉了一天的定量。如今“大会战”虽然累人，却能吃上猪肉片，不敢说是“物质刺激”或“精神鼓舞”，也确实调动了大家的积极性。

叫尚武把湿透的背心挂在树干上，兴奋得馋涎欲滴：“‘大会战’真好，不用加菜票就有肉吃，再苦再累也心甘了。”

“低级趣味！不出声没人讲你是哑佬嘅。”车少谔小声说。他认为“大会战”的指导思想不能掺沙子，不能与吃喝相提并论。

杜河咧嘴笑笑：“‘大会战’再苦再累，比起红军长征那个苦，我们算得了什么？当年人家吃的是树根，咱们还能尝上肉，还是社会主义好呀，你们说对不对？”

梁枫不冷不热地答了一句：“老骨头说得正确，还是社会主义好。那叫作‘前人栽树，后人乘凉’。”

“你的革命觉悟也太低了！应该是革命前辈流血牺牲换来了我们新一代人的幸福生活。所以，我们不能围着‘肉’做文章。我这份肉不要了。”顾蕾很认真的插上话。她穿着连长的大靴子，由于太过宽大只好拖着走，但防蛇护脚倒让她倍感安全。她做事就喜欢打头阵，这次又带头省出一份肉来。

梁枫见是顾蕾答话，顿时变得嬉皮笑脸：“到嘴边的肉也不张口，太可惜了，太可惜喽！”

潘百岩立刻问道：“那，你的饭，你还要吗？”

“不吃饭，怎么有力气干活？犯癫痫呀你！”杜河说。他见顾蕾要让出那份难得的肉给大家，心里很不是滋味。就这十斤猪头肉，也是他用了一麻袋米糠到团部养猪场换来的。他征得指导员的同意，只有参加“大会战”的人才能得到加菜。现在顾蕾说不要肉了，无形中伤害了他这个炊事班长的心愿。他想劝说几句，又见她那副坚定的神态，只好叹息地摇了摇头。

“白眼仔，不能吃着碗里的看着桶里的！人家不吃肉，不是还有菜吗？”梁枫说。他料想不到自己刚才那句话使顾蕾放弃了一顿肉，显然不好意思。他深深地吸了一口透热的风，改变了话题：“苏东坡当年能熬三年，是因为他没有参加垦荒种胶。如果他也像我们这样‘大会战’，没两天就熬不下去了。”

顾蕾没搭理他，打心眼里不喜欢那些与当前形势不相干的话题。梁枫的话，不仅政治觉悟低，还诡辩。她记得指导员曾经说过，要把一颗生锈的螺丝钉变成闪闪发亮的钉子，不费一番努力是不行的。清除梁枫头脑里的锈蚀，不是一件轻而易举的事。

梁枫装了饭菜后自个坐在一块石头上吃着，左右张望，没见有人搭腔，又找话了：“你们猜猜，那时候苏东坡有没有猪头肉吃？你们说说？”

再谈到“肉”，大家有点兴趣了。虽然老职工根本不懂得有古人苏东坡，或者说对苏东坡曾到海南儋州“劳改”的历史不清晰。就事论事，谈论吃“肉”的话题，不会没人搭腔。

杜河仍然叹息顾蕾省出那一份肉。谈到吃，他也插话了：“什么‘输东坡’‘赢西坡’，我们刚来海南的时候，全是荒野山坡，没人赌山坡，没用！

一间草房都没有，除了打野猪山羊，哪有家猪肉吃呀？”

“哈哈哈……”潘百岩笑得前仰后翻。他端着盛满饭菜的饭盒子坐在那棵不见果实的阳桃树上，乐得把整棵树都震摇。他边吃边晃着脑袋说：“老骨头说得对，管它什么‘输东坡’‘赢西坡’，最实惠就是在山上找猎物，就是找肉吃。对吧？！这么大座山，没猪也有羊，没羊也有鸡，没鸡也有兔，没兔也有龟，没龟也有鼠，没鼠也有蛇，没蛇还有青蛙……”

蓝江也忍不住笑了。他可不是讥笑杜河没有历史知识，而是觉得“苏东坡”这名字还对上了“赢西坡”，太有趣了。

梁枫哭笑不得，因他挑起的话题没引起真正共鸣。他又拉长了声调：“我说‘风马牛不相及’没人懂，‘驴唇不对马嘴’不会没人懂吧！”说完，再次张望四周，没见顾蕾在场，暗暗庆幸。

“驴头怎么对得上马嘴？那次我砍了鸭头套在鸡脖子上，就是不能活，完全不同于芽接橡胶苗，根本不能活！”叶大勇倒是一本正经地说。

“哈哈哈哈……”一群知青突然爆笑起来。

几个老职工围在一棵有绿叶的树下排队抽着“大碌竹”水烟筒。大家都知道“大碌竹”是粤西和雷州半岛人当作比饭菜还要过瘾的精神食粮。在他们的家乡，几乎家家都有一两杆“大碌竹”，饭前饭后少不了“抽”。

连长也喜欢抽两口。刚把烟圈喷出口，抬头见潘百岩坐在阳桃树的干枝上，急得大叫一声：“潘仔小心！不能摇……”潘百岩坐的干枝“咯吱”一声，果真断了。他从树上滚了下来。连长把正抽的“大碌竹”扔一旁，一个箭步冲到树下，双臂拼死要把他接住。由于年轻人个头和连长不相上下，重力加速度，连长还是力不从心，双胳膊肘被甩了360度的圈。虽然挡了挡，潘百岩还是重重地摔到地上，前额扎在刚砍过的杂草上，那碗没吃完的肉汁饭还紧紧地抓在手里。

“怎么样啦？百岩！”指导员焦虑地问。谁都不知道他什么时候又回到人群中。这时，大家也都围了上来。七嘴八舌嘟囔着：快掐人中！快掐人中！连长胳膊被扭转朝后翘起，似乎双肘错骨。也不知哪来的劲，只见他用力一甩，绕了一个圆周的胳膊又恢复原位。他蹲下身来，想探探潘百岩是否摔晕了。

“别动！我饭还没吃完……”潘百岩推开连长的手。

郑文华有气了：“你有冇事呀？冇事就起来，别让大家担心。”他本来话就少，今天大干流大汗，半天都没多一句话，这会儿忍不住开声了。

“喂！翻白眼，弹玻子呀？不是时候喔！”梁枫俯下身来看他一眼，随即离去。

“没事就好，有事就找卫生员！”指导员总算放下心来。心想，这家伙摔下来还捧着饭盒子，看来城市人饿不得呀。

杜河见他如此爱惜粮食，心头很热乎。“没洒出菜吧？我给你加点肉汁。吃饱跌不伤……”

梁枫转身朝潘百岩扮了个鬼脸：“你们知道我为什么叫他‘翻白眼’吗？在学校时，他就常常恶作剧，翻着白眼装死。所以，这名字很适合。这次没装死，改名吧？叫‘口水岩’，怎么样？”

“哈！”连长笑了，看起来很不自然，“我那份肉也送你了，别窝在那。死鸡也要屙泡硬屎，何况你还能吃，起来！起来！”

潘百岩坐了起来：“哎哟！膝盖疼，真是膝盖疼，不是假的。”那棵阳桃树的干枝离地面，少说也有三四米高。摔伤是难免的，他竟然安然无恙，真是好运气。或许连长双臂起了点作用。说起连长那双臂膀，这个姿势救那些从树上摔下来的人数少说也有一个班。不论男女老幼，上树摘野生荔枝、杧果、黄皮、油甘子的人就常常失手掉落地，若遇上连长路过，保准没大伤。

众人见有惊无险，都松了口气。不料，远处又传来“啊！啊！黄蜂，黄蜂……”。随着那种不寻常的叫喊，顾蕾和葛小敏从山林里狂跑出来。一群黄蜂紧追不放。连长快步迎上被黄蜂追逐的女同志。只见他立即脱下汗水湿透的上衣拍打顾蕾头上盘旋的黄蜂，然后包着她的头。

“点火！用烟熏，快点火！”杜河急了，四处寻找他随身携带的“大碌竹”上挂着的打火机。指导员摸出自己随身带的火柴，立刻抓起一把茅草点燃。

知青对付蜂族没有经验，本能地抱头捂脸，东躲西藏。也有人狂奔，凭脚下生风逃离现场。连长大声喊道：“别跑，快蹲下来！”烟火上来了。没眨眼工夫，黄蜂立即逃窜，一些逃避不及的黄蜂被火烧成灰粒掉落地上。

潘百岩将掉落跟前的黄蜂踩在脚下：“踩死你！烧烣（烧焦）你！”

一阵慌乱后又恢复平静了。烈日仍然烈，似火焰山放出灼人的气浪，把身上被汗水湿透的衣服烤干了，汗水渗过的边缘出现了一层层粉白盐印。

葛小敏的嘴唇被叮着了，疼得流下了眼泪。顾蕾有连长的工作服裹着头，手背也给蜇了两眼。蓝江把头藏在草堆里，臀部翘着，正冲蜂眼，给蜇了六针。

“还有谁受蜂伤？都过来……”连长召集大家。他自己也被蜂蜇了几针，都在耳朵上。他说兜风耳也招蜂，无论蜜蜂、黄蜂，还是马蜂，他都领教过了。

指导员见大家伤势不重，也都集中在一班垦殖范围。他长长地舒了口气，宽和地露出笑容：“检查伤口，有刺先挑刺，再用水烟筒的水洗洗，最后擦上万金油，三天就没事了。”

杜河“嘿嘿”一笑：“别害怕，那年指导员就是现在四眼仔的样子，他被蜇了三十七针呀！整个屎窟都叮成蜂窝了，不信你们问他。”

指导员没说话，只是“呵呵，呵呵呵”直笑，没好意思翻出自己的历史。

“老骨头，快拿针线包出来，给小敏挑刺！”是连长的声音。他最担心的就是黄蜂尾部那根可以注入毒液的螫针。一般黄蜂蜇人输毒不留针，万一留下螫针，那可是玩命了。被蜂蜇五官，非同小可，尤其是女同志。

在野岭开荒的职工被蜂类蜇伤那是司空见惯的事。虽然又红又肿，又疼又痒，因为没有被蜇死的个例，就算偶有发烧的人，吃两片退烧药就没事了。当地村民也有许多蚊叮虫咬的偏方，很灵验。所以，大家也就不在乎了。

叶大勇也曾受过蜂蜇，那是蜜蜂，蜇了十一针在脸上。这会儿他倒美滋滋地叹道：“有人说，被蜂蜇过就不会患关节炎。还有人盼着给蜜蜂蜇。”他见葛小敏嘴唇已肿大，安慰她，“我爱人有关节炎，她就天天盼着有蜂蜇。”

葛小敏用湿手帕捂住嘴唇，双眼眨巴眨巴，艰难地说：“那，她给蜇了吗？”

叶大勇摇摇头：“她还在老家，农村户口，迁不进来。”又说，“我本来也是农民，吃包干粮。当兵三年就退役到农场。与我一起退役的十来人都转为农垦职工，吃的是定量粮，已经有着落了。不过，家属还得等名额才能入迁。”

“哦？”葛小敏不明白当职工怎么还得有名额，她们许多下乡知青都还是通过街道委员会反复动员才勉强来的呢！

顾蕾在一旁听得真切。这么多知青都能容纳，怎么家属就容纳不了？她若当领导，就必须首先解决夫妻两地分居的困难。真是不在其位，不谋其政嘛，瞎操心！她抚摸着已经红肿的左手背，心里不得不感激连长在危急中帮她驱赶蜂敌，可她嘴上竟然说不出半个“谢”字。刚才穿上连长的雨鞋也没想着“谢”。到底还是觉得领导关心群众，保护群众，勇敢战斗是应该的。她若是领导，她也会这样做，甚至不怕牺牲个人的生命。

“四眼仔的屎窟怎么样了？”指导员过来问。

连长逐个地检查，他风趣地笑了：“黄蜂有偏爱，受袭击的都在一班。”

蓝江苦笑，觉得自己没得罪任何人，蚂蚁都不舍得踩死，怎么还会走霉运？

“你的屎窟有香味，放个屁就能吸引很多蜂。要不，你再试试？”郑文华知道他脸皮薄，边挖苦边逗乐，蹲在一旁遮挡旁人视线，让连长给他处理伤口。

“大只佬，不要拿我开心。我长这多大，屎窟就没见过日光。”蓝江从小腼腆，屁股扎针也会脸红。

连长却说：“谁看这两块肉都没有错，前面别漏就行了。有些地方，给人知不给人见就不会失礼。对不对？”

郑文华没见过连长说笑话，这会儿才知道连长也粗也俗也幽默，没那么让人捉摸不透，倒觉得亲近不少。

梁枫手里拿着饭盒，嘴里还鼓着饭，凑了过来。他这个人喜欢找自己感兴趣的话题，也没听清别人在说啥就插话：“这年头，两个鼻窿呼吸已不够用了。以后人类再进化就应该是三四个鼻孔和单眼才行……”

郑文华真佩服梁枫的敢想敢说。在知识与文化都已被淘汰的年代还有人谈什么“进化”，忒大胆了。他半开着玩笑说：“你说得有道理，鼻窿多好喘气，眼睛小，进光少，以后热带人单眼就够了。”虽然他知道进光多少取决于瞳孔大小，而不能含糊地拿眼睛打比喻。可在这荒山野岭处有谁和你考究呢！他梁枫的意思无非是埋怨天气太热而已。海南人常说，立秋处暑，热死老鼠。其实，广州的夏季也热。郑文华小时候就听他妈妈念叨无数次广州热死人的事。尤其是那年8月12日，他的弟弟刚出生，医生说婴儿不知冷热，还得包上毛巾。护士说，今天是39度，包上毛巾会不会中暑？医生没回答，换了块大手帕扔了过来。从此，弟弟的小名就叫“大手帕”。他始终不明白医生为什么只给弟弟包大手帕而不穿衣服。到了海南才领悟，老职工都喜欢用大手帕做衣裤呢，说到底就是图个凉爽呀！

“哈哈哈！将来人都单眼了，很独特，很新款呀！”梁枫龇牙咧嘴地大笑起来。他的笑，女生觉得很不雅。总觉得他贼忒嬉嬉，心眼不正。

顾蕾并不认为人类进化就会变成多眼或单眼。梁枫这番话显然是一种新生的反动思想。虽然体力劳动又苦又累，但没人敢说苦和累，就算心里说一百个苦，嘴上还得喊“一不怕苦，二不怕死”。因为负面情绪很有挑唆和煽动性，颓废人的革命意志。如今他胆敢在“大会战”工地发牢骚，归根结底就是小资产阶级怕苦怕累的思想。她朝连长和指导员望去，等待领导的反应。因指导员离得较远，她的目光又回到了连长身上。

连长虽然没抬头，但听得真切，却不吭声。他处理了蓝江的蜂蜇口后，从鼻腔里发出“嗯嗯”两声，稍微有点笑意。连长走后，蓝江神秘兮兮地凝着双眼：“讽刺，你死梗（死定）了。连长万一给我们上纲上线，扣上个什么‘对知识青年上山下乡有抵触情绪’，那……我们就真的死梗了！”

梁枫不以为然：“你很想死吗？除非你去打小报告……”

蓝江擦擦眼镜，懊丧地说：“讽刺，你说我像打小报告的人吗？你犯癫痫呀！”当年蓝江的舅舅在无线电厂当技术员，就因为在跟仨朋友闲聊时说了“香港的歌曲很迷人”，结果被人打报告，成了右派，坐了六年牢。这种事，蓝江不会做，也痛恨别人做。

“我知道你不会是那种人，我知道你的舅仔受过冤。我的意思是，提醒提醒！唉！真是人蠢没药医，医好都变白痴啦！”梁枫很得意。

蓝江瞪起大眼，透过厚厚的镜片还看得出那眼神的怒火：“乜嘢话？提醒我？你有病就睇兽医啦！你知道我不是打小报告的小人，你还提醒什么呀？没心没肺的。”

“我什么都不知！四眼仔，记得那年你看见‘吊死鬼’，屎尿一齐埋在底裤里，英雄有心有肺无胆嘛！”车少谔不知道啥时候凑了过来。他认为，外表脆弱的人最容易当叛徒。

“喂！烧鹅，你是英雄虎胆，你犀利！‘纪念堂’那次打架，我见你逃得四个脚都嫌慢，像马骝……”蓝江顶了他一句。

车少谔讨了个没趣，被别人揭底更丢脸面。尤其是揭开广州武斗序幕那一仗，那是不堪回首的经历。他一拳就把蓝江的左嘴角打出血来，眼镜也震飞了。他铁青着脸："衰仔！你还多嘴，我把你的头拧去喂鸡！"

梁枫看不惯了："喂！大欺小，强欺弱，没价值喔！"

"讽刺，你屎窟痒了？那次人家来大院抢枪，你和你老豆（父亲）都藏到屎坑里，不是吗？"车少谔脸带讥讽。

"啪"的一拳，梁枫朝车少谔脸上打过去。他父亲是文史人员，本不属于"走资派"，那年也被套上"牛鬼蛇神"的帽子靠边了。

蓝江找到了报仇的机会，趁势朝车少谔头上挥拳过去。郑文华看了一会热闹，一手抓住了蓝江挥往车少谔的拳头。蓝江窝火没地方出，伸出另一只胳膊，朝郑文华脸捶击。这下不好，郑文华发现鼻子淌血，忍不住"啪"地回了一拳。眨眼间，几个年轻人就这样拉开了拳脚架势。

"打架！打架！"有人喊道。

潘百岩把饭盒往地一搁，飞也似的跨过那些被砍倒的灌木和荆棘，猛地出现在打架人中，三拳两脚就把他们隔开了。谁也不知道潘百岩还有"三脚猫"的功夫。他的突然出招，不得不让人目瞪口呆。难怪他从树上摔下来丝毫无损。他抖动了四肢，轻松地说："玩什么？刚吃下肚的油水都逼出来了，可惜呀！"展示了他的拳脚功夫后，拍拍梁枫的后背，"这种玩法过时了！"

指导员和连长都围上来。"怎么回事？"他们异口同声地问。没人回答，也没有人检举，连顾蕾都把话咽回肚里。事实上，在广州知青大批上山下乡的前几个月，广州的派性武斗已得到了全面制止。但是，在人们心目中的两派思想仍在保鲜期内。尤其是那些分别加入不同派别的家庭，夫妻之间、兄弟姐妹之间、父子之间因政治观点的不同仍然不可避免地发生激烈的争吵或是动起拳脚。所以，在同学、朋友之间无疑存留着疯狂时期留下的伤痕。

"到底怎么回事？"指导员又问。

郑文华抹了一把鼻血，苦笑道："练'太极'！没事，松松筋骨！"他从杂草堆中捡起蓝江的眼镜，"少了一只'脚'，今晚我帮你装'假肢'。"

蓝江没回应，满脸怒容，手一拽，用力拿回眼镜。

车少谔鼻青脸肿，愤愤地骂道："衰仔！这笔账没完！"

梁枫的右眼角肿了一块，倒显得轻松。摆弄了脖颈，没伤颈骨，抬头睥了一眼当头的太阳球，自言自语地念着："热辣辣的太阳光芒万丈，热腾腾的汗水湿透衣裳。心里想念毛泽东，接受再教育是方向……"

“好诗！收工后把它写下来给我。”指导员见年轻人缓和了气氛，自己的神情也由阴转晴。原想把大家召集过来，认真学习《毛主席语录》，认真理解“我们都是来自五湖四海”的深刻含义。由此看来，只好大事化小，小事化了，免得又来脱裤子放屁，自找麻烦。

炊事班长杜河走近指导员身边，笑嘻嘻地说：“年轻人热气缠身，要饮凉茶才能消暑。明天开始，加煮茅根水送上工地。”

“好，好！还是老骨头想得周到。”连长立即赞同。他见指导员不停地点头，又说：“死鸡也要屙泡硬屎，开工了！”接着，他吹响了开工的哨子。

叶大勇一马当先，大声喊：“开工，开工！大家各就各位。有力大干，无力拼命干！”

顾蕾目睹眼前的这一切，心里又涌出了不少新念头。她逐一滤过众人刚才的言论。她喜欢思考，喜欢紧跟，她的思想觉悟始终走在最前面。

葛小敏被黄蜂蜇后，虽然用烟筒水洗后又抹了万金油，但仍然肿得厉害。连长说：“依我看，你们俩都回家休息吧？‘大会战’不是一两天的事，是持久战，我们要有充分的思想准备！”

顾蕾不愿意离开工地。她对连长表示：“我的决心书已经表明了我的思想意志，轻伤不下火线嘛！我们一定要脚踏实地学习革命老前辈的光荣传统。”

指导员立刻接受顾蕾的请求：“很好！是个好典型！”

“我顶不住了，我下山罢啦！”葛小敏这一刻无法学习老前辈的革命意志，嘴唇肿得像衔着大馒头，只好回家休息。

蓝江的臀部也肿得厉害。只是那条草绿色的军裤裹着，不然也会让人同情少许。再加上打架，只好强忍疼痛，操起长柄镰刀准备继续再干。

连长从鼻腔里“嗯”的发出点声响，拍拍他的肩：“你也病休吧，我准了。”

“是！连长！”蓝江嗓门不高，却痛快地答应了。

杜河说要给受伤者报仇，立刻去把黄蜂窝端了，还说黄蜂窝泡酒能补肾壮阳。

也许当地人风俗是从经验而来，“大会战”的第一天果然碰到不少阻碍。但是，指导员仍然牢记“要奋斗就会有牺牲”的教导，只要不出人命就是胜利！

接着第二天，第三天……十余天过去了。烈日炎炎，焦金烁石，一滴雨水都没有。但是，“大会战”没有因任何困难而停止。那两条“战天斗地，甘洒热血。垦荒拓疆，死而无憾”和“兵团战士多壮志，敢教日月换新天”的横幅每天都在向目标境地挪着位置，多少次因为土地的坚硬倒了又再竖起。中暑的人苏醒过来只喝了两口水又回到了工地。这天晌午，突然“轰隆”一声雷鸣，接着，“哗啦啦”地下了一场阵雨。这场大雨使砍芭速度减慢。但是，雨水能让人冲刷满身的汗臭，也能趁避雨之余休息。可是，这样的阵雨，不痛不痒。雨后的湿热，使人觉得上烤下蒸，更不是滋味。有人说：下它几天几夜该多好！

连长皱着双眉，担心开荒任务不能保质保量完成。指导员大概猜出了点滴：“心急吃不了热汤圆，我看他们也尽力了。小知识分子嘛，能挥大斧头，不简单了。”他见连长点头又说，“我们这些人比他们青年仔大十来岁，熬过硝烟弥漫的年代，熬过吃不饱穿不暖的苦日子。知道什么是苦，什么是甜。当年参加农垦开荒，说是给建设社会主义添砖加瓦，再苦再累都觉得很光荣，很自豪。如今的青年仔比我们有知识、有文化，能做的事多了，不能和我们比体力比耐力。一代胜一代嘛！嘿嘿！我们是铁轨枕木，他们就是快速火车。”

连长笑了：“当然啦！他们绝对不能与我们相比。那时候，我们是干起活来不要命，吃起饭来命不要。不能比！”又压低声说，”你没忘吧？庞科长带我们检查生产进度。嘿嘿！他下赌，吃了五十个馒头，胀得两臂都打横了。后来是我和你一起抬他去河里泡水浮肚皮……”

指导员放声大笑：“那次，他差点报销了。你吃了几个馒头？”

“我没敢赌，你也没敢放屁！技术员老黄吃了二十六个，大病一场，后来得了黄疸！”连长的脸又阴起来。

指导员连连点头：“是呀是呀！我们过去也嫩水。”他对年轻人的确充满着希望。有时也觉得知青肚里装那么多墨水，如今却和大老粗在一起流大汗，太可惜了。他稍停片刻又自嘲地说：“我说牛车佬，如果他们个个都能吃五十个馒头，我们当领导的工作就更难做了吧？”

八

顾蕾坚持了“轻伤不下火线”的诺言，被黄蜂蜇手背已经过了十余天，仍然肿胀，又痛又痒，甚至无力握住长柄砍刀。无奈，这天下午收工后直接去找卫生员乔志强处理伤口。

“你这样坚持下去，的确是得不偿失，更耽误时间。”乔志强边给她敷上偏方药膏边唠叨着，听起来挺疼惜的。

顾蕾真想以大哭大喊来减轻疼痛，但她还是强忍了。“没有蜂针怎么还肿呢？”她不解地问。

“你呀！还是知识青年呢。没有蜂针有蜂毒嘛！如果是蜜蜂，当即用3%的氨水或者5%的碳酸氢钠溶液冲洗，那就不一样了。不过，用肥皂水洗洗也能减轻许多。你这是黄蜂，用醋酸或者用食醋擦洗也是好方法。这么多天了，好药方也起不到好结果了！”乔志强一本正经地回答。

顾蕾觉得这位赤脚医生还有点知识。她好奇地问：“连长用水烟筒的黄水洗过了。我的没见效，葛小敏原本的情况比我严重，现在她看起来好多了嘛！”

“那是！她当天还有发烧和心率增快现象，用药后好多了。我们有老拗村农民的家传秘方，治蜂蜇没问题。只是每个人的身体反应不一样。”他挺有把握地说。看了她的手背后，又换了些土药，用纱布轻轻地裹了一层。

顾蕾听了乔志强的一番话，又见他如此细心地处理伤口，心里对他暗藏的厌恶感减轻许多。记得在小学六年级时，几个女生都说新来的体育老师是“白鼻哥”，还有女生暗骂他是“咸湿佬”（色狼），其原因就是他时常斜眼看女生。乔志强的眼光也常常不直射，自然就归类了。这时，她稍露出歉意：“你懂得不少，教我怎么样？”

乔志强没见她有过谦虚，显得不自然了：“唔！还有一种即刻见效的方法！”

“快说呀，不要隐瞒嘛！”顾蕾装着又谦虚又急迫的样子。

乔志强略带微笑：“就是乳汁！乳汁是最好的！”

“流氓！这么肉酸的话都能说出来！”她忽然觉得脸红耳热起来。心想，果真不假，到底还是一个“咸湿佬”。

“那是偏方，信不信由你！”他的神情很自得。接着又告诉她明天回团部卫生队的消息。说卫生员提前回来了，他的任务完成了。

“一个月的探亲假也没用完？他的觉悟真高，我们应该向他学习！”顾蕾隐藏了自己的心思，立即像表决心似地说。

乔志强见她又表决心了，轻轻地叹了一声：“嗯！幼稚！”

她瞪眼给他。“幼稚”这两个字已不是头一回听他吐出来，那次她贴出大字报他也曾这么说。这次不知怎么就觉得两颊热起来。她使劲眨巴眨巴双眼，勉强自己的正气：“你是个衰人，嘴尖舌利！”转身匆匆地朝宿舍跑。

“表姐，表姐！”张明明手上还拿着赶牛鞭子，三步并两追了上来，显得十分兴奋地说，“你手没事吧？我告诉你，这次你们被黄蜂叮也不影响进度，事迹感人，全世界都沸沸扬扬……”

顾蕾却说：“乜嘢全世界，是我自己的世界！”

“是呀！你是轻伤不下火线的典型……”他流露出羡慕的表情。

“傻仔，你是不是觉得我很幼稚呀？”她问。

张明明不解，双眼溜圆：“又说笑话！你从小都早熟的，怎会幼稚？你是我心目中的英雄喔！谁敢有胆说你？我和他辩论去……”

顾蕾见表弟那副天真的样子，扑哧一笑：“辩乜野呀！放牛任务也很光荣！快买饭去。瘦蜢蜢，饿傻了，发育更不全了！”

张明明调皮一笑，左手敬了个礼：“是！表姐！”

看着表弟远去的身影，她也把自己的思绪埋进了心谷。乔志强虽然不是同期知青，但骨子里还是知青，她多少又泛起了好的随想。但又严正警告自己：不能想入非非，不能存有私念，否则，小资产阶级的思想就会冒泡，革命到底的信念就会动摇。她深吸了一口气，给自己鼓了把劲：要干！要革命！要表现！要入党！

张明明的思想就不是呼着口号能被鼓动了的，他要有眼前的表率人物。他的榜样就是表姐顾蕾，是看得见摸得着的实体。但是，他毕竟是追随者，仍然保留着自己的观点。自从与村民的那场夜战之后，他似乎一夜之间长大许多。怎么说放牛都比守山愉快，起码不是孤家寡人。人往高处走哇！他从守番薯地到放牛，已是走上了第二级阶梯了。不过，初看那几头大水牛，心里的确哆嗦。多亏有黎吆侬领着，没几天工夫也和老牛交上了朋友 。记得头一天放牛时黎吆侬就说过，放牛就是让牛吃饱，没什么难的。他觉得自己是走牛屎运了，因为牛在广阔天地吃草，自己不用拿锄挥镰也同样叫“接受贫下中农的再教育”，比表姐幸运多了 。可是，放牛第二天就觉得无聊了。就他的年纪，应该念高中了。如今和没文化的黎吆侬搅在一起，也太枉费以往的学年了。所以，他需要继续求知，继续学文化。他要做到牛吃草人读书，两不误。

黎吆侬同意了："牛吃草，你做呆冬（什么）都行，就是不能去对歌。"

"对歌？和牛对歌？有冇搞错呀？"张明明好笑了。

"假囊喋（装傻），谁说对牛？是对咩艮（女人），是女人！"

"哈哈哈……女人？你黐线（神经病）呀？"他没理会吆侬的话。他摸摸自己无时无刻不背在身上的挎包，里面除了一本《毛主席语录》外，还有一本《老三篇》。表姐说，毛主席著作是贴身宝，时时刻刻离不了。只有活学活用，才能在灵魂深处爆发革命，才能在广阔天地大有作为。所以，他应该向表姐那样，边学习边写心得，还要把心得笔记交给指导员。以后的每一天，他都牢记黎吆侬的放牛规则。为了让牛吃不沾露水的青草，避免腹泻，他绕道把牛往朝阳的山上赶。牛吃草，他学习。当然，他还从黎吆侬那里学到不少当地农民的生存绝招。

那天黎吆侬闹肚子，趁牛吃草时躲到草丛里拉屎。没一会就喊着："大头明，折些小棍子给我。"

张明明觉得莫名其妙，不耐烦地应道："喂！契弟（家伙），你没礼貌喔！屙屎还出声，你老豆没教你咩？"

"快点，我要小棍子擦屎！"吆侬叫着。

张明明这才明白。当地人不用草纸，也没有草纸。他不急不慢地找些光滑的小树枝，把叶子拔了。他捏着鼻子，高声应道："我来了！喂，喂！我来了！" 但是，他却没见黎吆侬人影。没狼没虎，难道被野猪叼走不成？他提起心来。忽然，树林里传来了窸窸窣窣的声响。他朝响声望去，两眼睁得像灯笼，忍不住骂出声来："衰仔！真是马骝精，屎窟怎么能往树上搓呀？"

没一会，黎吆侬提着裤子走过来："叫什么叫！没棍子就往树上擦，老传统，大惊小怪。你也应该活学活用！"

"切！大吉利是！"张明明觉得那动作的确不雅，忽然又认真地说，"幸好不是橡胶树，不然胶水就渗入你的屎，影响质量喔！"

"哦！你的觉悟比我高了。可是，在山上没有草纸，又没有棍子，你说怎么办？你说呀！悲离（悲哀）！"黎吆侬亮大嗓门。

张明明没法回答。没有便纸，书包里的毛主席著作是不能撕的，稍有撕纸的思想动机就必然被打成反革命。上回老地主家的毛主席画像上出现了针眼，就被抓出来批斗了一整天。他想了想，不耐烦了："你对！儋州佬有窍（办法）！"

"哈哈哈……"黎吆侬笑得像猴子一样打滚。他手指着张明明，上气不接下气地说："你想个办法，你说你们大陆人怎样擦屎最高明？你说！你说！"

在山上擦屎没有纸，能用什么代替的问题虽然不是难题，但他许久也没找出更高明的办法。想请教表姐，又觉得太龌龊。最要紧的是表姐的手能早日恢复，他才少点牵挂。听从表姐的话，吃饱才能发育正常，立刻回宿舍拿了饭盒，直奔饭堂吃晚饭去。

"快躲开，大家快躲开！水牛打架……"一阵喊声传了过来，很恐慌，却没有引起大家的警觉。几个刚放学回家的小学生蹦蹦跳跳地相互追逐嬉闹，没人发现周围异样，也没人感到受威胁。突然，"踏踏踏"的一阵沉重又急速的声音由远而近。原来是一头高大的水牛在前拼命狂跑，另一头在后紧追不放。后面那头两眼突暴，来势凶猛。霎时，已接近了人群。人们觉得不妙，急忙贴着墙壁躲避。小学生黄立新把书包顶在头上，仍在晃晃悠悠地走着。

"地主仔……"张明明大喊一声。说时迟，那时快。追在后面的那头大公牛见有障碍物阻挡追赶目标，头一甩，把黄立新抛出几米。张明明飞似的朝黄立新跑去，试图把他抱离险境。然而，公牛的凶猛势不可挡，再次朝黄立新袭击。"啊！衰牛……"随着喊叫，张明明的脸颊被牛角戳穿，鲜血直流，他顿时晕了过去。

郑文华买了饭出来，只见水牛从眼前一晃而过，黄立新已被掀倒在地。他不顾一切地追赶过去，还是晚了。大头明已受伤，他只能趴在张明明的身上抵挡大水牛的再次袭击。躲在四处的人们见状一拥而上，敲响饭盒驱赶大水牛。"嗷"的一声嚎叫，大水牛没有恋战。"踏踏踏"地展开四蹄，继续追赶它的目标。

"大头明，明明！你没事吧？"顾蕾那时虽然离得远，但仍然眼睁睁地目睹眼前突发的一切，她急傻了眼。

"立新！我的好仔……"老地主的遗孀边喊边哭。

乔志强和刚探亲回来的卫生员都赶了过来。他们用担架把张明明抬到医务室。黄立新个子小，老卫生员随手抱起。虽然已是傍晚时分，阳光仍然充足，天气仍然闷热，没有一丝晚风。只有八平方米的医务室，里外都热气腾腾。老职工和知青把室外围个水泄不通。老单身欧阳大坤，仗着自己个头高，伸长脖子朝里问："要不要输血？我是O型！"

郑文华推推他："几时轮到你呀！"他没伤着，只是军帽被牛角甩出去好几米。

"大只佬，你什么血型呀？"大坤有点得意，他觉得自己才是万能输血者。那年刚从国军被俘虏到解放军时，他就输过两次了。他的血，救活过解放军战友，为此常常感到自豪。

"O型！"郑文华立即答复。大坤双眼顿时眯成一条线地看着他，没话了。

"哗！他们都是万能输血者，真是伟大喔！"赞叹的是黎吆侬的表妹羊红女，年方十四，长得桃腮杏脸，是老鳖村的小美人。她刚从大雅城买了几包中药回来，顺路来看表哥。

顾蕾是A型血，表弟是B型。爱莫能助。她只能守候一旁。知青心里都有数，需要时都会伸出胳膊。一些老职工根本不知道自己的血型，也不懂得什么是血型。但是，一直没听见卫生员说要血浆。不一会，连长和指导员从山林验工回来，听说水牛伤了人，匆匆忙忙地赶过来。

"情况怎么样了？"指导员问。

卫生员陈日新拉开口罩，呼出一口大气："牛角把脸穿透了，幸亏牙齿还在。脸上缝合七针，打了破伤风针了，应该没有生命危险。"

"还没醒来？"连长问。

"醒了，我只给他打了局部麻醉。"陈日新又补充道，"不要让他多说话，按时吃消炎药。"

"立新怎么样？小家伙伤哪？"指导员问。

乔志强眉头紧锁，满脸疑惑地说："这孩子真怪，他就像睡了一觉似的，醒来后就要喝水，两杯水下肚就没事了。"

"他是吓晕的，孩子体轻，摔跟头也不显重。"陈日新又测了小家伙的心率，"很正常，奇迹……"

黄立新的母亲也露出了笑脸："没事了，没事了，刚才是吓死人啦！他被牛头抛出去好远呀，还滚来滚去哟，真是吓死人了……"

连长朝孩子看了又看，摸了又摸："这孩子命硬，有贵人相助！"

指导员见两个伤者的状态比较稳定，又振振有词了："我们必须把今天的事迹汇报给上级。这种奋不顾身，舍己救人的精神是值得我们每一个人学习的。"

职工中有人窃窃私语。指导员看在眼里，感慨在心。人们对老地主的自缢本来就存有不同的看法。当然，自绝于人民的反动派也就死有余辜。但是，对他的儿子是不是应该奋力抢救的问题，有人持不同的观点。也就是说，张明明奋不顾身抢救"地主仔"是否值得。如果张明明牺牲了，黄立新无疑在众人的唾弃之中偷生。对于孩子，那该是多么艰难的事。

连长虽然是粗人，可他粗中有细。"指导员说得对呀，明仔舍己救人的大无畏精神是值得我们每一个人学习的。在危机中，你只想到救人，不管救的是男人，是女人，是老人还是幼仔，都是英雄本色。如果临危时还在犹豫，能救吗？"因为他每次伸出胳膊接着从树上掉下的人来时，的确不假思索。有几回还接住了从树上脱落的干枝呢。

老地主的遗孀赵桂芳心里固然对张明明感激不尽，但也不能直接表达谢意。她过去是个文娱活跃分子，善歌善舞，能说会道。这会儿说话也不能离题。她像背台词似地说："我要感谢党，感谢毛主席，感谢各位领导和广大人民群众，给立新第二次生命。我代表老黄头在地下给你们鞠躬……"

"行了，把孩子带回家吧。"指导员打断了她的台词。大坤自告奋勇，把立新抱回家去。

郑文华进来，见满脸都是绷带的张明明，建议用担架抬回宿舍。顾蕾心疼表弟，立刻赞同："大只佬说得对，抬回去能减轻一些疼痛。"郑文华心里"扑通"一震，顾蕾可是第一次这么称呼他。"大只佬"是个绰号，只有男生才这样称呼，她怎么也赏脸？心头像通电似的，从脑门热到脚板底，再加上天气炎热，真要烤焦了。他故作镇定，目光充满着五颜六色："你放心，没事的。以后他也有个酒窝，那就更加可爱啦！是真的，有酒窝靓晒！"

众人开心地笑了。顾蕾却急了："不要笑！笑裂伤口的呀！" 她想到自己面颊就有两个深深的酒窝，觉得郑文华是趁机直抒己见，脸唰地红了起来。

连长也担心笑裂伤口："收声，收声啦！别逗了，伤口再裂就像破竹啦。脸上有个洞就好笑啦？死鸡也要屙泡硬屎，将来照样可以找到老婆。"

大家立刻止住了笑声。屋外一些围观的人听说没事了，也都逐渐散去。乔志强对顾蕾一直没有多余的话，连双眼的余光都没有散射到她。为了让张明明躺得舒适，他在担架上加了个小枕。这个细微的动作感动了一旁的顾蕾。

担架刚出门，黎吆侬闯来了。他大声嚷嚷：“指导员，我搞清啰，那头公牛是老拗村的，是它冲入我们的牛栏……”

“哦！这么说它是自己强行配种！”指导员肯定地说。

“不是配种，是强奸！”羊红女仍在门外，她心直口快。

黎吆侬喘了口气，接着说：“对！是强奸！我们的母牛见了它就逃，拼命逃出栏，我们的牛栏原来是关紧的，我保证。”

羊红女又说：“是呀是呀，我看得清清楚楚！那头公牛凶死人了，肠子都落了几尺长，红得像猪血，一直拖着跑。”

顾蕾那时也看得真切。但不知道是因为打架打出了“红肠”。听了羊红女的述说，脱口而出：“那是肠子吗？太残酷了。”

黎吆侬忍不住要笑出声来：“你们懂个屁，那个呆冬不是肠子，是囊（雄性生殖器）！是哒干（男人）都有，是公的都有，不是肠子，乱讲！”

羊红女也不示弱：“没有乱讲，公牛的肠子就是囊！”

“不对！囊就是囊！不是肠子！肠子不能变大变小，变长变短！”黎吆侬坚持自己的观点。因为他是男的，他懂。

知青原本不知道什么叫“囊”，对当地方言也猜不透，只有老职工能听懂。不过，一说“是男人都有，是公的都有”，不需要猜谜就知道“囊”是什么了。

顾蕾觉得自己太愚昧太鸠拙，当众说出如此无知的话，真是无地自容。她的脸一阵红一阵青。如此炎热的天气，竟然觉得手脚顿时冰凉。她迟缓了脚步，让抬着张明明的担架远离了才快步跟上去。郑文华没出声，乔志强似乎强忍笑意。

指导员打断他们的争议：“吵呆冬！我们的母牛呢？回栏了吗？”

“回了，老拗村的人也牵走了他们的公牛。”黎吆侬答了话，心里仍然埋怨羊红女的固执。

连长没在意大家的谈论，对指导员说：“我们只有两头母牛，一头公牛。老拗村的那头公牛不错，配了种我们也不吃亏。只是代价太高了，苦了我们的大头明。唉！明仔他这种临危不惧的精神，几头牛也换不来。”

指导员颇有同感。这些年轻人在危险时刻能有如此勇敢的行为，如果在战争年代，也一定是好样的。一些知青心里默默打着寒战。因为事出突然，一顿饭的工夫就出现了生与死的考验。丘铁军手里拿着刚写完的报道稿，迎面跑了过来。“指导员，我的稿子写好了，你看这样行不行？”

指导员接过稿件，看了一遍，喜上眉梢：“军仔，你的文章写得真好，写出了我们兵团战士临危不惧的勇敢献身精神，马上送团部广播站！”

“是！指导员，我明天一早就送稿。”铁军甭提有多兴奋了。

“哗！大头明变成英雄人物了，我们要向大头明学习，向大头明致敬！”说话的是梁枫。字里行间都是赞美的口号，语调却凉飕飕。他见大家投来赞同的眼光，得意地晃着头，随即转身问铁笔杆丘铁军：“你没采访大头明，你怎么能知道他当时的指导思想？”

车少谔在一旁插话了：“‘讽刺’，你不知道英雄的思想都是心心相印的吗？在危急关头，他们的行为就是奋不顾身，就是舍己救人。大只佬也是这种人，和你不一样……”他对大头明的果敢行为肃然起敬。水牛狂奔时他也在场，当时自己吓出一身冷汗，就想躲避。而身边的郑文华却勇敢地冲在他的眼前。

梁枫不服气，立刻说：“他们和你不一样，不是我！要搞清楚！”

车少谔没再支吾。他心知肚明，不想辩解。

丘铁军尴尬地说：“采什么访呀？你没见明仔的头像包裹一样还能说话吗？要不，你采访好了，我记录。”

指导员两眼盯着梁枫，带有不解的神态问道：“梁仔，你当时在场吧？你怎么想的？”

“我？很简单，躲！”他直言不讳，见大家投来吃惊的眼光，“我当时就是这样想。那头牛成吨位，不躲？找死呀！”

“人人都像你，黄立新小子就没命了。”连长低沉地说。

梁枫立刻意识到自己口误，红着脸：“时势造英雄，我要向英雄学习！”其实，他就认为舍己救人无非是换个人去付出生命代价，大头明太玩命了。

“是英雄造时势。我们都要向英雄学习，向英雄致敬！”顾蕾快步跟了上来，插了一句。她不敢相信梁枫竟然如此没觉悟，还敢当众贬低英雄本色。

指导员满意地朝顾蕾点头：“你的思想境界就是不一样。熟读毛主席著作，就能心明眼亮。”他朝连长使了个眼色，又转脸对顾蕾说，“明天，你到团部报到，参加活学活用毛主席著作讲解团。”

“哗！”众人惊叹，各持己见。顾蕾不敢相信，惊疑地问：“真让我去？”

指导员肯定地回答：“对，非你莫属！”

张明明虽然不能说话，但他听得真切。他并不觉得自己有那么高尚，那么勇敢。临危不惧并不是他从小的胆量。当时以为是自己没把牛栏门关扎实造成的事故，怕出了人命自己也逃脱不了惩罚。如今想起，后怕无穷。对指导员派顾蕾去团部学习，满心欢喜，受伤也值。他竖起拇指，做了个顶呱呱的手势。

当晚，顾蕾整理了行李，又去张明明宿舍探望。指导员妻子送来的鸡蛋羹仍然放在桌面，说是给张明明补充营养。正好顾蕾来了，一勺一勺地喂给他。隔壁的潘百岩听说有鸡蛋羹，馋得不行，进屋问道：“是甜羹还是咸羹？”

“或甜或咸都与你无关，因为你都没资格品尝！”蓝江坐在床沿，不停地咽着垂涎。他只被蜂蜇屁股，口舌还利索，没有进食困难，所以没有得到特别慰问。

郑文华见顾蕾过来男生宿舍，从自己的木箱里拿出一本《毛主席诗词》站在门口默默地等着。直到她从张明明宿舍出来才给她：“这本东西给你吧，会有用的。”顾蕾没敢接。郑文华略带一丝朦胧的笑意：“这个那个，非你莫属。”

她犹豫一下，还是接了过来。顿时脸热烘烘的，也不知该说什么，连“谢”字都没说，转身就跑回宿舍。

葛小敏见她兴冲冲地跑进屋，问道：“喂，赴京见毛主席吗？”

她极力掩饰自己的激动：“不是！”

“被批准入党了？你老豆问题搞清楚啦？返广州休探亲假？不可能呀！没到一年，穷开心！”葛小敏一连串的追问。

“别问了，都不是。多事……”顾蕾把手里的《毛主席诗词》递给她。

葛小敏随意翻了翻：“这本不是你的呀！你那本有注解，像蚁窝一样画得密密麻麻。”她不解地问，“有秘密吗？”

顾蕾神秘一笑：“没事，大只佬给的，说是对讲解员有用。”

“哗！有心机喔，怎么没给我？”葛小敏捂住仍未痊愈的嘴唇。

“你喜欢，给你吧。”

“喂！不需要这么宽宏，把你那本给我就行了。”

“得！把我的送给你！”顾蕾整理了自己带来的书籍，找出那本读了无数次的《毛主席诗词》，翻开其中一页念道，“风雨送春归，飞雪迎春到……”念完后，依依不舍地递过去，“看着，旁边是陆游的原词。”

葛小敏接过来，爱惜地说：“我应该向你学，每天写心得，雷打不动。”她仔细地辨认顾蕾的手笔，轻轻地念道，“陆游原词，《卜算子·咏梅》……”她把书还给顾蕾。叹了口气，惆怅地轻吟着：“驿外断桥边，寂寞开无主。已是黄昏独自愁，更著风和雨。无意苦争春，一任群芳妒。零落成泥碾作尘，只有香如故。”

顾蕾睁大双眼赞叹：“鬼咁犀利（太厉害了）！原来你是深藏不露，唔声唔声得人惊（不声不响吓人一跳）喔！”

“乜嘢呀！好惊咩？”葛小敏满不在乎似地笑着。

顾蕾心里顿时明白了，原来自己一度要求进步的表现招来了室友的嫉妒。当然，小敏有音乐天赋。如果不是停课闹革命，一年前她就是音乐学院的高才生了，将来也许是著名钢琴家。但是，革命形势的发展是无法考虑个人得失的。她牢记父亲曾说过的话：没有国家的繁荣，就不可能有民生小家的安乐。顾蕾坦然地说：“其实呢，我也曾有很多想法。但是，形势逼人，不进则退。随波逐流也不是我的性格，你也看出来吧？”

葛小敏轻声道：“算啦！千想万想，革命到底就是第一想，其他都是私心杂念。”

“哗！你的觉悟很高嘛！那你就应该写思想汇报呀！别让人家猜不透产生误解，最重要不要让人以为你不安心农场，不扎根海南。人言可畏……”顾蕾语气变沉了。

“唉！我现在也变成老朽了。口齿和笔头都不灵了，手脚也麻木。你那一套不合适我！”葛小敏说完，上床蒙头睡去。

九

第二天一早，顾蕾打起背包，迈着轻快的步子。她走出了连队的挂钟路口，离开了那棵高大茂密的荔枝树，迎着初升的太阳，心旷神怡。微微上扬的嘴角透出一丝笑意，脸上的酒窝显得更深了。

从连队到团部，首先要经过住着十几户人的老鳌村。上回她和指导员一起去团部开知青代表会时，指导员曾说过：老鳌村附近那些一棵棵又粗又宽厚的野生荔枝树上挂着的果子撞到脸面也不能摘。由于每棵树的底枝都挂着茅草结，那是村民们用不同的打结方式告示路人“此树有主”。那年闹饥荒，山上的野果结得少，大坤和大森俩刚到此地不久，经不起饥饿，更不晓得这些毛草结的暗示。爬树偷吃荔枝被村民发现，被痛打一顿几乎丧命。经验教训必须谨记。其实，每当野生荔枝丰年时，村民摘了果子也会卖给农场职工。老鳌村的姑娘羊红女，在幼年时就开始拿荔枝到农垦的生产队叫卖。职工们花五分钱能买好几斤果子。

过了老鳌村就是一片野生竹林。山竹茂密，夏天遮光，雨天挡雨。但顾蕾没有兴趣去欣赏。这片竹林，不仅竹节长刺，连细小的竹鞭都扎人，当地人叫刺竹。这种竹林也是竹叶青蛇藏身的好地方。竹子与蛇同一色调，看不清分不明。连长和指导员就在这片竹林砍了一条两米长的大南蛇。蛇头被砍断后还能紧紧地咬住一株粗大的竹竿不放。那故事想起来令人毛骨悚然。所以，她不得不加快了脚步，快速离开这片竹林。

走出竹林后，身边是一片稻田，不方不圆，没有规划。田间无水，稻苗仍然翠绿，随风飘摆着露头的穗须。这时，她的心境随着天然的景色改变。她放松地呼吸着飘忽的晨风，深感自己对边疆生活充满了信心。尤其到团部当讲解员，多么崇高的岗位。她那颗像花骨朵的心呀，雀跃不已。宛如鸟儿长出了新羽，展翅高飞。她轻快地哼起了心中荡漾的曲子：田野小河边，红莓花儿开，有一位少年真使我心爱……

这是一首俄国歌曲，是曾获得斯大林文艺奖章的电影插曲。不过，这时候已经是禁歌了。禁歌呀，竟然出自一个积极要求进步的革命青年之口。也许她觉得走在这安静的羊肠小道，面对着风景优美的大自然才是人生最无顾忌的时刻，最无禁忌的空间。她哼着哼着，情不自禁地放声唱起来。她唱着唱着，不由自主地手舞足蹈……

很快就到了一半的路程。那里是鳌灯村的地域，是个大斜坡地段。俗话说上山容易下山难，她就没觉得下坡难呢！也许是脚底生风，踩着云彩。路边的果子是否五颜六色？是否甜甜酸酸？她顾所不及。不费脚力就到了山脚。山凹处有条小溪，穿流石头间，蜿蜒宛转，横挡着去路。这条小溪通常被看作一半路程的标志。两座山形成了V字形，溪水是两座山的交接线。小溪四周有粗大的树木遮盖了阳光，显得荫深凉爽。那小溪流叫“男聋沟”。相传是一对恩爱的男女，那天赶牛回家时遇上大雨，小溪流暴涨，变成了激流小河。阿男把阿女放在牛背上，自己下来拉着水牛往前走。到了河心，河水淹到了阿男的脖子。水牛胆怯了，失了前蹄，把阿男拽倒了。可怜的阿男被激流冲入了下游。阿女呼喊着阿男。日复一日，年复一年。直到阿女年迈去世，阿男始终未归。人们为了纪念他们的永恒相恋，说阿男还活着，是耳聋了，没听见阿女的呼唤，把小溪取名为“男聋沟”。那块横在溪流中心的巨石是牛的化身。说牛知错了，它要等待阿男回来认错。直到它躯壳变成了化石，人们取名为“牛错石”。

顾蕾走到了男聋沟，猛然发现溪流中心那块牛错石上坐着人。这人头戴一顶破烂的三角草帽，赤裸上身，脸朝下游，身边放着一把长柄砍刀。顾蕾双腿开始哆嗦，心头突然堵得慌。虽然没听说有谋财害命的坏人在活动，但是，防人之心不可无。她试着壮起胆来，想大喝一声：“你是谁？”但是，她竟然发不出声。双脚像踩着云带，飞似的跨过几乎干枯的男聋沟，一口气跑上了对面的山腰。

真累了，累得上气不接下气，跑不动了。把背包往地上一扔，腿一软，瘫坐在背包上。过了一会，正要爬起来再跑，前面出现了人影，这人朝她走过来……

她猜自己是撞鬼了。前后有鬼夹击，死定了！她开始埋怨自己不应该独行。乔志强今天要回团部卫生队，丘铁军送稿件也在今天，可就没人开口结伴一起走。这是为什么？为什么？难道是怕拉山头搞帮派吗？她干脆坐在背包上，等待袭击者的到来。她想，大不了就是死，拼一场你死我活。至少也要把他耳朵咬下来，将来破案也有线索。总之，和坏人作你死我活的斗争也比掉落屎坑挣扎有价值……

“顾蕾，顾蕾，又扭伤啦？”是前方来人的喊声。

她用力擦去脸上的汗水，眨了又眨被汗水遮盖视野的双眼。看清了来者是乔志强，实在按捺不住惊喜的目光，恨不得大叫！大哭！大笑！但是，她还是镇定地掩饰了自己的惊喜。双眉微微折起，平静地说：“不知道，大概是脚踝抽风了。”又好奇地问，“你怎么往回走？”

“我给山猪伯送点吃的。”他从挎包里拿出半个馒头，“刚才没想起，早饭时留下的。”他又问，“他还坐在牛错石上吧？”

顾蕾听罢扑哧一笑：“你是说牛错石上坐着的是老鳌村那个山猪伯？”

“是啊！他说寻了一夜山猪，结果连野兔都没抓到。你等我！你的脚旧伤加新创，必须处理。我很快返回。”乔志强说完，朝男聋沟跑去。

顾蕾这才松了口气。但愿自己没有失态。赶紧拍两下胸脯，补补胆！补补神！之后，她揉揉脚才确定又崴了。也许刚才过于紧张没察觉，这会儿感到钻心疼。她琢磨着，是等乔志强回来结伴走还是自己独行。正犹豫，乔志强从沟下跑上来了。此时，自己再强悍的内心都属于多余。她给自己找到了结伴行走的理由。

“我回来了，你的脚怎么样？”乔志强边问边从随身背的医疗箱子里拿出一块狗皮膏药，在手心上搓搓。然后把她的脚往自己怀里一放，用手掌揉揉她的脚踝，问道：“是这里吧？”她点点头。他把膏药贴在她的痛处：“贴上这副偏方膏立刻见效，一周准好。”

她侧着头，甜甜地问：“赤脚医生用的都是偏方？有冇医学根据呀？”其实她清楚“臭老九”这时期都不在位，新生事物像雨后春笋。不需要什么验证，只要是“家传秘方”就是科学依据。这时候是找点话题罢了。

“你有研究室给我做化验吗？”他反问道。给她贴好膏又给她套上凉鞋，“我背你一段路，到了团部我们各走各的，井水不犯河水。”

顾蕾觉得他是想入非非了，装作一本正经地问：“你不是到团部卫生队吗？”

他摇摇头。这下顾蕾像刨根式地再问：“又到新连队？”见他没有回答的意思，立刻翻脸，“到底去哪？双眼生喺头壳顶（目中无人）呀？我很耐心问你喔！”

“哼！跟你没关系呀！”他不仅头昂着，连下巴都往上昂。

“高窦（自大）！我自己能走。”她用力抽回自己的脚，一手抓起背包欲走。刚把背包拿起，猛然发现一条红彤彤的拇指粗的蛇被她的背包压着直喘息。她扔下包袱，“嘣”的一声，跳上了乔志强的背上，声音颤抖地喊着：“蛇呀……”记得那天在工地遇见的是竹叶青，她已经吓得魂飞魄散，这回又见一条红的，吓得连嗓音都发怪，若想不失态也来不及掩饰了。

乔志强刚收拾了药箱，正要站起。被顾蕾突然的跳起，几乎失去平衡。他用力一撑，把顾蕾背起，转眼一看，那条蛇正伸展出又宽又扁的脖子。他侧着头，左右看了看："真正红蛇，是稀有蛇种。剧毒！"

"哇！快走吧！快走！"她想起符大村的话，出洞的蛇时常是成双成对，打死一条另一条会寻仇。虽然趴在人家的背上，心稳多了，也不想节外生枝。

"多看几眼，吹胀咩（能怎么样）？在这里以竹叶青蛇为多见，红的少。当地人说……"他停住了，鼻子"哼"了一下，"算了，封建意识！"

"我见过竹叶青，很恶心。红蛇也不开胃，真与封建意识有关？那就赶紧离开！"她真怕脚到地，没有雨鞋护着，万一蛇要窜过来就无处可逃。

"得！想不败，走得快！"他背着顾蕾，缓缓地过去把她扔一旁的背包提起。无疑，他也不想惊动稀有动物，更不想红红的蛇头伸过来。

这段斜坡只有两百来米，路的两旁是山棯树，正是花开旺季，绚丽多彩。一些早熟的花骨朵已结着紫蓝色果子，随风飘来一股沁人心脾的清香。然而，他们俩竟然沉默不语，谁也没有为眼前像画一般的美景吟诗诵词加以赞赏。到了坡顶，乔志强已大汗淋漓。顾蕾似乎嗅到一股男人特有的气息和淡淡的汗味，顿时觉得自己的脸蛋儿似火烧火燎的热得烫手。捉摸不透的心房怦怦地乱跳起来。这时候的情怀，犹如流入大海的珠江水被南海强劲的波浪推回了岸边。一浪叠一浪，一浪高过一浪，越涌越多。随着水深的垂直运动，运动速度出现了上下层水的倾斜，上层波浪的尖锋冲向海滩，撞击在岸边的礁石，溅出了无比欢快的浪花。随即又蓄积了力量，反向南去。波来浪去，当年她乘坐的红卫轮，应该也受这种汹涌澎湃的大浪推动进了海南岛的秀英码头吧！没有这样的机遇，哪有在他背上的痴迷……她情不自禁地叹道，"啊！心旷神怡！"

"你有杰作？"乔志强立即问。

"啊？抵死（该死）！"她突然回过神来，狠狠地警告自己：这是严肃的"生活作风问题"。前几天从团部来改造思想的那个华侨大学生万良，因为傍晚时和女友在茅草屋里谈恋爱，被民兵抓去关了几天，写了深刻检讨后才减轻责罚被贬到连队种菜组改造思想。

乔志强也不是波浪探测器，无法猜测姑娘此时的心境。他漫不经心地说："表现内心深处的感叹最好的方法就是吟诗，古今中外都一样。我想你也不例外，希望不是大字报上面的措辞吧？"

“我没有诗意，只是想起了小时候回外婆家看海的事，与你无关。放我下来吧，这是平地了，我能走了！”她附在他耳边说，语调那么平静，那么没有情趣。

他果然停下了脚步，放她下来时又嘱咐：“小心喔！”

顾蕾离开了他炽热的脊背，顿时恢复了往日那副“积极上进”的神态。她轻轻地念道：“我们都是来自五湖四海，为了一个共同的革命目标走到一起来了……一切革命队伍的人都要互相关心，互相爱护，互相帮助。”她边背诵边偷眼看他。

“你发烧了吗？”乔志强见她莫名其妙地背诵语录，真不可思议。

她不解，投来一束狐疑的目光：“我好端端的，千万别讲衰了！”她整了整背包，扮了个鬼脸，“好得戚咩（得意）？”再转头看他，那面色狡黠，眼睛带刺。看似横草不拈，竖草不动的雕塑。

“幼稚！你能不能持重一点？”他也斜过目光，四目相遇。

“原来你是讽刺呀！”她拉长了脸，怏怏不乐，“就你老积（成熟），彭祖尿壶！告诉我，现在有谁成熟？我向他学好了！”

乔志强蒙了。他俩不约而同地停住了脚，忽然又都尴尬地转头回去，故作镇定地继续往前走。

好一会安静，顾蕾忍耐不了这种安静。她“哼”了一声，又打开了话匣：“在革命后浪推前浪的形势中，我们每一步都在探索。我们现在的革命，是马克思列宁都没有经历过的。所以，我们没有榜样，没有先例，没有经验，只有毛泽东思想指引，创造经验！”她振振有词，一口气像背书似地说。

乔志强没有打断她革命议论。直到她不说了才迟迟地回应：“也许你是对的。”

顾蕾冷笑一声：“幼稚！”

“得，我也幼稚。”他笑笑地咬了咬牙关，舒心地呼出一口粗气，“我看，都很幼稚！”

顾蕾觉得自己的观点占了上风，得意了：“这就对了。你刚才说，红蛇与封建意识有关联？怎么解？”

乔志强看她那副天真样，忍不住“哈哈哈”地大笑起来。顾蕾经不起无缘无故的大笑，板起面孔问道：“没解答的问题，很好笑吗？”

“不要太认真……嗯，当地人说，遇见红蛇是遇喜。”他说。

顾蕾心想：参加讲解团就是一件大喜事件。但是，离开“大会战”战场，离开日晒雨淋的严酷环境就是喜事？这种喜事未免太过于牵强了。或许是乔志强编造的谎言。这一来，她不得不讥笑自己“幼稚”了。

乔志强见她不语，逗趣似凑近她：“你信了？”

她想，日有所思，夜有所梦。这么简单的道理，真把自己当幼童了。不过，她还是留他面子：“那是！蛇颈伸出一尺多高，是人都打冷震（发抖），吓人呀！如果被吓死了，还什么姻缘之喜，那是白喜！”话刚脱口，猛然醒悟，“对，‘喜’有红喜白喜。以封建意识解释人们的生活经历，正是我们需要警觉和批判的东西！”

“你犀利，讲解员同志！”乔志强无心与她较真。觉得她思维过于抽象化，或者是理想主义。顾蕾听他喊“讲解员”觉得刺耳。抬头看他时，那是一副夷然自若的神态，舒眉展眼地没有丝毫恶意。她只好屏声息气地叹道：“我希望自己能够随波逐流，紧跟形势。但是，有人觉得我这样做是形式主义，是投机取巧。”

“那是形势逼人，过激就不被人理解，也会犯错，我有体会。”随后，乔志强终于打开了话匣，“我们那年只有六个人。我是文化最高的，其余的基本是社青。”停了一会儿，勉强地露出笑容，“我们来农场时，他们把我们当宝贝呀！”他沉浸在过去三年的经历。“那时候，我们六人同在一个生产队，白天跟着工人出工，晚上教职工学文化。为了活跃业余生活，我们和职工一起成立了十二人的宣传队。自编自演，有独唱、独舞、三句半，五花八门。工人们再苦再累，一听见我们排练的锣鼓声就忘却了疲劳。我们虽然吃集体食堂，却常常被有家庭的职工请去吃小灶。体力劳动嘛，苦不堪言。但生活有滋有味，没有太多的孤独感和留恋大城市生活。”

顾蕾听入迷了：“你们有女生吗？”

“有，她叫婷婷。那时候，她表演的《洗衣歌》让职工手掌都鼓肿了。”

“你演那个炊事班长？”

“是的。”他扼腕长叹，婷婷是他的初恋，是他倾注全部的爱。

顾蕾转脸看他，见他双眼湿润：“有伤心历程？”

“……东风恶，欢情薄，一怀愁绪，几年离索。错！错！错……”他轻轻地吟诵着陆游的《钗头凤》，嘴角刻意地露出笑意，苦苦地笑着。

“我知道这是《钗头凤》，是才子佳人之作，更是封、资、修的东西，要肃清余毒的，你不要中邪喔！”她停了片刻，刨根问底地说，“我明白了。你是说，你喜欢婷婷。她呢，中意别人。后来，喂！你知错，还是她知错？”

乔志强停下脚步，一股酸涩涌上心头。他嘶哑地说：“是我的错！错！错！”

“是你的错？”她不解地问。心里惴惴不安，原来他也不是个好人。

他顿了顿，推心置腹，“那年她被揪出来交代家庭剥削问题。她坦白不清，那是她父亲的事。造反派开始‘攻心战’，她熬不住了，托人捎信给我。那时我在苗圃育胶苗，住在山上的草棚。她的信只有一个字……”

她更好奇了：“一个字？千言万语汇成一个字？”

他点头：“就一个‘念’！千思百念！遗憾的是我还没赶回来，她就匆匆去了。”那一天，他收到婷婷的字条，是苗圃组长符万才转来的。符万才好心警告：你是红出身，她是黑的。你有胆带她逃回广州也万万办不到。没有探亲证明，你们休想过海。乔志强心急火燎，知道她胆小怕事，怕她扛不住造反派的逼供。他连夜就赶回队部。天不作美人倒霉，喝口凉水也塞牙缝。他刚出苗圃地就被竹叶青蛇咬了，幸亏被符万才救下。勉强熬到第三天夜里，他准备再下山去。符万才的小弟符百才上山送信，说那个资本家的知青死了，睡死的。这个噩耗使他又一次晕倒。高烧几天，胡话中只有那个“念”字。他仿佛看到了她绝望的面容……婷婷没了！是他把她的“魂魄”带回广州和家人团聚。那一次，也是他的第一次探亲。回到农场后的第二天早上，在场部门前挤了许多人，有人义愤填膺地高呼口号。一群胸前挂着方牌子的“牛鬼蛇神”被推上了解放牌大卡车。工会主席走最后，被推上车前鞋子脱了一只，正弯腰拾起，被人拽了一把，骂道 ：慢吞吞地找死呀！他“扑通”一声被推倒在地，挣扎着站起来时，卡车已经开走了。傍晚时分，夕阳依然彤红，卡车开回来了，停在场部大楼门前。几个持枪的先锋队员跳下车，随着一股杀气漂移，似乎一面墙都被霜冻了。朦朦胧胧地听说他们是从靶场回来的，上午推进卡车的人统统都“枪毙”了。乔志强简直不敢相信自己耳朵，惊得目瞪口呆，心惊肉跳。那车上载有那个满腹经纶的中学老师阿干；有才华横溢、博览群书的铁笔杆阿宇；有出口成章、多才多艺的文人阿雷；还包括有扁鹊重生之术的阿久；甚至傻头傻脑的大食佬阿龙都统统被枪毙了！幸亏工会主席被人推倒在地上，稀里糊涂地捡了一条命。这些往日如此熟悉的身影相继消失，使他悟出了道儿。革命不是请客吃饭，不是做文章，时势变迁是要付出代价的，是血的代价，生命的代价。

“哎，你没事吧？”顾蕾听完故事，没有太多触动。因为那时候广州的武斗场面也很惊心动魄。就“吊死鬼”事件至今想起还一身鸡皮疙瘩。所以，她没有过多的评论。见他半晌没吭气，她略微提高嗓门：“嘿！连长说过，死鸡也要屙泡硬屎，现在形势越来越好了，你应该振作吧？”当然，对他失去了婷婷，顾蕾深感同情和惋惜。从他的表情可知他的内心是多么的痴情。所以，她不想深入探究，不能有嫉妒感。好一会沉默，那片山棯树已经远远地被抛在身后。前面是一片比人高的大芒草。一团团像棉絮般的大芒花随着一阵暖烘烘的干风，朝他俩飘洒过来。那些带着细小芒刺的花絮落在他们的眼睛和脖子之处，好一阵痛痒。

“我没事。”乔志强揉了揉眼睛，说不清是被花絮扎了眼还是因刚才的回忆伤感，双眼含着泪。突然他指着路旁的石头：“有事！有事！你看，有血印！”刚才那场断肠梦魇顿时被捶醒了。

“血，真是血！”顾蕾确信是未干的血块。

“我们顺着血迹进去看看！”他义不容辞。

顾蕾心慌胆怯，她怕是打伤的山猪在逃生。那次大头明描述连长带人打山猪的惊险场景没齿难忘。眼下她手脚都不利索，若是和山猪干起来，恐怕凶多吉少。

“小心！”乔志强仔细地寻着，一步一步地往大芒草地段深入。隐隐约约地听到了呻吟声。“是女人的声音！快！救人！”他催促着。又放声喊道：“喂！谁受伤了？不要怕，我是赤脚医生，是医生！”

顾蕾舒了口气，也跟着喊：“不要怕，我们来救你！”

猛然间，从草丛中钻出个稚气未脱的小伙子，是当地老百姓穿着。只见他双手是血，正抽泣着：“快救她！快救救她！”

乔志强急忙拨开茅草丛，大吃一惊：“你是羊红女？黎吆依的表妹？”

“乔医官，我快死了。哎哟！痛死了！我的肠子痛断了……”羊红女哭喊着。疼痛使她汗水如雨，脸色苍白。

顾蕾惊心触目，急忙蹲下身来，把扎在挎包上的毛巾解下给她擦去满头满脸的汗水。寻问她是否来例假，她边哭边喊："呆冬假？我早就不上学了。莫有假。哎哟！快死了！"

无奈，顾蕾只好在她耳边大声说："乔医官问你，是经期不？怕你血崩！"

她难为情地摇晃着头。小伙子插话了："昨天，她去大雅城看病，买了三包药。医官说一天吃一包。今天她三包一起煮，全喝了。"他摇摇挂在身上的竹筒，"她说喝完就有力去赶墟，才走到这里肚肠就开始痛了。还流很多血，走不动了，要我拖她到草丛里。"

乔志强把小伙子的竹筒拿过来，闻了闻："这味刺鼻，可能有红花，也许是堕胎药。"他记得昨晚在医务室门外见过她的，也许当时就想来看病？乔志强察觉事态严重，扫了一眼小伙子："你几岁了？"

小伙子怯生生地低着头："十四岁，我们十一岁唱山歌就拖手仔了。"

乔志强斥责道："乳臭未干也学人家偷吃禁果，这种趣味是要命的！"他绷着脸，打开十字药箱看了看又关上了，"这是堕胎造成的大出血。如果是宫外孕造成腹腔大出血，那会危及生命的。这里没有足够药物。应该马上送团部卫生院！"说完，尽管羊红女闹着不去医院，也被乔志强背起。

顾蕾对此一筹莫展，只好一路劝说。乔志强救死扶伤的精神深深感动了她。

小相好没敢说话。他想起了邻村的梅香姑娘就是肚子痛死的，他怕极了。双手紧紧抓着那个竹筒子，一路小跑，寸步不离地紧跟着。

十

顾蕾离开连队后大家多少有点触动。敏感的人看到了一丝幸运之光。但是，"大会战"不会因为任何人员调动而影响计划。

热辣辣的太阳一早就觉得烫人。中午时分，太阳当头，树荫连影都没有。就这样当头的酷热，往日在骑楼下漫步的城市人，对太阳已产生了恐惧。但是，大家还是边砍芭边高喊："下定决心，不怕牺牲，排除万难，去争取胜利！"以此相互鼓励，憋足劲头。

老职工对垦荒作业习以为常，双手厚厚的老茧已不察觉有什么新增的疼痛之感。他们觉得这里的水土合适自己活着，身边的一切就是自然的良性循环。风雨交加或阳光灿烂，月圆月缺或花开花落，在生命圆里，只要不是饿着肚子，稳稳当当地走完了人生那个生命圆就是幸福的一辈子。

知青的手皮都还嫩着，前一天的血泡还没消失，后一天的血泡又重叠一起，疼痛难忍。他们虽然话变少了，干劲倒没减弱。女生在手掌上扎了小手帕坚持干。男生把那些磨穿孔的手套扔在一旁，脱了汗衫当手套，光着膀子加油。这样的生活是对他们活着的挑战。谈不上前途，看不到理想。他们默默地在等待，也无声地质疑生命圆中需要分割多少角度才是圆满结束。

没有机械化，开荒走的仍然是“三步篮”。砍芭、烧芭、清芭，按部就班。连长为了安全起见，大树桩、大石头都等到烧芭后才各个击破。所以，遇到一人抱不拢的树都绕过了。有人说这是苦干加巧干。也有人说这是绕着困难走。尽管众说纷纭，顾蕾不在工地，没人牵头给连长贴大字报。

“大会战”的第二十天，三个班在不同方位终于砍通会师了。大伙兴奋不已，喊喊叫叫地忘却了疲劳。犹如战火纷飞的年代打了胜仗后的大会师。一些女青年激动得泪水盈眶。这时，连长又发出“趁热打铁”的命令，立即开防火带，准备烧芭。

防火带就是把砍倒的灌木和山林之间清出十米宽的间隔带，以防烧芭时火势蔓延，烧焦周围幼小的胶树和山林。这种清芭活年轻人倒觉得省力。正是手无压力轻飘飘，脚无压力没干劲，大家几乎瘫歇。连长急了。眼看“大会战”的期限接近，他下死令：“两天内一定要烧芭，不行就挑灯夜战，非烧不可了！”

这一来，只能一鼓作气。一千多米绕着半面山的防火带终于在“大会战”的第二十三天完成了。连长满意地赞道：“这些后生仔真能拼，每人吃五十个馒头也值了。”

指导员乐不可支，吩咐丘铁军立即写报道稿件。他要亲自向团部领导汇报进度。

还没到午饭时间，大家肚子早饿空了。虽然“大会战”以来只加两次肉，但大家都希望炊事班长“老骨头”有变“肉”法。或者有作肥料处理的“剥皮鱼”也行。

潘百岩东张西望，他忍不住问蓝江：“四眼仔，今天中午有冇加菜？”

“张这么大嘴，熠熟狗头咩？有通心菜（空心菜）就偷笑啦！”蓝江摘下眼镜擦去汗水，他也饿得无力了。据说他常常在梦中吃烧鹅，吃得不愿意醒来。

梁枫没精打采地说：“通心通心就是‘抽筋’，吃多就抽筋。尼姑斋菜，油水全无。还说是清热解毒，去湿去邪。那是没科学根据的，你们信不信？”

身旁的叶大勇毫不客气地批评道：“你这是造谣！是对社会主义的不满，是资产阶级腐朽的反动思想，应该受到批判。”他看看左右，又鼓起劲来，“我们应该开现场批判会，批判对社会主义不满的反动思想言论……”

连长正巡视过来，说：“大勇，防火带已经完工。准备点火烧芭。”突然又回过头来，“哎，你刚才说什么反动思想？谁想分散‘大会战’的战斗力？办不到！我们现在要全力以赴，完成上级领导布置的任务，不得有误！”

“是，是！连长！”叶大勇立刻转换口气。他转脸朝梁枫亮高嗓门：“你跟着我，多干点活！哼！下巴朝天，目中无人，小资产阶级的气息太浓厚了。”说完，又招呼几个年轻人过来跟他学点火。

梁枫好汉不吃眼前亏，随声附和：“大家都来了！紧跟着！”心想，这家伙比顾蕾还革命，若不是连长打岔，今天非挨批判不可。前几天有同学来信说，他们有人因为一句话被打成了反革命。他当时就不相信，现在他不能不信了。

“不是‘紧跟着’！是紧紧跟着共产党，紧紧跟着毛主席！”蓝江也装腔作势地纠正他。

“四眼仔的觉悟就是比你梁枫高！”叶大勇夸道。随即抓起一把晒干的毛草，把嘴上叼着的喇叭形自制烟卷放进草堆里吹了吹，立刻点燃起来。

梁枫原想再回他两句，转眼见烧芭的火苗已点燃，也就没再较真。他喜欢信口开河，妄下雌黄。指导员曾在谈心时多次提醒，他却不以为然。尤其是觉悟过高的顾蕾已去讲解团，他就松懈多了。叶大勇这个四肢发达、头脑简单的人也如此高调，他梁枫不得不引以为戒。再则，文质彬彬的蓝江也变成马屁精了，当真是时势造人。他梁枫也必须紧跟形势，改变自己。

点火烧芭虽然没有点爆竹燃烟花过瘾，但仍然有快活感。大家见火种已点燃，纷纷找来茅草和大芒延续引火。郑文华一时兴起，到处塞火种。

“我们这块山地是南北向，你们从这往外点，着火后就撤往防火带。”连长指手画脚，随手拿几根毛草高举在头，“现在没风，比较安全。如果一会起风，大家就往风头跑。三人一组，妇女同志要小心，别烧成光头了……”

晒了二十余天的灌木杂草，火种一到，“轰”的一声，顿时火光冲天，浓烟滚滚。不一会，小火堆变成大火堆，眨眼间连成一片，烈火映红了半个山头。“噼噼啪啪”的燃烧声不亚于放鞭炮。尤其是烧尽的竹子节头，不时发出“砰！砰！”的响声，给青年人带来了不少乐趣。

连长见火势凶猛，不断地高喊：“起风了，是南风，快撤往风头，注意防火带，严防火苗延伸过界。”

一些人“嚓嚓嚓”地跑到风头防火带。过一会儿，连长的声音又传来了，“没风了，守防火带的同志，别忘了打野味。不管是野兔还是野鸡，山羊还是狐狸，想从防火带逃跑的家伙，通通收拾，有多少抓多少，拿食堂加菜……”

其实连长根本不指望被砍倒的芭堆里会有什么野物。但是，当领导的若不发号施令就没了领导架势。虽然他少言寡语，也得时常说些多余的话。不过，这个命令挺有趣，大家把注意力集中在防火带等待逃离火场的猎物。

没一会，果然有只小狐狸受不了热逃了出来。连长挥起砍刀，追了过去。郑文华上次跟踪连长打山猪没用上劲，这次不能示弱了。他拉开长腿，抢在连长前面，用力挥刀砍过去。“咕咚”一声，被火势吓得四处乱窜的狐狸倒下了。

潘百岩提着烧秃了的野兔过来，兴奋得合不拢嘴。他抹去额上的黑灰，又蹦又跳地叹着：“过瘾！好过瘾！”接着又朝左右喊着，“四眼仔，你看见野鸡了吗？打死它之前是不是屙泡硬屎？最能验证的机会到了……”许久没人搭腔。他四处查看，发现三人组的蓝江没了身影。随即大声叫道：“四眼仔，你在哪里？快快出来！”仍未回答。他开始不安了。“四眼仔，你没事吧？”

梁枫回话：“没事的，有蜂叮屁股的免疫功能，五毒不入。”

叫尚武却说：“我看他往山里走，去方便吧？”

“呃！四眼仔，没寻死的理由呀……”潘百岩仍不放心。他年长一岁，虽然常有恶作剧，但多少也像个大哥样。又喊开了：“四眼仔！你没烧死吧？”

这时的火势更猛，浓烟呛人。炙人的热浪，像火山爆发溢出了岩浆，四周滚烫滚烫。蓝江仍不现身！连长急了！大伙急了！大家焦虑地沿着防火带跑着寻人。郑文华等人冒险在火堆四周窜进窜出，试图找出人影来。

“一定要把他找到！”连长说。

“四眼仔……”

“蓝江……”

突然传来一阵“咳咳”的咳嗽声。郑文华立刻寻声而去。果然是蓝江，他蹲在即将燃烧的木堆旁，东摸西摸，似乎找什么。

“哎呀！四眼仔！你蹲在这干啥？风转向你就变成骨灰了。真是阎罗王上吊——视死如归咩！”郑文华一手把他拽起来，转身就跑出将要烧起的灌木堆。

潘百岩急忙跑了过来，见蓝江完好无损也松了口气。

“我眼镜没了，是刑场也看不见！”蓝江双眼被浓烟熏得泪流满面。他边咳边叫苦，“那只该死的小兔绊我呀，眼镜弹掉啦！我是一千八百度，一千八百度近视呀！吊颈都摸不到绳……”

“这么悲惨呀！大家快找眼镜！”潘百岩话刚落音，“唏嗖”一阵响声，一条比手臂还粗的大蛇从蓝江脚边的防火带横窜而过，钻入没砍的山林。

连长从山头北面过来，眼睁睁地看见大蛇逃生，大叹，“可惜了，可惜了，那是一条南蛇，足有两米半呀……”

蓝江惊恐地问：“在哪？”两脚像打了钉子，丝毫不敢动弹。

“四眼仔！风又转向了，快走！”连长大喊。

这时，火势更凶猛了。虽然是背风地段，熊熊大火没有飞跃防火带，但火龙的尾巴摇摇欲坠，看似危机四伏。

郑文华设法在火堆旁找到蓝江的眼镜。“唰”的一声，额头的一撮毛发被火苗烧成灰了。他抹了一把黑汗，见蓝江仍愣着，大喊：“你脚生钉啦？快走吧！”无意识地朝他脚下一看，“惨了，你的眼镜在你脚底葬身了。”

“啊……”蓝江失声叫起来。

这时，大家都围了过来。有人半开玩笑说：“有惊无险就好笑嘅，如果又惊又险那就哭都没泪喽！”蓝江既不笑也没哭，依然纹丝不动地站在那。

潘百岩手臂在他眼前摆了摆，问道：“喂！隔夜油炸鬼（楞）呀？”

“唉！番薯跌落火炕窿（倒霉透了），我都煨晒（蒙了）。”他挺难过地说。

郑文华捡起眼镜："还有半个片，还可以为革命作贡献。"

连长拿过眼镜笑了："你的眼镜也有半斤重喔！团部没有眼镜店，只能去县城了。明天我又少了一个劳力，唉！雷公打豆腐，专挑弱者欺。"

蓝江有连长批准去配眼镜那句话，算是缓过神来。他接过连长递过来的眼镜，擦了擦，带上那半边镜子。苦笑："我是祖传基因，那年我从床上掉下地板，我妈都看不见呢！"

"黐线！"潘百岩不信，"那年，你多大？"

"我妈说，刚满月。"他不好意思地说。

"哈哈哈……"大家哄堂大笑起来。

连长没有笑。他老婆没近视也曾有过没满月孩子从床上掉下地的伤心事。那时候垦荒队的集体宿舍没有电灯，那晚煤油也用完了。伸手不见五指。孩子掉地下没了哭声，摸了许久才找到。捡起来时孩子几乎没气了。这事一想起就心酸。他避开话题："同志们，火势开始减弱了，我们派三五个人看火候，其余的准备吃午饭。"

大家正准备吃午饭。突然，有人从远处高喊："连长！连长！有人晕倒了……"

"怎么回事？"连长急忙向喊叫声跑去，一群人也跟着上来。

梁枫站在西面的防火带，急得团团转："烧鹅说太热太热，没说完就直挺挺地倒下去了。"

"中暑！是中暑！快弄些树叶遮阴！"连长边说边掐住他的人中。见他缓过气来，又拿出随身带的虎头牌万金油往他鼻孔抹抹。接着，把自己那壶放了点生盐的水给他灌了两口。

"醒了，醒了！"梁枫松了一口气。

车少谓钝钝地眨了眨眼："我怎么啦？你们围着我睇乜呀？不是屁股长脸上吧？还是我死过啦？"

"没死，差啲啲（差一点点）。现在翻生啦，不记得了？"梁枫说。

"哇！我真是死咗一次？"车少谓被自己吓了。

"不是死，是瞌瞌眼！"连长安慰他，"没事了，午饭后叫四眼仔陪你回去休息，多喝点水，不会死的。"

中暑的事经常发生。无医无药时就知道掐人中，有效无效就看谁的命大。

老职工对此司空见惯，醒过来就是活了，喝两口水还得继续干活。连长始终觉得知青不一样，城里有爹娘惦记，总有一天，得完好无损地交还。所以，他对中暑的年轻人都准半天假。

没过一会，炊事员马晓冬挑着饭菜上山了。他一上来就大声嚷道："通心菜，通心菜。明天才有实心包菜，同志们只能将就了。"

"谁说只有通心菜？我们有兔肉。你们看我的小兔子……"潘百岩提起那只被烤得出油的野兔在头顶晃了晃。

连长乐了，他把手中的砍刀往上一挥，"大家把抓来的野物全部拿出来，放火堆上烧来吃！"原打算把所有的野味归食堂，做到人人有份，个个沾荤。如今看大伙劳累，他改变了主意。

郑文华急忙说："连长，不是说好拿回食堂加菜吗？现在就干？不怕又来一次滋长资本主义尾巴？"他没忘记上次连长带头打山猪加菜就开过现场批判会。

"什么猪尾巴牛尾巴，肚里没油水就长虫巴！怎么还有力气批判资本主义？就这么定了，现烤现吃，美味可口！"连长下决心了。

年轻人就喜欢连长的实惠。个个兴奋地欢呼："有肉吃了，有肉吃了！"

有野味拌饭吃，那是神仙日子。潘百岩用树枝叉着连毛带屎一块烤熟了的野兔，撕出一块腿肉，递给连长："你是头，先来一块！"

连长闻了闻："香！真香！当年我们就是靠野味加菜。"他转脸朝车少谔，"给，病号优先。"又说，"再来一块给蓝江，吃了补眼神。你捉野兔没有功劳也有苦劳，眼镜碎了，哭天喊地都没用！吃饱了，你们俩赶紧回队部。"说罢，转身又去防火带巡视了。

连长走后，大伙把两只野兔和一只小狐狸，另加一只野鸡全给烧烤了。原来三十来人的队伍，今天到场只有二十多人。干活是人多力量大，吃肉是人少分得多。

职工符大村，掖着个鸡爪，说拿回家喝酒。叶大勇立刻响应，他把烧得半熟的鸡肠子收好，拿回去给老单身们打牙祭。

葛小敏在"大会战"的第一天就给黄蜂蜇伤，后来又碰上漆树过敏。连长给她三天假，她歇了一天就回到工地。只是顾蕾去讲解团巡回讲解，显得清静许多。她和其余三个女生虽然温文尔雅，但肉到嘴边，也不需装模作样。不过，野味当真没给她带来多少乐趣。由体力过度消耗而产生的茫然之感常常涌上心头。她无时无刻不在盼望着福从天降，离开如此蹂躏自己生命的场地。她对顾蕾既羡慕又嫉妒，心里的怨气只有通过大量的体力消耗才能达到里外平衡。她的努力不懈获得领导的赞赏。成了“带病不下火线，苦干实干拼命干”的典型。

梁枫坐在一块大石头上。头上那顶绿色的布帽子，连帽檐都被汗水湿透了。他完全不在乎汗水淋漓，手上那块狐狸肉虽然没熟透，龇牙咧嘴地也吞了下去。

天气炎热，烧芭加温。潘百岩光着膀子，汗水滴落，连外裤都湿得拧出水来。他狼吞虎咽地吃饱了，开始发表议论：“古人言：冬日可爱，夏日可畏。我看的确如此，冷比热好受，下雪比下雨好玩，北方比南方好过。”

“错！古人也言：寒风吹我骨，严霜切我肌。你是在屋里的火盘堆上看窗外雪，好玩喽！你去门外擤鼻涕试试，连鼻梁都没了。你没见《冰山上的来客》？人都冻成冰柱。”说话的是叫尚武，他的上海表姐去了黑龙江建设兵团。信上说，北大荒的雪根本不可爱，下辈子做鬼也不敢回北大荒受冷。他摸摸自己前额：“哗！热天讲冷真不错。讲讲讲，变凉爽了。我的额头冒出的是冷汗了。”

“冷死鬼，热死人，没说热死鬼！你没见烧鹅刚才翻白眼，吐白沫？连长不掐住人中，他就死定了。”梁枫从帽檐上拉出一根体温计，“看看吧！现在是四十二度。石灰见水，发滚了。树荫下的热度和当头暴晒的气温最少有5度之差……”

潘百岩似找到知音：“我的意思嘛，不是热死，是晒死。你们的手臂为啥像公鸡打架或者像胳勒底（腋窝）生疮一样，没一个合胧，不就是畅开通风嘛！”

梁枫把体温计插入帽檐：“我以前就说过三个鼻窿的嘛。现在我又有新的发现了。热带人为什么塌鼻梁？就是因为热得鼻孔吸气不足，只好张开嘴。久而久之，鼻腔运动少了，扁平了。而嘴唇练功多变厚了。你们说对不对？”

郑文华对他们的话题不感兴趣：“好啰！热不得，冷不得。你们怎么不去云南原始森林？去大西北？我看那些地方一定合适你们！”

“对着棺材讲大话，吓死人咩！纵横东西南北中，拿工资的地方就比拿工分的好，吃供应粮就比包干粮好呀！什么热呀，冷呀！都是小资产阶级思想作怪了。”炊事员马晓冬插话。

“哎哟！你这么惜热，你全家搬来这里住吧？养猪最适合你们一家，对吧？不需要烧野味也有肉吃。”梁枫听说马晓冬父亲是市场卖肉的，不妨开个玩笑。再说，他是厨房佬，晒不着淋不到，能有什么发言权！

“啪”的一声，马晓冬把大勺菜汁朝梁枫的脸上泼去：“衰仔！你再多事，我勺猪屎给你吃！”

梁枫的脸飞来了菜汁，火气立即冲上来。骂道：“死马仔！你没死过是吗？出土文物，咁古董（这么土）！”他把手中的饭盒朝马晓冬砸过去。

郑文华在一旁猛地反手，中途接住了他的饭盒。又顺势扬起手，把饭盒抛还给他。然后淡淡地说：“食咗人只车咩（要人家老命吗）？幽默不伤人，讽刺多有伤人嘅！”又说，“算了，鬼打鬼！唔衰攞嚟衰。”

马晓冬立刻冷静下来：“大只佬讲得对，是我小气量。喏！再给一勺菜汁补回来。”

梁枫瞪了“大只佬”一眼，用力擦去脸上的菜汁。“我知，天大地大不如党的恩情大！”他懒散散地走过去，突然朝马晓冬胸前挥拳打去。

马仔还算机灵，立刻用大铁勺一挡：“我没还手喔……”他知道梁枫不会善罢甘休，早有所准备。

“哇！你都几犀利（厉害）喔！”梁枫抽拳回来。还好，没大碍，他愤愤地指着：“契弟，我要睇住你扑街（倒霉）！”

马晓冬幸灾乐祸似地晃着头：“来呀，来呀！睇住我扑街！”

这时，连长巡防过来。手指弹了马仔的头：“你也练太极拳了？吃饱了练功伤胃，我看还是饿点好。”

年轻人火气旺，话不投机挥动拳头也是难免的。老职工中还有头破血流的事件。不过，城市知青多些文明，应该动口不动手。

梁枫又说话了：“连长说得有理，吃饱了需要能量释放，还是饿点好。”

连长口乏，指着马晓冬：“你带头读那段‘我们都是来自五湖四海’！”

马晓冬立刻明白连长的用意。因为他是刚递上入党申请书的青年，是指导员“一对一”谈心的发展对象，是接受党组织考验的人。所以，一切要从严要求。他立刻背诵：“我们都是来自五湖四海，为了一个共同的革命目标……”

“很好！”连长挥挥手，召集大家过来，“我们本次‘大会战’的第一期工程就要结束。接下来是第二期的任务，那就是筑环山行挖橡胶树洞。我们兵团的战斗方案就是集中人力搞‘大会战’，只有这样才能鼓舞士气，速战速决，目睹成效。告诉你们呀，我们不仅有连队的‘大会战’，还有全团的‘大会战’，全师的‘大会战’……”

“战！战！战！我们如果完不成任务，就要挑灯夜战！”指导员来了，他接过话来，“我刚从团部回来，团党委又有新的精神传达，今晚开大会。”

十一

晚上的全连大会，指导员传达了团党委有关中央红头文件。关于“大会战”工地发生吃野味的事，指导员只字未提。郑文华为连长捏了一把汗，散会才放下心来。他正要离开会场，又被指导员点名参加骨干会议，也就是大会后的小会，他的心再次提紧。虽然，参加小会的人们都被视为连队的骨干力量，是积极要求进步的同志，包括全体共产党员和申请入党的进步同志。但是，小型会议的批判更加集中深刻，他不能不为此作公正的发言准备。

这次指导员从团部带回来的另一条重要指示并没有直接传达。因为是上级领导的工作方案，限于执行。他清楚地记下罗政委的再三强调：有效地发挥骨干力量，以点带面是兵团建立以来的重要领导方式之一；知青渗进骨干队伍，从知青队伍中发展党员，培养有知识有文化的年轻干部，这是上级党委对如何调动知识青年积极性的重要战略方案；同时，也是让年轻人在艰苦环境中看到积极要求进步的光芒和前途。

指导员心里盘算着每一个可以栽培的人选。郑文华和马晓冬是年轻人中的骄傲。丘铁军和顾蕾也是佼佼者，只是顾蕾带着个“可以教育好的子女”的尾巴，考验更为严格。梁枫能吃苦，却像长舌之妇。还有叫尚武、车少谔、蓝江等等都是热血方刚的好青年。他环视了大家，“嗯哼”两声清了清喉咙：“兵团组织的活学活用毛主席著作巡回讲解团进展非常迅速呀！短短几天，收效甚大。明天就到我们连队来了。顾蕾是讲解团的主要讲解员。他们这一小组，每天奔走几个连队，深受群众的欢迎。这次到我们连，无论是不是小团体主义，她都是回娘家了……”

指导员的一席话，郑文华担心连长烤野味挨批的那块石头落地了。随即又荡起了按捺不住的兴奋，那就是顾蕾要回来了。虽然还谈不上恋人，但心里头始终有着许多牵挂。小会开完后，他内心的鼓槌不停地敲击着心房。指导员走过来凑在他耳边说："你等等！"结果，又单独谈了许久。

这一夜，郑文华难以入睡，心头荡漾着春风。第二天一早，一直少言寡语的他却变得滔滔不绝。上了工地后，一人干两人活，势如破竹。一场突如其来的阵雨过后，浓浓的硝烟熄灭了，为抓紧时间清芭筑垄，他中饭也没顾上吃。

梁枫见他像吃了麻花糖似的面容，笑道："大只佬面有喜形，莫非提前批了探亲假？"

"嘿嘿……"郑文华得意地笑笑，在他耳边悄悄地说了几个字。

梁枫顿时瞪大了双眼："哗！放原子弹喔！"。一连串赞叹之后，嘴巴似缝合了扣眼，整天无话了。

晚饭后，全队的职工都集中在文化室里等待着讲解团的到来。掌灯时汽车还没到，在连队进口处敲锣打鼓接车的年轻人也停下了鼓槌。杜河用竹竿撑着炽烈的汽灯过来给锣鼓队照明。

忽然，"哐哐哐"几声，解放牌大卡车来了。车头扎个大红花，两边的红飘带扎在车头的天线上随风摆着。解放牌大卡车驶进了连队的进口，还没停稳，车里跳下了三个人。其中那个女知青是顾蕾。她的装束和当年上北京串连时差不多，只是绿色的军上衣换成浅格子衬衣。那股子朝气，旋风式地转过你的身旁也觉得充满了活力。她笑得那么天真无邪，她的举止又显得那么成熟老练。只见她激动地和欢迎队伍的人握手，干净利索地问："指导员呢？他好吗？"

大坤拿着铜锣，用力敲了一响："好极了，好极了！"

指导员从文化室出来，紧紧地握着顾蕾的手："欢迎，欢迎！"

郑文华是敲鼓手。鼓声停后，他没有和顾蕾握手。扛着大鼓悄悄地离开，并走进了文化室和大伙在一起等候会议开始。

顾蕾走进会场，这原本就是熟悉的面孔，也别离没几天，竟然显得陌生了。也许是讲台上下的区别，职工们都正儿八经地静下来。这时，她没有丝毫的胆怯，大大方方地和大家招手。

指导员的开场白就是要通过讲解团的鼓动，坚定不移地执行"九大"精神，掀起“活学活用”的新高潮。

顾蕾把手上的那份用大白纸抄写的歌曲展开挂在泥墙上。她拨去遮盖着眼睑的头发，顿顿已经变得沙哑的嗓门，一字一句地说：“在讲解之前，我们一起来唱一首新歌！我把歌词抄上了，你们能看清楚吗？”

“看不清，也看不懂。你教就是了，我们跟嘛！”杜河说。

她朝指导员望着：“那我就一句一句地教吧？”

指导员点点头。

她微笑地说：“我自己先唱一遍。然后，我唱一句，你们跟一句。好吗？”

“啪啪啪”的一阵掌声，不知道谁带的头。她想，也许是指导员再加以鼓励。她立即亮起嗓门：

“长江滚滚向东方，葵花朵朵向太阳。满怀激情……”

尽管台上唱什么，台下的梁枫心里竟然吟诵着明代杨慎的《临江仙》：

“滚滚长江东逝水，浪花淘尽英雄。是非成败转头空。青山……”

郑文华推了他一把：“契弟！失魂咩？走调喔！”

“我走调啦？哦！我是走调，不是‘上调’，不一样呀！”他说。

“吃醋了！”郑文华勉强地笑笑。心想，这家伙显然对自己“上调”有失落感。当然，离开群体，自然有依依不舍的感情，尤其是对顾蕾，发觉自己已出现了一种说不清的朦胧感觉。但她已经“上调”，第一个脱离群体，牵动人心，羡慕至极。所以，“上调”成了年轻人进步和受重用的标志。无论自己这次的“上调”是何种机遇，都是知青群体的光荣，连队的荣誉。怎么会惹他不满了呢？

“‘羌内恕己以量人兮，各兴心而嫉妒’嘛！”梁枫调侃自己。在工地时郑文华告诉他要“上调”，对他却是当头一棒。虽然“大只佬”只是被抽调到团部篮球队，也让他心绪翻滚，久久不能自拔。刚才被“大只佬”捅破了心事，怪不好意思。转念一想，的确不自量力，何苦难为自己！

台上的顾蕾，只教了两遍歌就停了下来。接着打开讲稿，富有感情地大声宣讲起来。她讲的是让职工懂得什么是“活学活用，学以致用”。她的例子非常生动，让职工们不断地发出“啧啧啧”的感叹声。

她回头看了看指导员，又继续说：“……二连的挖胶穴标兵谭东亮，他在挖第二十七个胶穴的时候，已经筋疲力尽了。这时，他脑海里闪出了一道光芒，‘一不怕苦，二不怕死’，这就是精神力量，就是精神食粮。他浑身充满了干劲，一鼓作气，挖完了最后一个穴位。达到了在石头地上一天挖了二十八个胶穴的最高纪录，成了我们大家敬佩的挖穴标兵……”

“哗！真了不起！”“犀利犀利！”职工们赞叹不已。

当然，谭东亮挖完最后那个胶穴就晕倒在地的后话，她就不必细致描述了。因为要奋斗就会有牺牲，只要死得其所就比泰山还重，就会永远活在人们的心中。她接着又说：“八连的防护堤被台风带来的山洪冲出了决口。老职工符宇成和知青吴忠国，还有冯小霞他们十一位战士，手挽手筑成了人墙，用自己的身体挡住了决口。在紧急关头，他们异口同声高喊‘下定决心，不怕牺牲，排除万难，去争取胜利’，直到抢险的大队人马把决口堵住才离开阵地。这是什么精神？这就是舍生忘死的共产主义大无畏精神，这就是毛泽东思想光芒照耀的结果！”

顾蕾讲的学以致用例子很多，职工们的心里豁然开朗。最后，顾蕾提醒大家：“毛主席还教导我们：‘对于马克思主义的理论，要能够精通它、应用它，精通的目的全在于应用。’又说，‘如果有了正确的理论，只是把它空谈一阵，束之高阁，并不实行，那么，这种理论再好也是没有意义的。’所以，我们学习毛泽东思想，一定要活学活用，行之有效。”

“啪啪啪……”一阵激烈的掌声。散会后，职工们议论纷纷。他们都被“活学活用”的典型人物事迹激励，又有好几个年轻人向指导员递交了入党申请书。

短短几天，顾蕾的理论水平突飞猛进。指导员打心眼里满意这棵苗苗。知青队伍中对顾蕾本人没有太多评语，相互的微笑表明了相互的心声。

张明明脸颊给牛角戳伤后留下了月亮弯印记。顾蕾见了表弟的模样，心里多少有点酸楚。但是，想起“广阔天地，大有作为”，没有老茧铬印怎么能叫千锤百炼？她即刻坚定地露出笑容：“阿明呀！几日不见，大个咗……”

“是吗？”张明明摸摸自己脸上的疤痕，感慨万分，“我觉得你现在像个真正英雄人物了。其实，你一直都是。你离开这段日子，我都很挂心的。”

顾蕾心里暖烘烘的。表弟年幼，仅有六年文化，思想单纯，性格直憨。原本应该回到学校继续上学，读完高中再下乡。如果不是姨妈再三要求，明明就不会与自己一同来海南。为此，她不能不关注表弟的成长。那天在团部政治处的仓库里，她看到了一屋子课本和禁书。曾经萌生偷中学课本给他补习的念头，尤其是数理课本。但是，她还是硬生生地把自己的坏念头掐死了。

“明仔，读毛泽东选集也是学文化，勤力没错的，放点心机啦。”顾蕾从挎包里掏出一本《毛泽东诗词》，“这本词汇更多，作为语文课都适合，给你吧！”她刚说完又反悔了，“不得，这本不得，下次再给。”随即把书放回挎包了。

张明明不解，侧头问道：“咦！你从来都很大方的，这次怎么变小气了呢？”

“你现在还不明白，长大才能明白的。”她脸上泛出红晕，热烘烘的。亏得夜晚灯暗无人瞧见。否则，连表弟都遮掩不过。

“哦！”张明明不问了。表姐说他还小，其实他觉得自己已成年了。回想了昨夜的事，至今还美滋滋的挥之不去。他记得清楚是抱着个模糊的小仙女，舒坦极了。醒来时发现自己裤衩湿漉漉又黏糊糊，以为自己尿床了。后来闻闻没有尿味，却腥巴巴让他脸发烫了。他悄悄地摸下床，找毛巾擦了一把，羞答答地又回到床上。从枕头下摸出表一看，才四点。正要入睡，却传来一句怪声：“打飞机（遗精）啦？大个仔（长大）了！”他当时愣了，以为人家也在做同样的梦，还怀疑是开口梦。他睁大双眼盯住蓝江床头，庆幸自己没做开口梦，没那么失礼。可是，那家伙又开口了：“大个仔，我四个眼都看着你，恭喜你变成真男人。”原来自己的这几个动作被蓝江一直注视着。他蹑手蹑脚地走到蓝江床头，果然见他戴着眼镜。张明明心里怦怦乱跳了：“嘘！细声呀，让人听见很尴尬的。”蓝江却提高了嗓门：“怕什么？男人一样有初潮有周期的，好风光的。”他不解：“你怎么这样想？看你斯斯文文的，原来肠子都是屎。鬼五马六（狡猾古怪），谁教你的？” 蓝江摘眼镜放在枕头下：“这种事也要教？不过，有人体课。现在没了，都变成咸湿嘢（色情的东西）啦！除非医生来讲。就这样，睡觉吧！继续发梦，几过瘾的，睡了睡了。”蓝江睡了。他仍然解不脱刚才的仙境，但又不好再问，只好回到床上。第二天一早，蓝江就唤醒他：“喂！是不是全身筋骨懒散呀？拿不到病假条的，快起啦！大人就大人样啦！”蓝江说对了，原来他张明明真想赖床。忽然被蓝江揭底，只好起床。后来上工放牛，黎吆依见他懒洋洋地直打瞌睡，怕他病了。追问后，他扛不住吆侬的关心，只好应付地说是猫头鹰叫了一夜，没睡好。而吆侬却掏出自己的秘密，说昨晚他唱山歌回来才睡了两个钟就“打飞机”了。那神气十足的模样比电影里炮轰日本侵略者飞机凯旋的英雄还荣耀。正因为有吆侬这样一个既没文化又没见过大世面的农村青年的荣耀感，让张明明对自己身体变更的自然现象增强了信心。可他表姐还说他小，“长大才明白”。他真恨不得马上就告诉她：我已经是大男人了！什么长大才明白，现在不仅“明白”，还“透明”了呢！

顾蕾没法理会表弟的心思，问道：“你看到大只佬了吗？”

“你为什么老念着他？我还有很多话要和你说呢……”

“我听团部政治处的人说，兵团要组织篮球队了，大只佬要调走了……”顾蕾在讲解团接触的都是领导，听到了不少内部消息。尤其是罗政委说的那句话：“要从知青队伍中抽调有才华的、家庭成分清楚的年轻人充实兵团的教师、医疗卫生、文娱体育队伍。”她心潮澎湃，恨不得把消息传播到每一个知青的耳道里。但是，她又为此感到惋惜。惊蛰未到雷先鸣，这条消息也只对那些有特长的年轻人带来了滋润，绝大多数的人还依旧在光天化日中战天斗地！

“大只佬去兵团篮球队？火爆米花（开心），开心晒喔！哗！”大头明羡慕地睁大了双眼，“不是要拿锄头一辈子吗？拿球也算接受再教育吗？”

“切！你又不是十三个月出世，装傻呀！你拿牛鞭怎么解？这是革命分工不同，只要一切服从党的安排，党叫干啥就干好啥，就是大有作为的体现呀！”

“我明白了，广阔天地大有作为。不光是拿锄头镰刀，还有各行各业。打篮球，唱歌跳舞，几好玩喔。唉！我一生一世都没有那种运气，还是紧握牛鞭罢了。”

“不要傻，你还小，会有很多机会的。我听政治处的领导说，兵团建设不是靠单一生产，也需要全面发展。需要许多有知识有文化、有思想觉悟的人共同创业。我们是知青，要名副其实。你是小学鸡，要想办法提高文化水平……”

“提高文化？表姐，你多读我三年，也不见得有什么不同。那个万良还是大学生呢，一样种菜。比比他，我也不枉费六年书……”

“你呀！真是鼠目寸光。听话，以后每天坚持写日记，写心得。还有呀，读报看书都有用。我们讲解团有个高三女生，她叫高玲，从师部下来。那天把政治处仓库那本余介石的《经济计算教程》偷了，每天夜里亮着手电在被单里看。我真想告发她……"

"什么书？"张明明没听明白。

顾蕾很认真地说："余介石的《经济计算教程》！"

张明明傻眼了："蒋介石的书？罪大了。"

"不是蒋介石，是余介石。"顾蕾还悄悄地告诉他，《经济计算教程》是大学课本，是雷干事生前专门从北京带来，后来抄家全都堆到政治处仓库了。仓库里什么书都有，只可惜要烧掉了，她准备找机会偷一些回来。张明明紧张兮兮地劝她千万不要做贼。尽管偷书不算贼，也要名正言顺。

"我知道。我告诉你，高玲这个人很有思想，很有观点。她让我明白了很多雾茫茫的事。我只想找一些数理化的给你，提高文化。没有更多想法。"顾蕾起初对那个高度近视眼的高玲很反感，觉得臭老九味太浓。后来发现她有过目不忘的天赋，聪明绝顶，不能不佩服。

张明明却说："你又谦虚过度了。她比你更有思想，更成熟？不会吧？"

"山外有山，人外有人。林深畜多，藏龙卧虎。你要放精明点！"顾蕾说完，朝女生宿舍走去。

回到自己房间，和葛小敏说了几句贴心话。又和女生们叽喳一阵。直到汽车喇叭按响了她才匆匆与女生们告别。送行的领导和职工都围着卡车前后。葛小敏舍不得她走，手拉手送上了大卡车。大卡车远离了，葛小敏才往宿舍走去。经过篮球场时，她见到郑文华还站在那。想起那本诗词，她打了个招呼："大只佬，鬼鬼祟祟在这里干吗？人家走了！"

郑文华憨笑地应了一句："广阔天地，大有作为嘛！"

"不是嫉妒吧！"葛小敏斜看他一眼，宽厚的嘴唇微微噘起，心里觉得别扭，继续朝宿舍走去。她是梨子身段，黑夜也不易认错身影。

郑文华没回话，轻便地弹跳一下，耍了个投篮动作。虽然黑灯瞎火的没人瞅见，自己仍然觉得姿势优美。天亮就要去团部报到了，心里别提有多高兴。他连续耍了几个动作后也回宿舍了。静坐床沿几秒钟后，突然向全体男生宣布上调团部男篮的消息。"哗！"一阵喧哗，许多人拿水当酒。大家公认，男篮这个"角"非"大只佬"莫属。虽然梁枫一早就知道此消息，却没有传播，多少有点嫉妒心，见谁都提不起神来。

夜深了！藏在宿舍区南面那片橡胶林上叫得人心烦躁的猫头鹰准点鸣曲了。那声声“咕咕”的叫声像鬼魂一样阴森凄凉，使人听了毛骨悚然。年轻人中不少人开始失眠了。

葛小敏把油柑叶枕头堵实了两耳，总算迷迷糊糊入睡了。一丝月光，轻轻掠过茅屋顶尖那片茅夹，也映出了个身影。这个身影从女知青宿舍后的橡胶林处，东张西望地打了个转身，猫着腰贴近了草泥墙，又悄悄地翻过了不封顶的草泥墙顶格，窜入了葛小敏的房间。只见这人摸索着靠近了床沿，慢慢地撩开压在草席下的蚊帐脚，偷偷地爬上了床，严严实实地压在葛小敏的身上。

“谁？！”葛小敏突然惊醒。自从顾蕾走后，她一直自己住。房门用扁担顶紧加固，竟然还有人能进来？紧接着是一只粗糙的手掌捂住了她的嘴。她用力挣脱了那张恶掌，顺势抓住来者的指头，用尽力咬了下去。“啊！”一声，那人强硬把手指抽回。另一边手往她枕头底抓去，拉出一只手表，随即翻墙逃出。葛小敏惊魂落魄。一模枕头，发现唯一值钱的手表没了。愣了一会才想起喊人：“捉贼呀！捉贼呀！”

她这么一喊，隔壁的女生刘斌，朦胧中“咚”地从床上跳下来。她身形瘦小机灵，嗓门不小，大声喊道：“捉贼，捉贼了！”顺手拿起脸盆“叮叮”地猛敲起来。男知青个个手拿器械，蜂拥而至。郑文华手持镰刀，蓝江扛着锄头，张明明握紧守山时用过的红缨枪。真是千姿百态。尽管虚张声势，也是同仇敌忾。喊声四起，震醒了全队职工。

连长扛着打山猪用的大砍刀，吹响哨子：“全体集合！全体集合！”

全队六十多号人都出来了。丈二和尚摸不着头脑的大坤只想着逃武斗，大声喊：“地道口进水了，逃不了！还是撤往南庙岭……”

指导员大声问：“大坤，你看见贼仔跑进地道啦？”

“贼仔？我，我没见呀！你别管贼仔逃哪里！我们还是赶紧另想路子。逃武斗嘛当然地道最妥！我刚才看过了，水多泥烂，不行！”大坤张大嘴直打哈欠，脑袋还未清醒。他的机械反应就是逃派性武斗。他胞弟大森就是逃错方向吃了枪子。

“我是说捉贼，谁发现有贼的？”指导员也打了个哈哈。

“是我，葛小敏！”她是不大爱说话的姑娘，为了那只上海手表，不能不挺身实报。自己父亲半辈子的辛勤才赚了家产“三转一响”，那块表就是其中“一转”。因为上山下乡，父亲把表给了她，怎么能丢失呢！

“贼仔偷了什么啦？”指导员又问。

“手表！我的手表。”她大声回答。

指导员厉声道：“手表？这还了得！还有谁被偷了？”

一时间，大家唏唏嘘嘘地议论起来。退伍兵叶大勇高声喊：“这是阶级斗争的新动向！敌人胆敢破坏兵团的治安，我们坚决不答应！”

连长走过葛小敏身旁，低声问：“你看见贼仔啦？” 葛小敏小声说：“我咬了他一口！”连长立刻明白了。他“哦”了一声，立即附在指导员耳根嘀咕一阵。指导员清了清嗓门：“贼仔跑不了，已经有记号了！现在大家回去睡觉。”

大家一听贼子有记号，也没问太多就陆续散去。连长看着大家散走的背影，满意地“嗯嗯”两声。生产队变成连队后，几个月的思想动员，还真有点兵团战士招之即来，来之能战的势头。为了不打草惊蛇，指导员没有当众揭穿贼仔记号。他和连长商量好，天亮派工前再来个现场会，一定要把阶级敌人的阴谋揭穿。不管他是谁，绝不手软。

当夜，葛小敏心有余悸，跑到隔壁与刘斌挤铺盖去了。刘斌给她壮胆，叫她好好回想贼人的身形。 她定神后一再回忆，那手指又粗又短，被咬后不断骨也会掉层皮，压在自己身上那重量有百多斤，喘气很急，嘴比粪便还臭。他怎么会知道手表压在枕头下面？

刘斌根据她的描述，第二天在买早饭的人堆里，和葛小敏一起注视了每一个人的指头。奇怪呀，竟有这么多人手指缠着胶布，一时无法辨认谁的指头是刚被咬伤的。葛小敏只好把现状报告了连队领导。

七点整，大家都像往日一样在篮球场集合了。连长分配了各班当日的任务后，指导员马上接过话题：“‘大会战’期间大家发挥了‘一不怕苦，二不怕死’的精神，许多人双手打满了血泡仍然坚持出工，值得表扬。”话锋一转，他提高了嗓门问道，“谁的手指是昨晚新包扎的？”见大家沉默不语，他又重复一遍。

郑文华手指就有伤，是昨晚投篮时被篮板的钉子钩裂。如果这时候举手，无疑是节外生枝。他琢磨许久，还是瞒下了。

大坤见没人吭声，他转头看见炊事班长杜河把手臂背在身后，立刻举手：“我检举老骨头，他的手是昨晚包扎的！”大家不约而同地朝杜河看去。

指导员惊诧不已：“老骨头，把受伤的手举起来，谈谈是怎样伤的！”

杜河淡若无其事地摸摸手掌：“没事，一点小伤，不足挂齿！”

指导员急了：“不行！不管大事小事，都要说出来大家听听！”

大家交头接耳，叽叽喳喳议论起来。连长无话，心里暗暗好笑。葛小敏双眉紧锁，她不敢相信昨夜那事是他干的。再说，他那副干瘪的躯壳也没有百多斤呀。许多职工并不知所以然，只能胡乱猜疑。唯有知青头脑清晰，手伤者必与昨晚贼仔偷窃有关。大坤见杜河迟迟不交代，沉不住气了：“老骨头他轻伤不下火线，重伤也没想留条命！昨晚他连夜给炊事班做了两个大木桶，那根铁线扎穿掌心，流了不少血。卫生员给他止了血，还打了破伤风针，差一点点就收拾骨头了。”

“哦！原来是这样！”，指导员听罢暗暗欢喜，贼仔没抓着竟出了件值得称赞的好人好事。他立刻顺着人意表扬一番。并号召大家向老同志学习，还吩咐丘铁军写表扬稿出新期墙报。

这时，黎吆依也举起了手，表示他有话说。指导员没见他有包扎的手指，笑着问：“你要说什么？快说，牛饿又要打架了！”

黎吆依一字一句地说：“昨晚牛回栏时，大头明也伤了脚趾公。他给牛栏那条杉木掉下来打裂的，我用‘飞机草’给他止血了。”

张明明不好意思地低下头，小声地说：“今天不痛了，我还可以出工的。”

指导员哈哈一笑，知道大家误解了他的意思。不过，这样更让他了解到连队职工不怕苦不怕累的劳动精神。他趁机说：“很好！我相信还有许多轻伤不下火线的好人好事。我们一定要发扬光大，继续努力！”

连长觉得一时追踪不出贼仔，只好让大伙抓紧开工。

葛小敏心里不服。想起压在自己身上那副沉重的身架和咬了一口贼仔又粗又短的指头，恶心至极，却又找不到更多线索，只能哑巴吃黄连。

当晚，指导员又找她谈话。说最近连队职工养的鸡不见了好几只，团部商店也被偷了几箱新到的肥皂，这些现象都是阶级斗争的新动向。希望大家都要提高警惕，严防阶级敌人变本加厉地破坏。不过，指导员分析了形势后还是侧重强调，贼仔虽然没被捉拿，但窗门不能不加固。他立马派职工把女生宿舍围墙加高两排竹子。手表能否找回来，说是等团部保卫科的人来查实，或许贼仔通过形势学习能提高思想觉悟主动送回赃物。

十二

郑文华收拾了铺盖，像军人一样背着背包，依依不舍地离开了连队。他是连队第一个正式上调的知青。他的离开，知青队伍中像平静的湖中甩进了粒小石子，泛起了涟漪。然而，谁也没有对“大只佬”的上调产生怀疑。那是他自己的天赋，他的球技在连队无人超越，也就无法嫉妒。不过，女生中暗自伤感的还不少。葛小敏心里就出现了淡淡的忧伤。即便他们之间只有一言半语。但是，以往对方的出现已不知不觉地成为精神上的一种依托。这种无形中的感觉，也许来自与他偶然的一两句简单对话，或是无意中的一个眼神。这些不足挂齿的来往却让她回味无穷，不胜宽慰，甚至反复推敲。如今他这么一走，心头那种失落感只有自己知道。

午饭时刘斌问她：“你说，大只佬将来会不会记得我们曾经战天斗地在一起呢？都说人走茶凉，恐怕这一段经历都进入潜隐记忆期了。”

“你讲得有道理！”葛小敏装着毫不在乎的样子。暗想，原来还有同感之人。到底是郑文华的面目帅气还是身姿矫健让女生留恋不已？或是他的品行和憨笑给姑娘们留下了美好的印记？她没好意思追问。心里头总觉得一个整体就是一个圆，走了一个就出现了缺口，即使增加新人也只是补充了那个圆，而周边仍然残留着锯齿口。

连续多日，女生中好些人都变得沉默无语。尤其是晚饭后的篮球场失去了那个熟悉的身影，一切都显得空荡。姑娘们没人敢触碰爱的真谛，只有默默地守护心灵那扇门户，甚至不愿意承认自己萌发的情感。她们深藏和煎熬自己的情爱，那种感受只有自己才能剖解和透视。遗憾的是“大只佬”永远无法知道他在女生心灵中占有的空间。然而，每每有人挑头说出“大只佬”的名字时，葛小敏就会立刻说：“切！走了谁地球同样转！”说完心里又酸酸楚楚地咒骂自己自作多情。

“大会战”终于结束了。大家回到了往日没有战地口号的劳动。而这种劳动得不到精神动力自然就产生了疲沓。懒洋洋的身板走起路来都打着哈欠，有的知青早起出工时居然边走边睡，直到摔进沟里才醒过来。

不久，又一批知青来了。是兵团建制后迎接的第一批大队伍。全省有十几万知识青年下乡，来兵团就有三万多人。这天一早，指导员满心欢喜去团部领人。然而，党委的意见让他郁郁不乐。上一年还是农垦，不费太多口舌就获得了二十余人。这次费尽心机只答应给五名潮汕知青。指导员不服气，好说歹说让政委动心："咱们连队在偏远山区，地势贫瘠，面积宽阔，正直开荒扩建胶林的关键时候，需要年轻力壮的人手。"所以，党委多拨了两名从海口和湛江来的知青"散兵"。"散兵"的说法是有亲戚在农场当职工，可以通过当地知青办与接收单位调整，离开知青定向接收单位，获得特殊安排。再说，这批湛江知青主力军去了五指山，比地处西线的连队更为艰辛。还有人说，你到了海南西线，那是"拾福"了。

虽然只是增多几个知青，指导员的工作担子却增进了不少分量。仅仅为小年轻出工不再熟睡掉进沟里，就不是一件容易的事。

紧接着是落实上级党委要求，从年轻人中培养骨干入党。以此调动其积极性和发挥其作用，展示知青上山下乡大有作为、大有前途。所以，指导员不得不进一步地展开与知青谈心。所谓谈心活动，是生产建设兵团时期现役军人带来了军队的"一帮一""一对红"的优良传统。指导员运用其方法，有效地了解这些从大、中城市来的有文化、有知识的人的思想状态。

星期四晚，指导员把梁枫叫到他家的小厨房谈心。因为连队领导没有专门的办公室，一家五口只有十二平方米的住房，腾不出空间接待客人。所以，外搭的小厨房也充当了办公室。这些外搭的小厨房都是职工自己砍木料编草夹搭成的，又矮又小，只能放个水缸和两个贴地面的小锅灶。简易饭桌用的是水桶、脸盆之类的生活用具当桌架，扬糠除秽用的簸箕当桌面。大多数家庭桌上只有一个菜，也就是饭堂买来的熟菜。有时会增添一小碟萝卜干或豆腐乳。用餐结束后，简易桌子就会收起。

指导员就是利用如此窄小的空间作为和职工谈心的场所。他的厨房有两张竹凳和两张用木丫架着的木板长凳。梁枫虽然不胖，中等个头。也许城市人骨骼结实，他刚往长凳上挨去，凳子就斜了腿。指导员赶紧把他手上的"大碌竹"水烟筒撑着充当另一只凳脚。

梁枫急忙说："指导员，我站着就行了。"他的确不想把指导员的水烟筒弄断了，因为全连只有三支水烟筒。

指导员"嘿嘿"一笑："简陋，简陋。"他环顾四周，在灶口旁抓起砖块大小的竹凳子说，"你坐这张吧，垫半边屁股没问题，在我们老家当枕头用。"

"哦？"梁枫接过来，见指导员仍然蹲着，不解地问："你怎么蹲着呢？"

"习惯了，建队十年，已经蹲了十年了。嘿！人有几个十年呀？"他边说边用手掌拍了几下那张歪斜的板凳，觉得恢复了原形，下巴朝梁枫一扬，"你的啰柚（屁股）没肉就换这张吧？"

梁枫接过来坐下。他再仔细端详指导员刚才递给的竹"枕头"，庆幸自己没一屁股坐落，不然非折损不可。

指导员把撑着长板凳的"大碌竹"水烟筒拿了过来，往竹筒里加了些水，然后拿出小纸裹着的烟丝。那是从邻近农民手里买来的烟叶，由自己手工切成的烟丝。他娴熟地捏了一小撮塞进水烟筒的鼻尖上。接着从灶头旁拾起一根茅草，往那盏用废旧墨水瓶装成的煤油灯引了火苗，边点燃烟丝边在竹筒口的一端连连抽吸。竹筒里的水通过他嘴的抽吸响起"咕咚咕咚"的水声。这种水烟是通过在烟筒的鼻尖上被燃烧的烟丝随着嘴巴的抽气，烟气与烟筒里水的交换作用所形成滋润的气体进入了人体的呼吸道，让人感到清香甘甜。指导员连续抽了三撮烟丝，由水过滤的一团团白色的烟雾从他的嘴和鼻同时喷出，弥漫了小小的厨房。

"指导员，这水烟和旱烟有什么不同？"梁枫盯视指导员的每一个细小动作。

"我们家乡都兴这个，能降燥火。好像也能过滤什么尼古丁毒？不清楚，很多东西都是世传的，讲不出很多科学道理，抽上就有瘾头。"他把烟筒口抹了抹，递了过去，"你也来两口？"

梁枫犹豫片刻，还是摆了摆手："不行不行，我怕烟呛。"其实，他怕的不是呛烟，而是不卫生。他估摸着，人人的嘴巴都对着一个烟筒口，涎水流流，难免染出肝炎病。

指导员大概猜出他的心思："在我们家乡，'大碌竹'的历史少说也有好几百年了。无论富贵贫穷都喜欢用。当年国民党抓壮丁，进了家门先抽两口才带人。新中国成立后，抽水烟筒也仍然盛行。家家户户都有，烟筒里的水还能当药用。”

“能治什么病？”

“蚂蟥爬上腿时，你把烟水倒下去，它就缩小成团了。”

“不是说吐唾沫吗？”

“都行！当地老百姓的土方很多，不过，他们不抽‘大碌竹’。我们就教他们呀！他们叫我们是‘大陆人’，对开垦大面积土地有抵触。还好，我们吃的是国家供应粮食，不影响农民的粮油供给。我说呀，想要办好农场，为国家种好橡胶，不与老百姓搞好关系是不行的。”

梁枫克制不了自己的直率，笑道：“用水烟筒也能搞关系？不灵吧？上次他们为什么联合起来打我们？”

指导员仍然平静地说：“上次干仗，主要是受残留派性挑唆，他们找不出主谋，我们也不去追究。现在是兵团了，要注重军民关系。”

梁枫还是那样偏颇地说：“现时兵团和过去农场没有什么两样嘛，不就是多了几个现役军人当领导！他们也不懂种胶种田，和我们知青相比，半斤八两吧？他们发号施令，我们流汗拼命！”

“你这话只能说一次！任何新事物的出现，都要向好的方面去想。社会主义革命只能前进，不能后倒。我们当年也不会种胶，也不会种田。你看连长，他原来还是打洋钉能手。”指导员又拿起“大碌竹”，准备加些烟丝再抽。猛然发现小厨房的墙角处，在那盏忽明忽暗的煤油灯下晃动着伸缩的影子。他抽出挂在腰间的手电筒照去，轻声说：“有蛇，青竹蛇！”梁枫朝那处看，顿时手心冒出冷汗。指导员“嘘”的一声，举起“大碌竹”朝那条正要窜出厨房的青竹蛇砸去。“啪！啪！啪！”接着又用力敲了几下，发现蛇已被打死，继而用根小棍把蛇挑进灶坑里烧了。这一系列动作，就如打死一只苍蝇那样若无其事。他还提醒道：“等一会有来寻仇的。不要怕，咬不死人。可惜太小了，不然可以煮碗汤喝。”

梁枫从小就怕蛇，那时老师带着幼儿园的小朋友参观广州动物园的蛇区时，他竟然没敢睁开过眼。这会儿他惶惶不安地问：“真的不会咬死人？”

“谁说蛇不会咬死人？我说这条小蛇嘛！”指导员查看自己的“大碌竹”

水烟筒，“还好，没打爆。这条蛇换不来一支竹烟筒呀！”说完，从一个旧木桶里拿出三盏用废旧墨水瓶装起的煤油灯，“你把这些拿给大家，能用得上。煤油灯虽小，也比没有灯强。我们很快就会有电灯了，是缩小城乡差别的又一进步，对吧？”

“对对！等到猴年马月吧？”梁枫心有余悸，担心那条寻仇的蛇到来，只好敷衍。关于照明，他记得刚来连队那一天，指导员就说过马上就有电灯了，现在都快一年了，还是这句话。

“猴年过了，是马年，马上就有了。”指导员又说，“垦荒垦荒，就是因为荒凉才让我们来‘垦’的嘛！这里人少地多，又肥沃，不种点该种的东西就浪费了。毛主席号召你们来支援建设是一项战略性的决策。不过，你们在大城市生活惯了，来到乡下是委屈了。但比红军二万五千里长征要强多了。比我们刚转到地方也强不少呀。我们‘林一师’那阵子才摸黑呢！年轻人不能灰心丧气的，你要向顾蕾学习，她处处积极，样样带头，是你们知青中的榜样。”

指导员的话虽然空洞，仔细斟酌一下也可以理解。梁枫心里不得不承认自己的悲观情绪，且不说日复一日的体力劳动，就一份《人民日报》也要等半个月才能看到。这些情绪也只能压抑在心。顾蕾嘛，像株玫瑰蕾，是男生凝眸注视的花骨朵。有时又像仙人球，就算是内柔外刚，也只能让人敬而远之。有人说她是矫揉造作，也有人说是勇于上进。真不愧是“故勉精历操，晨兴夜寐不遑宁息，经之以岁月，累之以日力”。他自己每天收工回来四肢似乎解体，而她还能兴致盎然地帮忙切猪草、洗猪栏、清猪屎。那副不超百斤重的身架子，担荷无数。他朝指导员连连点头：“对对对！她有207块骨头，比我硬骨，是得好好学。”

“梁仔，你怎么知道她有207块骨头？”

“讲笑啦！我是说她比我多一根骨撑着脊背。不然，她怎么有那样的干劲！”

“呵呵！她的干劲不是骨头多少决定的，如果没有毛主席的光辉思想照耀，那就一事无成。”指导员和颜悦色得像个父亲，他停了一会，又问，“梁仔，我有几块骨头你知道吗？”

“你？正常人就是206啰！除非你不正常啦！”

“怎么个不正常才会多长几块骨头？”

“嗯！打个比方，你当年打仗，弹片把髋骨切成几块，或者你的脚眼被打碎，这就多骨了嘛！”他禁不住笑出声，“六指！六指也多了几块骨！”

“噢！那样就是二等残废了，还要国家颁发抚恤金，增加国家的开支。嗯哼！还不如少几块呢！哦！少也不行，少也是残废。我说梁仔，你肚子里有墨，要充分发挥作用。头脑里时时刻刻牢记毛主席指示，做啥都有使不完的劲！”

“是！指导员！我一定记住你的话！”梁枫总算说了一句顺时针的话。

指导员又纠正他：“不是我的话，是牢记毛主席的最高指示！你回去吧。”

“我可以走了？我们的谈心结束啦？”梁枫双眼不解地望着指导员，手里拿着那几盏煤油灯。见指导员目光是那样的慈祥可亲，也就无所顾忌地笑了，“哈哈！猴年过了是鸡年！”说完轻松地转身出了门。

这一夜，他就没明白指导员与他谈心的目的。也许叫他向顾蕾学习？她在讲解团还没回来呀！怎么不是“向雷锋同志学习”呢？雷锋有“憎爱分明的阶级立场，言行一致的革命精神，公而忘私的共产主义风格，奋不顾身的无产阶级斗志”，这是周恩来总理的高度概括，不能不学。关于牢记毛主席的指示，那427条语录早就滚瓜烂熟，可惜他就无法学以致用。别人遇到困难时高喊毛主席的指示就能浑身增添力量，而他自己也喊也叫竟然毫无鼓舞作用。反而顾蕾在身边晃眼时自己变得力大无比，犹如猛虎下山。这是为什么呢？难道指导员能够洞察秋毫，已知其中奥秘？

指导员心里也有疙瘩。梁枫离开时说“猴年过了是鸡年”，这话的含义是什么？看来是信不过他，因为鸡不需要照明，太阳落山就回笼睡觉。小年轻指桑骂槐了，还得抓紧找上级才能解决电灯问题。

没过几天，顾蕾从团部回来了。指导员说，顾蕾这次参加巡回讲解团工作让她思想意识更上一层楼。尤其是罗政委建议她留在机关工作时，她却说生产第一线更能锻炼人。还说要用汗水洗刷自己的小资产阶级思想，改造自己的灵魂，下定决心脱胎换骨地接受再教育。罗政委感慨万千，在党委会上号召各连培养更多的脚踏实地的一线接班人。指导员为此感到骄傲，自己连队有了榜样力量。

顾蕾给指导员提了不少建议。她立誓要把连队面貌焕然一新。她做的头一件事就是把连队的板报变成了表扬专栏。两天换一板。她和报道员丘铁军夜夜赶写表扬稿，芝麻小点的好事加上豪言壮语就是一份漂亮的文章。更有活力的是通过巡讲，她深深感到文体活动的凝聚力。正如赤脚医生乔志强说的锣鼓喧天，人定胜天。所以，她又把年轻人再次鼓动起来，把文体活动搞得热火朝天。做到人人会唱“语录歌”，个个会跳“忠字舞”。篮球队少了中锋郑文华后又出了个汕头知青杨威，算是后继有人。最让人振奋的是篮球场上的男队与女队对阵。原本收工后已经疲惫不堪的身躯，上了篮球场却又变得龙腾虎跃。接着，顾蕾又找了两个能绘画的搭档，在职工宿舍的那面三米高十米宽的墙上，用铅笔划了600个小方格，将那张两掌大的图片放大在墙上，绘声绘色地描制了一幅巨大的毛泽东画像。这幅巨大的毛泽东画像，既雄伟又壮观，八角帽上的红五星在阳光下显得光芒四射，是时代的象征。这幅画完成后，成了全连留影的背景，成了宣传队表演节目的辉煌布景，成了各连队参观学习的杰作……

很快连队就成了先进单位。来参观取经的人一批又一批。人们对着那幅巨型画像赞不绝口。这天一早，罗政委亲自带了一批兄弟团的干部前来连队参观。首先在那幅毛泽东画像前照了合影。接着参观猪舍、食堂、板报栏。在一片赞扬声中，指导员沾沾自喜，乐不可支。心想：没有知青，哪有我连今日欢笑；没有知青，哪有我连今日面貌；没有知青，哪有我指导员的今日夸耀……

最后，全体参观人员来到了托儿所和小学。

连队有12个学龄孩子，分成三个年级四个班。原来的教员是师范毕业，到海南支边半年，因家庭出身富农，“文化大革命”一开始就揪出来斗几场，接着就遣送回老家接受当地贫下中农的监督改造了。农场其余教员也未复职，连队只好抽调有点文化底子的职工当教员了。老职工胡仁凡在新中国成立前读过五年私塾，是连队的文化人。但胡仁凡的普通话是新中国成立后学的，常常闹出笑话。这时，孩子们正一字一句地跟着老师朗诵课文。其声节起伏，颇有韵味：

系盖系泥蒙打（世界是你们的），
也系窝蒙打（也是我们的），
但系归筋揭逮系泥蒙打（但归根结底是你们的）。

泥蒙青泥银沼气旁破（你们青年人朝气蓬勃），

静在醒梦席气（正在兴旺时期），

渴像扎秦八九顶仲打太昂（好像早晨八九点钟的太阳）。

希梦寄垛在泥蒙新向（希望寄托在你们身上）！

……

朗朗的读书声竟然让政委把手指塞进了耳洞里。只见他皱着双眉问道："他们读的是什么？"

指导员欣然回答："是《毛主席语录》！我们用省统一教材，政治处发的。"

"是用……什么话教学呀？"政委再问。

"当然是普通话呀，没错没错……"

"我怎么一个字也没听出来？"罗政委是北方人，有一口卷舌普通话。他对两广人带着重重齿音的"漏风"普通话很不习惯 。他朝大家问："你们听出什么了吗？我们不能用方言教学吧！啊？"

"政委，他们这是普通话呀！没有错的！"指导员注视着罗政委那一副苦笑的面容，顿时恍然大悟，尴尬地拍了一下自己的后脑勺，急忙补充说："连队职工文化水平偏低，矮仔选高佬。有高小文化的就几个，懂得拼音字母的只有一人。"他不是不知道连队绝大多数职工都是广东本省人。以粤语、闽南语、客家语系为主。人们操着不同地方口音，虽然尽力地往普通话挤靠，但依然带有浓浓的乡音。

"从知识青年中挑选不行吗？"政委打断了他的话，接着嘱咐，"挖掘知青队伍的潜力还是非常重要的，要让他们大有作为。根红苗正就应该大力培养嘛，对积极上进的要给机会。"

"好的，好的！"指导员频频点头。其实他自己的普通话也是地道的"煲冬瓜"，幸亏在转业之前被东北人讥笑后纠正不少。

这次连队面貌展示结果不算圆满，因小学一环疏忽了。他惋惜地送走了大家。但是，有政委这一番话，起用知青就能放宽手脚。他希望罗政委下次带人来时，一定无可挑剔。不久，团党委颁发了"如何发挥知识青年在兵团的作用"的文件。果真是军人带来了军队的作风，上级下达命令是雷厉风行，下级执行命令是立竿见影。连队干部反复比较表现积极的合格分子，圈定了几个根红苗正的名字送去审批。虽然被抽调的人员远不及回城意味深长，但也比在烈日炎炎下垦荒挖掘地球皮的艰苦日子诱惑人心。

三天后，铁笔杆丘铁军走了，说是团政治处宣传科借调的。又几天，蓝江走了，到团部卫生队培训班。再几天，潘百岩也走了，到团部宣传队。连队小学需要增换的两名教员也由葛小敏和叫尚武填充了。最让人看好的马晓冬和顾蕾没被调用，众人议论纷纷。

第一次群体大动荡，虽然没有大张旗鼓欢送，以免在年轻人中制造涣散人心的趋势，但掩耳盗铃的结果仍然存在。一些人看到了曙光，一些人失去了信心，一些人听天由命。

张明明实在想不通，他急得像热锅上的蚂蚁。这天刚把水牛圈回栏就去找顾蕾。“表姐，你是先进人物，怎么迟迟没得通知的？”

“傻子，天又没塌，急乜野（急啥）？”话是这么说，神态也自若，心里却不是滋味。她觉得自己是指导员的传声筒，更是积极上进的好青年。为啥上调轮不上？自己也猜不出什么道道。她的自我安慰方法就是再接再厉，争取早日加入共产党。虽然不承认“入党当官”，但是，一旦入了党，决没有坏处。

“急乜野（急啥）？是人都急！表姐，你从林段工调回养猪，也只是养猪婆，不是上调，一身猪屎味。我呢，放牛娃，一身臭牛屎，十足同病相怜。我认为领导有偏见，肯定有人笃背脊（背后说坏话）！”张明明觉得自己除了回城外没有其他个人奋斗目标。而表姐的前途事关重大，他不能不担忧。

面对表弟的打抱不平，顾蕾劝导说：“连长常挂在嘴边说死鸡也要屙泡硬屎。别忘了我们是大有作为的，不能胡思乱想。”之后又在表弟耳根嘀咕一阵。张明明听后，似乎豁然开朗，眉头也慢慢地舒展开来。

当然，人员的变动不仅张明明这颗天真无邪的心受到震荡，其他知青同样有可望而不可即的情绪。有的人觉得自己不才，也就自叹无能。但那些往日出类拔萃，样样出色的年轻人不能不多思。真没有不散的宴席，一度热火朝天的局面，尽管抽调不是釜底抽薪，也显得冷清许多。

高度近视的蓝江去团部卫生队培训了，铺位还有余温，梁枫就搬进来和张明明住。就才学来说，梁枫可是个满腹经纶的人，不比抽调的任何人差，但也没份儿。问题出在哪里？他自己觉得是运气差了点，其他无懈可击。所以，他要换住蓝江的铺位，沾点“四眼仔”的狗屎运。

这是个风雨之夜，台风刮倒了一排屋外碗口粗大的橡胶树。知青住的草屋虽然都用麻绳拉着大石头加固，仍然被强风刮得摇摇欲坠。虽然预告台风中心不经此地，但台风中心外围的暴雨和强风已让住茅草屋的年轻人感到威胁。连队积极分子都跟着领导顶着狂风骤雨去巡逻橡胶园，因为越有危险越能考验人。尤其是递交了入党申请的同志，在非常时机脑海中就会闪现出“党和人民考验我们的时候到了”的旨意。

张明明吃了黎吆依煮的蜗牛粥拉肚子，无法跟着巡逻队伍。梁枫因搭防风架时被毛竹扎穿“神庭”，缝了四针后成了伤员，也只好待在屋内。

张明明见梁枫整天无精打采的样子，忍不住问：“‘讽刺’，你有肝炎咩？两天没见你说过话。你的头壳（脑袋）是今天才伤的，不至于提前几天就疼吧？”

“唉！衰仔，我何止‘肝炎’，是‘肝硬化’！”梁枫正在油灯下写什么。他嗓门低沉，似喉舌肿胀，发音不清。突然“嘿嘿”两声，似笑非笑，猛地从本子里撕下一张纸，心烦意乱似的把纸揉成团朝他掷过来。喃喃地叹了一句：“小学鸡，你不明白的。吃了蜗牛粥大补倒泄，你是湿热症喽！”

“我湿热都比你肝病好滴。肝病会传染害人嘅。不要以为你是带病工作，还是少害别人较好。哼！我就是首当其冲，迟早给你害死！”张明明逗趣地捡起梁枫扔下的纸团，好奇地展开，“哦？请假条？明天一早我帮你交给指导员。不过呢，卫生员的病假条比什么都有用滴。”他仔细再看，“哗！原来在创作！好劲啵！有病就有病，又说是肝硬化！切！大吉利是！”随即，他轻轻地念起来：

“《青春颂》——我的青春在哪里，青春在哪里？青春在荒山野岭阴沟里。荒山有黄蜂巢，野岭有竹叶青，阴沟还藏着蜈蚣和狐狸。我的青春在哪里，青春在哪里？青春在猪槽牛栏粪堆里。猪槽有糠浮莲，牛栏有万斤蹄，粪堆的屎壳郎驱逐着蛹蛆。我的青春在哪里，青春在哪里？青春在炸石的炮眼里。青春在茫茫的胶林里。青春在无情的风雨里。青春在曝晒的天地里。啊哈哈！啊哈哈！青春在广阔的疆土里……”念着念着，他很兴奋地喊起来，“‘讽刺’，你真是大诗人呀！有劲！应该送稿，送团部板报栏！”

梁枫淡淡地一笑：“有劲！你学会讽刺人了？古灵精怪！这是燥火顺

口溜。”

“真的很有劲！从理智上呢，有点牢骚。从情感上呢，有点扫兴。从事实上，千真万确！我写不出这样顺口溜的。你扔了很可惜，还是贡献出去吧！”张明明一脸谦虚好学的样子。

梁枫望着大头明那副天真模样，心想，当初不屑一顾的小童，如今也算长大了。他感叹道：“哎呀！大头仔有观点了。其实，写写画画的方式很能解闷嘅。”

“你盯住我做乜？我脸上的疤很难看吗？”张明明不习惯别人这样看着他。

“谁说你难看？左边一个单酒窝，配上右边一个月亮疤也还是靓仔。你救了人家一条命，应该是英雄。可惜救的是地主仔。不然，你现在应该是罗政委贴身警卫员了。”梁枫想起大头明敢在水牛疯狂时奋不顾身救人，可敬可佩。尽管自己坚持那次牛蹄底下救人是“找死”举动。若是他自己陷入牛蹄的话，也求之不得有人“找死”来救他。

“罗政委贴身警卫？执死鸡咩（捡便宜）？我都没想过！”张明明有点不好意思地笑着，手指轻轻地抚摸着脸上的伤疤。

梁枫觉得张明明的伤疤就像时代的烙印一样，无法消去了。还算他走运，没让水牛踏上一脚。他小小年纪离家远行，却能苦中有乐。而他梁枫又何苦独自惆怅！于此意识到了命运与机遇决定了自己的将来。他只好用《列宁在1918》中瓦西里的台词告慰自己：“面包会有的，牛奶会有的，一切都会有的。”

伴随着门外的狂风骤雨，他和大头明换了话题，聊起了儿时那些调皮捣蛋的事儿。可惜大头明的童年也太短暂了，没玩够就下了乡。

梁枫沉默片刻之后又说：“你知道吗？无产阶级革命家李大钊有句名言很合适你，你信吗？”

“合适我？有冇搞错呀？”

“你听听嘛！他说‘一生最好是少年，一年最好是春天，一朝最好是清晨’，这话很有回味。是不是合适你呀？可惜你的少年跑到这里来了。不过，也不错。放牛娃也是幸福的童年，好好珍惜。”

张明明没有多少表情，也没有发表任何言论。鼻腔“哼唧”一声，钻进蚊帐睡去了。无疑，他是承受不了别人把他当儿童。当然，他更不喜欢别人玩弄文学词句来伤害他的心。他的语文只到了六年级，上学那时候又贪玩，死记硬背的词汇都被后来的革命语录更新了。唯一深澳玄妙的词句就是毛泽东诗词，可惜也找不到解译。所以，肚子里的墨汁就这么点点，不伤感就是“黐线”了。

梁枫似乎感到他俩话不投机，却仍然不在乎地哼着语录歌，写写画画地抒发自己的感情。当然，也时不时地骚扰一下张明明，想办法哄他开心。

第二天，风雨已过。连长一早就喊着出工了。张明明把小说《冬天的长梦》夹在裤腰里。那是梁枫昨晚见他不搭理人时借给他加强文化学习的课本。梁枫还对他说：“毛主席的书是饭，是精神食粮。而小说则是菜，有甜酸苦辣咸之味。有杂味对大脑有刺激就有长进。”所以，他不再怄气了。早上匆匆出门放牛时也没忘了把梁枫那首“顺口溜”拿给养猪的顾蕾。

“表姐，这是‘讽刺’的杰作。你看看，我们的宣传栏还没有出过这么带劲的诗歌，好好读读！”说完，甩起放牛鞭走了。

顾蕾白天养猪，晚上写稿，承接了丘铁军的业余报道员工作。她接过那张皱巴巴的纸，用劲抹平后仔细地读了起来。随即眉头褶起疙瘩，骂道：“反动！真是反动透顶！情绪加牢骚，锋芒毕露，怎么能送稿呀？”

“顾蕾，家里来信了？”指导员扛着镰刀正走进猪栏。为贯彻上级党委关于在知青中培养党员的指示，他算是费尽了心思。连队被抽调了一些知青骨干后，顾蕾更显示其先锋作用。如此出类拔萃的姑娘，名单送上党委竟然没通过，他也想不通。考虑再三后，认为她父亲虽然有不清问题，但也没有定论。所以，仍然把她作为重点培养。

顾蕾把梁枫的自由创作递给指导员：“这是梁枫的诗稿，我觉得……”

指导员接过那张皱褶的纸张认真地读着，忽然兴奋地说：“写得好，写得好！如果每个青年都来一首诗什么的，我们连队宣传栏就百花齐放了。”他笑眯眯地又唠叨着，“八连有个青年仔每天晚上都坚持写笔记，短短半年，读毛选笔记成了万言书呀……”

顾蕾心想，她自己读毛选的笔记也有上万字，只是没有全部交给领导而已。看来还得交上去，为指导员脸上争光，为连队活学活用争光。她想了想，问：“那，梁枫这首诗往团里送稿吗？”

“你修改修改，一定要往团部送！”指导员仍然挂着笑脸。

“好吧！”顾蕾勉强答应了。她知道，如果没有排山倒海的响亮口号和气势澎湃的字眼是称不上好稿件的。如果原封不动地把梁枫的顺口溜推出去，也会成了别有用心的毒草。她不得不把稳尺度了。

几天后，这篇原本看起来悲伤加牢骚的自由诗经过顾蕾修改，团宣传科把它登上了机关板报。也许是丘铁军在宣传科的特殊关照，顾蕾送的稿子从来没有被忽视。梁枫是大惑不解，那几句被自己抛弃的诗句竟博得了政委的欣赏。紧接着又获得了全团诗歌比赛第三名。为此他还专程去团部宣传科接受了一本新的《毛主席语录》为奖励品。

指导员很兴奋，觉得上次与年轻人谈心起到了效应。“讽刺”平时嘴尖，这次是尖出了才华，为连队争了光。

梁枫从团部领了奖励就直奔连队猪馆，冲着顾蕾的头一句话就嚷：“你有没搞错呀？施舍呀？这种搞法我很没面子的，你懂吗？！”

顾蕾刚从坡下挑水上来洗猪栏，听见梁枫没头没脑的话，只抬头瞪他一眼，没出声。她找来葫芦瓢，一瓢一瓢地装着水，使劲冲洗猪栏里的猪屎。心里却说：你是遇上猪屎运了，修改和送稿都是经指导员同意的，如今我是出力不讨好了！

梁枫见她许久没搭腔，只好坐在石蹲上静静地等待她的回应。他从来没这样端视过女性。虽然没见她抬头，也没见她朝自己散发一丝余光。但他仍然保持自己的视线，窥见她额前像珍珠断线似的汗水和洗涤猪圈的屎尿混杂的脏东西溅落在她乌黑的秀发里，还有少许沾污在她那逗人喜爱的眉梢间，有几滴弹落在红扑扑的脸蛋上，还有不少灌洒在起伏的胸脯前。虽然年代造就了火辣辣的女性罩着不合身段的“红卫装”，身材看起来不是“门板”就是“水桶”。然而，借助污水的渗湿，那婀娜多姿的体形隐隐可见，惊醒了他那根麻木许久的筋脉。

“啪！哗……”

顾蕾故作失手，把一瓢水泼在他的脸上 。

“喂！我不是猪屎喔！”他收回了如痴如醉的目光，急忙抹去脸上的水珠。

“对不起，滑手了！”一丝狡黠的笑意在顾蕾脸上一闪而过。心里暗骂他是阴阴湿湿的天井阶砖（不怀好意）！虽然她没有正眼瞅他，但散落的余光仍然可以察觉他流露的不纯之意。她没敢忘记几天前老鳌村的疯子又一次蹲在粪池偷看女生拉屎。那家伙得意忘形时被葛小敏发现，结果被一群女知青揍得几乎让他翻了白眼。所以，对那些“阴湿（阴险）”苗头她不能不引起警惕。

梁枫突然觉得心涩，并没意识到她晴转阴的面容，更猜不着她的心思。他抖擞几滴溅在挎包的水珠，从里面拿出一本崭新的胶皮《毛主席语录》，找话说：“我知道，我那几句牢骚话也够开一场批判会了。 如今被你这么加了调味料，苦瓜都变成甜菜啦。这本红宝书就算我的一份心意，送你了！”

“乜嘢话？摆阔气呀？又黐咗线咩？”她说。

梁枫没有立即回话，双眼仍然盯视着。那身补丁叠补丁的衣服已找不出一块干的地方，脚上那双雨鞋仍沾着猪屎。一种疼惜感油然而生。虽然赞叹她是一个晨兴夜寐，不遑宁息的好姑娘，却又吃不消她那股犟劲。过了好一会，他小声嘀咕着：“其实呢，现在的日子，我们个个都心知肚明，那些漂亮话都是形式主义，很虚伪的。”

“收声啦！难道你不觉得豪言壮语能鼓舞斗志，牢骚满腹会让人丧失理智吗？”她柔和地说。

“豪言壮语能鼓舞斗志？没感觉呀！我可能比较麻木吧！我这个人就是直肠直肚。说真心话，讲实际事。我没有散布任何流言蜚语喔，你千万不要吓唬我这个胆小的老百姓。”

“哦？原来你是生人唔生胆（胆小鬼）嘅！”顾蕾对他没有太多好感。且不说他长得贼眉鼠眼，更是信口雌黄。她继续用力泼着水，直到把猪栏冲洗得干干净净才歇手。她见他仍像糯米腚一样贴着猪栏杆没有离去之意，提醒道：“你还是好好回去读红宝书吧，那里有力量的源泉！”

“你……”梁枫扫兴地眨巴一下细小的眼睛，鼓足勇气，“唉！当一个人中意（喜欢）另一个人的时候，是非常非常痛苦的！”

“黐筋！”顾蕾不假思索地打断了，“你中意谁就告诉她，这有什么痛苦？”随即又想，这个人如此贸然的向自己吐出内心感受，可见是火烧眉毛。到底喜欢谁呢？是葛小敏？刘斌？千万千万不是我顾蕾。但是，无论如何现在谈情说爱都不是时候。在讲解团时就有知青一见钟情，结果被领导点名批评。有人说谈情说爱是龌龊的小资产阶级情调，不符合知青上山下乡接受再教育的大方向。对于情窦初开的青年来说，爱与被爱已成了禁区。所以，有痛苦也要学会埋葬痛苦。

梁枫深情地凝视着她："痛苦呐……唉！就在于你无法向她表白心情嘛！"

顾蕾见他可怜兮兮的样子，才知道犯相思病的人是这样的滑稽。虽然自己对郑文华有过一些暗念，也没巴望有坦诚告白的时机。她忍不住笑了起来："咯咯咯！如此妄自尊大的人也有这么脆弱之时！"

梁枫依然锁着双眉："哼！好得戚乜（很得意吗）？诈假意（假装）嘞！其实你都咕得（猜）出我的意思嘅……"

这时，黎吆侬上气不接下气地跑来，大声喊："顾姐，顾姐！大头明被打成反革命了，快去！快去！"

顾蕾立刻警觉起来："吆侬呀吆侬！你有冇搞错呀？这句话不能乱喊的喔！"

"不是呀，工作组来了！"吆侬急得直跺脚。

"啊？工作组又来了？"顾蕾意识到大麻烦来了。

"快去看看！"梁枫拔腿就走。他把刚才没说完的话全咽了回去，把想表白又没勇气表白的心里话全搁回心底。错失了一生向她表白爱心的良机。

顾蕾仔细查看已经干净的猪栏，正准备离开。见大坤从坡下挑水上来，交代他几句就急忙走了。大坤愣了一会，放下水桶，抓着扁担也匆匆地追了上去。

他们老远就看见好几个孩子围着张明明的宿舍门口。

从宿舍里传出了不熟悉的声音："你再仔细想，到底是什么时候干的？当时的思想动机是什么？不要怕的，党的政策一贯是坦白从宽，抗拒从严的！"

"对呀！你当时用针扎进去的时候，是有意识地、恶狠狠地往里扎？还是完全忽视这是一张伟大领袖毛主席的画像就扎进去了？"

"我冤枉呀，我根本没有，根本没有……"张明明站在桌边，紧挨着桌前方的墙上那张画像，苦苦地为自己申辩。

"你还是老实点吧！只有老实交代，才有出路一条！"

由于大伙还没收工，其他知青也没回来。梁枫首先闯了进来，见两个陌生脸孔正对着张明明指鼻瞪眼的心里就冒火。他大声问道："你们什么人？怎么坐我床头上？这不是骑在人民头上作威作福吗？”

“我叫雷卫东，他叫简为民，我们是团部巡回工作组。在这间房，在这张桌前方，在这张伟大领袖毛主席的画像上发现了阶级斗争新动向。有人胆敢在伟大领袖毛主席的画像上扎针孔，这就是肆无忌惮地攻击和破坏我们当前的形势。目前，有人以各种不为人知的手段制造破坏案件，其目的很明确呀！你们知青当中出现了这种卑鄙无耻的事件，就是明目张胆地反对伟大正确的毛泽东思想，就是疯狂地削弱广大人民群众将‘文化大革命’进行到底的决心。这种现行反革命的行为，是可忍，孰不可忍！”这人操一口标准的普通话，底气很足。四十上下的年纪，身宽体胖，老气横秋。

“你们看，这里的针眼有九个，正是影射‘九大’召开的正确路线。同志们呀！你们要提高警惕，提高阶级斗争的觉悟。不能高枕无忧，犯了两条路线斗争的错误还蒙在鼓里。我简为民不能不为大家想想其后果……”简为民，年约三十左右，两只灯笼眼，看人目不转睛。着实说身架比炊事班的“老骨头”重不了几两。湖南口音，每句话的最后一字，都把音拉长几节。

梁枫有点沉不住气了：“有这么严重吗？到了剑拔弩张的局面了吗？还没调查清楚就给我们知青扣屎盆！是可忍，孰不可忍！”他说着说着，还学起了湖南腔调。

这时，一辆解放牌卡车驶进连队，几个孩子叫喊着围了过去。接着，领头的依依蹦蹦跳跳地带着两位持枪战士冲张明明宿舍走来。

顾蕾赶来了，一看这个场面，心寒了。无疑是工作组的同志上纲上线，强硬把此事与阶级斗争挂上了钩。她定了定神：“有调查才有发言权。你们不能随便冤枉一个好人呀！”

“对！我们也不能放过一个坏人。”雷卫东斩钉截铁地说。

顾蕾挤进屋里，随手拉过张明明，指着出现在毛泽东画像上那些细小针眼问道：“就是这些针眼吗？谁扎的？”

“不知道呀。”张明明苦着脸，“不是我！”

她再仔细查看针眼周围，舒了口气：“这些针孔在外面，不能说明任何问题，而且针眼不清，不可能是有意识的行为……”

“在外面？下巴和脖子的小孔是怎么出来的？”简为民拿出一个放大镜对着。

“这是泥草墙不平展造成的，是沙粒笃穿的，不是针孔。”张明明急着辩解。他觉得事出有因，自己的确是冤枉的。

简为民不由分说，拿着放大镜看了又看。食指用劲地指着画像，“你说这些洞洞不是针扎的？不可能！从眼睛到下巴，整整九个洞洞。什么数字这么巧合？唔？年轻人敢做敢当嘛，不要诡辩！”

“不要诡辩了！知青知青，不查不清，一定要查根问底！”，雷卫东朝门外那两个警卫班战士扬了下巴，“就是他，带走吧！”

梁枫觉得这俩家伙纯粹沆瀣一气，自己也无能为力。那张毛主席画像已经贴上很长时间，如果没有一层报纸垫底，早就千疮百孔了。工作组的确是捕风捉影，故意刁难。而且还打击一大片，抹黑知青使命。他沉不住气了，也受不起伤害。当下只好设法拖延时间，等待收工回来的知青一起想办法。他说：“你们应该通知连队领导才能抓人吧？”没等工作组人员回答，又带着少许调侃的口吻，“你们把他带走了，明天谁放牛呀？你们放过水牛吗？打起架来会把碍眼的人抛出十几米，然后甩开蹄子踩断肋骨，踩出肠子，四蹄同时下去就永世不能翻身了。信不信？”

雷卫东冷冷地一笑：“恐吓是徒劳的！你们俩同一间屋吧？都有嫌疑，一起带到团部再说！”

梁枫被工作组人员一锅烩了。转念一想，自己没有错，还能屈打成招不成！他立刻又流露出一副轻蔑的神色：“去就去！人正不怕影子曲！”

“有反革命动机的嫌疑犯都有一股不可一世的嘴脸！同志们，我们一定要擦亮眼睛，不能被他们的阳奉阴违蒙骗，不能让他们的反革命阴谋得逞。”简卫民对围观的几个孩子说。

大坤呆若木鸡，他不明白连队怎么又出现了“反革命”份子，而且是小知青。他把手上的扁担使劲往地下掘，愤愤地骂道：“鸡蛋挑骨，搞搞震！”

顾蕾束手无策，也不敢强行阻挡执行任务的工作组。平日很不招人待见的梁枫，关键时刻敢于义正词严，心里由衷感激。

不一会儿，解放牌卡车载着他俩走了。顾蕾望着竹棒子门上贴的封条，恨不得一手撕了。也许情景交融，想起连队当时早已靠边站的老书记被自己一再抓出来批斗的原因，就为他墙上那张毛主席画像的小针孔。不过，那会儿自己拍案而起，义愤填膺给“老地主”重击时也没人提出犯案证据。只要有人检举，有现场就能抓、就能斗。如果不是他自缢，恐之批斗依旧。这些工作组人员为了工作成绩也同样无孔不钻。表弟年幼无知，思想单纯。红小兵袖章都没挂过，倘若不需要任何证据就被扣上“反革命”的帽子，那将彻底毁灭他的政治生涯！再回顾当年自己领着红卫兵批斗中学校长的情形。那种折磨人意志的“逼供信”，当真不寒而栗。每每想起，后悔莫及。如此戏剧性的人生转折，不能不让她反思自己所追随的革命洪流。她焦虑不安地在门前徘徊，她畏惧表弟年幼经不起逼供而“认罪”，她悔恨当初把表弟带上了红卫轮……

“妹仔，去找指导员吧？领导会有办法！”大坤提醒她。

顾蕾忧心忡忡地点了点头，匆匆地去找连队领导了。

十三

“叮！叮！叮……”杜河拿着铁枝在敲着那块悬在连队进口处的铁皮。这当然是收工钟了。虽然铁块不起眼，声音也没有电影《地道战》里老槐树上挂着的那口大钟能震荡方圆几十里。但是，职工的耳朵很清晰，再远也能听见。

顾蕾跑遍连队住地也不见指导员人影。她只好问正敲收工钟的杜河：“老骨头，指导员上哪去了？”

杜河没理会，仍然在敲他的钟，嘴里还继续念着数：“……18，19，20！”整二十响，终于停了。他露出无可奈何的笑容，“你问我？我问谁？你想知道饭堂今天有没有加菜，我就能准确告诉你！”

“我没心思说笑，真有急事！大头明被抓走了，是工作组把他们抓上了解放牌。他是冤枉的！”顾蕾说。

杜河态度认真了：“什么屁话？谁够胆抓大头明？嘿嘿！抓放牛仔？”他半信半疑。“我们食堂只剩两天米了，也没派车送来，抓人就有车了！如果那辆解放牌顺便把米送过来就好了……”

“快想想办法，把大头明救出来吧！他什么也没做，什么也没说，十足愣头青，怎么就扣帽子了！”

正说着，连长扛着镰刀，两边裤腿一边长一边短地卷着，从苗圃方向迎面过来。顾蕾对连长有戒心，觉得他沉默寡言，只知道埋头抓生产。特别是那句“死鸡也要屙泡硬屎”的口头禅，几乎把“一不怕苦，二不怕死”的革命口号覆盖了。一个满脑子封建意识的人，未必有好主意。为了救表弟，她只好听从杜河的建议，向连长汇报了经过。

连长听了她的叙说，咬了咬牙关，沉沉地说："脱裤放屁，没事找事！工作组，阻工作，应该送去西沙捡鸟粪！" 他虽然只管生产，但连队的事他不会袖手旁观。

"有办法吗连长？指导员是不是在团部开会？" 顾蕾问。

连长点点头，似乎要豁出去的神态："我现在就去团部要人！"

杜河担心连长一人招架不住唇枪舌剑的政工干部："多找几个青年仔一块去，人多力量大！"

"死鸡也要屙泡硬屎嘛！人多有用吗？大家都去屙硬屎？发猪癫（神经病）！这不是垦荒大会战，你老骨头好好给我稳住脚跟！"连长边说边往团部方向走去。

顾蕾虽然不抱太多希望。但连长的态度不能不让她深受触动。她犹豫一会，仍然忧心："老骨头呀，连长说话没分寸，会不会弄巧成拙呀？"

"不会，不会！他的尺寸好着呢，毫厘不差。"

"不见得！刚才叫工作组去西沙捡鸟粪，不就是瞧不起淘粪工人吗？就凭他这句话也够格抓起来批斗好几场了！"

"顾姑娘呀！连长没说错，那年去西沙捡鸟粪是苦了点，也是上级的政策呀！还好，不是我们农场出人，是水产公司出人出船，工作组也没份。"

"啊？这是真的？我还以为他口出狂言呢！"

"真！都真！那是十几年前的事了。我大侄子在省水产公司，他去过的。嘿嘿！鸟蛋那么大的地方，鸟粪堆积如山。说鸟粪是一级稻田基肥嘛，那就派船去运。可惜我们种橡胶分不到。我侄子拾了一把回家在花盆里种韭菜，长得真好。后来，他被割资本主义尾巴，花盆砸烂了。'文化大革命'一开始，又给你们这些后生仔抓来翻旧账，唉！"

"老骨头，你是埋怨我们批斗这些资本主义苗头啦？"

"谁给我胆来讲这种话？我是贫苦出身，是紧跟共产党、毛主席的，我还没生那个胆讲那种话。那里足足有几百吨粪呀！一辆解放牌才拉四吨石灰，要多少个来回？连长说工作组去捡鸟粪，就是神圣又光荣的重任，给足面子了！"杜河表情丰富，挤鼻弄眼地表明自己的观点。

“诡辩！我还是去多找几个人想办法！”顾蕾没心思听他啰唆，转身去找收工回来的伙伴。

杜河微笑地看着她离去，放声高喊：“今晚吃冬瓜……”

连长一口气来个急行军。他翻山越岭抄小路，在夕阳仍挂在树梢前赶到团部外围的红星河。这河宽二十余米，旱时只有半尺深，水清见底。涝时就是齐腰了，深处还能淹没人头。河的下游有堤坝。堤坝北面是坡地，养猪场就在坡腰，有几幢茅草屋，养了百余头洋猪和本地猪。全场几十个连队过年过节的猪肉就靠这里供应。连长为了省时间，没走堤坝，把裤管卷到大腿，踩着几块垫脚石头就蹚过河去。

“牛车佬，你来这里做啥？” 指导员正迎面蹚过河，他刚开完党委扩大会返回连队。

连长抬头，兴奋地叫道：“大碌竹，别过来，快回头！”

“哈哈！牛车佬今天真是老鼠啄鸡屎（太阳从西边出）啦？跑来接我？”

“人头猪身屙烂屎！那两个契弟（家伙）抓了大头明和梁仔 。他们真要搞事！哼！我就抓一把蚂蟥塞他们裤裆……”连长忍了一路的气，总算可以宣泄一下。

指导员顿时瞪直了双眼，立刻板起脸孔：“你是说三天两头来巡视工作的那两个契弟？他们的任务是监督战备措施，是看防空洞的，难道小青年屙屎在防空洞啦？”

由于国际形势的急剧变化，全国上下正处于防御战争状态。奉上级指示，连队已经修复了当年防派性武斗袭击时挖的壕沟，外围又增加了许多有规格的防空壕和防空洞。指导员认为，连队职工除了防空演习比上级要求的稍慢几分钟外，没有什么地方可以让工作组挑毛病，除非有人肆意搞破坏。

“哼！屙烂屎算啥？”连长气呼呼把经过向他汇报。

“搞事！刚刚党委指示要推荐知识青年活学活用毛泽东思想的代表，要树立标兵，一再强调培养积极要求上进的青年入党。这么一搞，我们连队还能树鸟标兵！”

“蛇死脚露（水落石出），我们去保卫科！”连长显得激动。

“这样吧，你去保卫科。我去找政委，到他家去找！”指导员胸有成竹。

他们兵分两路，各个击破。团部大楼是一幢两层半的砖房。正门的左边墙上是红漆涂刷的大方块字：无产阶级专政万岁！右边是：战无不胜的毛泽东思想万岁！虽然两边字数不等，但字体规格一致，方正宋体，刚劲有力。连长急匆匆地跑到保卫科，除了值班员，其余人都下班了。警通班战士都不是现役军人，但也能持枪弄棍，多数是从部队复员的年轻小哥。

“小同志，你知道刚刚抓来那两个青年仔关什么地方吗？”连长问。他额上的汗珠滴滴答答地流过了浓浓的剑眉，淌过了黝黑的脸庞，从尖刻的下巴滴到身上那件渗着层层汗垢的大手帕汗衫。他解开扎在腰间的汗巾，用衣服擦去满脸的汗水，双眼渴望着眼前的小同志能给个准确的答案。

“你是‘牛车佬’连长？”值班小战士问。

“牛车佬”不是贬义，是当年农场举行自做牛车比赛时得冠军的称号。那年参赛的牛车有十八辆，陈兴国得了第一名，后来还升了连长。许多人只知道他叫“牛车佬”，真名实姓已模糊了。

“你知道我就好！快说，我的人关在哪里？”连长没有客套。小战士出于好意，劝他别去找麻烦。说那俩青年是反革命，会沾腥的！连长火了，嗓门提高了：“谁说他们是反革命？你吃屎长大嘅！我沾屎都不怕还怕沾腥？”

“阿叔！刚才我们科长强调，要严防形形色色的反革命分子破坏‘文化大革命’的成果。要戴着有色眼镜审视每一个人，才能做到攻无不破，战无不胜！现在是非常时期，不能不提高警惕的。”

“你给我住嘴！这些革命道理还要你教我？我那俩青年仔是‘生活小节’问题，不是什么‘反革命’！等一会你们领导就来放人了，你信不信？”连长虽然余话不多，但关键的话不会少。

听说是生活小节问题，小战士松了口气：“原来如此！前些日子也抓了个华侨青年，他在机关食堂的木柴堆与女友谈情说爱时被民兵抓了。起初以为是阶级敌人搞破坏，后来搞清楚只是生活小节问题就放人了。科长说生活小节问题不是阶级斗争，也不是路线斗争，是可以放宽政策的！”

“这就对了！我的人也差不多一码事。快告诉我，他们在哪里？”

“好吧，别说是我告诉你的。嗯，他们被关在粮食仓库里。”

连长知道原来场机关大楼就没有关犯人的地方。兵团建立不久也不可能把办公室改成囚禁室。前几年抓“走资派”“牛鬼蛇神”“反革命分子”“特务”等等都关在粮油加工厂的大仓库里，因为那时候的仓库很空闲。自从来了下乡知识青年的大队人马，供应粮油增多，职工也忙活，仓库又归还粮油加工厂存储了。怎么这会儿又关人了？他半信半疑，抄着大楼的后院径直赶去粮油加工厂。再说，连长的老婆有肾炎，有偏方说花生仁衣煮水能治愈，他就常来加工厂找管理员伊山拿花生仁皮。“文化大革命”一开始，老伊被打成反革命，后来又遣送回原籍。所以，他有些日子没来，此地也显得生疏了。刚走到后墙，看见几个八九岁左右的孩子搭着人梯爬上一堵砖墙顶端的小窗偷视。

他大喝一声：“干什么的？”

“别叫！里面有情况！”站一旁那个看起来像小哨兵式的孩子悄声答话。

“哎哟！小萝卜头，你在这干什么？”连长一眼就认出这小家伙是政委的小儿子罗小斌。两个多月前小屁股坐下一锅开水里，烫伤了整个腚。幸好他随身带着的蟒蛇油及时涂上，既没起泡也没留疤痕，两个星期就好利索了。

“牛车佬，你怎么也知道有情况？”罗小斌好奇地问。

“哈哈！我是千里耳，万里眼。你们统统给我下来，我是连长，得听我的！”连长有意把嗓门提高。

“连长算老几？我爸是团长，您得听我爸的。”那个爬在顶头的孩子叫何军，是团长的二儿子。接着，人梯中间那个小胖墩，涨红着脸，鼓着腮帮子，肩膀上被何军双脚踩得有些坚持不住了，但也没忘了报出他是参谋长的儿子。最底那个没报出名字来，龇牙咧嘴地硬撑着肩上那两个大头目。眼看就不行了，左右两个年纪较小的给稳住了摇晃的身体。

“我说小同志，你们这是玩杂技吗？”连长话没说完，人梯倒了。

说时迟，那时快，连长双手接着从最顶头摔下的何军。中间的小胖顺势一跳，幸好都没伤着。但是，何军不买账，埋怨道：“您老人家还舍己救人不是！我何军是何等人也，能摔得着吗？”

“哎哟！我的小团长，这有三米高呀！”连长说。

“三米就怕了吗？三十米也不在话下。人死不过头点地，我们共产党人视死如归！”何军小小年纪，竟然像撼天动地的大男子汉说话。他还说仓库里有“情况”，需要持枪的警卫班才能解决问题，要抓活的。

陈连长笑了：“好样的！你们警惕性很高！”随后又对着墙上的窗口喊道，“大头明，你们没事吧？”

“连长，我们没事。黑蒙蒙的，我怕老鼠咬脚趾头！”张明明敞开嗓门回话。

连长双掌合成个喇叭筒，高声传话："指导员去找政委了，你们要坚持喔，坚持就是胜利！呵呵！死鸡也要屙泡硬屎……"

"放心，连长！这里有很多花生仁，偷两袋给食堂煮花生粥行不？"仓库里又传来了声音。

"梁仔，你千万不要搞事，一念之差就要斗得你趴下！"连长警告他们。

何军突然揪着连长的前襟，小脸露出怒气："老头儿，您这是一伙的？里应外合哪？"这一提醒，孩子们都围了过来。七嘴八舌，东扯西拽地把连长折腾得哭笑不得。

"连长，连长！"有人喊着。原来是连队的知青和职工。他们手拿扁担，肩扛锄头镰刀跟着顾蕾一起走过来。

何军看见来人，立刻命令："我们寡不敌众，撤！"孩子们拔腿就跑了。

连长笑眯眯地直摇头。顾蕾和一起来的十几个年轻人，紧围着连长。丘铁军问："有办法吗？" 他在食堂买饭时就听说逮了两"知青"，也没说抓了谁。凭好奇就过来看看，正巧遇到顾蕾，也就领着大家过来了。

"你们又扛锄又拿镰，是来打架？指导员去找政委了，我们不能把事搞大了。"连长没有忘记当年退伍军工集体到农垦闹事那一幕。那时中央领导在国家仍然一穷二白的条件下动员十几万转业和退伍军人来屯垦戍边，由于人们的吃苦耐劳准备和对荒山野岭的条件估计不足，造成了上万人因饥饿和生活条件困苦而引爆闹事。如果不是在领导人发出"统统抓起来枪毙"和遣返原籍的严厉警告下稳定了局势，恐怕场面不好收拾。这次虽然只有十几人，尤其是年轻人，又还是刚从"造反有理，革命无罪"的汹涌澎湃人潮中疏散下来的红卫兵。但如果里面夹着个爱起哄的家伙，那就惹大麻烦了。

刘什说："连长，这种事，倒泻屎我们都要来。如果我们都被抓了，那就劳驾团领导统统去开荒锄地啦！"

顾蕾心急："你们不要瞎闹了，放正经点。连长，到底有没办法放人呀？"

"应该没事，等等指导员嘛！他们俩在里面没事，只要不偷吃花生。"他打量了一下，眼前的人群都是往日听话的青年。这些人思想朴素和纯洁，既不旷工也不捣蛋，很庆幸。

正说着，由远而近传来了叶大勇大大咧咧的叫骂声："打把鬼！谁敢有胆乱抓人，我就打他一扑一碌……” 他脾气耿直，性格猛烈。连队的第一张打倒“老地主”书记的大字报就是他“轰”出来的。他有当兵的经历，是一匹烈马。干起活来只要大喊几声“德胜！”，碗口粗的树桩不费气力也能连根拔掉好几棵。他的身后还有大坤和吆侬，最后那个一拐一拐的是“老骨头”。

“大勇！你来做玛给（什么）？”连长心头掠过一丝凉意。大勇呀大勇！你这个四肢发达，头脑简单的马骝精，当年那场闹事你有份，现在可千万别多事！

大坤抢着说：“毛主席教导我们人多力量大嘛，全队来更好。路远嘛，那些婆婆妈妈的拖儿带女来不了！”

叶大勇又抢话：“连长，你说我们不该来啦？错啦？哼！我就不相信蚂蚁不能叮死人。”

顾蕾从心里感激大家的行为，但也不想捅大娄子。她强忍住自己的急切，恳求地问：“连长，你说怎样就怎样，我们都听你的！”

连长“嗯嗯”两声，润润喉才发话：“我们到仓库前门等候，大家不要乱说乱闹。指导员和保卫科的人很快就会来，你们心急吃不了热汤圆！”

大家静了下来。众人刚走到仓库门前，就传来了指导员朗朗的笑声。接着是政委洪亮的嗓门：“我今天在党委会上强调的这一点非常重要。我们是兵团战士，一手拿锄，一手拿枪。‘备战、备荒、为人民’和‘抓革命，促生产，促工作，促备战’是完全一致的战术。在这期间，我们搞大团结，培养新生力量也不相矛盾。说明每一个革命阶段的指导方针和战略措施都具备形势特点……”他猛一抬头，发现眼前站了一堆人马，尤其是看见陈兴国连长，便放声叫道：“陈连长，你怎么打伏击战呀？把兵全带来了？”

指导员见来了这么些人也很诧异：“你们怎么搞的？老鼠啄鸡屎，都来凑什么热闹？是不是炊事班没煮鸡屎藤茶水？哼！”

连长面色尴尬，不好意思地挠挠头。

政委转头向保卫科长鲁仕德吩咐：“把那俩小鬼带出来，让我亲自审审。”

鲁科长毕恭毕敬地行了个军礼。仓库是两扇铁门，“吱咯”一声，门打开了。他用三节电池的手电筒往里照去：“喂！你们出来！”没见回应。黑暗中传出一种奇妙又悠扬悦耳的鼾声，恍如凤鸣鹤唳，余音绕梁。保卫科长鲁仕德提高了嗓门："喂！有人吗？嘿！还打呼噜了！什么态度？什么态度？简直是目无领导，狂妄至极！"他厉声呵斥，用大手电筒照射他们的脸庞。

连长却暗暗作笑。黑灯瞎火的大仓库，有大麻袋粮食当床，虽然不通风，海南的十二月，不冷也不热，干了一天活又饿又累，不需要催眠也会进入梦乡。

梁枫突然惊醒，抹了把额头的汗水，推推身边斜躺着的张明明："快醒啦！开批斗大会了，斗争啦！大头仔！"

张明明猛地蹦起："啊？开批判大会？我冤喔！死都不闭眼喔！"

"切！什么死都不闭眼呀？刚才睡都闭眼啦！"梁枫说。

"快起来！出去出去……"鲁科长催促。

他们睡眼惺忪，垂头丧气地走出仓库大门。突然见政委和连队领导以及自己的同伴都站在门外，一时又惊又喜。张明明见表姐顾蕾脸上流露的焦虑和不安，心里顿时流淌着涩苦的泪水。梁枫则不然，扭摆一下筋骨，做了两个扩胸动作，脸上似乎流露出一丝毫无顾忌的神色。

"小鬼，你是什么家庭出身呀？"政委和颜悦色地朝张明明问。

"父亲在印刷厂，母亲是粮店的职工。"他省略了一些细节。

"无产阶级的革命家庭，怎么可能反对毛主席？说不过去嘛。"他说着又转脸朝梁枫问道，"你不是刚刚才受奖吗？怎么就翘尾巴啦？要虚若怀谷嘛！毛主席说：虚心使人进步，骄傲使人落后。"

梁枫支吾一下，觉得没什么意义，干脆不辩。上午是政委给他颁发的《毛主席语录》最新版本，是奖品。这会儿又见面了，而且是如此的狼狈不堪。政委见他无话，忽然露出一丝难以捉摸的神色："始祖叔鱼公的后人就是这么样骄横跋扈吗？"

"不敢！"梁枫对这位满面红光的政委在当前形势下提及千年历史中出现的梁姓古人，无疑搬起石头砸自己的脚！又看他那副和蔼可亲的面孔，不像故弄玄虚，不是厚古薄今的复辟思维。就这一秒钟的曝光，领导人的博学多闻已深深刻进了梁枫的心里。

政委收起了微微的笑容，严肃地说："你们统统地……回去吧！"随后转向指导员，"我让司机再跑一趟，把你们连队的大米和花生都如数运走。满意了？"

大家一听，兴奋得只知道咧嘴。连长就甭提了，既可把自己的兵领回还解决了粮食运输问题。否则，还得派人修理牛车来运粮。不过，他仍有疑虑，没弄清“大碌竹”是怎样“文攻”政委的，千万别让政委变卦了。不一会儿，团部运输队的朱司机把解放牌开来了。果真政委没有食言，仓库管理员拿着本子核对了数字，大伙就忙着把大米和花生扛上卡车。

指导员兴致很高，放声喊道：“哎！大家注意，花生不是给食堂做菜的，是剥壳给明年种植的，一粒都不准往嘴里送！”

解放牌不仅把全连一个月的粮食装上，大伙也都爬上了卡车。虽然山路崎岖不平，但有朱司机这样一个曾在炮火连天的战场上运过弹药的老驾驶，车子仍然平平稳稳。大伙也像打了一场大胜仗，忘了饥饿和疲劳，庆幸自己满载而归。梁枫头一回感受到画饼充饥还有字面意义，这就是精神和物质的共存。

在连队的进口，一群孩子见到了“解放牌”，兴奋地又叫又喊：“解放牌又来了！解放牌又来了！”可知在偏远连队，一天能见着两次汽车，当真稀少。能出门的职工都涌了出来，人们惦记的仍然是被突然带走的知青是不是真的反革命。马晓冬提着汽灯走在前头迎接解放牌卡车。他被炊事班长杜河安排留守，说连队必须有骨干看门，所以没捞着去团部抢人。随着欢笑声，杜河的嗓门也响亮起来：“快来搬大米，快来搬花生！有了粮油不愁菜，火爆米花心开晒……”

连长把卡车后挡板放了，又把上衣脱下和他的汗巾一起扎在腰间，亮出厚实的肩膀说：“大勇，把麻袋放上来！”

叶大勇力大气粗，托起两百斤一麻袋的大米放上了连长肩头。只听见连长大吼一声：“再来一袋！”叶大勇知道连长的脾气，每次不是四百斤压肩绝不罢休。如今天色已晚，收工后还没吃没喝，于心不忍。劝他留着给别人也贡献贡献。连长却喝道：“大勇！不要讲废话，放上来！”叶大勇不敢怠慢，他知道这活是一鼓作气的力度，立马给他加了两百斤。

连长憋足劲，两麻袋大米沉沉稳稳地扛在肩头也不觉步履蹒跚。张明明看傻了眼，心里暗暗赞叹。他站在一旁没敢伸出肩膀，他怕力不从心，碎了筋骨。叶大勇看在眼里，托起一百斤麻袋花生朝他示意：“喂，大头明，来试试？”

“我？骨架不够硬喔……”他有点犹豫。

梁枫抢先过去："我来！"虽然只有一百斤，对他这个白面书生也显得沉重。

顾蕾看到了连长以身作则，看到了瘦弱的"老骨头"背着一袋米也能虎步龙行。还有梁枫、马晓冬等男青年都抢着上了。虽然他们有的是四个人扛一袋米，也是一种积极的表现。她知道表弟大头明身子骨薄弱，不能勉强。因为有"妇女能顶半边天"的最高精神境界，她狠下决心，挤入了等待上肩的队伍。

"姑娘仔，你来做玛给？"叶大勇逗趣地问。

顾蕾忽然觉得受人格污辱，说："做玛给？做你的头！放一袋上来！"

叶大勇打个没趣，只好将就。却又故意问道："你是扛大米还是扛花生壳？"

"你搞搞震呀？当然不是大米，她才几斤人呀？"杜河插了话。

"嘿嘿！讲笑讲笑。"叶大勇把一麻袋花生小心翼翼地放在她的肩上。

果然不轻。顾蕾知道上了肩就要"顶硬上"。她咬紧了牙关，坚持着走进了连队的小仓库。连长迎面出来，双臂一举，轻松地托起她肩上的花生袋放上粮堆说："搬运重物要用巧力。用对了轻松，用错了内伤，用砸了断肠，量力而行吧。"

顾蕾觉得周围的人小瞧她了，连长的话更是火上浇油。虽然领回了大头明和梁枫，但这时候连长的话仍然有打击性。准确地说，那是泄露贪生怕死的念头。刚才那麻袋花生，自己不就挺过来了吗！再加一麻袋也能行，世上无难事，只怕有心人。她甩了甩手臂，很自信地说："毛主席教导我们：下定决心，不怕牺牲，排除万难，去争取胜利。我们要迎着困难上，不能投机取巧！"

"没错！"连长没有豪言壮语，知道自己是个实干主义者，常常是少说多干，以身作则。尤其是面对那些唇枪舌剑的年轻人，感叹爱莫能助。他摇了摇头，心里嘀咕：我吃盐比你吃米多，逞能的日子咱有经历，那要付出代价的，你妹仔要是有什么闪失，家人就哭断肠了。几年前，他和场里派给的技术员小古拉着三麻袋大米的牛车从场部回来，半路上只有几米宽的男聋沟因暴雨上涨宽了十余米。往日喜欢在烈日下蹚水嬉耍的水牛遇上了狂风暴雨，突然疯狂地挣脱了牛套，牛车也翻倒了，米袋被大雨冲入河心。他发疯似的抓住了其中一个麻袋，硬拽着过了岸。紧跟着回头又去拉第二袋。这时，他看见小古紧抓着的麻袋被水冲进树桩夹缝。他大喊："快放手！快放手！放开米袋呀！"可是小古没有放弃，直到被一棵树倒下把他压进了水里。小古那年才二十三岁，是从热带作物学院借调过来培植橡胶苗的技术员。如果他松了手，让麻袋漂流而去或沉入河底，他如今还能是技术员。可是，为了国家财产，他贡献了青春。然而，因粮食没保住，是否被追认为烈士还有争议。

顾蕾抬头望了一眼连长那张久经风霜的脸，那张因表弟大头明学炒火药时起火烧伤的关公脸，那里有一道光芒流露着怜爱和无奈，犹如父亲的关爱和责备。她顿时难为情似的努了努嘴，问道："那，你说怎样用巧力？"

"那就是脚力！曲着腿，挺腰杆，步履要稳！"连长认真地比画着姿势。

顾蕾没等他说完，哈哈大笑起来，"连长！你有没搞错呀？肩上负重脚用力？你有没有杠杆平衡概念呀？"

连长被她这么一笑，只好收起姿势。嘴里唠叨着："什么杠棒理论，我是不懂。我只懂损了腰板蹲屎坑都难，你信不信？不信你问指导员去。"那个年代的人都有口号："我为橡胶献生命，地狱无门嫌命硬。"老职工都知道指导员的腰痛病就是几年前扛大麻袋时损伤的。

突然间有人大喊："快叫卫生员，有人压伤了，快叫……"连长听见喊声立即朝屋外跑去。他迅速搭手把压着人的大麻袋搬开。趴在地下的是炊事员马晓冬，他四肢在抽动。大家围在四周，急促地呼叫："马仔！马仔！"

顾蕾大惊失色，大米真会压死人！她想，马晓冬个头高大，身板结实，魁梧的外形远超连长，当篮球中锋的第二号种子绰绰有余，怎么就被两百斤麻袋压倒了？难道是叶大勇使坏？她的脑海里有一根紧绷着的弦。

"卫生员来了，大家快让让……"梁枫把担架拿来了，卫生员和连长轻轻地把马晓冬翻过身来，放上了担架。因为马晓冬是趴倒在地，额头磕破了。但是，双目翻上，口吐白沫，四肢抽搐。卫生员从十字箱里拿出一支针筒，又敲碎了一小瓶药水，老练地给马仔注射点什么。不一会，抽搐缓解了。接着又给他额头洒了止血粉，撕块胶布贴上。

指导员也来了。他刚才随车回来后就去检查了防空洞和防空壕。党委要求防空洞的标准要有防原子弹战争的功能。所以，他不能不细细检查，至于能不能防原子弹的辐射气流，只能是凭空想象。

杜河急疯了，抽泣似地说："我说了，不能学连长，人家的骨头是上'铁枝'的，你后生仔就像'洋猪仔'，肉松骨脆呐！"

“老骨头，你敢说这帮青年是洋猪仔？你狗胆包天了？我要把你揪来批倒斗臭！”叶大勇突然气势汹汹起来。

指导员叹了声：“唉！我们要搞全民大团结！现在是救人，你再嚷嚷就拿猪屎填你喉头！”一句话，全场顿时鸦雀无声。

“伤得不轻，表面看像抽风，又被大米压伤，可能胸骨断了。还是送团部医院吧！”卫生员写了几句诊断意见，那字体看起来和鸡爪子扒窝差不多。

“马上送医院！”指导员脸色变得铁青。紧急中，人们把剩余在卡车上的粮食麻袋一咕噜地全抛到地下。他指了几个人跟车去，也指着顾蕾：“你也去吧，女仔细心！” 之后对连长说，“这里的‘屎’你来擦净。政委交代了，明天师部来人检查防空洞！千万看紧了，不要让人进洞屙屎屙尿了！”说完，机灵地跳上了卡车。

叶大勇没等连长开口就表示，“指导员，你放心吧！谁敢去防空洞放个屁，我就捅他屎窟窿！”

十四

马晓冬在途中就睁开了双眼，朦朦胧胧中感觉在车上颠簸。

“哎，他开眼了，有光了！” 还是顾蕾心细，黑漆漆的夜晚还能发现他恍惚不安的目光。指导员惊喜，立刻把随身带的手电打亮。大家闻声都凑了过来，如释重负。

“喂！我全身骨痛喔，发生什么事了我？”马晓冬觉得自己做了个噩梦。

车少谔展眼舒眉地叫起来：“哗！死翻生喔，必有后福！”

“不会是回光返照吧？”梁枫蹲在马仔的身边，借助电筒的光亮紧对着他的双眸子。

“回光返照？”顾蕾觉得这话很不吉利，立刻顶了一句，“切！衰口衰鼻！”又想，梁枫虽然不讨人喜欢，但今天能陪张明明待了半天仓库也算积德了。

梁枫没搭话，也不生气，反而觉得甜美，说不出什么缘由。在猪栏对她没说完的话还得找时机说完，否则会遗憾终生。

一路上，指导员如鲠在喉。现在马仔能开口说话，他松了口气。只要没出人命，就是全连队的万幸。张明明一直无法去除马仔被两百斤大米压在地下的恐惧感。即使马仔睁了眼，他还是提心吊胆，舌挢不下。

解放牌卡车总算到了团部医院，也就是原来的农场卫生队。三幢不大的瓦顶砖墙平房，外加一个太平房。有三位从医学院毕业的老医生，几位赤脚医生和七八位护士。原来的老院长是名望颇高的好医生，由于没法解决住院病人吃饱喝足问题被病人一拐杖打后脑勺遇难殉职了。新院长不是医生，外行领导内行也起到了"治病救人"的效果。近两年最成功的就是培训赤脚医生，尤其从知识青年队伍中选择根红苗正的精心培养。即便如此，也未能满足每个连队配备一个正式卫生员的需要。缺医少药仍然是兵团职工就医大问题。所以，懂点中草药或持有"家传秘方"的人都被称为"神医"。马仔抬进医院了。到了医院就有了希望。

医院值班的护士是院长的外甥女余桂兰，她刚挂上电话。指导员冲着她大声喊："兰妹仔！李老头呢？快叫他出来，我们的人快死了！"

"今天是钟医生值班。她在病房，我去叫她！"

"一个不行，李老头也要来！"指导员觉得姜是老的辣，医生是老的好。

"关叔，李医生刚刚接生一个难产的，现在回家吃饭了。"

"吃什么饭！我去叫他！你快去找钟医生，快去！"指导员拔腿就去医院家属宿舍找李医生。

钟医生很快就到了。四十开外，小巧玲珑，戴着黑边眼镜，慢条斯理。

顾蕾立刻说："他是给两百斤大米压伤的！昏迷不醒！"

钟医生扫了众人一眼，把挂在脖子的听诊器塞子插进两耳："抬进急救室吧！"

梁枫他们几个把马仔抬进了急救室，放下担架后就被钟医生赶出门。他们刚走出门就沉不住气了，相互搅舌，担心个子小巧得像老鼠箱的女医生没医术。顾蕾对钟医生也有不放心之处。尤其是那股令人不解的傲慢，恨不得立刻开现场批斗会，把反动权威的孤傲气焰镇压下去。张明明却说："可能人家没吃晚饭，人饿怨气大吧？"

"细路（小孩），你饿了吧？是不是将心比心呀？有道理的。不过，坚持到底就是胜利，多背几句语录就不觉得饿了。默读啦！有用的！"叫尚武摸了摸他头，像哄弟弟似地逗着。

指导员领人来了。他身边的李医生是个又瘦又高的中年人。“文化大革命”一开始就被造反派揪倒。因是地主出身，还当过国民党军医。斗了十几场，挨了不少皮鞭和鞋底扣头，门牙也被打掉两颗。后来农场没了医生，只好又放他出诊，说是监督改造。久而久之，人心所向，也就免了批斗。他一人包揽内科、外科、妇产科、儿科等等。职工们传言：神医李，救生也救死。他被指导员从饭桌上叫过来后，昂首阔步，直奔急救室。

“你们都别焦急，李医生会尽力的！”指导员安慰大家。

这时，谁也不知道说什么，也不想说什么。李医生目中无人的架势远胜于钟医生。梁枫服了，原来医生都有这个德行！再批判也还是死不悔改，归根结底就是有着“救死扶伤”的本钱！

不一会，放射科的老吴也来了。他和乔志强一起，匆匆地从顾蕾身边一闪而过。指导员说：“阿强今早才从卫校回来，和我们有缘。‘赤脚医生’的特点就是谦虚好学，与职工没有隔阂。多给些机会，前途无量！”

顾蕾点了一下头。想起那天和乔志强半路相遇又结伴同行，有着难以忘怀的交流。可惜之后又分道扬镳，没再联系。今日能在此相见，心潮荡漾，思绪联翩，双颊泛起绯红。她疑恐被身边的同伴察觉，双手捂住两面脸颊，渺一下周围的人。谢天谢地，除了表弟张明明愣头愣脑的视线外，其余人的眸子都是朝着隔壁那扇急救室的门，禁不住暗笑自己自作多情了。也不知道过了多久，蓝江匆匆地跑了进来，险些踢翻了门边放着的痰盂。

“四眼仔，你怎么才来？”梁枫问道。

“给人接生了……”他被抽来学医，又因高度近视分到了药房。他下午去采草药的途中遇上了年轻的产妇躺在路旁。临分娩的产妇出现了难产，婴儿的一边脚丫子首先伸出来，几乎把他这个入门不久的赤脚医生吓瘫了。幸亏李医生赶来，否则，那母子难以平安。由于对难产症状所产生的后怕，晚饭迟迟吞咽不下。直到刚才听说连队青年出了事故才赶来。

“犀利喔！一闪眼又变成接生婆了！”张明明羡慕极了。原来两人是室友，虽然年纪有几年差异，学识不能相比，却是下乡知青的同一条战壕。自己仍然是放牛娃，他人已成了医生。还好，四眼仔虽然变了身份，却没医生的傲气。也许是“赤脚医生”的风度，明仔他不得不由衷敬佩。

许久，马晓冬终于被抬了出来。一张白色的床单盖着半截身子。这回是乔志强和李医生抬着担架。指导员抢先两步走过去追问情况。

李医生说：“折了两根肋骨，肺和胆都有挫伤，胸腔有点积水，住几天院就恢复了。年轻人体质强壮，和你当年不相上下！大碌竹，放心回去吧！”

“嘿嘿！李老头，那年我熬过来了。若你这骨架的话，早报销了……”指导员接过担架把手，他要自己亲自抬着。刚接过手，又被梁枫和车少谔抢了去。

李医生轻咳了两声，双手揉搓着手指：“嗯！黄河清有日，白发黑无缘。我先回去把那碗饭吃完，说不定今晚还会来一趟。”

指导员点点头，拍拍李医生肩头，欲言又止。当年李医生那股唯我独尊的盛气已不复存在，而精湛的医术仍然不减。“臭老九”李老头有着金子般的闪亮之处。医生没有病人显示不出医术，职工队伍没有医生的话，有病就只能听天由命了。他微笑地转身跟着担架走进了住院部。

顾蕾走近乔志强，伸手要接过一边担架：“让我也出点力吧？”

“哎，蕾！你好像瘦了？”乔志强对她就习惯答非所问。他没松手，没让顾蕾出力。

顾蕾也不勉强，嫣然一笑。“蕾”的单字叫法很诧异，很甜美。

张明明立刻说：“人人都要掉几斤肉，脱几层皮啰！劳动人民嘛，现在都还空着肚子呢，没有不瘦的道理。”

乔志强是个不苟言笑的人，这时他却爽朗地说：“这里整完了就去我家煮面疙瘩。我在县城买了一罐南乳（豆腐乳），可惜没有肉。”

“好啊好啊！没肉算乜呀？现在屎不臭都可以吃了！”张明明立即响应，他真饿了。

指导员点头，欣然同意。这时候已经是黎明，不饿是假的了。没过多久，他们在乔志强的小屋蹭饱了一顿属病号才有的面食。之后又去了病房。马晓冬微微张开双眼，蒙蒙眬眬地辨认出眼前的众人。因为胸膛捆扎得严实，也无力说话，嘴角却露出轻松的笑意。

三个星期后，红光满面的马晓冬从医院返回连队了。

为了铲除资本主义的尾巴，原来家家户户养的鸡鸭已杀光扫净。所以，想熬碗肉汤给伤病人很不容易。连长跑了附近几个村子，登了三十九户门槛才买到一只小母鸡，准备让妻子熬汤给马晓冬补补身子。午夜时，他去查看了防空洞后还特意去检查鸡笼门是否关紧。

第二天是星期天，天刚亮他就发现鸡笼门已打开了。他欣喜妻子已把鸡汤熬成，亮开嗓门朝小草房大喊："老婆，鸡汤炖好啦？"

连长妻子冼玉芬手里抱着一岁多的孩子从小厨房出来，听见喊声，觉得丈夫又在发鸡梦。"鸡汤？没鸡怎能有鸡汤呀？我在煮粥！"她坐月子时只吃过两个鸡蛋，这时候又何谈鸡汤！

"我的鸡呢？"连长顿时火冒三丈，随手拎起放在厨房门前的鸡笼，朝妻子扔去。

冼玉芬手上的孩子被吓哭了。她也不示弱，惊愕地望一眼丈夫后，狠狠地问："你发鸡瘟啦？鸡笼已经空了一年多，哪来的鸡？"她一气之下把那个簸箕大的竹篾鸡笼朝丈夫踢了回去。

连长见往日温柔敦厚的妻子瞬间变成泼妇，火急火燎地朝妻子的大腿就是一脚："你快快把鸡找回来！"

"我就没见有鸡！连鸡屎都没有！就算今天太阳从西边出，你的鸡就当我吃了，给孩子增加了奶水，也用不着发鸡瘟打人……"说实在，她压根儿就不知道丈夫为马晓冬康复去农村买鸡的事。

连长这一脚虽然不致命，却重重刺痛了妻子冼玉芬的心。在职工队伍中，两口子干仗屡见不鲜。有的家庭是关起门来打，砸暖瓶、摔脸盆！乒乒乓乓一阵后就会停息，待两口和好就开门！这就是"被人知不被人见"。而绝大多数家庭都是为寄钱赡养双方家乡父母兄弟姐妹而起纠纷。由于职工薪水微薄，除了维持自己小家庭的生活外很少有储蓄。所以，"打是亲，骂是爱。不打不骂不相爱"的事情常常发生。可是，当干部的惯用方法是"君子动口不动手"。而今连长竟然动起脚来，非同小可。冼玉芬恨不得将锅里的粥朝他泼去，却又舍不得粮食；想把孩子甩一边去，和他拼一场，却又不忍心；想号啕大哭发泄内心的不悦，却又为了顾及丈夫这个"连长"的面子。她双眼只能含着委屈的泪水。

连长火气难消，一手接住妻子踢过来的鸡笼，另一手朝妻子脸上盖去。然而，冼玉芬竟然不躲不闪，扬起下巴，伸过头来给他发狠。他一怔，先自手软了。心想，孩子已经一岁多她也没喝过一口鸡汤呢！再说，若不是马晓冬受了大伤，他自己也没那个耐心到村民家去求人买鸡。

这时，指导员走了过来。他是负责下半夜巡哨的，直到天亮才换岗。他严肃地说：“牛车佬，下半夜有人摸进我们连队了。抽几个人再去检查一下防空洞，看看有没有被破坏的……”

连长猛地回头，立即问道：“下半夜几点钟的事？”

“大约在三点左右，从荔枝树那边过来一个身影，我以为是你，换了哨怎么又回来！我叫了一声，那家伙就朝知青宿舍跑，我和梁仔追了上去！那人又朝屎坑（公厕）跑，我们追到屎坑！他跑进胶林就没了人影，应该逃向老鳌村！”

连长恍然大悟，刚压下的火气又上来了！他大骂一声：“就是他了！阉了他！是他偷走我的鸡！没错！”

“啊？！你有鸡？你什么时候偷偷摸摸养鸡？鸡胆也包天啦？”指导员大吃一惊。

“我什么时候养鸡了！尖嘴老鼠啄鸡屎！昨天我走遍了鳌灯村和老鳌口，从山猪伯的表侄那里买了只小母鸡给马仔炖汤，现在就没了。”

“哦？鸡没啦？哦！确定那个人是偷鸡的？不是破坏防空洞？”指导员放心了，“只要不是捣乱防空洞，就不是大事了。我现在去团部开会，你找大勇去胶林查查，或许能找回几根鸡毛……”

连长瞪了他一眼，转身对妻子难为情地说：“我以为你炖鸡汤熬粥给孩子，太自私自利！就，就无法容忍……”冼玉芬没搭理，仍怄着气。她往碗里的粥加粒生盐，端回屋给孩子喂稀粥去了。

指导员走后，连长心中那把火还燥着，恨不得抓住偷鸡的家伙猛揍一顿。他转身就去找叶大勇。离得老远就大声叫道：“大勇！你还是民兵排长呢，这时候还在家里守灶头？”突然闻着一股沁鼻馋舌的香味，他立刻醒觉。快步进屋一看，厉声喝问：“大勇！你鸡胆包天，敢偷我的鸡滚汤？”

叶大勇那间六平方米的小厨房里拥挤着一堆子人，大家都围着那口正在沸腾的铁锅里的物体流着三尺垂涎。张明明手里抱着几根柴草急匆匆地闯进来。他迫不及待地说：“加火！快加火！”猛一抬头，看见连长铁青的脸，顿时像凝固的冰柱，立在门口。

叶大勇是个退伍兵，老婆还在家乡。所以，行动起来就是一人吃饱全家不饿的单身汉。他皮笑肉不笑地说：“嘿嘿！连长，你也来打牙祭？见人见份，你是领导，分块鸡椎孝敬孝敬喽！”

“叶大勇！你老实交代！去哪里偷的鸡？”

“偷玛给？是在屎坑捞的！你问问这帮幼仔，执口福喽……”

连长不信：“执死鸡？不是偷来的？真的不是从我家鸡笼里摸出来的？”

梁枫打了个大口哈欠，揉揉眼，懒洋洋地说：“早上去屎坑，看见一堆黄羽毛。回来和这帮哥仔一说，大家就扛着竹竿去看热闹。捞起来是一团屎，现在香气逼人了，等着食肉饮汤啦！”说得也是，天亮前他和指导员去追赶可疑人。追到屎坑附近，那人像跨栏运动一样跳过粪池窜进胶林。梁枫夜路不快，但却清楚地听见“咚”的一声，疑有重物投掷屎坑。指导员赶到粪池附近，用三节电池的大手电照了一圈，没见异常也就离开了。天亮后，他和指导员都换了岗。但仍然好奇，一早就来出事地点查看。年轻人闻声一拥而来，千方百计找到阶级斗争新动向的证据。结果捞出一只满身屎水的小母鸡。正是“饥者甘食，渴者甘饮”，没人说屎臭，在水井边冲洗干净后就来找叶大勇借锅。

连长不再问话了，心头一丝酸楚。想起当年他们的垦荒队员从屎坑里扒出死老鼠烤来吃，大森生前还吃老队长屙出的屎洗净滤出的豆渣子。当今是日子革新了，粪池捞出了小母鸡。他不想扫大家兴，也没叫任何人去查看胶林。离开小厨房时说：“别忘了给马仔留碗汤！”

二月五日星期四，是鸡年除夕。这天是连队食堂一年中忙得最快活的一天。杜河和马晓冬从团部养猪场运了一头大白猪回来，再加上团里给各连队分的两麻袋剥皮鱼和连队养的一头瘸腿黄牛都集中在井边。

中午时分，女人搞卫生，男人去杀生。在水井边挤满了男人和孩子。

这是张明明离家后过的第二个春节。虽然没有大城市的繁华热闹，张灯结彩。但是，有这么多鱼肉也算是整年没沾太多油水的补偿。中午，他狼吞虎咽的把八两米饭倒进了肚子后，把那个比自己脑袋瓜子还大许多的饭盘扣在头顶。然后坐在井边的斜坡上观看屠宰和等待着分鱼分肉的时刻。

首先宰的是那头年岁最老的瘸腿黄牛。虽然是病退的老牛，也曾有过耕田耙地的贡献。张明明是放牛娃，要杀他喂养的牛，固然于心不忍，好生歉意。马晓冬抡起斧头朝牛头砸去。杜河站在一旁指挥着：“再来一斧，对准前额！”马晓冬再抡一斧，瘸腿牛仍然站立着，两眼淌着泪水。也许马仔因扛米袋受伤，肋骨断裂还没有完全康复，两斧下去，力不从心。

“噢！噢！牛哭了，牛哭了……”孩子们呼叫着，叹赏着……

“让我来！”潮汕知青林育雄，接过斧子用尽全力砸向牛头。牛往后退了两步又站稳了蹄子。往日一瘸一拐，这会儿出乎意料地平稳。那老牛四蹄已被绳索套紧，周围几个人手里拿着拳头大的长木棍等待着牛倒地后压住牛身，然后由大坤用锋利的尖刀捅入牛脖子放血。一盆放了盐的开水已经凉至适温，正等待着牛血拌入。然而，今日这头瘸牛的状况让杜河都觉得心寒。他大声喊道：“打不倒就拽倒！大家抓住绳子。我说一、二、三，你们就用力拽！”

“嗷……”突然老牛发出一声哀号，接着是沉重的“扑通”一声，老牛倒地了，一坨牛屎凶猛地倾泻出来。顷刻，大家各就各位，给牛放血、剥皮、开膛破肚、切肉、剔骨、清肠洗肚……

张明明看着老泪纵横的老牛眨眼工夫就粉身碎骨，自己也伤起心来。他用饭盘挡住了模糊不清的视线，轻轻地揉着自己湿润的眼角。他给自己下了警言：坚决不吃老牛的肉，饿死也不能吃！多么残酷的现实，死鸡屙硬屎，死牛泄稀粪。原来连长的口头禅是有根据的呀！

马晓冬抹去满头的汗水和溅落的血迹，沾沾自喜地说：“上年的屠宰大日，我们袖手旁观。今年就能大显身手，我们是茁壮成长了！”

杜河对马仔的进步志得意满，转头朝梁枫问：“等会杀猪，你也露两手？”

“没问题！”梁枫正中下怀。他就不相信自己会“执输（吃亏）”。自从体力比自己强壮的郑文华和潘百岩上调，才学比自己抢眼的丘铁军和蓝江抽走，眼下连队知青中只有马仔与他是伯仲。但是，连队青年骨干开会屡屡都没轮上他，多少有点打抱不平。虽然都是革命分工，都是上山下乡，都是在“接受再教育”的同一起跑线。但是，室内与室外、锄头与笔杆、文娱体育的排练与训练和挥铲抡锄的体力消耗就有着天壤之别。他无时无刻不在盼望着领导的赏识，哪怕是去托儿所当“阿姨”也是教育战线的阵营。

杜河竖起了拇指。这时，叶大勇和知青洪卫兵抬着两百多斤重的“洋猪”来了。因为水井是在洼地，从连队食堂到井边下坡有三十六级台阶。叶大勇扛在前面，看起来是那样的轻松自如。年仅二十岁的洪卫兵扛在后面，如牛负重。他咬着牙关，涨红着脸，踉踉跄跄地走下了台阶，龇牙咧嘴地坚持到井边。

杜河又竖起拇指赞道："人仔细细，气鼓脚底！后生仔都不错！"

"喂！洪卫兵有功夫喔！"有人赞叹。

洪卫兵在人们的赞扬声中鼓足了气力，把猪放下后还比画了轻松的姿势。梁枫凑过来说他的气功了得，嘴都'功'歪了！洪卫兵不好意思，刚才肩上的压力真要尿裤，只好打肿脸充胖子："我有唇齿功！嘴一斜，就成功！"

梁枫接过杜河递来的尖刀，无从下手。虽然猪的四蹄已被捆绑，又被叶大勇一棒打晕，已经没有任何反扑能力。但是，他的手却在颤抖，骑虎难下。杜河指着位置，叫他用力："就这，白刀子进去，红刀子出来！"

"杀猪喽！杀猪喽……"孩子们在起哄，尤其那个地主仔黄立新，声音又高又亮，搞得梁枫心燥了。他双眼紧闭，大喊一声："杀！"一刀下去，不偏不倚，正是杜河圈的位置。然而，刀子却拔不出，洋猪顿时"嗷嗷"直喘。杜河眼疾手快，立即把刀往顺时针旋转，又往下再滑，猪血喷射而出。叶大勇端着食堂那口大铜盆接住了猪血。

张明明又在一旁唠叨："幸亏不是我养的猪，不然我连猪肉都要忌口了！"

指导员和连长从团部回来了。他们趁大家把鱼肉领回去之前传达了团党委的重要指示。指导员说："我们一定要提高警惕，严防阶级敌人以及国际上的一切反华势力的破坏和捣乱。那年美国那个什么码头仔？呵呵！是叫珍珠港事件。他们被靡靡之音迷住了，放松了警惕性，让日本鬼子轰炸了。你们还记得不？那次的轰炸就发生在节日。我们不能麻痹大意，一定要认准防空洞的位置……"

指导员的新年祝词说完后就是各家各户领肉了。顾蕾提着铁桶也在人群中。按劳动力每人五斤牛肉、两斤猪肉、两斤剥皮鱼，还有两个大椰菜。有鱼有肉那是欢天喜地的事，可她却双眉紧锁。过多肉，一顿吃不完就有馊味，她想不出细水长流的办法。

张明明提着自己那份年终所得，放在顾蕾面前："表姐，老牛刚才那双泪眼，是向我求救吧？我救不了它还要吃它的肉。真是心酸酸、牙颤颤呀！"

"你不想吃肉？你就变成少年老骨啰！"顾蕾劝说。

马晓冬听了大笑："大头明，生肉容易戒口。熟肉感觉就不同了。我建议，愿意合伙的单身都到食堂去，把肉煮熟再分了。"

大伙一听，立刻双手赞成。许多人立即提着生肉进了食堂。

知青没有自己的小厨房，潘百岩上调之前曾在宿舍门前挖了个小坑，叠加两块从连队公厕挖来的垫脚砖头做了露天小炉灶，那也只是偶尔使用。如今有马晓冬在食堂当炊事员这个近水楼台，何乐而不为呢!

马晓冬在厨房近一年，不仅学会了煮大锅饭炒大锅菜，还能变点花样改善职工伙食。特别是锅巴混米粒做成的粉皮，很受众人称赞。这会儿，他把煮好的肉再次分发到各人的饭盒和脸盆，不需要称斤两都能均匀搭配。然而，有几个知青又把分在饭盒里的肉尽数倒出，汇集到另一个大铁盆聚餐。这时，叶大勇和老单身汉大坤也把自己那份提过来，还带了两壶地瓜酒。他们把食堂当中那两条长凳当饭桌，没有凳子，脱只鞋子垫着屁股往地上一坐就算入座。海口知青吴文彬头一次见识如此有趣的年饭，兴奋地摆出一副《列宁在十月》电影里挥手的动作。他敞开双臂高声道：“面包会有的！牛奶会有的！一切都会有的！同志们！挟塞挟塞（海南方言里“吃菜”的意思），不要客气，快快挟塞啰……”

潮汕知青林育雄一把揪住他的前襟，一时气急，满口家乡话：“早死仔！臭嘴浪面！过年叫大家挟赛（潮汕方言里“吃屎”的意思）？鲁找肉疼（你找死呀）？领吗给狗扑，去死领父嗷！”那是他们的家乡风俗，过年喊吃屎，不仅骂人还不吉利。

“喔哟！你不挟塞（吃菜）？那，那就挟酒……”

“还说挟赛（吃屎）？我打空你的头！”

叶大勇不但不劝架，反而哈哈大笑不止。大坤也忍不住张开火盆似的大嘴笑道：“海南佬的‘挟塞’就是吃菜，不是你潮州仔的‘吃屎’。过年吃屎……”他立即收起笑容，难过地说：“唉！我的大森兄弟就是过年吃了屎，就……”

“大坤，现在不是忆苦会！你哭啥？你大脸盆装的是大块肉，不是装猪糠。黐线！”梁枫劝道。

大坤不好意思地看着众人投来的目光。刚才差点干仗的年轻人也觉得失礼，双双会心地笑起来。

顾蕾迟迟不动筷，看着大家津津有味地又吃又喝，犹豫地说：“指导员刚才说过，对着大鱼大肉，要不忘阶级苦，牢记血泪仇。我们还没有请示，怎么能吃起来？”

马晓冬一拍脑袋：“对！忙晕了头。快站好，快站好……”立即让大家站成两排，面朝厨窗口那张毛主席画像。三鞠躬后，顾蕾领了头，又背诵语录，又高呼了口号才安心地入座“挟赛”。

“叮叮叮……”一阵急促的铁皮钟声。

“有情况！大头明留下，其他人都去集合吧！”马晓冬一跃而起，放下手上的饭盘子。叶大勇似乎有点醉意，双脚蹦起，觉得有点轻飘。大家毫不犹豫地扔下难得一聚的美餐。张明明急得直跺脚，紧急情况下又把他排除在外，说明在众人眼里他还是需要照顾的孩子，多丢脸面。他拍一把大坤肩膀：“大口叔，放心机守住，一人顶俩！”转身追了出去。大坤抹一把嘴，只好留下守护满桌肉。

敲钟的是“老骨头”杜河，他是去拉肚子见着了光亮。凭经验就知道是胶林方向失火。无论大火小火，是火灾就要迅速扑灭，防止火势蔓延。所以，他毫不迟疑地敲响了铁皮钟。指导员从防空洞出来，看见远处的光亮，立刻举起广播筒大喊：“胶林着火了，胶林着火……”

由于战备要求，指导员最关注的是防空洞和战壕。而连长最担心的还是他的橡胶树。建队十年，橡胶树长了八年，生产科技术员已鉴定，今年可以开割。眼看离开割日不远，但冬天干燥易燃季节没过，许多无名火会突然窜出。他就没敢放下心来吃年饭，带着叫尚武一直在巡山。果然不出意料，在十二号林段处出现一束火光，随即连成一串。一阵风过来，他闻到了呛鼻的烟味。

连长警惕地说：“那是鳌灯村的方向，那里有五个林段。橡胶林着火，一口‘大碌竹’没吸完的工夫就会烧掉几百棵胶树。阿武，我们快去救火……”他扛着长柄镰刀，一马当先地朝火光飞奔而去。

叫尚武身轻腿长，拿过中学短跑第二名。他一口气就跑在了连长前头。然而，面对凶猛的烈火他束手无策。他怔怔地看着自己常年戴着手套保护善拉小提琴的双手，不知如何是好。犹豫片刻，见火势越来越猛，只好一咬牙，用双掌扑打胶树上的火势。手掌触碰火苗，疼痛难忍，他立即脱了脚上穿着的那双球鞋来扑打。想起指导员在他们来连队的欢迎会上说过的话：在粮食最紧张的年代，国家对发展橡胶事业的口号是“一粒种子，一两黄金”和“二十吨大米换一吨橡胶”！可知橡胶树当年的昂贵价值。他还记得指导员说过，这些橡胶树是芽接苗成长起来的良种，是深藏着新中国成立初期归国华侨的爱国之情。为了从马来西亚和印尼运入橡胶芽接桩条，归国华侨冒着生命危险，避过了重重险关，又经过多少试验才在海南移植成功。所以，这些胶树成了珍贵的国家财产，理应全力救护。即使损失了一双心爱的球鞋也值得。

连长赶过来了，挥刀砍了几棵树枝扔给他。急声叫道："幼仔，用树枝扑火，打一把，压一压，不要让火星到处飞……"

这时候，叫尚武双掌已起了泡泡，球鞋也被烧得没了型。他迅速抓起连长扔过来的树枝，遵照连长的嘱咐，"噼噼啪啪"地很快扑灭了从防风林引申过来的火势。但是，西面防风带的星星小火借助风的转向，越烧越旺。火舌夹着浓烟毫不留情地烧入胶林地段。火星飞到之处，与地面那些干枯的橡胶树叶相遇，新的火苗迅速又起，眨眼又是烈火熊熊。片刻，老职工们赶到了。他们操着砍刀、铁耙和自家门前放着的细竹条捆绑的扫帚扑打火势。

在食堂聚餐的马晓冬一群人赶到火场时，火势正加重。一些知青因抢险心切，容不得三思，赤手空拳。许多男生只好立即脱去上衣，用衣服扑火。有的人只穿了汗衫，只好把长裤脱了下来当灭火工具。

顾蕾提着一桶水，跑到胶林处只剩半桶，不济于事。她也只能用双掌扑打窜往胶树干上的火头。猛然间她被人拽了一把，"给！"一把竹耙塞在她的手上。浓烟使她双眼蒙胧，模糊中看这身影似梁枫，离她数米，光着膀子，拼力挥动着树枝……

为了控制蔓延的火势，带砍刀的人只能把防风林的灌木砍倒，清出防火道。拿竹篾扫帚和铁耙的人迅速拨去橡胶林中脱落的干枝和易燃的干树叶，火势渐渐得到了控制。

"哗……哗哗"一阵豆大雨水突然降落。好一会，雨水溅落在干枝上发出一声声"吱吱"的声响，野火最终扑灭了。为了保护国家财产，知青们庆幸自己遇上了奋不顾身的机会。叫尚武手掌灼痛无比，成了重伤员。他却觉得很光荣，很自豪，很值得。

叶大勇一摸臀部，大声叫起来："打把鬼！再迟点我的底裤都烧成灰了！"

顾蕾的塑料凉鞋烫穿了洞，脚趾头烧起了泡。她没吭气，不想让人知道自己也有伤情。杜河提着汽灯赶来。满脸乌黑的连长擦去眼眶挂着的灰烬，心疼地摸着那些烧伤的胶树，说不出半句话。这片即将开割的胶树林是他和垦荒先锋队八个队员首先开垦的园地，凝聚了许多可歌可泣的故事，有着深深的情缘。指导员数着烧伤的橡胶树，痛心地说道："揪心呀！足足烧毁半个林段……"

火，彻底灭了！一切都回到夜晚的宁静和黑暗，随后迎来了狗年的第一天。

十五

扑灭除夕那场胶林野火的事，被上级领导作为保卫国家财产，与烈火英勇搏斗的事迹一再宣扬。尤其是马晓冬和叫尚武，作为知识青年不顾个人安危，奋不顾身扑火的个人典型受到了嘉奖。后来，又被评为学毛著的积极分子。

为了树立典型，宣传典型，团政治处宣传科长李彪和报道员丘铁军奉命来连队采访。宣传科长李彪是下放的政治学徒，人长得英俊潇洒，出口成章，《毛主席语录》浸透了整个思想意识。

海南岛是热带季风气候，受北方强冷空气影响，冬天也有冻死老鼠的温度。而受热带风暴和台风影响，年前年后，坐在草屋里也汗流浃背。当晚，窗外又是一阵雨，一股暖烘烘的西南风灌进田字窗口。一盏用墨水瓶改装的煤油灯，一明一暗地给小年轻增加了对远方亲人的思念。由于团部来人，大家也都换了话题。男生都挤在马晓冬的房间，嘻嘻哈哈地一起接受采访。丘铁军推推鼻梁上的眼镜，手里拿着笔记本。他问马仔面对熊熊烈火的第一反应是什么。

马晓冬随意地答了："不就是想赶快把火扑灭喽！"

"我是说，当时的指导思想……"

"当时没有什么指导思想啊！哪有时间去找指导思想呀！"

叫尚武插话："有呀！当时就担心我分那些肉没吃完，会不会馊了。"

丘铁军摇晃头："哈哈哈！私心杂念。"

李彪正儿八经地启发："这样想不行，境界太低了，要往高处想，往高处拔。不能就事论事，不能低级趣味。"

梁枫不赞同其说法："你以为思想境界是拔河呀？忽高忽低，忽左忽右？"

“严肃！严肃！不成体统！”李彪对这种气氛不感兴趣。

“严什么肃呀？又没死人，受伤怕什么？一不怕苦，二不怕死嘛！”梁枫还是那种满不在乎的语调。

“这就对了！尚武同志，你的手烧伤了，拉小提琴受影响了怎么办？”丘铁军仗着与大家同吃过一年大锅饭的老交情，想找出有分量的言语。

不错！往日叫尚武惜指如目，从来不让双手日晒雨淋。每天除了戴着手套才握锄抓镰，还在掌上贴了块大胶布护着。为这事，有人说他是小资产阶级思想。如今能舍手救胶树，无疑有着强烈又复杂的思想斗争过程。但是，他却说：“是呀，我当时咋就没想起将来当小提琴家呀！参加音乐演奏会呀！什么小提琴第一把交椅……”

“我指的不是你自己将来成名成家，我是说你烧伤了一双小提琴手，若不能很好地为广大人民群众表演……其实，也一样。”李彪觉得这时候谈个人理想不现实。换句话就是不能有个人理想，只有革命的需要，党的培养。我们一切的一切必须以革命利益为第一生命。

“所以嘛，我就什么也没想啰！”叫尚武又回到了初心。

丘铁军的笔记本上仍然空白，他总要写点什么。转问道：“马仔，你当时毫不犹豫就脱下衣服扑火，你不怕烈火烧伤自己？不怕把衣服烧焦？”

马晓冬挠了挠头：“老实说，我就有一个字，‘蠢’！”

“啊？你不是想说……你不应该去救火吧？”丘铁军怔了一下。

马晓冬叹了口气：“唉！军仔，你们这些舞文弄墨的就知道豪言壮语。我说的蠢就是蠢，人家老工人就知道拿工具灭火，我们傻乎乎地赤手空拳！不脱衣服，拿什么来扑火？就差没脱裤衩了呢！”

“这句话有深度。吃一堑，长一智，从老工人的工作经验反思年轻人接受再教育的必要性。还有，通过救火事件，增强了自己扎根海南，扎根边疆的决心？对吧？”李彪又提示。

马晓冬被问住了，好一会他才说：“我还是用实际行动来说话吧。”

李彪他们没能如愿以偿地收集到动人心弦的第一手材料。但是，由于革命形势发展的需要，他们仍把救火的事件写得栩栩如生，感人肺腑，成了全团学习的精神榜样。

连队有了颂扬的事迹，连队干部就趾高气扬。然而，党委有人尖锐地提出，有些连队的政治气氛薄弱，“一打三反”运动以来没开过一场深刻的批判会。这样的连队，随时会出现反革命分子的反扑活动。不搞阶级教育，将危害党，危害人民。所以，工作组又来蹲点。督查指导，坚守红旗不倒！

指导员不相信自己连队还存在着“反革命分子反扑”问题。他急急忙忙召开了连干部扩大会，把积极要求进步的知青全都找来。叶大勇举着拳头舞了舞：“我看王秀琴还要继续斗，继续批。看她那样子，表面老实，心里一定有鬼，不斗不批，她就反扑。”他看了一眼指导员，又说，“依我看，我们连队只有她最危险！大家说对不对？”

工作组的何干事立即提醒大家，王秀琴的生母还住香港。这个问题严重了，有人说不能忽视这颗定时炸弹。也有人说她的生母生下她就走了，她是奶妈养大的，奶妈是城市贫民，是无产阶级。有人建议，要注意新动向，要查信件，看她有没有通敌叛国。

杜河却说：“我看她还是比较老实，挑粪种菜，眼睛只看脚趾头，是夹着尾巴做人的……”

何干事也是知青提拔的政工干部，思想觉悟高深。他说：“你怎么相信她老实？你的视觉有问题！汪汪叫的狗是吓人的，不声不响的狗咬人才厉害呀！”

指导员静静地听着，心里像明镜似的。自从老书记自杀以后，连队批斗靶子就没了。王秀琴和她丈夫都是早年南方大学财经专业毕业，遵从党的分配参加粤北的土改工作。那年土改工作结束，服从组织安排，1958年从广州沙面的“华南林业研究所”调往海南，参加华南热带作物学院的建设。后来，因革命工作的需要，又到了农场财务科。“文革”一开始，老家造反派查获她丈夫出身大地主，说家庭有过剥削血案，所以被遣送回乡批斗。因为经不起精神的摧残，肺病复发不治而草结人生。王秀琴亲生父亲虽然是资本家，但早已移居香港。母亲生下她后也弃她而走。幸得奶妈抚养，奶妈家庭成员关系清楚。再说王秀琴本人对历次运动的认识持积极态度。所以，从宽处理。她被下放到连队劳动后，也没有什么值得怀疑的地方。两个女儿，年仅十岁和十二岁，受工作组的启示，遵循党的政策，早早与家庭划清界限。除了每月一次回家拿生活费外，基本住到贫下中农出身的同学家里。这样的知识分子，这样的家庭有什么值得反复批判？但是，连队找不到新靶子，不抓她，又抓谁？

“指导员，你发命令吧！我现在就去把她抓出来！”叶大勇立即站起来说。

顾蕾看一眼大家：“我也去！如果她抵赖，我们女同志也有整治她的办法。”

连长一直不吭不哈，这时候打个振聋发聩的喷嚏，“咳气！”他和王秀琴丈夫曾是好朋友。那年他离家上山培育橡胶苗两个月，下山回家才知道老婆早产，生了个头胎儿子两斤重。弱小的生命需要营养。正巧王秀琴丈夫从农民那里买了只麻雀送来，还给了一块马骝胶让他老婆炖汤催奶。他老婆没舍得吃，却喂了孩子。结果，孩子体弱却不受补，第二天没醒来，结束了幼小生命。为这事，连长落下了心病。对揪王秀琴之事无语，他不想被人戳脊梁骨，说他公报私仇。

老党员符井开也没多舌。因为她老婆朱红梅娘家离连队不远，土改定成分时因为家中有头水牛，定了个富农。第二天水牛病死了，他们要求纠正成分。结果土改队走了，无法改了。隔壁一家的老牛在定成分前一天死的，所以定了贫下中农，成了革命阶层。就老婆的富农成分，符井开入党时受了不少牵连。所以，他这个党员也要明哲保身，小心谨慎做人。每次连队要开批判会，他都心惊肉跳，就怕得罪人把他老婆揪出来。

指导员沉思片刻，不能不完成上级的任务。只好让年轻人冲锋陷阵了。他勉强地说：“就这样定了吧，明天开批判会，不能走过场，要深入！”

王秀琴很能熬，怎么批怎么斗也就低着头。全身的补丁加补丁衣服不能不让人同情和怜悯。“文革”前她曾说过：“新三年，旧三年，缝缝补补又三年。”这句话分析起来就是别有用心。一件衣服只穿九年就不穿了吗？贫下中农的一件衣服要穿几代人呢！所以，她还有资本家血脉中残存的反动意识。就这条罪状已被斗了不少回。幸好她裤子的膝盖处缝补多层，在跪地批斗时起到了垫膝的作用。否则，膝盖早就血肉模糊了。

没过几天，上级党委又加派人下来加强监督工作。两工作组人员工作努力，晚上政治学习，白天上工地劳动。这天两人都碰了漆树过敏，一个脸种得比脸盆大，一个手臂肿得比腿粗，只好送到团部医院治疗。他们一走，指导员也松了口气，连续几个晚上的批斗会也就结束了。连队领导又可以集中精力抓生产了。

自从橡胶树受到火灾后，连长就没有开心的日子。修复被烧伤的胶树需要好几年的时间。幸亏没造成大面积破坏，不然更为痛心疾首。离开割日子逼近，生产科派了技术员万良来培训新胶工。

万良是热带作物学院下放的华侨技术员，三十岁出头，仍单身。他中等个头，轻巧机灵。人长得清瘦，两眼深凹，高鼻梁，下巴尖长。其姑父1953年春带着庄园的十几个橡胶工人从南洋回国。在南洋时，姑父是橡胶园主。为新中国的建设，姑父把自己亲手培育的几十种橡胶良种和胶苗以及当时被视为珍宝的PB83号芽条携带一起，不畏艰难险阻，义无反顾地回到祖国参加橡胶事业建设。他姑父说：前半辈子为钱谋生种橡胶，后半辈子要为自己国家出力了。万良在姑父的感召下，1966年大学毕业后回华南热带作物学院工作。年底被划为“牛鬼蛇神”下放到连队当胶工，后来调到团生产科。他这个人对社会主义制度还没有很多认识，前阶段与女友见面也因太过于浪漫而被扣押。他的作风问题曾被罚到连队种菜，前几个月才回到生产科当技术员。

万良带来了练割胶的木桩。这些木桩是原生橡胶树，没有什么胶汁。每根一米多高，捆在文化室的柱子上。他的任务是给新胶工讲授胶树的结构和割胶要领。

连队领导在全连八十余号职工中选出三十三人为第一批胶工。原则是思想进步，工作努力，心灵手巧。顾蕾第一轮讨论没有被列入名单。指导员认为她在养猪组工作出色，不怕脏不怕累，作为典型不能挪用。连长却说，既是好钢，就经得起千锤百炼。所以，指导员改变了想法，决定把她抽来当第一批胶工。

“……胶水的产量是从树皮上割取的。没有皮就产不出胶水。就像人的脸皮，没有皮就没有形了……”万良的普通话生硬，虽然流利，却显得舌头过长。

“万技术员，这个道理简单，没皮还能活吗！说关键的！”有人提出建议。

“好，好！”他见几个妇女交头接耳。为了集中大家注意力，他立马把双手往后一背，开始讲述要点：“橡胶树皮从外到里分为粗皮、砂皮、黄皮、水囊皮以及形成层。也就是说有五层皮。我刚才说的粗皮就是第一层皮，就是树皮的最外层。这层的作用是保护树皮的水分，很薄，又易脱落又易再生，和人的皮屑差不多。第二层就是砂皮。它紧靠着粗皮，这层比较厚，占去整个树皮的百分之七十的厚度。”他停了一下，看看大家没什么反应，猜想自己讲得深奥了，或者普通话的发音不准确，担心没人听明白。他的舌尖在唇边荡了一圈，轻轻地问道：“什么叫百分之七十？知道吧？”仍然无声，他只好打个比方了，“我的意思，你和我分得十斤猪肉，我拿走了七斤，就叫百分之七十。”

“你也够贪心了，怎么能拿那么多，就不能对半吗？”

顾蕾拍一下身边的女职工：“走题了，他是打比方，不是分肉！”

万良朝顾蕾投去感谢的目光。接着又说：“我指的百分之七十这一层的细胞很多，乳管却很少，只割破这一层还不行。”

“那就割深一点喽！我姑妈在南田农场，没听她说过什么这皮那皮，还是五好胶工呢！”职工戴红花插话。她有“老姑婆”的绰号，是未嫁人的大龄姑娘。

“老姑婆，耐心点啦，真没文化！”又有人插话。

万良见大家安静了，继续他的技术课程：“现在讲的是第三层皮，叫黄皮。就是产胶的重要皮层。这一层占树皮总厚度的百分之二十左右。”他原打算再继续分肉的比方，后来改变了主意。他只好照本宣科，“这一层的石细胞很少，乳管很多，是我们真正要切割的皮层。它的乳管列数是占树皮总列数的百分之五十，也就是说，这一薄层切好了，它的乳汁就流出大半了。再往里就……”

连长不知什么时候站在文化室的门口，他接了话：“再往里就是骨头衣了，这一层只有头毛丝那么点粗。”他朝万良笑着问，“我说得对吗？”

“对，这骨头衣是不能割破的。其实，这骨头衣还能分成两层，一层叫水囊皮，一层叫形成层。所以，我们芽接树割皮的深度要求离木质部1.2到1.8毫米，也就是离骨头衣这么点距离。还有，每刀削去皮的厚度是1.4到1.6毫米。为什么割胶还有深度的要求？这就是我们南洋人，不对不对！是我们广大劳动人民、广大老胶工根据季节变化和橡胶生长的规律摸索出浅割和深割的经验……”他从口袋里拿出一把有刻度的三角尺，用手指摁着刻度位置。

连长沉不住气了：“理论太多了，还是边干边学。尽快教大家磨刀，每人一株树桩，磨完刀就练割吧。”

万良认为十天培训本来就太短暂。技术不过关，胶树伤了胶水就受到影响。连长不听劝，他要坚决执行上级指示，保证在开割日送上胶水。

下午万良只能讲磨刀。每人一对铝制胶桶，那是装胶水用的。另外一只小桶，是十斤水的容量，是手提收胶水时用的，也用于磨刀。他说："割胶是很有挑战性的技术活，而胶刀又是胶工的秘密武器。即使你的割胶技术娴熟滚烂，若没有一把锋利合格的胶刀，胶树不会那么顺畅冒汁的。我想大家都知道'磨刀不误砍柴工'的道理吧？"他见许多人在点头，说明自己讲得不赖。他把手上那把V字形胶刀举起："这是刀口，又是刀锋。胶水就从这削去的皮屑下冒出来。胶水出来多与少，就要看你掌握技术的要领有多少了。"

"你是说使刀本领吧？你把要领说说，我们背下不就成了吗？胶刀这么重要，我们就使劲磨！"潮州小青年陆玉莲，脸蛋红扑扑的，话刚说完就躲到顾蕾身后。

万良从裤兜里拿出一本小册子："我念了。我们的技术要求是：拿刀稳，接刀准，行刀轻，割胶快。有了稳、准的基础，才能做到深度均匀、割面均匀、切片均匀。同时要在稳、准的基础上力求轻、快。简单一句话，在保证质量的基础上加快运刀速度。根据资料统计，优等胶工要比次等胶工年产胶水多出三分之一的产量。尤其是优等胶工伤树少，耗皮少，有利于橡胶树皮再生周转……"

顾蕾的记性超强，她把万良念的技术要领一字不漏地记了下来。甚至把"李东刀法"的口诀也背下，还抄了几份分给文化低的职工。

一把新刀，磨了整个下午才算"开口"。"开口"后再磨，就轻松了。在以后的几天，上午练割，下午练磨。最后一关是考核，既考割也考磨。合格者才能成为正式"胶工"，才能承担树位。

"胶工"，是聚集垦荒戍边人的梦，是拓荒者的智慧和能力的展现和延伸，有着荣誉光环和技术探索的刺激。在学习培训的人中，无论哪一种内心世界和灵魂撞击，都不想被淘汰出列。果然不出意料，知青成绩都不赖。顾蕾的考核获得第一名。割了一百条线也没露一个伤痕。

万良暗暗赞赏自己教学有方。当然，有文化人往往一点三通。像女生顾蕾这样聪明伶俐，出类拔萃的学生如果学不好，那一定是他当老师的失职了。那个戴红花就不一样，心粗活粗，力度掌握不匀，深一刀浅一刀，树干也蹭出几个眼儿。最终考核没通过。原以为她会哭鼻子瞪眼，或埋怨树桩太干，或借口刀没磨好等等。她竟然“咯咯”地边笑边说：“我天生就是笨。我姑妈说了，我晚了一个月才出世，还横位，把我娘给害死了。”

大家都没有嬉笑，同情地望着她那双含着泪水的眼睛。连队干部都知道她的身世。十六岁从广西来海南垦荒，已渡过了十三个春秋。从一个天真烂漫的少女到被人称为“老姑婆”，可见经历了多少磨难。

连长惋惜地说：“明年胶位增多，你有机会的。先去养猪吧！”

顾蕾反而乐了。她原来放心不下那几头猪，这回有“老姑婆”去饲养，再好不过。刚到连队时就听说大坤屡屡向“老姑婆”求婚，见面就是“嫁给我”，其口头禅人人皆知！这回他俩搭挡，也许是连队干部充当“红娘”吧！有爱心的人不会不爱她的猪，顾蕾彻底放心了。

连队建队十年的第一次开割，是全连的大事喜事。虽然已提前在各个树位上开了胶路，钉了胶舌，打了胶杯架和摆上了胶杯。但是，一旦额头带上了电池灯，腰间挂着个小胶筐，脚上套着长筒雨鞋，犹如全副武装的战士等待出征时，心里自然流淌着一种难以形容的激动和兴奋。

凌晨四点，三十个考核及格的新胶工已集中在球场上了。十人一个班，顾蕾是“三八班”班长。她的班，仅知青就占了七个。

炊事班长杜河神情特别高涨。他激动地问连长：“今天吉星高照，要不要多点两盏汽灯助威呀？”

指导员“嘿嘿”地笑了：“脱裤子放屁！今年开割率是百分之八十五，三十个林段，每人两百多株树，要多少汽灯呀？”其实他也知道杜河想弄点气氛。再说，那家伙早餐还给胶工每人加了个馒头，熬大锅粥时又放了点自家晒的剥皮鱼和腊肉当料头，确是默默无闻的好人。对这种一心牵挂职工的好人不需要太多的表扬也会保持优良秉性。为了鼓舞士气，他转身对连长说：“你还喊口号吗？准备出发了吧？”

这时，顾蕾突然向前跨出一步，大声道：“报告指导员，我们‘三八班’准备完毕。还有……戴红花也来了，她说去看看！”

“很好！应该去看看。建队十余年，炸石头，砍荒清芭，挖穴种胶，就盼着开割这一天！我希望大家一定牢记割胶要领，来一个开门红。”指导员的心情格外激动。

连长心潮澎湃，手一挥："出发！"

初为新胶工，毫无疑问出现了手忙脚乱的局面。林段分配是岗位责任制。到了自己的林段，除了头上戴着的2.5瓦小电池灯光照射着橡胶树的切割线外，其余伸手不见五指。胶工对漆黑的夜色，没有心境去欣赏去陶醉。尤其是女胶工，她们不顾黑灯瞎火带来的惊恐，顾不及考虑突如其来的坏人做坏事，也顾不及惧怕野兽袭击，甚至顾不及驱赶盘旋头上成群的山蚊。她们只知道匆匆地抽出胶刀，下刀朝前推，收刀忙换树。耳边只有一阵阵"嚓嚓嚓"的削树皮声伴随着自己"咚咚咚"的心跳节奏。

顾蕾好胜心强，迫使自己迅速达到"稳、准、轻、快"的要求，立誓成为神刀手。她有283株胶树的任务。对老胶工而言，那叫作"一泡屎 "的工夫。而她，可不是那么轻松的过程。虽然，从生疏不协调的姿势已逐向娴熟轻快的步法，一百多株橡胶树已在身后滴着胶水。但是，还有一半林段仍然等待着她抢时间去完成。一株过一株，一排过一排，她开始小跑。渐渐地觉得手中的胶刀已经得心应手，喜形于色。看来割胶也没那么神秘，甚至觉得技术员万良的培训课缩为两天也绰绰有余。

很快，晨光穿透树冠，给大地回温，蒸腾阴霾，增加色彩。但是，胶工却不愿意过早地分享灿烂的阳光。因为阳光普照让胶园增温后，胶水凝固加块，影响产量。顾蕾没敢忽略万良的嘱咐，只好分秒必争，和阳光抢时间。

"扑通"一声，她被脚下的长藤绊倒，摔了个嘴啃泥。她"嘭"地跳起，幸亏胶刀还牢牢地抓在手里。她狠狠地抓起绊脚的长藤，用力拽出好几米。接着用牙齿使劲地咬着，试图把它咬断。那长藤外干内湿，岂能让她如愿！她见牙咬不断，索性用胶刀来割了。敢情那把胶刀割了两百来株胶树后仍然锋利，没用多大劲就把那根拇指粗的长藤割断了。然而，胶刀口也嘣了，她却全然不知。

她不顾一切地要把刚才摔跤损耗的时间抢回来。

割！割！快割！快快割……

终于割完了最后一株，她兴奋地挥舞着手中的胶刀，宣誓般的对自己说："这是万里长征迈出的第一步，接下来我就要迈第二步了。橡胶树们，你们看好我的脚印，我是一步一个印哟！"自言自语后，算是释放了些疲劳细胞，再生了部分能量分子。

阳光透过茂密的三瓣叶丛洒入了胶林中。柔和的光线照射着开割的胶线路上，雪白的乳汁顺着拟定斜度的胶路一滴滴地流向胶舌，又汇入了成“8”字形铁线圈缠在胶树上等候乳汁的胶杯里。顾蕾在细细地察看自己割过的每一株树，在欣赏自己付出汗水的结晶。幸得阳光照射时夹杂的是清爽的微风，胶乳畅流，没有过早地凝结胶路，堵塞乳管。她欣慰地笑了，笑得很开心。她兴奋地蹦跳几下，觉得很轻松，很快活。满身透湿的汗水汇聚轻轻飘来的晨风，被抖动的身体甩出，带着她的气息，散流而去……

万良巡视过来。他和连队干部一样都没有定岗林段，没有固定树位。他逐一纠正新胶工出现的问题，也帮助速度慢的胶工割一些胶树，弥补进度。

走着察着，他突然止住脚步，“顾同志，你这一片割得非常标准，但从这里开始就不一样了！”他似乎看出了问题，指着一棵正在滴着胶水的开割线。

顾蕾忒不乐意，她不认为自己的胶树会有什么问题。万良朝她伸过手去，“我是技术员！把你的刀给我看看？”

“我的刀？割前面那些树刀锋利，割线平滑。后面刀钝了，线路有点毛糙，这个道理很简单呀！”她把胶刀递过去。

“你的刀口崩了。所以，你的线路有丝脊，位置不到，切割乳管不平整，出汁不畅，胶水就少。还有……”万良指着刀槽处。

“还有什么？吓唬人呢！”她骄横恣肆地拿回胶刀。

他急了：“我不是吓唬人！I’m serious（我是认真的）！”

顾蕾仍不服气，心里骂道：臭华侨！看你那半洋不洋的脸，正如老职工的口头禅“尖嘴老鼠啄鸡屎”的模样，还敢装腔作势说英格利斯！就她顾蕾那股子风风火火的性子，恨不得立即揪他，批他，斗他！再踏上一脚，让他永世不得翻身！然而，当她那不可一世的目光与他那双深凹的眼睛对视时，她看到了他眼睛里闪现的是真诚、认真、严肃的光芒。没有一丝狡黠，没有一丝恶意，也没有一丝玷辱。犹如上次和乔志强同行去团部时见到的目光那么相似，那么熟悉。刹那间，一时涌现的怒气一扫而光。她噘起嘴问：“你是说我把‘骨头衣’削啦？”

他那双眼球一亮：“Yes！你很聪明。”

顾蕾不说话了。她睁大滚圆的眼睛看着自己那把崩了小口的胶刀，又仔细地查看正在冒汁的胶树，不得不疾首蹙额了。她憎恨那条该死的藤条毁掉了她要创下最少创伤口的计划。收胶水后，她仍然闷闷不乐。胶水过称记录上，她排在第六位。只好拖着疲惫不堪的身躯回到宿舍，卧床抱着枕头发闷气。

自从葛小敏当了小学老师后，为了改变以往的不正规教学方法，和叫尚武一起拟定了许多条条框框。短短几个月，小学面貌焕然一新。起码普通话就有个强烈纠正。体育课又增进了儿童拳术等等锻炼身体的内容，受到了家长们的极力支持。午休时，她见顾蕾仍然未吃午饭，下课后帮她把午饭买来，放在床边的木桌上。以为她早起累了，没把她吵醒。

顾蕾仍趴在床上："你说，我这个人为啥就处处不顺心？"

"哎！你醒了？万技说下午找你磨刀喔。"葛小敏整了整自己剪短的头发。那是当代女青年象征"破四旧，立四新"的小辫子，也像毛刷子，长不过肩。

"啊！是吗？"顾蕾今天没有获取开门红，也不想让万良知道自己是乱用胶刀所致。回想自己那一刻的行为多么幼稚无知，多么愚昧冲动。

"刚才万良技术员说生产科答应给我们连增加胶刀，你们每人都会有两把刀。"葛小敏说。

听说每人能有两把胶刀，顾蕾转忧为喜。她擦去了眼角的湿润，一咕噜地翻身坐起，捧起床边的饭盒，囫囵吞枣似的咽下了六两米饭。

"喂！两把胶刀就这么有动力啦？你不觉得今天的菜有点不同？"葛小敏见她狼吞虎咽似的，笑了。

她不好意思地看了一下饭盒："哗！有肉片！难怪这么香。"又惋惜地叹道，"唉！没来得及闻就吞没了。你吃了几两？"

"八两！有肉喔，没得斯文的。"葛小敏把批改完的学生作业本放一边，转过脸朝她问，"你猜万技买多少？"

"八两？一斤？"她没兴趣猜，只是信口开河。见葛小敏伸出三个手指，她不敢相信地笑起来："啊？三两？他豚屎呀！"

葛小敏"哼"了声，接着又继续她当老师的口才："其实，他的灵魂还是资本主义那一套。据说那年他从吉隆坡回来，穿着大喇叭花裤子，下船后得意扬扬地抱着五星红旗的旗杆照了一张相。就那张照片给造反派找出来，认为他抱旗杆的姿势是流氓动作，是污辱国旗的行为。被批斗了几个月才下放我们团的。"

"哦！是这样。他那副小刀脸，不笑还好，一笑就'咸湿'了。从资本主义国家回来嘛，浪荡公子，再摆摆姿势，惨啰！"说实话，顾蕾也没觉得万良有什么不检点之处。就如乔志强给她的第一印象也很孤傲，后来感觉就不一样了。所以说，第一印象不好并不能断定那是他的真面目。也许这就是男人的魅力！直白地说就是男人的诱惑力和吸引力了。

葛小敏见她凝神，问道："喂！你在想什么？"

她暗自一笑："世界观！"

"啊！那么深刻？"葛小敏不解其意。

"嗯！"她点了点头。随即收拾一下，把那把崩了微微小口的胶刀拿出来，对着胶刀说："罪魁祸首！"然后提起胶桶朝山下的水井走去。

十六

顾蕾来到井边，已有许多人在"唏嚓，唏嚓"磨刀。万良在检查胶刀。对新胶工而言，胶刀崩口司空见惯。顾蕾心里多少得到了些安慰。

"表姐，我来帮你磨？"张明明没当上胶工，却对割胶又好奇又羡慕。

顾蕾马上就谢绝了，说是技术活，不能靠别人替代。张明明仍然天真地要帮忙，还强调自己已经从万技那里学会磨刀了。正巧万良走过来，摸摸张明明的光头："你很smart（聪明），如果割胶，一定会变成神刀手！"

"嘻嘻！我不是胶工，也能变成'神刀'？"张明明笑道。他多么希望自己也是一名响当当的胶工呀！说着，机灵地帮助顾蕾从井里打了一桶水。顾蕾接过水桶，坐在井外的水泥坎上默默地磨起刀来。

万良把自己的刀递给她："Look this（看这个）！磨成这样才excellent（优等）！你开的刀口太短了，很容易嘣。"

她仔细一看，果然不一样。正想找点恭维的话，万良又开口了："送给你吧！你有两百多株树。过去，我一天割六百多株，要带三把刀。每当我割到最后一株，我就看表，有没有比前一天快了？因为我每天都在challenging myself（挑战自己）。如果没有好刀，你是割不好的，impossible（不可能）！"他的两片嘴唇薄薄的，说话频率每分钟足有六百多字。尤其对着她，常常夹着英语单词。据说他的普通话是回国才真正入门。在南洋时，除了英语就是马来语，祖宗的闽南语非常生硬。但是，讲演授课时就不能随心所欲，若普通话不普通了，他就不是与广大人民群众打成一片了。而对顾蕾就可以信口开河，自然而然。因为她是知青，是文化人，能理解英汉并存。

“真给我？有冇搞错呀？”她不知道是否应该接受他送的胶刀，受宠若惊。

张明明喜出望外，立刻应道：“好哇，好哇！拾福了，表姐！快接手，变卦就可惜了。”

万良见她愣着，下巴一扬：“Take it easy（放松点）！”

她迟迟地伸出手，勉强控制自己的感激，微微颤抖的声音伴随着含糊不清的语调挤出了字儿：“Thank you so much（非常感谢）！”有了好刀，第二天的胶线路面果真平滑。随着日复一日的技巧提高，胶水也在增多。她希望得到万良的认可和赞扬。但是，自从他送了刀后就没再来她的林段了。

这天，“三八班”最小年纪的潮汕知青陆玉莲也用一把亮晶晶的好刀。她神秘地说：“万技术员真好，他把自己最好的刀送给我了。”说着，脸泛红晕，羞羞答答地凑近顾蕾的耳边。她叽叽咕咕地说了几句悄悄话，小心翼翼地摆弄了一下那把胶刀。

“是吗？她真叫你‘利特勾’？”顾蕾双眉提起。

“嗯！是说我的丹凤眼特能勾人吗？我没有呀，我都没敢多看他几眼呢！”她嗲嗲地说。

顾蕾捂住嘴，原本不想笑，却还是“扑哧”地笑出了声。她说：“什么特能勾人？他没说你是特务就行了。别理他。一个‘洋老九’，还是专政对象呢！”她明知道“利特勾”只是英语的“little girl（小姑娘）”，也不想点破。当年她在中学时英语全班第一，即使来了“文化大革命”，脑海里的记忆始终没有洗刷干净。或许说英语单词仍旧有烙印，是灵魂深处没有爆发革命，是革命潮流不可容忍的。所以，中学所学的知识只能遁入心底。

陆玉莲美滋滋的表情长挂在脸上，这是一种无形的精神鼓舞。无论体力劳动对她有多大的压力，单纯和朴实的心灵造就她对眼前的生活充满信心和志趣。

后来，顾蕾了解到万良把自己收藏的几把好刀全送给了女生。她觉得失去了优越感。她不甘心了，又从指导员那里弄到了第三把刀。虽然自己还没有万良那样的技术，但在连队的胶工队伍中，她敢自鸣得意了。有了三把刀，割胶速度无疑加快太多。她可以在阳光射进胶园之前割完最后一株树。虽然受割胶姿势牵制的肌肉僵硬，腰酸背痛，手指麻木，但比起挥刀抡锄的开荒和挖胶穴，还是省出了不少能量。这天她收刀更早了，伸展了腰板正要坐下休息。忽然想起自己是班长，不能只顾自己。抬脚跨过了一排防风林带，来到了邻近的陆玉莲的胶位。

这里一片寂静，胶林既没有“嚓嚓”的割胶声，也不见胶水流淌。一半的橡胶树仍然沉睡在静静的胶园里。温暖的晨光已经透入胶林，大地开始回温了。顾蕾心焦地大声喊：“玉莲，玉莲，你在哪？”

“瓦（我），瓦……”

顾蕾追着声音过来：“瓦乜呀！‘利特勾’，你睡着啦？”

“肚子疼，肚子一阵一阵，像抽筋……”陆玉莲呻吟着。她斜挨着的那株胶树没有割，胶杯掉在一旁。

顾蕾双手抓着她的肩膀：“喂！你有气无力喔！病了就请假嘛！”

“呜呜……”她哭了，很伤心地哭。她不敢向卫生员要病假条，因为没有发烧，没有咳嗽，就怕别人说装病。

顾蕾摸摸她的额头，冰凉冰凉的。“你是‘例假’吗？”又同情地说，“你带病工作，精神可嘉。可是，你现在这个样子，怎么能割完呀？快回去吧，我来帮你割！”

陆玉莲仍把双手搭在膝盖上，脸垫在手臂，不时抽泣着。小姑娘的初潮是到了农场才来的。那天夜里，腰酸腹痛腿麻，不得不蜷缩成团，像猪放红一样的液迹滩了大片草席。没有母亲的指教，那时的惊恐不安和狼狈不堪的情形只有小姑娘自己知道。顾蕾心酸了，“三八班”自开割以来能保持全勤，的确不容易。

“我走不了，裤子全湿了……”陆玉莲孱弱的双肩不停地抽动。

顾蕾知道“利特勾”这时候该有多痛苦，立即把自己身上的工作服脱了给她，关切地嘱咐：“把衣服绑在腰间，趁大家没出工，快回去。”

女人！女人有周期排红泄露，有语言无法形容的腰酸腿软，有文字无法表达的下腹坠胀，有男人不能体会的难耐和痛苦。同样也是女人，还有许多幸运的女人，没有那种难于启齿的感受。顾蕾那年在外婆家度暑期，来例假时肚子疼得死去活来。外婆却说，现在的日子好了，人也娇贵了。还说她年轻时没钱买草纸，用灶里的柴灰混着土，装在布袋里就可以挂在身上几天。什么腰酸腿软全是喊出来的！生孩子还比屙屎还快，门槛还没跨过，孩子就哗啦啦地出来了，胎盘还热呢，就给隔壁阿桂拿去煮汤治肺痨了。看来老一代人的疼痛神经反应要比新一代迟钝呀！

顾蕾目送玉莲离开林段，立即埋头把剩余的胶树割完。她是一班之长，再苦再累都不能有怨言。这一天她收了两个林段的胶水，人也累塌了。当晚，她和葛小敏说起女胶工的苦衷时，心里沉甸甸的，找不出什么好方法能够让"三八班"保持出勤第一，胶水第一，林段管理第一。

葛小敏想起了兄弟连队的先进经验："去年不是推广'集体割胶'方法吗？还评为先进，你们为什么不学？"

"哼！我提过这事，万良不同意嘛！他认为那种集体割胶方法是违反割胶规范的。"顾蕾摇头，觉得憋屈。

"是不是怕减慢速度？你人多刀多，三两下不就换树位了吗？怎么会慢？"

"外行啰！你是语文老师，他是农业技术员。他说早晨温度19到24度是最好排胶水时间。如果我们集体行动，割到后来的林段，受升温和热风影响，胶水量就受到影响。尤其是后面割的胶树，排胶时间不充足，跟着又要收了，胶水量起码低两成……"

"真的会造成低产？那人家怎么成了先进单位推广？万良不同意不算数的。你找指导员嘛，新生事物都是党领导决定。"

"话是这么说，道理也充分。大家拥在一起嘻嘻哈哈，热热闹闹当然有气氛。不过呢，割胶技术水平高低不一，割伤胶树算谁的责任？胶水真的减产怎么办？"顾蕾头脑里立刻闪现出许多胶树坑洼不平的割面。

"你怎么肯定胶水会减产？你怎么知道会割伤树？就算割伤，也是见人有份呀！现在大家的觉悟空前提高，谁愿意出错？"葛小敏之所以同情女胶工的难处，是她自己有过痛苦的先例。前几天倒经造成鼻黏膜和耳道冒血晕倒在教室，多亏小学生喊来了隔壁班老师叫尚武背她到连队医务室。所以，她认为女人扎堆可以相互照顾。

"好吧！听你的，试试也是摸索经验！"顾蕾动心了。起码"三八班"来个先行试验。如果胶水不受影响，说明兄弟单位的先进经验就应该推广，不能被某个技术员的因循守旧观点扼杀。

第二天收胶回来她就去找指导员。发现指导员去团部开会了，立刻再去找万良。不巧，万良又赶回团部处理橡胶白、红根病问题。她只好找连长。虽然连长不是党员，仍是领导，劳动分工还有决定权。

“你也来找这份‘五二零声明’吗？”恰巧连长从文化室拿份报纸出来，迎面和她打招呼。

那份报纸是毛泽东主席5月20日发表的《全世界人民团结起来，打败美国侵略者及其一切走狗！》的声明。是关于支援柬埔寨、老挝、越南人民的反美斗争的。全省有两千多万人举行示威游行，表示拥护。但是，报纸到了连队，已成了一周前的消息。团里没有组织游行，连队领导只好读报。

“不！那份报纸已读过了。我是来向你提出‘抓革命，促生产’的建议！”顾蕾理直气壮地回答，声音很高，足有七十分贝。

连长听她这么说，知道不是召集游行队伍也就放心了。他也亮起嗓门，拉长脖子应着：“很好，说吧！”

顾蕾一口气把集体割胶的想法说了，最后强调：“通过集体割胶，充分调动大家的积极性，同时也体现了兵团半军事化的组织纪律和革命作风。”

“有道理，等指导员回来再决定！”连长的回答也很干脆。

顾蕾急眼了：“为什么要等？你犯了‘自由主义’知道吗？毛主席在《反对自由主义》这篇文章中指出，‘事不关己，高高挂起’，还有‘明哲保身，但求无过’，你这是自由主义的表现。你是领导，为什么不能决定？这不是明知故犯吗？”

连长觉得好笑，年轻人真会给人扣帽子。他无奈地摇摇头：“我犯了‘自由主义’？哦！我马上改。我是一连之长，是领导干部。党领导一切，你去找叶大勇，他是共产党员，他同意了，我一定支持！”

顾蕾觉得连长的话不无道理。她拔腿就去找叶大勇。

“这是新生事物，谁敢不支持？我拧断他的头喂鸡！”叶大勇没听她把话说完就举起双手赞成了。

顾蕾如愿以偿。“三八班”的集体割胶方法对女性来说有趣，有伴，也有活性。为了避免有人趁势浑水摸鱼，不负责任图速度而伤树，顾蕾加强了对胶树创面的监督。三天后，指导员从团部回来听了汇报，笑嘻嘻的也没阻拦。顾蕾认为这是无声支持，她增加了集体割胶的信心。

遵从割胶法规，连队保持隔天割一刀的进程。胶林管理还是回到岗位责任制，各人管理各人的林段，只是割胶时“三八班”才结成队伍。女知青私下说：男人是天，女人是地；天是空的，地是实的；咱妇女是脚踏实地，干起活来不会输给男子汉。果不其然，“三八班”做到了全勤，这是男人不可想象的事。妇女们个个不甘心落后，即便病了，只要坚持走到林段就能保证全勤。在林段，因为有互相帮助的团结精神，心情也就格外不同。胶水产量没有减少，正逢橡胶树的第二蓬叶抽芽不久，胶水增长了，皆大欢喜。

“三八班”被评为第二季度“先进集体”，受到上级党委的表扬，大家美滋滋的别提有多兴奋。然而，谁也没搞明白刚评了“先进集体”没几天胶水逐日减产了。连长急了，指导员也皱起了眉头。顾蕾建议给橡胶树追加肥料，认为没有充足营养就不可能增加胶乳。连长觉得有道理，同意加肥料。可是，对开割期间橡胶树高产所需肥料并不明确，没人做土壤样品化验，也不懂得科学肥配标准。有些橡胶树加了牛粪，有些加了猪屎，有些埋下了腐烂的树叶和水浮莲。结果，胶水不但不增产，反而产生了白根病。新开割的胶树经不起折腾，大面积的树皮受伤和管理不利成了严重问题。所以，“三八班”集体割胶方法只好终止。“先进集体”有名无实，往日的欢笑没了踪影，姑娘们伤心透了。

指导员仍然要树典型立标兵。“三八班”这面旗子倒了，新的旗子必须树起来。他认为要把连队“抓革命，促生产，促工作，促战备”搞出成绩来，不发挥年轻人的潜力不行。要调动知识青年的积极性，就必须让年轻人感到有希望，有前景。他要敞开共产党组织的大门，接纳新鲜血液。从政治生命线上给予肯定和鼓励。党支部讨论了马晓冬的入党问题，指导员和杜河成了马晓冬的入党介绍人，接着就送往团党委审批。

这一消息，对顾蕾震动很大。她找不到自己比马晓冬弱势的地方。她病了，思想病。正好是星期日，由于“破私立公”的热潮已经冷却。所以，她的病，不需要请病假也能安心地在床上躺一天。

张明明没见表姐去买晚饭，把刚收到的家信揣在怀里来找她。“表姐，表姐！有好消息喔！”

她翻身坐起，接过信快速扫读。她想找到姨妈信上那些振奋人心的字句。果然有一段话："这次中山医学院将招八百多新生，还有许多单位开办短期学制的学校。据说这一期将收两万多学员。你们要多加努力，要有决心，有信心。争取机会回城读书……"

啊！曙光！回城的曙光就在前头。顾蕾看完信，立刻去食堂买了六两米饭。虽然是表弟的家信，却是知青团体的知音共鸣，人们悄悄相告。

梁枫没能进入割胶班，一直精神不振。虽然割胶早起，却比整天在强烈的日光下暴晒要好得多。这天一早他就去文化室看报纸。一般报纸都在周六晚到，他有每周日首位读报的习惯。无论什么报，什么消息，他都会一字不漏地整版看完。虽然连队报夹很有限，除了《人民日报》《解放军报》和《红旗》杂志外，也就是《海南日报》和每周一期的《兵团战士报》。他要从报刊中分析国家形势，了解知青下乡问题的新政策和回城的蛛丝马迹。

突然，一条惊人的消息，让他两眼湿润了：

"……二师四团六连三位女知青为抢救国家财产壮烈牺牲 。她们是胡志红、程明蓉、谢红军。英勇献身的烈士实现了她们的诺言：'如果革命需要我献身的话，我就要像英雄那样，脸不变色心不跳，勇敢地冲上去。'她们为革命事业牺牲了自己年轻的生命。她们的死，比泰山还重……"

他放下报纸，急匆匆地回到宿舍，立刻写了一封信给六连的同学，那是当年大串连时在火车上结识的红卫兵战友。半个多月后，他收到了回信。这封信在知青中传阅，在知青中感叹，在连队里引起极大的反响。一些知青以此覆盖了初生返城的思潮。

讽刺：

收到你的来信多日，却无法静下心来回信。因为，我的视觉无法移离那天的壮举。

当你没有那样的经历，你就无法想象当时的危机和无畏。那一刻，眼见我们辛勤劳动的拦河堤坝就要被洪峰冲垮，我们抛弃煤油灯而换成电灯的计划就会成为泡影。我们唯一的目标就是抗洪。我知道我自己是全体最胆小之人，因为我受过太多的惊吓。但是，当你看到一个个熟悉的面孔毫不犹豫又争先恐后地跳进凶猛的洪水里，用自己的肩膀来抵挡摇摇欲坠的沙包堤，你就会突然变得胆大无比，力量无穷地和大家勇敢地战斗在一起。

当我从翻腾的洪水中被救出来后，我才意识到我们的力量是那样的薄弱，那样的微不足道。我们被大自然的咆哮击败了，一片汪洋呀！她们壮烈地牺牲了，她们比泰山还重。可我却活着，我不知道我是不是苟且偷生，我觉得我活着比死更难受。很多天过去了，我才渐渐地清晰头绪，我是多么的幸运，因为我还活着，我的父母不需要为我悲伤，我的战友不需要为我难过……

你知道我一直在想着什么？我们是有文化，有理想，有抱负的一代。无论我们现在的状态如何，我们都应该充满着付出和牺牲的精神。你知道谢红军的父亲是怎样的胸怀吗？他在找到女儿遗体的地方，双掌捧起龙滚河的水，涕泗横流。他以吸饮河水的方式寄托了他的哀思，传递了他对女儿离去的深情。从他坚定的眼神里，我看到了一个老红军的宽广情怀。他说：要奋斗就会有牺牲！多么感人的场面呀！我想，红军在天之灵也会为自己有如此坚强的父亲感到骄傲和自豪。

我现在最盼望的就是重建水电站，重修河堤，让连队亮起电灯，不能让她们死不瞑目！

讽刺，你们连有电了吗？我们全团都没有电灯。我想问，贫穷与落后是不是可以用电功大小来测算呢？

……

虾仔

1970年8月3日

虾仔的复信，让梁枫更加沉默了。甚至觉得自己很渺小、很自私。他记得虾仔以前是个喜欢打玻璃球的愣头青，如今竟然经历了奉献生命的考验，真值得敬佩呀！相比之下，自己经受的无非是开山砍芭，锄草挖穴，挑水淘粪，顶着能晒死老鼠的太阳出工就叫苦不迭，怨声尤人，当真自惭形秽。当然，炸石排哑炮也具有生命威胁，抢救胶林失火、赶牛车、扛大米也都有意外的事故，也都有比泰山还重的献身概率。马晓冬扛两百斤大米不也差点一命呜呼了吗！死人的事是经常发生的，尤其是在如此贫穷落后的山旮旯。若要死得壮烈，死得轰动一时，那就不是随心所欲的事。我们不寻求死，我们要活得精彩，活得有价值。他自己有高中文化，有城市文明先进的见识，只要努力，不可能找不到奉献的场所。指导员常说，你今天挖了二十八个橡胶穴，为社会主义建设增添了一砖一瓦。这句话很实际，是朴素的政治教育。如果想超越默默无闻的日常体力付出，就得想大做大，更苦更累。苦思多日后，他去找指导员。他建议从十余公里远的水库挖渠引水发电。

“不行不行！没有人力物力！”指导员一口否决。

他又恳求说：“多打一口井吧？那样我们可以把饮水和洗猪栏的用水分开！”

“打井？这个可行！饮水和洗粪桶是应该分开的。但不能占用太多劳动力！我们的生产指标始终是首要完成的任务。打井嘛，是副业，千万千万把握主次，不能颠倒！”指导员同意了。

梁枫按捺不住兴奋，乐呵呵地一蹦三尺。果然是一呼百应！首先是那群伙伴，摩拳擦掌地喊着连夜就要动工。这就是年轻人斗志昂扬，团结一致的力量源泉。梁枫激动得彻夜未眠。

连队用了近十年的那口水井是在低洼的坡脚下，周围是水稻田，在附近加挖一口井并不困难。开始挖井的第二天，挖至两米多深时开始出水。困难来了，边挖边出水，况且出水速度不慢。白天抢挖，夜间就涌出半米水来。越往下挖，水源更加丰富。第三天，五米深的井底出现一块大石头。

“炸掉它！用瓦罐装山猪炮来炸！”有人提议。

连长来了，他严厉地喝住：“不行！不能炸！”

“为什么？”众人异口同声。

“我们不能犯二遍错！那年七友打井，炸断了一条腿。”连长指着那口老井，严厉得眼睛要冒血。

叶大勇刚从井下爬上来。他插话：“七友下井排哑炮，差点报销了。后来屙尿都没了壶口，在肚脐右边挖了洞……”他穿着两片绿格子的大手帕做的短裤头，被泥水沾着已起不到遮羞的功能了。他提了一把裤子，却把“枪蛋”暴露在外。虽然周围没有女性，而男生也觉得失礼。几个知青急忙查看自己身上那块私处，不约而同地整理了只有城里人才穿的短裤头。

连长说的七友，是随指导员一起转业的退伍兵。那年和连长一起来开荒建队。挖井时遇上了石头要排除，他们在石头上掘了窟窿放炸药。为了防湿，山猪炮装在瓦煲里再放进石窟窿。后来没炸响，七友打前锋下井，吊绳放了一半就听见他大喊，线着火了，快拉上来！因为四周土软，脚架歪了，七友没爬上来就炸响了。连长叹口气，声调沉沉地说："那时候大家都没经验，那种教训就是今天的经验了。就挖到此吧，那口老井才四米半，从八人养到如今八十多人。现在再加这口新井，五米深也够了。挖深了上哪找砖砌井壁？刚才指导员接了电话，团基建科没有材料可拨，最了不起就是两袋水泥。"

"啊？没砖怎么行？"大家顿时傻了眼。

晚上，十几个年轻人无精打采地凑在一起，半晌也没有好主意。张明明眉头一直紧锁，突然想起了什么："我放牛时看见一片山，很多石碑……"他的话还没落音，大伙七嘴八舌地抢着打断了。

"山上哪有石碑？那是坟碑呀！"

"把它们挖回来，给社会主义做贡献！"

这个建议不错，就怕不吉利。有人说立坟碑是封建社会树碑立传的反动思想，如今祖宗灵牌都烧了，坟碑就更不能存在。张明明见大伙虽然热情洋溢，但心里仍不踏实："那块地很荒凉，杂草丛生，牛也不愿进去……"

梁枫突然大笑几声："这说明我们更应该'破四旧'了。你告诉我，那块地在什么地方？我现在就去掘！"

"走！走吧！我们天不怕，地不怕！"众人异口同声。

"怕鬼呀！"有人小声嘀咕。

叫尚武抚摸着自己那双有疤痕的双手，坚定了信心："世上没有鬼！只有反动派装神弄鬼！"

张明明也被革命气焰感染了："好！走就走！跟我来吧！"

正是夜深人静的时候，十几个年轻人风风火火地跟着张明明走了好几里山路，来到了那片荒凉的地方。梁枫用手电照了四周，坑坑洼洼的一片荒地，似乎被盗墓贼挖过，坟碑横七竖八地堆积着。还有一些大块石碑似乎刻有字样。

"动手吧！多多益善了！"梁枫首先挥起锄头掘出了第一块坟碑。

年轻人果然是无神论者。张明明觉得有一种蓝色的浮云伴随着夏季炎炎的热风缭绕四周。但同伴们都说那是萤火虫之光，不是鬼魂，不要自己吓自己。

第二天一早，指导员发现一堆石块放在挖井工地。他只是微微作笑，没有任何话。

十余天后，新井开始使用了。这是年轻人的集体荣誉。全连喜气洋洋，欢欣鼓舞！人们洗衣、洗澡、淋菜、洗屎盆总算与饮水井分开了。虽然整个井壁、井缘、井盆都是坟碑砌成，竟然无人有任何忌讳言语，也没有人去考究石块上的斑斑字迹。指导员感慨不已，“如今的青年呀！都成无神无鬼论者了！”

梁枫对这种看得见摸得着的成效产生了浓厚的兴趣。首先是职工宿舍墙壁上那幅毛泽东画像，每每有参观者到来，指导员都会说：“这是我们知青画的，是我们连的画家车少谔和顾蕾。”过去，梁枫一听这句话，喉舌都酸溜溜的，心里总是暗暗地驳斥：这是用工时所做的劳动，是和大家上山开荒同等的付出，换了谁都可以画！现在，他承认了自己的妒忌心态。父亲曾对他说：“母亲之所以伟大，因为她一辈子操持无声无色的家庭琐事，太平凡，太不引人注目。她的伟大看不见摸不着。父亲之所以伟大，因为他一辈子做的是大张旗鼓的大事，有目标，有因果。他的伟大看得见摸得着。”所以，他喜欢感受父亲的伟大。他要做的虽然不需要抛头颅，洒热血，也要活得有青史意义。他脑子再转转又有了主意。他问指导员，什么时候知青宿舍能从茅草房换成砖瓦房？指导员支支吾吾，说基建科没有供给建筑材料，我们自己也没有人力物力，谈何容易？

“我们自己烧砖烧瓦，行不行？”他来到指导员小厨房里，仍然像头一次来一样，坐在那张只能撑着半边屁股的竹凳子。

指导员抽足了一坨子烟丝，喷出浓浓的烟圈。“不行！我们连地处沙石土，烧不了砖瓦。再说，也没有多余劳力建砖瓦窑。还有，黏土的搅和是靠水牛的四蹄子来踩的，我们的水牛只懂拉车拉耙，没受过训练。”他抹了抹被烟熏成古铜色的“大碌竹”烟筒嘴，下巴一扬，“你来一口？”

“来就来！”梁枫果真要试了。他大吸了一口，却连连摆手，“还是不行！不行不行……”好一阵狠咳才停歇。

指导员接过“大碌竹”烟筒，又加了一撮烟丝。他连续抽着，直到把那坨子烟丝抽完才说：“抽‘大碌竹’也要练的。就像喝番薯酒，也要一口一口来哟！”

梁枫被烟呛后，有了主意。“指导员，给我带几个人去砖窑厂和他们一块干，这样行不行？”

"哼！你这个幼仔又打我的主意了？派工去砖窑？让我和连长讨论讨论再定！"指导员没有立即答应，态度却软和许多。自从那口井打成功后，他对梁枫刮目相看了。小年轻说话虽然像个小刺猬，做起事还真有板有眼。他是越发喜欢这个幼仔了。

两天后，梁枫领着两个知青到了砖瓦厂。离开了连队集体，梁枫三人那是没日没夜地加班加点。他们的口号是"一颗红心两只手，辛辛苦苦出砖头"。熬了两个多月，终于把两幢平房的墙砖运回了连队。

张明明见了梁枫，大叹："哗！'讽刺'变种喽，成咗非洲佬，好有型喔！"

"衰仔！越黑越革命，越白越'修正'。你的灵魂沾狗屎了？"梁枫已经好久没照镜子了，拿过张明明手上那面像鸡蛋大的镜子，对着脸一看，尴尬地笑了，"呵！真是黑炭，扑入炭堆都分不出喽。"

"还有分清的角落，就是你的白眼膜啰，显眼吧？还有，你那一排咖啡牙都像雪糕了，是不是用盐水刷的呀？"张明明半开着玩笑。

"哈哈！大头仔，几天不见，口齿伶俐多了，说话也成句了，大大地进步了。"梁枫边说边揉搓着自己已变得似黑炭的脸庞，流露一种难以猜测的神情。想起当年他刚到农场的头几天，见着个个黑不溜秋，衣衫又破又脏，神态迟钝，言论单调，毫无见识的农场工人时，就暗暗叫他们是"野人"。正因为职工的贫穷和劳动工具的原始和落后，自然而然地产生了自身与农工之间的等级和厌烦之感。然而，两年之后，自己除了没用大手帕做内裤之外，其外形已经和当初看见的职工不相上下了。而内在的差距，是精神和灵魂的世界。他揣测老职工想的应该是日复一日，年复一年的维持温饱生活。估摸他们那种朴实的思维就是停留在解决了衣食住行又没有战争就会走向世界大同的阶段。而知青不一样，虽然宏观理想被现实生活抛弃了，而微观思维仍以回城为第一愿望，因为那里才是自己展示才华的天地。但是，每每想起虾仔的信中那三位英勇献身的知青，心里就增进了另一个世界的感观和理性。雁过留声，人过留名。为连队做几件有目共睹的事也是他的心愿。道虽迩，不行不至。事虽小，不为不成。广阔天地的作为就是血汗累积，是经历储蓄。不留名也要留足迹！他对着镜子，露出一丝欣慰的笑意。

知青们为了建起自己的砖墙宿舍，别提有多奋力。多亏连长和政委有点私交，也就是南蛇油救了儿子小萝卜头的烫伤的交情，基建科拨了一些水泥和架筑房梁的大杉木、大铆钉，其余的材料只靠连队职工自力更生了。毕竟是“人定胜天”，他们夜以继日，突击似地建起了两幢军营式的平房宿舍。

乔迁这天，连队敲锣打鼓，在新宿舍门前开了庆祝会。指导员在庆祝会上振振有词地挥舞手臂：“你们知识青年在广阔天地是大有作为的，你们敢想敢干的精神是我们老工人应该学习的。我们建队十年只有一口井，两幢砖瓦宿舍。你们刚来两年，就增加了一口井，又多了两幢砖房。这就证明，我们新老结合，就能加快建设社会主义的步伐，早日到达共产主义社会！”指导员的祝词虽然朴素简单，年轻人已充满了感激之心。他们感受到了自己对连队建设又增加了一份实实在在的成绩。

在一片赞扬声中，大家又在酝酿新的目标。叫尚武一心想着他的阵营，提醒大家，小学还是草房。马晓冬说食堂也很重要，还有人提议猪舍问题……

这天夜里，梁枫坐在新搬进的宿舍，成了中心人物。人们七嘴八舌，比闹洞房还兴奋。他感慨万千，任重道远。张明明无法掩饰搬新屋的喜悦，乐滋滋地说：“‘讽刺’又要威了，我们连队应该加男厕了。”

叫尚武说：“他不是想加厕所，是人造卫星！”

张明明大赞：“犀利呀，大佬！‘东方红一号’才刚刚成功，难道你想放二号卫星呀？”这话引来哄堂大笑。

很晚了，梁枫见大家逐渐散去。问道：“大头仔，你对放牛怎么看？你不会与吆侬随俗沉浮吧？”

张明明觉得自己与吆侬有六年城市文化和两年乡村文化区别。所以，吆侬还需四年学习才能追上来。梁枫笑他没有理想，埋没知青作用了。他不服气，说自己每天都教吆侬文化。而吆侬也教了他不少。“嘿嘿嘿！他教我吃山果，用树枝树叶擦屎窟，打蛇打三寸，有山猴追过来就把红裤头脱了扔给它……这些经验起码能让你在山上保命。嗯！还有唱儋州山歌。我唱一段给你听听：‘披风不怕身寒冷，心红不惊路熟生。旧日月圆托侬手，今夜星光吻……’”

“停！停啦！你有兴趣就去对歌！而我要继续完成使命！你知道吗？没有电灯就意味着没有社会进化和发展……”梁枫显得有点激动。

“哦！原来你是有计划的，不是挖屎坑那么简单。你说什么电呀灯呀，我没那种能力。”张明明此刻只惦记着母亲那封信，渴望天上掉馅饼一样等待回城的机会。

“唉！”梁枫叹了一声，“你知道我们有很好的电灯原材料吗？可惜呀！”

“可惜什么？是甩牛鞭吗？我教你吧？”张明明又嬉笑了。

梁枫用力拍一把他的头：“教你个大头仔，没脑的。我说太阳，是火辣辣的太阳。若把火辣辣的太阳辐射能量转换为电能……”他来海南已经711天了，在他的日记里，有日照的天数已有586天。如果按每年2300小时的日照量，活动积温也达到10000多摄氏度，如果就地取材转为电能该多好呀！

“我明白，你是说粪池蓄积粪便，产生氨气，收集氨气作化工基础原料，人粪牛粪都是一样的道理。太阳有没有粪便，我就不知道了，原理应该差不多吧？”张明明似乎突然长进了。

“呵！细佬！确实人不可貌相喔！懂得屎臭也可以利用了！”接着又像在讲台一样指手画脚地说，“你知道吗？根据马克思的生产力决定生产关系、经济基础决定上层建筑的原理，推论人类社会演变从原始社会进化到奴隶社会、封建社会、资本主义社会到如今的社会主义社会。将来随着生产力的极度发展和改进，一定会进入初级的共产主义社会乃至高级的世界大同。”他见张明明翘首恭听的样子，兴趣更加浓了，“我问你，眼前的状况是不是农民用竹签刨土种地，砖窑工赶牛踩泥取黏土烧成砖块，垦荒职工一锄一铲地把山岭变成了胶林？我的意思是，从劳动者和落后劳动工具所组合的生存方式与初步发展的生产业经验来看，你认为怎样才能加快山区的社会主义建设步伐？”

“我没有想过这些深奥的理论喔！你说呢？”张明明坐在床沿，紧锁双眉，心里无不佩服这个高三老大哥的渊博。

“所以，你要多读书呀！宏观地说，山区的建设就是追赶城市！当我的周围被一种落后的生产力所牵制时，我要打太阳能的主意，你说这是不是异想天开？是不是？我若说出来，我有这个想法，十个人有九个半笑我黐线嘞！你不也是笑我？”梁枫为了连队有电灯照明，绞尽脑汁。他又说：“如今尖端知识分子都无立锥之地，我这个高中文化的知识农工，能有什么条件搞发明创造？所以，只能回归现实，在现实中找到自己的价值。”

“哗！犀利喔！高中生，你肚子里装满墨汁……”

“有墨没笔没纸也写不出字嘅。”

“你的意思是，你英雄无用武之地？”

“切！说你傻，你还精！你听过章鱼的故事吗？”

“什么章鱼故事呀？我这么大才吃过一次章鱼呢！”

“你看看，你还是没长大！我告诉你，章鱼一辈子都是忙忙碌碌地活，直到死！”梁枫耐心地说。

张明明摇晃着头：“有谁知道章鱼真在忙碌呀？我也很忙，屙尿都要加快速度，怕没屙完，牛群吃了老百姓的稻谷，我就被他们打死……”

“乖仔，你不会被打死的！”梁枫望着眼前如此纯净心灵的小兄弟，耐心地给他讲述了“老右派”小学校长说过的故事：章鱼的生命期虽然短，最长寿也没有超过五年。但它都在短短的生命期完成了它要做的事。大自然造就了章鱼，虽然有三个心脏也延长不了生命，两个大脑系统也无法有人脑的聪睿。它们的生存就是争分夺秒地繁衍，完成终极目标。我们人，总以为自己有一百年的寿辰，什么事都要看“明日”。所以，“明日”复“明日”，成了老朽还不成器。老校长对章鱼的感叹变成了“污蔑社会主义”，早早划成右派了。如今想起，那老校长的话也没错，人还得珍惜光阴，还得掂量人生价值。

张明明胡咧咧地说：“那就是做人还是比做章鱼好，死了有口棺材。我爷爷死之前都躺在他的棺材里体验好多回，他说放张草席再加个枕头就比较舒服……”

梁枫温和地笑了：“细佬！把心扩大一点，狂野一点……”

“不是吧？想当野心家？有野心就有阴谋！要坐牢的！啧啧！真是没死过的人不怕死！不过我不会举报你的，让你命大一回！”虽然他没有远大理想，但仍有上进心。

“黐筋！”梁枫说，“快睡啦！认真感受一下砖瓦新屋的舒适啦。”说完，自己又找出几个月前的报纸，那是4月24日关于我国第一颗人造卫星上天的报道。也说不清到底读了多少遍，而每读一遍，他这个物理学爱好者就多一次心灵撞击。卫星上天，标志着社会主义建设又进入了新的里程碑。科学家敢想敢做，他梁枫为什么不敢想不敢做？他有自己的梦想，他想实现自己的梦想。第二天一早，拿着报纸又去找指导员。

他掏出了自己的“天方夜谭”。指导员听完他的满腔设想，乐呵呵地直笑，在窄小的茅草小厨房里连续抽了几口“大碌竹”，喷雾似地吐了几回烟圈儿，然后慷慨地说："好！我给你关门造电灯，也放出个卫星来。三五个月，行了吧？白天不能旷工哟！"

"啊？"他无言答复，默默地一笑。

虽然梁枫的太阳能转为电灯照明的狂想迅速冻结了。但梁枫仍然是连队职工心目中的功臣。他给大家带来了新井和新砖屋。他的行为也鼓舞着知青们的思想奋进。

十七

打井和建砖屋都是梁枫的闪光之处，原本已具备加入共产党组织的条件，却没有赢得多数赞同票。有人提出，独木不成林，这两件大事还是靠大家的力量。

顾蕾对此也想打抱不平，但自己又不是党员，操心也没用。她在第三季度被评为"五好胶工"后，对割胶技术更潜心笃志。她从万良那里借了不少橡胶栽培参考书，很有启发。上午割胶，下午管理林段，任劳任怨。对梁枫的积极上进，她表面淡然处之，但内心深处不能不较量。听从指导员的吩咐，她还是把连队的好人好事写成综合报道，让团部广播员在晚间广播节目中播出自己连队的声音。

这天傍晚，团里通知各连队做好防台风准备。来势猛烈的二十三号台风已经在吕宋岛的东南部登陆，像一只无可抵挡的猛兽，以每小时280公里的速度袭击了当地居民又越过了群岛。虽然受群岛的陆地影响减弱了威力，但是，它仍以顽强的机制能力和当时海上的天气条件补充了损失的能量，转向西北，毫不迟疑地向海南岛东部的文昌沿岸进军。不惜余力以每小时196公里的速度横扫了半个海南岛。由于台风半径超过400公里，大风骤雨以排山倒海之势使沿途地区狼藉不堪，损失惨重。

指导员和连长分别领着小分队去巡视胶林。虽然防风林带起到了一些防护作用，但仍有许多胶树被大风刮断。顾蕾见状更担心自己的林段。她急步跑向自己的橡胶树，却被一阵大风刮得双脚离开了地面。她身上穿着那件蓝色大雨衣成了风帆，瞬间腾空而起。她被抛出好几米后挂在路边的荔枝树上，摇摇欲坠。她的脸撞上了树干，顿时感到一阵眩晕。她的一边脚卡在了树杈上，幸好穿着割胶工的雨鞋，有了点支撑力。她紧紧地抱着那根直径20厘米粗的枝丫，尽管随风飘摆，也似救命稻草。惊险中觉得自己很尴尬，也很狼狈，不知如何是好。她试着拔开被夹住的那边脚，竟被树枝死死掐着。无奈，只好等待机会回到地面。

大风仍然呼啸不停，愈演愈烈。由于狂风的作用力，跟着巡防的人群似乎减轻了体重，又似地球引力随恶劣天气起了变化，一些人显得飘飘忽忽地站不稳脚，两个瘦小的女知青被风刮起离开地面好几尺再抛下来。

大家见顾蕾被风刮到树上，焦急地朝她大声喊道："顾蕾，抱紧树干，我们都在下面，别怕！下定决心，不怕牺牲，排除万难，去争取胜利！"

"梯子来了，慢着……"

"表姐，你没事吧？你掉落我也会垫底的，不怕！"

梁枫无语，抢先登梯上了树。虽然才三米多高，摔下来也会伤筋动骨。他见顾蕾的脸贴在树干上，嘴角渗出血丝，一股揪心的疼痛从自己心底涌出。他想帮她揩去血迹，却不由自主地去拨开遮住面颊的一束乱发，轻声说："我帮你把脚拔出来，你就可以顺着梯子下去了。行吗？"

"嗯嗯！"她虽然被撞在树上，人还清醒。卡在树丫的脚拔出来后，也就能活动自如了。梁枫把紧了梯子上端，让她稳稳当当地回到了地面。指导员松了口气："几年前大坤的母亲来探亲，也被台风刮到这棵树，撞断了肋骨。"

"那就把这棵树砍了吧？太招风了！"张明明立刻提议。

指导员不同意，说这棵大树是挡风树，不是招风。大坤也不同意砍树，老娘回老家养病时曾对他说过，这棵树能挡风遮雨，秋天的荔枝挂满枝头，是连队的福树。

第二天，狂风减弱，雨也停了。山下暴涨的积水还没有退去，但井口已清楚可见。猪栏的草棚虽然吹没了，跑出去的猪却如数追了回来。几头吨位重的水牛安然无恙，黄牛却多了一头牛犊子。连长最担心的橡胶树已被折断不少枝条，但主杆并没有被拔起。看来全连只有顾蕾伤势最重。连队领导不能不感谢知青团结一致，抗灾有功了。

而重灾区，这次台风让多少小河变大河，大河变汪洋。台风历行18天路径，造成了575人遇难和193人失踪。仅在海南和雷州半岛就夺走了100多人的生命，30000多间房屋倒塌，十余万亩水稻失收。然而，幸运的海南西线沿海，除了受台风外围的大风影响外，没有受到严重损失。但是，兵团通报还是传播了骇人听闻的台风灾害消息：

“广州军区生产建设兵团第六师第二团畜牧连，在十月十七日凌晨与台风搏斗中，他们发挥了我军团结战斗的光荣传统，不畏艰难险阻和威胁生命的考验，与洪水奋力拼搏，体现了我军的大无畏精神。不幸壮烈牺牲的二十二名战士，是我兵团的重大损失。我们痛心疾首，我们无比怀念。他们的共产主义精神，是我兵团的骄傲，是我兵团的榜样。他们在生命的垂危关头，高唱着《国际歌》，高喊‘下定决心，不怕牺牲，排除万难，去争取胜利’，这种崇高的思想境界激励我们每一个活着的人，生命不息，奋斗不止！”

顾蕾完全忘却了自己有惊无险的遭遇，抱着枕头放声大哭。在那份红头通报上列出的英勇牺牲名单里，有她童年的朋友，有她熟悉的面孔，有她一起去“大串联”的战友……

葛小敏想找话安慰她，却找不到任何话题，自己也抱着被子痛哭起来。

“你哭什么？你也认识她们？”顾蕾反而止住了哭泣。

“我不认识！是她们的精神太伟大，太感动人了！”

“真的太感人呀！她们在洪水激流中挣扎，在生死关头，不顾个人安危，把《毛主席语录》保护着滴水不沾，完好无损。这是什么精神呀？！”

“这是我们年代精神呀！换了我，也会这样做。”

“对！她们的精神永垂不朽！我们是毛主席挥手我前进的年轻人。为了建设社会主义，建设海南，就一定要树立为革命献身的思想。”顾蕾说完，擦去眼泪。一时间，脆弱的胸怀充满了无穷的力量。

“你的豪言壮语非常动人心弦，不献身也要扎根！我们都交扎根决心书了！”葛小敏擦去泪水。“我们要扎根兵团，扎根边疆！为建设海南赴汤蹈火，在所不辞！”

“扎根决心书？谁起的头？什么时候的事？”顾蕾跳下床来。

“预备党员马晓冬！就刚才，马仔写好，我们大家签名，大头明也签了。他说要帮你签，马仔不同意……”

“我，我自己写一份……”她拿出纸笔，快速写了一份决心书。铿锵有力的几行字之后，坚定地签上了自己的名字。瞬间，她又像泄了气的皮球，“呜呜”地哭起来。

“嘭！嘭！嘭！”一阵敲门声。接着是张明明的声音，“表姐！表姐！指导员看你来了！”

顾蕾被台风刮到树上撞伤，也是工伤。领导关心责无旁贷。这会儿她想到的不是感激领导慰问，而是担心自己成了落伍之人。她是个积极要求上进的青年，怎么能在扎根问题上迟迟没表态呢？她趁葛小敏去开门的时刻，抹去泪痕，拿着决心书，像个哨兵立在门边。

“顾蕾，你好些了吗？”指导员第一次走进了新迁的砖墙女生宿舍。

“指导员，这是我的决心书！”

“很好！我们要做到人人表决心，个个有行动！”指导员扫了一眼顾蕾双手递交的决心书，满意地点着头，“革命不分先后，你的决心铿锵有力，气势高涨，先抄在宣传栏上，再送往团部广播站。”

“我们的决心书也要送团部，有二十多人签名，分量不轻。”葛小敏补充。

一石激起千层浪。连续几天，团部广播站的早晚广播节目都在播放着各连队送上的“扎根”决心书。知识青年中奔走相告，群情激奋。

刘什却一言不发，虽然勉强签了名，却意懒心慵。他兄弟姐妹十六个，他排第十，已有四个成功到了香港岛。虽然1962年“东站事件”中六哥和七姐没能成功出境，也坚持不懈，最终在知青下乡洪潮之前达到了目的。家庭的贫困和环境的渲染，使他早早就埋下了越境的兴致。父母的皮革生意已变成补鞋店，日子一落千丈。母亲十七岁开始生育，三十七岁时生刘什。那年母亲难产，生下刘什没几天患了肺炎过世了。父亲续了小姨，后来又生了六个女儿。刘什到了海南就没想长待，他铭记继母的训斥，“反骨仔，没有搏死勇气就不要讲‘督卒’（偷渡）！”只可惜如今还没轮上探亲假。否则，他就不信自己身上全是软骨。

梁枫在台风过后第二天就回广州探亲，回来时已错过了表决心的高峰期。年轻人喜欢风口浪尖，汹涌浪潮一旦过去，一切又回归平静。所以，令他叹息不已。

当晚，张明明惋惜地告诉他：“很关键呀！我们气势高昂，激动人心。还有人咬破手指盖血印……”

梁枫万万没想到回城探亲这段日子同伴们又经历了一场思想较量。尤其是张明明也说自己咬手指盖血印，他颇有感触。在这些初、高中学生的心目中，大头明简直就是小弟弟，如今也变得如此理智地面对现实。自己这次从城里回来，种种原因使自己变得心事重重。听了张明明的述说又使自己振作起精神。这时，几个探亲心切的伙伴拥挤进屋。

车少谔劈头就问："'讽刺'，广州形势怎样？"

梁枫很干脆地回答："形势大好，不是小好！"

"如此抽象，报纸上已经有啦！具体呀，你见到我妈没？"车少谔又问。

梁枫从行李袋里拿出一盒午餐肉罐头："这是你妈给的……"

车少谔接过罐头，眼睛湿润了。问道："我妈的眼睛还好吗？我弟来信说，娘亲天天晚上就知道哭，快瞎了。"

"唉！可怜天下父母心。你又没死，不需要哭滴！这里的生活无非是苦点累点，环境差点，又不是死路一条，我们应该想着大有作为嘛！"马晓冬插话。

张明明藏不住话："不是哟！养猪连一觉醒来就少了二十多条人命呀！"

提起这事，大家都沉默了，多么悲壮的事迹。过了好一会，叫尚武挠挠头："是呀是呀！死是很随机的！我大伯在楼顶痰盂屙屎都给雷劈中啦，不走运系真。就看死得有没价值，有价值就重于泰山，或者越秀山都得。"

"你大伯真的很惨，屙屎都屙死。命数太差了！"刘什叹了口气。

梁枫在报纸上看到了养猪连的悲壮事迹。当时他的第一反应就是要把选址沼泽地为建猪舍的决策人抓起来绳之以法。如今大家提及，焉可等闲视之。"我认为……"

突然有人喊指导员来了。果真，指导员的铜钟嗓门传了进来："梁仔，你能按时归队，值得表扬。我们现在每个月只有两个探亲名额，难为你们想家了。如果大家一起回去，我们连队就瘫痪了。只要每人都能按时归队，就一定能争取每年探家一次，怎么样？"大家不约而同鼓起掌来。梁枫的高谈阔论被打断了。他猛然想起什么，急忙把藏在裤头里的通行证拿出来交还指导员。指导员晃了晃通行证："这是法宝，少这张纸就过不了海哟！"

知青下乡到连队，从最早的一批来算时间，都已符合"探家"条件。指导员只好按申请理由轻重缓急安排。结果发现极多数申请者都是"母亲病重"，他只好优先那些家里发来急电的知青了。顾蕾和马晓冬没有提交"探家"报告，叫尚武和车少谔也都让了一次“探家”假。无论如何“探家”都成了单身职工带薪的歇息日子。但是，指导员心里并不认为个个都需要探亲。农场职工生活今非昔比，条件已经很优越了，不应该有更多的个人享受。比如说知青刚来时每月也有四十斤粮和二十二元工资，第二年调到二十七元，个别先进者调到三十元二角。虽然劳动强度大，粮油供应有限，忍饥受饿的日子也有，但比起当年第一批垦荒者的生活那是好太多了。尤其那些家境好的年轻人，还能时常收到家里寄来的包裹改善生活。家境艰难的年轻人呢，那是苦了些，自己还得勒紧裤腰带给家人汇款。不过，至今回城探家的知青还没人申请预支路费，这是连队领导省心的事。他指导员自己从跟随部队渡过琼州海峡，十几年间没有探亲。那年正直父亲七十大寿。老人来了一封信，上面只引用了明朝袁凯的诗句：“江水三千里，家书十五行。行行无别语，只道早还乡。”那封信收到的第二天，又收到了电报。电报是大哥寄的，只有三个字:父已故。他泪流满面，却又因革命工作需要而放弃了回去尽孝。他牢记毛主席的话：“共产党员无论何时何地都不应以个人利益放在第一位，而应以个人利益服从于民族和人民群众的利益。”他用毛泽东思想鞭策自己的一言一行，为革命事业努力奋斗，一切无怨无悔。所以，他也就用自己的标准来要求年轻人。梁枫提前归队，让他对年轻人增强了信心。同时，也解除了一些领导对知青探家是“一去不复返的”的疑心。下一个“探家”名额应该给谁？他在犹豫。

这天中午收工时间，指导员来到顾蕾的林段。见顾蕾仍在埋头铲草，精心管理她的林段，便主动地打了招呼：“小顾呀！怎么还没收工？”

“指导员！” 她打了招呼，头也没抬。一件蓝色的工作服被汗水浇得湿透。脸上沾了不少泥土，看起来是用袖子擦汗时搅和的。几天前她收到母亲来信，说做了阑尾炎手术。她原想请探家假回去看看，但每每想起抗洪牺牲的同学和战友，想起她们“大有作为”的使命已结束就很痛心。感慨自己还有机会，还能通过辛勤的劳动感受大有作为，多么幸运。所以，她觉得自己不应考虑个人得失，不再祈求天上掉“馅饼”的机遇。

指导员见她仍然没放下手上的锄头，便说：“该收工吃饭了，别饿坏了。人是铁，饭是钢。唔！我说呀，你是不是该探家了？”

顾蕾惊讶地停住了手中的活：“指导员，你说什么探家？”

“是呀！我说错了吗？”指导员收起了笑容。

顾蕾这才认真回想指导员刚才说话的语调。感觉指导员的确对知青关心备至，不是装腔作势。尤其对自己，好像比较偏袒。她想了片刻，乐了："好啊！如果你批假，我想带朱红梅一起去广州，让她看看大陆风貌，行不？"

"呵呵！呵呵！"指导员半笑地看着她，"给你探家假，你还有条件。你是说带儋州婆去广州？我没听错吧？"

"指导员，你是千里耳嘛！这么近距离你不会听错的，就是朱红梅！"顾蕾算有一半是恭维。能回城探亲的确是领导的关怀，事实上胶工也只有在停割期间有离岗的机会。她曾经答应过老职工符井开的老婆朱红梅，一旦回城探家，定要带她到广州看世界。现在机会来了，自己不能食言。所以，她趁机提了要求。见指导员没吭声，自己默默地收拾了工具，跟着指导员身后从林段走了回来。到了荔枝树下，指导员清了清嗓门，问了："你真的要带朱红梅去广州看世界？"顾蕾觉得有希望了，立刻保证带她去，带她回。

梁枫不知道从什么时候凑了上来，手里还端着饭菜。他边吃边凑近，搭腔道："你知道朱红梅的祖先是谁吗？是宋朝将军朱廷玉！朱氏迁居海南已经三十代人了，不会是她想拔根离开海南回浙江嘉兴吧？"

"梁仔，这里没你的事。驴头对不上马嘴，儋州婆哪来拔根问题？回头再找你！"指导员近来对梁枫也有偏爱，说话老向着他。

从打井开始，梁枫和指导员的距离就拉近了许多。有时他也到指导员家里揩点油水，尤其长年不断的豆腐乳和萝卜干，一小点就能拌匀八两米饭。这一刻，他知趣地放快了脚步，又窜入指导员的小厨房讨常年咸菜去了。

顾蕾被梁枫在树上解难后，仍然没有增进来往。且不说他口若悬河，就那种见缝插针似的卖弄才华也让人产生了距离。这会儿被指导员打发走了，她又有了说话机会："指导员，朱氏祖宗虽然是帝王将相，是被推翻的统治阶级。几百年历史了，和她本人没有任何多关系。你说呢？"

"那，也要老符头同意！"指导员压根儿不懂得朱红梅的家谱，只知道她是富农出身。也无法串上封建朝代的根源。他就不明白朱红梅为什么要去探望无亲无故的城市。

顾蕾听这话脸上露出得意的神态："太好了，指导员真是好人。你快去问老符吧！"

一年前符井开就向顾蕾提出带他老婆过海去看大陆的事。那时顾蕾毫不犹豫就拒绝了。无亲无故的外出休假，怎么说也是一种私心杂念。后来顾蕾去养猪，常常把猪屎送到菜地沤肥。那次她挑着粪桶跨过四通八达的防空壕时，连人带粪全掉进沟里，幸亏朱红梅路过救急。此后两人关系也密切起来。顾蕾不久前去他们家吃蛇肉，朱红梅说起自己的朱氏家谱：其祖公原是北宋真宗皇帝派往海南征战海盗的大将军朱廷玉。她的父亲是祖公第七子的后裔。这是历史，后人改变不了前人的存在。他们也有梦，他们的梦不是逃离，是对大陆的好奇。对此，顾蕾对土生土长的朱红梅刮目相看了。滴水之恩，当涌泉相报。她是知恩图报的人，当场表态一定要把儋州婆带过海，去实现她的梦想。再说了，她觉得海岛人进城，去感受城市的风光也是缩小城乡意识的途径。

没过几天，指导员告诉她："老符头乐得要尿裤，还说明天就走！怕我变脸不是？"他边说还边摇着头，那神态无疑没想通那女人为啥想进城。

顾蕾是急性子，喜欢雷厉风行。她立马答应："好啊，好啊！明天就明天。"她从指导员手里接过了通行证，感谢不尽。

第二天一早，她兴冲冲地来到表弟张明明宿舍。门前的长廊蹲着一排刷牙洗脸的男生，许多人好奇地投来五光十色的眼波。而她，从来不与男生多说三句半话的窈窕淑女，此时眼笑眉飞。迷人的酒窝伴随着她那甜蜜的微笑，像一股欢乐的浪花使平静的湖面突然荡漾起波澜。有人窃窃私语：这表情，没酒也醉人呀！

"表姐，你真的准假了？"张明明急急漱了口跟着过来。

梁枫又凑热闹地说："哗！上北京见毛主席呀？！"他这个人就想找话引顾蕾的注意力。他从广州探家回来后，仍在寻机向顾蕾表白那天在猪栏没能表白的心情。虽然随时间推移有过淡漠和犹豫，一旦面对面，感觉重生。

顾蕾斜了他一眼，没有搭理。对表弟说："阿明，你要带什么回去？我马上就走。"转身见梁枫还傻站着，不免又想起那天在荔枝树上他所表露的深情举动。那时是患难见人心，她深受感动。回到地面时，那种感触一晃又消逝了。也许是一时冲动的怜爱，被一层朦胧的压力严严实实地捂住了。

"表姐，这小包'飞机草'粉是我自己碾制的，吆侬说是上等止血粉。还有，羊红女给了几片木薯干，说煲粥很好吃，儋州佬都舍不得吃呢，你帮我拿回去。"张明明从木箱里拿出一些东西。

顾蕾打开看了看，放回他的小木箱。"没用，我们有云南白药！我们煮的是柴鱼花生粥，你老妈知道你只吃木薯干一定不放心，算了算了！”

“那……还有，还有！吆侬有一瓦罐酸笋，送‘米兰’很好口味哩。”张明明从床底拉出一个小瓦罐，打开一看，酸笋的确酸味浓厚，一层两寸高看似棉花的霉烟散出一股腐臭。

“啧啧啧！全霉了，不能吃了……”顾蕾惊叫起来。

张明明一手夺了过来，抽动鼻头闻闻：“啧什么啧呀！没事的，酸笋就是这个味，我在吆侬家吃过。”

“原来是酸笋！难怪我闻着股烂脚趾味！我猜你放牛放出了‘香港脚’。掷了，快快掷了……”梁枫揉揉鼻尖，嗤了几声，连续打了几个震耳的喷嚏。

张明明怎么舍得扔，他急得涨红了脸：“不行！倒泄屎都不掷！”

顾蕾见他如此珍惜，只好应允：“带就带吧！‘虾仔酱’比它还大味。”她把腌笋煲的那层白霉刮去，得意地瞅了一眼梁枫。凑巧正遇对方投来一丝睨笑，刹那让她双目躲闪不及，脸红耳热。尴尬间勉强给表弟交代几句，拿着腌笋煲，甩头就回到自己宿舍。

葛小敏给学生上课去了。她定了定神，草草地留了张字条。然后，她把腌笋煲捆结实，放进旅行袋，背起兵团新发的草绿色挎包，又往兜里放了两颗橡胶籽和两片橡胶树叶。想了想，在枕头下拿出《毛主席语录》翻了几页，也放进挎包里。

“顾蕾，顾蕾！”朱红梅在门外喊了。

“来了！来了！”她一开门，眉眼都竖直了，大声叹道，“哗！哗！这么耀眼呀！世世代代就是今天最爆棚了吧？”

朱红梅穿了件布扣子的好婆蓝新上衣，也许布料少了，紧身挤肉。当地女性没有穿文明胸罩的习惯，原来晃晃荡荡的前襟如今被挤得像塞了两个充气的足球，怎么看都不自在。她嘴唇略带紫色，像是刚吃过山稔子一样。三十出头的少妇看上去像半百的面容，可见风吹雨打，烈日暴晒下储积的艰辛痕迹。

“我的新衣是昨晚缝的，好看不？”她满心欢喜，双手用力地拽直前襟。

“好是好，颜色太鲜艳了。”顾蕾也不隐藏自己的惊讶。

“城市人不就喜欢耀眼的吗？我这块布料是老符前几年到海口市参加‘五好职工’大会时买的，每人只能剪五尺，还没来得及缩水。不短吧？”朱红梅说的不假，买糖要糖票，买肉要肉票，买香皂要香皂票，买布没布票就别想穿新衣。即便个头高大加上肥胖都是同样的限定，没有特殊可言。

顾蕾摇摇头：“眼下不短，缩水就太紧身了。”

“嘻嘻！把奶割了就不紧了，孩子大了要奶也没用。到广州城找医生割了，还能省布票。”朱红梅乐呵呵地又说，“不割是不行了，我老娘说女人生一胎奶大一寸，我就大了四寸多，气死我了！”那是！当年她结婚，从年头盼到年尾都没见肚子。后来是指导员找来了秘方，挖了几棵椰子树根煮水，喝了三个月。结果就成了四年生三胎的结局，吓得指导员赶紧动员符井开去做了结扎。

“咯咯咯……割奶，肉酸！”顾蕾捂住嘴，笑弯了腰。她觉得这种玩笑太直，太俗，耳朵都觉得羞耻。说话间，顾蕾带着朱红梅抄小路，急呼呼地跨过十二个林段区，走到通往海南西线的唯一国防公路的路口。她们想半路拦截车辆，拦截所有往北去的车辆。只有那样才能赶到海口秀英码头乘船渡海离岛。

她们奔走的是国防公路，是四级砂土路。不时驶过来的汽车把路面的砂子掀起，养路工推着木耙，一步又一步，一耙又一耙地又铺平了路面。她们来不及赞叹养路工的敬业精神，只求脚步加速和搭上便车。可是，过往的汽车大都是运输卡车，不是装大油罐就是运粮或是运橡胶片。那些大卡车上的油罐把卡车挤满，没有容身之处，车头副座两个位置都会挤仨，没有空余。粮油卡车堆积超重，也没有落脚之地。公共班车两辆已经呼啸而过，半途没有停站。那些禁止在国防公路行驶的拖拉机和牛车，也只是短途路经，随即转入岔路。

朱红梅的新衣裳沾满了尘灰，蓝得发亮的耀眼之处已不再发光。她喘着粗气，一直埋怨自己胸脯过重碍事。顾蕾抹去额上的汗水，听她一再提“割奶”也不想笑了，反而板起脸孔：“阿梅姐，你再啰唆我找把镰刀现在就帮你割了！”

“咯咯咯……死囡！老符说，我是屁股肉长在胸前。那次我就踢他下床……”朱红梅像母鸡刚下完蛋报喜一样笑个不停。自从知青来了连队，她也长了见识。不过，生活习惯中的拘束和麻烦也多了。比如女人的奶子还要拿小布包着，叫穿“文胸”，她觉得很不自在却也要学着忍耐。说了几辈子“屙揑（小便）”又叫什么“一号”。尤其是女人抽起大裤筒子站着就能“屙揑”的又要蹲着，就不怕蚂蟥钻屎窟。还有最不可理解的是祖祖辈辈都用小棍子刮屎的传统，又变成花钱买草纸来擦屎。当然，她还不知道印度人用左手刮屎窟的那一招，直到广州后顾蕾才告诉她。

忽然，一辆电单车追了上来。是一辆半新的永久牌26寸自行车带着电动小马达。这时候能有辆电单车，那是最上等的私人交通工具。无论是农场职工或是兵团战士，也是可望而不可即。眨眼工夫，电单车就从她们俩身边驶过。顾蕾转头一看，骑车的是个年轻人，模样潇洒，虽然脸部没有什么特别印记，那姿势和气度似乎眼熟。车后架带着个姑娘，前额流海搓成小麻绳式的一束一束，与弯弯的月眉平齐。虽然神情急迫，也不失落雁沉鱼之美。

朱红梅大大叹息："这个囡一定是喝老鳌村那口井水长大的，那个村的囡都长一个样。我们儋州山歌唱她们杏脸桃腮，蛾眉皓齿，亭亭玉立……唱山歌遇见她们，就没有达更（男人）和你对唱了。"

正说着，那对年轻人的电单车突然"嘭嘭"两声爆响，接着"嘎嚓"一声，连人带车抛到路边的灌木丛里。顾蕾惊了一身汗："梅姐，我们快去看看！"话刚说完就往前方跑去。她身形轻巧，曾是中学篮球队后位。这百米冲刺也不在话下。她把行李袋往旁边一扔，急忙扶起躺在一旁的姑娘："同志，同志！摔得重吗？同志……"

朱红梅上身似水桶形，双脚像锥子，吃力不用说，又因衣裳过紧，勒得只能张开大口呼吁。上气不接下气地追上来时，双膝一软，"啪"的一声，跪在地上。"唉哟我的天呀！我挑水挑粪，十年也没这么累过，要死了要死了……"她哼哼哧哧地骂自己不中用，急忙凑近时一看，"哎呀！她后脑勺流血了。"一转身，立刻撸了一把路旁的"飞机草"叶子，在自己那件新衣裳上擦去尘土，再放进口里嚼了嚼，连同稠稠的唾液啐出，迅速地给姑娘后脑敷上。又从身上抽出一条红格子的大手帕给她扎着。

顾蕾看傻了眼，心里直嘀咕：没消毒，有细菌呀！真后悔没把张明明晒干的那小袋"飞机草"粉带在身上。这时，姑娘醒过来了。她呻吟着："万良，万良！你没事吧？"

顾蕾想起那个骑车的人。她惊讶地问："万良？真是万技术员？"她在路边杂草丛中见到了仍被车子压住一边腿的年轻人。

"丽丽，你没事？"他似刚醒过来，使劲地晃晃脑袋，眨巴眨巴深凹的双眼。

"我是顾蕾，你还迷糊吧？"

万良又晃了晃头，掐掐脖子，惊疑地问：“顾蕾同志？你怎么在这呀？”

果真是多日不见的万技术员。顾蕾没直接答话，先把车子移开，让万良坐起来。他的小腿被断节的“飞机草”秆插入肉里，足有两寸深。只见他吹了吹伤口，二话不说，用力一拔，把那根灌木节子连着肉丝一起拔了出来。顾蕾被他的举动吓呆了，看不出体形柔弱的南洋归国华侨还有大男人的血气。

“哎哟哟！真是万技术员？”朱红梅见他小腿正流着血，又嚼了一口“飞机草”，迅速地处理了伤口。

“我的爱人没事吧？”万良关切地问。

“你爱人？”朱红梅愕然，随即又说：“哦？是那个囡？没大事了。”

万良提在喉头的心总算松了下来。他轻轻地唤了声：“丽丽，你OK吗？”

“老万同志，我没事……”丽丽挨在顾蕾身上小声应着。

万良挣扎着站起，踉跄地朝丽丽走来。小两口有惊无险，一见面就拥抱成团。顾蕾看了眼热，不好意思地转过头。朱红梅会意地笑了：“嘿嘿！万技术员什么时候成了我们儋州人的女婿了？”

顾蕾也流露着不可置信的目光。突然，她蹦出了一句英语：“What a wonderful surprise（多么令人惊喜啊）！”

“Thanks！Here is our marriage certificate（谢谢！这是我们的结婚证书）。”万良下意识地从上衣口袋掏出一张32开的纸片，他没敢忘记当年谈恋爱时被错抓和下放劳动改造的经历。所以，他要证明自己是合法婚姻。

朱红梅不识字，也听不懂英文。来海南的人四面八方，各省各县方言诸多，海口话“吃菜”和潮汕话“吃屎”都发一个音，听不懂的语言就当没听见。她拿过万良的结婚证明，见到下函盖了个乒乓球大的红印章：“恭喜！恭喜！这回没有人再抓你了！”

万良却说：“梅姐，现在不是抓人的问题了，是要拿我的头喂鸡……”

丽丽立刻拉了一把万良的衣角：“Honey，don’t wash your dirty laundry in public（亲爱的，家丑不可外扬）！”

顾蕾惊讶，她不敢相信眼前的儋州妹还能说英语。朱红梅倒不觉得稀奇，也无法分辩语言。她曾听万良说起过婚姻大事，又因万良的普通话饶舌，她也只听明白一半。大概是女方是大学生，后来下放到招待所当招待员。但不知道是何方姑娘。听说有人要杀他头，大声问：“谁要杀你？是造反派吗？”

万良心直，也没顾及新婚爱人的暗示，开始滔滔不绝地说起逃生的经过。他说得很浪漫，眉飞色舞。“我在被批斗之前就认识丽丽了，中国话叫‘一见钟情’。她呀，very pretty，quietly attractive。不是吗？她非常漂亮，又有气质，又有魅力。最重要的是出身好。我没说错吧？上星期我们领了结婚证，接着就回去看她父母。我还买了一盒槟榔呀……”他润了润嗓子，“他们很热情，搭了火架子，做了很多菜，我就想美美地喝上两碗番薯酒。巫师这时候来了，手舞足蹈，把鸡头扭断了……她的母亲说那个煮好的鸡没头了，就是老天爷不让我过夜了！”

“不能入洞房？那就不入嘛！在女家怎么能入洞房？你急了？”朱红梅又一阵嬉笑。

“No！她说鸡没头就是要我的头！那巫师有魔法，还……”他又说。

“啊！完全是无视国法！”顾蕾简直不敢相信自己的耳朵，恨不得把那些仍然抱着封建意识不放的人揪出来。

新娘子丽丽委屈地辩解：“那是我们族人的族规，不能与外族人通婚……”

“你不是儋州妹吆？”朱红梅问道。因为儋州姑娘没有这种约束。

丽丽伸出手臂：“阿姨，你看我的手……”她的手臂有许多墨汁斑点。原来要刺在脸上，幸好祖父是寨子的宗族家长，新中国成立后跟随共产党，思想进步了，宗族传承在自己孙女身上起了变化。

“少数民族？”朱红梅双眼瞪得像灯笼一样。

“嗯！”万良对“少数民族”没有太多想法，他觉得自己当年在南洋也是少数民族。只遗憾此时为了逃命没能尽情享受当地婚俗。他舌尖在唇间晃了晃：“My God（上帝）！我一口酒也没喝就逃……”

“后来呢？”

“他们追呀喊呀，拿着大镰刀和棍棒，一村子人呀……她哥哥骑着电单车追上来。我觉得我很快就变成没头新郎了，多么有趣呀！原来那车是她哥哥偷给我们逃跑用的，她的brother（哥哥）思想真解放哟！”万良露出几分得意神色。

“我哥哥是好人，他有文化，是复员军人……”

“太戏剧化了，很有刺激性。我们逃了几天了，非常惊险！”万良挤眉弄眼地朝新娘子说，“It would be nice to be killed by love，no？”

“万技术员，你不要卖弄英格利语了，红梅听不懂。”顾蕾转脸朝红梅，不乐意地皱起双眉头翻译，“他说，他为爱情而死会很值喔！哼！真是没有改造好的小资产阶级情调在作怪。”

“啧啧啧！莫闹他。人家有情有爱，又是华侨，原谅他吧！我听说华侨农场的女人，月经带都挂在外面晒太阳，丑死人了。你们这些女知青呀脸皮薄多了，个个像照相佬一样顶着外衣在里面晒胶带子。呵呵，他们这些南洋人的脸皮和你们知青还是不一样。他要爱就让他去爱，不要爱到没头就行了！再说了，你们小两口不好好说普通话，去说什么英哥屎，迟早要犯错的。我们有鹦哥岭话，说那个好听，还有自治政策……”朱红梅虽然识字不多，受党员丈夫的影响，政治觉悟也不算低。只因是富农成分，平时少言寡语。若有畅谈机会，决不省话。

丽丽听了梅姐一席话，急忙解释：“万良是好人，他教我英语，我教他普通话。我，我……” 其实，她的普通话也马虎。中学成绩优秀，受老师的鼓励，考上了民族学院，成为村子里第一个进城受高等教育的女性。读了大学，她的人生之梦开始改变。然而，毕业后分到县档案馆没几个月，“文化大革命”开始，档案馆撤销，原本的梦境被摧毁。幸得共产党有少数民族的政策，她转到招待所当招待员。在县招待所有幸认识了归侨万良，她觉得是天意。万良给她开阔了视野，她的符琼花名字已经被爱称“丽丽”代替。万良每每抛出的举动都超出了她的思维，超出了她的追求和梦幻，显得与众不同，又新鲜又刺激。她明知道家乡有不能与外族人通婚的族规，她竟敢私自毁去原来已经被接纳的槟榔。

顾蕾虽然捉摸不透他们的心思，眼前见他俩相濡以沫，如胶似漆，隐约觉得失落。但很快又调整了自己的神态。心想，他们的结合，也就证明万良真正与贫下中农打成一片了。大学生加华侨，资产阶级思想渗透程度比知青更甚，能带头响应党的号召就是榜样。所以，她的同情心油然而生。想着自己也要赶路，时间不能白耗。问道：“你们车子坏了，怎么逃？逃往何方？”

“拦车！这是唯一的办法！”万良站起来，搬起他的破车，拐着腿来到路边。

“一起拦车吧！”顾蕾也觉得这是唯一的办法了。

人多拦车更难。一直到了太阳快要落山时，一辆大油罐车驶过他们身旁，在前方百余米处停了下来。万良见前方卡车掀起了车头盖，兴奋地说："他一定在检查水箱，或者给水箱加水，我们快追上去！"

顾蕾一听，拔腿就朝前跑。她的双腿真快，又来一次冲刺。她用她的革命言辞成功地说服了司机。没一会儿，众人也都赶上来了。他们把人和爆胎电单车都挤上了油罐车。虽然人挤在油罐大卡车两侧极不安全，这时也不必考虑了！

十八

顾蕾带着朱红梅，整整耗去四天才到了广州。一个月的探亲假抽了一半给朱红梅，自己也没剩几天了。

顾蕾家住东山区农林路的一幢八层楼的顶层，也叫职工宿舍。朱红梅早就知道城里人进屋就要换鞋的习惯。她说："我脚板底粗糙得像钢刷子，会把你家木板刷掉一层漆，怕不？" 她的脚板底果真像干枯数年的禾田，布满了裂纹。

"梅姐，你好记性！这么小的事你还记在心上。"顾蕾笑着。她也看到自己脚板底像砂纸般粗糙，只是裂纹浅些。

"嗯！水井呢？楼这么高，挑水不好走哇？"朱红梅一直东张西望，觉得一切都那么新奇。

"这里没井，喝自来水。"

"哦！城里人怎么拿香皂洗手呀？唉！真有小资产阶级的香风臭气哟！我带着肥皂，用我自己的好了，洗澡洗衣都行。"

"随你吧！我现在也是乡下佬了，洗头都用草木灰滤水，连肥皂都不用。还是你教的哟！"

"嗯！记得记得！哎呀，你家屙屎怎么能坐在池盆呀？屙不出呀！死喽死喽！想蹲坑都没有地挖洞喽！"

"梅姐，这是城市，习惯就行了。"

"嗯嗯！城市城市！灯罩都没有出气口，怎样引火呀？"

"梅姐，这是电灯！有开关，不需要引火。将来我们连队也会有电灯。"

“好啊好啊！死妹仔，现在我们什么都有了，还要等什么将来呀！”

当晚，顾蕾父母都去单位政治学习了。小弟去了同学家。顾蕾只好带着儋州姐姐逛街了。朱红梅在热闹非凡的街道走着，不得不感叹城市街道与橡胶林中的小路有着天壤之别。她未曾想过吃饱喝足之余还有更宽阔的享乐世界。她自言自语地叹道：“我认了，我服了！大城市真比墟镇大多呀！”

她们路过中山二路，顾蕾指着一排铁栅栏里屹立着的雕像：“这里面是中山医学院，隔壁是附属医院。那里可以割奶。”

“唉！不割了！我见城里老咩（老太婆）胸前都挂着两袋米，我要割掉就成门板，就是男人了。”她嘻嘻地直笑。又见街道上老妇人穿着红衣衫，吓得直吐舌。也不知道走了多久，顾蕾见她脚步拖沓了。只好拽着她坐了四站路的公共汽车，花了七分钱。阿梅心疼极了。

“这是南方大厦，里面应有尽有！”顾蕾继续介绍着。

“也有卖菜的吗？米兰皮和煎堆（麻球）都有吗？”

“蔬菜水果在另外菜市场嘛！广州人喜欢沙河粉，也有麻球！”

朱红梅点点头，又长见识了。“这鸽子笼真好，闭闭眼就能升天了，升得比荔枝树梢高多了。”

“梅姐，这叫电梯，不是鸽子笼。”

她们又逛到了上下九路，她眼花缭乱。站在布店的柜台前“啧啧啧”地赞个不停。好一会缓过神来：“这么多布料呀？还印了我们那边的山捻花喔！唉！太多了！嗯，多了也没用。我，我就要五尺，亮丽的……”

顾蕾见她指的那匹布，不解地问：“又是好婆蓝？”

“对！先来五尺蓝的，我老娘就要做一件让城里人爱看的颜色。再来两尺黑的，给老符做裤头。他穿了好多年大手帕内裤，遮不住囊，买块布块给他包严实。我还想买一条呆呆！”她附在顾蕾耳边悄语一阵，然后小心翼翼地在内裤夹缝的小袋子里取出布票。

“哦！不够我帮你垫着点！”顾蕾难为情地看着她，心里增加了许多同情感。

“不用不用！”朱红梅掐指算算，长满老茧的双手颤抖地数着一寸一寸的布票。她犹豫一下：“再来块绿色给侬侬和吆花。这块红的给侬弟、侬囡做新衣服过年……”

顾蕾实在不忍心看她数布票，从口袋里拿出自己用发绳编织的小钱包，找出那张手指大的小纸片："这是我的布票。拿着，给孩子多买些吧！"

"不行！我不能要！你们知青都用大手帕做内衣了，布票早就不够用了，我心寒……"朱红梅难过起来，眼眶顿时红一圈，"以前种了一些麻草，那些皮可以织成粗布，后来都铲除了。不然，也够！"

顾蕾只好把那张小纸片放回兜里。她多么渴望不需要凭票供应的日子。那是一个多么遥远的年代呀！那是一个生产力极大发展的社会，一个全民的物质财富和精神财富达到以家庭供给的极度丰富的神话社会。

这一晚的游街，朱红梅赞不绝口：城里人真水灵呀！他们吃的米不是农民种的吧？喝的水肯定不是松涛水库的！也不是从鳌灯村那口井抽出来的。虽然都是社会主义，城乡仍然是两个世界。她不敢相信城里的世界如此神奇。难为那些下乡知青了，还有那些北京上海的大学生，换了个天地多不容易呀！朱氏祖宗当年下海南不归途，真可惜了。想起指导员常常动员大家大干社会主义，争取早日实现共产主义。依她看，共产主义也未必能让连队变得如此繁华。只是共产主义吃上了土豆烧牛肉，可她不爱吃土豆烧牛肉。她只想咱们连队能有一条街市就比顿顿吃土豆烧牛肉强。她还对顾蕾说，土豆不就是薯仔嘛！还没山笋炒牛肉香呢！

顾蕾看她兴趣十足，问道："下次还来广州吗？"

"不来了，这里没人说儋州话，舌头变大了。"她想家了，金窝银窝还没自己的草窝舒服。

十天的城市生活过去了，顾蕾带着朱红梅又登上了红卫轮。当年登上红卫轮奔赴海南的喧闹场面历历在目。也许触景生情，浑身又增添了无穷的力量，让自己坚定了返回海南，扎根兵团的雄心壮志。

随着岸线的推移，珠江三角洲已远离她去。轮船已渐渐驶入了外海，波高一米多的南向涌浪把她从感人肺腑的回忆中拽了回来。正当朱红梅百般欣赏着轮船受波浪的激荡如躺在摇篮一样舒适的时候，顾蕾却被海洋学家兴趣探究的风浪叠加着涌浪而形成的混合波掀得肠胃倒置，头晕目眩。突然"哇"的一声，把母亲给她吃的柴鱼花生粥统统地吐了出来。

晚餐早已过了，酣睡一旁的朱红梅总算饿醒。她见顾蕾半躺着，哭丧着脸，纳闷地问："你也没吃上晚饭？"

顾蕾没吭声，又“哇哇”几声，肚子吐空了，只吐出黄水。

“哎呀呀……你怎么吐了？你从海南回来时没吐呀？”朱红梅叫了起来。她急忙掀起衣襟，想把自己贴在肚脐眼那块胶布和姜片撕下来给顾蕾贴上。

“别撕，我不贴那个东西！”她挣扎着推开，无力地摇晃了一下手指。说实话，她自己也没搞清楚回广州时怎么没晕船。

朱红梅不由分说地要把胶布撕给她，唠唠叨叨地说：“这是家传秘方呀，贴在肚脐眼就不晕了。几千年的经验……”突然，她发现自己的裤带松了，那是儋州人出门系在腰间的避邪物。她把剩余的布票和粮票都裹里面呢！她摸了摸，松了口气。立刻又摸摸内裤里缝着的那五元钱，这才放心了。

顾蕾无论如何不愿意接受那块胶布。说着凑过来贴在她耳边：“就是靠门那个家伙，刚才把手搭你腰上要流氓，我转身过去咬了他一口！”

“他胆大包天？趁我睡死想吃我佬咩（老娘）豆腐？我扭断他的颈！”朱红梅立即弹起，脸红脖子粗。

“算了，我已经给他手臂咬下记号了。”顾蕾深知自己晕得一塌糊涂，见了坏人做坏事也争斗不了。刚才咬了那家伙一口，幸亏他溜了。若真打起来，自己也是心有余而力不足。

五等舱是通铺，人员拥挤，空气闷热，呕吐声四起。她们想上甲板透气，但通往四等舱的楼梯门已关闭，两人只好又躺回铺位。朱红梅身子刚贴上床，又呼呼大睡起来，似乎几辈子没睡过觉似的。顾蕾不停地看表，希望船速能像时针一样随意拨动，恨不得立即靠岸。

整整颠簸了二十四个小时，红卫轮终于靠近了秀英码头。然而，又遇退潮，水位落到最低值，轮船无法接近码头的舷梯。这时，船上传来广播通知，由一艘渡船来转运乘客上岸。顷刻，原本有次序的人群出现了争先恐后的纷乱局面。她俩从底仓上来时，被人群拥挤冲散了。顾蕾怀顾四周，大多数是年轻人呀，和自己一样的知青吧？船也没往下沉，慌什么呢？多亏朱红梅穿了那件耀眼的好婆蓝，成了她盯紧的目标。否则，上了码头就彻底离散了。突然，在她的视线里惊喜地发现了一个熟悉的身影。那人站在舷梯口，让那些捷足先登的乘客逐一蹭到了他的前头。

“顾蕾？” 那个熟悉的背影无意地转头。

“郑文华！真的是你？”顾蕾喜出望外，全力往前挤了过去。

“真的是你呀？顾蕾！”郑文华惊喜不已。

他乡遇故知。这一刻，双方除了反复地说“真的是你”，一时也找不到更合适的话。在连队那年两人交往不算多，话也没搭上几句。这时候相遇却觉得有千言万语不知从何说起。顾蕾不可忘怀的是她参加“活学活用毛著讲解团”时，他送了一本注满词解和心得的《毛泽东诗词》。遗憾的是她回连队作讲演的那个晚上，竟然错过了与他会晤的时机。更为可惜的是第二天他就离开连队，参加了团部篮球队。紧接着又调往兵团篮球队。从此，杳无音信。

“你，还在连队？”他终于找到了话题。

“嗯！”她点点头，见朱红梅已挤入舷梯，走上渡船。心急了，想挤上前，又舍不得眼前的时刻。她问：“你怎么不走？不是等人吧？”

“等你呀！”他狡黠地笑着。

他也学会哄人了。顾蕾没敢正视他的眼光，轻轻地拉了一下他的衣服：“哼！那你？”话到嘴边又换了内容，“走吧，儋州婆在前面，不能跟丢了。”

“哦！”郑文华抬头朝前望去，“是符井开的老婆？有点印象。”他刚走两步，又转回头说，“你瘦了……”

“是吗？”她抬头腼腆地看他一眼，心想：若是父母说自己瘦了，那是父母的关爱和担忧；若是朋友和同学说自己瘦了，那是与过去的比较；若是有好感的异性说自己瘦了，可见他关注到自己的变化。她记得乔志强在离别多日后曾经对她说过那个话。那时曾出现一种甜美的感觉，回味许久。如今“大只佬”这么说，她相信他不是没话找话。虽然没有触碰到他的手温，却似一股暖流从手指的尖端流荡至手心，穿越手臂，回流到怦怦直跳的心房。她即刻打起了精神，在船舱时造成的余晕骤然消失。

稍缄默一会，他问：“你今晚住兵团招待所吗？”

她缓缓地说：“唔，还不知道……”

“哦！看来你们今晚回不了连队了。晚了，没班车了。”他似乎很肯定。

她试探地问：“那你呢？去哪？”

“我直接回球队！”郑文华回答利落。谈起球队，兴致盎然。“我们前阶段战胜了省队，就是全国排行前五名的广东省专业篮球队！嘿嘿！”顷刻间，郑文华的心似乎飞回了他钟爱的兵团篮球队。那是一个有奋斗目标，有理想追求，有革命情操的高温熔炉。这次的探亲假，他在城里只休了一周就迫不及待地提前归队。

“哗！犀利！”顾蕾在中学是女篮后位，是个好球手。他们有了交流的话题，掩饰了彼此尴尬的内心世界。他们出了码头，走到了街口。郑文华问了一句：“你们打算住哪？”

顾蕾看出他已经归心似箭了，依依难舍地说：“我们到粮油仓库，有载粮车就爬上去！”

“真要走？那我帮你们拦车！”郑文华眼中流露的是坦荡的老大哥神情，没有任何挽留的表示。

顾蕾只好点头，“嗯”了一声。

他灿烂地笑了，热心地把她们带到车辆拥挤的地段。果然有运气，他很快就截住了兵团载粮车。虽然那辆解放牌卡车上装满了大麻袋粮食，凭他的力气，轻而易举就挪动了几袋两百斤重的大米，腾出了一小块凹陷，让她俩窝在里面。 安排妥当后，他跳下大卡车，挥了挥手：“回去向大家问好！”顾蕾忽然问道：“我什么时候还你那本《毛主席诗词》呀？”

“永久牌，还什么！”他的双眼凝聚了一道穿透力很强的射线，犹如投篮时瞄准了篮板，誓夺百发百中。

她没再有话。以往曾觉得他的眼神要比他的语言炽热。现在才知道他也有催人泪下的肺腑之言。一个魅力十足的形象，是多少女生梦中的白马王子。她也不例外。可惜他没把通信地址留下，她也没好意思问，深深的遗憾再次产生。

一晃春天又到，橡胶树开始抽牙长叶了。顾蕾左顾右盼地总算收到了郑文华的第一封来信。草草一页纸，全是篮球队的动态：

“……你也许根本不会想到，一个篮球队伍，竟然是兵团政委亲自挂帅。我们的特点是快速灵巧，敢打敢拼，作风硬朗。昨晚，我们又赢了海南队，几万人观看，精彩呀！你未亲临其境，你就无法感受我们的感慨……”

字里行间硬邦邦的没有一句温馨之语。但是，顾蕾却读了无数遍。每读一遍的感受都不一样，试图找到隐藏在字里行间深处的含义。

葛小敏见她躲躲藏藏的神态：“不是拍拖（谈恋爱）吧？”

“你眼热呀？给你看吧！”顾蕾为了证明自己没有暗藏秘密，从容地把信递给她，“其实，球队的压力不比我们垦荒轻松，输赢的滋味我都可以想象！”

葛小敏毫不客气接过信，一口气就读了两遍。她对郑文华也曾想入非非，后来知道人人爱他，他不可能爱人人，尤其自己不是出类拔萃，只好忍痛割舍。她说：“各行各业，各有千秋。我们当老师也有压力，没有教育大纲，没有辅导教材，那些细蚊仔（小孩子）的视野很窄，仅仅煲冬瓜（普通话）就不易纠正啦！”

“你说的有道理！”顾蕾不得不承认，从知青队伍抽调人员都是兵团的急需人才。按指导员的话，那是革命分工。无论是篮球队、宣传队、卫生队、教师、共青团干部、招待员、驾驶员、报道员等等，都是革命分工。许多工作脱离了垦荒第一线，受人青睐。当然，羡慕和妒忌并存。这次探亲回来让她感到失落的是人员再次出现大动荡。尤其是表弟张明明去了武装连当班长，梁枫去了新建的中学当物理老师，马晓冬不仅提前转为正式党员，还去了团部负责共青团工作。她无法找出自己迟迟不能改变命运的原因。

尽管郑文华的来信都是革命言辞，也都成了顾蕾的精神食粮。在艰苦的环境中，书信往来有着一种温暖如春的感觉，又是一种无形的力量。他们传递了许多在报纸上无法探知的消息。彼此的心境距离也比当年在连队靠近许多。所以，她喜欢每天在连队的一大札信件中，寻找以“顾蕾同志”为收信者的信件。她还喜欢“地址不详”的来信，以增加同伴们的猜测和无稽的神秘感。与郑文华的频繁来信，招来许多女生的羡慕和嫉妒，她却惬意十足。有时又觉得自己很幼稚无知，很自作多情，很空虚无聊，甚至可鄙可悲。她不承认坠入情网，只是虚荣心在作怪。不久，她又收到了“大只佬”的来信，用的是红色圆珠笔。信中透露了不少形势逼人的消息，犹如山雨欲来风满楼的趋势。

葛小敏从食堂买饭回来，见她仍在琢磨来信，偷眼一看，吃惊地叫起来：“啊！绝笔血书，这么爆棚呀？”

“切！什么绝笔血书！”顾蕾回头看着她，半信半疑地问，“你说红笔信代表什么？真是血书吗？没有一句情意绵绵的话，你不要乱上纲上线！”说罢，迅速把信收起来。

“你真是黐咗线（白痴）咩？红笔信就是血书，与内容不相干才是独到风格。算了，萌芽初生，及时剪断，没有什么可惜的。”葛小敏解释，“要不要我帮你写封回信搞掂他？”

顾蕾脸色刷地变了，又痛心又伤感。“除了红色笔，不就是普通得像杯白开水，哪来血书？”

“你心知肚明，血红血蓝。陆玉莲把林育雄的求爱信都上交指导员了，你不比她严重就万事大吉喽！”葛小敏说。

顾蕾心想，自己和郑文华之间也没有什么难隐之情。只是和他书信来往较多罢了。说起陆玉莲，她就觉得滑稽可笑，立刻又恢复了往日的自信。“啊？你怎么知道little girl（小姑娘）的事？她才多大呀！私人信件也上缴，太夸张了。”她不可能把郑文华的信往上缴，虽然那不是恋爱的情书。即使被葛小敏言中是“绝笔血书”，也情愿把“萌芽”掐断，决不上报领导。

“谈情说爱不论年纪的，只论成熟多少。”葛小敏诙谐地说，“‘讽刺’去中学当老师那天也给你留了话。真是心思思，想到眼都痴……”

“骂我吗？猪仔得食嘘嘘冚（小人得志而忘形）！”她心里咯噔一紧。

“那天他走的时候留下这个笔记本。说等你骂他的时候就送给你。咁鬼马（这么古怪）！”葛小敏从书桌抽屉拿出一个漂亮的笔记本递给她，“就这个，我检查过了，空白的，没有反动言论。哼！他也有这一手！”

“有冇搞错呀你！现在才交出来？我也没骂过他呀！”顾蕾接过笔记本，心跳得慌，却故作镇定地笑了笑，“人人有份吧？太矫揉造作了吧？”

葛小敏摇头：“冇喔！就送我们俩！我是遵守嘱托嘅！”

“哦？”顾蕾有点失望了，她多么希望自己是万花丛中一点红。又想，梁枫可不是傻子，他为何要向小敏泄露其爱慕之心？那天在猪舍吞吞吐吐没说完的话至今都没有胆量说出来呢！他到底想说什么，与她是否有关系，她无法猜透。虽然自己显得那么漫不经心，也仍想知道那天他欲言又止的下文。

作为女人，顾蕾何尝不想男生都围绕着自己转。但是，现实的生活又怎能容纳感情色彩！她不敢承认自己生活的人堆里存在着适宜谈情说爱的环境。人人内心深处都在为渺茫的前景留着一处难言之隐的空间。而她留有的空间很窄小。因为自己对未来仍充满希望和激情，不容有太多私心杂念。

一连几天，顾蕾都被“血书”和空白笔记本缠绕着。她想起在广州探亲时朱红梅曾和她说过：“我们朱家祖宗留守海南是奉命而行，苏轼被贬海南也是奉命而行。你们知青南下是响应党的号召，依我看都是一样的奉命而行。看来海南真是有宝，不然，大陆人总来呀？哪天我们找到宝了，儋州就变成大城市了，我就不用来看广州了。”一个富农出身的人牢牢记住祖宗历史，难道不是代表着贪恋城市，鄙视乡村的思潮吗？知青暗藏着回城的向往又是什么思潮？不敢恋不敢爱，不结婚不成家谁能证明你扎了根！陆玉莲年纪小小就被人“爱”上了，难道不是好事吗？为什么要报告指导员？林育雄敢于冲破知青情感的宁静，挣脱被扭曲被束缚的情窦，不是一大创举吗！自己不也是递上了扎根一辈子的决心书嘛！怎么才能体现扎下根？顾蕾反复推翻自己的设想，反复坚定自己的动机。但是，每每抛出疑问，犹如推导一遍二元一次方程题目，从无数解中无法找到满意答案而产生重重困惑。

又是一个阵雨的早晨，她仿佛犯了精神衰弱。加上猫头鹰“咕咕”的凄凉音调，天亮前才合眼。朦胧中听到有人在嘀咕，她勉强睁开了双眼。

葛小敏走了过来，站在她床边抱怨：“你昨夜生疔疮呀？一份血书，一个笔记本就搞得翻来覆去睡不安啦？你知道你几吵人呀！”

“切！你还真以为我得‘金葡菌’感染吗？”

“是呀！你别忘了那年掉进屎坑的历史，那种菌随时都会侵入肌肤，进入血液的！”

“切！切！大吉大利……”顾蕾一蹦而起，坐在床沿。犹豫一会，终于决定把自己思索一夜的问题和盘托出。她叹了口气，闷闷不乐似地说：“昨晚想的事比一匹布还长，久而久之不是失魂（恍惚）也会戆居（变傻）……”

“唷唷，咁闭翳（这么烦恼）咩？凡是可以告诉我的事，信得过就说，也许我能解开些哑谜！”葛小敏巴不得知道多些，尤其是私下的悄悄话。想必她今日荷尔蒙浓度达到了极值，需要通过温馨的刺激才能获得自我调节。她顺手拿起自己的梳子，轻轻地给顾蕾梳起头发，接着又给她扎好了那两条松散的齐肩小辫子。

顾蕾受宠若惊。小时候常有女孩互相梳辫子的习惯，那似乎成了遥远的历史。如今她闭起双眼，如痴如醉地享受着舒适的时刻，并甜甜地打开话匣，且一发不可收拾。她问：“你有冇想过？我们这代人真正的使命是什么？”她不需别人的回答，又接二连三地提出了当年来边疆的理想和志向，提出了怎样才能让自己大有作为的问题。她一边提问又一边回答自己的问题，滔滔不绝。

葛小敏给顾蕾扎好小辫子后，仍然倚在桌旁，听得出神，听得忘了眨眼。

眼珠都干得充血了，还一再怂恿顾蕾继续往下说，往心灵深处说。直到顾蕾停顿了许久才说："哗！原来你真是抱负不凡，我还以为你是一时冲动……"她一直觉得顾蕾的积极表现是别有用心，根本不相信喝自来水长大的人愿意喝一辈子井水。上一辈人千辛万苦搞革命，农村包围城市，最后住进城市。咱这一辈人继续搞革命，积极上山下乡，城里人又要扎根在边疆。这是一个巨变，要适应时势巨变，就要从现实的每一件小事做起，她对同伴肃然起敬了。不再与她保持心境距离，便敞开心扉，直言不讳。她说："大多数人是随波逐流的。一腔热血，又签字又盖手印要扎根。一旦机会来了，你离开捉七（锄头）也是革命的需要，不牵扯扎不扎根问题。我这样说不会让你感到太沮丧吧？"她停了一会，"花如解语应多事，石不能言最可人。无论你说什么，我都不会笃你背脊，放心！"

顾蕾似乎从漫长的黑夜醒来见到了刺眼的光线，笑道："陆游的名句你还敢用？"她手指点了一下自己的耳朵，"嗯哼！彼此彼此，放心吧！"她不得不承认过于复杂的思想将逼迫自己走进死胡同。在阶级斗争和路线斗争的风口浪尖上，每一个政治观点都会延伸至灵魂深处的革命。她紧跟形势发展，而这种紧跟的思维只有在矛盾中形成。也许她们的交谈都回避了灵魂深处所隐藏的心思。两重性的向往和追求，在人与人之间的交往中显露天真无邪的一面最让人感到轻松。

一场新的政治形势出现了。"九一三"事件让全国上下老百姓震惊和不解。但是，形势发展势如破竹，容不得人们慢条斯理去辨明无产阶级"文化大革命"究竟是何种形式和步骤。许多人只知道"顺者昌，逆者亡"，一些不幸的知青家庭又有所牵连。所以，在揭批运动中又迎来了新的考验。

入秋了，由于天气炎热和繁重的体力劳动，知青中不少人出现虚脱现象。连长为了完成生产任务最怕知青请病假。他的口头禅是"死鸡也要屙泡硬屎"，无疑就是说人死也要有骨气。所以，许多新老职工都带病坚持出工。指导员却强调，带病坚持劳动是体现"一不怕苦，二不怕死"精神，不是"屙硬屎"那么没有思想境界！

"三八"割胶班的刘丽华因为胃病已经两天吃不下饭堂的三号米了，但她仍然坚持"轻伤不下火线"。这天她刚到了林段又觉得胃在绞痛，双眼泪汪汪的不能不让人怜悯。

顾蕾同情地说："你回去休息，有我呢！"

"我离开，你一个人又要割两个树位，怎么行呀？"

"没事，放心吧！"她觉得自己的技巧不仅是两个树位，一千株树也不在话下。由于集体割胶方案早已随技术要求终结，岗位责任制再次严格实施。作为班长的顾蕾就必须以身作则，严于律己。"三八班"里有人身体不适，她就毫不犹豫地肩挑双担，有时还得挑"三担"。

刘丽华捂住胃部，慢慢地走回连队。

朱红梅因小女儿发烧，请了半天假在家照料。她在门前的铁丝上晾衣服，见丽华姑娘哭丧着脸回来，不用猜测都知道她胃病又犯了。自从她去了一趟广州回来，和知青的关系已是水乳交融了。她常给知青弄些好吃的，这一刻她想起女儿的那碗儋州米兰皮（米线），立即回屋拿小碗分了一半让儿子呆侬端过去给犯病的刘丽华。

"大姐姐，大姐姐，我妈给你米兰皮……"呆侬站在窗外叫着。过了一会，见没人回答，他踮起脚往屋里看去。这一看竟吓傻了，没敢再敲门，端着米兰皮慌慌张张地往家跑。

"妈！妈……大姐姐癫了！"

"啊？怎么癫了？讲囊话！"

"是癫了！她，她吃屎！她大口吞屎……"

"吃屎？吃屎？"朱红梅不相信。欧阳大桑吃过老队长的屎，也是捡屎里剩余的蚕豆渣子。那女孩瘦弱，言语不多，又加上胃病，怎么会吃那东西？

"是吃屎！不骗你！"呆侬紧盯住手上那碗米兰皮，垂涎欲滴。

"呆侬，你是不是嘴馋了？"她见儿子那模样，猜他是饿馋编谎了，心酸地拉着儿子的手，亲自来到窗下窥探。不看不相信，看了吓一跳。眼前的事态当真让人哆嗦了。姑娘满嘴棕黑色，不是吃自己屙出来的屎还能是什么呀！幸亏来送米兰才发现这个秘密。否则，也还不知藏到何时。她拽着儿子跑回家，心里一直不舒服。好不容易盼到丈夫中午收工回来，立刻催他去找指导员想办法。

指导员听后半信半疑，即刻到胶林找顾蕾调查核实。第二天，顾蕾简单地把她了解的情况汇报指导员："她是有点不正常，心情抑郁，最好到医院检查吧。其实，她胃病更为严重，可能有胃溃疡！"

“哦？！”指导员沉着脸问，“胃溃疡是什么意思？是不是胃烂了？烂了就会穿窿，穿窿就会吐血，对吧？不得了呀！太严重了！”他挠了挠头，接着又说，“这样吧，明天陆小莲回城探亲，她也一起回去调养调养。好端端地，怎么就溃烂了呢！”

前几天指导员获悉四连送了两知青回城治病。一个是天天脱得光秃秃地在房间跳舞，另一个就是吃自己屙出来的屎。李医生亲自去检查，证明犯了精神病。团部卫生院没有专科医生，只好送回城调养医治。如今自己连队也出现同类病人，送回家调治是唯一的办法。他是领导干部，对知青中出现的病况不能置之不理，更不能为了全连全勤蓄意推卸责任。他记得那姑娘刚来时天天挂着笑眯眯的脸，人见人爱。如今怎就变成这个样？不可磨灭的历史教训是当年医院的老院长被病人打死，确切地说是被精神病人打死。女知青吃屎，应该是当领导工作没做好的缘故，他越想越发毛。

“她不是刚探亲回来不久吗？”顾蕾未料到指导员这么轻率就做出决定，很震惊。她察觉许多知青探亲回来后都有一种捉摸不透的起伏阶段。她敢肯定，刘丽华是被艰苦环境和超负荷的体力劳动摧垮身体，不至于精神失控，也没有吃屎，那黑不溜秋的东西一定不是屎！可是自己又不想揭开秘密，怎么办？

“治病嘛，迫在眉睫。我给上级打个报告说明原因。治好再回来嘛！”指导员自作决定了，没有通过支部讨论会。他不想把事情扩大化。他认为，任何变动都会在知青中产生骚动。他担心那帮幼仔像罢课一样罢工，那种麻烦不堪设想。另外，他也真为小知青染病难过，喉结都感到有一丝丝酸痛。

顾蕾谨记葛小敏的忠告，“花如解语还多事，石不能言最可人”。她坚定自己的信念。再苦，想想红军二万五。再累，想想革命老前辈。

刘丽华被特批回城治病了，这一走就没再回连队。

冬天又到了！盼望海南的冬天，不仅是分享冬天的景色和舒适的天气，更重要的是橡胶停割阶段。对胶工来说，只有这个时段不需要披星戴月地行走胶林。

“顾蕾！顾蕾！”门外是叶大勇的粗犷嗓门，“指导员叫你参加党支部扩大会议，快来！不能迟到！”

“哦！我就来！”顾蕾在宿舍里应道。

这次支部扩大会议增加好些知青，还有工作组的人。上次抓走张明明的雷组长也在会上。指导员昨晚从团部赶回来，他兴奋地传达了上级会议精神。“团党委指示，根据全省知识青年上山下乡工作会议的精神，我们要继续做好知青的思想工作，鼓励大家共同上进……”他看大家情绪仍然不振，又扬高了嗓门，“同志们，党对我们知青是关心备至的。迄今为止，全省从40万知青中，发展了4300多人入党，4万多人入团。我们这几年，还有两千多知青加入了中国人民解放军的正规队伍，有800多人上了大学，还有许多人当了教师、赤脚医生，我们连队也输送了好些人才。比如：郑文华、潘百岩、丘铁军、马晓冬、梁枫、蓝江、张明明等等。这是可喜可贺的进步……”

顾蕾静静地听着，心旷神怡。

指导员这会儿压低了嗓门：“可是，面对大好形势，我们知青中仍有不少情绪，还编成歌曲，叫，叫……”他朝工作组的雷卫东问，“叫什么歌名？”

“就是《知青之歌》！”雷卫东答着，又朝顾蕾望去。

指导员扫了一圈大家，又说：“对！这首歌有小资情调，是靡靡之音。我相信在座的都不会受其感染变质。再说，香港的靡靡之音也无孔不入，我们一定要提高警惕……”

“有知情者，尤其是偷听《美国之音》的，一定要立即报告，严加惩处！有包庇者，一同处置！”雷卫东插话。

知青们对工作组有看法，却没人反唇相讥。都说雷卫东是烂头苍蝇，拿着放大镜在鸡蛋里挑骨头。梁枫很早就给他起了绰号叫“疱疹”，来源于他的鼻子有几个永不消退的水疱。此刻顾蕾的心突然提到嗓子眼，若郑文华的“血书”落到他的手里，那就惹大麻烦了。

连长没有什么政治术语，这时顿了顿喉咙：“猪栏漏水了，我带几个人去整整。一会下大雨，跑了猪谁负责？”

指导员立刻点头：“雷组长没意见吧？”没等回答又说，“第一个会就到此，车少谔，你和大坤找几个年青仔去猪栏处理一下。连长还要参加下一个会，共产党员留下。还有，顾蕾也留下。第二个会我们马上开始。”

这时，顾蕾的心跳仿佛加速到每分钟160次还多。她不知道是祸是福。连队支部会只有宣读上级“绝密”文件时才这么肃穆。她怀疑郑文华的“血书”事件已经泄漏。剩余的人中，连长是新党员，刚通过长达15年的考验，走进了共产党组织的大门。叶大勇是退伍前入的党，那时才二十一岁。据说是探亲那年，学雷锋把一个摔伤的老大爷背到附近公社就医不留名。直到老大爷找上门就成了无名英雄，事后得到部队的表扬并加入了党组织。工作组那个“疤疹”和简为民也没离开，他们都是紧跟革命形势的干将。老实巴交的符井开一直晾在角落，一言不发。还有“老骨头”杜河，闷头抽着他的大碌竹水烟筒，连连发出“咕噜咕噜”的声响和一口接一口地喷出了缭绕四周的烟圈。

指导员手里拿着一本红色皮面的入党申请书，严肃地说：“同志们，根据顾蕾一直保持任劳任怨，不怕苦不怕累的积极表现和她孜孜不倦地学习毛主席著作精神，我们党支部通过多次审查研究，现在正式讨论她的入党申请！”

一片肃静，只有烟圈仍在飘游……

指导员润了润嗓子，激动地说：“我作为顾蕾同志的入党介绍人之一，现在给大家详细介绍她的情况……”

杜河紧接着发言。他为自己再次和指导员一起成为知青的入党介绍人感到格外兴奋。接下来是党员们逐一发表了自己的意见，工作组的两位党员毕竟是站得高，看得远。他们严肃地指出了顾蕾身上存在的缺点正是知青群体的“共性”和“个性”问题。

最后，指导员宣布“一致通过！”的表决结果。顾蕾兴奋至极，觉得福从天降。三年多的坚持不懈努力，不仅仅是经受了体力劳动的考验，更重要的是获得党和领导的关怀培养。另外，也证明自己家庭“历史”被查清楚了。不然就没有当今这一刻！想起前阶段由于“血书”引发自己对党的路线产生的质疑感到羞愧万分。所以，她警告自己，时时处处以党员的标准严格要求自己，为党的事业奋斗终生。

一年后，她和全团的37名预备党员一起，庄严地在团部会议室那面高高悬挂的中国共产党党旗前举手宣誓。当她紧紧握住拳头那一刹那，她的双眼滚下了热腾腾的泪珠。犹如当年在北京见到毛主席那样感慨千万，那样无法形容。

十九

顾蕾入党后，心里不知不觉就想起了较劲的梁枫。虽然多次听到他在中学和那帮学生一起干出不少惊天动地的事，理应解决入党问题，但宣誓那天竟没见着他。不过，没入党也能上调好单位，好职业，他已经撞上好运了。

说起中学，也有一段颇为感叹的历史。农场原来没有正规中学，只有附设农中班，十余个职工子弟为学生。正当一大批早年垦荒者的子女即将升中学时，“文革”来了。史无前例的运动让小学生们开始停课，而农中班的学生却赶上了大串连的热潮，开阔了对岛外的视野，也引燃了农场的“文革”烈火。不可阻挡的烈火烧到了学校，首当其冲的校长和几个从师范毕业的教师都成了“牛鬼蛇神”。连续不断的批斗后，一些幸运的老师被遣送回乡，而农中班两位出生地富的老师和场部几个政工文人成了真正的“牛鬼蛇神”被造反派抓去枪毙了。小学附设的农中班宣布解散，学校关门。不过，经历几个月停课后师生又恢复了上课。但是，教师队伍仍然青黄不接，出现了低年级课程由高年级的学生去代课的现状。两个进驻学校的工宣队员让学生天天背诵《毛主席语录》来消耗学时。1968年夏天，一批政治学徒下放到学校，之后又来了一位“家庭问题不清”的大学生，以此补救了教师队伍。然而，教师的一腔热血和学生们孜孜不倦的求知欲望仍被滚滚革命洪流随势逐日冲刷和考验着……

尽管师资缺乏，校舍破旧，好歹学校还存在。1970年夏天，由农场转为兵团建制的团党委做出了建设中学的决定。他们划出一块荒地，委任一位校长，再加配几位政治学徒为老师，还有一位炊事员，用牛车拉了一麻袋大米，领着百余名初、高中学生开始自力更生建设校园。学生们不愧为垦荒者的后代，他们着实继承了父辈的垦荒精神。暑期两个月，自力更生，艰苦奋斗，伐木砍杷，树梁盖顶，割茅草糊泥墙，建起了六幢草屋校舍。初战告捷时，团政委带着几个政工干部来参加开学典礼。最激动人心的就是政委命名中学为“五·七中学”，午餐时每人还加了两毛钱猪肉。对领导的关怀和鼓励，师生们感激涕零。之后的路，全靠师生自己走。他们对上级的期望仅是保证大米供应，其余的自给自足。随着教学课程的完善，党委调进许多新教师，从知青中抽调而来的占三分之二，那些落实政策归队的老师仍然不得重用。

梁枫被调到中学当老师后，出类拔萃的能力成了师生的中心人物。和学生们在一起，他感受到了自己的青春活力和价值。面对这群单纯又天真，勇敢又固执的学生，从起初的厌烦到后来的热爱，是他心灵的一次又一次的火花碰撞。这天，他坐在桌前，从抽屉拿出一封信来。这是一年前第一批本校高中毕业生苏珊离校时留下的。

尊敬的梁老师：

我们带着许许多多未知走出了校门，走进社会劳动的世界。虽然我不是知青，可是，我们走向社会的目标是相同的。我的父母是广州垦荒队的第一批志愿青年，那是1955年12月，他们和你们一样，离开慈爱的父母和亲人，离开繁华充裕的都市，带着纯真的向往和探索未来世界的心境，来到了南荒。他们在这块辛勤浇灌的土地上，生儿育女，生根立业。我为自己成为他们的女儿感到无比荣耀。然而，你们的到来，使我感受到心灵的冲击，感受到初衷时沾沾自喜是多么的渺小。因为我不是知青，我缺乏知识，需要拓展视野。我渴望知识，渴望文化，渴望纵观……您是知青，是老师，是知识传授者，不是知识施舍人。您做到了无私的奉献，教会我们天外有天。我们班的同学都喜欢您，包括男生和女生。尽管您刻薄也不幽默，却很真诚，很直率，很尽职，谢谢您！

我们这些职工子女，是垦荒者的后代。没有机遇成为知青，这是一辈子的遗憾，也是一辈子的荣幸。因为我们的父辈已经在这片荒山野岭上贡献了他们的青春，为我们铺垫了一条青春不悔之路。知青知青，像是春天盛结的花蕾，等待着千姿百态的盛开时节。这是多么让人骄傲的称号，又是一个多么动听的时代音符啊！我们羡慕，我们爱戴！让我们共同珍惜青春吧，老师！

您的学生　苏珊

1972年7月1日

他扫了一眼，轻轻地合上。清晰的记忆回到了那年刚到学校的第二天，也就是给学生上的第一堂课。那是物理课，下课后他拿着书本走下了讲台。

“梁老师，先有鸡还是先有蛋呢？”这是高二班的女生苏珊在下课后提出的额外问题。她身材苗条，两条齐肩小辫子，白净的脸上有几粒雀斑，一副眼镜架在挺直的鼻梁上，模样甜美可爱。据说这个年仅16岁的姑娘几天前曾为一个肠癌手术患者献出了自己三百毫升的O型血。姑娘献血之后只喝了一杯糖水就回到了学校。诸如此类好事，学生们常常不留姓名，以雷锋精神激励自己。

梁枫走到教室门外时说：“你提的问题不是纯物理学问题，是哲学问题。是生命与宇宙的起源问题，不能用一句话解答。”

苏珊跟着出门继续追问：“我们没有哲学老师，您自己的观点呢？” 她是学习委员，她的问题有代表性。

没等梁枫回答，另一个女生抢先了："我说先有鸡！"她的嗓音比一般人高，有学生叫她"高八度"。

"先有蛋！"一个男生语气很肯定，他叫王强。

"我说先有鸡！"

不一会工夫，全班为"鸡"和"蛋"分成两派。大家挤在教室门外争执不休，面红耳赤。一伙低年级学生拿着篮球擦身而过。其中一个外号叫"山豹子"的学生狡黠地插话："你妈生你有蛋吗？"他是一群男孩的领头，嗓音沙哑，个子高大，喜欢恶作剧。尤其喜欢强迫女生在胯下爬行。

"你怎么敢骂人呢？"王强对低年级同学的不礼貌问话很诧异。

"敢！我敢操你祖宗十八代……"说话的叫管大荣，粗口烂舌，满口脏话，是"山豹子"护卫群的小个子，仗势欺人。

"六小耳，你敢骂我祖宗！我把你六个耳朵都扭下来喂鸡……"王强的表弟诸建军立刻挺身而出。他虽然也是"山豹子"身边的人，为保护表哥，毫不示弱。

"不是六个耳朵，是糯米团子！"有同学嬉笑。管大荣的双耳与众不同，常常被同学讥讽。

"猪头！你敢动他，我拿你去炸油！"山豹子揪住诸建军的衣襟。

"我就敢动！打你个流氓分子！"王强忍不住火气。虽然自己是高年级学生，本应高姿态，但话刚落音，不由自主的拳头已击向对方。

你一拳，我一拳！从单一对打到大家趁势消耗多余能量的群攻，又受围观学生起哄，场面顿时混乱起来。往日被"山豹子"欺负的女生们成了啦啦队，恨不得自己也参战。

"打！打！加油打！打得耳朵不见影！"

"揍！揍！加油揍！揍出山豹一身臭！"

梁枫猝不及防，无法控制局面。尤其他是第一天当老师。从年纪来说，他比最大年龄的学生长七八岁。从个头来讲，和许多男生不相上下。论文化程度，他自己是城市六六届的高三学生，现在成了高二班的物理老师。若是往日，他绝不会等闲视之。而今是老师与学生，是大人与孩子的关系，自己不能入围。他只好大声吼叫："不能打架！不能打架！"却没有任何效应。

全校两百多学生，随着一声“打架啦！”的喊声，学生们像一窝蜂似的涌了过来，兴奋地看起热闹。吵闹声惊动了校长。他陪着刚来视察校园的罗政委一起走了过来。看这群像猴子斗殴一样的局势，他拿出哨子“哔哔”地连吹几声。学生们顿时僵住了手脚，惊恐的目光注视着眼前那副慈父般的脸庞。

校长嗓门不高，但很严厉：“参加打架的同学都到我办公室，其他人统统滚回班里去！”他深知在学生当中，仍然遗留着父辈派性分裂造成的不和。一些学生还有偷袭行为，把当年犯有血案的造反派头目打得头破血流。也有人立誓，“君子报仇，十年不晚”。为此，保卫科多次侦查都无法弄个水落石出。有人这时候趁机拉开拳脚，他当校长的也只有制止表面现象。还好，学生们顷刻间散去。校长见梁枫愕然一旁，缓下口气问道：“怎么回事？”梁枫十分懊悔地把经过简单做了汇报，最后还叹道：“毫无准备，他们求知欲望如此迫切。”

政委反而兴致勃勃地笑起来：“很好，坏事变好事，你们应该成立哲学小组，探讨哲学问题，紧跟革命形势！”

“对！这是一个很好的科目！”校长任华生，个头不高，人清瘦。一件很旧的白色的确良敞开前襟，说话时常带浓厚的潮汕口音。他原来是农场共青团书记，“文化大革命”期间被批斗靠边站，幸亏苦大仇深的家庭出身才使他提前离开监督劳动。他重新上岗后仍保持一不做二不休的个性。听了政委的指示，他立刻作了决定：“梁老师，哲学小组由你负责，挑选几个合格学生。今晚就开始活动活动！”

梁枫想将功补过，立刻执行校长旨意。当晚他就找了五位学生进行了第一次哲学小组活动。苏珊是哲学小组的活跃分子。她说：“我想当一名知青，这是不是哲学问题？”这个外表清纯可爱的女生，每每举手就让人心里凉飕飕的，很难直接回答她的问题。

“那当然不是！‘知青’是专用代名词，有历史意义和现实意义！不是哲学问题。”高一的男生陈钢抢先回答。

梁枫对这个问题毫无兴趣。自己是有名的“讽刺”，这时候真想“讽刺讽刺”，或者云山雾罩地吹嘘一番。但基于老师的位置，他不能与学生较真。他勉强地打起笑脸：“我以为，有知识的青年就是‘知青’。下乡知青，就是从城市到乡村的青年，我是其中之一。”

“我们将要毕业，其去向也是垦荒戍边。我们有称号吗？”苏珊再问。

“有，你们叫回乡青年！”梁枫想起了回乡青年的榜样邢燕子。

谢振宁激动起来了：“‘下乡’与‘回乡’，这里存在着一字之差。差别就引发辩证法。”

“哦？这种差别也能引发辩证法？”梁枫好奇地问。

“知青有一层光环，它的意义不仅仅是从城里到农村！它表明智慧和能力，表明纯洁和无私，表明坚韧和勇敢……”一直不声不响的女生罗莉慢悠悠地说。她圆圆的脸，红彤彤的像个红苹果。

苏珊举着双手赞成，“是啊！罗莉说得好极了。而我们就没有这层光环。”

“你们不需要光环，你们需要的是榜样力量！像邢燕子、侯隽、徐建春……”梁枫举例说。

坐在梁枫身边的小个子戴云飞站起来，挥动手臂：“对！我们一定要向他们学习。我们的父辈戴着光环，我们应该继承父辈的光环，世世代代传承下去！”

“说得好！”梁枫树起拇指赞赏。但是，他的内心暗处仍然没有放弃另一个不容变更的观念。在书籍被禁锢的年代，山区的艰苦环境也禁锢了孩子们的头脑。学生们阅历匮乏，知识浅薄，视觉短浅。所以，城市与乡村孩子的智商不成等式。

哲学小组所提出的问题，通过争吵也无法获得统一认识。哲学问题本身就是智慧学，它是系统的世界观和方法论，没有唯一解。例如，大家对脑力劳动和体力劳动问题、城市与乡村问题、共产主义与资本主义问题的不同见解产生了许多争论。甚至对“四肢发达，头脑简单”和“四肢惰弱，满腹经纶”的社会舆论也抨击一番。其效果是什么？没有答案。梁枫只好把每次的活动内容汇报给学校，然后送给政委。有时，他也把大家讨论的内容抄写在学校宣传栏，但对学校工作没有任何帮助。看起来，许多理论的东西都是空洞无物的，梁枫对自己承担的差事深感茫然。就因为他的哲学小组没有显著成效，他的入党申请也受到了更多的考验。但是，通过与学生们的沟通，使他与学生之间建立了深深的友谊，也连通了家长们对他的信任和爱戴。这就是他立誓要当好人民教师的开端。

随着时间的推移，他变得越来越爱学校，爱教学，爱学生。他常常感到与学生在一起有一种温暖，这种温暖当年在连队是无法感受到的。记得那次上山砍大树筑屋梁。一根五米长的大圆木由四个人扛着过河。到了河中央，水深过大腿，他一脚踩滑险些沉下水去。一个跟在他身后的瘦小学生竟然立刻顶了上来："梁老师，你不能太累，我们还需要你给大家上课呢！"他卸下肩头的重压跟在后面，突然发现那学生身后漂出一片血迹。唷！原来那是个女生，虽然戴着绿军帽，但他认出是苏珊，她还在"例假"中。他深感内疚，有说不出的感激和羞愧。

作为班主任，他常常会查看学生的书桌里是否有违禁的书籍。他只想给学生提个醒，至少不会出现张明明当年被工作组冤枉的事件。这天，趁大家去上体育课，他又突击搜查了。当他伸手掏出苏珊抽屉里的课本时，惊讶地发现里面还藏着好几本仍被禁锢的小说。《安娜·卡列尼娜》《静静的顿河》《红岩》……他紧张地环顾四周，立刻把书放回原处。再看桌面，两块木板合并的桌面有一条半厘米的缝隙。他立即明白苏珊上课时为什么总是低头注视桌面的原因。原来她是利用这条缝隙在课堂上读小说的呀！这是什么行为？即使不上纲上线，也要写检讨！他看了看表，下课的钟声就要敲响，他急忙留了张条子夹进她的书里，迅速离开教室。

当晚，苏珊神情紧张地来到他的宿舍。"梁老师，我知道你发现了我的秘密！你想怎样惩罚我？"她说。

梁枫把批改的作业放一旁，心情同样紧张地说："你从哪弄来这么多书的？你人仔细细，胆子还真够大呀！"

"梁老师，书从哪来对我的惩罚有影响吗？"她说。

"有影响，太有影响！首恶必办，胁从不问，反戈一击有功嘛！"

"好吧，你跟我来。对了，带上手电筒！"

梁枫好奇，况且喜欢神秘。他跟着苏珊走出了校园，穿过小河，朝团部方向快步走去。半个时辰后他们来到了团部招待所。炊事员老蔡头从厨房走出来。他是老厨子，四十开外，从部队下来一直就没转行。原来在机关食堂，有了招待所后就成了"开所老厨头"，有祖传烹饪秘方。苏珊笑嘻嘻地附在他耳边说了点什么。老蔡头连连点头，带着他们到了厨房的仓库。梁枫用手电筒照了一下，尘土中覆盖着一堆堆书籍。他惊叹了！文学类、技术类、俄文教材、英文教材、字画……看样子是准备投进火炉的。苏珊得意地解谜：这些都是当年的大文人雷宇留下的，是他们家的藏书。那时候造反派要烧毁它们，蔡老头借口给他起炉引火，所以从政治处仓库搬了不少过来。那晚，梁枫度过了一个玄而又玄的夜晚。从此，他不再拿山鸡的羽毛和孔雀尾屏相比，不再考究城市与乡村人的智商高低问题。

如今重读苏珊这封信，感慨万千。他禁不住问自己：难道我没珍惜知青的称号吗？他摇摇头，把信放进了抽屉。

这时，有学生在门外敲着窗户。“梁老师，分菜了！我放在您门外，已经洗干净了。”

“哦！好……”梁枫的思绪终于被拽了回来。

每周末食堂都会留给老师一些青菜开小灶，学生们常常抢着把菜洗净送到窗下。师生自给自足的蔬菜远比连队丰富。学校鼓励学生“又红又专”，积极向上，争取入党入团。由于课本内容单一，班级之间除了体力劳动，也没有更多的课余节目。所以，把菜园作为赛场最让人信服。他们赛丰收，赛硕果。为了青菜瓜豆高产稳产，学生们常常为抢牛屎人粪早起晚归。甚至还有人站在茅厕坑旁等人排屎拉尿。一旦有污物排入粪池，无疑争抢不休。所以，淘粪也只好按日程排列，轮班分配。许多教师以身作则，教书育才，任劳任怨。但是，最醒目的成效仍然在课外项目。梁枫在哲学小组没有获得突破性成绩便开始寻找其他大有作为的途径。当他发现校园附近有小河灌通，欣慰自己找到了施展才华的机会。他兴致勃勃地和学生们一起给小河筑坝蓄水，建起了小水电站。实现了他当年在连队无法圆的梦想。虽然电力有限，每天只供两小时电，灯泡15瓦，也让中学生享受了电灯夜习的光明。他的作为受到了上级领导的赞赏。他不骄不躁，继续努力。他还常常挑着粪箕，跟着牛的身后捡粪便，成了学生们的学习榜样。真是功夫不负有心人，经过各种努力，他终于通过组织考验，跨入了共产党人的行列。他比顾蕾早了一批宣誓，却没有向原连队同仁报喜。如今，他又依依不舍地送走了第二批高中毕业生。当毕业生离校后，在校学生又开始了他们别具一格的暑假生活。首先是别出心裁地建设校园，其次是宣传队排演节目。他的任务是负责编排剧本，也担负排练和表演。

早饭刚过，阳光就像火炉一样炽烈。梁枫穿着一件蓝色的背心，下身一条西装短裤，一手抓着把大葵扇，一手拿着刚改好的剧本，哼着《沙家浜》的调子，朝校长宿舍走去。

校长住在西面角那一间茅草屋。师生用劳动课和周末打砖造瓦建屋仍然供不应求。教师仍住在茅草房，校长也不例外。一人一间，每间十个平方。

梁枫来到校长门前，“笃笃”两声敲门，没人回答。突然从里面传出一阵撕打声，他立即推门进去。眼前一片狼藉，校长的蚊帐脱落，脸盆打翻在地。只见他手持一根挂蚊帐的棍棒，朝蚊帐里头用劲敲打！梁枫似乎看见一团草绿的东西在蚊帐里蠕动。“校长！是蛇吗？”

“快！那家伙钻进帐子里了……”

梁枫眼明手快，抓起门角的扁担就朝帐子里那团绿色的东西一阵狠打。“校长，那家伙已成烂泥了。你没事吧？”

“混账家伙！老子被它啄醒了。还好没钻进帐子！”

“哎哟！校长，你脚踝肿起来了。我，我背你去卫生室吧！”

“没什么了不起的，你去叫卫生员来！”校长边说边撕了一块蚊帐布，把小腿扎紧，又随手抓起一把刮胡刀，往脚踝的伤口上割了一刀，一股污血流了出来……

梁枫拔腿往北面砖房的卫生室跑。在跨过小桥的转口处，与迎面来人撞了个正着。他头也没抬，说了声“对不起”便继续朝前跑。

“什么事？这么急？”这是个女同志。齐耳短发，双眉乌黑，黄格子短袖上衣，黑色裤子，膝盖处有块补丁。

“救人！救人！”梁枫随口应着。

“谁？在哪里？”那女同志紧跟着上来。

“是校长……”梁枫忽然觉得声音陌生又特殊，正是他要找的校广播站的播音员。他慢下脚步回头一看，果然是个新面孔，一个亭亭玉立的女同志跟在身后。本想多问几句，一想到校长危机，立刻说：“你快去校长宿舍！”

女子一听，转身往校长宿舍跑去。她进了校长的房间，急促地喊道：“任叔叔！任叔叔！你怎么啦？你怎么啦？”

“小萍？你怎么来了？被青竹蛇啄了一口，我给它挤点毒出来……”

“任叔叔，蛇咬伤不能这样挤，让我来吸！”她立刻蹲下身来，用嘴对住伤口，吸出剩余毒汁。

没一会，卫生员来了。卫生员也是知青。在团部卫生队培训三个月，是乔志强的跟班学徒。他迅速处理了伤口，对苏萍用嘴吸出蛇毒颇为感动。记得自己在学人体急救时，嘴对嘴的人工呼吸就很难协调，何况毒液通过口腔吸出，危险性极大。若口腔有伤口，那就无可救药。他立即吩咐："同志，快去漱口，用盐水漱……"

苏萍走后，校长忍着疼痛，装着若无其事地说："没关系，我不是第一次被蛇咬。当年刚到海南第二天就被咬过，我们那帮子人十有八九都有同样的经历。"他停了一会，又说，"苏萍昨天才到，她是我们全省第一批毕业的工农兵学员。上级领导对我们教育战线非常重视，所以，把她分给我们中学了。"

"她是知青吗？"卫生员很在意地问了一句。

"怎么说呢？从理论上来说，是！在我眼里，不是！"

卫生员常听校长称学生为"这帮孩子"，有时校长也指着他说"你这个孩子"。他虽然很不喜欢，也没敢纠正。他觉得这个知青真走运，一定有政治背景。大家都在抡锄挥镰的挣扎中，她竟然脱产当了工农兵学员。幸得社来社去，哪来哪去的政策。否则，她就插翅高飞回城了。这一刻，他的心里多少都泛起一股醋意！

梁枫自从当了老师，说话也讲究场合分寸了。他跟卫生员进屋后，默默地把校长的蚊帐撩起，拿把铲子把打烂的竹叶青蛇清除干净。随后把蚊帐放进校长的铁桶，悄悄地拿出门，直往小河走去。

"梁仔，把我的帐子放下！你的雷锋精神虽然可嘉，但我不需要你帮忙！"

校长见梁枫已出门，嘴边露出一丝笑意，"这孩子睿智，是块好钢！"

校长是个老单身汉。在"文化大革命"的大字报里被揭发身世：1957年12月，遵从省委干部下放的政策，随着18万下放干部的大队伍，从潮汕到了雷州半岛，两年后又从雷州半岛到了海南。在雷州半岛垦荒种胶时，他的新婚妻子和几位强悍的男青年在大雨前抢挖胶穴，不幸被雷击中，四人因公牺牲，他自己的一边眼睛受伤，变成有珠无光。此后，他一直孤身只影。尽管组织和亲朋好友给他穿针引线，搭桥筑巢，他始终不娶，为此酿成目无领导、目无群众的罪状。

"任叔叔，您感觉好些吗？"苏萍漱口后，急匆匆地赶回来了。

"别担心，校长吃过药了！你漱干净啦？"卫生员边包扎边说。

“嗯！”她点点头。

卫生员收好药箱，傲睨自若地又说：“我现在去团部领药，如果一会儿发烧，把这片药吃了。”他转脸问苏萍，“你怎么称校长为任叔叔？你以为自己还小呀？没礼貌！”

“你说的对，我一定虚心接受！谢谢卫生员同志！”苏萍不好意思地笑了。

“我叫侯志刚，叫我阿刚也行！千万别叫侯叔叔哟！”卫生员背着药箱走了。因为暑期师生都在劳动，挖渠修路，烧砖烧瓦建校舍，劳动强度不亚于成年人。所以，药品用量很大，他不得不常往团部卫生队跑。

苏萍见他走远，问校长：“任叔叔，您感觉怎样？”

“你看我像不舒服的样子吗？瞎操心，我没事了。”

“那就好！”她把校长床铺整理一下，又说，“我看那个卫生员傲气凌人，尾巴要往上翘了。我没说错吧？”

校长把老花镜戴上，瞪了她一眼：“嗯！知青都有这个禀性。在大城市见多识广，多姿多彩，生活方便。到了这里，除了荒山野岭就是披荆斩棘的劳动，没有很坚定的思想意识就很难安下心来。有点傲气，有点怨言都是正常的。他一直表现不错，尾巴也没长出来……”

“任叔叔，当年您和我爸他们是怎么安下心来的呀？那时候不更荒凉更原始吗？你们怎么没怨天尤人呢？”

“不是一代人，不能理解一代人的气量，不能比。战争年代有战争年代人的姿态，和平年代有和平年代人的思想。城里人有城里人的眼界，乡村人有乡村人的心思……”

“我听爸爸说，他们刚到农场时，草屋都没有。在野外睡觉都要烧火堆，不然，老虎就会来咬人……”苏萍说。

“不是咬人，是吃人。唉！想起就伤心。那次还在雷州半岛，丰仔去邦赛（拉屎），他怕臭我们，离远几步，刚蹲下草丛就给老虎叼走。我听到一声嘶叫，知道不好，带着大家边追边敲响脸盆和炒菜锅，想吓老虎呀。”他揉揉眼，又说，“追到河边，没见人影，在草丛那块大石头旁见到了几块碎布条和一堆人骨头。”

“我听爸爸说过这件事，还有好多人都被老虎咬伤过。我们现在条件这么好，为什么知青还觉得苦呢？”

“雅姿娘（靓女），你在山上暴晒，喉灯（口渴）得挨（要）死，看着人家坐在屋里食西瓜，感觉怎么样？”

“我知道，我会垂涎三尺。或者想办法，嗯！望梅止渴……”

“灯死了！口干舌燥没有口水流了！还望梅？是翻白眼，中暑！”

“任叔叔，我明白了。他们比我难适应。我们在海口的生活也比这里方便，开头那个月，我偷偷哭了几次，真想逃跑回家。后来挨爸爸教训了一番才老实。要不，哪有我今天……”

“阿萍呀！你有这个认识就好，说说你来当老师的计划吧！”

“好！”苏萍拿出自己的计划纲目，“这是我的想法，请多指教！”

梁枫把校长的蚊帐拿到河里洗净凉在竹竿上，又从河里提了一桶清水上来。那条小河虽然筑了坝，落差较小，水电站每天只供两小时电，仍然没有自来水。他提着水正要进门，在窗边就听到了校长和苏萍的对话。他觉得“偷听”不是他这个党员应该有的动作。所以，他干脆径直走了进来：“校长，水来了。我再去食堂给你冲壶开水吧！”

“梁仔，你过来！”校长叫住他，笑容可掬地说，“你写的剧本很好，马上开始排练，准备参加国庆节的全团会演！”校长如此痛快就批准了剧本，梁枫心满意足。为了国庆节的会演，他又要下决心为新建中学争光争荣誉了。

二十

自从兵团成立以后，文体活动显然活跃许多。除兵团的专业文体队伍外，各团级也有脱产的篮球队和宣传队。连队文体骨干被抽走后也仍然有剩余力量，他们就是业余文体爱好者，不需要脱产也能出几个欢快的节目，活跃连队气氛。总而言之，哪里有知青，哪里就有歌声。

然而，顾蕾对参加国庆大会演却产生了焦虑。当年连队有郑文华、潘百岩、丘铁军这些多才多艺的干将配合，班与班之间拉歌、赛歌、赛球，一派欢快。如今人员调整，新来的知青情绪较为低落，对文体活动没有太多兴趣。巧妇难为无米之炊，怎样才能排出优秀节目？她把指导员交给的任务视为登月计划。

这天，她半开玩笑地试探着问：“指导员，咱们来个三句半行吗？”

“不行！要来个顶呱呱的，有回味的！”指导员说。

她想了想，只好召集活跃分子到会议室，希望大家出谋献策。刘什第一个反对，说唱唱跳跳有歪曲“接受再教育”的意图。洪卫兵又不同意了。他个子不高，站到凳子上说，不让唱不让跳就成“劳改”了。

“没错！‘劳改’就是劳动改造思想的简称。你说我们现在是‘劳改’也没大错。只是过于谦虚了！”说话的是一年前被武装连开除的“炮筒”吴丕宏。他和张明明一起调往武装连，因为言论偏激被退役了。

葛小敏不赞同其说法：“当然不对！‘劳改’是对犯人而言，有被监督管教的意思。我们没有被监督，因为我们不是犯人，怎么能叫‘劳改’？”她是小学老师，说话比较严谨，逻辑性强。

“对对！很对！‘劳改’是强制劳动，我们是响应毛主席号召自愿来接受再教育的，有本质上的差别。”女青年张玲举手赞成。当然，她的话也包括了受集体大动员后勉强离开城市的年轻人。

吴丕宏不服气地辩解：“虽然有本质差别，无论是积极的还是勉强的，实质都是一样的，其结果都是离开城市到乡下。我的问题是，大家在超负荷劳动，一顿吃一斤饭也不饱，四十斤粮吃二十天就没饭票了，你们谁有多余的……”

“你这句话给‘疱疹’听到就死路一条！”车少谓好心提醒他。“疱疹”是工作组的雷卫东。头一次视察就把张明明和梁枫抓到团部关起来，大家恨之入骨。吴丕宏摸摸后颈，增加了怨气。他在武装连半年，曾被挂砖块批斗。他气不过：“谁听到都不怕！你们看，我颈上还有吊砖的印呢！我受过考验！”

洪卫兵仍站在凳子上，伸头过去没见他脖子上的印子，知道他在怄气。“你这个人也太有报应了。听说你给你们学校那个六趾校长挂过砖，真是恶有恶报，抵死！”

“烂头兵，我也听说你用皮带抽人，也该有报应了？出门就给蛇咬死！”吴丕宏冷笑。虽然那段敢想敢干的小将风范已成历史，他也不愿别人重提。这时候揭底，他必然针锋相对。然而，洪卫兵却嬉皮笑脸，得意自己已被蛇咬过，安然无恙。吴丕宏更是火上浇油：“还要咬，咬到你死为止！”

“啪”的一声，洪卫兵朝吴丕宏后脑勺打了一掌过去。“啪”的又一声，吴丕宏快速回应，一拳打在洪卫兵的额头。

“好啦，出了气就平息啦！”顾蕾突然站在他们中间，举起手臂要暂停，却挨了吴丕宏一拳，打在手臂。她禁不住“啊呀”地叫了一声。吴丕宏知道自己失手，脸唰地红到脖根。连连道歉：“惨喽！我，我对不住，我是，我想……”

顾蕾噘起嘴：“这么大力，很痛呀！”

“死喽！要赔手骨喽！打回去！顾蕾，打回去！”女知青全站起来，指手画脚助威。

“打喽！打喽！快打我两拳……”吴丕宏伸出手臂，示意顾蕾，见她气鼓鼓地揉着手臂，便转身指着洪卫兵，“烂头兵，我要打到你扑……”

洪卫兵因个子矮小，剃了光头还长满皮屑，大家叫他“白头兵”。尽管他平常瞽言妄举，也不被人注目。今天一插嘴就干架，他难为情地两手抱拳，拱手道歉，并出主意，每人出一个节目，先在连队表演，评出最好的节目拿去参加汇演。顾蕾眼睛一亮，觉得这个办法太好了，气也全消了。

刘什感觉是自己挑起的事端，带头报个节目表示歉意：“得！我就来一段李玉和的《雄心壮志冲云天》。”

“嗨！够气魄！”吴丕宏也积极响应起来，而且还答应用自己擅长的二胡当伴奏。也许是看在顾蕾被打这一拳，平时比较腼腆的人都报了节目。一台戏绰绰有余了，葛小敏嫌不够数，还给自己教的班级小学生报了“拳术第一路”的武术表演。顾蕾很欣慰，挨这一拳还挺值。

第二天一早，顾蕾兴奋地向指导员做了详细汇报。她津津乐道地说了半天，指导员除了微笑地点头外，没有更多的话。最后，顾蕾急了：“指导员，你提提意见吧？”

指导员沉思一下，语重心长地说：“顾蕾同志，这几年我看着你成长，很高兴。节目的事，交给葛小敏负责！”他见顾蕾呆滞的样子，轻微地露出一丝笑容，“你收拾一下，明天去团部学习班。”

“什么学习班？”她急着问。学习班的内容五花八门，无论先进与后进，需要加强政治学习和提高思想觉悟的人，都可能进入学习班。她猜不到自己的去向。

指导员慈祥的面孔中流露出难以捉摸的神态。“这次是干部培训班，学习结束后，分到各连队当领导。”自兵团成立后，为了大力发展橡胶事业，不断地扩充和增加新开发连队，需要培养许多新干部。顾蕾觉得这消息来得突然，她又惊又喜。这是领导对她多年的精心培养和信任。她发誓决不辜负领导的期望。

几天前老连长已调到新建连队当领导了。搬家时赶着一部牛车，大人小孩以及全部家当一起走。离开那天，老职工流着泪送行。连长却豪爽地笑道，当年是挑着箩筐搬全家，现在是赶着牛车走，大踏步前进了。他还说以后就是坐汽车搬家了。自连长走后，叶大勇当了代理连长。顾蕾心想，该不会让她从学习班回来就去当连长吧？那是抓生产捉进度的苦差事。也许轮不上她这个乳臭未干的知青去操这份心，若有个统计员或文书之类的干部职位也就心满意足了。

到了团部学习班，总共十六个学员。大家一丝不苟地学习了党的“十大”精神和有关文件以及“两报一刊”头版头条。通过学习，学员们认清了当前的革命形势，进一步提高了新形势下继续革命的觉悟。两个星期学习结束的那天，罗政委宣布全体学员的去向。顾蕾授命回到原连队任代理指导员。老指导员关森庭调到武装连接任。因武装连配备了枪支弹药，原武装连的指导员调往团部保卫科后必须增补有一定资历的人选，关森庭就成了接替领导人。

顾蕾听了任命，如坐针毡，担忧无法胜任，立刻盘算如何撂挑子。之前批倒了“读书当官论”，之后又批判了“入党当官论”。她是新党员，不应该成为“入党当官”的验证标本。散会后，她直接去找领导。

罗政委板着脸对她说：“你要服从命令嘛！女知青是我们兵团的一支很强的生力军，共产党员要率先承担重任！”

罗政委的谆谆教诲，使她思想豁然开朗。大量培养妇女干部，正是在贯彻执行省委第四次妇女代表大会的精神。如何重视妇女在劳动战线的贡献，在学习班里，已明确了目标，统一了思想认识。所以，提拔妇女干部刻不容缓。作为党员，她必须时时刻刻牢记党员的义务，执行党的决定，全心全意为人民服务。所以，任何时候都不能挑肥拣瘦。她拿着调任令，立即赶回连队上任。

在团部办公楼的走廊，她遇见了在共青团委工作的马晓冬。马晓冬曾在连队几年，干的是“火头军”。炊事员的工作不仅让他学会了煮大锅饭炒大锅菜，连小锅小菜也颇为拿手。连队那帮知青都羡慕他额头光亮的运气。入党不久就提干到了团部机关工作，况且近日还获得了上大学的通知。看来是人逢喜事精神爽，远远就咧嘴笑着，兴奋地招着手：“顾蕾，顾指导员！”

顾蕾自己的新头衔即使没写在额前也被他晓得，一时显得很不自在。“有冇搞错呀！马副书记！”她在会议期间已听到马仔入选工农兵学员，将离开这块曾经洒下不少汗水的土地。说不清自己的感觉是嫉妒还是羡慕，骤然心酸。

当然，从广义而言，打开“工农兵大学”之门，适龄的年轻一代又有了求知深造、丰富知识的机会。从狭义来说，下乡务农的知青有了一丝回城转机。但是，凭上大学的机会脱离“修理地球皮”也只能属于极少数人。获得这种转机的人既光荣又骄傲，因为它标明着“群众推荐，领导批准和学校复审”，同时也受到推荐群体的拥戴。当然，新生事物的出现难免存在“近水楼台先得月”的概率。光天化日之下敞开的前门就自然有后门，极少数人的回城概率又存在着匿影藏形的动态。远走高飞的幸运者造成知青群体的骚动，从而影响了扎根边陲的决心。

马晓冬仍然挂着笑脸：“我下周离开，上头要我推荐个人，你有兴趣吗？”

“你是心血来潮说笑吧？”

“你看我这个人会说笑话吗？”

顾蕾并不在乎他是否说笑，坐机关无疑比在连队当领导更有诱惑力。但是，她却摇了摇头：“你能想起我就无限感激了。可是，我不够资历。再说，我不能挑肥拣瘦的。丘铁军较合适，推荐他吧？”

“呵！谦虚给谁看呀！军仔已经去师部宣传科半年了，他的笔杆了得，听说要去《兵团战士报》当通讯员。”马晓冬说得很坦然。

顾蕾随后又提到梁枫。马晓冬却漫不经心地说他当老师很有瘾头，不要施加影响。她双眉紧锁，脸上没有什么喜悦的神色。当年一起走入连队的二十多人，已有三分之一各奔西东了。人往高处走，水往低处流。人们习惯仰望着山巅，而不自然地俯视着谷底，因为天比地阔呀！马晓冬和她并肩走出了团部办公楼时，忽然想起什么：“那个白眼仔，你知道他还在兵团宣传队吧？下个月到我们团演出。还有大只佬……”

她立刻露出关切的神情：“大只……郑文华怎么样啦？”

马晓冬见她如此激动，敛了笑容：“他给军区球队选走了，回广州了！”

“他回广州了？”顾蕾甚为惊讶，想起郑文华那封红笔信，原来是他找到了回城的契机。葛小敏说是绝笔“血书”，顾蕾终于明白那“血书”果真是“绝笔”了，顿时感到失落，无精打采。

马晓冬见她神色陡然黯淡，立马说：“饿了吧？吃完晚饭再走吧？我请你，算是送行啦……”

顾蕾点点头，心绪不宁地跟着他走进了机关食堂。马晓冬帮她买了饭，还加了一角钱的肉片。看她神情不再低落，他兴致勃勃地谈起往事。他好奇地问：“我在连队饭堂几年，没见你们女生买过半斤饭，三四两怎么顶得住饿呀？”

顾蕾开心地笑道：“你也有傻的时候，分两个三四两嘛……”

“哗！这样分开来买，会多半两喔，同时也显得斯文细食！”马晓冬说不上是赞赏还是挖苦，见她回到了往日的神采，话也变得直挺了。

“你精得滞（太过精明）！”顾蕾心里顿时觉得别扭，埋怨自己说漏了姑娘们的秘密。

马晓冬也察觉自己放肆了，不好意思地笑笑。心想，连队的生活看来是一去不复返了。即使留恋过去，也被展望未来覆盖了。由于“白卷事件”，许多获得入学通知的知青又错过了梦寐以求的机遇，而他仍然幸运地把握自己的前景。但是，夜长梦会多，他还是决定早日回城。至于共青团负责人的后继人选，由上级指定罢了。

吃完晚饭，顾蕾趁太阳没下山，和马晓冬告别后就赶回连队。在连队的那棵荔枝树下，远远就见杜河围着那棵大树敲敲打打。顾蕾抹去满脸的汗水，正要问他在找什么，却见他兴奋地叫起来：“我们的年轻指导员走马上任了，欢迎，欢迎啰！”

“叫什么叫！老骨头！你为什么不当指导员？”顾蕾嘟起嘴。

杜河很干脆地说：“我没文化，当不了。”

“谦虚！谦虚过度就是骄傲！矫枉过正嘛，你懂吗？”她也快言快语。既是当领导，就要有领导的姿态和稳重。她感觉自己一天工夫就长老了好多岁，猛地把手往后一背，装着老气横秋地问：“杜河同志，你在敲打什么？”说完，自己又哈哈大笑起来。

杜河也正儿八经地答了：“顾指导员，这里像蛇洞，我守了很久没动静。

是不是没有动静就是‘快’呀？”

“蛇洞？那就继续守吧！我找指导员去！”一听蛇洞，她不想玩了，她怕蛇。

“顾蕾，我要告诉你，指导员很快要离开了。叶大勇前两天有急电，回去探亲了。新来一个连长，正在和指导员做交接班。他原来是保卫科的，暂时代替叶大勇。我说呀，你的担子不轻……”杜河一口气说了他要说的话。

顾蕾懵了一下，疑问：“叶连长又探亲了？”

“对，他家很苦。他的老婆原来是大哥的。她结婚当晚大哥就病死了。当时过门是冲喜，没冲成。后来大嫂又嫁给二哥，那年搞派性，二哥自己搞手榴弹炸死了。所以，轮到大勇顶上去，他娶了大哥、二哥的老婆。嗯！前两天收到电报说母亲病危，也八十岁了。”

“哇！一个女人嫁三兄弟，太克命了！”

“大勇煞气重，他厉害着呢！我是说，妹仔你一定要增强信心。连队事多，看我老骨头能做什么，就尽量出声……”他喃喃地说。

顾蕾听得真切，“老骨头”哪里是找蛇洞，显然是在等她回来掏心里话。他十几年如一日，为全连操心不亚于指导员。当年和他一起建队的十几人各奔东西，如今只剩他和欧阳大坤了。是不是也有失落感？这种感觉会出自任何一种人，无论有没有文化，是男是女，或老或少，只是表达方法不同而已。她自己就是这样，连队每调走一个人，她都有不同程度的触动。这时她意识到自己肩上担子不轻，立刻和杜河一起来到指导员的家。

关指导员果真要调离了。因武装连的领导不安置家属。所以，指导员的家依然如旧，没有收拾。十平方米的房间隔成两半，里外都挤着床铺，只是外面那张两块床板的单人床旁有张分配的办公桌。往日指导员与职工谈事都喜欢在自己搭的小厨房里，这会儿老婆孩子都在小厨房吃晚饭，他只好在房间会客。因房子窄小，他坐床上，有个年轻人坐在唯一的椅子上。

“指导员，我回来了！”顾蕾站在门外报到。

指导员站了起来：“小顾，来来来！我来介绍，这是新来的代理连长！”

年轻人站了起来。上身一件白色短袖的确良，下身是蓝色军裤。他很大方地说：“我姓姜，名聪！”

顾蕾几乎笑出声。心想，什么名字呀！又姜又葱，炒菜呀！若在往日，肯定来一句带“味”的。这会儿不行，有代理指导员的头衔。她以礼貌的口吻：“你好！我叫顾蕾！”握手时，顾蕾发现他的手很有劲，突然想起刚去学习班报到那天，在招待所的饭堂曾与他擦肩而过。那次他穿着没领章的一套蓝军装，说话牛气哄哄，长着浓浓的一双剑眉，国字脸。那模样英俊潇洒，印象深刻。

指导员见杜河跟在后面，骑着门槛没进门，立刻叫道：“老骨头！进来，都进来，正好开个碰头会。”

“我站这里舒服，你说吧！”杜河提着他的“大碌竹”仍在门口。

指导员把视点落在顾蕾脸上：“小顾，你来连队也几年了，什么人干什么活，你也清楚，称得上‘老油条’了。以后，有事可以找老骨头，他人瘦点子多。”

“嗯！我记住了！”她想好了。连队以生产为主，有连长撑杆，自己狠抓读报纸、读毛选，反正也是代理指导员，怕什么呀！

指导员又说：“切记，是党指挥枪，不是枪指挥党。政治挂帅，思想领先！”

姜聪明白指导员的意思，立刻向顾蕾表态：“我会全力协助顾指导员的工作！”他退役前是连长。在部队投弹训练中，因新兵的投弹失误，他为掩护战士被弹片击伤。刚到兵团报到时，他要求到连队。领导考虑他有伤疾没批准，让他在保卫科当干事。正遇上叶大勇因家事急需离队，党委让他暂时代职。

顾蕾见他那副严肃样，显得不好意思了。她也谦逊地点了点头：“我们互相帮助，互相支持吧！”

第二天，指导员在全连出工前的大会上宣布了连队新领导。话音刚落，迎来了大家一阵热烈掌声。尤其是知青群体，掌声雷动。顾蕾心里有数，掌声不是为她，也不是为新来的连长，而是为叶大勇代理连长离去而庆幸。原来老连长在时，年轻人对那套“大雨小干，小雨大干，没雨拼命干！”的口号已经力不从心了。可是叶大勇刚从种胶班班长升为代理连长，把口号喊到“大干加苦干，死也死在工地上！”，真把垦荒掘穴种胶的青年累得筋疲力尽。这次来了新代理，那模样虽然彪悍，但还流露出文气。一个没有垦荒体会的年轻人，想必没尝试过手掌皮开肉绽的滋味，应该没有“死在工地”那一招！很幸运，姜代理果真没有响彻云霄的口号，只强调“发扬光大，革命到底！”。所以，没有实际压力。

顾蕾正式走马上任了。她还没缓过神来，托儿所出了婴儿腹泻。为了确保职工们安心在工地，她必须立刻配合卫生员处理急情。原想领着姜聪巡视全连各个班的不同工种和土地范围，如今也只好作罢。

姜聪自己巡视了全连地域，下午来到种胶班。从山下走上来时，看见林育雄正忙乎挖掘那块盘在定位胶穴中的大石头。他立刻把自己的镰刀柄插入穴中，再加上班长何证民伸过来的锄头，众人合力，大石开始挪动。连撬几下，眼看大功告成。猛然大雨倾盆，雷声滚滚。一道闪电迫在眉睫。姜聪昂头一看，大喊起来："这里是环山行的踞高处，危险！快离开……"

"快离开！大家快离开！"何证民突然想起前几天三连有知青被雷击中而牺牲，他也大叫撤离。

"生为兵团流血汗，死为橡胶献骨魂！今天我就要洒汗成魂了！大家再加把劲石块就出来了！跑什么？！"林育雄不依，想趁势把大石撬出。

"快撤！"姜聪吹响了哨子，像当年在部队演习训练一样，不允许战士抗命。他见林育雄仍然在大石旁，一把拽着他往山下跑去。

一阵狂风骤雨，夹着震耳欲聋的雷声从身后追来。突然"轰隆"一声，那块还没挖出来的石头被炸出青烟，碎石四溅。姜聪把林育雄压在身下，一块碎石砸进肩头，他顿时痛昏过去。

没一会儿，阵雨过去。林育雄推开姜聪，看他不省人事，大惊失色："连长！连长！你没死吧？啊？你死啦？啊……"

众人闻声过来，以为连长因公殉职，心情难以形容。林育雄坐在一边，双眼含着泪水，懊悔不已。何证民擦去姜聪脸上的血水，突然感觉有呼吸，立刻惊喜地叫起来："连长？你真没死？"

"快把伤口扎紧，快！"一个老职工从山下走上来，他的脚后跟给碎片砸了小口，虽然伤势不重，也痛得钻心。他把常年扎在腰间的绑带解出来："用我的'纹巾'绑住伤口，马上背回连队。"

"我来背！"何证民把连长扶起。这时候，姜聪慢慢清醒过来，他艰难地问："伤了几个？"何证民看了大伙一眼："伤你一个就够吓人了！哦，还有'盲公'伤了脚，还可以走。"姜聪嘴角露出笑意，随即又痛昏过去。何证民想背起连长，可自己个子比连长矮半个头，背不动。林育雄擦去眼泪："让我来背……”

乌云向西飘去，风雨滚动着走。他们刚下山，炽热的阳光再现，凝合了地面的水汽蒸发，人像蒸笼的包子，感觉又湿又热。幸好工地离连队不远，他们很快就到了医务室。卫生员迅速处理了连长的伤口。他连连赞着：“这是个钢铁之躯，锁骨几乎横断，没听他哼过一声！”

顾蕾听说新连长出事，愣得话都说不上来。心想，这人咋那么不运气，刚上阵地就受伤。接下来的工作怎么办？难道再来一个代理连长不成？她急忙从托儿所赶到卫生室。“人呢？姜连长怎么样了？”

“打针，吃药，包扎。现在去给他打吊针……”卫生员从药架上拿出一瓶药水，嘴角轻轻抽动，像背书一样，没有声调。早上他给幼儿服用土霉素后已基本控制了病情。从托儿所出来又遇上洪卫兵被竹刺扎穿脚板底。刚给他处理完，又扛进了连长。他真觉得自己忙得像关指导员说的“放屁都没时间了”。

顾蕾又问：“有危险吗！”

“当然有！”卫生员闷闷不乐，“这种情况要送团部医院的。人家不同意，只好用担架抬回宿舍了。我能有什么办法？走吧！去看看他吧！”

他们来到了姜聪的宿舍。那是老连长原来的屋子。他用草席隔了半间为会客厅。里面是两条长凳架着的两块木板床，墙上拉着一条绳子通往后窗，挂着脸巾和衣物。他光膀躺在床上，肩上裹着绷带，仍闭着双眼，嘴唇无色且干裂。卫生员开始给他打吊针。种胶班的职工仍然围在四周，不愿意离去。何证民愁容满面，他希望把连长抬到团部治疗。那次马晓冬扛米压断肋骨，是在团部医院做了手术。顾蕾默默地站了一会儿，忽然急忙转身出去。她走到了电话机旁，给团医院的乔志强打电话，寻求帮助。

连队电话通过团部总机办，再接往医院值班室。值班员接了电话就去科室找人。乔志强正在研制他的骨折新药，听说老连队顾指导员打电话来，他立刻放下手中活赶到值班室。

“喂！我是乔志强！”

“喂？乔志强吗？我是顾蕾！”她抓着电话机，喊着叫着。她不是激动不已，而是在努力通过手上电话的导电线把声音准确地传到了乔志强的耳朵里。这种拨号盘式的电话是此时唯一的快速传递信息的通信设备，它是各连队与上级以及外界联络的最佳途径。由于声音需要通过送话器把声音换成相应的电讯号，用导电线把电讯号传送到接话的对方，同时还需通过受话器把其电讯号还原为声音。如此不为普通人知悉的电讯号转换和还原才能获得电话声音的过程，把她折腾了好一会才把事情讲清楚。她抹去满头的汗水，苦笑地摇了摇头。心想，就打电话的喊声也能让人练出高嗓门儿。难怪老指导员说话像铜钟一样，是练就出来的呀！幸亏自己有一副天生的高音嗓门，不然，没几次电话就成了"公鸭嗓"了。

毕竟乔志强和连队有着藕断丝连的感情，他领着黄浩文医生和蓝江连夜骑单车赶来，同时带来了许多药品。黄浩文医生刚恢复工作不久。他因没把一个断指的职工伤口处理好，引起破伤风夺去生命。为这事他被批斗停职。幸亏家庭五代红，免去打靶场。蓝江是自告奋勇来的，他的另一个目的是回来探望知青同伴。虽然他已经变成了"草药王"，也还惦记着老连队。在医院，每天泡在那个十余平方米的草屋里熬汤药，已制了不少成品。尤其是把乔志强用于外敷的紫珠草贴膏上升到"紫珠色素注射液"，已用于肌肉注射。那可是止血、消炎的灵丹妙药，可惜没有专利这么一说。他只知道全心全意为人民服务，年前光荣地加入了中国共产党的行列。虽然他不敢沾沾自喜，也为自己成了"草药王"感到自豪。尽管他的眼镜度数又加深了一百，也觉得眼下兢兢业业的贡献不比当年砍芭挖胶穴时逊色。所以，满怀信心地提着自己研制的止血药品前来助一臂之力。

乔志强和蓝江所研制的药物的确奏效，病人转危为安。顾蕾总算放心了。又见姜聪那副坚强模样，不禁叹道：他的军人气质了得呀！"轻伤不下火线"的傲骨使他依旧正气浩然哟！

二十一

顾蕾新官上任，希望能燃烧出几把焰火。但是，代理连长负伤后她感觉孤掌难鸣，连队工作只能按部就班。

出乎意料，姜聪并没有安心养伤。受伤第二天，他吊着膀子就下地活动了。

这天，顾蕾派工让陆玉莲早上收胶后就来看护连长。结果被连长打发走了。陆玉莲没辙，离开一会又偷偷地跑了回来，发现连长不在屋里，趁机把吆依给的鸡蛋从口袋里拿出来，点燃了连长的煤油炉，蒸了碗羹糊，接着又去食堂灌了一壶开水。见连长还没回来，她在床底找出些换下的衣服，琢磨着该不该帮洗。

“小姑娘，怎么又来了？”连长回来了，绿色的军鞋全是泥。他把鞋脱在门外晒着，赤着脚丫进屋。

陆玉莲猛地抬头，慌慌张张地说：“连长，指导员让我送点吃的给你。”

“喔？那你吃吧，多吃才能长个子。”他随口说着，也没往桌面看，打开抽屉拿出一份手写报告，在上面修改了些数字。

陆玉莲羞答答的样子：“长不了，我都快二十了。来连队几年才长两厘米！”

“一厘米也是长嘛！”姜聪转头看她，忽然发现桌面上的鸡蛋羹，眉头一皱，立即问，“怎么回事？”接着又朝那小碗鸡蛋羹挤了挤鼻子，“我说呢！真香。这可是好东西，拿去托儿所吧，孩子们正缺呢！”

“不行！是你的，你是伤病员！”陆玉莲撅起嘴说。

“笑话！你没见我结实着吗？”他微微一笑，“小同志，你自己就很需要营养嘛！”他见陆玉莲仍然没走，沉下声调，“我们的职工生活应当好好改善才行，起码不要为一碗鸡蛋羹都争持不下。”

“连长，你会改善我们的生活条件吗？”

“让我们大家一起努力吧！”

“好的，我把它送到托儿所！”陆玉莲只好端着那小碗鸡蛋羹朝托儿所走去。

姜聪刚才去了连队菜地和猪舍，看到了可以改善职工生活的门道，回来立即补充了自己正起草的一份连队建设计划内容。

这时，顾蕾气喘吁吁走进来，见门外晒着沾满泥土的鞋子：“咦？姜聪同志，你出去啦？你的伤口……”

“别大惊小怪！”姜聪继续看着他手上那份计划书。

顾蕾见他不当一回事的样子，又关切地问：“真的没事了？”

“能打死老虎！”他抬头笑了笑。

“吹牛！”顾蕾不能不佩服他的康复程度。

“吹马也行！咱们谈些实际的吧！”他把那份“连队发展规划意见”递

给她，兴奋地说，“您先看看，不行咱再修改。咱俩过关了，就开支部扩大会议。大家的事，大家出主意。”

顾蕾接过那份计划稿，见他右手稍有颤抖，想必伤口疼痛。她给自己鼓起勇气，轻轻地握住他的手：“连长同志，你的手如此冰凉，应该注意休息。”

姜聪仍带着微笑，一束深情的目光直逼过去。“您这手挺热乎的，就这么焐住能好得更快！”

“哎！你这是调侃我嘛！”顾蕾迅速抽回手去。

“嘿嘿！咱那天见面握手，我就觉得您的手温和别人不一样了。挺特殊的！”他收起了笑容，很真诚的模样。

“胡说八道！”她只当他是连长，说话诙谐幽默，也就没多想。随即认真读完了他写的计划。此刻，她深感自己仍旧那样的幼稚和天真。这些条条道道的计划，犹如一幅幅美丽的蓝图，多么让人畅心开怀。不过，她还是面带难色地说：“我是完全赞同，却有一百个顾虑。”

“哦？一百、一千个顾虑都应说出来，我听着！”他很凝神，很认真。那双炯炯有神的眼睛里充满着灼热的光芒。

顾蕾觉得有点窘迫，但也能迅速调整自己的心态回到工作的主题。她说：“这第一条，如果我们不加快开荒的进度，我们的开荒指标就无法完成。第二，老连长曾经把种胶班的劳力调去管苗圃，是前车之鉴。第三，割胶班将迎来连日加刀大会战。要求达到胶水高产，副作业建设嘛，我们人力物力有限……”

“我了解连队过去的一些方案。但是，那些新开的环山没有得到很好管理，没来得及种上小胶树很快又要荒芜。开割的胶树由于树龄不够，面皮恢复不快，连日加刀并不是高产的唯一方法。我们面临许多生产技术不科学的问题！”他紧锁眉头，边说边思索。

“你说的虽然有道理，但我们所做的一切都必须遵照上级指示。目前最关键的是以大寨为榜样，所开挖的环山行也要模仿大寨梯田。”顾蕾说。

“哎！顾指导员，请您告诉我，大寨的精神是什么？”

“自力更生，艰苦奋斗。”

“没错！我们学的是精神，不是口号！大寨开挖梯田种粮，我们开挖梯田种胶，是活学活用。大寨有‘惊天地，泣鬼神’的红旗渠，梯田得到浇灌。我们没有水渠，在环山行上定植的小树苗靠人工挑水上山逐株逐株浇灌，抗旱式的淋水不到位。再加上管理没跟上，没有起到预期的效果。所以，我们还得解决引水上山问题。我们现在许多工作虎头鼠尾。你知道老虎尾巴的功能吗？”

“姜聪连长，你敢讲这些话，胆子不小呀！”

“呵呵！我姜聪素来就是竹筒倒豆子，干脆着！”

两人正在磋议，一声呼天喊地的叫声传了过来。这是朱红梅的痛骂声。“后生哥泥甘歹我谋（年轻人你敢搞我吗）？歹（操）……”

顾蕾虽然对当地话一无所知，但骂人的话不学也能听懂。她立刻朝门外走去。见朱红梅拿着扁担急匆匆地朝男知青宿舍边跑边骂，她立刻上前问道：“梅姐，什么事让你骂街呀？”

“快气死了！”朱红梅的拳头紧拍着自己丰厚的胸脯。她见连队领导都在，立刻走了过来，一把鼻涕一把泪地诉说起缘由。

原来，她一早上山采了“鹅不食草”和“半边莲”，再从卫生员那里拿了几片四环素捣混一起成汁，正在给小女的鼻窦炎上药。这时门外来了个年轻人，说是新来的知青，扁担断了。一听说是新来的知青，她就热情似火，当即去自家那个外搭茅草厨房找出多余的扁担，还顺便拿了两节刚煮熟的木薯给他充饥。殊不知她还没回到住屋，忽然听见小女大叫：“我不要尿尿在身上！”这话非同小可！他那个二儿子呆侬，常常恶作剧朝鸡窝撒尿。这种事，当母亲的何等敏感。她操着扁担就冲进屋内，只见穿着开裆裤的女儿躺在床上，那青年解开裤前扣子，掏出了他勃起的“三寸半”。她一扁担就朝那人背后打去。那人一惊，提着裤子逃出门外。朱红梅察看女儿无大碍，嘴里还甜滋滋地嚼着一团“黑屎”。她把孩子嘴里的“黑屎”挖出，孩子“哇哇”大哭，说那块“黑屎”是叔叔给的“猪骨肋”。这时，丈夫符井开赶巧回家换水桶，她就嚷着非抓那人不可。丈夫却说没伤着算了，人家知青也有苦衷。她一气之下，先打了丈夫一扁担再追出门。她就不能容忍这种伤天害理的事再度发生。

“你以前见过他吗？叫什么名字？”顾蕾追问。

“他说是新来的，没说名字。阿蕾呀！如果我不及时进屋，呆囡就被知青强奸了！”

姜聪警惕地问：“那家伙往哪跑了？”他来自保卫科，曾处理过这类案子。

“他跑进去了……”朱红梅用扁担指着东北方向那幢知青宿舍，气呼呼地说，“他想歹我家呆囡，她才三岁呀……”

顾蕾被激怒了：“真是一粒老鼠屎！”她清楚这是强奸幼女之罪，是重罪。即使强奸未遂，也不能不惩罚。

姜聪拔腿就往知青宿舍跑去。虽然带伤，又赤着双脚，跑起来还是一阵旋风，又快又猛。顾蕾也不示弱，紧跟上来。

连队原来茅草屋都围着那棵荔枝树周围建设。后来铺了篮球场，砖瓦宿舍就以篮球场为中心，东南西北面都围着球场建起了职工宿舍和会议室。老职工都住在较早建的南面区，北面住的是知青和一些老单身职工。由于住区没有绿色植物，没有遮挡视线的屏障，平房像营房，一目了然。只要有人影晃动，大白天藏进屋里也只当幼童捉迷藏，没有藏身之处。姜聪不顾伤口疼痛，一口气跑到了男生宿舍，环顾四周，却渺无踪影。顾蕾跑了一段，回头见朱红梅跟不上脚步，只好等她一起过来。因为没到收工钟点，宿舍一派宁静。朱红梅见不到要抓的人，又亮开嗓门骂了。

姜聪安慰她：“别急，我们一定弄个水落石出！”他认为，无论是什么人作案都必须绳之以法。

顾蕾见作案者没了踪迹，立即和朱红梅回去看望小女。姜聪像守株待兔似地在知青宿舍门前来回踱着。不一会收工了。然而，一个个从工地上筋疲力尽归来的年轻人丝毫没有流露出任何作案踪迹。顿时他想出了辨识的方法。

晚饭时，姜聪来个全连紧急集合。杜河敲响了铁皮钟，顾蕾拿起广播筒，高声喊道：“全连职工注意了，我们有紧急情况，请大家到篮球场集合！大家注意……”

连队职工平时拖拉疲沓，受兵团体制训导后，不是军营的军人也能在“紧急情况”下迅速集中起来。当着全连职工的面，姜聪让朱红梅认人。结果，全连近百号新老职工，也无法找到那张曾在她家试图强奸三岁幼女的面孔。

“今天谁有外来朋友或亲戚？”姜聪亮开嗓门问道。

“有呀！下乡到附近农村的知青，叫温宁欢。他是张明明放牛时认识的朋友，常来我们连……”众人议论纷纷，七嘴八舌地反映。还说他人缘不错，见人都打招呼。

顾蕾心里有数了。她激昂地向大家指出：“同志们，我们一定要提高革命警惕性，严防阶级敌人的破坏和捣乱。连队不是世外桃源，对任何干扰和破坏连队安定团结的坏人，应该做坚持不懈的斗争。”

这时，立即有知青挥拳振臂。“是不是要抓坏人？走！我们去抓坏人……” 一时间群情高涨，疲惫与饥饿的神情顿时消逝。虽然人们并不知道“坏人”的所作所为，但只要是抓“坏人”，大家就会一拥而上，群起而攻，比垦荒挖穴种植更有劲头。

姜聪为大家敢于向坏人坏事做斗争的激情感动了。遗憾的是没有捕捉对象，只好说：“我们还要深入调查，不放过任何一个坏人，也不冤枉任何一个好人！”

朱红梅没认出坏人，仍然义愤填膺。

“放心！我们会努力处理！”顾蕾极力劝说朱大姐。

第二天是星期六，上午出工下午政治学习。顾蕾给各班布置了读报内容就离开了连队。她挑着粪箕一口气跑了十五里路，去武装连找老指导员和表弟张明明了解情况。

当了班长的张明明已经不是从前的放牛娃了，更不是守红薯地的小“愣头青”。他腰间扎着宽粗的军人皮带，肩背着折叠铁托式半自动冲锋枪，正雄赳赳气昂昂地从训练场回来。

武装连除了有实弹演习的军训课目外，更多的时间投入了垦荒和花生种植。连队除了连长和指导员步入中年，其余都是二十二岁以下的知青和农场高中毕业生，是一个加强连的编制，包括两个女子班，共一百四十六号人。半军事化的务农基地，一天二十四小时都安排人员巡逻执勤。所以，张明明也难得机会探望表姐。这会儿能见上一面，兴奋不已。

顾蕾觉得事情紧迫，急忙问道：“你认识周围农村的下乡知青吗？”

“落户农村的知青？有呀！就是南竹村，我和吆侬放牛时去过欢仔他们那里。”停了一下，见表姐那副认真样，自己也正儿八经起来，“欢仔那个小村，我不敢说是刀耕火种，也是温饱不济的贫困山区。一小块一小块的稻田，禾苗又黄又干。农民用脚趾耙地起垄，双膝跪在地里，用竹签刨挖红薯。他们吃的是山笋送稀粥，住的是一个个小草堡，睡的是山竹拼接起来的床……”

“知道知道！现在我们是了解温宁欢本人！”指导员从屋内出来打断了他的话。当年从部队转过来开荒时，那些战友都有同样感受。

张明明回忆起阿欢和他倾吐的心里话：那年他和女友是带着对沸腾生活中的农村的无限向往和感慨，为寻求银幕上的《我们村里的年轻人》和长篇名著《艳阳天》中的社会主义新农村来到了海南岛南竹村的。然而，现实的生活与想象中的情景千差万别。他无法在平淡的生活中成就宏伟的理想，无法在沉睡的村庄里唤醒自己逝去的梦幻，所以一度消沉。他说，当年放弃去农场就是终身的大错。至少农场不需要分摊农民的口粮，再苦再累也还有一份固定的粮油和工资。

“阿明，你发现欢仔有什么新动向吗？”指导员见他不语，又问。

张明明皱起双眉：“那时候，没见阿欢有新动向。听说和他一起来的女生去年嫁给支书的小舅子，是复员军人。结婚那天，阿欢米酒喝多了，掉进粪池。后来还是新郎哥救起的……”

“你是说那个女知青和支书的小舅子结婚？”指导员好奇地问。他想起南竹村老支书的妻子与符井开是两表关系，“武斗”那年来过老符头家躲难。老符头在床底挖了个地洞，能藏两个人。后来，连队干部也都在床底挖地洞预防万一。难道落户知青温宁欢找了老符头家作案，是间接报复？这事蹊跷了。

顾蕾更是睁大了眼睛，“知青在南竹村结婚？你没听错？”虽说扎根边疆干一辈子革命，那是表决心喊口号振兴士气。咋就真结婚了呢？她一时没法转过弯来。也许有情人应成眷属，万良是华侨兼大学生，不也和当地姑娘结婚了吗？

“错不了！那个女生叫方芳，长得很标致。她的运气也是好，结婚没几天就和农村丈夫调到县城民政局上班了。早时她是和阿欢拍拖，后来散伙了。阿欢说女人都是‘狐狸精’，害他吊颈的心都有了。还有，还有……没了。”张明明还想多说，又觉得失礼，只好支支吾吾。温宁欢心情好时说过，方芳曾托汕头家人寄了二十多个胸罩分给村里的妇女们，赢得了村中姑娘的热情拥戴和爱护。女知青把城市姑娘的文明裹胸内衣带到农村，这是一个文明创举。文胸加固了妇女的护胸墙，以防随机色狼顺手调戏行为，让妇女挺胸昂面无所顾忌。当然，也约束了妇女乳房的晃荡自由和影响女性胸部的性别美感。受乳罩的文明约束，又促成了异性的另一种窥视思维。

顾蕾无法探知表弟的内心话语，笑道：“什么女人都是‘狐狸精’！调来武装连学贫嘴了！”

“不是贫嘴！是贫僧！”他悄声道，“我们已经被指导员训练成一群和尚佬了。”

顾蕾一听开怀大笑：“咁犀利？女生也变成和尚啦？”

“哦，女生变成……啊！不对不对！”张明明猛然想起指导员在身旁，不好意思地伸长舌头做鬼脸。

“哈哈哈！我知道你是有口无心，以后少说煽动性的话。我们的战士要保持绝对纯洁！”指导员笑笑，转身离开时说，“小顾，过两天我们一起去南竹村。无论什么情况，连队与老百姓的关系都不能搞砸。我们要谨记上次老百姓被坏分子操纵打架的教训。”

“好的！我听你的！”顾蕾立即表态。她有老指导员撑腰，心里踏实多了。那次军民“干仗”，她在屎坑里差点送命，这种教训一辈子只能一次。原想和表弟多聊聊，一看表，惋惜地说：“我要回连了。嗯，国庆节快到了，找机会回来。我留一大块肉给你！还爱吃酸笋吧？我学会做了。”

“表姐，你怎么变得像我妈了！啰里啰嗦。”他挤挤眼，又说，“今天冲锋枪连射，六发六中五十二环，不敢想吧？连长叫我参加团部射击训练班，准备参加兵团射击比赛！”他那神态，那姿势，甭提有多惬心。

“看你那样，执金都没那么辉煌。几时入党呀？”她最关心的莫过于此，这是政治生命。

“支部会通过了，还在等上级批准呢！”他耷拉着头。俊秀的脸庞藏着少许不悦。

顾蕾惊喜不已：“你，你鬼鼠（狡猾）呀！怎么不写信告诉我？”

“激动过头，傻了一夜，都不知道该怎么写。嘿嘿！其实是昨晚才开的支部会。”他忽然又变得那么平静，那么轻描淡写。只是瘪着双唇粲然一笑。

“哗！真正新鲜‘血液’呀！不过，还要牢记‘夹着尾巴做人’喔！”她嘱咐着，用手轻轻地抚摸了一下表弟腮帮子那个曾经被水牛角戳穿的疤痕，那是一个舍生忘死的印记。随着时间流逝，表弟确实成熟多了。入党这么重大的事情竟然显得若无其事，她当年也做不到。记得自己在支部会上表决通过后，按捺不住内心的喜悦，逢人都咧着嘴笑得像绽放的玫瑰。在满面春风的笑容里又藏匿着不安，怕周围同仁投来嫉妒的眼光，疑似自己骄傲自满。那颗跳跃得像兔子奔跑的心呀，被自己硬生生地压制着变了形。尽管如此，指导员还谆谆教诲："我们共产党人，有远大的理想和抱负，要时时刻刻戒骄戒躁，夹着尾巴做人！"这是共产党人与普通人的不同境界。她的脑海里无时无刻不在为"夹着尾巴做人"而拉紧警戒线。而共产党人的"尾巴"是看不见摸不着的，只有通过不断地反省自己，谦虚谨慎做人来表明。看来自己不如表弟了，真是后来者居上呀！

张明明掐掐自己那两扇兜风耳。"嗯！记住了！我的表姐大人！"他拍拍手中的冲锋枪，又说，"能扛这种枪就不是细路仔啦！你不用愁的！"

"三班长，连长叫你！"连队通讯员小跑过来。张明明本想送表姐一程，这会儿只好作罢。看表姐依依不舍的眼神，他鼓励自己一定要干出点成绩才行。

顾蕾为了赶时间，没走原路回连队，而是拐进了一条羊肠小道。那是一片山果林，有半个山坡的山稔树。顾蕾常听朱红梅说起，山稔子又可当水果又可作药。当水果谁都知道，作药就鲜为人知。朱红梅说能治妇人血崩，男人遗精，还有刀伤烫伤也行。所以，她快速地折了几把，连叶带果都装进随身挑的粪箕里。眼前又见一棵黄皮树，金黄色果子挂满枝头。她正要摘食，发现绑着一小把干禾苗。那是当地人标记着"此树有主"的记号。黄皮果实的药用也了得，不仅生津止渴，还能化痰平喘。当地人说饥食荔枝，饱吃黄皮，健胃养胃。现在她是又饥又渴，无法顾及肠胃健养，只求止渴充饥。她只好昂头望着一串串黄皮果实，忽然觉得满嘴甜酸缓缓而来，滋润了干渴的喉舌。她暗笑，古人曹操带兵使的那招望梅止渴至今还有效果。想着连队的事，她心急火燎，连走带跑，很快就回到那棵被顶头的烈日烤得失去光泽的荔枝树下。她擦去额前的汗水，发现全身上下已湿透，甚至连自己这条前后可以反穿的大灯笼裤都没有一块干处。看来自己确实变成赶墟的村姑了。

姜聪并不知道顾蕾去了武装连，他一早跟随黎吆依去放牛，顺便了解情况。果然不出意料，南竹村那两知青还有痛心疾首的往事。到底是一个失恋的年轻人，在偏远的穷山区承受着撕心裂肺的感情哀伤。若自己不能调节，又没有宣泄环境，无疑自暴自弃。本着"惩前毖后，治病救人"的方针，他决定到农村去找那青年谈谈。下午，他去知青宿舍找顾蕾商量，迎面又见朱红梅跑过来。

"姜连长，你们报告保卫科了吗？一定要抓住那个后生哥！你今日不抓，他明日就会再来！狗改不了吃屎……”

“你放心！我们一定会弄个水落石出！”他的话，落地有声。虽然上任只有短短几天，已赢得了大家的信任。人们敬佩他舍身救人的精神，即便他也高喊老连长的口头禅“死鸡也要屙泡硬屎”，竟没再有人怨声载道。

朱红梅不嚷了。转脸见顾蕾挑着粪箕过来，蹬蹬地迎了过去。顾蕾把担子撂下给她：“梅姐，这是你要的山棯子。我和连长讨论方案，没你的事了。”

姜聪见顾蕾大汗淋漓，气喘吁吁，很是意外。自己虽然带着伤，心有余而力不足，也不能就此让她肩挑双担。他关切地问：“您当侦察兵去啦？”

“嗯，我去了武装连，关指导员过两天和我们一起去南竹村！”

“还有什么情况？”

“有！嗯……”她突然发现他那双像正午阳光一样炽热的目光，出了神似地注视着自己，一时语塞，不知说什么为好。

他轻轻地说：“您衣服湿透了，回去换吧！”

“也好！我们今晚开个支部会，讨论你提出的方案？”她虽然力避他似X光线的目光，但心里却矛盾地不愿意抛移眼下让人陶醉的时刻。他的声调是那么柔情，那么可亲，那么真切，让人难以忘怀！

姜聪微微一笑：“好！听您的！党指挥枪！”

“我听党的！”顾蕾立刻反弹似地表了态，也躲避了他明亮又神秘的目光。

姜聪目送她远去。记得老指导员对他说过，连队的元老知青大多数是“敢把皇帝拉下马”的红卫兵，许多人都被毛主席接见过，既光荣又骄傲。顾蕾就是其中的典型。他们朝气蓬勃，有思想，有文化，有觉悟，敢想敢干。而后来的知青，他们的思想较为单纯、薄弱，有随波逐流的意识。如何让他们以老带新，在广阔天地大有作为，树立“扎根”思想，是目前知青工作的关键。老指导员还转达了上级指示，从知青中提拔干部，让他们自己管理自己。尤其是知青干部以身作则是做好知青工作的重要环节。顾蕾的能力已证明了这一点。而他自己，既没当过红卫兵也不是知青，上级让他代理连长而不是指导员，说明他对知青工作一窍不通。

当晚开的是支部扩大会，参加的都是连队老职工中的骨干分子和积极要求上进的年轻人。姜聪把他的“连队发展计划意见”交给顾蕾，由她主持会议，由她逐条逐句解读。

“这个发展计划可行，就是可行！”杜河举着双手，大喊赞成。仅改善职工伙食这一条，以往老连长也提出过，却一直没能实现目标。可贵的是杜河从来没灰心，屡次积极响应。此刻他就嚷嚷着要买母猪，用来产崽。他是管锅头的，指望有朝一日不再为大锅里没肉发愁。

饲养员大坤没有赞同，他拍着桌子喊：“应该买公猪！”

杜河说养母猪合算，他去南鳌头找猪配种，不亏本。几年前蓝江拉母猪去配种是视力不好错拉了人家的公猪回来。这回他要亲自去。这话题像开了水闸门，有人“呛”水了。

“我看，没公猪就用小牛和母猪配种试试？”

“你和母狗歹（搞）过吗？”

“有呀！苏联女兵都和狗歹……”

“人和狗配种，生出人头狗崽没？”

“不是有人头马吗？”

“人生的？还是马生的？”

“不要乱说了，讨论正题！不能犯路线斗争错误！”顾蕾虽然也听惯了众人的无稽之谈，尤其是老职工文化低，语言粗俗。但她忍不住还是大声斥责着。

杜河又一次提高了嗓门，他坚持买母猪的想法没有改变。一直不声不响的统计员刘隆基叹了口气：“连队没有买猪的开支，大家讨论啥呀？老调重弹，没用的……”

姜聪微微一笑：“别担心啦！这笔开支我已准备好了。由我自己支付！”

“有冇搞错呀？自己出钱买猪仔？”众人愕然。对于以分为单位积攒的职工，怎么有能力献出买猪仔钱？“盲公”来农场也有十余年了，他的两分钱酱油能吃一星期，买头小猪就是十年八载的酱油花费了。他质疑了：“连长，你是漏网的地主吗？哪来这么多钱？不是捡回来的？”

“哈哈哈！老同志，您一份工资养十六张嘴，我是一人吃饱全家不饿！说好了，咱暂时买四对猪仔，公母搭配着。可行吗？”

顾蕾立刻拍手叫好：“就这么定了！就买四对猪仔，还有意见吗？”

“定了！定了！有小猪就有大猪，有大猪就有肉吃。公母都行，越多越好！”众人像炸开了锅，七嘴八舌。可想而知，八头小猪崽可不是小意思了，就像餐桌上的烤肉一样，大家毫不客气，希望抓紧拍板。

一些人似乎看到了连队猪群满圈，幻想着大口吃肉的滋味。坐在后排的“盲公”仍然顾虑重重。1964、1965年间“盲公”自己养了几头猪，卖了四百多元钱正准备寄回家乡修整老屋。他有四个孩子，家乡那头还有父母和兄弟姐妹以及老祖母十几口，也都盼着他这个有固定工资的农场工接济。可是“文化大革命”开始了，他搞副业赚的钱没敢寄也没敢花。只好用玻璃瓶装着藏在茅草小厨房的灶洞里。那个洞足有半米深呢。他自己原名是文功，因为识字不多，又怕别人说他是文化人，二十出头那年就被人叫成“盲公”，心里竟觉得踏实。如今是“越穷越光荣，越穷越革命”，谁还敢想着大口吃肉？搞副业生产不就是明摆着走回头路找死吗？他忧心忡忡地问：“每连能养几头猪？上级有政策吗？”

“老同志，党的政策是为人民而想，是为人民所制定的。我们现在是想方设法为人民谋利益。人民是谁？人民就是我们老百姓，您说上级会阻止我们吗？”姜聪仍然堆满笑容。

大坤是饲养员，他兴奋得下颌骨几乎脱臼，敞开喉咙大声说：“盲公你放心！当年你养的猪是为自己，就是资本主义尾巴，所以才割掉的嘛。现在是公家养，是给社会主义大家庭养，不一样的。”

“大坤说得有道理，咱空着肚子也挖不了胶穴。”顾蕾站起来，“现在讨论下一个问题：大家说先翻修小学，还是托儿所或是……”

“……”

这次会议开得很长，是两位新领导上任后的第一次长会。有人兴奋得摩拳擦掌，有人无动于衷在打鼾。那些政治嗅觉敏感的人拭目以待其后果。老党员杜河算是彻底宽心了，他认为连队工作仍然走在社会主义大道上。

关于朱红梅三岁女儿被隔壁村的下乡知青强奸未逐之案，顾蕾还是向团部报了案。紧接着团保卫科来人调查，关指导员也回来帮忙。虽然这个犯案者不是连队青年，也是连队常客。调查组不能忽视任何导致犯案的线索，也趁机对知青思想工作来个大整顿。

由于军民老关系，关指导员带着保卫科的两位同志到了南竹村。村支部书记符伯车认为是县委派来的工作队，反复强调着说：“温宁欢是个好同志，好知青！他以身殉职，和‘泰山’差不多重……”

“符老哥，你们有几个温宁欢？”关指导员逗着。他知道符伯车老哥喜欢耍心眼，但也不能胡编乱造一个活生生的小青年死亡的谣言。

老支书显得不耐烦了：“就一个！我们村有两知青，一男一女。女的出嫁了，是我们儋州亲戚了……”

关指导员打断了他的话，双眼睁得溜圆：“哦？你说温宁欢他牺牲了？”

“怎么死的？”保卫科何干事一脸狐疑。他原来是工作组的负责人，敢想敢干，政治观念很强。

老支书叹了口气：“唉！他和哑巴去守稻谷，给‘吹风蛇（眼镜蛇）’咬了耳朵，哑巴急了，一刀就把他耳朵割了。回到村里，阿大给他包了草药。看来没事了，第二天他又去守稻谷，见割下的耳朵肿得像大西瓜，拿来比比画画呀，回来就中邪气喽……”

指导员又问：“没去医院看？”

“有村里土医来过，邪气太深。抽筋呀，吐白沫，脸变黑了。没救了……”

何干事似卸下重担。“罪有应得！”他正要和符支书讲明真正来意，把年轻人的强奸未遂行为抖出来。当他得意地朝关指导员瞭眼时，却见关指导员投来狠狠的目光，只好把已到舌尖的话吞回肚里。

一个年轻的生命就这样草草结束了。顾蕾心里顿时沉重起来。她默默地为逝去的生命致哀。也许年轻人他带着许许多多的遗憾和悔恨离去，或是忏悔自己在最后日子里险些酿成的大错。但是，他终于解脱了许多年轻人难以抉择的“扎根”问题。他把青春与生命，永远留在农村的土地上了。

扫盲时才识字的老支书写了半页纸的报告准备送往上级知青办公室，说他的死和“泰山”差不多重。后来又被他三年级的小儿子涂改了，写上“温宁欢同志为南竹村的人民利益献出了宝贵的生命，他的死重于泰山！”。

村里其他人只知道他是在出工时被蛇咬死的，是好人。他有一副天生的高音歌喉，唱洋腔，没人听懂。可惜他没学会唱当地山歌，也没能成为村里的新郎哥。

朱红梅听到那知青已经过世，伤心地喃道：“后生哥，你想歹就歹母猪啰！唉！现在只能做‘风流鬼’喽！可怜的后生哥！爹娘怎么办哟……”

二十二

姜聪和顾蕾两位新领导人根据本连队的需求快马加鞭，把重点投放到连队基本建设和对新种橡胶苗抚养以及副业管理。尤其是在加刀割胶的大生产中，顾蕾把万良送的那几本橡胶树种植和管理的技术指导书籍转送给连长姜聪。依据书本指导，为达到保护胶树和增产胶水的目的，姜聪要求在加刀前大量地对胶树施加有机肥。所以，堆积高质量的有机肥又成了新的项目。顾蕾以活跃文体生活来补充年轻人在艰苦劳动之余的生活乐趣，加强了连队年轻人业余时间的文娱排练和篮球训练。她领着篮球队到附近连队进行友谊比赛，把宣传队带到附近农村进行军民联谊演出。职工们的劳动节奏从原来起早贪黑的机械运动变成有声有色的劳逸结合，连队处处呈现生机。

多嘴的大坤说："新官上任三把火，咱连要燃烧六把火！"也有人担心地说，火太旺了要烧焦的。

日子飞逝，叶大勇带着老婆和小姨子回到了连队。姜聪的代理期满，结束了与顾蕾同心同德改建连队面貌的机缘。他依依不舍地打理行装，将走上新的岗位。

叶大勇的正连长职位还未批准，还属于代理。要想转正就要有成绩。他回到连队迫切需要生产进度的数字。在当晚的支部会上，他两眼紧盯着生产进度报表，像视网膜脱落似的僵住了。他喝住正要告别的姜聪："这个月的胶水产量怎么没上升几格？"

"这是稳步前进！"姜聪解释。

"怎么才开挖了这些新地？你们消极怠工？"

"这是脚踏实地！"顾蕾回答。

"你们买猪仔？搞资本主义复辟？"

"这是自力更生，改善人民群众生活水平！"杜河说。

"还要翻新猪馆，托儿所……啧啧！典型的'三自一包，四大自由'！反革命修正主义的死灰又复燃呀……"

"不一样，这是加快建设社会主义的步伐！"姜聪补充。

叶大勇更火爆了，顿时怒吼起来："你们呀！胎屎都没屙干净，就学人家发癫！看看这份进度表，足够证明我们连队撞墙角了，这是死路一条！你们这些年轻人要翻天了？刚刚才砸烂的旧东西又搬返，不是明目张胆搞复辟吗？你们敢说不是？"

一阵安静，鸦雀无声。姜聪不认为蒸蒸日上的工作进展是危机事态。他强硬地控制了自己的情绪，冷冷地打破寂静："我是整个计划的罪魁祸首，您向上级打报告吧！党的政策是'首恶必办，胁从不问'，这事与连队任何人无关！"

"你！是你！我猜就是你……"叶大勇愤怒了，两眼直挺挺地瞪着姜聪。

姜聪没再反驳，背起背包，轻装得像行军作战的士兵。他要连夜赶回团部。走时面带笑容地和杜河握了握手。然后转过身去，对坐在叶连长身边的顾蕾说："您是一个称职的指导员！咱们后会有期！"

顾蕾难过极了，这种失落感前所未有。

姜聪走后，叶大勇在支部会上握着拳头用劲捶击桌面，咆哮许久。杜河是老党员，是老炊事班长，有自己的算盘。虽然不会赞同叶大勇的全盘否定，却也不愿意发生正面冲突。他的想法无非就希望大家每天能吃上肉，实实在在地改善生活。若不准养猪，又哪来猪肉！他闷闷不乐地抽了一晚上的"大碌竹"。

为了把握连队的革命大方向，叶大勇的检举报告迅速送往团部。很快上级下达了处理意见，顾蕾受牵连被停职反省写检查。杜河成了新的代理指导员。由于杜河没有什么文化，对政治学习说不出道道。所以，晚上都以班组念报纸为主。善于发言的知青都成了骨干，每晚都是那么个发言次序，轮流过场，草草了事，然后就去排练节目。虽然说通过学习认清形势，提高了思想。但连队的面貌依然如旧，最大的改观是猪栏里多了几头小猪仔。那是姜聪自己掏腰包钱买的。可惜修建学校和托儿所的计划停止实施了。由于国庆会演是上级的要求，所以，收工后仍然响起了锣鼓声。

国庆节的全团会演，成了连与连之间的知青文娱细胞大拼搏。知青人数多的连队无疑占优势。会演的二十八个节目中，刘什唱的那一段李玉和的《雄心壮志冲云天》排在第五名，给连队增了光。大家都知道是顾蕾暗中推波助澜的效果。虽然她受了挫折，但排练节目之事丝毫不含糊。

梁枫领着一群中学生独占鳌头，他们演的《智取威虎山》中的"深山问苦”片断感人肺腑。

蓝江是一介书生，他给卫生队编出了几个好节目。就乔志强那段《常青就义》的独舞就获得了长久的掌声。

武装连，年纪都是二十余岁以下的知青和本团中学毕业的职工子女。由于受严格的男女界限切割，好几个有声有色的节目都冷冻了，只上演了男声小组唱《雷锋》。因为唱得干瘪，只获得了稀稀拉拉的掌声。尽管武装连没有获得会演好成绩，张明明还是深深地热爱着他的连队。他给表姐的信上用红杠杠注释道：“我们武装连是不爱红装爱武装的不穿军装的战士。我们连队的精神鼓舞了我的意志。我的射击成绩从连队打到了兵团，每天六发子弹，成绩优秀。我相信我有能力进入全军运动会的射击比赛，一定夺个好成绩。在当今的关键时刻，千万不能受资产阶级的香风臭气熏倒。倘若寺庙的和尚六根不清，闻进女人气息，念经也会分心……”他被武装连选为射击比赛神枪手。从连队到团部，再从团部到师部，最后竞技到了兵团射击集训队，这一路走来，信心满满。

“狡辩！”顾蕾为表弟能够参加全军运动会的战前训练感到由衷的高兴。国庆会演他没能参加。否则，他的口琴表演也会给武装连带来一花独放。她不得不承认，一个既不脱产又携带武器的连队，没有严明的纪律是不可能做到“抓革命，促生产，促工作，促备战”。武装连的男战士暗地里把女性称为“革命雕塑”。有不少成熟人渴望燃起恋爱的星星之火，但严明的纪律迫使他们始终没越雷池一步。

顾蕾被免职之后，最大的失落并不是职位，而是她与姜聪朝夕共处的默契之感。因为这种默契让人感到字字有情，笔笔生辉，甜蜜又幸福。一旦失去，一切都显得黯淡无趣。

葛小敏见她多日寝食不安，一语道破天机：“你瞒不过我的，哈哈！唔讲你知，等你心思思了（不告诉你，让你心痒痒）！”

“没有呀！不可能的……”顾蕾确实也摸不透自己的心思 。

“哼！往往可能的事就在不可能中爆发，你信我啦！”

“不可能不可能！你不觉得他，有点戆居（傻乎乎）……”

“切！佢精得滞（他精明过头）！他睐你时那双眼神，系人都心思思啦……”

“啊？你睇出咩（看出啦）？”顾蕾顿时觉得脸都热得烫手了。她被免职后想回去当胶工，但她的树位早已被人顶替。叶大勇把她放去垦荒挖穴，并好心劝导她：共产党人没犯错时要夹紧尾巴做人，犯了错就得低着头做人！现在她是夹尾还要低头。从心里说，她并不在乎低头夹尾，最难过的还是和姜聪分别。每每想起他那双像银河系一样神秘的眼神就会心慌意乱。虽然这时她并不知晓英国天文学家唐纳德·林登贝尔（Donald Lynden-Bell）和马丁·施密特（Maarten Schmidt）已经指出银河系中心的能源是一个“黑洞”，而这个“黑洞”又被物理学家史蒂芬·霍金（Stephen William Hawking）考证为“黑洞辐射”理论。如果有人告诉她银河系中有了“黑洞辐射”，她就会说姜聪明亮而深邃的眼里发出的光线，就像“黑洞”里发出的“辐射”，不能不让她感到脸颊灼热。她甚至想让他那双眸子来个大“爆炸”，通过“爆炸”才能看清他内心深处藏着的秘密。当然，在其他同甘共苦的人群中，每调离一个成员她都有深浅不一的感觉和失落。她常暗笑自己灵魂深处的自作多情，尽管自己与别人毫无感情冲击。曾让她揪心和不安的郑文华的那封“血书”，如今也随时间流逝而淡漠了。只有姜聪映入眼帘，别具一格。有特别就有特写，有个性又有共性，她开始对他朝思暮想了。由于知青群体中没人触及谈婚论嫁的话题，各揣各的心思。即使超龄退团，也紧锁芳心。葛小敏深埋了她自己对异性的欣赏目光和感情，浑身上下抖擞着革命细胞与努力上进的风格，却毫无顾忌地戳穿了她顾蕾对姜聪的心思。厉害啊！人民群众的眼光当真雪亮，远胜于自己揣摩自己……

回想两年前，林育雄打破了寂静的情感森林，抛露了他的感情色彩，却弄得沸沸扬扬。那阶段，人们的两眼双珠瞬间就闪耀着像蜻蜓似的几万只复眼，带着神乎其神的屈光系统和敏感细胞，盯视着他俩的一言一行，甚至捕风捉影，猜测事态突变。而天真无邪的陆玉莲竟然把林育雄抄的那份印度诗人罗宾德拉纳特·泰戈尔的《世界上最远的距离》作为小资产阶级情调的证据交给了关指导员。那是多么好的诗句呀，为什么要上缴？顾蕾闭上了双眼，默默地背诵着：

“世界上最远的距离，不是生与死的距离，而是我站在你面前，你不知道我爱你；世界上最远的距离，不是我站在你面前，你不知道我爱你，而是爱到痴迷，却不能说我爱你；世界上最远的距离，不是我不能说我爱你，而是想你痛彻心脾，却只能深埋心底……”

那年陆玉莲还没满18岁，拿着信读着读着，全身哆嗦，立马就把信交给了关指导员。而关淼庭指导员却猜不透诗意，拿着长诗来找小学老师葛小敏给解释。他反复叮嘱：这是小资产阶级思想情调的危害，千万不能在小学生中传播。但是，葛小敏告知那是名人名诗，是拿诺贝尔文学奖的哲学家的作品，不是林育雄写的情诗。关指导员压根儿听不明白什么叫“诺贝尔奖”。如果是小资诗篇又不是连队知青牵头干的，责任不大。他立即找林育雄谈心做疏导工作，并让他作了深刻检讨。事后，林育雄坦诚地对班长车少谔说，人生有许多支撑力，他的支撑力很脆弱，如果没有情感，没有爱意，他就无法坚持不懈地干活。为了吸引陆玉莲的注意力，他必须有特别的举动！当时车少谔听了很惊诧，觉得他冲破了禁区成就独一无二，无不佩服！之后他把林育雄的自白传播到知青群体，许多人恍然大悟。原来阿雄埋头苦干的精髓靠的是赤裸裸的黄色诱惑……

顾蕾浮想联翩，她不曾想过人生还有更强的支撑力。在海南岛几年的艰苦奋斗，靠的是《毛主席语录》的指引，靠的是呼喊“下定决心，不怕牺牲”去鼓舞自己战天斗地。接着入了党，提了干，很奏效。随着时间的推移和体力的消耗，“口号”已经不足以支撑自己的劳动干劲。古希腊物理学家阿基米德有句名言：“给我一个支点，我就能撬起整个地球！”她是否也需要寻求一个新的支点，新的动力？虽然这段日子停职反省，但心里头并不完全承认委屈孤单。这是为什么？难道自己找到了生活中新的支点？现实的支撑力？或是像林育雄泄露天机的情感驱动干劲的秘诀？为什么和姜聪在一起的日子，同样的环境却觉得生活那样充实，那样愉快，那样有干劲。这是不是自己的新支点？她责问自己，也无法回答自己。

两星期后，杜河因为胃穿孔住院，顾蕾又恢复了领导位置，而且去掉了“代理”二字。这次重整旗鼓，她是步步紧跟，不偏不倚，配合叶大勇连长提出的新口号“能挑一百斤，决不挑九十九”。

转眼半年过去了。这天傍晚，因为有热带风暴袭击的警告，大家都忙着防风。顾蕾和叶连长带着几拨人巡察胶园后又坚持了雷打不动的政治学习。夜深了，力倦神疲的顾蕾总算回到宿舍。她坐在床沿，本想倒头就睡，忽听见窗外又一阵倾盆大雨，她的睡意全消。担心台风给连队带来损失，她警惕地出门观看一番，觉得没有什么异样，便回屋了。

葛小敏仍在备课，她为连队小学的教育倾注了全部精力。顾蕾为此感动，她没有施加打扰，静静地坐在自己的桌旁，拉开小抽屉，拿出那本已经打了皱褶的日记本。是梁枫送的那本，原来没有字，现在已密密麻麻了。上面最后的日期是1974年2月12日，是春节过后不久写的。那次记载了“海军反击南越西贡当局武装侵犯西沙群岛的琛航岛，击沉敌舰一艘，毙俘敌人300余名，捍卫了中国领土主权”。为庆祝胜利，又戒骄戒躁，那天团党委召集各连领导开会，趁东风鼓舞全团职工士气，提出了“把批林批孔的斗争进行到底”的口号。其实，她对那次会议记忆并不深刻，只是借此记下了与姜聪分别半年多后重见的时刻。那天是在招待所食堂见着他。自从他结束了代理连长回团部复命后，没再有任何音信。想不到分别数月重逢时，他竟当着政委的面毫无顾忌地说：顾指导员，我的小猪没被烤了吃吧？这话她听了很尴尬。就为这句冷漠无情的话，她闷了几个月也无法静下心来继续她的日记。

窗外仍是狂风骤雨，室内的煤油灯也被灌进的大风频频熄灭。六月天已是热不通风，台风带来的湿热让人心烦意乱。顾蕾成了连队领导后，理所当然可以自己享受单屋，可她不让葛小敏搬走，她要和老友“同甘共苦”。

这时葛小敏又见她凝神，看来当指导员也不容易。想起学校的事，她汇报说：“我的学生黄新新问，反革命分子白天是低头认罪走路，晚上是不是也要低头认罪睡觉？我回答说，是呀。他说不对，他爸爸没上吊前，夜里睡觉是直腰的，头也昂着。我应该怎么说？我只好说，他白天是人，夜间是鬼！这真是自欺欺人，我这个当老师的真不知道应该怎么教了。”

“黄新新？是老地主的二小仔吧？”顾蕾也一直在深思“反革命”的定位。学生们日益成长，思考的问题已经不是通过哄骗就能回答了。老地主的儿子提出的问题，很值得深思。幸好有葛小敏和叫尚武的全力把握，她是省心多了。

“喂！顾指导员同志，难道你也答不了？”葛小敏问。

“怎么回答？是物理答复还是政治答复？我外婆走路腰弯90度角，睡在床上还是笔挺呢。你已经给了正确答案了，我还不如你……”

“我知道你的事多，但也不能顾此失彼哟！”葛小敏看她惆怅的面容，又说，“林育雄手头有首歌，很有情怀，我们都觉得有共鸣。你呢，宅心仁厚，不会又来一场批判会吧？”

“什么歌？是不是上回那首南京的？那些很敏感，要把握好。”

“敏感不上纲就行了。是广州的，牵肠挂肚。写歌的人是细路仔，比我们有想法。真是下乡不分先后，为了一个共同的革命目标，都走到一起来了。”她从抽屉里拿出一首歌词，递了过去。

“《再见吧，广州！》？我怎么不知道呀？你们为啥都瞒着我？不会说我同源异流吧？”她抬眼见葛小敏投来诡秘的眼光，逗笑似的，“知道了！我不就是个小小指导员嘛！我们还是同穿一条裤子都嫌宽嘅。”她看歌词，赞叹了，“哗！是好词喔！”便轻轻地念了起来：

“低头无语是岸边的榕树，悲声呜咽是奔腾的珠江。我俩徘徊在长堤路上，多少话儿在心上没法讲。再见吧广州，再见吧珠江！明天我就要离开你，奔向遥远的地方……”

顾蕾被歌词牵动了。虽然知识青年逐年继续下乡，但也有少许陆续返城。女知青刘丽华因吃巧克力被误认为吃自己拉的黑屎，被送回城也没再回来。一些思想脆弱的年轻人多么希望自己也得了什么不治之症，逃离这块艰辛又茫然之地。而她，觉得自己是强者，是有坚强信念的强者，是共产党员，是革命干部，不能与脆弱者混为一谈。她不能忘记老连长那句话：死鸡也要屙坨硬屎！《再见吧，广州！》和已经封杀的《南京知青之歌》一样，歌词很柔情，很甜美，也很忧伤。但是，当今柔情是资本主义的靡靡之音，甜美是修正主义的糖衣炮弹，忧伤则会摧毁知青上山下乡的坚定意志！尽管曲子委婉动听，也只能放在心里荡漾。诚然，她不否认自己有坚强的一面，也有柔弱的一面。她包涵地告诫葛小敏：“小声哼哼也很舒心，不要当节目演出就行了！”

“这就对了！虽说你做了官，你还是知青，是一个时代的人。我那些学生的理想就想当知青，他们以我们为荣，以我们的使命为奋斗目标。而我们的理想又是什么呢？”葛小敏摇晃着脑袋，难为情地流露一丝苦笑。也许无须任何人的解答，唯有等待时代找答案。

“经师易遇，人师难遭。我知！”顾蕾内心矛盾着。虽然抽调了不少知青走入教育战线，但知青渴望回城的愿望并不是调动任何工种就能够改变的。就她自己而言，不也是思念着亲人，思念着故乡吗？所以，她只好把知青中涌动的思乡情绪淹没在连队里。

“叮叮叮……”一阵急促的铁皮钟传来，立刻打断了她俩的畅聊。

顾蕾冲出门，朝挂钟方向跑去。她边跑边大声向漆黑的四周喊道："谁敲钟？谁？什么事？"

知青们也快速地跑了出来。这时，台风带来的大雨疯狂而泄，一些不坚固的小草房已被风掀翻了。连长叶大勇拿着广播筒大喊："猪跑了，猪跑了！大家快出来找猪喽！猪跑了……"

原来是猪栏门倒塌了，连队两头母猪和八头小猪不翼而飞。那头老母猪前几天才抬去南鳌村配了种。顾蕾一看猪舍的栅栏，显然是人为破坏，顿时气得咬牙切齿。人们失望地看着空空如也的猪圈，伤心地哀叹："早知今日，还不如全杀了给我们增加油水，太可惜呀！"

叶连长暴跳如雷："通通给我找猪去！去呀！"

"同志们，我们应该有信心，一定要找到它们！"顾蕾也发了狠。

大家顶着风雨，各自拿着手电筒，进行全连各个角落大搜索。

刘什拿着手电东晃西晃，连连埋怨："养只狗就好啦！这样盲目地找，天亮也找不到呀！"

"养一般的狗没用，要养军犬！"洪卫兵说。

"连队养军犬？发你春梦啦！军犬要吃肉呀！"饲养员大坤立刻反驳。

"人都没肉吃，狗还想吃肉？！"吴丕宏冷笑地搭了一句。

"狗肉不错！我小时候吃过。"车少谔努了努嘴，似乎几年前吃过的狗肉味还有残留。真是喷浪飞涎，割肉解馋。无论什么时候谈到吃肉都没人腻歪。

这时，有人低声嘟嘟："喂，有戏看喔……"

"在哪？是不是人头马？"

"切！人头马有什么好看呀？情情塌塌（卿卿我我）才是精彩的嘛！"

"谁这么肉酸呀？"葛小敏双手捂着耳朵。

走在前面的林育雄把自己的雨衣脱下，披在陆玉莲的身上。姑娘不领情，把雨衣甩了回去。林育雄没气馁，坚持把雨衣给她，柔情地劝道："人家个个都懂得穿雨衣，就你出众，帽子都不会戴一顶呢！"

顾蕾拉了一把身边的陆玉莲，暗示她不能太过分了。见她仍然固执，只好背诵起语录："我们都是来自五湖四海，为了一个共同的革命目标，走到一起来了。一切革命队伍的人，都要互相关心……"

"知道了！走到一起来了，还跟得那么紧，烦不烦呀！"陆玉莲用力地拽过雨衣穿上。虽然她到兵团好几年，也长高了个子，但仍然瘦弱，那件雨衣拖至脚后跟，刚绕过公厕她就被绊倒了。也许是雨衣过于肥大绊住了脚。林育雄急忙将她扶起。刚想找话表示歉意，突然听见远处传来“嗷儿嗷儿”的呻吟声。他警惕地拦住大家：“别动！有情况！”虽说他相貌平平，双耳却出众。尽管夹杂着风雨声，方圆十几里也能听清动静。

顾蕾的手电立即照射过去。在小土丘的脚下，一头黑猪被装在竹篾笼子，旁边是一条又大又粗的长竹竿。显然是紧急中弃物而逃的现场。她喜出望外地叫起来：“原来猪在这呢！快！快把它抬出来……”

叶连长听见动静，机警地带着另一队人马赶过来。他兴奋地说：“从现场来看，是附近村民干的。不是我留个心眼，早被人抬远了！”

“再沿路追踪，另外那头老母猪也跑不远！”顾蕾说。

大家觉得有趣，像捉迷藏似地东打西敲。一些男青年又喊又叫，虚张声势，试图擒拿窃贼。刘什腿快，“嚯嚯”地边喊边跑，一口气追了两百多米。“这有个布袋，快来！”他激动地大喊。

大坤喘着粗气赶上来了。毕竟是人到中年，没有年轻人机灵。他是饲养员，爱猪如命，这回他拼死也要把猪找回。那个大布袋附近还有个猪笼。他正跑过去，突然“轰”的一声炸响。这声音很吓人，是炸弹爆炸。大家立即趴倒在地，黑夜里虽然彼此看不清对方的神态，想必都惊魂不安……

“大坤公！你死了没？你唔死得（你不能死）！”叶大勇大声喊道。

“呸！土弹就想炸死我？！”大坤没给炸着，身后溅了一屁股泥。刚才那声炮响，他断定是土制手榴弹。有些村民遗留了“武斗”时自制的武器，但比炸山猪的红薯炮威力小。

随后，他们又找到了其他布袋，大猪小猪虽然如数找了回来，叶大勇火气并未消除。他对顾蕾嚷道：“我说民兵班一定要加强训练，偷猪这么大的动作，我们都没察觉，个个都吃屎了？”

顾蕾虽然很不喜欢叶大勇的粗话，尤其是上次整治她和姜聪双双停职。但是，今天的窃猪事件，若不是他及时发现，损失可就大了。她反省了自己的粗心大意，立刻表态：“对！我们不能丧失革命警惕性！应当立即加固猪舍！”

大坤护着那头猪，幸亏没炸伤。他也趁机攻心：“连长，我们一定要修建猪舍，要盖瓦顶砖墙。下次再偷，别想找回了！连猪屎都找不回了！”

叶大勇没回应，他对修建猪舍毫无兴趣。顾蕾心里明白，如果按姜聪的连队建设计划，猪舍一定不会出事。

二十三

实践让人吃一堑长一智。顾蕾复职后没再有新招，仅修建猪舍一事也不再勉强。她一心遵从上级指示，不偏不倚。不愧为“既明且哲，以保其身”。

不久，她被上级点名参加了师部召开的上山下乡知青代表大会。这次青代会使她感受到自己与其他知青代表存在的思想差距。尤其是遇上了那位曾多次出席省知青积极代表大会的孔向群。他任劳任怨，吃苦耐劳。为了争分夺秒为建设社会主义多作贡献，常常吃睡在工地上。从垦荒标兵到“五好”胶工，又到先进拖拉机手，人人赞不绝口。这就是无穷的精神力量和榜样力量的作用。顾蕾下决心要以最崇高的精神激励自己，以毛泽东主席的名言“一万年太久，只争朝夕”来鞭策自己。立誓把青春无私地奉献给边疆。她要以点带面，调动全连知青的积极性。

然而，艰苦的体力劳动和生活的供给不足，许多人产生了极度的消极情绪。尤其是“吃不饱”的男青年出现了怠工现象。顾蕾实在克制不了自己的焦虑。她坚持了数月的“明哲保身，但求无过”的信念眼下开始动摇。由她看来，奉献自己容易，把握别人则难。在周末的支部扩大会上，她再次提出如何才能有效地改善职工生活问题。

又是杜河首先提出建议：“我看挖个养鱼塘合适。如今我们有了几头猪，过年过节不需要团部养猪场分配也能有猪肉吃。可是没有鱼腥味呀，团部的剥皮鱼一年只能分几次？”他出院后又回到了炊事班。

叶大勇立刻反对：“老骨头！你又想搞什么鬼？副业是资本主义尾巴，不能像割韭菜那样，割了又长。我们的猪仔数量已经超标了！你老骨头不怕站错队，你就试试？”

顾蕾也拿不出好主意：“我们也不能整天吃没油的空心菜吧？”虽然姜聪掏腰包买的小猪已经长大，可杀猪宰牛是需要日子的。除节假日的肉类定量之外，其余日子加菜还需开讨论会。所以，职工们肉类供应仍然不济。

叶大勇狠瞪着眼，提醒道：“我们菜地供应是有季节性的嘛！上两个月我们不是吃过豆角了吗？我看现在通心菜加些山米椒就不错。下个月开始不是又换萝卜吗？这些东西想起来就垂涎三四尺，还要添加什么肉？！”

杜河说：“是呀！你现在是老婆孩子围灶头，小灶还能有山米椒炒萝卜干。人家青年仔可是尼姑斋菜，冇厘油水。都像我老骨头胃穿窿，还有人开工不？”

“老骨头没说错，我们有很多人犯胃病，他们都是带病上工的。刘什上次胃痛休克，卫生员知道这事。”顾蕾说。

“刘什？他探家回来了吗？我没见到人影！衰仔说他中学游水得过第一名，身体强壮。怎么搞到胃病？”叶大勇问。

“连长呀，没油水，胃就痛。如果每月能有一顿肉，一顿鱼，两个鸡蛋……”知青代表吴丕宏半开着玩笑。

叶大勇没让他说完就咧着大嘴：“啧啧啧！你们这是想过什么日子？嗯？共产主义社会是‘土豆烧牛肉’，没说有鱼吧？也没说有鸡蛋！要注意阶级斗争的新动向，不能盲目贪吃，哼！还搞不搞社会主义革命了？唔！”

大家怕上纲上线，也都忍气吞声地静了下来。吴丕宏很能识大局，立马笑嘻嘻地说：“连长有水平！我们一定要把社会主义革命进行到底！”转头对顾蕾扮了个鬼脸，小声道，“对着棺材车大炮，我给他吓死了……”

顾蕾没有流露喜怒，不想被连长误解。这次支部扩大会议没有解决任何问题。但是，刘什探家休假超期未归，在连队青年中没有先例。会后她立刻找知青群体追问详情。遗憾的是连最交心的好友车少谔都不知道他的去向。这事非同小可，她不能姑息迁就，不能袒护劣迹知青。第二天一早，她赶去团部保卫科核查情况。

由于执行国务院、中央军委的指示，享誉五年多的广州军区生产建设兵团的头衔被撤销了。现役军人将要离去，新的地方领导陆续到任。顾蕾到了团部，正遇机关工作的交接时段。办公楼内一片忙碌，警卫班那些没领章的战士抱着一箱箱的文件，楼上楼下奔忙。此刻，顾蕾真担心找不到具体办事人员。值班员说保卫科搬到了二楼走廊的尽头，她就急奔过去。办公室的门敞开着，姜聪正在打电话，他已经是保卫科副科长。室内有四张桌子，两张木椅子。有张空凳子，顾蕾不敢贸然闯进去，静静地等在门外，直到姜聪放下电话才走了进来。

“顾指导员！您怎么来了？不是找我吧？”姜聪额上冒着层层汗水，几滴落在桌面的信纸上。他用手掌擦去水滴，越擦越糟。

顾蕾看他的动作如此慌乱，不禁失笑："怎么就你这个光杆司令？"

"科长正在开会，其他科员下连了。"姜聪尽量稳住自己的情绪，不急不慢地说，"我，我正想找您，这事真不大好办。"

顾蕾一听，思绪立刻从遥远而不可即的世界回到了现实。她惊疑地问："真是刘什出问题了吗？他怎么没和连队联系？"

姜聪睃她一眼，装着若无其事似地倒了杯水，递给她："刘什怎么啦？看把您急的，火烧眉毛啦？"

"你刚才不是说刘什吗？他，他的确超假多日了！保卫科有他的消息吗？"顾蕾发现自己在他面前已神不守舍，表情也不那么自然。

"哦？刘什超假！"姜聪立即正儿八经起来，"好，我想办法调查清楚。近日公安部门又遣返了一批偷渡港澳的知青回到原单位，我希望他不在名单上。"

"嗯！那你刚才说的又是哪一码事？"她问。

姜聪随手拿起桌面那封信，难为情地递给她："这是一份检举信，事态不轻，您看看吧！"

顾蕾也不推迟，紧接过来。检举信都有一定的保密性，能让她看，说明对自己的信任。然而，那熟悉的笔迹让她好奇地看了检举人的名字。她很肯定地说："这不是李文娟的笔迹，连长老婆没有什么文化。"她没敢对视他那让人捉摸不透的眼神，低着头说。

"妻子检举丈夫，由别人代笔，也是完全可能的，有觉悟！"他笑笑。

"是的！是葛小敏的字，她的钢笔字刚劲有力，潇洒自如，像大男人的气派。"顾蕾这才抬眼看他。霎时，她觉得他的目光似电流，触得全身滚烫，她含羞地低下头来。随即强迫自己郑重其事地审视着这一封非同小可的检举信。可不，字字句句像冰冻的豆粒挤塞在嘴里，噎得自己喘不过气来。尤其看到："……叶鬼头有严重的重男轻女思想，我没生孩子之前，他说养个母鸡还会生蛋呢！现在生了女娃，他又说女娃将来要嫁人的。所以，他趁我去上工时睡了我妹小娟。我呸！丧尽天良的死鬼！小娟才十五岁呀！……"她绷着薄薄的双唇，气愤地说："叶大勇！一个党员干部！混蛋，简直是个大混蛋！伪君子！披着羊皮的狼！"

“哎，省点劲！这事得先调查清楚再上报党委，他是党的干部，如果属实，就有大麻烦……”姜聪说着。见她仍挂着一脸怒气，同时还夹着几分尴尬，他停了停，又说，“别急，我不了解叶连长的生活作风，没有发言权。不过……”

“不过？不过什么呀？吞吞吐吐……”顾蕾急得不耐烦了。连队干部出了问题，她这个指导员怎么办？

姜聪沉思一会：“您在这等着，别离开，我去去就来。”他转身出门，一阵急促的脚步声远去。

“哼！神神秘秘！”顾蕾心想。过了好一会，她开始坐立不安地在办公室来回踱着。看桌面上有文件，她想过去扫一眼，但还是控制住了自己的好奇心。因为“绝密”二字，无论是什么内容，都应回避。她不是搞情报的，免得被套上“偷看” 两字的罪名。不过，了解姜聪本人还是蛮有些兴趣的，或许能在抽屉里找出一些照片，特别是家庭照片。很遗憾，拉开抽屉一看，里面除了文件，别无他物。

“顾蕾，我们走吧！”姜聪兴冲冲地跑进来了，“回连队！”

她不相信自己的耳朵，竖起眉头问：“回连队？你和我一起回去？”

“对！雷科长和新的领导班子在开会。雷科长认为干部作风败坏是非常严重的问题，必须马上调查清楚！”姜聪背上挎包，拉一把她的手臂，“您不是急着解决问题吗？咱就速战速决嘛！”

她从未见他如此灿烂的笑容，好似心花怒放。她的心里顷刻间也像绽开的玫瑰，清香甜美。然而，女性的妖娆和她含蓄又执着的性格使她有意地嘟起嘴来，那含情脉脉的双眼狠狠地眨巴一下：“不是解决刘什的问题吗？怎么叶大勇的烂事放首位啦？”

“烂事？哦！首先是叶连长的群众调查！刘什的事由上头查！”

日中，阳光照着正顶。他们出了办公楼就要往连队赶。路过机关食堂，姜聪突然止住脚步：“我饿了，我们吃完饭再走？”

“你真饿了？”她看了看表，是午饭时间。她知道机关食堂油水多，上次马晓冬上大学前请她享用过。但是，比起学习班的伙食还逊色少许。吃饭凭饭票，自己是外单位人，显然是蹭饭。她脸皮薄着：“你去吃吧，我等你！”

他突然“扑哧”一声笑了：“傻瓜！”转身朝食堂走去。他没进食堂大门，而是向食堂堆木柴烧锅炉的后堂跑去。没一会工夫，他笑嘻嘻地跑了出来。

顾蕾站在一棵没长果的椰子树下，意马心猿地翻看那本倒背如流的《毛主席语录》。听见由远而近的脚步声，她抬头见他乐呵呵地跑来："你这么快就吃完啦？"

"您没嫌我慢？这就好。"他从挎包里拿出饭盒，又从饭盒里拿出两个白面包子，塞一个给她，"我们二一添作五（一人一半）！"

"偷谁的？"顾蕾不想领情。不过，肚子也真饿，嘴也真馋。所以，不客气地接了过来。她觉得能吃上精面包子，那是过上了神仙日子。连队的早饭除了稀粥萝卜干，一年也没指望能吃上两回精面肉包子。

"林公留给我的早饭！"他嘴上鼓着那半个包子，咽下后问道，"还饿吗？"

顾蕾笑笑："我没说饿，你说的。"

他也很较真地说："那，是我帮您说出来，您敢说不是？"

"你这个人，怎么不讲事实！"顾蕾也没讲客气。

"顾指导员，我承认事实，是我喊的饿，真饿！"姜聪又从饭盒里拿出两个馒头，塞了一个给她的手里。"嗯！这个是实心的，实打实！咱还是一人一个。"

"哗！你打'埋伏'？"她惊喜地接过馒头直接放进自己的挎包里。

姜聪笑笑没答话，加快了脚步。过了桥，他顿了顿嗓子，还是不语。但是，心里早已按捺不住地叨咕：机不可失，真的"埋伏"还在后头呢！

两人静静地又走了一段。他们过了大茅地，上了坡又下了坡，接着又上坡。他终于沉不住气了，偷眼看她，见她仍低着头快步走着。他便鼓起勇气："顾蕾，您愿意和我结婚吗？"

"啊？！吃了肉包子就发烧了？神经病！"她惊愕地瞅着他，停住了脚步。见他不像嬉闹，那副嘴脸看起来庄严肃穆。突然，她甩头就快速地往前跑去。

姜聪暗笑了，紧跟上来。"哎！顾指导员，您生我气了？"

顾蕾没有回话，不跑了。因为跑不过他，只好快步走着。心想，往日极其诚挚谦虚的人也会变得如此虚张。婚姻是终身大事，是一辈子的事，是关系到个人前途和未来的大事。怎能在此时此地信口开河呢！连队的老单身大坤天天都追问老处女戴红花什么时候愿意嫁给他，追问了好几年竟得了个“咸湿公”的绰号。林育雄在知青中年纪最大，快三十了，追求陆玉莲弄得死去活来也还未成良缘。赵卫民是潮汕青年，为了调回城，和家乡的小寡妇闪电式结了婚。电影《李双双》里那句“先结婚后恋爱”的台词盛行，渗透到人们的家庭生活。自从那个回乡插队落户的大学生白启娴，与当地农民结婚成了全国下乡知青扎根农村的典范后，原来倡导的晚婚晚育政策不得不增加了知青在农村、在当地结婚的新内容以求达到真正扎根边疆的目的。又因知青中的恋爱被环境和条件束缚，不少适龄人也意慵心懒。甚至有人觉得身居他乡谈婚论嫁，应淡泊以明志，宁静以致远。然而，“男大当婚，女大当嫁”的人类繁衍规律，尽管路途崎岖，也还是要沿着走。顾蕾她不知道自己应该怎么走。垦荒前辈是献了青春献终身，献了终身献子孙！老指导员就是典范。他说过，他的老婆拿着证明从家乡来，当天办了登记就成一家了。还说，那晚他们是第一次见到对方的面孔，是新社会的自由婚姻，叫“先结婚后恋爱”。他们的决心是“立足边疆，建设海南”。他们说到做到，不曾有过彷徨，不曾有过茫然。他们一心想的就是给社会主义建设添加了几块砖几片瓦。而今，自己面临的也是同一种命运吗？既没有绵绵情语，卿卿我我，也没有诗情画意的柔美心境。是挑战自己的时候到了吗？

“蕾姑娘，您真生气了？”姜聪大跨一步赶她前头，回身挡住了她的去路，他低头端详一会，“您不乐意是吗？没关系，我会等到您乐意那一天。坦白地说，从我见到您的那一刹，我就知道要有耐心。”他显然有所失望，但没有灰心。

“神经病呀！你以为我是戴红花？好愚弄不是？黐线！”她的千头万绪被姜聪打断了。两边酒窝深陷着，两颊绯红。除了女性羞涩的表情外也不知道是否该多一点矜持，一时不知道应该如何回答。虽说是魂牵梦绕的人，也不希望“婚姻”这样一个需要时间和精力思考的问题被他出其不意又赤裸裸地摆在面前。这几年，兄弟连队也陆续有知青在当地喜结良缘。但招来的并不完全是热烈拥戴的眼光，更多的是疑惑和不解。她安静了一会，突然放声哈哈大笑起来，笑出了泪。

姜聪给弄糊涂了，傻愣愣地注视她眼角流出泪水，心里纠结又焦灼。

“唉！您哭啥呢？这码事我考虑了大半年了，一直在等待机会。不信，您掏我的心肝问问！”他突然抓住她的手腕，欲罢不能的往自己胸口摁着。

“不是这个意思！姜聪，你……”她把手往回抽。她觉得姜聪的动作太突然，太失礼。瞬间，她发现自己的五指已触碰了他的肌肤，是“怦怦”直跳的心脏部位，是提供压力把血液运流全身的循环系统。毛泽东主席说过：“一个人有动脉、静脉，通过心脏进行血液循环，还要通过肺部进行呼吸，呼出二氧化碳，吸进新鲜氧气，这就是吐故纳新。”她是一个学以致用者，是活学活用的标兵。如果她因循守旧地束缚自己的灵魂，也不会焕发朝气和立誓边疆干革命的决心。一刹那，突然坚信她需要他的供氧压力，需要新鲜血液。原来急着抽回的手，变得软绵绵地停在了他的胸口上，她的指尖轻轻地抚摸着他宽厚结实的胸膛，陶醉着前所未有的美感。顺从他的拽力，一种无法抗拒的涌动，使她情不自禁地倒在了他的怀中……

尽管炽烈的太阳似火炉一样烤着这对年轻人，而他们的心里仍然像春天那样的温柔，那样的滋润。四目相视，腼腆又局促不安，羞羞涩涩地感觉到彼此贯通着正负电流，多么炙热呀！年轻人不仅有一颗火热的开荒种地之心，还有深不见底的男欢女爱之情。

猛然一阵太阳雨，哗啦啦地驱赶着热浪。两人淋得像落汤鸡似的却尽情地欢笑。眨眼工夫，乌云飘去，雨过天晴。姜聪昂着头，对着天空大声喊道：“我爱顾蕾……”这一声吼叫，传来一阵“啊啊”的痛苦而又声嘶力竭的回音。两人面面相觑，诧异地看着对方。姜聪警觉地问：“呦！是我的回音吗？”

“那回音又尖又高，像女人的声音！”

“从哪传来？山下吗？”

顾蕾没回答，她在等待那声音再次出现。山间小路，四周丘陵，坡下是小溪。这是团部与连队的半道距离，附近有个十几户人家的小村庄。南鳌村的“山猪伯”也常常在小溪边的大石头上歇脚乘凉。那年顾蕾头一回独自去团部，路经此地曾被“山猪伯”的模样吓得心惊胆战。多亏巧遇乔志强，否则，杯弓蛇影，不堪设想。猛然，她确定了方位：“是男聋沟！”

“您是说声音从男聋沟传过来？”姜聪紧接着问。

顾蕾点头，拔腿就往山下走。姜聪冷不丁地把她拽了过来，转手把她扛上肩头，飞快地跑起来。

“你犯神经啦？我又没崴脚，背我干什么？”顾蕾没忘记那年她崴了脚，是乔志强背着她走了好几百米。

“我娘说过，咱家乡就是背着媳妇过河的！”

“我不是你的媳妇！”

“现在不是，将来没准就是！对吧？”

顾蕾这时也难保证将来是不是他的“媳妇”。难为情地说：“你把我放下来，先把山下情况摸清楚再说！”

“您这个人很有策略，我就知道您不是一般的女人！”

“不叫女人！是女同志，是女知青！”

“是女指导员！”姜聪把她从肩上放下，食指刮一下她的鼻尖，“小魔头！”

顾蕾咯咯一笑，一溜烟跑到了山下的小溪边。

“您那脚丫子还真快！”他似腾云驾雾，紧追不放，却不愿意超越。他，瞬间觉得自己获得了世界大同的幸福。那是超越了社会进化的美景。从半封建半殖民地社会到社会主义社会，横跨了共产主义社会，人们渴望着世界大同。那是当年他小学老师在课堂上让小朋友憧憬未来的画面。

顾蕾来到男聋沟，在牛错石旁愣住了：“小娟？小娟！你怎么在这呀？”

小娟是叶连长的小姨子，是从家乡带来的小保姆。这时，只见她背靠着那块牛错石，双腿泡在水里，下身渗出血块。这情景，几年前顾蕾见过。那是羊红女堕胎引致大出血，差点送了小命。幸好遇见赤脚医生乔志强救了她。这次遇上同样的事故，身边没有医生，怎么办？

“呜呜……”小娟低声哭泣着，嘴里含糊不清地说，“早上觉得肚子痛，喝了十滴水还痛。阿姐说是湿热，叫我摘些金银花回来煮水喝。我，我沿着路走，走到这里，屎急了，就蹲下来。后来，肚子一阵紧，一用力就，就出来一大坨子东西，很怕很怕……”

顾蕾心想，刚才莫非就是她的叫喊声？难道小姑娘已经十月怀胎？全连上百号人，怎么没人发觉？她立即问：“你屙出那坨东西呢？”

“水冲走了，不见了……”她伤心地应着。

“啥？”姜聪丈二和尚摸不着头脑。以为是小姑娘与家人闹情绪，或是被检举人又有什么不可告人的举动。总之，这种情况，不是舍弃自己的安危就能起到保护别人生命的时刻。他无奈地看着眼前的小姑娘："您还是先回家，我们一定给您做主，制裁坏人！"

"姜聪同志，快到下游找找那坨东西，那是婴儿！是生命！"顾蕾喊到。虽然嗓音不高，但很严厉。

"什么？您说是小婴儿？"姜聪猛然醒悟，叶大勇连长的恶劣行为已经造成如此严重后果。

顾蕾把小娟扶上了牛错石，趁四处无人，把小娟身上那条弄脏了的裤子脱了洗净，湿漉漉地又给她套上。这会儿，小娟却开心地笑了，似乎刚才那一幕惨痛经历离她远去。她嗲声嗲气地说："别去找那坨东西，它不在了。"

"你怎么知道不在？"顾蕾不敢相信。

小娟抹去脸上的汗，难过地说那坨东西刚流到岸边就被一个穿蓑衣，带尖草帽，没有脸的黑鬼抱走了。

"黑鬼抱走了？哎呀！你怎么不早说！那就不找了。我背你回家，别糟蹋自己了！"顾蕾又像哄小孩似地问，"你姐知道不？这是你姐夫干的好事吧？"

小姑娘支支吾吾，又哭又笑地说她姐不知详情，她姐每天起草摸黑，很多时候都是姐夫陪伴着。还说姐夫比姐还疼她，教她识字看报，教她革命大道理。

"你姐夫是图谋不轨！目的就是占有你的身体。你真糊涂！"

"顾大姐，我不糊涂。我喜欢我姐夫。你不知道我姐夫多想要个儿子，我想帮他生一个留根。真的，这次没生成，可惜了。"

"小娟！我们社会主义国家是一夫一妻制。你和你姐夫不合法。你还没满十八岁，还是少女呢！你这样做，是成全你姐夫犯法！"

这时，姜聪回来了。垂头丧气地说："我蹚着水走了好几百米，没有任何东西呀？小同志，您不是闹着玩吧？"

顾蕾心里很不是滋味："她说那婴儿被人抱走了！"

"什么？简直是胡闹！"他立即板起脸孔，"马上回连队，让卫生员给您善后！"他一使劲，把小姑娘扛肩上了。

"听话！走吧！"顾蕾也不客气了。她就不明白小姑娘怎么能爱上姐夫！

天天政治学习，怎么就没能提高思想觉悟！尤其是革命干部，带了什么头呀？她越想越来气，恨不得把那个家伙揪出来斗几场。

三人各有心思，没人愿意挑开话题。一直到了连队入口那棵荔枝树下。姜聪把扛在肩上的小娟放下来，对顾蕾说：“您领她回去，再写个口供，我去找老骨头聊聊。”

顾蕾低声说：“好的！我们再碰头。”

晌午，姜聪办完事后就要赶回团部。为了保持叶连长的领导形象，他没有为此召开支部会，也没有扩散消息。经过食堂旁边的猪舍时，他停下脚步招呼着：“大坤老哥，您行呀！听说我那几头小猪已被你们养成爷孙三代啦？”

饲养员大坤说：“姜连长，我们现在是鸟枪换炮了，大大小小有十八头猪了。两个月吃一顿肉没问题了！公猪也不缺了，不需要抬出去配种了。”

叶大勇不知啥时候走了过来：“我们什么时候缺过种？我说你大坤，人家检举你和母猪有不正当行为，你就必须好好交代，当着保卫科姜副科长的面老实坦白，省得他白跑一趟！”他认为保卫科是调查大坤调戏母猪案件，所以严加斥责，“你要老实交代，顽固不化是要遭到处罚的！”

姜聪给弄懵了，小小连队还有如此诸多怪事。“有这么回事？”

大坤急了：“我大坤一辈子没老婆也不去干那种事。你们问问老姑婆，谁检举我？他舌头长痔疮！”戴红花刚采水浮莲回来，立刻做证，说那次是母猪屁股长烂疮，大坤给它涂药，那母猪还屙坨屎溅了他一身。

“这事我知道，已经调查清楚了。大坤是冤枉的，吆侬开了个大玩笑！”顾蕾来了。她安顿好小娟，听说姜聪来了猪舍，她就过来看看。

叶连长只好相信，也松了口气：“真搞清楚啦？我怎么不知道？”

姜聪忍不住笑了，没再追查下去。临走时他当着众人的面，紧紧地握着顾蕾的手，指头在她手背上轻轻地摁了摁，好像传播了密电码。她也回应地摁了三下。

晚上，窗外传来一阵阵悦耳的儋州山歌。那调子“依依……呵呵”听起来很优美，但没能听懂任何字意。听不懂的旋律就成了噪音，让人无法入睡。夜深了，葛小敏蹑手蹑脚地走到顾蕾床前，悄声说：“别装了，我知道你没睡着！”说着，挤了上床。

顾蕾侧过身来：“行了。你又有事要检举呀？”

“黐线！”葛小敏附在她的耳边说了一通话。论年纪，葛小敏是首当其冲的大龄姑娘。女大心思多，平时看她那副毫无表情的面容，没人能探出她心底的秘密，除非她自己拔开了心灵的瓶塞。此刻，她总算开塞了。

顾蕾听了她的悄悄话，立刻翻身坐起：“你有冇搞错呀？你们都不认识就同意？”她接过小敏递过来的一封信，上面写着对方是革委会副主任，还有个五岁女儿。她真是蒙了，大姑娘嫁过去就当继母，怎么想的？

葛小敏叹气地说：“确实没什么吸引力。不过，能调户口回去……”

“你不是和武仔很默契吗？日久生情，挺般配的……”

“他那个人，拾下拾下咁（傻乎乎的样子）！说小学课本是启蒙书，想改编教材喔。高窦！双眼生喺头壳顶，哼！面对面讲话他都昂天看，怕天塌咩！”

“他不是‘高窦’，是腼腆不敢对视。他想改编教材，好啊！有胆识有创意！他入党后有不少学毛著的心得交给我呢。他没用红笔给你写吧？”顾蕾拉长了声调，希望她能回心转意。

“噢！写血书？哈哈！没有！”葛小敏说。她和叫尚武一起共事多年，把一批批升初中的孩子送往团部中学。虽然每年小学毕业生只有三五个，但都倾注了他俩的一片心血。学生爱戴着他们，也常常把他俩请到家里吃小灶。逢年过节都在他们的办公桌上堆放着鸡蛋和水果。也不知怎的，两人谁也没敢捅破那层薄薄的窗户纸。

顾蕾也敞开心扉说：“从目前看来，我们知青男女之间仍然间隔着一条无形的银河。不是吗？这是一条占据心灵宇宙空间的银河，不能用语言去表白，不能用文字去书写，不能真实地袒露内心深处。你能解释那是为什么吗，葛老师？”

葛小敏似乎心不在焉：“顾指导员！不就是，还不甘心嘛！”

顾蕾一想到好友又将离她而去，难过地说：“唉！不甘心什么呀！”她对扎根问题着实有自己的顾虑。前几年不许年轻人谈情说爱，那是光棍扎根不奏效。如今又提倡结婚扎根，难免不让人引发深思。

“顾蕾呀！你这个人很让人嫉妒的，样样都那么顺心顺意，平平直直！从一开始就那样！”葛小敏终于掏出真心话。

“哇！原来你也藏那么深的偏见？什么顺呀直呀！扪心自问，我也不如意。我右脚比左脚大，上颚少两颗智齿，两边脸都少一块肌肉凹陷了。怎叫顺心呢？”顾蕾也半开着玩笑。她最不乐意别人觉得自己的路子顺畅。且不说自己脸上的酒窝，看了就不舒服。再就是自己流的汗比别人多，吃的苦比别人大，受的气比别人冤。尤其是下乡头两年，从工地回来，双手血泡流着浓浓的腥汁，当大伙都累倒在床上喘息时，自己还在一字一句地学毛著，写心得。多少次悄悄地到山下水井挑水上山，把众人第二天的洗漱用水备好！多少次悄悄地帮姑娘们磨利砍钝的镰刀！多少次悄悄地帮伙伴们缝补破旧的衣裳！自从当了指导员，全连大大小小事还需操多少心！知青群体中出现诸多不可理喻的“活思想”，虽然可以包涵却又不能放纵。随着时光逝去，自己的热情与干劲也逐渐消退，甚至常常找不到自我。然而，孤独的心灵一旦有了爱，生活犹如重现光明一样，能让自己变得更有活力，更加坚强 。这一刻，她正在极力地回想着姜聪在路上所说的每一句话，甚至每一个字。她在捕捉他每一个深藏着无穷秘密的眼神和每—个细微的举止。她在回味自己依偎在他胸膛的甜美和幸福。至于葛小敏面临的大抉择，她根本无心关照。也许自己与葛小敏的人生观持不同角度，人家把回城凌驾在爱情之上，那就随她去吧！

“咳！我已经看透你现在的心思了。”葛小敏仍流露少许嫉妒，“不承认也是事实。骗谁都行，骗不过我！”

“别乱扣帽子，影响不好。”顾蕾猛地掐了葛小敏一下。她在辨识人情世故方面自愧不如葛小敏。自己与姜聪的感情日益升华，这本来就是事实。但不能承认，她担忧自己的行为会给知青群体掷下“重型炸弹”。在人们渴望着回城的心情越来越烈之时，自己的言行至关重要。当今回城读书的人很风光，被招工的人很神气，获顶职的人很光彩，能办病退的人也都很光荣。只要有机会回城，都是胜人一筹。她若在乡下结婚，尤其是与群体以外的人结合，那不明摆着挑战群体吗？再说，结了婚，回城探家变成探亲，没有固定假期。一辈子务农，自己能承受吗？

“切！什么影响不好！掩耳盗铃的事。其实，讽刺对你很有心，你连眼珠都没转一转。”葛小敏在耳边唠叨。她也无法测出顾蕾此时的心思。

“暂停，暂停呀！你今天吃错药啦？”顾蕾用力掐她一下，尽情隐藏自己的恍惚。又见她很纠结，只好安慰说：“如果你真想回城，那就选择你的阳关大道吧，没人说你回城就是颓废和堕落。 人呀！有得就有失，就看你追随什么了。眼前的路靠我们自己摸着走，谁也不保证哪条路少崴脚。对吧？”

葛小敏无言对答，转身下床回到自己的铺位。按理说自己当了小学老师，已是许多知青梦寐以求的工作。而她却依然无法安下心来，总觉得这块土地始终那么生疏，那样压抑。她没有顾蕾那样“既来之，则安之”的豁达胸怀，也没有顾蕾那样“广阔天地大有作为”的远大理想。她只希望回到生养自己的父母身边，在一个熟悉又舒适的环境里过着平凡人的生活。她渴望罗曼蒂克的爱情，期盼诗人般的情怀感受。但那一切在当前的年代都是小资情调，都是必须埋葬的东西。眼看而立之年逼近，她茫茫然地陷入了命运与情感的困惑。一时间泪水从眼角涌了出来，一滴一滴地渗入了用油柑叶填塞的枕头。

顾蕾倾听一会，觉得有点异常声响，于是关切地走到了她的床前，在她耳旁吹了口气：“我来了！”说着挤上了她的床。两人叽叽呱呱地又嗑了一夜。

二十四

兵团建制撤销后，农垦体制恢复。新的领导班子中渗入曾被打倒和靠边站的老干部。官复原职的党委书记安国栋，是“文化大革命”一开始就被“斗倒、斗臭、叫他永世不能翻身”的农场头号人物。

早些年，安国栋在“大力发展橡胶事业，满足全国人民需要”的农垦建设中，执行了刘少奇的资本主义路线。罪状之一：他把大跃进年代刘少奇在粤期间提出的许多思想和主张推广至人民群众。什么“阶级斗争已基本结束，人民内部矛盾已经突出起来，今后党和政府的主要任务是管理经济；解决人民内部矛盾，不能用过去解决阶级矛盾的办法，必须用新的办法、新的方针、新的路线，允许人民群众用小民主的办法来解决他们所要求解决的问题；社会主义经济要有计划性，又要有多样性、灵活性；要大胆学习资本主义……”等等。这些思想，抹杀了阶级斗争和路线斗争的关键问题。罪状之二：他把刘少奇在1959年视察胶园时那句嘱咐写成联子挂在党委办公室的墙上，当成工作镜子。每次党委会，都要大家读一读那段话：“你们种橡胶很辛苦，要关心职工生活，现在国家有困难，粮食不足，要向大家讲清楚，很快就会克服的。房子要建好，托儿所、学校要办好，孩子要教育好，让职工安心搞好橡胶生产。”造反派指出这些话暗藏杀机，蛊惑人心。对他拳打脚踢地斗了几十场，亏他还能坚持住。有人说看守的给他送过熊胆，治愈内伤保存了性命。后来，又说他“站队站错了，站过来就行了”。

复职的第一天，他在第一次党委扩大会上宣布了由兵团制度的连队恢复到原来的生产队，只保留了连队序号。连队干部也由指导员、连长恢复为书记和队长。接着，他任命和调整了不少基层领导干部。

所谓新一套管理方案管理橡胶农场，其实仍然是照搬了《关于改革国营农场经营管理制度的规定》，那是1965年初农垦党组扩大会议通过的报告。安书记胸有成竹，他的一贯作风就是坚决执行上级指示。所以，在机构体系上不需要大动干戈。

回归农垦制，职工们依然如旧。该干啥，干啥！林段管理，割胶收胶，喂猪种菜，扩种杂粮，无休止的开荒……大伙对谁是领导不很关心。谁当权都要政治挂帅，思想领先。不过，老职工最关心的仍然是工资晋升，每增加一元钱工资都是血汗累积。还有，每月供给三号米里别爬着一张一曲游回的米虫子！

知青群体中许多人不遂心了。原广州军区生产建设兵团，番号与军队挂上钩，况且军人在人们心目中享有至高的荣誉和敬仰，下乡兵团也颇有荣誉感。如今回归农垦，虽然同样是吃国家供应粮食和按月固定工资，但公函落款处的大红章却失去了不少诱惑力。即使口头上大家把团部叫回了场部，而连队还不习惯叫生产队，觉得别扭。

不久，橡胶生产出现了好兆头。临近秋季的胶水旺产时期，场党委为了贯彻执行上级的冬季突击任务，召开了各生产队领导的学习班。无论任务轻重，都必须牢记“政治挂帅，思想领先”。学习班结束后，场党委安国栋书记把保卫科副科长姜聪叫到自己的家里。

安书记住在领导干部宿舍。这两幢房子原来是农场技术专家的特殊住所。“文革”炮响后，“臭老九”死的死，散的散。兵团建制后，成了领导干部住地。这里远看似林园别墅，近看是简易平房。只是原来的知识分子喜欢环境优雅，周围种了许多花花草草，尤其是门前种下的那一排金竹，色泽斑斓，光彩夺目。金黄的竿枝中垂着一道绿色条纹，犹如岁月变迁的印记，让人们不可忘却金竹的故乡和后来的故事。

那年是农场的头号文人从北京来支边，见周围被当时的垦荒者像剃了光头似的秃了环境，不由得伤感。他叹吟古人诗：“可使食无肉，不可居无竹。无肉令人瘦，无竹令人俗。”当时农场的领导人就是安国栋，听了文人的感叹，立即托人从外地移植了金竹来此。虽然这片竹林曾被造反派砍去不少，却一再发芽生枝，顽强地生存长茂。

安书记平时吃食堂饭菜。不过，在竹林旁也搭了个小灶台。这会儿正在烧面条接待客人。他的客人就是已经牺牲了的老战友的儿子姜聪。

安书记与姜聪父母是生死之交。他们既是同乡又是战友，更有兄弟的患难之情。那是战争岁月，在一次大爆炸中失去了亲人的安国栋跟着十七岁的姜安明和郭玉兰加入了共产党的革命队伍。他们跟随后勤部队转战，从东北到了广西，从广西到了广东，接着又赶往海南岛。姜聪父亲姜安明在解放海南岛的大战中牺牲，当时组织上给姜聪的母亲郭玉兰介绍了老红军干部，让她重新组织家庭，解决母子俩的困境。但是，执犟的郭玉兰一直没有接受组织照顾。那时，安国栋仍然单身。他敬重为国捐躯的大哥，更有责任承担照料大哥的遗孀。他曾向大嫂求婚，说他一直都爱着她。而郭玉兰没有接受，反而介绍了一位当地姑娘给他完婚，断了他的心思。那时候的安国栋一心扑在垦荒建场，生活上很需要人照料。所以，他也没有二话，成全了大嫂的心愿。可惜好景不长，安夫人因胎儿臀位难产，送往县医院手术后出现严重并发症殉世。姜聪母亲听到噩耗，立即赶到当地医院，把正在看护阶段的婴儿接回自家照料。那年安国栋是作业区领导，带着一群年轻人常住工地炸石开荒。所以，孩子也一直留在姜家抚养。后来，安国栋被打成走资派，他只好委托姜聪母亲把女儿送回东北老家。

姜聪来了。刚坐下，安国栋就给他递了一碗面条。他笑眯眯地接过来，二话不说就吃起来了。安国栋看他那副狼狈样，微微作笑。“聪儿，你母亲去世怎么没写信告诉我？”这是个百问不厌的问题，几乎每次私下见面都会问道，有时像自言自语。

“我怕您收不到！”他的回答也是重复无数遍，没有丝毫厌倦。

安国栋沉默一会，又问：“她在后来的日子真没说什么？”还是那一套问话，他就不相信一辈子爱着的人离世前没留下任何话。

“不知道，那会儿我还在部队，正赶上训练！”姜聪低着头，每次这句话后都会陷入回忆之中。他母亲是军医，因心脏病突发去世。由于事发突然，他从部队赶回来时，母亲已经不能和他作最后道别了。至于之前说了什么，他全然不知。由于伤心过度，那次他大病一场，几乎送了小命。

安国栋又一次刺痛了自己的心扉。光阴荏苒，岁月如流。当年他们仨都还是风华少年，在烽烟遍地的环境中成长。一转眼，只剩他自己了。他鼻子一酸，眼眶也湿润了。虽然历经无数生死较量，思想变得成熟坚硬，可惜找不到故人叙旧了。他被隔离改造将近八年，似乎与世隔绝，能重新生活，感慨万千。他又问："聪儿，你和安娜没写信？"

"有啊！这几年少了。小妹好吧？"姜聪入伍时，安娜还小。他的印象中小妹仍然是个小"鼻涕虫"。他一直把她当作自己的亲妹妹，他俩也共有一个"妈"。只是母亲去世后，他不想小妹追问母亲生前许多事而增加伤痛，所以减少了书信来往。

安国栋露出一丝淡淡的笑意："她很好，在部队锻炼呢！"

"小妹当兵了？什么兵种？"姜聪很惊喜。他不曾有过父爱，只有从安叔叔那里感受到如同父亲的关爱，感受到男子汉的勇敢和刚强，以及大无畏的气魄。每当安叔叔来探望女儿安娜时，常常带着两支铅笔和两个白面肉包子。那时候，有领导劝他们两家合并为一家。姜聪母亲仍然保持着自己对已故丈夫的忠贞不渝，直到病逝也没实现合并。

"她长大了，是一个成绩出色的医务兵了！"他从抽屉里拿出一张相片递给他，"看看！这模样，长得跟她妈一个脸模子！"

姜聪拿着相片端详了许久："真长大了！找不到小时候的模样了。见面也认不出来了……"

"这就是女大十八变嘞！这就是自然规律嘞！"安国栋的声调听起来真是乐开了怀，显然是想女儿了！多年不见，父女情深呀！

"真好！真好！"姜聪对这个小妹妹的呵护是无法用语言来描述的。那时候母亲工作忙，常常在医院里通宵达旦。尤其是有危急病人时，母亲几天也不回家，他就承担起照顾妹妹的责任。童年的天真和快乐，让他沉浸在深深的回忆中。好一会静默，他双眼眨了眨，从童年的梦中醒来。他把照片还给安国栋："她啥时候休假？"

"快了！"安国栋接过相片，放进了抽屉。他两指弹了弹桌面，默默不语。又一阵安静后猛然抬起头："聪儿，你想结婚啦？等不及了？"

姜聪腼腆地笑着："是的！"

"那个姑娘是知青？唔？你要和知青结婚？"安书记问。

"嗯！是您提倡要推广数学家华罗庚优选法的得力干将。"

安国栋两眼一亮："哦？你是说那个写了几万字心得的姑娘？"

"什么几万字心得？是学毛选的心得？还是推广华罗庚优选法的心得？我不知道，我只知道她叫顾蕾。"姜聪答道。

"呵呵，呵呵！都是！还有，她一天割过1023棵胶树。这姑娘是个人才。您呀！说明您那情报工作不细致了。她出身好，思想进步，工作扎实。嗯！两次被选送工农兵大学都没走成功，是原党委打了埋伏，怕把她送出去就像脱线风筝一样飞了。从现在来看，留住她，您小子最得利。不然，鸡飞蛋打，你结哪门子婚去？"安国栋解开了心头的谜团。本想把自己女儿许配给贤侄的念头顿时打消。自己这一辈子没能与暗恋的爱人结缘，多么希望下一代有感情良机呀！但是，为农垦战线培养新一代有文化又有思想的女干部，他可不能存有私心，更不能拆了小侄的姻缘。结婚就是安家，就是扎根。周恩来总理视察海南时曾有提词，"儋州立业，宝岛生根"。如今农场领导之所以对知青不敢大胆培养，就怕鸡飞蛋打，就怕哪一天突然拍拍屁股回城，落得个人走楼空。有的领导认为知青是"飞鸽"，是"客人"。这话也不无道理。由于办理知青回城的政策方案逐渐增多，途径可观。如果没有很强的扎根信念，不会放弃回城机会。

姜聪没听明白，问道："安叔叔，您怎么了解这么清楚？"

"傻小子！你的情况我也一清二楚。党委讨论了，明天你去组织科拿调令，到第一生产队报到，去当队长，好好锻炼锻炼！"

"让我去武装连？原来的唐连长干啥去？"

"他是开路先锋，让他再组建一个新的生产队。在农垦滚打二十多载了，吃苦耐劳，任劳任怨。好人呀！"

"我也希望到最艰苦的地方去！"姜聪说。

安国栋拍拍他的肩膀："有志气！先积累一些经验，是好钢就经得住磨炼。有你父亲的气节，他在九泉之下也安心了！"他刚有点喜悦的脸又颓丧下来，很沉甸地说，"你母亲是我这辈子最敬重的人。可惜呀！我那时还在牛棚里，没能见上最后一面。"

姜聪理解上一辈人的心思。岁月沧桑，多少事不知终结。离开安书记家后，他简单整理一下行装，拿了调令就出发了。他立誓要用百倍的信心和高昂的热情去带领一群朝气蓬勃的年轻人。

武装连变成了第一生产队，每周的军事演习行动没有了。加重了生产任务后就成了青年突击队。由于连队的橡胶树还没到开割年，除了种植花生和红薯等杂粮外，继续拓荒则是头等任务。这里的年轻人很能吃苦耐劳，他们中除了部分年纪较轻的知青外，更多的是农场职工的后代。姜聪有老指导员撑腰，工作进展得心应手。

工作顺意时又来了心事。之前姜聪的结婚报告迟迟未有正式批下，直到见了安书记才知道被他老人家揣在兜里。他盼着早日收到批准函，那样才能去办理有农场函头和盖上行政办公室红公章的结婚证明。有了媳妇就有了家，他渴望有家的日子。

顾蕾，她不能不承认姜聪的帅气和沉稳，真诚和幽默令她心往神驰，也不能不承认他已在自己的心中占了很大的空间，甚至有些不能自拔。她渴望美好的爱情，追逐爱的精神支柱和依托，期待着被爱人呵护的日子。但是，当爱情与婚姻同时来临时，自己又开始犹豫和彷徨。

回想那年刚到连队不久，为获得领导对自己在接受再教育中的赞许，她曾不惜一切地积极努力，却未得到领导的认可。为此曾默默地伤感懊悔。所以她一度对关指导员树为“知青典范”的郑文华存有嫉妒。后来与郑文华的书信来往，多少渗入虚荣成分。再后来收到郑文华的“绝笔血书”，也曾出现莫名其妙的感情失落。赤脚医生乔志强，他是一个成熟老练的家伙。他有一双X光一样能透视人体的眼睛，只能敬而远之。已婚的华侨万良，他有知识有才华，自己在他的面前炫耀智能无非是一只羽毛未干的小雏鸟。至于梁枫，尽管他为连队做了几件大事，却无法让她产生好感。也许是梁枫常常出口伤人，以“讽刺”为“幽默”使她无法接受。她不怀疑，无论男人还是女人，遇到适龄人群时，都会在脑海里筛选自己的意中人。有主动出击也有被动承接，她也不例外。她曾讥讽自己本性多情，后来才知道，那是人之常情。

也许葛小敏的逻辑推理是正确的。她认为，当你的“爱情方程”无解的时候，你是盲目悲观的。当你找到解时，你是甜美快活的。但是，当你发现其解不是唯一时，你就好奇地去寻求更多的解。然而，无穷解又让你回归痛苦。所以，你必须增补附加限定，认准自己追求的是唯一解，那样才会让你死心塌地。葛小敏这个语文老师解答“爱情方程”，她一定设立了自己内心的特定函数关系。所以，她选择回城当继母是有推算根据的。

没多久，葛小敏果然决定回城嫁人。她是个兢兢业业的小学老师，孩子们流着眼泪送行，家长们只有唉声叹气，依依不舍。

葛小敏离开的当晚，顾蕾难过极了。看着那张空空如也的床铺，不能不让她思绪万千。回想那些一去不复返的岁月，她彻夜未眠。然而，惋惜并不能让她振作精神，彷徨也会让她失去勇气。她需要重新捋顺自己的思绪。自己的路，再艰难也要坚持不懈地走下去！

连长叶大勇犯了生活作风错误被撤销了职位，全家也都调离了连队。新的队长是老实巴交的符井开。他没有文化，胆小怕事，就知道老老实实地出大力流大汗，典型的老黄牛拉车精神。副队长是新入党的青年车少谔。他个子矮小，力气不弱，言语不多，干起活来确实一个顶俩。

要想把“大寨”精神贯彻到连队的每一个角落，保持全连队热火朝天的革命干劲，顾蕾必须依靠青年中的骨干作为中流砥柱。她深深地感激那些元老知青的榜样作用，也非常希望由知青当领导的生产队更有发展特色。多年的农活经历，老知青与老职工没有技术上的区别，只有体力持续性发挥或是耐性的较量。逐年增进的新知青和本场高中毕业生分到连队的人数虽然只有三五个，但他们仍然是一批富有朝气和理想的新力量。顾蕾深信，年轻一代步入基层领导，需要的是群体的支持和老职工的督导，这样才不会感到孤立无援。

老知青的自豪感常体现在新知青的到来。当新人叫苦连天时，老知青就会淡然地说：“长老茧就没事了，我们就是这样过来的！”

女知青王斌来连队两年了，整天愁眉苦脸，度日如年。她牢骚满腹，暗自伤感地问陆玉莲：“难道你们都打了鸡血咩？没见你们哭喊喔！你个子瘦小，怎能坚持到现在？”

“我们不是打鸡血，是一鼓作气！人要有理想，有志向。”陆玉莲说。她刚到那年因个子幼小，还在托儿所当过保育员。

王斌直摇头，她找不到志向。不过，她还是很庆幸叶大勇连长调离，把他那“大雨小干，小雨大干，无雨拼命干，死也要死在工地上”的口号带走。但是，副队长车少谔又出乎意料地喊出新口号：“活着就要拼命干，死了就当肥料！”这句口号又一次把王斌吓哆嗦了。她认为老知青敢于“死了当肥料”，一定是有精神“秘方”，可她没有这种“秘方”呀！幸得顾蕾继承了老指导员的“谈心”方法，找她促膝谈心，消除了“死了当肥料”的恐惧感。之后还给她安排了回城探家，缓解了压力而不至于以装疯卖傻来寻求回城之路。

转眼又过去月余。正是星期日，顾蕾准备去十几里外的武装连探望表弟张明明。听说他开荒伐树时被马蜂蜇了头引起发烧。她是表姐，无论如何都得关心。早起时拿镜子照脸，发现眼睛肿得像小灯笼，看来是昨夜失眠的缘故，只好放弃立即出门的计划。她用煤油炉烧了热水敷了一会，觉得舒服多了。犹豫一会，又躺回床上。这时候，她多么希望葛小敏就在身边，给她买来早饭，说几句姐妹之间的悄悄话。但是，小敏已经远离了，已经踏上了她自己认准的征途。再想，姜聪这时候能来也不错，用魔法弄来几个肉包子，至少给她带来温暖和安慰，或者一两句逗趣的话也能让她振作起精神。但是，她知道这一切都是异想天开。

“嘭嘭嘭……”

果不其然，真有人敲门了。而且敲得很急促。顾蕾一咕噜地跳起来，开门一看，原来是王斌。她一个月前回城探家，今天再不归队就超两天假了。“王斌呀王斌！你总算回来了！”顾蕾埋怨中带着惊喜，她希望自己连队不能再有刘什那样的失踪案。她看王斌紧张兮兮的样子：“到底发生了什么事？这么早就到，扒车回来的？”

王斌闯进门，立刻把门关上。满头的汗水和湿漉漉的衣裳像是经历了一场拼杀。她自己倒了一杯水，连续喝了几口。“昨天爬上油灌车，后来车胎爆了。今天一早才修好，我在交叉口下的车。”又说，“我在海口见了招工办的人，那条衰佬，他想吃我豆腐！还好我反应快，咬了他一口。唉！这一咬，得罪神了。看来，招工是没份了……”

“啊？佢咁够胆？不是讲笑吧？”

“哎呀！说者沉痛，听者泫然！”她从口袋里拿出一粒小扣子，是的确良衬衫的白纽子。昨天她回到海口，下了船就听说招工办的人住在招待所，她想碰碰运气。因为父母是普通职员，也没到退休年龄，更没有后门。虽然招工都有定向单位名额，但回城欲望不能不让她尝试“破例”的运气。到了招待所，好不容易问到了招工办事处。正值下班时间，办公室只有一人在收拾桌面材料。她怯生生介绍了自己的情况，那人很痛快就答应了。她暗自庆幸时来运转，欣喜若狂。后来，那人又关窗关门，她以为人家还是按点下班，没戏了。忽然又见他拿出一张表格，说要先填表再核实。她刚要下笔，那人突然说“今晚陪陪我，名额一定留一份……”，话还没完，那人猛地伸手过来在她胸前狂野地乱抓乱捏，还强硬把她搂在怀里。她顿时惊呆了。心想，如果依从，自己的贞操将毁于一旦；如果反抗，招工无门。她的本性让她尽全力挣脱、反抗。在挣脱中，她不仅咬了他的手背，还把他前襟钮子扯了下来。那人恼羞成怒，咆哮着：“你滚！滚！求我的女人排成队，不识抬举！”

顾蕾听完目瞪口呆，果然有如此“革命干部”！难怪陆玉莲以前和她汇报过，那个洪科长来视察工作，在纠正她拿胶刀的姿势时就动手动脚，故意往她胸前比比画画。顾蕾曾以为小莲过于敏感，劝她不要胡思乱想。原来还真有不识廉耻的领导干部，她不寒而栗地抖抖身子。多么庆幸自己没遇到披着人皮的豺狼。当然，她还不知道，这时候全国有多少女知青已被有关干部侮辱和奸淫甚至丧失生命；她也不知道，在党中央向全国发出保护女知青的26号文件后，仍然有人在“整肃”期间滥用职权，继续胡作非为。她虽然是指导员，即使红头文件下到基层，如果没人检举，没人揭发，那些掌握知青返城命脉的领导干部也仍然逍遥法外！她狠狠地敲了一下桌子：“我们一定要检举揭发，把他揪出来绳之以法！不然的话，他就害了后来人！”

“已经害了不少人了！他扬言，很多女子都愿和他过一晚。哼！一晚就可以结束你修理地球皮的辛苦命呀！说心里话，我做梦都想回家喔！不过，我不会践踏我自己的。但是，如果我们揭发他，也断了别人返城之路喔……”

“死蠢！世界就他一个招工咩？揪他出来，新来的人就会引以为戒，公正招人啦！”顾蕾拿出笔和纸，一气呵成，满满一页纸。她读了一遍，抬头问王斌：“你是铁证，敢签名吗？”

“我怕呀！”王斌犹豫不决。虽然自己是见证人又是受害者，却还是没有胆量去告发。

“怕什么！我签！”顾蕾果断地签了自己的名字。

这时有人敲门。随着传来叫门声：“小顾，小顾！是我，姜聪！”

这声音听起来像在梦游。她立刻开门，兴奋极了：“你……你怎么来啦？”

姜聪见王斌在里面，立即稳住神情，幽默地问：“是交通员在接头吗？我来给你们把风吧？”

王斌顿时醒悟，诡秘地眨了眨眼：“姜连长，你们谈工作吧？我走了。”

王斌出门后，顾蕾手一扬，把刚刚签了名的检举信递给姜聪：“你看看！是可忍，孰不可忍！”

姜聪先是讶异，随后快速扫了一遍那篇文字，脸色变得严肃：“不可忍！”他立刻在上面签上了自己的名字，然后重重叹了口气，“根据国务院知青办的简报消息：‘那些利用职权，以帮助招工、升学为诱饵对女知青进行奸污，和乘人之危进行强奸，以物质引诱，以关心生活为幌子造成女知青被性侵的案子骇人听闻。’可见手段是多么卑鄙，多么无耻。我们是基层单位，能保证这一层不出问题也同样很重要。当然，我和你的连队一定没有问题。”他挤了挤眼，“我们原兵团也曾有过触目惊心的案例，从连队到师级干部都有犯罪行为……”

“天下乌鸦一般黑吗？”顾蕾大吃一惊。姜聪原来是保卫科的人，这显然是他在保卫科时传达的内部资料！由此看来，如果女知青父母没有后门关系，女性贞洁岂不是危在旦夕？她决不能用灵肉换取返城通行证，她宁可死也不会那样做。王斌真是楷模，一个朝思暮想回城的小姑娘竟能逃出魔掌，若不替她申诉怎么行！顾蕾觉得应该发动全连队的知青签名，同仇敌忾。她忽然想起姜聪进门时那股子兴冲冲的劲，好奇地问道：“你来干什么？”

他哈哈一笑：“我的结婚报告批准了，我们可以结婚了，你看！”他想象着她一定会喜出望外地蹦起来。然而，她的目光却是那样的黯淡，没了往日的温情和愉快。他疑虑地问：“你不愿意吗？你该不会在想我也是那些不择手段的恶人吧？呵呵！我没权没势助你招工招生，我的唯一能力……”

“是什么？”

“和你结婚呀！”

“没有别的阴谋吗？”她对结婚毫无准备，当下只停留在热恋之中。

“那，你有阴谋吗？你有我就有！”他根本无法猜测她的心思。他把恋爱与婚姻看作直线距离，从两端往中间驰骋。只要相碰了，男婚女嫁，瓜熟蒂落。

“我没有，但不能证明你没有！”她似心不在焉地应对。

“那好，我有！我的阴谋就是忠贞不渝！非你不娶！”他把她拽到自己怀里问道，“信不信？”

顾蕾红着脸，羞答答地半推半就：“别这样，影响不好！”

姜聪转头一看，好家伙，窗外是炊事班长杜河趴在那里。这当儿，他也不怕害臊，敢做敢当似地道：“老骨头！您看电影不是？有话进来说嘛……”

“我什么也没看见，就来传话。”杜河敞着嘴笑着，眼光带有少许的神秘。

“您就进来说吧！”顾蕾满脸绯红，也装着若无其事。

“刚才安书记来电话，今晚来给你们当证婚人，叫你们等等他！”

顾蕾彻底懵了，问道：“安书记要来？”她压根儿未想到上级领导会如此重视他俩的事。知青在农场结婚早已家喻户晓，她又不是创始人，不可能树为榜样标兵。再说，姜聪不是知青，能有啥特别意义？她猜不透！

“没错！顾书记，你们准备准备吧！”杜河说完，笑嘻嘻地走了。

姜聪没有说话，美滋滋地从挎包里掏出大把糖果放在桌上。顾蕾愁眉苦脸地看着那堆喜糖：“我从来没答应要结婚的，你怎么就像生米煮成熟饭似地搞事？太草率了吧？”

“不草率！咱有证明。”

“装傻！我说的是思想，是内心世界还没有着落，不是吗？”

“呵！你说我操之过急了？你这个人，嘴硬腚软。事到如今，我不是一厢情愿吧？”多亏他了解她的脾气，才没有感到懊悔和不快。他用食指轻轻地刮了她的鼻尖，发现有汗，从裤兜里拿出手帕给她擦去鼻尖和额头上渗出的汗水：“我是大男子主义了不是？你是知青，心里惦记着城里的父母。有朝一日，还是要回去的。我是自私了！不过，你记住，我不是把你当腰带勒着的。将来哪一天，你招工、招生、顶职都可以回去。但千万不能出卖自己的灵肉，那是神圣的尊严。我高中临毕业前去参军，七年军营生活。虽然没有很复杂的人生经历，但是，我懂得什么是勇猛直前，我也明白什么是急流勇退。我更清楚什么是爱！”他停了一下，看她没反应，又说，“我母亲二十二岁生我，在我两岁那年父亲在战场上牺牲。我母亲一辈子忠贞不渝，直到她去世，这就是爱。我记得有位叫Horace Walpole的英国人说过，‘Life is a tragedy for those who feel，but a comedy to those who think’（以感情生活是个悲剧，以理智生活是个喜剧），我母亲选择的是感情悲剧。我想，你是不是喜欢选择喜剧？”见她仍无动于衷，连眼睛也没朝他看，脸像涂了蜡似的没有任何表情。此时，他醒悟事态出乎意料的严重了。他垂丧着脸，眼睛失去了往日的光泽，知趣地向门口走去，脚步显得踉跄。开门离去时，他依依不舍地回头：“别往心里去，安书记那里，我会解释。请原谅我以往对你的冲动，真的对不起。我走了……”

“姜聪！你站住！”顾蕾急忙发话，声调不高，却很严厉。就在他转身离去那一刹那，她突然觉得自己踏进了泥潭，顷刻就要瘫倒。她终究意识到他在自己心灵深处的轻重。

“是！指导员同志！”他立刻止步，但嗓音也很低沉。

“你转过身来，我有话要说！”

“你说吧！我听着！”他慢慢地转过身来，双腿显得沉重。

顾蕾双眼含着泪，看着那份被批准结婚的报告，正颜厉色地吐出一句：“我同意和你结婚！”

“什么？再说一遍？”姜聪感到不胜惊讶，无法猜测她瞬间的变化原因。也许是由于在这以前自己的专横和霸气，使她无法接受现实结婚而产生的混沌思维？

顾蕾见他那副窘相，不禁破涕为笑：“我同意了，傻瓜！”

“你再说一遍？”姜聪青着脸，满腹狐疑，缓缓地挪动脚步，“你这一惊一乍的，胆都吓破了，我受不起。你也不必重犯我的错，想好了再答应也不迟。我有耐心，我能等待，就算等一辈子……”

“姜聪同志，你不要像兔死狐悲似的好不好！我说了，我同意和你结婚！”顾蕾压着嗓门，在他胸前敲了两拳，用粤语亲昵地骂道，“顶你个肺呀！讲咗几十百次同意啦，成碌葛（笨蛋）噉！”

姜聪这时调整了情绪，忍不住笑出声来。他也用粤语说：“系喽！死蠢嘛！又唔系光棍佬遇着冇皮柴（穷者敲诈更穷者），唉！个心噏住（堵得慌）……”

“哗！你会说粤语呀？”顾蕾带着几分惊奇的目光注视着他。

“说不好，口笨。我在广州读了八年书，粤语会听不会说。在海口上高中，学的海南话都是骂人的。在汕头当海军，只学了两句当地语，也是粗话。别见笑，我的历史很清白，不要瞪这么大的眼……”他自白中省略了中学时和那个从北京下放的“老右派”邻居偷学两年英语那一段。因为和“右派”接触难免被人误解阶级界限问题，他认为省略了这位倍感尊敬的老师是一种保护他人的方法。

“噢耶！听起来好像没有历史问题喽……”她莞然一笑。心想，这人挺有文才的，刚才还能说出那段英语名言，那是她中学时最喜欢的名言。那时她的梦想是一个外交官呀！看来，往后的日子不敢乱用方言骂他了！

姜聪眉开眼笑地坦白，那天在招待所见她第一面，心里头就像藏着猫爪子，挠心一整夜。顾蕾“咯咯”一笑：“你挺鬼的，立马就犯单相思了。”他毫不掩饰自己的痴情，还说认定目标就必须耐心地等待时机，有缘没缘就看顺其自然。顾蕾美滋滋地笑道：“知道了！我们应该准备婚礼了。”说完，从简陋的桌子底下找了一张旧报纸，检查没有特别头像和重大要闻后，当即剪了个双“喜”字。又找出葛小敏留下的那半瓶批改学生作业的红墨水，染上了红色后贴在门上。

喜事来得突然，也来得热闹非凡。知青群体有惊有叹，有疑有虑，更多的是赞许。连队那部电话机立即成了知青们迅速向外连队传递消息的重要工具。王斌敲门进来，说林育雄和陆玉莲也凑这天结婚。顾蕾听了此话比自己结婚还要兴奋。真是有情人终成眷属，小莲当真后来者居上哟！

下午五点，全连队大大小小都提前到了会议室。熙熙攘攘像往日看样板戏，没人缺席。两对大喜的年轻人胸前都戴上了大红花坐在主席台上。杜河主持婚礼，因为他是建队元老。大坤也是元老，但不是共产党员，虽然思想觉悟不低，却是国民党的俘虏兵，尽管在战场上反戈一击，也是有历史污点的人。所以，他只能咧着大嘴“嘿嘿”直乐地坐在台下的第一排，身边紧挨着大姑娘戴红花。

自从建队，在会议室举行了多少次婚礼，杜河他屈指可数。大多数男人都回家乡娶亲后带老婆登岛。为数不多的女职工一般被干部们相中，他杜河是三对双职工中自由恋爱成婚人之一。那是1961年年初的事，他花了一元钱买了一百粒硬糖果分给众人，成了最慷慨最甜蜜的婚礼。杜河看了看时钟，他似乎在等待。这时，顾蕾带领大家唱起了毛泽东主席的语录歌，丝毫没有当新娘子的羞涩和腼腆。

张明明带着武装连的弟兄们赶来了。虽然他被马蜂蜇了许多眼儿，也顾不得被马蜂蜇后引起的头疼脑热。梁枫也来了。因为中学离得远，他借了校长的自行车骑来的。他站在后面的墙角处，心里头是甜酸苦辣咸，五味俱全却无言表达。虽然不承认顾蕾与别人结婚是给自己心里捅刀子，也还是懊悔自己没把握时机向她表白爱意。还有几个从连队调走的知青，能回来的也都赶回来了。遗憾的是老指导员得了急性肺炎住进医院没法参加。老连长在北面最偏远的狮子岭新区也没能赶来。

安书记坐着小吉普车到了。车刚停稳，俩警卫员立即提着几个暖水瓶下车，小心翼翼地放到会议室的桌子上。这是华侨农场送给安书记品尝的咖啡。细心的安国栋在来贺喜之前，已经让机关食堂的炊事员调好咖啡后才装进暖瓶。

行政办公室也来了办事员，把结婚证发给了他们四人。

在一阵掌声中，杜河宣布婚礼开始。他说："职工们，知青们！我们喝水不忘挖井人。今天，是以顾指导员带头的两对年轻人的大喜日，我们首先要感谢党！感谢毛主席！感谢社会主义！感谢无产阶级'文化大革命'……"

安书记"扑哧"一声，几乎笑出声来。他插话："老杜，他们都是自由恋爱，不是组织分配的，你扯远了！"

大家哄堂大笑。杜河顿了顿喉咙："对对！我老骨头没有多少文化，讲不出什么大道理。今天顾指导员他们集体结婚，这是我们连队的革命新动向，也叫新生事物，我们要大力支持！大力提倡！现在请农场党委安国栋书记讲话！"

又一阵热烈掌声。

许多人"哗！""哗！"地赞叹，交头接耳。

安书记挥了挥手："我不多说了，希望更多年轻人戴上结婚大红花，相亲相爱，白头偕老！我还有一句，很多年前，中央领导人就极力鼓励我们的垦荒队员在边疆成家。王胡子有过一句话：有了老婆安下心，有了孩子扎下根。结婚只是完成了一半的使命，还得努力才能扎根！"他果然不啰唆，也没那一套繁文缛节，嗓门浑厚，字字分量不轻。

话音刚落，台下又是一阵哄笑。有人嚼舌根，说安书记的思想境界没有老骨头高呀！他既没说代表农场党委和全体革命群众，也没提示是毛主席革命路线的指引而成就年轻人的终身大事。他是蹲牛棚太久，跟不上形势了……

随后，安书记吩咐警卫员给大家倒咖啡。从机关招待所拿来的二十个茶杯不够用，许多人急急忙忙跑回家拿漱口杯子。青年人喝上了洋人的饮料，津津乐道。而老职工却说不如防“乙型脑膜炎”煮的大叶桉水好喝。碍着党委书记的面子和一片心意，好些人还是捏着鼻子苦着脸喝了下去。

别具一格的婚礼使顾蕾受宠若惊。职工们为党委领导如此重视知青在农场安家的举动赞不绝口，知青群体为此感到无比宽慰。

姜聪心里像明镜一样。安书记不仅代表领导对知青在农场安家的重视和关心，还代表着已故的亲密战友和永远不能获得的爱人转送关怀于下一代人。那是用鲜血和生命换来的后代，他的心境无法向众人表白。他匆匆而来，又匆匆离去。临走时他紧紧地握住姜聪的手说：“好好过日子，这是光荣又艰巨的任务！”

姜聪趁机把顾蕾写的检举信给他：“树欲静而风不止。您老一定有措施！”

安书记一目十行扫了一遍，咬牙切齿地骂道：“岂有此理！这是共产党内的蛀虫！”说完就登上了小吉普。

姜聪相信上级领导一定会再度引起重视。安书记的小吉普刚离去，众人就抢着吃喜糖了。虽然职工生活简朴，往日以分角计算酱油钱，这会儿却用积蓄买来暖水壶和漱口杯子送给新婚佳偶。连队小卖部货柜简陋，有些老职工没买上暖水瓶就买痰盂买脸盆，后来的就只好买牙刷牙膏作礼品了。知青送礼不兴这些坛坛罐罐，他们珍惜稀少的文具，所以送来了笔记本和钢笔。礼实惠，情更重。顾蕾感激涕零。第二天，她把全部礼品送到了托儿所和学校。

顾蕾与姜聪成亲，林育雄与陆玉莲结婚，这是多么让人羡慕的鸳鸯对呀！不过，也有许多人觉得好奇，难以理解。尤其是知青群体，众口纷纭。

其实不然，传说中三千多年前以色列人约书亚（Joshua）率领军队攻毁了杰里科（Jericho）城墙，人们只知道随着号响冲锋陷阵，墙倒了，城破了，战斗胜利了。而为什么闻名天下的杰里科城墙中两米厚的外墙向外倒塌，而三米厚的内墙向里倒去的问题后人难以考证？那是因为人们只兴趣墙倒塌后的现实情景，至于城墙为何有内倒和外倒以及中间又残留着废墟的问题已经无关紧要了。直至后来年代的延续，人们把这堵墙比喻为爱情城墙，只要墙倒了，两方就并一家了。尽管人类组合有国情家情人情，而这一年，我们社会主义的中国，虽然下乡知青已有61万人结婚。但是，仍然有许多人不敢去触碰城墙。即使热恋致疯狂，也难以实现洞房花烛夜……

王斌更加茫然不解，她暗问新娘子：“我的姐呀！我正在想方设法回城，你们怎么就结婚了呢？你们都来七年多了，以后的日子怎么熬下去呀？”

二十五

新农垦部来了宏伟计划，调集四个县的二十多个农场的精悍劳力，汇集加来万人治田大会战。计划奋战两个月，拿下五万亩的产粮基地治田任务。场党委决定从各连队抽出人员，组合了一支五百人的队伍参加会战。除指挥部的领导班子外，第一突击队的队长是姜聪，另调了二十九队的顾蕾为指导员。

万人工地远胜连队的小地域阵势，一眼望不到边的挖土挑担人群和“轰隆隆”的拖拉机推土势头，汇成了茫茫的人海大战场。由于不是向原始山林拓垦，只是改造原有土地规划，外增修渠、筑桥。所以，没有野生动物的袭击，没有劈斩丛林的恐惧。

各农场带来的队伍各占一方，红旗招展，歌声不断。最能激起人们干劲的仍是各农场临时指挥部树起的高音喇叭传送的生产进度数字。这个进度数字使大家展开了“一不怕苦，二不怕死”的竞争。在工地上，人人高喊“下定决心，不怕牺牲”“苦干加巧干，死也死在战地上”的口号。只有这样，才能争出个先后排名。还有那些手持喇叭筒的宣传员站在挖土挑担的人群中扯着嗓门鼓动：“同志们！党和人民考验我们的时候到了！加油干呐！”

罕见的寒流给大会战工地带来重重困难，连绵阴雨实实在在影响了工程进度。虽然天不作美，但众人却作威也！第一突击队的姜聪把任务落实到班组。他的突击队员充分发挥了各显其能的作用。顾蕾是指导员，她的工作方案是鼓励大家在“火线”入党、入团。她的宣传鼓动，激励了许多积极向上的青年拼命搏击。组织外围的人豁出去争取“火线”入党、入团。组织圈内的人都要体现自己是标兵、是榜样、是冲锋陷阵的带头人。再加上顾蕾挥笔如麾，工地上许多平凡小事经她的笔头描述都成了榜样力量。还有，他们后勤供应也没有敷衍。有安国栋书记的支持，工地的膳食很得人心，做到一日三餐有肉片，下午三时还有肉丝粥。年轻人都美滋滋地赞叹：“天天能这样吃，累死也不枉了！” 所以，他们阵营的梯田重整进度惊人，连续几天赢得了大兵团作战的首位名次。

正是午饭时间，潘百岩端着饭盒，走到车少谔身边，悄悄地问：“我说烧鹅，我们那帮老友有冇扎根的呀？”

潘百岩自从调到兵团宣传队后就没回来探望过原来的群体。这次跟随农垦总局领导人率领的原兵团文艺队伍前来参战，尤其是来到了顾蕾的阵地，算是“回娘家”了。

车少谔心知肚明他说的“扎根”，无非指结婚成家这类难以抉择的大事。他狡黠地笑道：“都生根发芽啦！你呀，咋变成三姑六婆了？”

潘百岩知道这是回避问题的高招，顿时昂头大笑：“哈哈！天都光晒喔（大快人心）！你说个个都生猪仔啦？你生了几窝？”他一边笑一边拉着脖子咽着流油的肉包子。

车少谔哭笑不得。他觉得这玩笑既不幽默也不理智，只好连连摇摆着头。心想，要说结婚的也有好几对，顾蕾就是其中之一。大家都以在当地结婚为“扎根”的标志，只有“结”了才算“扎”了。其实，怎么理解“扎根”这两字，他也没搞清楚。形势逼人就要人跟着“口号”走，走在最前面的都叫“冲锋在前”。是党员、团员就要带头冲锋陷阵。他大口大口地咽了几口饭，伸了伸脖子，说：“白眼仔！我们的扁担挑肩上，你的扁担当大腿劈叉线，牛马不相及，你讲牛话还是讲马话？黐线！”说完，他狠劲地给潘百岩肩膀一拳。怎么说他车少谔也是老党员了，所以，不能和群众一般见识。

潘百岩离开连队好几年，靠唱唱跳跳过着“再教育”的日子，自然有不少人心里不舒服，或者说嫉妒。幸亏老指导员说过“有人吃肉有人啃骨头，都是社会主义大家庭的分工不同”，否则，年轻人心目中自然对“接受再教育”产生等级观念。

这时，潘百岩不服气了：“喂！讲人话喔！我们练功调嗓不会比你开荒砍芭少流汗喔！我们这支队伍除了排练节目，还要充当抢险先锋队！你知道吧？抗击台风我们也是打头阵的，突击抢收我们没落后的。可不，这次何部长领着我们来也是‘大雨大干，无雨拼命干，死了就当肥料’的……”

“哎呀呀！你很有记性哟！”车少谔哈哈一笑。他的这句话是步了叶大勇的后尘发挥的。人家说“大雨大干，无雨拼命干，死也要死在工地上”。他当副队长时就来了个驰魂夺魄的口号。“死了当肥料”这口号传遍四方，比许多口号带劲。那会儿还招来不少年轻人戳脊梁骨：让他“东莞腊肠”带头当肥料！

话又说回来，车少谔也不得不承认，若没有宣传队，没有球队，没有放映队，从城里来的年轻人的生活那就更加枯燥无味了。他坦然地动了动嘴角：“你犀利，你有功！没人比你演刁德一更入味了。”

“哈哈！这句话说到心坎上了。起初他们叫我演指导员，后来说我不是党员，演不出那气势，就安排了反角。也罢，我还真成了反面人物了。”潘百岩兴奋了，只要提起样板戏的《沙家浜》，他就来了劲头。只可惜这次没能在工地表演，当真扫兴了。

车少谔见他手舞足蹈，乐得涶涎，又给他泼凉水：“你以为我夸赞你呀？我说你是执死鸡（捡便宜）！”

这时，身后有人叫了声：“烧鹅，刚才场部丈量的人说你们进度下降了，怎么回事？”是顾蕾的声音。她端着饭盒，一阵旋风似地出现在他们面前。

潘百岩抢先说：“他扭了脚趾根，是轻伤不下火线的好榜样……”然后，他得意地朝车少谔挤了挤眼。

“谁说我扭脚？你烂舌了？生安白造（捏造）！”车少谔觉得他这人多年不见，说话比油还滑了。不过，昨晚自己烧火堆取暖时睡过了，鞋子被烧焦还真伤了趾头，给那家伙蒙着了。

“怎么不是？那是看不见的内伤，你就当无名英雄罢了。草原英雄姐妹冻伤趾头后，走路就失去平衡……”潘百岩说得那么认真，如同亲眼所见，让人不能不信。

顾蕾信以为真，打断了他的话：“喔！真伤趾头筋了，要紧吗？”

车少谔无可奈何地答道：“根本就不存在扭趾头的事，他在编剧本呢！别信他。”其实，他被烧伤的趾头已经起了血泡，不疼是假。但相比许多带病带伤的妇女同志，这点疼痛不足挂齿，也没好意思说。

顾蕾也没多想，强调着：“没事就好，千万别掉队就行了。”不难想象，在恶劣天气中超负荷的体力劳动会给突击队员带来何等困难。但是，伤病者虽然日益增多，竟没有人因伤病请假退出工地。顾蕾为此也颇为感动。这是锤炼意志的大工地，是火辣辣的战场，是考验毅力的时刻。她从口袋里拿出一张小纸，上面是她刚起草的《会战之歌》手稿。她把小纸递过去。“喂！你们帮我看看，够不够气氛？” 她要继续发挥大家的积极性，要设法给大家输送精神食粮。

潘百岩对编歌很有兴趣，立即拿过来，随口就哼了：“来！来！来！大家一起来！来一个社会主义大竞赛！看谁锄得猛，看谁铲得多！看谁挑得重，看谁跑得快……”

车少谔连连点头赞赏歌词带劲！潘百岩建议用高音喇叭教唱，准保立竿见影。他还兴奋地嚷道：“这种贡献不亚于挑几担土喔！”

“去吧，精神力量是无穷的！”顾蕾见同僚如此支持，很欣喜。一阵大风拂面而来，她鼓了鼓嘴，想润一下被寒风吹裂的双唇，太干了。只好拿出身上带着的万金油抹了上去。虽然辣辣作痛，却也能借此润滑干裂的嘴唇。她搓了搓双手，试图抚慰一下被冷风刮得又脱皮又粗糙的脸颊。突然，高音喇叭传来了潘百岩的歌声。通过歌声的欢快节奏，工地人马更为活跃。许多人边劳动边跟着高音喇叭教唱的词曲大声唱着，忘却了疲劳，干劲倍增了。她不能不欣赏潘百岩的“精神力量”了！

第二天一早，顾蕾想再请潘百岩来显示他的特殊才华。然而，高音喇叭却播出一道骇人听闻的《讣告》：“周恩来同志，因患癌症，于一九七六年一月八日九时五十七分在北京逝世，终年七十八岁。”

讣告来得太突然，许多人不敢相信自己的耳朵。大会战总指挥部通知每个单位做小白花，要开追悼会。顾蕾放弃了原来召开小分队长会议的计划，一口气做了上百朵小白花。她首先别了一朵在自己的胸前，然后分发下去。

中午，安国栋书记从大会战总指挥部开会回来，立刻召集全体突击队负责人传达上级精神。指挥部帐篷太小，许多人站在门外。顾蕾不会迟到，她见姜聪仍未露面，纳闷了。这家伙吃了豹子胆？这时候缺席怎么得了？她悄悄地走出帐篷外，只见姜聪一手叉腰，一手挟着根香烟在吐烟圈。这模样让她大吃一惊。她踮起脚，一手就把他嘴角的烟给拿了下来，悄声问：“你怎么会吸烟？”

“嗯！”他凝视远方，似乎在游离现实的世界。

顾蕾忽然担心地问：“你没事吧？”

“嗯！”他似乎只懂得喉根发声。

安书记走出帐篷，站在门外。那神色很沮丧，也很不寻常。他对着大家说：“今天的紧急会议很简单，原定明天的追悼会改变了。上级指示：停止一切悼念活动。散会！”

“怎么回事？为什么？”

只有人提问，却没有人回答，也没有人能回答。所以，人们只能带着种种猜测和疑虑离去。

“郭虎！小虎子，通知司机，我们马上去农垦部！”安书记吩咐警卫员立即出发。他的疑问只能找上级。安国栋这天一早就从他随身携带着的小收音机上听到这个突如其来的消息。那是从中央人民广播电台传来的真实消息，不是红头文件。他湿润的双眼追忆着往事。

那是总理第一次到海南橡胶园视察。总理对国家的橡胶事业的希望，对橡胶工人的亲近和关怀不能不让他感激涕零。那天是二月七日，星期天。那季节是停割期，安国栋也不能不破例让胶工实地表演。总理聚精会神地注视着神刀手“嚓、嚓、嚓”地削着一片片被凝固的胶水粘连着的皮层，兴致勃勃地观察着一滴滴流淌入杯的乳白色胶水所需要的时间。在参观农场胶片加工厂时，他手里抚摸着晶莹透亮的胶片，那种自豪又兴奋的神情，直至他在招待所简陋的桌上挥笔留下了一幅题词：“高举毛泽东思想的胜利红旗，备战边防，生产建设，民族团结，艰苦奋斗，努力革命，奋勇前进，西联宝岛，南国珍珠。”这一切已被载入史册了……往事如烟。安国栋叹道：人固有一死，他的死，比泰山重呀！两小时后，他接到上级通知，要求各单位举行隆重追悼活动。由于在大会战工地，一切因陋就简。他决定以连队为单位做白色花圈和每人佩戴一朵小白花寄托哀思，化悲痛为力量，真正打好这次的造田大会战。然而，当人们准备举行悼念活动之际，又突然来了停止一切悼念活动的通知。他百思不得其解，只好找上级讨个明白。

小吉普驶过来，上车时他拍拍姜聪的肩膀：“天上的云层决定地上的雨，我恐怕也无法弄个水落石出！”说完，他头也不回就走了。

顾蕾默默地看着面无表情的姜聪，伸出五指在他眼前晃了晃，见他一动不动，像雕像一样立着。她把那半支烟插回他的嘴角，又从他的上衣口袋里找出火柴，划着火苗，轻轻地给他点上。这是她第一次点烟，也是第一次见到丈夫吸烟。

也许是一种朴素的敬仰感情，指挥部的高音喇叭连续播放了民歌《绣金匾》，那是广播员自选的唱碟。大会战工地，一连多日，生产进度惊人，完成平整土地指标数呈直线上升。也许是突击队员化悲痛为力量，刷新了每天治田记录。尤其是大会战将进入尾声，许多人归心似箭，苦干实干拼命干，盼望着早日完成任务回家过春节。

这天中午，通讯员马光一路小跑，远远就喊道："顾指导员，顾指导员！你有急件……"他是新来的三水小青年，绰号"机灵鬼"，负责传递场部和工地指挥部的报纸和信件。

顾蕾听到叫唤，问道："什么急件？党委的？"她急忙拿过来一看，"速回场部"，署名只有一字，"安"！她知道安书记已离开工地返回场部多日。把急件送到工地指挥部，无疑是燃眉之急。她二话不说，拿着急件就去找队长姜聪。

姜聪虽然是队长，但又是推土机的驾驶员。他正推着土方，垒起了一条条梯田墙埂。猛然见顾蕾挥手朝他奔跑过来，他立即停车，轻巧地跳下机车，浑身一股刚劲的气势，似看不见的电磁波振荡着迎面过来的最佳拍档。

"呵！什么风把你给吹来了？应该是西北风吧？太顺人意了。咱去亲热亲热……"他显然是在恶作剧，还挤了挤眼。他把那顶绿色的军帽从头上扒下来，顺手擦了把额头直淌的汗水，边走边问："什么事让你急成这个样？"

"你看了你也急，信不信？"顾蕾把急件伸到了他眼皮前，调皮地鼓着腮帮子，等待着他的反映。自从他俩结婚后就没得几日同欢共喜。因两人不同连队，虽然相隔十几里路，即便不是牛郎织女，也过着分居两地的生活。如今团聚在大会战工地，还是男女工棚分别居住。尤其是领导，即使是夫妻也不能炫耀亲昵。

姜聪没接过急件，却抓住了她的手腕，轻轻一用力，让她往自己身上贴过来。

"别这样，影响不好！"她用力推开。

"这样很符合情理，非常的好！"他说。

"你发烧呀？众目睽睽，竟敢施暴！"她拿着急件在他眼前晃动。

"你再喊口号，我把你抱上机车整治整治……"他手指轻轻地刮了一下她冒着汗水的鼻尖。这是他的习惯动作，叫刮鼻子。

“你想强奸……”她抓住了他的手指，贴着唇边轻轻咬了一下。

“你是说，丈夫强奸妻子？哈哈！”他笑着问。虽然已经结婚，但他仍然像初恋一样沉浸在爱的海洋。

“我是说，连长强奸指导员，队长强奸书记！”她似很认真。在她心里，他是她的“山”，是她的“水”。只要有了他，她的生活永远不枯燥，永远不苦涩。

“傻姑娘，那是狼狈为奸！”他嘻嘻地笑起来。

“死蠢！是通奸！”她猛然察觉自己的思维已被他牵引，大叫一声，“惨，我上你当了！”

“老婆呀！不是上当，是顺其自然。”他温柔地抓住她的手，不停地抚摸着，“又打血泡了？当领导，老茧变‘羞’（修）了，成了一双绣花手，我看挺好。”

顾蕾多么想尽情地投进他的怀抱，享受一个妻子应得的爱抚和甜蜜。然而，她却表里不一地跺了跺脚：“你坏！姜聪同志，你要注意思想境界！注意生活作风！注意群众影响，注意……”

姜聪看她那可爱样，更挡不住内心的颤动。他贴在她耳根说：“我的作风现在是有点问题。嘿嘿！现在看你当真耀眼，越火急越美，美不胜收……”

这时，不远处又传来马光的叫声：“顾指导员，顾指导员！场部车在等你！”

顾蕾轻轻地推了丈夫一把，尴尬地朝来人笑笑，立刻言归正传。她把手上的急件塞在姜聪手里：“你仔细看看嘛！这节骨眼上我怎么能离开？”

“哦？！”姜聪回过神来，眉头一皱，“你怎么能走？不行！绝对不行！谁来管政治思想工作？我姜聪不是三头六臂……”

“嗯！男欢智倾愚，女爱衰避妍。难道我就管不了这份工作吗？”说话的是马光身后的年轻人。他个头不高，清瘦，门牙有点外暴，一身蓝色工作服，脚步轻快。

“你谁呀？”姜聪没好气地问。

“这是我的介绍信。之前我是三十一连统计员，一个月前调到场部共青团委，我是副书记。”来人把任命函递给姜聪，又说，“我叫陈景文，十九岁入党。这次是安书记让我来代职。”

姜聪没有思想准备，也猜不着顾蕾为啥被紧急召回。但是，他相信安叔叔肯定有紧急任务，否则不会拆散他俩的并肩战斗。顾蕾有点依依不舍。虽然自己与丈夫没能同吃同住，没能肌肤相触，但每天的奋战仍然在同一战场，面对着同一“敌人”。只要能一起同甘共苦，一起战天斗地，那就是莫大幸福。在节骨眼上离开，论公论私都怏怏不乐。她对姜聪说：“开个碰头会吧？我交代一下工作。”

“哧！你们看着办吧！”新来的书记立即表态。他显然也没好脸色，首先映入眼帘的是两领导人拉拉扯扯的举动，存在着不正当的生活作风问题。尤其是青年人，一些吃不了苦的人常常胡思乱想，把男女之间的同志关系搞复杂化。就几天前，他原来的连队有个男青年犯了单相思，说女方常常和别的男性眉来眼去，便深夜潜入女生宿舍，用胶刀把蒙在被窝里熟睡的女方捅了二十八个口子。这就是阶级斗争的新动向！而他自己，是一个坚定不移的革命派。两年前他与连队老职工的侄女结婚，安下了家。女方曾患过小儿麻痹症落下残疾，他不仅不嫌弃，还成了模范丈夫，成了青年人的榜样。所以，他熟悉年轻人的七情六欲。

马光听说要开会，急得直摇头：“来不及了，司机催了！”

“急啥？通知开会！”姜聪果断地说。

临时支部会开得很简短，顾蕾把工作交代后就匆匆坐上解放牌大卡车。临走时，姜聪紧握她的手，用力捏了捏：“老婆，你放心！我们的队伍不会落后的。”

“嗯！知道了！”顾蕾听这话心头虽然热乎，却也难为情地撇了撇嘴。因姜聪头一回在公开场合称她为“老婆”，显然有意在新人面前摆老资格了。

陈景文看在眼里，记在心上，满肚子狐疑：她的名字叫顾蕾，就算农场职工都喜欢称领导的姓，那就应叫“老顾”，怎么叫“老潘”？领队干部怎么能给女同志起绰号？这人思想果真有问题。他这个新官上任的第一件事就应该整顿领导班子的思想，警惕资产阶级思想的死灰复燃。他不能被满脑子小资产阶级情调的带队干部把大会战工地弄得乌烟瘴气。当然，陈景文并不知道这两活宝是夫妻关系。再说，潮汕音重的陈景文把“老婆”听成了“老潘”也不见怪。海南人发音“挟赛（吃菜）”还被潮汕人误认为吃屎而干过仗呢！

顾蕾坐的解放牌大卡车直接开到了场部大门口。她下车后立即去见安书记。虽然天色已晚，但她是雷厉风行的性格。

果然安书记还在办公室。

“报告！安书记，我回来了！”她轻轻地敲了两下敞开的门。

安书记慢慢地抬起头，把老花镜摘下：“小顾？这么快就到了？”

“是！安书记的号令，不敢怠慢！”她回答。

“小鬼，坐下，先喝口水。”他倒了杯开水，用的是他自己的杯子。因为他喜欢喝浓茶，杯子里面呈深棕色。

“不渴，不渴！是给我紧急任务吗？”她急忙说。

“不渴不现实，不饿也不现实。咱就简单明了吧？”安书记把水放在她的手上，“你家里来了两封电报，说你父亲病危。虽然大会战任务繁重，也已胜利在望。你就回家看看，我准你十天假。明天有运油车去海口，你搭便车走吧。”

安书记慈祥的目光和落地有声的语气，让顾蕾内心充满了感激之情。她说不清是惦记着父亲的病危还是感谢领导的关心备至，眼眶含着一层薄薄的泪光。她知道结婚后就没了一年一次的探亲假，尽管特殊情况，也要本人向上级打报告才能获准。记得老连长的父亲病危，从收到电报到上级准假，即使乘上飞机日夜兼程，到家后老人也已入土多日。她多么庆幸自己获得与众不同的待遇。

从安书记的办公室出来，她风尘仆仆地回到连队，简单收拾一下又赶回了场部招待所。当晚，她还给姜聪留了封信，侧重强调，一定要关注那些“火线”要求入团入党的年轻人，不能让他们失去信心，同时还阐述了自己对大会战工地的具体想法和计划。

顾蕾的信是由通讯员马光第二天送到了姜聪的手。虽然字里行间全是铿锵有力的革命口号，但姜聪仍然视为珍宝，小心翼翼地折好，放在自己的贴身之处。

新来的支部领导有自己的一套工作方法。尤其是对那些在“火线”要求入党入团的积极分子，要给予更高的标准和要求。他的原则是严防投机分子趁机混入组织内部，避免有人借“党员”“团员”称号享受入学提干的优先待遇。为这事与姜聪无法达成共识，只好通过支部扩大会投票表决。陈景文的方案得到多数党员的积极支持，姜聪只好少数服从多数。后来，又因特殊情况，姜聪在大会战结束的前一天被安书记召回场部。

顾蕾回到广州已有几日。原来是父亲鸡骨噎喉住院，外婆从乡下进城来探望。不幸的是外婆路过一处停产的工地时掉进废弃的石灰池成了二度烧伤。老人挺不过几天就去世了。家庭的悲哀使母亲不得不给顾蕾拍了加急电报。老父出院后为此事连日争吵不休。

中午时分，顾蕾父亲从单位食堂买了菜带回家里。他的脸色仍然灰暗。一家人默默地围着方桌吃饭时他又开始朝女儿唠叨："一个共产党员，无论何时何地，都要以革命利益为重。你怎么能在大会战工地临阵逃脱？亏你还是个带队的领导，要从灵魂深处检讨啰！"

"老豆（父亲）呀，我不是逃兵！是执行任务，是场党委书记交给的任务。"顾蕾已经解释多遍了，但怎么说也停止不了老人的质问。

"你即刻给我回海南岛！现在的形势又是新岔口。以前搞社会主义建设是一日千里，现在革命形势发展一日万里！唉！我正愁着没法跟上形势，你又来拖我的后腿，简直一身蚁（麻烦）……"

顾蕾母亲一直没吭哧，见大家吃完了就迅速收拾碗筷，把刚烧开的水冲进已经泡了几回的茶壶里。虽然已经没什么茶味，她还是端了出来。听见丈夫的屡屡埋怨，心里很不是滋味："老顾呀，蕾蕾回来是我拍的电报，我已经承认错了。你不知道当时医生压缩你头进去拿鸡骨多危险呀！都成了没头人了，吓得我魂飞魄散。后来我看他们摆弄很久才把你头拉出来呀！现在有头了，得意骂人了。你呀！你若出不了院，蕾蕾回来还有人给你奔丧。真系蠢到笃（底）……"

"切！你咒我死？我长命百岁！你这个妇道人家，你想过没？'外婆'和'父亲'是完全不同的请假政策，她的领导知道会是什么样的结果？严重呀！"顾蕾父亲嗓门又一次提高了。

"有这么严重？又不是阶级斗争。切！生人唔生胆，开除党籍不成？"顾蕾母亲觉得憋屈。

"纸包不住火！你知道我们局那两个家伙为啥被关了这么久？不就是被人无中生有检举揭发的嘛！阿炳受不了打击才吊颈的！他还是我们政治处主任呢！你现在是把屎揩自己身上了。欺骗人家的领导，还要我食死猫（背黑锅）？"顾蕾父亲是谈虎变色，想起被关押的日子，腮帮子就会抽搐，指头也在哆嗦。

这时，顾蕾母亲也觉得事态严重。却又装着轻松地笑道：“哈！你说话也笑死人啦！我们家不仅是有人病危，是死人喔！那外婆命不值父亲命？共产党还分人的命有斤两轻重不成？”

“哈你个头呀！一点原则性都没了，这是两条路线的斗争呀！亏你还是共产党员！”顾蕾父亲涨红了脸，音量不低。听起来他鸡骨噎喉还真没留下后遗症。

顾蕾笑盈盈地看着父母抬杠也没表明立场。手里抓着一块拇指大的红色石子不停翻转玩弄，好有兴致。

母亲沉不住气了，朝女儿嚷起来：“喂，你哑巴呀？玩那粒石子比两条路线斗争的大辩论重要吗？黐咗线咩！红卫兵大串联的干劲去咗边度（去哪了）？”

顾蕾抬头看了母亲一眼，把那颗小红石放嘴边哈了口气，又擦了一擦，更显得绚丽夺目。然后她漫不经心地说：“既来之则安之，我不着急！”她结了婚再享受探亲假，与父母相聚的机会屈指可数，如果没有母亲这封电报怎能回来？

“你不着急？你也要爱憎分明吧？”母亲见她与往日那股子冲冲杀杀的小将风格判若两人，自己的脾气也来了。她为了迁就丈夫是湖南人，以说普通话为主。这一急，变成方言的“夹生饭”了。她指着女儿说：“你呀！真的是有头威冇尾阵（虎头蛇尾）。那年登上红卫轮去海南，威到不正眼看我，又唱又喊，威风凛凛。到了农场后又入党又当指导员，应该冇执输过。这次回来咋像荡失路嗽（迷路一样）？唔通……被炖咗冬菇（降了职）？就得到这粒石子做伴？”虽然话中带气，心里固然疼爱。由于近两年许多家长为了让孩子少吃苦少受累，千方百计把孩子从乡下弄回城里。她当母亲的虽然没后门把女儿调回，但嫁回城也是一条活路！只是难以启齿。

“是呀，是呀，妈……”顾蕾心不在焉地应着。她的心早已飞回海南，飞回姜聪的身边。她手中那颗晶莹剔透的小玉兔可不是一般的小石头，而是一颗视为珍宝的逊克玛瑙石。新婚那天夜里，姜聪从裤兜里拿出这颗小玉兔对她说：小时候他母亲就把这颗小玉兔缝在他的衣襟上，说是他奶奶给他父亲的传家宝，还说这小玉兔藏着姜家四代人的故事。那一夜，她就美滋滋地猜了一夜姜家四代史。这会儿小玉兔拿在手上，哪有不相思的道理。

“乜嘢话？你真的被炖咗冬菇啊？”顾蕾母亲大吃一惊，两眼直瞪瞪，“人还没回去就起飞脚（突然发难）呀？死啰，害死人啰！”

“谁说炖冬菇？你老糊涂了？她食得咸鱼就要抵得渴（敢做就敢当），回去就老实交代！”顾蕾父亲是湖南音夹着广州话，嘴里叼着半截香烟，话说得还很顺口。

这时，张明明风风火火地走进来。“我买到船票了，明天走！等了几个小时，运气不错，四等舱！”他的话把屋内的气氛改变了。他回广州探亲多日，假期将满。鬼使神差，这次探家还夹着给外婆奔丧。他过来和姨爹姨妈道别，猛然见大家肃静，愣头愣脑地扫视每人的脸色。他自以为姨爹在训斥顾蕾表姐，忙着解围道：“你们怎么啦？表姐是我们知青的榜样，是优秀共产党员，是我们大家的带头人。这次又带头扎根，她很够力了！我跟尾都跟不上……”

顾蕾会心笑笑，问：“今天买票人多吗？”

“多呀！排长龙。有三等舱，我没要，还是四等合适我……”

顾蕾母亲不感兴趣买票的事，“扎根”问题很“扎心”。她劈头就问：“明仔！你刚才说‘扎根’？怎么个‘扎根’法？你们都不回城了？你好好和我说说！”

“就是带头结婚嘛！”张明明不假思索就答了姨妈的问话。

顾蕾母亲吓出一身冷汗：“结婚？结什么婚？谁和谁结婚？在哪结呀？”

张明明逗趣地把左右食指比画着，然后并一起：“有缘千里来相会，无缘对面不相逢。中意就结喽！”

顾蕾一直没找到合适机会给父母亲汇报自己结婚的事，这会儿表弟挑开了，她反而落得冷静又大方地点了点头：“爸，妈，我结婚了。怕你们啰唆瓦解意志，所以没告诉你们。反正现在生米煮成熟饭了，说什么也没用！对不起了！”

“啊？系你结婚？真系结婚？你，你……”顾蕾母亲气得语无伦次，胸口闷得慌，急匆匆地连喝几口水，又指着女儿，“你！你，这么大的事，你……”

“你什么你？男大当婚，女大当嫁。结就结了，在海南扎根没什么不好！你找隔壁的老曹婆说媒，让女儿嫁个老弱病残的人回城？你的党性哪去了？还有呀！回城做什么？去卖菜？去补鞋？你老太婆怎么想的？”顾老头子反倒咧开嘴笑了。刚才他心里那团火似乎顷刻间熄灭，嗓门也变柔和了。

“你！结婚咁大单……”顾蕾母亲抹去眼角的泪水，伤心地叹道，“唉！睇化（看透了），睇化！”她见丈夫那股子莫名其妙的神情，又不甘示弱，“就你这个当老豆的有觉悟！切！我，我了解情况还不行吗？这和党性有牵挂吗？难道还是两个阶级的斗争不是？我的觉悟高万丈……”

张明明急了。他并不知道表姐仍然瞒着婚事。惹了姨爹姨妈吵架该怎么是好！他要缓和气氛：“我那个表姐夫可是万里挑一的，你们一万个放心就是了。”

“哦？哪个学校的？华实？华附？七中？铁中？广雅……”顾蕾母亲一心渴望女儿幸福。既然革命形势如此咄咄逼人，自己也只有接受现实了，但仍有心愿：在海南结婚也行，至少门户要相对。

顾蕾明白母亲的心思。多少上山下乡知青已和当地农民结婚的事迹喧嚣一时，而母亲无非是不想让自己女儿也赶时兴。她嗲嗲地说：“妈！别难过！他善良、正直、憨厚老实。你们放心吧……”

“死火啰（完了）！海南仔？农场子弟？惨啰！惨啰！这一世人都别想回广州了。”顾蕾母亲顿时伤心地哭泣起来。

“惨什么？哭什么？好事嘛！闺女，你自己说说嫁了什么人？”父亲虽然觉得女儿出嫁太仓促，但他的目光和神态却显得那么慈爱和包容。

顾蕾斜一眼愣在一旁的表弟，轻声说：“他是转业军人……”

“是党员吗？”父亲立即追问。

顾蕾点点头，挽嘴一笑。

“行了，我放心了，其余的你再和老妈子磕去，我上班了。”父亲说完，踏着方步出门。在楼道尽头还能隐隐约约地听他哼着新上映不久的样板戏：大吊车，真厉害，成吨的钢铁，它轻轻地一抓就起来！随后还传来一阵“哈哈哈”的笑声。

父亲出门后，顾蕾一五一十地把自己的大事倒出来给母亲。还有张明明在帮腔，把老人家哄乐了。老妈转忧为喜，眼角仍然湿润，不是刚才的忧虑之泪，而是欢喜之泪。不过，她还是叹声道：“唉！以后恐怕没有探亲假啰！人家的孩子都有招生招工顶职，我们家呢，你大佬回湖南乡下也有了妻室，你细妹还小，你又嫁海南仔……”

“我的好妈咪呀！你怎么担心这么多？你不是说你的觉悟高万丈嘛！”顾蕾逗笑地搂住母亲的脖子。

“乜嘢话？我难道不是觉悟高万丈吗？那年你父亲跟着大伯来广州铁路当检修工，他那个‘捞松’样，切！我都没嫌他肉酸（难看）呢！”

顾蕾“扑哧”一声笑起来：“得嘞！娘亲嫁了一个‘豆芽’形的无产者，就是有觉悟有眼光……”她想多夸母亲几句，却隐隐约约地听见有人在楼道里喊着：“顾蕾！顾蕾！顾指导员呀！”

“是葛小敏的声音！”张明明说。

顾蕾急忙从屋里迎出来。眼前是挺着肚子的孕妇，她兴奋地大叫起来：“哗！葛小敏！真是你！像吊着一袋大米喔，好辛苦哟！”

“是呀！还有一个星期就解脱了，我真的好辛苦哟！”葛小敏脸上堆满了笑容。她的体形像水桶一样了，穿着肥大的裤子，套着露趾头的人字拖鞋，脚面肿得像馒头。左手托着肚子，右手提着一小袋水果。她俩曾在一个茅屋住过好几个年头，多少甜酸苦辣用不着诉说，大家都心知肚明。农场知青都有自己的术语和代名词，有自己的行话。

顾蕾母亲说：“讲来叹去，小敏呀！你终究是城市人。我的蕾蕾真正变成农场佬了。唉！说得确切一点，她是儋州婆了……”

是啊！千言万语，说到最后都要面对现实了。她俩告别时，葛小敏悄悄地透露了两件怪消息：其一，刘什探亲超假不归，是因重阳节那天到白云山登高后求得好运，“督卒”（逃港）成功；其二，车少谔来信说姜聪被调离大会战工地，还说调回的原因是生活作风问题。

顾蕾听罢，惊得目瞪口呆。她不相信有这种事。原本等外婆过了“头七”才回农场，这么一来，刻不容缓。这两件事都与自己有关。刘什是自己连队的职工，虽然重阳节那天白云山有十几万人登高，而且又都是知青。但后来的紧急查案是“政治谣言”所致。难道刘什真的买了“棋盘”而且偷渡成功？其实，刘什逃港是迟早的事，兄弟姐妹都入港了，他没有不跑的道理。所以，她作为指导员也无法力挽狂澜。只是姜聪，是她的新婚丈夫，能有什么生活作风问题？才分开几天就犯错误了？当真痛心疾首。

母亲见她六神无主，问道：“又有蚁上身（有麻烦）？”

“唉！真是一镬泡（一团糟）！”她急得肠胃倒置似地坐立不安，几乎把刚吃的午饭吐了出来。“明明，我去等退票，明天和你一起回去！”

“好嘢！我去，我有经验！”张明明也没问表姐缘由，自告奋勇去等退票了。

二十六

顾蕾躺在四等舱的下铺。她又一次晕船了，还是前所未有的纪录，吐得天翻地覆。多亏和表弟一趟船，多少有人关照着。

张明明没见过意志昂扬的表姐有过这等状态。不仅滴水不进，见了带肉的饭菜还会厌恶。他琢磨着，如果物质食粮不能解决的问题，就应该输送精神食粮。他从挎包里拿出《毛主席语录》，轻声地念着：“我们宣传大会的路线，就是要使全党和全国人民建立起一个信心，即革命一定要胜利。首先要使先锋队觉悟，下定决心，不怕牺牲，排除万难，去争取胜利……”

“明仔，快拿水来，渴死了！”她挣扎着起来。

“表姐，你总算说话了！”张明明赶紧递上半杯子水。真灵验呀！鲁迅文章中“阿Q”的“精神胜利法”根本不抵毛泽东思想的威力。表姐终于喝水了。接着他又背诵了毛主席倡导的“一不怕苦，二不怕死”的语录，并且还在一旁唠叨：“如果死都不怕了，还有什么困难不能战胜！表姐呀，你不会忘了我在海南过的第一个生日吧？为了躲避村民殴打，你把我拽进臭气熏天的女厕所躲避，后来你还掉进了粪池。那种臭味我们都顶过来了，现在还有什么困难顶不过去？”

“哇哇……”顾蕾一想起那年的事，呕得更厉害了，把黄疸水也呕了出来。她哭丧着脸：“明仔呀！求求你不要再出声啦！现在还闻到当年的屎味呀！”

“哦！”张明明这才意识到自己打错了比方，连忙说，“搞错搞错！那我们讲儋州的‘煎堆’吧！那种‘煎堆’又香又粘牙。还有，朱红梅家晒的阳桃干，那种酸能酸掉门牙。还有，吆依家腌的酸笋，那是……”他打住了话。记得梁枫说过，那种味道像“香港脚”，若说出来准倒肠胃。不管是不是再往下说，他见表姐已经开始饮食，心里甭提有多高兴。二十六小时的船行，不进食怎能不急人呢?

红卫轮终于到了秀英码头。顾蕾下船后就像换了个人。她拦便车很有经验，不是露胳膊露腿的不雅动作，而是在路边捡来一根棍棍当手杖，一跛一拐地拄着走。这方法很引人注目，很快有司机停车给予方便。

乘了两次顺路的短程大卡车，总算回到了场部。顾蕾下车后没有直接赶回自己连队。她决定去一连看望姜聪，她要亲耳谛听丈夫述说从大会战工地被召回的前因后果。她不相信姜聪有危言耸听的生活作风问题。即便大是大非，她势必与他患难与共。有表姐同道，张明明乐在其中。姜聪是连长，往日关系也不错。如今又是表姐夫，更亲近了。

从场部到一连，只有七公里。急步不需一小时就到了。张明明一踏入连队就朝自己宿舍跑去，与表姐分道而行。

顾蕾到了丈夫的门前停住了。连队供电只有两小时，这会儿该是熄灯时间了。所以，她没有径直推门进去。在开着的窗口探头往里看，桌上那盏忽明忽暗的煤油灯下没见她熟悉的身影。在桌边的单人床上，似乎有人躺着，还有人在解开躺着的人身上的前襟扣子。她再仔细一看，那个帮解扣子的是齐耳短发的姑娘。霎时，顾蕾惊呆了，她不敢相信自己的眼睛，更不愿意眼见为实。她那颗纯净的心犹如撕裂一样疼痛。她内心在呐喊：姜聪呀姜聪！原来你真是个伪君子，是一只披着羊皮的狼。短短几天的分别，你就堕落成这样！你的生活作风果然已败坏至无可容忍的地步。看来葛小敏透露的消息千真万确！此刻，她恨不得一脚踹门进去，狠狠地给他俩一人一耳光。或者，像泼妇一样，扯着头发撕打一顿。然而，她都做不到。想起叶大勇把小姨子弄了个十月怀胎，其家属闹得个鸡犬不宁，最后落得被降职并调离连队的下场。如今她既不能步其后尘又束手无策，泪水"吧嗒吧嗒"地落在了脸上。

"我该怎么办？怎么办？"顾蕾揣着那颗受伤的心缓缓地离开了窗前，拖着疲惫不堪的双腿，踉跄地来到表弟的宿舍。

"表姐，你怎么啦？连长欺负你了吗？"

"没事！"她偷偷抹去眼泪，从行李袋里拿出两盒午餐肉，"给你！要细水长流。我现在就回连队……"

"表姐，你有冇搞错呀？连夜赶回去？有贼仔怎么办？你说到底怎么回事？我去给你讨公道？岂有此理！党领导一切，连长怎么敢欺负指导员！"他扮了个鬼脸，“我这就去给你评理！”

“你别去！不能去！”

“我就去！豁出去了！大不了不当这个班长！”他拍了一把胸膛，“老子虽然没带过红卫兵袖章，时代气魄还是有的！”说完，拔腿就走。

张明明从来是逆来顺受的小弟弟，这回却摆出打虎英雄之势，尽管顾蕾在后面追赶，也阻挡不了他的一鼓作气。与他同宿舍的年轻人都是农场高中毕业的职工子弟，他们不仅有两肋插刀的精神，还有兄弟般的情谊。没人问清青红皂白，一拥而上，跟着班长讨理去。

连队住地只有并排的两幢砖瓦平房，每间住六个人。连长和指导员各人有六平方的小间。连队生活似军营一样井井有条。老指导员关淼庭因孩子患了脑膜炎住院，他常跑医院照顾。所以，场党委不得不把在大会战工地的连长姜聪紧急召回。

张明明来到了连长门前，刚才那股雄赳赳的气势骤然下降。他犹豫一下，深吸了口气，正要敲门，突然身后传来女子的声音：“水来了，水来了！快闪开！快闪开！”

张明明回头一看，愣住了：“苏珊？你怎么在这？”

“张明明？你回来了？”苏珊急匆匆地把一铁桶水拿进屋里。她是女子班的一班长，性格爽朗，办事麻利。参军是苏珊从小的梦，也是无法实现的梦。后来又想当“知青”，但命运不能让她戴上“知青”的光环。尽管自己的父辈原来是城市支边的第一代成员，但历史的印记已经被人们遗忘。无论自家背景复杂还是简单，她都是垦荒者的后代。如今走进了半军事化的武装连，她已倍感自豪。傍晚时分，她挑粪不慎掉进水沟，粪便溅了一身。后来赶回宿舍清洗，在返回工地的途中遇上了一个陌生面孔的女子在路口张望。这女子一看就是外地人，眼深鼻高，白里透红的脸颊， 一件白色的确良衫衣束在蓝色的军裤里，腰间扎着一根醒目的军用皮带，显得英姿飒爽，右手拿着脱下的军衣，虽然受冷空气影响，天气显得阴冷，她却浑身热气腾腾。苏珊警惕地盘问几句后，确认来访者不是假冒军人，不是银幕上的蒋匪特务，打心眼里就喜欢上这位女兵。尤其获知她是姜连长的妹妹时，更是满心欢喜，三言两语就成了姐妹。

“苏珊，快把水拿过来！”这是那位女兵的声音，标准的普通话。在当地混杂的方言中，显得那么悦耳。

“安娜姐，水在这，是井水！”苏珊把整桶水递了过去。

“快，弄湿脸巾，敷上额头！”她吩咐，“找多几条毛巾！”

“好，我去找……”苏珊拔腿就往女生宿舍跑去。

安娜见窗外有人张望：“窗外家伙来得好，找几个桶，装井水去，要快！”

她的话声刚落，大伙都急急地散了。张明明对着窗外喊：“记得拿我的大桶，还有脸盆！”他小声问，“连长病了是吗？是不是很严重？”

“扯淡！他不病能给人这样折腾吗？”安娜又说，“你把灯挑亮点儿。”

张明明把煤油灯芯拧得高高的，屋里亮了许多。他见连长双目紧闭，敞开衣襟的胸膛急促地起起伏伏。想起刚才表姐的痛苦表情，想必有误会了。他试探地问：“同志，你是谁？”

安娜没有丝毫的笑容，瞪他一眼：“我是谁？重要吗？”

张明明见她如此冷漠，却还是试探着问：“为什么不叫卫生员？”

“他去卫生队领药没回来！我是军医，你放心吧，我不会给你们连长使坏！”安娜边说边不停地给连长擦拭、换水，动作娴熟麻利。她看了张明明一眼：“小同志，你很有警惕性嘛！”

“水来了！水来了！”几位男生提着井水跑来。有三四桶，因为大家争先恐后地跑，进了门也洒了一地。

“毛巾来了！”苏珊把全体女生的毛巾都收了过来。

安娜立即吩咐道：“把额头、脖子、胸部、腋下都敷上湿毛巾，还有……”她迅速地解着连长的皮带，“腹股沟也很重要……”

张明明脸皮薄，颇有心计。他转过身来有意挡住了苏珊的视线，又悄悄地问：“你怎么会在这里？”

“你不也在这里了吗？如果不是安娜姐上苗圃，连长就更麻烦了。”苏珊显得很难过。她和安娜在路口见面后，就带着她直接去了苗圃。管苗圃的知青刘广生探亲未归，农场子弟冯大海常常双肩挑四桶水淋胶苗，苦干巧干又闪了腰，说是腰椎间盘突出，要静躺。所以，连长又兼顾起早起夜归的苗圃管理工作。连队离苗圃有两里路，她们俩边走边聊。在自然科学和历史文化知识都被局限在一定范围的年代里，生活在穷乡僻壤的农场姑娘苏珊多么渴望着山外的景色。她为了争取点滴与外地人的接触时间，专程绕了一段路。当她们来到苗圃时，原想营造个惊喜气氛，却迟迟未能见着连长。此时具有军人素质和警惕性的安娜立刻担心起来。她们警觉地搜寻每一条垄沟，防备任何一种意外侵袭。最终在靠山洼的垄沟里发现被甩在一旁的越冬防虫喷雾筒，连长倒在地上。安娜连喊几声，没见反应，伸手摸他额头和脖子，翻了他的双眼，再趴在胸口听了听，还活着！接着，她右手用力紧握连长的胳膊，转身就把他背起。这些连贯动作，苏珊看呆了。好大力气呀！她当时还在琢磨着两女子怎能扛起壮汉呢。原来人家女兵就是这样粗犷和勇猛，这样沉着冷静，这样豪气贯九霄！她紧跟安娜，如同战地救护一样，争分夺秒急跑。那时安娜只有一句话：坚持就是胜利！

“哦？原来如此！”张明明知道安娜这个名字。猛然想起表姐，立即跑出门。表姐没了踪影，他立即朝二十九连方向追去，无论如何也要把连长病重的消息告诉她。

一辆解放牌卡车缓缓地开进连队，在连部门口停下。从车上走下了指导员，还有连队卫生员和医院的乔志强。

“汽车总算来了，有医生来了！”苏珊喜出望外。

指导员跨进门，惊讶地问：“安娜？你怎么跑来了？” 这几天他常去医院探望生病的儿子，早上正是安娜给自己儿子换的吊瓶，这会儿又跑到连队来了。在医院里，许多病人都在传颂这位女兵做好事不留名，为病人服务不怕脏不怕臭。其实，她就是安国栋书记的女儿，是回来探亲的。不过，她的时间都耗在医院里照顾病人了。

“关指导员，您也回来了！”安娜露出一丝微笑 。

乔志强来到姜聪的床沿：“情况怎么样？没醒过来？”他这个赤脚医生，经过了岁月的磨炼，已经成了场医院不可缺少的名医了。

“仍然昏迷，全身滚烫。”安娜说。她对乔志强的好学上进充满了好感。在医院帮忙时，她就是他的得力助手。

乔志强又问：“是急性肺炎吗？”

“相似，但也不相似……”她皱着双眉。

乔志强给病人听了心肺，体温41.5度！他二话不说就给病人注射了退烧液。一针下去后，他又仔细地听了听心肺部位。

“打吊瓶吗？”卫生员小董问。他是新会市知青，在卫生队培训三个月就调到连队行医了。他的学习体会就是“凡病皆吊瓶，有伤就消炎。”

“对！立即打针。慢！”乔志强拉开姜聪的裤管，在小腿后有两个间距约小指头宽的齿痕，周围溃破，整条腿已经肿胀。他肯定地说：“这是蛇咬的痕迹，虽然伤口已经闭塞，但齿痕还能辩出。他高烧不退？有呕吐吗？现在看来是中毒性休克状态。”又问，“有破伤风抗毒素注射液吗？”

“没有！”小董直摇头，他在场部医院领的都是季节性的感冒药。

乔志强立即从带来的药箱里找出蛇药往病人嘴里塞去，接着拿出一把小手术刀，在伤口处割开口子，又用拔火罐的方法把毒液抽出来。

指导员从他屋里拿了一盏煤油灯过来，关切地问：“很严重吗？送医院吧？”

“放了毒液才能走。世界上的蛇种有三千之多，有毒的只有六百多种。我们这块地以竹叶青居多。不管哪一种蛇，不能及时阻断毒液在淋巴和静脉回流，时间长了都会有危险……”乔志强边说边诊治，众人无不佩服。

“有担架吗？要不，把他捆绑在床板扛上车。我们部队战地救护演习常用因地制宜的方法。”安娜建议。

小董立刻回话：“有的，只是手柄断了一边。我去修……”

“不必了，就按她说的，连同床板一起扛走。”乔志强打了个手势。

“好！那就上车吧！”指导员一挥手。他见安娜抢先扛起床板，很佩服她的气力，顺便问道：“安娜，这事怎么让你给碰上了呢？”

“我傍晚过来，遇上苏珊姑娘。她说连长在苗圃守班，就带我上山了。后来发现他卡了（摔倒了），没法叫醒，就把他背回来了。”安娜带着焦虑的面容，一双亮丽的大眼紧盯着病人的反应。说的也是，她刚到家的第二天，姜聪也从大会战工地被召回。他们这两家人经过多年的生离死别，终究重逢。安国栋书记激动不已，两盅地瓜酒下肚后，把他当年和姜聪父母从黑龙江逃到大连，又从大连参加革命的经历翻个底朝天。人们都说酒后吐真言，而老人家喝到深夜也没有谈及被打成“走资派”关押的日子。夜深了，姜聪惦记着连队的工作，放下酒杯连夜走了。安娜知道哥哥的心目中一切以党的利益、革命的利益为重，只好依依不舍地送别。她今天来探访，只是来和哥哥道别。首长有令，她要提前回部队了。两周的假期只休了一半也必须归队。

“看不出来，你能背连长呀，好大力气嘛！”指导员称赞道。当时苏珊打电话到医院，他正路过值班室，听见值班员老罗头嘴里不停地叨咕“脉咯混米唔食？”，他立刻警觉。细问几遍才搞明白苏珊在电话上喊的是“连长晕迷不醒，快来人抢救”。他马上找医院领导派车派人。不过，那会儿他并不知道安娜已到了连队。

安娜有东北姑娘的豪爽和耿直的性格，她轻描淡写似地说：“这算啥！在部队演习时，我还背过更重的沙袋呢！”突然，她惊喜地喊，“哥！哥！你醒了？”

姜聪动了动眉梢，模模糊糊地说：“顾蕾？你回来啦？”

“哥，我是娜娜！你醒醒吧！”安娜喊着。

“娜娜！小妹？”姜聪努力睁开了眼缝，又慢慢地闭上了。

安娜急了：“哥哥！你不能再睡，一定要醒过来！不能再睡了！”她把姜聪迅速地裹在床板上。没眨眼工夫，大伙已经把姜聪安置在卡车上了。苏珊正要上车，被安娜叫住了：“你们都回吧，这有医生和护士，你们放心回吧！”

大卡车开动了，开得很慢。乔志强和安娜守候在病人身旁。在月光下，乔志强似见到一双熟悉而深情的目光，那是逝去很多年而又无法追回的目光。在这瞬间，仿佛受到心脏电击除颤器急促又猛烈的击搏，使他长眠的心房跳动起来。他不能失去如此陶醉和生息的光芒。他在自己万亿个脑细胞里分列组合似地寻找着恰如其分的话题，让听者感到不是没话找话，没事找事。然而，越琢磨越难以启齿，直到卡车到了医院门口前，也没琢磨出头绪。

再说张明明，他为赶上远去的表姐，急得犹如脚下生风。黑得不见五指的夜晚，靠着随身携带的手电筒照明，在崎岖的山间小道上边追边喊：“表姐！你快回来！”他追着喊着，直追到了半路的男聋沟也未见顾蕾的身影。他伤心地坐在那块被人们喜爱歇脚的牛错石上痛苦地骂开了。虽然连续几天的寒潮，又湿又冷，他却是汗流浃背。他犹豫是否继续追赶还是返回连队。想着想着，那双眨巴眨巴的大眼里涌出泪水。俗话说男人流血不流泪，他却大喊一声：“我今天不做男人了！我要大哭流泪了！”说着，“啊”地狂吼一阵。这种号啕大吼，把心头的痛苦顿时倾泻开来。轻松的感觉果然来自释放，他继续大吼几声：“啊！啊！……”声音震撼了漆黑的夜晚，惊醒了沉睡的山泉树木。然而，枝头上的猫头鹰似乎被激怒了，从他头顶“刺啦”一声，腾飞而过。这一突然袭击，他吓得“扑通”一声掉进了沟里。他失声地叫道：“表姐，你不是人！是狐狸精！是狐狸精！”

他胆敢骂表姐是狐狸精也有缘由。那年他离开父母来海南时不满十五岁。原本有继续升学直到高中毕业的政策，他却无法看清将来的路，只好放弃。母亲说跟着表姐干革命，不会错。是的，跟着表姐心头就热，哪怕上刀山下火海都感到温馨。他三岁那年，大人逗他长大了娶谁为妻，他就喊着找表姐。儿时的逗趣直到上小学还被当作家人的笑话。然而，在他的心灵深处，不知不觉地装进了表姐的一切。由于有了表姐为标尺刻度，身边的女性都不屑一顾。直至表姐结婚了，他的眼珠子才得到了回旋。

“衰仔！你敢骂我狐狸精？”顾蕾突然从牛错石的背面站起。她因伤心欲绝而无力面对现实。但听到表弟骂她“狐狸精”，她顿时悲愤交加，不得不发泄自己的怨愤。

张明明听到人声，一蹦而起，失声大喊：“有鬼呀……”他似惊弓之鸟，拔腿往坡上逃去。

“有鬼？”顾蕾一时不知所措，也跟着跑往山顶的路。虽然她是中学时期的短跑冠军，这时候心情沉重双腿酸软，跑起来吃力。她只好边跑边喊：“张明明！明仔，等等我……”

张明明听见喊声，突然停下脚步。这时头顶上的那块厚厚的云层已经飘去。月亮出来了，是腊月十九的月亮，仍然明亮山前小路，也能辨清跟前的脸孔。他回头问道：“表姐？真是你？”

“张明明！你真是见到鬼了？”顾蕾心力交瘁了。

“是，是听到鬼讲人话，吓死活人了！”

“切！没听清楚就跑！人吓人，吓死人！给你吓破胆，鬼都不用吓人了！”她定了定神，问道，“你跟着来做乜？”

张明明这才急忙忙想起大事：“唉！你快去看表姐夫吧！”

“看过了，有什么好看，恶心！”

“你错了！现在想看也晚了，现在应该在医院太平间了。”

“乜嘢话？你这个衰口！你敢咒他死？”

“不是得罪你了吗？快死了！是苏珊说的，还有安娜在场！”

“安娜？是他妹妹安娜？”她猛然惊醒似地大叹一声，“唉！真系抵死！”立刻转身回头跑，“快！快去医院！”

张明明边跑边诉说了他知道的情况。也许说话耗去了耐力，他上气不接下气了。从山腰跑回山谷，跨过了男聋沟，再跑北面坡，直上了坡腰那块平坦的山棯树林。他连喊：“不行了！再跑就跑死人了！”

顾蕾跑得像飘浮的云彩，追着月亮，不分先后。这条通往场部的路，有多少美好的思念，有多少伤感的牵缠，还有许多揪心的故事。然而，这一切都变成支离破碎的幻影。“是不是还有一半路？这一段好像越走越长了”她焦急万分。

“心急路就显得无限长！”

“刚才月亮在前方嘛！怎么突然变成一块黑云？”

“不是黑云，是大芒草挡住了视线，下坡就过红星河，快了……”

“这段鬼路！距离太远了！世界上没有任何距离比这段路远呀！”

“有，有的路永远没有尽头！”

“细蚊仔！你不知道大人的心思。”

他没有答话，内心却在嘀咕。那年林育雄抄了诺贝尔文学奖诗人泰戈尔（Tagore）的《世界最远的距离（Way in the world）》送给陆玉莲，却引来一场风波。这首诗也深深地刻在了张明明的心里。这些被封为禁书的拥有者是从北京来的雷伊，他已经被造反派毙命了。但他收藏的书籍仍然被锁在仓库里，是苏姗带他去偷的。那首诗他背不完整，可有一段话是已故的雷伊注解的，也许他曾经有过那样的经历，正是张明明烂在心里的真实写照。他从小就爱表姐，那时候是稚爱。上山下乡就是“大人”了，他的“大人”之爱是在稚爱中腾升为浪漫的情感。这种爱很傻很痛苦，明知道不值得却又偏偏不愿意抛去。“爱”这个字眼，在许多知青还是敬而远之时，他张明明就萌生了爱的意念。情窦初开的年轻人想爱不敢爱，宛如绽放之前的花骨朵。尤其是那些连参加共产主义青年团的年龄都够不上的小青年，他们的“爱”只能像甜蜜蜜的棒棒糖藏在裤兜里。张明明以表姐为榜样，经过岁月锤炼，已经跨越了那个被表姐耻笑为“细蚊仔”的年度。怎能说他不懂“大人”心思呢？

不假，顾蕾也察觉表弟明明的目光发生了质的变化。几年前那双稚气未脱，纯净得像一汪清水的大眼睛已经出现了捉摸不透的神情。此时你还不得不装着若无其事地回避他带着神秘的光亮直射你的心房。每每想起表弟那句逗乐的话就很窘：这辈子能娶到表姐这样的人做老婆，就是三生有幸！顾蕾心想：细佬！这话千万别较真！

突然一阵“嗦嗦嗦”的声响，从路的左边窜出一条两米长的黑乎乎的蛇状物横过路中心，瞬间窜入右边的草丛。

“慢！前面是大蛇！”张明明猛地拽住表姐手臂。月光虽然明亮，仍然辨不出蛇类。

“啊？是不是吞噬人的大蟒蛇？”顾蕾顿时慌神，倾倒在表弟身上。

张明明没来得及显示自己的临危不惧，另一条粗黑的蛇状物紧追过去。他哆嗦一下，尽管手心已经吓出冷汗，仍镇定地说：“没事！有我在，不要怕！”

这条路，从羊肠小道变成牛车路，之后有铁链的东方红拖拉机走过就变成大卡车能进山的大路。但是，在山连山，岭连岭中仍然显得荒凉。虽然不是惧怕人身受到袭击，也会被出没无常的野生动物吓得惊慌失措。也曾有被蜈蚣爬到身上的女青年吓得连喊带哭地把衣服脱得精光，狼狈不堪的遭遇。顾蕾这会儿失态也无妨，扑在表弟已经长结实的胸膛上颇有安全感。想当年她带着表弟躲进臭气熏天的女厕躲避村民追打，如今他已长大成人懂得呵护自己了，由此感到欣欣自喜。她放松地笑了：“唉！我真是天不怕，地不怕，就怕滑溜溜的长蛇出来吓！”

张明明第一次感受自己是个威武的大男人，勇敢又机智。他紧紧地搂住表姐，似乎忘却了自己是谁。当然，他不敢存在什么奢望。但表姐的身躯似冬天的炭炉子一样让他感受到了舒适和温暖。他情不自禁地叹道：“郭沫若幼年抱着竹子的感受哪有我这阵子劲呀……”

“喂！你在发梦呀？衰仔！”说完轻轻地打了他一拳，“快走吧！”

张明明嬉笑地扮了鬼脸，因为天黑，谁也没看清对方的表情。他们加快了脚步，终于跑到场部医院门口。正巧乔志强走了出来，身后跟着一副担架，是覆盖着白色床单的病人，也许是死人。顾蕾的心突然凝固似的，双腿酸软无力，身子紧挨着表弟，似乎支撑不了自己的躯体。

乔志强不紧不慢地说：“你来啦！他已经醒过来了，在一号房。”

张明明也被吓傻了，他指指那副抬出的担架。乔志强摇摇头，说是拖拉机手从驾驶室弹出来又摔在路边的大石上，是事故，只能送太平房了。

张明明仰天叹道：“谢天谢地啵！姐夫还没去太平房！”

顾蕾有口难言，拉着表弟就往一号病房走去。

姜聪正在打吊瓶，身边没有护士。安娜也不在，显得格外寂静。这一刻，含在她眼眶里的泪水终于止不住了，“哗啦啦”地铺满了脸面，涌进了脸颊那两个深深的酒窝。她恼怒自己的多疑和狭隘，痛恨自己缺乏妻子的温柔和关爱。她暗暗地发誓：海枯石烂，我的心永远和你在一起！

二十七

姜聪躺在病床上。听见有人进来，他慢慢地睁开眼睛。从朦胧的目光中看见泪流满面的妻子，甚为不解。他逗趣地说：“你很遥远，非常远。不，是我离得太远，我在一个遥远而不可即的世界里。”

她很内疚，难过地问：“现在呢？我能把你带回现实世界吗？”

他微笑着：“你已经把我带回来了。因为你的口号声很响亮，很刺耳，被唤醒了！没办法抗拒！！”

“真坏！我喊什么口号？”顾蕾真没料到往日的革命口号如此深入他心。

姜聪爽爽地笑出声来：“同志们！加油干呀！党和人民考验我们的时候到啦！”他坐了起来，目不转睛地盯着妻子，“还有……同志们，我们多流一滴汗，就是向美帝国主义多射一颗炮弹！”

顾蕾脸唰地红了，一副窘态还穷问：“还有吗？你说！快说！”

“有！还有更深入人心的。你把耳朵凑过来……”姜聪情不自禁地要求着。

顾蕾不好意思地回头张望，发觉表弟不知什么时候已经离去，放心地把耳朵凑过去：“你说，要准确，不能夸张，不能……”

他敞开了手臂，轻轻地使了点劲，把她搂了过来。如果不是她常提醒“要注意群众影响”，他就会肆无忌惮的地张扬他的爱意。而她，往往是那样矜持与腼腆。听四周安静，她不想挣脱了，缓缓地偎入他宽厚的臂膀。她抚摸着他的脸，心里羞愧难当。她喜欢写日记，但不敢把“爱”写在“纸”上，只能写在心里：爱他帅气，爱他虔诚，爱他忠实，爱他谦和，还有许多令人难以捉摸的东西。也许爱得过深了，就怕失去。一旦怕失去，就会捕风捉影地猜疑。真无聊呀！

“安娜回来了。”他打破了寂静，“她明天回部队，可惜你们没能见面。”

“嗯！”她很内疚地应着，“我这就去找她！”

“还有，您去看看老关的儿子吧！患了脑膜炎……”他叹了口气，“安书记担心我们连队群龙无首，硬把我从大会战工地召回来。唉！咱俩都没有战斗到最后，可惜了。另外，陈景文给安书记交了份报告，说咱俩有不正当的男女关系。呵呵！您觉得咱是不是应该再结一次婚，把动静弄大些呀？”

“黐线！”顾蕾恍然大悟，他哪有什么男女作风问题呀！真是人言可畏。她也自嘲过于敏感，差点冤枉他了。她微微一笑：“你好好休息，我现在就去看看关指导员的儿子！”

顾蕾话刚落音，一阵“咚咚咚”的脚步声从门外传来。

“表姐，刚才罗威武接了电话，说你们连队有人吃橡胶籽中毒，乔志强带人去抢救了！”原来是张明明，他匆匆地进来。

顾蕾猛地抬头，大吃一惊：“吃橡胶籽？有几个人中毒？”

“九十一个！”张明明答道。

“乜嘢话？”她几乎要崩溃了。全连职工九十一人，儿童十八人，婴儿十一个。这不就是全完了吗？毒气弹也没这般威力呀！

姜聪虽然病重初醒，脑袋并不糊涂。他立刻下床：“别急，情况可能不准确。我和你一块去……”

顾蕾用力把他推回病床，命令他别出门。姜聪因为起身过急，有点晕眩。他尽量稳住自己，给妻子递了个眼色：“你的手臂很有力嘛，超过我了！”

“擦鞋（拍马屁）咩！你就乖乖地待在这，明天我来接你回去。”顾蕾奔波一整天，真想歇歇。但是，她的日子没那么多温情。自己的连队出了问题，自己是领导，责无旁贷。她转身就出了医院门，往连队方向跑去。

姜聪想了想，干脆把针头拔了。抓起那件蓝色的工作服往肩上一搭，跟着就出了门。九十一人吃橡胶籽中毒？！骇人听闻。他半信半疑，进了值班室就摇电话，他要接线员立即接通二十九连。

值班员罗威武坐一旁，唠唠叨叨地叹息：“胶籽唔食得，会食死人啊！食三粒就呕白沫，食六粒就等死……”

电话通了。“喂？你找谁？”电话那头传来了声音。

“你是小符吗？是符琼花吧？”姜聪在二十九连当过代理连长，对连队每个人的声音也能辨出个八九不离十。

“系（是）！”电话那头说。

“我是姜聪！你告诉我，谁中毒了？”

“哦！你系（是）姜连长呀！我告诉你，系（是）王大镜的妈妈！”

“还有谁？仅一个，对吗？”

“就系（是）一个！她已经漆（吃）绿豆水了，吐漆（出）来了。王大镜和车连长背她去场部了。走很久了……”

姜聪放下电话，松了一口气。符琼花是海口知青，普通话带着当地口音被罗威武这个客家人听起来就完全走调了。他见值班室停着一辆自行车，对老罗头打了个手势，急急地推门出去。

因为医院没有配备汽车。农场只有两辆解放牌大卡车和一辆小吉普。大卡车运胶片和粮油，小车是领导专用。紧急用车也需要由场部车队安排。许多急诊病人只能用牛车拉送。姜聪刚才能坐上大卡车到医院，完全是关指导员的老关系。当下已经午夜通知不到司机。所以，乔志强急匆匆地离去，无非是争分夺秒抢救“九十一个”病人。什么叫缺医少药？只有在人命关天的时候才真正地体会深重。

姜聪骑着自行车刚出门，见一群人又呼又喊地护着个老人朝医院跑来。不用猜就知道是乔志强和顾蕾他们在途中遇上赶来医院的病人。车少谔把病人背进急诊室，乔志强立即施行紧急救护。王大镜说母亲每次来探望他时都捡橡胶籽放火里烤熟吃，又香又耐饿。没想这次吃多了，差点吃出人命。

顾蕾见姜聪骑着车子返回，跌跌撞撞得像喝醉了酒，很揪心。但是，她表面却装着若无其事地说：“你还真行，没掉进粪池。比我当年强多了！”

姜聪耷拉着头：“看来推广普通话需要几代人的功夫。前几年挖胶穴，有人遇到大石头，挖了整天‘就系（是）一个’，结果也被听成‘九十一个’，成了挖穴标兵！不是你吧？”

“你混蛋！敢笑我的普通话！”顾蕾轻轻地打了他一拳，又觉心疼了。

这一昼夜，如同胶线的弹性，把每一个时刻都拉长了。虽然聚集的事之多，而顾蕾最终没被压垮。关键时刻能和心爱的人在一起，这比任何祈望都更为重要。

车少谔从加来大会战回来仍是副队长。原本要调到中学当老师，而调令却迟迟未到。知青能有机会调离开山劈岭的艰苦环境实在是天赐良机。尽管你有多么高超的思想觉悟和战无不胜的体力，也难以支撑日复一日的艰辛农活。尤其是你身边的好友逐日各奔西东，你自然会受波及而思想变得沉重。所以，他也变得少言寡语。听说顾蕾找他，以为又要杀猪。他个子虽然矮小，但杀猪宰牛的确是一把好手。自从被安排抓后勤，那股子“死了当肥料”的雄心壮志不减。他来到指导员家，只见姜聪，便问：“姜连长，是顾指导找我杀猪吗？”

姜聪出院后已回武装连继续他的连长工作。正赶上过年，他回老队和老婆小聚。他招着手：“少谔，进来，进来！小顾一早去捡牛粪了……”他看了看表，“应该回来了。”又朝路口望去，“诺！回来了！”说着，他出门迎她去，“你回来得正好，少谔来了。我找老骨头聊，你们忙！”

顾蕾晨起捡牛粪的习惯是从老指导员那里学来的。开始那阶段比较做作，久而久之就像料理自己的家务事一样自然了。每天一早把村民赶牛路经本连队地段的牛屎清理干净，既是积肥也清洁环境，一举两得。她进屋洗了把脸，对车少谔说：“刚才吴丕宏在溜单车，我叫他通知一声，是他叫你来的？”

“嗯！又要杀猪吗？”

“谁说杀猪？昨晚年三十才分的肉，每人五斤肉喔，你不会一顿就清光吧！”见他摇头直笑，问道，“烧鹅，原来支部决定过了春节由你带队去黄岭大会战，对吧？”

“没错！干过加来大场面，那就没问题啦。”

“你不用去了！”

“什么？信不过我？那是我去中学教书的调令来了？”

“调令作废了！”

“啊？我没犯什么错呀！”

“没有任何人犯错。”她从桌上的牛皮纸信袋里拿出一份信函，有点激动地递过去，“你的顶职函到了，你可以永远离开这里了。”说着，她双眼有点湿。不是嫉妒，也不是悲伤。自从她当了指导员后，也无法阻挡知青回城的思潮。尽管以身作则，带头安家乐业，绞尽脑汁做思想工作也毫无成效。她和车少谔都是同一艘红卫轮的知青。那时候唱着“我们走在大路上，意气风发斗志昂扬……”离开了太古仓码头。那场景，那气派，已离去七年两个月又二十八天了。虽然陆陆续续又增加了不少后来人，但又陆续地返城不少。日往月来，迎来送去。每一个回城的人都会使她浮想联翩，依依不舍。为了稳住其他知青的思想情绪，她只好勉强地说：“祝福你！我们就不开欢送会了。让大家安心过节吧！过两天我和他们一起去黄岭。”

车少谔要回城了。纸包不住火，知青群体还是举杯小庆祝。人心又浮动了，“各显神通”这四个字越来越有现实意义了。

无论是兵团还是农垦，冬季橡胶停割阶段就是无休止的垦荒大会战，年年如此，没有间断。大规模的突击，集中大队人马开荒刨地，大举歼灭荒山野岭，整出几十亩或是几百亩地，开建一个新农场或是一个新连队，这是最为统一的战略部署。这种大规模的行动远比早年由十几人的先锋队开垦式辉煌。

黄岭会战是在高挂着“世上无难事，只要肯攀登”巨大横幅下召开的誓师大会。会战工地“到处莺歌燕舞”，参加会战的职工都有着一股子“可上九天揽月，可下五洋捉鳖”的气势。安书记亲自挂帅，三十多个连队的精兵悍将集结一起。顾蕾和姜聪又一次带着各自的队伍出现在大会战工地。上次的加来会战，他们夫妻俩是联手作战，现在则是竞争对手，是生产进度较劲的对头。

虽然寒潮又一次袭击。但工地上的机车声和人群的挖土、推土、挑担的号子以及高音喇叭反复地播放着激昂的音乐汇集一起，显得那样热气腾腾，蒸蒸日上。还有女广播员高昂又动情的声调一遍又一遍地朗读毛泽东的那首诗词，多么振奋人心：

“鲲鹏展翅，九万里，翻动扶摇羊角。背负青天朝下看，都是人间城郭。炮火连天，弹痕遍地。吓倒蓬间雀怎么得了，哎呀我要飞跃。借问君去何方？雀儿答道：有仙山琼阁。不见前年秋月朗，订了三家条约。还有吃的，土豆烧熟了，再加牛肉。不须放屁，试看天地翻覆。”

对于领会毛泽东的诗词，顾蕾阵营里老光棍欧阳大坤又自找没趣。他从猪倌上调当炊事员，和吴丕宏一起负责大会战职工的一日三餐。由于连队刚杀了猪过年，即使大会战工地，也没再加肉类。他见大家靠储存在肠胃里那点油水和“一不怕苦，二不怕死”的精神支撑体力，心里很不是滋味。在开饭前和吴丕宏对起了三句半：“会战红旗高高举，椰菜豆乳半斤米，土豆牛肉在哪里，没屁！”有人持不同见解，说他们歪曲毛主席诗词的本意，丑化其精神实质，要把他们抓起来现场批斗。顾蕾立刻同意，她也想抓典型，抓个例。她认为，无论好的坏的个例，都是促进生产的动力。

突然传来一阵哨声，接着有人喊："放炮了！放炮了……"

因为炮眼离得远，人们不在乎躲避。尤其是大坤，他历经无数炮响，从新中国成立前的国民党兵到共产党的人民解放军，乃至垦荒的农工，炮声习以为常。但是，随着几声炸石的炮响，一粒石子从高高的天上直捣他的铁勺又朝站一旁的顾蕾弹去。他本能地用身体迅速挡住了那粒石子的威力。但是，他最终还是给石子击中了臂部。幸亏被厚厚的补丁裤子挡着点，也疼得直骂："屎窟都打穿窿了，还能放屁吗？丢哪乃（粗话）！"

这时，吴丕宏见身旁的顾蕾突然倒下，急喊："指导员！指导员！"

"没事！"顾蕾慢慢地站起来，觉得肚子一阵疼痛。不过，她还是装着若无其事，"胃有点不舒服，不要大惊小怪。"又问，"你们都没事吧？"

大坤咧着四寸宽的大嘴嘻嘻哈哈地说："我这把老骨头还没到报销的时候，我还没娶妻生子。大森没了，我不能断了欧阳家的根。"

这时，广播里传来通知："各连队领导注意，各连队领导注意！请立即到临时工地指挥部开紧急会议！"

顾蕾坚持着站了起来，觉得小肚子似乎被什么震了一下，也许被小石头擦破了什么地方。她从心底里感激大坤的临危不惧，勉强地笑笑："我先去开会，你们吃饱喝足就开工吧，现场批判会不开了！"

在临时指挥部的草棚里，除了广播员和一些广播器材外，没有任何多余的人和物。会议通知是广播员念着字条，安书记仍在工地上。广播员苏珊是从武装连抽来的临时人员，有一副天生的高音嗓门。

"苏珊，怎么他们都没到？安书记呢？"顾蕾边问边想找个什么可挨着的地方。她的肚子疼痛加剧，额上渗出凉冰冰的汗水。

"顾指导员，你是第一个报到！安书记去凿炮眼还没回来！"苏珊重新换了一张唱碟，是芭蕾舞剧《红色娘子军》音乐选段练兵舞。回头发现顾蕾已斜挨着墙，脸色灰暗，不禁一惊，"顾指导员，你病啦？我呼叫卫生员吧！"

这时，姜聪走进来，递给苏珊一张字条："安书记回场部了，他有更紧急的会议。这是他的字条，连队干部的紧急会议推迟。"陆续到来的连领导得到通知又散去。人们只遵从招之即来，挥之而去。姜聪发现妻子脸色变得苍白，额头的汗水冰凉，悄声问："小顾！你咋啦？"

顾蕾皱着双眉："肚子疼，好像给小石子弹中了。出血了……"

姜聪一听，心要崩了。"顾蕾，你别吓唬我，你千万挺住！"他迅速把她抱在怀，连声喊，"苏珊，快叫卫生员……"

广播呼叫很有效。没一会，乔志强提着药箱跑了进来。他已经是久经风霜又独当一面的好医生了。所以，每次大会战，都少不了他的身影。他见是顾蕾，立即说："是不是刚才那几声炮的原因？有好几个职工都被碎石砸伤了。石子虽小，重力加速度，幸亏他们几个伤情不致命。"

姜聪说："应该也是小石子，她肚子疼得不行。"

乔志强见她闭着双眼，看来伤不轻。他迅速查看伤口，发现肚子外皮有伤痕，而裤子背面已经透湿了鲜血。他果断决定，立即送医院！他迅速地把指挥部里挂着的担架摊开："事不宜迟，咱俩抬吧！安书记的车刚开走……"

姜聪急速地问："很危险吗？"

"嗯！"乔志强点点头。

姜聪似乎明白什么，一转身就把顾蕾背起。他的动作敏捷，果断。

"背一两个小时吧，因人而异，说不准……"乔志强说着，抬头一看，姜聪背着顾蕾已跑远了。他赞许地点了点头："还是他急！"他只好跑步追了上去。也许连日操劳或是体力支撑不足，他用尽脚劲，也远远地落在后面。

大会战工地离农场医院也有二十余公里，姜聪背着顾蕾跑了个把小时就到了医院门口。回头没见乔志强，他就直闯急诊室，边跑边大声喊："快！快抢救病人……"

顾蕾因失血过多，已经昏迷过去了。当她醒来时，已经在病床上躺着，左手臂上挂着吊针，是葡萄糖输液。姜聪坐在椅子上睡得很沉，看来他是累了。这间病房，这个床位，曾是姜聪前几日入住的地方。真是风水轮流转，她伤感地流出泪水。

钟医生进来了，她是医院唯一的女医生。她见姜聪没醒，朝病人说："你胎儿受伤，无法保住。所以，只好手术了。你有一个好丈夫，多亏送来及时，晚了麻烦就大了。你现在需要静养，年轻人恢复很快，放心吧！"

顾蕾认识这位钟医生。那年马晓冬扛大米压断肋骨入院时，她那股傲慢的姿态仍然挥之不去。现在看来，她还真是温文儒雅。顾蕾微微地点了点头，没有说话，她不愿意惊动在椅子上打盹的丈夫。

然而，姜聪还是醒了。他用力地晃动着脖子，见钟医生在此，立刻问道：“她怎么还没醒？”

“不是她没醒，是你没醒。现在都醒了，好好说说话吧！今晚我当班，有事叫我。”钟医生走了。她说话时虽然没带笑容，但听起来很让人宽心。

姜聪仔细端详着妻子的脸庞，没有丝毫近视的他凑得那样的贴近，直到鼻尖相碰才说：“你真醒啦？钟医生说你受了外伤，肚脐上有凝血。乔医生说那是被碎石砸的，真悬乎！高空掉下鸟屎都会砸伤人。你还是幸运了……”

“嗯！”她看起来很虚弱，嘴唇都懒得动。好一会儿，她鼻子一酸，刚擦去的眼泪又涌出来了。她难过地抽动嘴角：“损失了一条生命，一条无辜的生命。”

他吃惊地问：“你怎么知道是一条生命？”当时医生说那是个成型的男胎。

“我怎么不知道！薯头（笨蛋）！我原想等会战结束才告诉你，谁知道祸从天降！”顾蕾说出真心话。

“啊！原来是瞒着我上工地？你这不是玩命嘛！”姜聪心里更不是滋味了。他为妻子的大无畏精神所感动。谁说知青不爱农场！谁说知青不受欢迎！谁敢说我老婆不是典范！他动情咬了咬牙，在妻子耳边轻轻地说：“唉！危险已经过去了。安心养病，一定要养好身体，下次我要给你整出个漂亮的小妞……”

“嗯！”顾蕾没再多说。她不忍心看着他懊丧的神态，也不想自欺欺人地高谈阔论。此时若用美丽动人的词汇表达自己的情感，抒发自己内心惬意的念头，流露两口子恩爱弥笃，花好月圆，那一定被视为小资产阶级情调死灰复燃。如果呼喊几句铿锵有力的革命口号鼓舞意志，鞭策人生，那也过于夸张和做作。自从结婚后，她的理念发生许多变化，从过去刻意的表现到如今的全心投入，从理想化的追求到脚踏实地地工作，她是灵魂深处爆发革命，是质的变化。

姜聪看她那表情，已猜个七七八八：“老婆大人，你定晒形（发呆）喔！该不是想着回工地吧？你真的不要命了！医生说你失血过多，要休息半个月！”

“唉！休半个月大会战就结束了！我是指导员，不能临阵逃脱！”她说。

他来气了：“你真轴！你的思想像一把刺刀，扎人心哪！扎中十环呢！”他猛地站起，阴着脸，凝住神，对着窗外，一副敢怒不敢言的样子。

“姜聪！别这么说！我只想靠你近些……”她慢悠悠地说。

“您别跟我扯犊子！”他第一次如此严厉地斥责她。想起往日她埋头苦干的模样就不是滋味，那样豁出去，哪有不伤身体的道理。

她微微地闭上双眼，嗲了一声：“我唔系‘诈和’，是真的。”

“您，您可真能个儿……”他找不出更合适的话来相劝。那双睿智的眼睛盯着她许久，就觉得她脸上的酒窝似乎陷得更深了，深得无法探究。也许她是真心的，就想和自己离得近点儿。虽然两人结了婚，但仍然分居两个不同的连队。他自己何尝不想与她近点！如今同在一个大会战工地，尤其是早晚的领队干部碰头会上还能见上一面呢。他爱她、敬她、同情她、怜惜她。看来自己那颗透亮的心不能不被软化了。他无奈地叹着：“我是被资本主义的‘糖衣炮弹’打中十环喽！‘刺刀’加‘炮弹’，我怎么能抵挡哟！”想了一会，撕心裂肺似地说，“那好吧，回工地后，你不许逞强！你们连队的指导工作我包了。”

顾蕾心满意足地笑了，轻声说：“哎，你过来……”

“你有话就说吧！还有什么条件？难道还要我同意你去推土、挑担不成？不要得寸进尺！我姜聪损失孩子不算，连老婆也保护不了！我，我还是男人吗！”他双手插在裤兜里，来回踱着步子。他在给自己下命令，坚决不再让步了！

“喂，你不把握机会，一辈子后悔莫及哟！”她显得极其温和，又神秘兮兮。

“你说！看你咋坑我！”他走过来，把耳朵凑近她脸。心想，无论你要什么花招，我都不会屈服。

她抬起手，托住他的下巴，转了点角度，对着他的双唇，轻轻地吻了一下。霎时，他蒙了。这种甜蜜感，多么浪漫，多么深情。从两人认识到结婚，她不曾有过主动进攻和出击。这一刻，他兴奋不已：“再来一下！鸡啄米，到喉唔到肺（不解馋），刚才那一下没感觉……”

“你坏！”她把他推开了，“你大男人也学会诈嗲（撒娇）了。”

"嘿嘿！以其人之道，还治其人之身！"他趁机还她强烈的吻，是那样肆无忌惮，那样胆大妄为。

她还是用力推开了，食指轻轻地抹着他棱角分明的嘴唇："这是病房，要注意群众影响！我们都是领导，要以身作则！"她是想起前阶段连队两放牛的青年男女见牛交配，也激荡起来。后来女方上告是强奸，男方辩解是牛害的。

这时，两声"嗒嗒"的敲门声。乔志强进来了："姜连长，明天我随你们的车回工地。"想起下午从工地追着回来，整整迟了半小时。他不能不赞叹这家伙的脚劲，简直是跑马拉松冠军的水平，打心眼里不敢攀比。

姜聪很干脆地说："没问题，是安书记的小车，我们一早就出发。"

"姜连长，今晚你住我那吧？"乔志强问。他和安娜的一见钟情已经白热化了。所以，他对姜聪也从以往的客客气气变得亲近起来。

姜聪坦然地说："我为啥和你住？我得和我老婆在一起嘛！"

"不行，你半年也不能碰她！"

"废话！我陪她还不行？我就坐这椅子上，不行吗？！"

"那好，我拿碗夜宵给你们！"

"咋说一碗呢？拿两碗，我还真饿了！"入夜了，他就守在顾蕾身旁，直到天亮才把她抱上车，一同回到大会战工地。

黄岭的四十天会战结束后，那块地果然建起了新连队。以青年一代为主力军的战果，又给农垦建设增添了一块不可磨灭的丰碑。

冬去春来，紧接着又要迎接橡胶树开割了。还好，自从兵团体制回归农垦后，割胶已经不需要大会战了。那种加刀割、双面皮轮流割的突击性方法消失了。橡胶园的管理也逐渐改进和科学化。顾蕾的连队开割树一年比一年增多，人员增补不足，又因招工和顶职的知青离队，人力吃紧了。所以，她身为指导员也常常要顶班割胶。

紧跟着又到了"五一"劳动节。连队杀了一头猪，老知青已经学会细水长流的吃法。五斤猪肉已经不是一天就吃光的历史了。新来知青不多，有大哥大姐教诲，生活也精彩。他们把顾蕾当知己，甜酸苦辣都愿意和盘托出。对顾蕾这个知青指导员来说，无疑成了与群众打成一片的典型人物。

陆兵是海口青年，他的消息灵通，很早就知道今年招生名额。他是高中毕业生，有两年下乡经历，年纪也符合规定，希望顾指导员推荐他。小青年想读书，强烈要求上中专，像糯米团似地粘在指导员家里不愿意离开。

“我说话不算数，如果群众一致推荐，你就是候选人呀！”顾蕾耐心地说，手上还忙碌地在编织簸箕。

“谁说需要群众推荐？我们连已经连续走三个了，我怎么没听说有群众表决这一说？”他挤挤细小的眼睛。

顾蕾也不含糊：“有啊！第一个上大学的是马晓冬，他是团机关的名额。那时你还没来呢。第二个是洪卫兵，他去海南师专。你那年也没来呢。再有就是去年走的何荣民，他不算我们连的名额。他从我们连调到场部放映队，也属机关名额。招工的不需要推荐，有单位就行。顶职就更方便了……”

“我不管这么多，有名额就有我！”他撂下话走了。家里人笑他空手套白狼行不通，他哥建议找个茅台酒瓶撒泡尿封起来作为厚礼，可是顾蕾也不喝酒呀！

顾蕾终于意识到回城对知青有至高无上的吸引力了！以往送走的同仁都没有强烈的回城誓言，如今明朗多了。应该是一个不可阻挡的潮流来临，虽然刚刚起风，但很快就要风助浪潮，滚滚而来。她只好面对现实，紧跟形势。

姜聪提着自己连队“五一”劳动节分的猪肉进门，见那小年轻趾高气扬，好奇地问：“那家伙的猪肉这么快就消化干净啦？他不是来闹肉吧？”

“他想上学！”顾蕾说。

姜聪耸了耸肩：“好事！能上学都是好事。大头明是个好娃，如果我们连有名额，他也很有希望。今年若走不成，明年就超龄了。”其实，凭安书记的关系弄个上学名额并不难，但他就没有去疏通渠道。他有自己的观点。

“你真的这么想？”顾蕾也有自己的原则，她决不会主动求助。如果表弟凭机遇能上学，也不枉费这几年的意志磨炼。虽然他只是小学毕业，既是吃得了垦荒的苦，不愁啃不下读书的难。但是，名额来之不易。她知道丈夫不会去做偷梁换柱的把戏，还得靠表弟自己的努力。前些日子有领导干部伙同招生办人员使出冒名顶替的招数，差点引发白刀子进红刀子出的流血事件。她不得不引以为戒。

“嗯！我明人不打暗语。去年你就应该走，是我拖后腿了。”姜聪很惋惜。

“被爱情冲昏头脑的人往往不那么理智！”顾蕾调皮地逗着，“不要太认真喔！我没后悔，我现在的生活很充实。”

“嗯！前面一句是事实，后面一句是屁话！你有理想，有抱负，有能力，有智慧，就是损失了机会。”他显然懊悔不已。

“姜聪同志！你这么说，我就更知足了。”她的神态很淡然。

“嚯嚯！诈谛（装蒜）！”他又说，“哎，有时候我也纳闷，你还真愿意和我结婚！这事很有缘不是？老实说，我第一眼见你时就无法摆脱了。非常痛苦，那一夜都睁着眼……”他似乎坠入以往。

“为什么要睁着眼？”她停了一下手中的活，问道。

他有点难为情似的笑笑，“闭上眼呀，就全是你面容啦。你那狐狸眼，你那小猫鼻子，你那大国光苹果的脸蛋儿，还有脸上能装上两斤地瓜酒的窝窝……”

“粗言秽语！那，睁开眼就看不见啦？”

“对，睁开眼就见着蚊帐顶嘛！”

“癫癫废废（傻乎乎）！你就不能说得斯文一些，用点优美动听的词汇吗？你以前的文化比现在高多了！”

“哎？那些优雅的词汇不都是封资修的东西吗！我被你的思想感化啦……”随即哈哈地笑起来，他把最后一把竹篾子递过去，“我饿了！咱今天有十斤肉，把你的‘老兵’都叫来，咱一起喝几杯地瓜酒怎么样？”

“算了！十斤肉，我准备腊一半腌一半，吃它一年半载！”

“哎哟嘞！你也太孤寒（吝啬）了。难怪大头明不敢回来，怕你把他也腌了。”

“我不是学朱红梅嘛，变成乡下婆了。”说完，她也“咯咯咯”地笑起来。

“你笑啥呀？”

“没啥！”她没好意思说。如今，她不仅从老职工那里学会了腌制肉类，还有萝卜干、酸菜、酸笋等制作都不算手艺了。不过，最让人捧腹大笑的还是表弟张明明，他学会的不是腌制，而是从吆依那里学会了用树干树叶擦屎的绝招。自从高唱着“到农村去，到边疆去，到祖国最需要的地方去”的激昂旋律到了海南岛，近八年了，还有什么生存手段没学会？还有什么坎坷跨越不去？她深感自己是久经风霜，天塌下来只当簸箕掉的潇洒汉了。

二十八

一年一度的工农兵大中专招生又开始了。果然不出所料，陆兵先知的招生消息如此准确。全场知青沸沸扬扬。然而，粥少僧多，几百知青只有二十个名额，百分之八十又是招生单位点了名的候选人。许多连队无法获得名额，包括顾蕾的连队。所以，陆兵只能垂头丧气地熬着日子。

但是，没有不透风的墙。有人说顾蕾连队上中专的名额被人调包了。这条消息陆兵不知道还好，知道了就不能等闲视之。他找来了职工孩子黄立新，也是当年检举其父亲的小毛头，已经高中毕业回生产队当工人了。通过职工子弟内部打听到负责招生的李干事，原来是“造反派”头头，曾经是揪斗“走资派”的干将，陆兵他立刻生了一计。

没过几天，农场公厕出现了“君子报仇十年不晚”的纸条。连续几个夜晚，那几个当年殴打“走资派”的头目被一群孩子打得鼻青脸肿，遍体鳞伤。场党委对“厕所事件”束手无策，只好迅速将被打的人员送返家乡，以免事态恶化。

由于中专名单已经公布，张明明读书的愿望又变成泡影。他只能保持着“日出而作，日入而息，逍遥于天地之间，而心意自得”的姿态。他的情绪也让表姐顾蕾伤透脑筋。

建军节期间，没有举行什么军民联谊活动，也没有杀猪。正逢星期天，姜聪一早就回家。他说：“党委根据唐山大地震的教训，要求我们也搭防震棚，你的意见呢？”

“搭防震棚？”顾蕾差点没笑出声来，“现在职工们住的砖瓦房和防震棚没有多大区别。小厨房也仍然是草棚子，当防震棚就可以了，为啥还要浪费人力？”

“你说得没错！小姑娘，你说这话就很成熟了。”他开玩笑似的，“不过，你以前幼稚是对的，不然怎么嫁给我？”他从口袋里拿出一张有公章的函件递给她，“你看看！我现在还很幼稚，面对这个问题应该怎么办？”

顾蕾把刚煮好的番薯粥端上桌，接过函件一看，调皮地说：“好啊！姜副场长，祝贺你高升了！还什么破幼稚问题！”

他轻轻地刮了一下她的鼻尖：“我已经给党委打了报告，推荐张明明为副队长。你可不能小看我们武装连，是正规的加强连编制，有一百多号人马。他从班长提上来，锻炼锻炼再转正，责任重大呀！”

关于提拔知青干部，场党委仍然持保守态度。就安国栋这个曾经被打倒的“走资派”又重新接受党组织考验的场委第一把手也这么样认为：虽然知青有文化、有知识、有思想、有抱负，发挥他们的才干和特长，无疑是取之不尽，用之不竭的人才资源。在文教、卫生系统的已经证实了他们的重要性，同时他们又是推动农垦建设不可缺少的主力军。但是，小资产阶级革命的动摇性和新中国成立以来党的政策阶段性不得不让人深思。他们的作用未必局限在边疆、在农村。他们最终会遍及祖国各条战线。也有人举例，知青就像“飞鸽”，具有强烈的归巢性。无论你放置多远，都会竭尽全力回到其生养的故乡。所以，为了尽量避免鸡飞蛋打的衰落结局，党委对提拔知青干部只能慎之又慎。为此，顾蕾失去了与姜聪一同提升机关的机会。不过，张明明的副队长还真通过了。

这天是阴历八月十五，单位又没有杀猪。老职工朱红梅自己做了炒米饼充当月饼，送去知青宿舍。年轻人一见炒米饼就乐不可支，说是白月饼。叫尚武是小学老师，他仍然保持着为人师表的姿势，拿着一块小饼，慢条斯理地吟道：“‘小饼如嚼月，中有酥和饴’，我们的小饼实心呀，比苏东坡吃的那块还香吧？”

“什么东坡西坡，有得漆（吃）就系（是）过节了。”符琼花边嚼着饼子边踮脚跳起了《红色娘子军》的女兵舞。她性情活跃，爱说爱笑，爱唱爱跳。

陆兵默默无言，他仍然为自己没能实现愿望而愤慨。他望着窗外许久，突然大声地说：“我认为，八月十五的月亮并不圆。你们看，右边不是还缺点吗？这一小段弧长，就是很大的距离，至少要走一天的时间。所以，我的结论是八月十六的月亮最圆！”

“哗！叻仔！你真是一鸣惊人喔！你那肉眼比天文镜还厉害呀！我怎么就没发现什么弧角不圆呀？”叫尚武身为小学老师也没看出其中奥妙，他不能不服。

这一夜，他们其乐融融。然而，迎来的第二天是阴天，接着又刮风下雨，小学和托儿所的草棚被掀去许多屋顶。这样的夜晚，没人能证明陆兵的新发现了。

但是，这天晚间新闻转播了让人们震惊的消息。那是中央人民广播电台宣读《中共中央、全国人大常委会、国务院、中共中央军委告全党全军全国各族人民书》，报告了毛泽东主席逝世的噩耗。

这一噩耗来得太突然。年初是周恩来总理去世，年中是朱德委员长去世，接着来了一场唐山大地震。天啊！如今人们心中的红太阳也落去……

全农场的正常工作打乱了。人们为了表达自己的哀思，在政治学习的班组会上泣不成声。又过几天，上级来指示了，召开大型悼念活动。顾蕾也哭红了双眼。在她脑海里呈现的毛主席光辉形象，仍然停留在那年被毛主席接见时的幸福时刻。她无法相信，像神化一样的伟人也会与世长辞。安书记带着姜聪作为农场代表已上北京参加追悼会了。所以，她不得不自勉之。

九月十八日的早晨，一丝风都没有。虽然过了中秋节，那热浪依然不退。尽管天气如此炎热，顾蕾也要领着自己连队的百余人，个个衣袖挂着黑纱，手上举着毛泽东主席的画像，翻山越岭来到场部的露天电影场参加追悼会。

除了老弱病残外，全场六千多职工和两百多中学生都汇集在一起了，一片哀伤。欧阳大坤的哭声很震耳，如同当年他母亲过世一样，呼天喊地。

顾蕾提醒他："蛤蟆，这是会场，不是坟头。不能这么吵……"

"我痛心呀！"大坤降低了声调。他的胸前挂着一个几乎盖过胸膛的大型毛主席像章，那是老指导员送给他的珍宝。

追悼会还没开始，陆续有人晕厥倒地。人们说是悲伤过度造成，所以，只能相互劝说"节哀"。乔志强领的救护队都以"中暑"秘方抢救病人，一片忙碌。

梁枫是中学的物理老师。在他带来参加追悼会的学生中，有人给他提出了一个瞠目结舌的问题："如果说广义的守恒定律被人们看成最基本的自然界定律，那么中国共产党的三个重要发起人都陆续辞世之后，中国的前景会被预言家们根据怎样的错综复杂的或是惊心动魄的过程找出它的守恒性呢？"

他脸色突然变得很灰暗，这时候敢提与追悼会无关的问题都是找死。他惴惴不安地回答："我们走着瞧吧！"

还是安书记那句话说得明了，"天上的云层决定地上的雨"。

在人们依然沉浸在国殇期间，国庆节来到了。上级通知取消了场部的文娱会演。但是，各单位还可以杀猪宰牛。当人们还在回味着节日带来的油水时，传来了党中央一举粉碎“四人帮”反革命集团妄想篡党夺权的阴谋。“无产阶级文化大革命”，这场历时十年的给中华民族带来严重灾难的政治运动宣告结束。许多职工并不知道上层建筑所遭遇的暴风骤雨，惊叹不已，好几天才回过神来。

在全国亿万军民一片欢呼和庆贺的大喜日子里，农场又一次在露天电影场举行全体干部职工大会。这次是空前热烈又隆重的集会，在锣鼓喧天鞭炮齐鸣中进行。场党委还决定，有条件的单位都可以杀猪宰牛庆祝。职工们在几天之间又一次获得杀猪分肉，真是额手称庆，欣喜若狂，大快人心！

张明明提着他的那份猪肉，一早就从武装连赶回来。他一进门就安民告示：“表姐，我提肉回来不是给你的，是给我未来表外甥的，你千万不能独食。否则，我会打小报告。”他已经很久没回来了。这次是格外开心，而且还带回十几个鸡蛋和一小袋猪仔薯。

“明仔，你回来了！喂！你怎么知道我有喜的？”顾蕾有点不好意思。虽然才怀上，那肚子像吹气球似的膨胀起来。

“我当然知道啦！嘿嘿！还用问。”张明明转头看见姜聪提了两桶水进来，“是连长嘛！不对不对，是姜副场长告诉我的哟！”

姜聪把水桶放下，故意顿了一下喉咙：“这里没有什么‘长’，只有你表姐夫了，傻仔！”他见张明明尴尬的样子，持兄长口吻，“好兄弟！咱家有祖训，在家听父母的话，在学校听老师的话，在单位听领导的话，时时处处听党的话。您爱听就赠您，保准没错！”

张明明抽动一下嘴角，仍叫不出口，脸红耳赤许久才蹦出声来：“姜副场长！嘿嘿！我听你的……”

“托大脚（拍马屁）咩？”顾蕾笑了。她把粥和萝卜干端上桌，还有一碟从食堂买来的空心菜，“简单吃点，晚上再加肉吧！”

张明明边喝着白粥边说：“打倒了‘四人帮’，表姐你当年上北京见到毛主席的历史会不会逊色呀？”

“切！当年你像跟屁虫一样追着我来当知青，就是‘文化大革命’的产物！你说该怎么办？”她这几天也在琢磨这些问题。

“表姐，我不是这个意思，我不懂上纲上线。我妈来信说，大家都在议论知青回城的事，很多人都在快马加鞭找渠道。”

姜聪虽然大不了他们几岁，但经历比他们多，说话也较为深思熟虑。他放下手上的饭碗，从挎包里拿出几本高中课本，翻了翻：“现在的形势一片大好，不是小好。这是我从梁枫那里借来的，你拿去好好看看，提高文化最重要。”

“嘿嘿！我已经老了。白天挖胶穴，晚上就瘫尸，筋疲力尽喽！”其实，苏珊送给他的初中课本就是夜里拿着手电筒藏在被单里读完的。这几天正要攻关高中课本呢。因为是数理化，不是毛主席著作，所以不能放在桌面上来学。习题不理解，只好写纸条问苏珊，这一来二往，都被大家说成偷递情书了。不过，他也觉得自己搭上那种甜蜜的美感。

“你小家伙没志气！还老了呢！”姜聪拉着脸，“你那花花肠子，当我还不知道？你把收音机当礼物送人是件好事。却被人家扔出门啦？吃力不讨好的事也能做？”

“啊！这事你也知道？”张明明窘得捂住脸。

“我能不知道吗？苏夫人找我臭你了。傻小子，你就不能有点策略吗？”姜聪当连长时就察觉这俩有点名堂。遵从兵团留下的规定，武装连男女一律不准谈恋爱。自从移交农垦后，虽然有了松懈，也有二十五岁的界线。他对张明明这事只能装聋作哑。到机关任职后遇见了苏珊在财务科的母亲。她不允许女儿过早坠入爱河。他们夫妇是五十年代第一批支边的技术人员，有思想，有抱负，把青春献给了农场。如今的愿望是让孩子能找到继续深造的机会，无论是中专、大专或是渺茫的大学，都要奋力争取。她语重心长地问：一代人的心血还不够吗？她的这句话，重重地撞击着姜聪的心房。为了海南建设，有多少人付出生命代价也从不显摆自己。他的父母不也都贡献了终身吗？我们的人类社会，简单说就是前人栽树后人乘凉嘛！

“乜嘢话？你那台新的袖珍收音机给人家扔出门啦？”顾蕾吃惊地问道。

“扔出来又捡回去了！”他很难为情，“唉！坦白说吧！她这个人很有思想，人又正直，就是有点孤傲。她的妈妈呢，好恶死（凶）。”

顾蕾瞪大眼看着他，慢慢地又眯成缝似的。“明仔呀！你是长大了。但是，任何事都要三思，不能任性。你表姐夫是为你着想的。好好读点书，朝远看。你终归要回城的，不要放弃。”

姜聪放下了碗筷：“明明，自学成才的人多了去了，不要停滞在小学文化。明天我去农垦局报到，去参观大寨梯田了。你好自为之吧！”

“我记住了！”张明明很听话。晚饭吃了一顿香喷喷的大扣肉后就和姜聪一起离开连队。在岔道分手时，姜聪还是那句话：“傻小子，别胡思乱想，你还年轻，多读点书没有坏处，机会是人创造的！”

“嗯！我一定记住你的话！”张明明左手敬礼发了誓。之后的日子他不仅自学完成了初高中全部课程，还读了不少文学书籍。苏珊的帮助起了很大作用，而他对姑娘的心思也深陷了，甚至不可自拔。

冬去春又来，人们高歌粉碎“四人帮”后的第一个春天来到了。海南岛的春天来得更早。橡胶树的第一蓬叶抽芽比往年早，生长迅速，一片绿油油的，让人感觉到是个好兆头。因为，每年橡胶树的第一蓬叶生长的好坏直接影响到该年的胶水产量。这话是技术员万良在给连队职工上课时说的，张明明至今没有忘记。那时候他只是个放牛娃，连长说他年纪小干不了大活，只能去守山和放牛。如今，他的武装连橡胶树经过八年的生长，也迎来了第一个开割年，他是多么的兴奋呀。无论如何自己也能成为一名胶工了。

武装连的指导员关淼庭又要上调场部机关了。前阶段因生活作风问题受到审查，现在解脱了。临走前整理了文件，发现支部信袋里有一封农垦局政治部的信。虽然封面是“张明明同志收”，但已拆封。他立刻问连长胡阳标：“这封信是你拆的？”

“冇错！”胡连长是姜聪离开后调来的老同志，也是退伍兵。

“老胡，这是大学录取通知书，你知道不？”

“我知道呀！我读过两年书，识字！”

“你为什么不通知他？”

“不能通知他。上大学要群众推荐，领导批准，学校审核。我很清楚的，第一步就是开群众大会推荐……”胡连长振振有词。

“我说老胡，去年就讨论过了，你还没来。那时是讨论中专名额。”

“这就对呀！中专可以走。现在是大学通知书，他才小学文化，跳了多少级去读大学呀？文件规定，上大学必须是高中毕业生！这里面有问题。”

“什么问题？小学文化有啥关系？进了学校都能读。我当年没文化，到部队才学认字，只要思想过得硬，还有什么学不好的？”关指导脸色不好看了。

胡连长反复看着那份入学通知书：“我看哪，报到时间早已过了！”

“过期了也要去！这关系到年轻人的前途问题！”

“大佬！你的思想有问题了！这么多知青，不上大学就没前途了？还有农场孩子，多了去了。这么多人不读书就没前途啦？你老兄有‘右倾’苗头啊！”

“你怎么给我扣帽子呀！老胡，明仔这孩子很不错，当年他连加入共青团的年纪都没满就来建设海南。那是上学读书的年龄呀，都错过了。现在有了读书机会，就应该放鸟出笼，放虎归山，放龙归海……”

“嘿嘿！问题就在这里，我也看准他了。你要放醒脑壳，放飞的鸽子回不来的。你现在去坐机关了，新的指导员还没来，我管得了这么多有文化的人？那小鬼头很有能力，我看把他扶正，就当正队长，我当书记就很好……”

“我说老胡头！新书记下午就到。你担心什么？”关指导员见苏珊闪过窗口，立刻叫住，“小苏！你把明仔找来，我有急事找他！”

“好的！”她转身跑走了。

张明明匆匆忙忙地从胶林回来。他接过指导员给他的大学录取通知书，双手颤抖着，许久说不出话来。他不敢相信头上那层厚厚的云层，犹如中间被刺穿了个洞，一束光线从那穿梭过来，映入了他的眼前，耀眼极了。他承受不了如此强烈的光芒，“哼哼哼”地欲哭却无泪。

为了赶时间去场部办理手续，指导员没有召集全体人员欢送。

张明明到了场部很快就办了手续，尤其是党员的组织关系。接着他给表姐打了电话。表姐说他是“执死鸡”。按理说被录取的人员早已入校，但这年许多学校报到日期都推迟了半个学期。即便推迟日期，也都开学半个月了。姜聪乐开了怀，晚饭时在机关食堂给他加了两份肉，让他吃个痛快。第二天一早，他坐上了场部运送胶片的车，离开了这块曾经付出青春年华的热土。

张明明上大学后，连队知青又受到了命运挑战。随着形势的发展，人们对学习“两报一刊”内容逐渐疲乏，政治学习时间已经有人趁势打盹消除劳动带来的疲劳。唯有知青仍然关注时态变动，琢磨着几千万知青的下乡道路是否会重新拟定。他们谈论胶水增产的热情远不如“回城”。与往年不同的是“回城”字眼更加明朗化了，从原来的遮遮掩掩，敢想不敢说的回城愿望到爽爽快快地显示“后门”的威力和炫耀自己的关系。有人说张明明上大学是走了“后门”，顾蕾一概不予解释。两个多月后，顾蕾收到了张明明上大学后的第一封来信：

亲爱的表姐、表姐夫：

我不知道应该从何写起，我要对你们说的话太多太多了。我经常梦到我在农场八年多的生活。有时还有开口梦，室友说我在喊“放炮喽！放炮喽！”，放什么炮呀？只有我们那些人才懂。

老师抓得很紧，作业也很多。数学老师真是一流的，他是数学家杨乐、张广厚的同班同学。面对这么好的老师，却来教我这样的初一鸡，真为他们感到惋惜。所以，我有时会恨自己，恨自己基础差呀。班里还有人在争辩二分之一和零点五谁大谁小的问题，你们说这是大学生水平吗？他之前是北方农村的生产队长，干劳动活比谁都强，也是我们的班长。班里也有特聪明的人，没上几节课就成了我们的辅导员了。但许多同学都不喜欢他，说他是白专。如此参差不齐、错杂不调的水平，老师很为难哟。不过，你们务必放心，我一定会尽自己努力，会知难而进。每逢遇到困难，我就想起了当年挖胶穴遇到了大石头，砍芭遇到了大芒头，开垄遇到了大树头……只可惜我没当过胶工，但也是受过农垦久经考验的战士。你们说，我还有什么困难不能战胜呀！

我好想好想你们！

明明

一九七七年五月九日

也许过于激动了，顾蕾的肚子突然出现阵痛。但是，距离预产期还有些日子呢，她也没当一回事。

这时，有人报告说猪栏的泥墙被猪拱穿洞了，猪在往外逃。“呜呼”一声，大家都跑去追猪了。她的脚步很艰难，落在后头。

朱红梅肩挑着水桶从菜地回来，见顾蕾朝猪栏走去，立马阻道：“指导员，你不要去，不能去！大肚婆给猪撞上不得了！”

“哎哟！又疼了。看来是追不上猪了……”她摸摸肚子，转身往回走。

朱红梅着急了：“是不是要生啦？快回屋，快回屋去！我去叫卫生员！”

眼看就进家门了，她艰难地叹道：“哎哟！我走不动了，走不动……”

“糟了！大肚婆肚痛，十有八九就是要生了。”她把水桶放下，想把顾蕾扶进门。

这时，顾蕾憋着口气，大叫一声：“不行啦！”

“卫生员！卫生员！医官呀……”朱红梅边喊边把自己上衣脱了铺在地上，正要去拿条毛巾，见顾蕾已经躺在地上。随着又一声“啊”的叫喊，“啪啦”一声，婴儿出来了，是个男孩。朱红梅措手不及，捧着婴儿还在叫喊：“快来人呀！指导员生仔啦……”

这时，从托儿所走出来的卫生员陈日新和从场里来检查流感防治工作的乔志强医生听到喊声，快速地跑了过来。“朱大姐，我们来了。你快去拿条毛巾和被单……”

乔志强二话不说，打开十字药品箱，立即处理了婴儿的脐带。突然他发现还有一只小手顺道伸了出来，他预感不妙：“双胎，是双胎。这是横位，是横位哟！”

陈日新是个老卫生员了，处理难产很有经验。他说：“不用怕，慢慢来。”又说，“你去把她扶起来，不要全躺……”说着，他小心地把婴儿小手推了回去，双手在产妇肚子上揉搓两下，小声喊道，“一、二、三，用力！”

顾蕾斜挨着乔志强，感觉好些，又觉得肚子绞得厉害，“啊”地一用力，把另一个也挤出来了。又是男孩，红红的小脸，哭声响亮。

这时朱红梅拿着毛巾和被单来了。卫生员处理好婴儿，松了口气说：“早上是单人单影，下午变仨了。”

乔志强说：“我把她抱进屋！朱大姐，你们俩把孩子抱进来。”他把汗水淋漓的顾蕾抱进屋里，关切地问：“你感觉怎么样？还行吗？”

顾蕾别提有多窘，只好硬着头皮说：“我没事，真的很谢谢你们！快把孩子给我看看！”她压根儿就不相信是双胞胎。早些时候去医院检查，医生说有两个胎音，她当时觉得可笑至极，暗骂人家耳屎堵塞耳洞呢。

“嗯！我去给姜副场长打电话，你等等……”乔志强把她母子仨安置好就出门了。顾蕾躺在床上，没好意思抬眼望他。想起刚才生儿子的尴尬场面不堪回首。看来女人再温文儒雅，矜持有度，在生产那一刻也与狼狈不堪并存了。

没过一会，赶猪的人群回来了。他们听说指导员生了双胞胎，眨眼间窗外站了很多人。职工家属提着煮好的鸡蛋糖水，女知青站了一排要看婴儿，男知青围了半个圆在屋外交头接耳。陈日新耳朵挺灵的，他听到了大家的议论，笑了："双胞胎不足月，三斤半一个很够大了。我出生时才二斤，你们看我小个不？"

"卫生员，你是不是四胞兄弟呀？两斤也能活？"有人开玩笑地问他。

"乱弹琴！我那时是新中国成立前，有命就不错了。"卫生员说。

顾蕾很感谢众人的恭贺。想起自己刚来时还是个两小辫的姑娘家，如今却是两孩子的妈妈了。看着孩子的脸蛋儿，一种甜蜜蜜的感觉涌上心头。

晚饭时，姜聪赶回来了。他调任副场长后，因为不带家属，一直住在机关招待所。他是刚开完党委会借了辆自行车骑回来的。当乔志强在电话上说"母子平安"的那一刻，他兴奋得当即在会上宣布了当爸爸的消息。

当时安书记也按捺不住自己的激动："我们农垦建设的队伍越来越壮大了，第三代开始跨入行列了。哈哈哈！我们农垦建设后继有人呀！"

二十九

所谓模范丈夫，就是男人大丈夫家里家外都能兼顾。姜聪的表现就被职工竖起拇指赞不绝口。他每从机关回来，忙着给孩子洗尿片，给老婆洗衣服、洗被单。这天，他在知青们几年前挖了那片坟碑砌成井壁的水井边洗尿片时，无意中发现那些坟碑还有模糊不清的字迹。他好奇地辨认着，却始终无法辨出任何一个方块字。如果我们信仰马克思主义的科学无神论，那么这些坟碑也就是一般的石碑，不存在任何不敬的行为。他还是希望这些石碑不要出现自己父亲的名字。母亲生前曾说父亲当年参加解放海南战役时，是在八所牺牲的，没有字碑。所以，他用不着堪忧。

从井边回到家时，杜河的妻子拿了一碗酒酿过来。她说，生孩子吃酒酿活血利乳。早年参加农垦建设的女职工，生儿育女没有坐月子的习惯，更谈不上月子补。有的产妇连鸡蛋糖水都吃不上。杜妻当年吃上了当地村民送来的酒酿，那是一辈子的感激。后来她自己也学会了这手艺，连队任何人家生孩子，她都会送上一碗。

在连队安家的知青只有三对，他们就是这样以相互纯朴的爱支持着平静清淡的家庭生活。也渐渐地融入和爱上了原本不属于他们意愿的生活环境。

转眼间，半年又过去了。周五，姜聪从党委会出来，兴冲冲地往家赶。进门就嚷着：“顾蕾！老婆！孩子他妈！党委决定把你调去机关了。这是你的调函！”

“我去机关干什么？”顾蕾有点惊讶。

“傻姑娘，是团委副书记哟！这次咱一家子能住一个窝了，两萝卜头也可以天天见着爸爸了。”他把调令给了她。

“哗！很有吸引力嘛！”她拿着调令函兴奋地看着。从感情来说，她真不愿意离开这个有恋想的草窝。从工作来说嘛，人往高处走，水往低处流。再则，家庭团聚更为重要。但是，仅仅这么想，也太自私了，不符合一个共产党员的襟怀！她见姜聪那股子兴奋不已的样子，又说：“我如果不走呢？”

“咋这样呢？哦！我知道，我知道了！舍不得这窝不是？咱场部和连队也离不远嘛，你还可以回来看他们。你管团委工作，不和年轻人打交道，这不就成了光杆司令啦？傻丫头！我找杜河去，咱明天走！”

“这么快就走？新指导员还未到不是？”

“没有新来的，就是杜河，他原来也代理过不是？他的任命令就在我兜里。原来想在知青中提拔，但被回城潮冲刷了。瞎摸呀！去哪找像你这么死心眼的人呀？”他说。

“老骨头背着没文化的枷锁，一直没勇气当领导。这次谦虚不成了。你去吧！”顾蕾对上级提拔知青问题仍有保留意见。她觉得林育雄就是一个很好的指导员人选，怎么就排不上？也许知青落下不安心边疆的印象吧，那就无法抱怨了。回头见桌上那封姜聪刚带回的信，是表弟张明明寄来的。她兴奋地打开来读着：

表姐，表姐夫：

你们的来信我收到了。因为学习很紧张，直到现在才回信。

前几天去学校附近的水库劳动了三天。我们睡在农民的土坑上，我被虱母（虱子）咬了一身。我和班里那个最大年龄的同学孖坑（睡同一个坑上），他叫彭大亮，他就没被咬。他说我们“老广”洗澡太勤，皮嫩，虱就上身。他每年泡一次澡，能轻好几斤，他们家乡人三年才洗一次呐。

"工宣队"已经撤离学校了，很多同学欢呼庆幸。我也觉得放松很多，起码晚自习是自己做功课的时间。全班五十人，出现了小团体。学习成绩好的同学都和教课老师关系密切。那些要求入党的同学很善于表现，努力和政治辅导员成朋友。我是党员，他们说我不像党员，因为我每次政治学习都最后一个发言。我们广东生有四个，有人说我们是"四人帮"，我们对这几字很忌讳。所以，无论做什么都拉上广西同学。所以，他们又叫我们是"两广帮"。

我们学校规定不能谈恋爱。但是，我发现仍然有人在暗地进行。彭大亮就告诉我，他来读书的目的就是选个老婆，他已经二十九了，再不找就晚了。我说，怎么敢找老婆呀？功课这么紧，哪有那个心思？他说我是没发育成熟而不是胸怀大志。难道我真是黐脷筋（大舌头）？上个星期的物理测验有好几个人不及格的，比较一下，我已经是后来居上了。我得了79分。记得第一次考试只有56分呢！我觉得自己每天都在进步，虽然是末班车，还是赶上趟了。

还有，我的小外甥有多大了啦？给我寄张相片来。

还有，我给苏珊写了好几封信，她一直没回，一封也没有。你们最近见到她了吗？我就想谢谢她，没有别的意思，真的。

很想你们！

明明

十月二日

顾蕾读完信，笑了，眼睛也红了。她揉揉眼，自言自语地喃道："嗯！和苏珊真的'没有别的意思'？此地无银三百两，还是好好读书吧！"

不一会，她的双胞胎由托儿所的阿姨送回来了。真是粗生粗长，两家伙长得结结实实的，人见人爱。托儿所的阿姨常开玩笑说，这里的孩子吃"屎"都可以长大。其实不然，婴幼儿的供应一直是场领导关注的，即使不能有牛奶供应，猪肉粥是保证的。顾蕾作为领导人，她不赞同吃"屎"也能长，尤其说她的儿子。她很认真地问："赖美玲，你是不是说托儿所的肉票不够了？你们不是计算好每天用肉多少吗？"

"已经吃好几天盐粥了。你这两个鬼仔吃得最多，如果多几个这样的大头仔，米都不够，还想吃肉？"她掐了掐孩子的脸，"真乖！就要多吃，让你妈到上级领导闹粮去！"

顾蕾欲言又止。心想，也许是自己孩子吃多了。这两孩子真能长，原本不足月，又黄又弱，半年工夫就结实得像小坦克了。当然，这和姜聪带回来一些普通职工吃不到的白面有关，特别是安书记送来的罐头，那是给领导特供的食品。

第二天一早，姜聪代表上级领导宣布顾蕾的调动。几个女知青当场就哭了。她们之间相处最长的近九年。在这漫长的岁月里，饱含多少值得回忆的往事。

场部原计划可以安排卡车给领导搬家，但姜聪拒绝了。中午，“老骨头”杜河拉了一辆牛车过来，把顾蕾的简单家当放上牛车，还拿了一对新箩筐，里面铺了一层小草席。姜聪把双胞儿子放进箩筐，挑起担子。一些年轻人和妇女跟着送行。顾蕾说：“我没走远，过几天就回来看你们。”

赶牛车的是大坤。他说：“如果我的猎枪不上缴，我就上山打山猪，开个欢送会。我大坤找老婆没本事，打山猪也不输给老连长。你们说对不？”

顾蕾哈哈一笑：“不对，还是老连长厉害！”她不会忘记自己写的那张大字报，不会忘记那场因自己肆意挑起的现场批判会。往日许多事，羞愧呀！

“顾蕾！顾蕾……”是朱红梅追了上来。她手里拿着小布袋，往顾蕾身上塞去。“拿着，这是我家那只竹丝鸡生的，有个刚从它屁股挖出来，嘿嘿！蛋太大了，等了很久，屙莫出（生不出），我就……”说着，揉揉含满眼泪的眼眶，“有沙入眼，嘿嘿……现在吃，趁热吃，补身子。”

顾蕾帮她抹了抹眼：“下次，我还带你去广州。”又对着她耳朵悄悄地说，“带你去割奶！”

“咯咯咯咯……咯咯咯……”朱红梅捂着肚子大笑起来。

顾蕾调离连队后，知青群体显然失去了主心骨。接着而来的重阳节，许多年轻人赶上探亲假又一次踏上白云山，去寻求自己未来的希望。

在人们渴望新生活到来之际，果然惊喜地听到了恢复高考的重大消息。一石激起千层浪，追求理想的年轻人无不欢欣鼓舞。

顾蕾到场部机关刚刚安定了新家，正准备开始新生活之时，气势凶猛、热血澎湃的高考复习开始了。她收到了表弟张明明寄来的高考复习材料，收到父母、朋友和回城知青寄来的书本。还有中断几年联系的郑文华，也出乎意料地寄来了《数理化自学丛书》。

晚饭后，顾蕾把孩子哄睡，拿起一捆捆的资料对丈夫说："姜聪，你说真心话，我是不是应该去考呀？"

"别唬啦吧唧（别愣了）！抓紧复习！你不去试，就不知道自己的能力……"

"算了，我不复习，也不想考！"

"这是咋说话呢？你又傻了不是？你是团委书记，应该带头去迎接考试。这是党中央指示嘛，关闭了十来年的大门，现在总算打开了。"

"那你为什么不考？"顾蕾问。

"我是老朽了，考什么！你不同，你的理想是外交官，还没有达到目的。我的理想是当一名军人，我实现了理想，没有遗憾了。现在嘛，就是听党的话，党叫干啥就干啥。嗯！新的理想就是让两'萝卜头'长大去当兵……"

"你为啥鼓励我考试？你这，是不是自私行为？"

"啥？我自私？你又来了，纠缠不清了。你爱考不考的，我管不了你。不过，你将来真成了外交官，我脸上也有光，不是吗？"

顾蕾不再言语了，静了好一会，默默地有了自己的计划。第二天，她把资料托人带去连队，分给大家复习。当她走访基层时，了解到许多单位领导对年轻人脱产复习考试不予支持。所以，一些势单力薄的年轻人只好请病假以达到专心复习应考的目的。诚然，不少基层领导不仅抱怨，更有迁怒之势。一些连队不少林段停割，苗圃缺人挑水，猪舍没人饲养，食堂不能正常开饭……连领导不得不采取对抗性的手段来阻挠他们复习报考。顾蕾深深地感到自己所获的优越条件，即使不回城，也是多少年轻人可望而不可即的条件。

下午，她和文教干事走访了农场中学。这所中学是几个兴宁政治学徒领着一群职工子女，靠一双辛勤的双手自力更生创建起来的。之后，又加入了几个出类拔萃的知青当教员，圆了兵团建设中学的梦。学校虽然简陋，但应有尽有。初、高中六个班级，学生都是早年垦荒者的后代。1972年有了第一批高中毕业生。年复一年，所有毕业生和城里来的知青一样，成了第二代垦荒者。

知青梁枫成了中学的骨干教师。自从他当了中学老师后，只回过一次老连队。那次是参加顾蕾的婚礼，送了一支钢笔就离开了。懊悔与理智并存，那种恍恍惚惚的激情只好藏在心里当作回忆。如今他又成了大忙人，成了校长的左膀右臂。尤其是高考大门打开，他还要辅导学生与自己较量！这次顾蕾来视察工作，他劈头就问："你准备考吗？"

"我还没想好，你呢？"她说。

梁枫侃侃地说："全世界都要考，我能不考吗？你应该知道，这次高考机缘正是党和人民对我们的关怀和培养呀！"

顾蕾打心眼里就不喜欢他这种口吻："'讽刺'！你还是过去那个鬼样。你如果当了校长还考不考？"

"当了校长算啥？升了场长也要考！萝卜白菜，各有所爱。在这里，场长也搞不了科学。所以，不要给牛穿衣服，浪费布。再说，我是老师，应该带头考试，给我的学生做个榜样。如果我的学生将来成了科学家、医生、正牌教师等等，草窝飞出金凤凰，我不就'大有作为'了吗？哈哈哈……"他说得眉飞色舞。

顾蕾顿时感到窘迫，或是一种无形的精神压力。他说的不无道理。文教干事曾文珠却说："你的出发点是好的。可是，你们这些当老师的知青都去上大学了，学生的课由谁来上呢？"她皱着双眉，"我说心里话，你们即使现在不上大学，将来也都一一回城，怎么办呢？" 曾文珠也是政治学徒，人长得秀丽，小巧玲珑。她来农场八年，能说会道，人称"铁嘴娘子"。她在农场生儿育女后，成了扎根农场的标兵，在机关工作多年。

梁枫回答很直率："哎！容易办！我们当年没来时，人家咋活着？该咋办就咋办，该咋活就咋活！这个地球没了谁照样转，不以人的意志为转移。"

"梁同志！那时候的孩子都还穿开裆裤，你们当年也都是娃娃，现在大家都当爹当娘了，需求不一样了。"她朝顾蕾笑笑，"话又说回来，我们都是响应党的号召走到一起来的。我们哈嘎银（客家人）崇文重教，耕读传家，有茅寮出状元之说。给我出个主意，怎样才能不削弱我们的教师队伍力量，为国家培养德智体全面发展的新一代？"

梁枫又干脆地回答："好，好！计划嘛，我给你写一个。"

顾蕾赞扬梁枫如此痛快就答应拟写计划书。当晚回到家她也正儿八经地开始复习功课，准备应考。姜聪满意了，第二天他把顾蕾准备参加高考的事和安书记说了。

然而，安书记的脸立刻就拉长了。"聪儿，您是咋想的？小蕾真的考走了，我那俩侄孙谁管啊？小孩子不能没有娘，我也不能让你当家庭主男。你的工作不能耽误，仔细想过没有？”

“安叔，您老放心吧！我能处理。”姜聪说。

安国栋摇摇头：“我们这些穷娃子和城里的孩子不一样，他们的家在城里。我们的家是国家，四海为家。你如果能处理好，我就放心了。”他见姜聪还咧着嘴傻笑，又说，“你小子有啥计划？具体说说？”

“我，我没想好。”他发现安国栋那两道浓眉中间挑成个肉疙瘩，心里一怔，立刻说，“她说，把孩子带走，给她母亲看管。她说，她母亲正在办退休，她说……”

“她！她！她！你当丈夫的责任呢？”安国栋又说，“不过，她说得没错，有老人家当后台柱子，你们俩就省心多了……”

几天后，考场拼搏开始。许多人还没来得及复习或者还没有思量自己的应考能力都豁出去了。考场设在县城里。姜聪把场部仅有的两辆解放牌大卡车安排运送考生。两天考试，有一半考生第二天就不去了。第二天的车辆只运了一趟就解决了问题。带队赶考的是党委副书记陈景文，他没有应考。他也希望自己带去的赶考队伍中出现几个名列前茅的考生。

然而，考试的第一天，当第一个交卷的考生满面春风走出来时，陈景文却像热锅上的蚂蚁。他擦了把汗水，急匆匆上前问道：“怎么样？题目难吗？”

“很简单，我那个教室，我第一个交卷，嘻嘻……”小姑娘勉强地笑笑。她说得没错，面对试卷无从下手，所以早早交卷了。

陈景文一听，放宽了心。又等了许久，考生都出来了。这时却传来让人揪心的喊声：“她晕倒了，快掐人中……”“糟了！他吐血了！快拿风油精……”

顿时，人群慌乱，呕吐的人不少。幸得医院领导派了乔志强带着两个护士跟着来。顾蕾虽然是考生，更重要的是领导干部。所以，她不得不加入了抢救病人之列。她曾认为，由于复习应考，很多人几天几夜不休息，又饿又累，加上考试的压力，难免病倒。建议赶考的人加两个肉包子，起码可以给那些吃不上早餐的人缓解紧张情绪。但是，她的建议立刻被否决了。尤其是陈景文副书记的有力驳斥：“我们的年轻人是经得起考场考验的，任何‘物质刺激’都是徒劳的。”还好，中饭还是统一供应了。虽然不受“物质刺激”的影响，机关食堂还是准备了肉菜和汤水。

中断了十年的高考，如同禁锢了的闸门，如今终于开闸。一度被众人认为“是穿皮鞋或是穿草鞋的分水岭”的考场较量后，成绩公榜了。梁枫果然名列前茅，还有他的学生苏珊紧跟其后，顾蕾也在榜上。

当考生收到录取通知书时，个个欣喜若狂。往日送走的一批批工农兵学员、招工返城知青、顶职退职人员，大都是悄悄而去，静静地告别，为的是稳住众人的思想和情绪。如今是锣鼓喧天的欢送会，该是多么的振奋人心。然而，靠上学回城仍然是极少数人的辉煌之路。举国上下570多万人的应考人数，录取率也不足百分之五。尽管如此，顾蕾却放弃了良机。

顾蕾参加高考后的第二天，姜聪被借调到农垦局。好不容易团聚的小家庭又分居两地了。家里的一切只能靠她自己操持。当她面对着自己的志向选择时，她犹豫不决了。她不知道自己的命运是否已经被注定。在孩子的哭闹声中，她选择了放弃。

没过几日，梁枫前来告别。神情仍然高涨。他滔滔不绝地说：“狭义相对论与广义相对论的区别，我认为，关键问题是否考虑引力作用。说白了，我上大学，不是为了逃避现状，不是为了回城。我们都渴望知识，我们需要丰富自己的大脑。只有那样的系统学习，那样的集中精力，将来的发展，回馈社会的价值比现在要大得多。所以，我的生命价值与读书当官完全不同……”

顾蕾在场部新家接待了他。就他的高谈阔论，她只好平静地说：“是呀，你的观点虽然刺耳，也都是正确的。没人说你上大学是回城的托词，你走你的阳关道，我走我的独木桥。”这么多年来，两人的目光触在一起时都很不自在。也许他的眼神常带着诡异，让人不得不敬而远之。又见他心不在焉地东张西望，她又客气地邀请：“哎！要不，今晚在我家吃元宵饭？姜聪也会回来……”

“有心！我现在就要走了。先回家让我妈做条棉裤吧！他们说北京还在下雪……”他迟疑一下，“刚才遇见苏珊，她明天走。这位女生很细心，她给大头明准备了两大罐酸笋，那味道……”

“我记得你说过，臭香港脚嘛！”她几乎笑出声来。虽然心里一直不赞成表弟和苏珊的事，这次她是阻挡不住了。人家还真的凑到一个学校去了呢。表弟就是爱吃酸笋，这姑娘当真有心。忽然想起梁枫曾和苏珊的表姐关系较特殊，试探着问：“苏萍还好吗？”

“可能吧！她去县委工作后，我们就少联系了。”他边说边挪动双脚，看似急着要走。他对苏萍也曾有过好感，但不是爱情。两人感情似泥糊的墙，若有风吹草动就散落了。至于什么原因，他不想分析。

顾蕾立刻知趣地说：“不早了，你想走就走吧！祝你一帆风顺！”

梁枫点了点头，转身欲走，却又停了一下，从挎包里拿出一本很精致的笔记本，回过头来：“这个，给你作纪念吧。”

顾蕾本想谢绝，但还是收下了。这是他送的第二本笔记本。那年他离开连队到中学任职时曾留下一本。多少回忆，多少理解，都是过往烟云 。

当晚，姜聪坐安书记的车从农垦局回来。为了加快落实党的政策，平反一切冤假错案，他已经有好些日子没回家了。按理说，他这个时间回来是要送顾蕾上学的，不曾想她却自作主张放弃了。姜聪也拗不过她的性子。不过，能回家与妻儿团聚，家庭的温暖又把未来的设想抛掷脑后了。

“哎！我说呀，大专不去也罢！你今年再去考一回。根据中央的指示，加快落实知识分子的政策，许多知识界人士已回到原来岗位。今年的招生更为扩大化，你还是要有准备为好！”他鼓励着。

顾蕾随便应道：“我知道，我知道！”

“你那花花肠子，我能不知道吗？你舍不得孩子。可你说孩子让姥姥照看，这不就解决问题了嘛！难道得勒在裤腰带上不成？”姜聪笑道。

“你才花花肠子，难道你真不知道我还舍不得什么吗？”

“老婆大人！我姜聪是个彪悍大汉，能照顾自己。你看咱的安书记，单身几十年，老骨头了，不是活得好好的？唉！如果你现在还在养猪，还在种菜，还在割胶，还在开荒砍芭，你会不会放弃属于你自身的进取机会？有梦想嘛，就要争取机会成就梦想。小蕾，千万别为了我而放弃你自己的理想。否则，我一辈子都受到良心的谴责。”

“你有完没完？乞人憎（讨厌）！我考！我走！没人可怜你！”她觉得又委屈又伤感，忍不住又埋怨道，“你就应该受良心谴责！人家一胎就一个，你又弄个孖（一双），双倍麻烦双倍苦，真是欺压百姓……”

“哎哟哟，来真的？我姜家孖胎是祖传的。告诉你吧！我爸就是孖胎，只是生出来他弟就夭折了。没准咱还会整出孖女？要不，我去手术吧？全场干部两胎都结扎了。老连长两个女儿不也是做了手术吗？”他过来帮她擦去夺眶而出的泪水。

“你死蠢呀你！攞嚟衰（自找没趣）！快去王婆子家把孩子接回来。这几天从托儿所出来都由她管，快去吧。”看姜聪那憨样，她不哭了，推他一把，自己擦去泪水。

“你是说，王场长的老娘又从山东来啦？”

“对，小脚老太太，人很好。”她说着，把从食堂买的饭菜回锅加热，准备再煎两个鸡蛋给孩子。这一刻，她决定再次参加高考。

新一年的高考与上年只间隔七个月，因时间较短，许多曾经有过第一次考场经历的人，复习的考题还热乎着，所以增强了信心。这一年全国的高考人数比上年多了四十余万，录取的比率也接近百分之七。就这点的比例差，又温暖了多少年轻人的进取之心。

顾蕾的运气真好。她不仅考得好，而且如愿以偿地收到了外语学院的录取通知书。这一次她没有丝毫犹豫，开始打理行装了。

姜聪原来说要赶回来送行的，又因工作紧张迟迟未得准假。他来信说，对于平反个人的冤假错案，省里非常重视。自打倒“四人帮”以来的几个月时间，全省仅平反个人各类冤假错案足有万余人（件）。还有许多不同类型的冤假错案都在夜以继日地甄别复查，只要他们努力不懈，那些蒙冤受害者就会早日得到平反昭雪。可惜那些已经失去生命的人，没能看到今天的政策，真是时代的遗憾！

顾蕾没有怨言，她争取把最后一份青年工作的汇总报告呈交后就走。在她仔细阅读各单位送来的青年工作小结中，发现蓝江又一次被评为医院的“五好青年”。他的成绩是试制了一种名为“紫珠色素2号”的中成药注射液，可以治疗慢性皮肤病。她兴趣十足，第二天一早就到农场医院作最后的探访。

医院值班室的罗威武说，那个“四眼仔”不分昼夜都在茅草房里，还说他不见客。顾蕾不信。当她悄悄地走进那间单独的小茅屋时，不料一股浓浓的草药味扑鼻而来，呛得直咳。那是一间搭着简易木架子的小草房，木架上摆放着不少玻璃瓶。几条小胶管像蜘蛛织网似的绕着圈子，胶管里流出了咖啡色的药汁，一滴滴地注入器皿。旁边是个小马达，突突地震荡着，看起来是在做蒸馏。

“出去，出去！没什么好看的，做好了再给你们看！”蓝江听见有人进来，头也没抬就下逐客令。他那架势，恨不得在门上贴封条。

顾蕾仔细朝蓝江看去。好家伙！他蓬头乱发，山羊胡子，两腮也长了几根须，背脊呈抛物形，除了那副黑边眼镜，已见不着当年那副白面书生的模样。“你是蓝江吗？”顾蕾迟疑地问。

“我不是蓝江？难道是红海？黄河？出去出去……”

“哇！脾气真大！我是顾蕾！”

“顾蕾？”他立刻转过脸来，“你来干什么？也想要药水？”

“不是……你这几年就躲在这里搞研究？”

“什么研究呀！就这几个坛坛罐罐。如果能加一百元的设备，我就可以增加十倍的生产额……”

顾蕾被他的钻研精神感动了。她找不出任何语言能表达自己对他的敬佩。她仔细看着一罐罐药膏，上面贴着“小叶桉软膏1号”“大叶桉消炎片”“紫珠色素煎熬剂”“黑豆溜油软膏2号”“飞机草止血粉”等等标签，真是琳琅满目。她指着“黑豆溜油软膏2号”说：“这是不是乔志强用凡士林调试的那个？我用过，只是味道太浓了，能熏几百米。”

“改进多了。我这里也有季老头专采的药，他有家传秘方，配好我就制造。我们是土法上马。加面粉就变成片状内服，加凡士林就是膏状外用，蒸馏的针剂打皮下……很有效果。我现在供不应求，就是没上升理论……”

“没让你参加高考？”

“高考？不用考，两年前有一个名额，送上去没批。”

“那今年也没报名？”

“报名做乜嘢！我就老老实实待在这里吧！在这里比砍芭省力，你知道我没那个体力！动点脑筋还行……”

顾蕾心酸酸地又问：“你最近没回老队看看？”

“没有！好几年没回去了。有时候也觉得难为情，我在实验室，人家都还在修理地球皮，过意不去的。”他摸摸已经脱去老茧的手掌，又说，“手茧都没了，谁还和你做兄弟？”

“蓝江，你有空还是往外走走。回老队看看吧！你再不回去，真就可惜了。”她始终没说出自己要上大学，也没说老队已有不少人回城的事。

“好，好！制完这批草药就出去走走。季老头的秘方都写在草纸上，药量看不清，太花时间。将来能把它编成书就好了。唉！那老头祖上是老中医，打个喷嚏都用秘方治疗！”他扶了扶眼镜，慢条斯理地说。

他们聊了好一会，都是围绕着制药。从蓝江那个“药房”出来后，顾蕾觉得自己变得渺小极了。无论自己上大学为的是逃离贫瘠或是追逐梦想，都不是单一因素。梁枫走的时候曾提到“回馈社会的价值”问题。蓝江的贡献是大还是小？虽然那些药品没有华丽的包装，在缺医少药的环境里，不也在尽力治病救人吗？她原本打算回老队去和那帮知青老友、老工人告别，看天色阴暗，想必又是一场大雨，只好作罢。曾经夸口再带朱红梅进城，也只能等待来日了。老工人对自己的关照会永远铭记在心的。

第二天，党委领导召开了欢送会。安书记在会上说：“对年轻人离开，我打心眼里就舍不得！但是，重新敞开大学门，这是党中央的战略部署。所以，我们也要鼓励年轻人努力上进。无论战场在哪里，只要生命不息，都要为革命奋斗不止！同时，我也相信，大家对这片土地还是有感情的。唔！走有走的前途，留有留的作用。人才嘛！都是国家的财富！大家都记好了啊！在战场上，冲锋和掩护，前进和撤退都是战略部署……”

王场长是顾蕾的邻居，两家来往较好。他朝顾蕾开起玩笑：“小顾，你终于下决心把我们姜副场长弄成孤家寡人啦？”

大家“哈哈哈”地大笑起来。因为姜聪借调农垦局，大家就冲着顾蕾开心。 副书记陈景文接着说：“你大学毕业后，早日回来工作吧！你还是很受欢迎的。首先，我就是迎接你胜利归来之人！”

政治处主任吴川华立刻接下话题：“我们陈副书记已经下决心把根扎牢在农场了！他是好样的，是标兵加榜样！我们应该向他学习……”

顾蕾顿时脸红起来，一副窘态。此时表扬别人无形中就是批评了自己，真像做错了事的孩子，心里很不好受。她想说“感谢党和人民对自己的多年培养和教育”，话到嘴边，却一句也说不出来。

这时，保卫科长走进来，在安书记的耳边说了几句话。安书记脸色顿时肃然，看得出事态不轻松。“你立刻备车，我们马上就来！” 他又冷静地说，“今天的会就到此吧。散会！”

人们习惯了安书记的短会，说散就散。这时，安书记向顾蕾走过去，轻轻地叫道：“小顾，你等等！”

“有事吗？”顾蕾刚才那副尴尬样子总算被解脱了。但是，安书记的神情让她突然感到心慌。她想，保卫科长也许带来什么不祥之事。

安书记低声说：“你去告诉王婆子，今晚由她带那两‘萝卜头’。待会车来接你。”

“什么事？去哪？”她惊讶地问。顾蕾不敢猜也不想猜，任何已经发生的事，绝对与她上大学无关。

“一会儿在车上说，我去接个电话！”安书记说完，头也不回就匆匆地走了。

三十

没一会工夫，安书记的小吉普就到了顾蕾的家门口。她上了车就急着问：“我们去哪？”司机没反应，好像压根儿没听到。

安书记“嗯”了一声，停了片刻：“去海军医院！”

顾蕾的心一紧，她预感什么已经发生！也许是最坏的消息，但她极力地控制了自己的紧张心情。她脑子里有无数个疑问，有无数个答案，但最终都被自己一一推翻。因为，她没有先知的灵感，只好安慰自己。

四个多小时的颠簸，汽车在海军医院门口停下了。出来接应他们的是个女军医，她把口罩摘下时朝安书记说：“爸，您别急，邢伯伯亲自给他做手术……”

顾蕾认出是安娜，她们俩曾见过一面。下车后她就追着进去。这时，她已经猜出八九不离十，姜聪出事了，而且非常严重。否则，安书记不会亲自赶来。她似乎有点支持不住了，但还是紧跟着。在急诊室门外，许多海军战士卷着袖管要求献血。安娜带着她父亲走进了休息室。顾蕾实在忍不住了，急问：“是不是姜聪出事了？”

安书记点点头。顾蕾凝聚在眼眶的泪水猛地像开了闸门，“吧嗒吧嗒”地就往下淌。她舌头僵硬似地问：“很，很危险，是吗？”

“嫂子，您别急！急也没用！”安娜见她那痛苦的脸色，心有不忍。

“嗯！”顾蕾勉强地点了点头，擦去眼泪，希望自己显得坚强一些。

这时，一个女护士进来说：“你们都别急，院长马上就来。”

安娜走近坐在木质沙发的安书记身旁：“爸，您老没事吧？我哥没事的，他，他会好的……”忽然她也落下泪来。

安书记仍然不语，只点头。他是个非常重感情的人，每当他看着姜聪，就会想起当年和姜聪父母从东北逃离苦难参加革命直捣海南岛的艰难历程。虽然姜聪不是他亲儿子，也没成为他的女婿，但仍是紧紧扣住心弦的命疙瘩。有时他也责备自己没能及早促成姜聪与自己女儿的婚事，成为名正言顺的一家人。然而，那时女儿的年纪也太小，人家等不了。所以，他的心境错综复杂，连自己都觉得扑朔迷离，不可理喻。

门开了，院长走了进来。“我说你安国栋呀，这么些年都没机会见着面，在这碰上了。”

“邢华老哥，只要咱没捐躯，都还有见面的机会，不是？”他们紧紧地握住手，接着又拍肩捶膀地激动一阵。还是安国栋沉不住气了，问道：“那小子怎么样了？你得用全力，他是姜安明的儿子……”

邢华点了点头：“你放心！别说是姜连长的儿子，谁的儿子我都会尽力。”他转头打量了站在一旁的顾蕾，问，“这是……”

“她是我嫂子，叫顾蕾！”安娜立刻接过话。

邢院长微笑地说：“一家人了。”又对安国栋说，“那小子命大，刚输了血浆，很快会醒过来的。我说呀，多亏我们的战士及时赶到。不然，就得提前去见马克思了！放心吧，我一会再来，咱们今晚喝两盅……”

顾蕾正要问详情，邢院长已经出了休息室的门。她不得已只好问安娜：“你能告诉我姜聪到底怎么受伤的吗？”

安书记朝女儿安娜侧头示意：“给她说吧？她能撑得住。”

“我说了，您不许哭！”她说。

顾蕾“嗯”一声，但眼泪已经忍不住像珍珠串一样又滚了出来。

“是这样，”安娜说，“我哥他们去外调，遇到橡胶加工厂出事故起火，我哥他们去抢运胶片，后来厂房倒塌，他们都受了伤。那会儿，我们医院的车刚路过，幸好车上有冰砖，给伤员迅速降了温度。他主要是背部烧伤，还有吸入性损伤，曾经休克，现在……”

安国栋打了个手势：“小顾，情况不是最坏，一定要有信心。如果没有生命危险，你还是应该按原计划去学校报到。这里有娜娜，你放心去吧。”

顾蕾这时候已没有心思去考虑其他，也不愿意想那么远。她唯一想要的就是亲眼见到自己的丈夫，亲耳听到他的声音，亲手触摸到他的肌肤。虽然安娜可以无微不至地照顾他，但不能代替她这颗当妻子的心。她沉默一会，显得坚强许多："我知道我应该怎么做，轻重缓急我心里有数。"

"好，这就好！"安国栋想不到她能如此平静地调整了心态，情不自禁地向她投去一束赞赏的目光，又说，"今晚你留这，那两小'萝卜头'有王婆子看着，明天的事，明天安排。"

顾蕾也找不出更好的办法，只能点头同意。

又过了许久，院长再次进来，打了手势，带着他们三人去急诊病房。姜聪全身裹着渗透药水的黄色纱布，只露出嘴唇和鼻子部位。看起来很恐怖，真是惨不忍睹。大家默默不语，似乎怕惊醒病人。接着，院长摆了摆手，示意大家离去。

这时，顾蕾突然转身喊着："姜聪，你一定要坚持住，有你就有我！"接着用粤语哭泣着叫起来："醒啦！仲瞓（还睡）！死蛇烂鳝咁（懒洋洋的），仲话生孖女喔！快啲醒呀……"

猛然，"噢"一声，挣扎似地从病人喉咙喷了出来。大伙一惊，安娜立刻惊喜地叫了一声："我哥醒了！哥……"

顾蕾不顾一切地跑到床前，颤抖地问："姜聪，你是不是听到口号声了？听见了吗？听见了吗？是我在大会战喊的那些，是最激励士气那些……"

"哦哦……"

多么让人陶醉的回声，他又一次活过来了。众人悬挂着的心总算落地。

一个多月后，姜聪出院了。虽然大部分烧伤创面已基本愈合，植皮生长也不错。然而，双腿由于瘢痕引起肢体功能障碍，使他无法下蹲。但是，他那股惊人的毅力和不屈不挠的精神强迫自己加倍训练，很快就有了效果。只是，心灵创伤很难恢复，因为他的受伤使最心爱的人再次错失跨往理想之门的机会。

回到原单位后，日复一日，仍然两地分居。一晃眼，又到了十月，是节日也是星期天，他匆匆地回家。刚进门就见顾蕾划了根火柴，要把那份没去报到的入学通知书烧去。他眼疾手快，一把抓了过来，又小心地折起："小顾，把它存起来吧，对我也是个勉励，是一辈子的鞭策。"

"姜聪！你进门还挺是时候的，否则一切将变成灰烬。"她深情地打量着丈夫，“快让我看看！嗯，眉毛长回来了，多亏上天有眼，脸上没留痕迹。你真命大。”

“我有九条命呢！我父母亲把他们的再生细胞留给了我。所以，我死翻生的概率就高啦……”他从挎包里拿出两盒午餐肉罐头，闻了闻，“这是安娜妹妹给的，咱们小萝卜一定喜欢，你明天给寄去。”

顾蕾母亲办理了病退后就想让女儿放弃领导的职位回城顶职，还专门来了一趟农场把两外孙子带回城里。没料到顾蕾不仅没同意顶职，反而让母亲明白了许多人生哲理。母亲把孩子带走后，她因生活过于单调，还时常胡思乱想。这时听到安娜的名字，心里“咯噔”一跳，问道：“姜聪，你老老实实地告诉我，你对安娜只是小妹妹？”

姜聪笑咧咧地说：“嘿嘿！我老婆今天有醋味了，真好。这说明你心里真有我嘞。”随即收起了笑容，“我们两家生死之交，这种感情已超出了三代人。安娜出生就没有娘，她管我母亲叫‘妈’。后来，安叔叔被‘造反派’弄去隔离，我母亲才把她送回老家给姑奶奶了。就那时候，我母亲才告诉了她实情。后来，她死活要回来，唉！我长她十岁，我不呵护她还是人吗？”

原来如此。顾蕾埋怨自己疑神疑鬼，狭隘极了。所以，她不好意思地说：“我开玩笑呢，你还当真了？咁冇脑嘅（真傻）！”

“傻姑娘！为了我，捣了你自己的理想，捣了你的梦。我说呀，别人为了回城找理由离婚。而你却留我身边，也是一道无法愈合的伤口嘞，我还能往里撒盐不？”

“傻傻更更（傻乎乎）！我没有什么固定的梦，昨天的梦是那两‘萝卜头’把老爹的烟卷全撕了。”说着，她勉强地笑出了声。

姜聪一听，“哈哈哈”地大笑起来：“那小脚丫子还没走稳呢，就使坏啦？怎么得了！到底是谁的遗传基因呢？”

顾蕾被他的笑声弄得哭笑不得，连声喊道：“是你呀，真坏！真坏……”边说边往他身上砸拳头。她觉得自己虽然感情热烈，却时常抑制内心的冲动，把激情掩饰得不露任何形迹。眼前的革命形势虽然对知青返城空前大好，而对她却是痛苦的挑战。每当她目送一个个同伴离去时，心里难免失落。如果说回城毫无希望，那就是心甘情愿扎根了。但是，每每出现转机她又选择放弃，难免众口铄金。好在党委副书记陈景文那股坚定不移的扎根思想，使她感到自己的思维还属正常。共产党人不图名不图利，真正做到不存私心并不容易。不可置疑，她时常在走与留之间徘徊。她一再留下的理由显然与爱人有关。姜聪就像一块磁铁，不仅吸附着她，更多被磁化。母亲曾问她："你在这里图什么呀？"她只能说："为革命事业做点小事。"因为她牢记座右铭："一个共产党员，应该是襟怀坦白、忠实、积极，以革命利益为第一生命，以个人利益服从革命利益。"所以，她觉得"爱"是一种个人灵魂，是一种不能暴露在光天化日之下的灵魂。所以，她只能以革命的崇高理想来掩饰自己的内心世界。当她为爱付出纯真的心血时，无疑容不得半粒杂质在她与爱人之间。

两人小闹一阵后，姜聪手指轻轻地刮了一下爱妻的鼻尖，略有所思地说："安书记很快要调走了，他问你愿不愿意在他身边工作。我说，这事得你自个说了算。嘿嘿，你可是他的得力干将哟！"

"啊？他要调走？唉！怎么周围的人总要走呀？"

"嗯！落实政策后，干部队伍需要大调整，许多干部官复原职或升调。我们的落实政策工作还很多，有些还需反复查证。所以，要加快速度。那些受'文革'冲击致死、致残的人将遗憾终生。但是，他们的孩子们也将随着父辈的政策落实离开农场。我以后更少回家了，你只能'举头望明月，低头思故乡'喽！心爱的姑娘，我于心不忍呀！"

顾蕾又一次彷徨。她无法把握自己也无法挑战时势。个人的努力和领导的栽培以至某种不期而遇的机会都是酿造自己命运的转折。什么是光明？什么是前途？没有一个明确的定义。她寻思片刻，双眼顿然一亮："你陪我回老队走走？"

"哎哟嘞！我的爱人哟！是雅兴还是思乡啦？好吧！我就陪您回'娘家'走走！"姜聪笑眯眯地拿起挎包，"走吧！我的乖乖！"

"走吧！"顾蕾顺手拿上几个馒头立刻迈步出门，兴冲冲地朝老队走去。

这条路太熟悉了，顾蕾记不清自己来回了多少次。但是，铭记在心的是她和姜聪第一次携手同行的那一次。因为那一次，创造了他们今日的幸福和甜蜜的良机。姜聪长着飞毛腿，虽然受伤后肌肉较紧，走急了累人，但他还是那个德性。进了山路，看四周无人，他一手把顾蕾抱起，放上了肩膀。他边走边得意地说："我在部队那会儿，扛啥都用双肩，真有劲。"

"放我下来吧，别累了。"顾蕾心疼地说。

姜聪一听这话，干脆跑了起来。他一口气就跨过了男聋沟，再一鼓劲又过了那片藏蛇的竹林。有点儿乏了，喘了口大气，一眨眼就到了老队那棵粗大的荔枝树下。他把顾蕾放下："怎么着？你男人不赖吧？"

顾蕾给他擦把汗："傻仔！不能叫'男人'。"

"不叫'男人'，那叫'老公'！标准吧？"

"也不叫'老公'，叫'爱人'。"

"嗤！还雅着呢！"

她得意地昂着头。忽然又怕自己的亲昵举动被人窥视。眺望四周，出奇的安静，这才放心地迈着大步往连队走去。仍然鸦雀无声，她疑问："哎！怎么这样安静？"

"我的爱人呀！今天是节日，大家不都在煮肉吃嘛！"

"不对！过节应该有义务劳动，或者搞卫生嘛！或者……"她猜着。

"我找'老骨头'问去！"姜聪说。

"我去知青宿舍！"她说。

他们分头走了。这时，几个孩子从木瓜树上跳下来，见了他们兴奋地大声喊叫起来："知青回来了！知青回来了……"

"顾指导员回来了……"

"姜连长回来了……"

老职工们从小厨房探出头，顾蕾见到了个个微笑的脸庞。

朱红梅的嗓门最大："想死你了！顾指导员呀，你走了一年零七天了。现在回来探亲啦？去我们家吃饭，刚刚分了肉，有得吃……"

"梅姐，我想先看看他们！"

"他们没剩几个了。我和你一起去！"她们来到女生宿舍。

头一间是林育雄和陆玉莲结婚时就搬进的新房。如今墙壁上已有层层黑垢。玉莲和她儿子在吃饭。她见顾蕾回来："顾姐，回来了？你也坐下来吃吧？"

"林育雄呢？"顾蕾问。

"他走了，顶他爸爸的职，所以……"

"你呢？"

"我？跳井啰。嘻嘻！我们已经离婚了。"她看起来还很乐观。其实，她也在办理顶职。当年林育雄与她爱得死去活来，为了回城只好分手。

“哦！符琼花她们呢？”

“她考上中专了，叫尚武老师也招工走了。”

朱红梅双眼凝着一层泪水：“都走了，现在小莲是老师啦……”

顾蕾用袖口抹去她眼角的泪：“梅姐，你眼睛又进沙子啦？”

“是啊，是啊！刚才搞卫生，碰上炉灰了。侬侬爸冇囊用（真没用），今天过节还去看菜地，不帮我烧东坡肉。”她抓过顾蕾的手，摸了摸她掌上的茧子，勉强地笑着，“老茧还在，好呀！我去煮东坡肉，做米兰皮，你们要来吃哟……”

朱红梅，朴实无华的老职工。想起当年顾蕾带她走进了广州城，她就说过一方水养一方人。这次盼到了顾蕾回访，她是多么激动呀。尽管顾蕾还在农场，她也意识到回城是迟早的事，将来想见面恐怕难了。这会儿她激动得双唇都在颤抖着，反复地念叨着：“你一定要来吃饭喔！有肉，有很多肉！”

“哦！好！”顾蕾没有那么深的触动。望着她远去的背影，想起当年她要进城“割奶”就觉得好笑。不过，她无微不至地照顾自己和孩子，顾蕾仍然感激不尽。

陆玉莲从床底下拉出一张四脚小凳：“指导员，你坐吧？”

“不坐了，我想多走走。”顾蕾说。

“你什么时候回广州？”陆玉莲似乎随便地问一句。

顾蕾无法回答，只好反问道：“你呢？”

陆玉莲坦然地笑道：“我觉得在这里当老师也挺好，就是寂寞了点。走了大半了，如果像当年那样热闹，我真的不想走。阿雄说我有‘病’，我就‘病’给他看！”

“你没有病！你是为理想去生活。我了解你的……”顾蕾被她的纯朴思维感动。如此复杂又艰难的人生抉择就这么轻描淡写了事。顾蕾显得很激动：“小莲，我会给你寄教学参考资料来，你缺什么就写信给我。”

从陆玉莲家出来，顾蕾默默地问自己：果真是谁笑到最后谁笑得最好吗？！当年连队抽人当老师，三个年级四个班，只挑两位老师。关指导员在知青里挑来选去，一定要挑选根红苗正的高中生，她自己都排不上号。如今，陆玉莲只有小学文化就挑了大梁……

她朝男生宿舍走去。突然从斜坡下面急匆匆跑上两人，直闯男生宿舍。顾蕾顿时愣住了，原来是蓝江和郑文华。她是又惊又喜，兴奋地叫了声："郑文华！你怎么也回来了？蓝江你……"

郑文华也显得激动："顾蕾？你，你好！你怎么在这里？"他紧紧地握住她的手。自从那封红笔信寄出后，再没收到她的来信。虽然给她寄过一些高考资料，也没有任何回音，他始终不明白为啥断了来往。

顾蕾觉得手被握疼了，想抽回又不好意思，勉强地说："我和你们一样，回来探亲啰！"

蓝江见他俩的手紧握着不放，猜出些道道。他摇头晃脑地叹声："探乜嘢亲呀！他昨天到我那，要我陪他回来看地形，想建个小型水力发电站。乍一看，没剩下多少人啦！空空荡荡，一片凄凉。这些家伙走也没和我打招呼。唉！我还在那里埋头搞我的中药煲。原来天都光晒！我乜都唔知……"

"中药煲工作很适合你，继续努力……"郑文华这时才松开了手。

顾蕾揉揉手指，感觉他用上了抓篮球的力气。幸亏自己也是长满老茧的手掌，不然不骨折也错位了。她笑道："蓝江，现在大门已经敞开，你明年考还来得及，我有很多高考资料，全都送你吧。"

"考什么呀！你十年都能坚持不懈，再多十年也不多。你走了，我下次找谁接待呀？"郑文华看起来是正儿八经的意思。虽然还是那副腼腼腆腆的样子，但腼腆中呈现的是稳重和成熟。那时候大家都叫他"大只佬"，可他却不是四肢发达头脑简单的人。当初村民来闹事，他是勇敢的护卫者。不然，关指导员也会被当地老百姓的扁担打得头破血流。尽管他是第一个离开集体的知青，应该对连队没有太多情结，没想到他还是第一个返回探"亲"的知青，看来藕断丝还连着。

蓝江听这话不舒服了，他大声嚷道："黐线！有你这样的老友，真是衰到贴地（倒霉透了）！你吃了十年肉，我连汤都没喝着，想啃你吃剩的骨头都没机会。现在你还不知足，还要我煮一辈子中药煲？你居心何在？"他见郑文华仍笑嘻嘻地，又朝顾蕾诉说，"你知道吗？大只佬他昨晚又占了便宜。医院分的五斤猪肉，我还没动筷，他就三下五除二了……"

顾蕾没明白他到底抱怨什么，只好"咯咯咯"地大笑起来。记得当年两人还为一句"揭牢底"的话干过仗，蓝江的眼镜也给踩坏了。两人外表亦是那样文质彬彬，抬杠起来，就不怕脸红脖子粗。她转了话题问：“我看你们是跑上来的？捉贼呀？”

蓝江立刻说：“是喽！我们在井边测绘，突然两头水牛在田里发情……那头公的追得紧，我们怕像‘大头明’那样脸上留着个三角印，就跑上来了。现在应该安静了吧？”

正说着，“吧嗒，吧嗒”的声音越来越近了，而且越来越快。一头在前狂跑，一头在后紧追。紧追的那头牛肚子下面还拖着一段“红肠”。顾蕾记得吆侬说过，那头追逐的是公牛，肚子里吊着的不是“红肠”，是“囊”。它终于追上了前面的目标。然后，“磅碌”一声骑上了那个目标的后截，“哗啦啦”的声响，地上滩了一席液体……

他们仨看得目瞪口呆。虽然顾蕾已婚，郑文华也是当了父亲的人。这时候，他们都不敢相信人类与畜类竟然如此接近。只是人性有意识有控制性，兽性没有，即使众目睽睽，同样疯狂完成泄欲。

蓝江愣了许久才说：“啧啧啧！可惜，可惜呀！那头母牛如果挂着牛粪袋子就可以储存外流那些白尿做实验了。多配种多生产，起码不愁没牛肉吃，或许还能过上土豆烧牛肉的日子！”

他这话也不算瞎说，三十年后国产水牛克隆胚胎冷冻技术的研究成功虽然不是他的研究成果，但还是有科学预测根据的。又如梁枫梦想的“太阳能转换和利用”一样，七十年代末就产生的太阳能集热器的使用不也是证明年轻人的科学远见都在同步进化吗？！

郑文华对自己曾经流注过一年多汗水的热土特别珍惜，也希望生活在那块贫瘠土地的职工和老友们居住条件得到改善，起码能改进没电没自来水的状况。他想实现心愿就必须有材料设备，没钱办不成事就成了心疙瘩。前阶段，亲生父亲落实政策后获了一小笔补偿金，也就是隔离期间的工资补发，所以动了心思。他和老红军父亲商量后决定把补发的工资投去做点实事。回到连队才知道那帮好友都已各奔前程，显然有所失意。他只好开玩笑说：“四眼仔，你就扎根于此，做里应外合，我们一起改变连队面貌。”

就“扎根”这字眼，蓝江气红了脸。刚才他在井边测量时就喋喋不休地埋怨，说“大只佬”回城肉吃多了就变得油嘴滑舌。后来又为梁枫带头盗用墓碑砌成井壁是不是伤风败俗一事争得面红耳赤。如果不是那两头大水牛的猛撞，他们还在没完没了地争执。

顾蕾虽然仍为那份“血书”耿耿于怀，这时候也探不出究竟，只好放弃。她顺着话题说：“如果每个生产队都能养几头奶牛就好了。还可以建牛奶加工厂，自产自销。有牛奶喝，有牛肉吃。”

这时，大坤拿把锄头，手上抓着半块砖头，气势汹汹地从职工宿舍那一排茅草小厨房跑上来。他穿着绿色小花格子大手帕缝制的四季裤头，光着膀子赤着脚板，边跑边骂道：“我打死你！打死你……”说着，手上的砖块就要朝那两头已经安静了的水牛砸去。

“大坤，不能砸……”喊声是“老骨头”杜河，穿着一件宽松过头且长年被汗水染得挂满斑点的白色背心，扛着把长柄镰刀紧追上来。

大坤手上的砖块还没扔出去，那两头水牛闻声已朝屋后的胶林跑了。他气得直跺脚：“你再虾（欺负）我老坑（老头），我就斩断你的脚……”

原来是两头水牛追逐时把他家的茅草厨房撞去了一角，简易的小屋摇摇欲坠。那时他正在屋里炸猪油，小屋塌了一角，屋顶茅草掉落，险些引起火灾。赶巧杜河和姜聪过来才紧急处理了险情。姜聪在帮他加固屋顶，他却越想越气，抓起砖块找老牛算账去。

顾蕾见状，迎了上来。见大坤的穿着模样，虽然司空见惯，仍然不好意思。她问清事端后立刻建议：“要不，我们几个帮你把厨房收拾收拾？”

杜河说：“姜聪在帮他盖屋顶，你们也去吧。”转头问郑文华，“大只佬，你不是当兵了吗？”

蓝江抢着发威：“不是当兵，是当官。人家在军区后勤部那里带‘长’了。真是的，现在才知道，有两个老豆真好……”

“好厉害呀！又是官又是长，那是官长，嘿嘿！官长！”大坤的火气全消了，对着眼前的郑文华变得毕恭毕敬起来，“你还能记得我们老工人，三生有幸啰！快去我家吃饭，今天有肉……”

郑文华微笑地点了点头。在他心里，感慨地想着过去的日子。他昂头远望，尽管岁月蹉跎，前方的南庙岭依然似当年一样葱绿，山顶上那两棵像夫妻依偎的大树仍然迎风挺立，而山下的知青男女已经人去楼空。他相信，每一个离队的人和他一样，既是远离也有恋恋不舍的情谊。因为这里留下了人生道路的一段不可磨灭的年华印记。当年，他和梁枫、蓝江，还有车少谔都对顾蕾充满着幻想，在筋疲力尽的劳动中，口里背诵着最高指示，心里想的就是她顾蕾。蓝江打赌说，四人之中只有“大只佬”被她正眼注视过，那眼神迷得你都忘了自己姓啥名啥。果然如此，郑文华也感觉到异样，美滋滋地又怕自作多情。可是，正当小爱神丘比特的神箭将要射出之际，“大只佬”上调球队了。不过，就他自己和蓝江的私下话，如果几个老友之间都爱着一个女人，最终只能一人获得，剩余的都是情敌，也就没了友谊。蓝江不买他这一套，挖苦说，丘比特有两支神箭，你怎么知道射的是“金箭”还是“铅箭”？这话不无道理，也许这就是郑文华后来那封“血书”的谨慎态度。

朱红梅左等右等没见顾蕾过来吃饭，后来才知道客人都去了大坤家。她索性把煮好的东坡肉和米兰皮端了过去。进了大坤小厨房一看，才知道有那么多人。杜河招手叫她入座，她却说要给守苗圃的方正军送米兰，便急忙离开了。

“方正军没走？”顾蕾似乎不相信自己的耳朵。曾记得方正军一直想回城，父亲是油墨厂工人，母亲身体多病。姐姐已在粤北农场成家，他早该回家照顾老人了。

杜河说：“他老母半年前入土了，父亲又续了一个。他看不惯老豆和继母，不回去了。唉！还专门要求去苗圃。我叫他教小学，他硬颈不去。过了节再动员动员吧！”

大坤大声嚷嚷着：“思想工作是‘老骨头’指导员的事了。来来来，趁热吃，大家动筷！动筷！都凉了……”

在大坤那个小小的草屋里，用竹篾簸箕架在割胶桶上的临时饭桌，摆着一盘猪肉和椰菜花，又添加了朱红梅送来的东坡肉和米兰皮，大家兴奋得手舞足蹈。

蓝江扶了扶眼镜，大口吃肉，大声嚼着椰菜，美滋滋地却突然皱起眉头：“这味道和当年我们在粪池里捞出那只瘟鸡烧汤，也没有什么区别嘛！”

姜聪不解地望着大家，问道：“你们咋吃粪池里的瘟鸡？”

顾蕾认真又严肃地点头：“没错！就是从粪池里捞出来的瘟鸡！”

大家看着姜聪那副惊讶的表情，猛然爆出一阵“哈哈哈”的笑声。

是啊！在这块曾经有过欢笑和苦闷的地方，年轻人从幼稚到成熟，增强了人身生存的意志和能力。尽管无法形容的艰难困苦，也是人生难得的经历。

霎时，顾蕾拿定了主意，她相信自己无论将来离开此地的距离长短，即便是迢迢万里，心里总有牵引的丝绸之路。她会像郑文华一样，做点力所能及的实事。虽然对郑文华曾经用红笔写的那份“血书”仍然不可捉摸，想到姜聪与自己的恩爱，一种完全的心灵默契和真挚情感的相依，也就抹去了以往存有的怨恨和闲愁。

当年姜聪到连队代理连长时，郑文华和蓝江都已调离，对知青中许多趣闻只有通过顾蕾的描述来了解。他多少还带着军人的气宇，大方端起碗说：“虽然没有酒，我以水代酒，祝你们知青朋友能聚能散，能分能合，友谊长存！我作为你们的知青家属，分享荣幸。敬了！”

郑文华立刻附和说：“友谊长存！”

“友谊长存！”

顾蕾由衷兴奋。她领略到丈夫的气度，感激不尽。她接着补充道：“还有呀！感谢前辈教诲，感谢大坤款待。今天把肉吃完，明天只有萝卜干了。”

大坤嘿嘿直笑：“明天去老骨头家补回来……”

一顿美食过后，天气开始变脸。

杜河说：“昨晚鱼鳞天，不雨也疯癫。生产科的人不是吃屎屙饭的，真开始刮风了。你们今晚回不去了！”

蓝江伸伸懒腰：“吃饱喝足了，还怕刮风下雨？怕就怕饿死鬼！听说拉去靶场的人那天晚上也是加肉……”

“切！你在说什么呀？呸！衰口衰鼻！”顾蕾骂道。她的话没说完，一阵狂风骤雨，几乎把小草屋掀翻。屋顶开始漏水，刚扎好的茅片飞动起来。

大坤说：“我的茅屋撑不住了，你们跑回瓦屋吧。”说着，抓了一条绳子冲出门外。

郑文华记得这动作无非是把绳子跨拉屋顶，在绳子两端扎上大石头增加重量，以此加固茅屋。所以他紧跟着往外跑了。

顾蕾本想帮助大坤洗洗碗筷，见有人外冲救急，她二话不说就要出门。在她脑海里，共产党人无论何时何地，冲锋在前，享受在后。

姜聪一把抓住她手臂：“你给我站住！”随即冲出门外。

虽然姜聪声音很柔和，那眼神却像一道闪电，顾蕾只能跺脚着急。嘴角一挤，小声嘟嘟：“欺负人！”只好回头收拾碗筷。

杜河笑嘻嘻地说：“小顾，别急。大坤这个小屋仔倒了也罢，老姑娘见了都不愿意嫁，该倒就让它倒……”

蓝江搞笑地把刚才当饭桌的簸箕顶在头上，慢条斯理地说：“层层遮天，听天由命吧！”

突然，杜河像触电似的叫道：“啊！死火啰！猪栏！前几天才刚刚产了六头小崽……”他顾不及多说，拔腿就往职工食堂后面的猪舍跑去。

那年姜聪代理连长，提出要给猪舍换成砖瓦窝，因为种种原因遭到反对。后来，车少谔学着梁枫又去烧砖烧瓦，弄回来两牛车材料又用去加固托儿所。再后来几次强台风造成猪群逃离事件，又因修修补补应付过去。所以，猪舍问题直到顾蕾调离后才省工省料加固了些。杜河当支书这段时间，基本安然无恙。但是，每当天气作恶时都不能不提心吊胆。这次风雨来势不轻，他更加不安了。

顾蕾太熟悉猪舍的历史了。听说又有了小猪崽，她不假思索就追了出去。蓝江迟疑一下，扶了扶常滑落鼻梁的眼镜，也跟着跑了。

“叮叮叮……”一阵急促的铁皮钟声传来。

“猪跑了！猪跑了！”刚上任的连长符侬侬大声喊道。他是朱红梅的大儿子，中学毕业就去参军。当兵三年，复员回来被安排在生产队，并挑起了领导担子。

郑文华和姜聪刚扎好加固草房的绳索，听到喊声，从草屋顶跳下来，毫不犹豫都朝喊声跑去。

大坤却捂着肚子，朝公厕跑。想必腹泻的老毛病又犯了，可他却大声埋怨：“隔夜蛋发酸就害人……”

今非昔比，当年猪跑了，有一群年轻力壮的知青追逐目标，常常有惊无险，风趣丛生。如今人手少了近半，虽然有老一代垦荒者的子女中学毕业后回来增添力量，也远远不及庞大的知青队伍 。

众人赶到猪舍才发现侧面砖墙被人拆卸了，几片茅草夹挡不住猪群。无疑是那头母猪见小崽从排污口钻了出去，也跟着出栏。小猪崽很快被人群围住了，大猪却窜出人群。尤其那头老母猪，从蓝江脚下跑过。说时迟，那时快，“四眼”蓝江伸手抓住猪后腿。那母猪因突然受阻，拼力挣扎着往前跑。蓝江被拽倒，摔在地上，眼镜掉了，一片模糊，可是抓住猪腿的手无论如何也不愿意放松。

杜河怕出危险，快步跑上来助一臂之力，却被脚下石头绊倒。他只好声嘶力竭地喊："四眼仔，下面是斜坡，危险，快放手！"他目睹蓝江被母猪拖着跑，也无能为力上前解救。

郑文华赶到，抓住了猪尾巴。三百多斤的母猪毫不示弱，疯狂挣扎，眼见挣脱。姜聪赶到，一个箭步，骑上猪身……

"不好！"顾蕾紧追上来，大惊失色。

这时，蓝江他们仨连人带猪滚下山坡。那坡是黄土坡，光溜溜的没草没树，是连队基建取泥筑墙的地方。坡脚下是一片水稻田，是连队的副业田。她急中生智，捡起旁边的一片破草席当滑坡板，"唰"的一声，滑下坡去。

天色灰暗，风雨继续不断。人们没听见坡下有动静，提心吊胆。连长符依依点燃汽灯赶来了，带着一群人跑到田里。杜河踉跄地跟着过来。他大声喊道："喂？喂！有冇出人命呀？"

没一会，只见顾蕾从田里站起，抹去脸上的泥浆："老骨头，快拿猪笼来，这次它跑不了了！"

原来他们仨滚下坡后，没有大碍。姜聪和郑文华脱了背心当绳索，勒紧猪蹄。

蓝江那副棕色秀郎架眼镜腿断了一节，正在敲打猪后臀出气……

杜河见状呵呵直乐："后生仔呀！后生仔！我老骨头怎舍得你们离开哟！"

尽管"老骨头"如此爱惜青年仔，但时势的变迁，他只能忍痛割爱。逐年逐月，直到含泪把最后一个知青送走，他也告老还乡，离开了曾经耕耘四十年的土地。

尾声

很多年后，年过半百的顾蕾领着双胞胎儿子回到连队探访。这时候的连队已经是自负盈亏的生产队了。职工大多数是早年垦荒者的后代。当年熟悉的面孔都成了退休老人，"老骨头"杜河与许多早年南下垦荒者一样已渡海回乡。不过，在老地主和大森的坟墓旁也增加了不少土堆。在土堆上都立着刻字的石碑，朱红梅的名字也在那了。她是被乳腺癌夺走了生命。长眠于那个世界的人不再讲究阶级成分，因为老地主已洗清冤屈，平反昭雪。

他们来到当年住过的宿舍门口。她感慨地对孩子们说："你们俩就在这里出生的，在门槛的外面，不是里面。"

顾蕾的大儿子，名叫姜大聪。他两肩一耸，看着破旧的小平房，费解地问："屋里屋外，只有一步之隔。这么短的距离，为啥不跨步进去呢？"

"这一步太难了！无法跨越！不以人的意志为产生！"顾蕾摇着头。

"不可能！我就不相信有那么难！"这是姜小聪，顾蕾的小儿子。

"唉！"顾蕾叹道，"这是历史事实！"见两孩子仍然诧异，又说，"我们做的每一件事都是在创造历史。无论你的行动是否正义，你都烙下了印记。活着的见证历史，死去的仍然是历史的创造者。活着的人无法改变历史，即使篡改也依旧记载。经历过的未必都坏，掉下屎坑的双脚只需洗干净而不需要砍掉。但不能把掉进屎坑说成是跳进游泳池，那就伪造了。"

"屎坑？"两孩子面面相觑，跟着母亲来到公厕附近。

顾蕾指着那个破旧的小公厕："我就掉进过那个屎坑后面的粪池，不是游泳池。那次全连有一百多号人见证，美化不了。"

"我们的好妈妈呀！您怎么会掉进屎坑呀？太有探索性了！"大聪几乎笑出声来。

"傻孩子！那样不堪回首的遭遇怎么能叫探索呢！"顾蕾说。

小聪立刻帮着哥哥圆了话："妈妈，那些有惊无险的遭遇就是最幸运的冒险。有的人不小心掉进火山口，那样付出生命的代价就无法谈论遭遇感受了。妈妈，您还是幸运者！"

"怎么说话来着？"看那俩孩子漫不经心的神态，她又说，"在这片土地上，那时候，就觉得生活很苦，很累。天天盼着太阳下山不再升起，因为白天比黑夜难熬。我们每一个人都有自己刻骨铭心的故事。你们没这样的机会，无法尝试这样的滋味！但是，你们应该知道我们的过去，不要重蹈覆辙。"

大聪总算认真了："妈妈，你们当年拓荒种橡胶太有意义了，创造了经典历史！我认为，人的一生经历越丰富就越能挑战人的毅力。您不知道，每当我想起您和爸爸的经历都感到非常自豪。你们老一代努力过了，我们这一代人也同样有责任继续改变山区面貌。最起码是机械化进入乡村，是科学治农。"大聪的理念很明晰。

小聪立刻接上话："妈妈，我猜到您带我们来这儿的用意了。您说过死亡是生命的一部分，劳苦是生活的一部分了。你们已经成功地征服了'劳苦'，很值得骄傲。神父说，我们每一个人都要面对现实，要尽努力去完成上帝赋予我们的责任。所以，我决定去非洲，去体验他们的生活，去经受苦难。他们现在过着的生活远不如你们当年的日子，他们自己无法征服苦难。我是医生，应该去帮助他们。"

顾蕾听着小儿子的一番话，大吃一惊。两眼显得那样的愕然："你讲乜嘢话（你说什么）？你刚才说要去非洲？你！衰仔你……"

姜大聪挥舞着手臂："妈妈，让我们也和您当年一样，奉献十年光阴给贫穷的山区吧！我们每一代人都有自己不同的使命，尽管是阴差阳错，最终目的是使将来的世界不再有贫困……"

"啊？凑热闹呀？幼稚呀！你们不就喝了几年洋墨水嘛！一会又神父，一会又非洲！竟然比我当年还疯狂！真是不同一代人有不同的气量，不同的教育理念就有不同的思维模式。Generation gap（代沟）！It is generation gap（这是代沟）！"她这个退休的驻外使节一时也找不到更合适的语言教育孩子。

"No，it isn't generation gap（这不是代沟），这是社会发展……"两兄弟异口同声。

面对俩孩子的铿锵有力誓言，顾蕾不得不冷静地责问自己：是年代与时势注定了人的命运，还是命运被时代耦合了？当年自己满怀豪情响应党的号召到最艰苦的地方来，尽管那是经受一场浩劫后走的一条朦胧之路。那时候自己并不知道这条路有多长，走着走着才知道只有把它拓宽了才能往前走。虽然自己也曾在这条路上有过彷徨，甚至失望，但是，一旦想到走这条路是为了祖国的橡胶事业贡献自己那份力量就很欣慰。所以，在这一片曾经挥洒青春的热土上，仍有那么深的震撼。奇绝呀！那些年那些事，在自己的人生旅途中都缩成小幻灯片了！